U0671111

转天劫

上

陈小普 / 著

长江出版传媒

长江文艺出版社

北京长江新世纪文化传媒有限公司
www.cjxinshiji.com
出品

目 录
CONTENTS

第一章　槐族部落

初春时节，酉时未过。

大地笼罩在一片昏暗之中，乌云翻滚，风雨大作。

半山腰上的槐族部落此刻如临大敌，男人们全都拿着工具，修筑刚被冲毁的堤坝。人群中，一个身材健硕的少年，发髻高耸，面容英挺，身上的蓑衣正随着他奋力铲土而不断晃动。

他叫云阳，已经到槐族部落好几年了。眼看着大家夜以继日、周而复始地修筑不断被冲垮的堤坝，他的神色不免黯淡下来……

没有人比他更清楚这场洪水的可怕，已经十几年了。这十几年里，云阳孤身一人，从出生的村庄一路流浪到槐族部落，好不容易过上一段平静的日子，也有了自己的朋友。本以为生活会就这样安定下来，没想到洪水却愈演愈烈，就连地势高峻的槐族部落也难逃厄运。修筑堤坝，也因此成了村民们每日必有的劳作。

吹着刺骨的冷风，听着哗啦啦的暴雨声，望着不断奔涌的洪水，云阳心中生出无尽悲凉。一时间，他仿佛回到了十几年前那个风雨交加的夜晚，手上的动作也不由得放缓下来。

彼时，年幼的云阳，还在睡梦中便被阿爹猛然抱起，向着山坡奔逃。"发大水了！"惊叫声此起彼伏。云阳趴在阿爹的肩上，看到洪水疯狂席卷而来。突然，洪水中有怪物现出身形。它的头颅巨大，身似巨蟒，每一次张嘴都会喷出一道水柱。

怪物的背上站着一个女子，白衣胜雪，在黑夜中周身自有华光护体。只见她随手一挥，便是一片无边的水花飞溅。

惨叫呼号声层层叠浪，却都被无情的洪水淹没。这个本是安静祥和的夜晚顷刻间如同人间地狱。阿爹阿娘在人群中奔逃，洪水涌过他们头顶的时候，他们奋力一托，将云阳举到坡上一棵高树边。云阳死死抱住树杈，眼睁睁看着父母和族人被洪水无情地吞噬。

无数个夜晚，云阳都会梦到那夜的惨状，醒来满脸都是泪水。

"云阳哥哥，怎么了？来，喝点小米粥吧……"

阿薰的声音总是那么温柔，让云阳感到心神安宁。云阳来到槐族部落时，第一个和他说话的人就是阿薰，所以在云阳的心里阿薰是最亲近、最重要的人。阿薰善识药草，医术高明，是槐族部落有名的医者。

云阳微微一笑，接过阿薰手里的瓦罐。这时，几个半大小子已经拉起了一个简易木棚用来避雨。部落民众挤到木棚下，端着小米粥，狼吞虎咽。他们一直忙到现在才勉强将洪水改道汇聚在北边的大河之中，使之流向东边，腹中十分饥饿。

"小奇，这边照一下，古大叔腿伤严重了……"

云阳还没来得及喝一口小米粥，就听到一个中年大汉急促的叫喊声。云阳应声望去，只见那人正搀扶着一位浑身湿透的大叔。

"来了！来了！"小奇提着一个灯盏冲了过去。

"姐姐！快来给古大叔看看……"

小奇是阿薰的弟弟，他的性子很急，连斗笠都没有戴，便帮忙把古大叔挪到棚子里。

"哎！不知道这场洪水什么时候才会过去……"

"是啊，这日子实在是太难过了！"

部落的民众满脸疲惫与愁苦，叽叽喳喳哀叹起来。

"大家要振作起来，舜帝已经安排人力改道黄河，减缓洪水之势，相信洪灾很快就会过去。"一位年迈的老人家杵着手上的锄头，站起身道。

老人声音洪亮，中气充沛，正是槐族的族长。

"族长，前些天我去隔壁村听说这次洪水好像是妖孽作乱，是不是真的？"

"据说好多年前闹洪水就是妖孽捣乱啊。"

"妖孽作乱只是传闻罢了，未必是真的。"看到大家满脸惊恐的样子，族长安慰道。

云阳站在一边，喝干瓦罐里的小米粥，恳切地说："族长，还是给我们讲讲吧！"

"对，族长给我们讲讲吧！"众人纷纷附和。

族长沉吟了一会儿，看到众人热切的目光，叹了口气说："好多年前的大水比现在还要凶。据说当年水神共工为了争夺天下，挑战众神，造成滔天的洪水……"

"哇，这个水神好厉害！一人打大家啊。"小奇性子急，爱插话。

"哪里！他手下的恶神凶兽可不少呢，个个威猛无比……"老族长说。

众人脸上都露出畏惧的神情。

"当时的人族共主与火神祝融联手与水神决战。那可是一场恶战啊！据说打得天昏地暗、日月无光。好多大神都来助阵，最终人族赢得了战争的胜利。火神把水神和凶兽封印在砀山这个地方，换来了很长一段时间的天下太平。可是十几年前，一场意外发生的洪灾淹了砀山。自那之后，洪水又多了起来，不知道是不是出了什么变故……"

众人一片又惊又恐。云阳心里也同样震惊，他并不知道洪水背后还有这么多故事。

"我听说舜帝已经召集各个部落的能人异士，去追索此事了。"

"舜帝圣明，舜帝圣明……"在场的部落民众都抬头向远方恭敬地合手行礼。

云阳望着汹涌的洪流，想到十几年前那凶恶的怪物，心中充满了仇恨。他的亲人，他熟悉的小伙伴都丧命洪水之中。从他记事开始就是躲避洪水，躲避野兽，每一天都在挣扎。

看到身边的众人，云阳不禁微微一笑，绝望麻木的眼神开始燃起了希望，也许日子慢慢会好起来。

突然，堤坝上砰的一声巨响，一下子把所有人惊住了。云阳马上明白过来又有地方被冲垮了，赶紧大声喊道："大家快跑，往上面跑！"

第二章　大能雪微

午后的阳光异常明亮，云阳坐在加高的堤坝之上，望着眼前貌似平静但是暗藏凶险的水面，心中泛着一阵阵忧虑。

前些天都是风雨大作，今天好不容易出了太阳，洪水也平缓了，几乎整个村子的人都在享受这午后珍贵的阳光，连日筑堤使得大家都异常疲倦。

上一次洪水冲击，堤坝差点决口，幸好有人当机立断，用身躯堵住缺口，才没有让洪水冲垮堤坝，但是人却被洪水冲走了。

云阳生怕有一天这里又会像他出生的那个村庄一样，怪物出没，吞噬整个村落。他揉了揉痛楚的太阳穴，缓缓起身，又一次前往检查堤坝是否安全。

"云阳哥哥……"阿薰指了指远处，"你看，来了一个外乡人。"

云阳顺着阿薰手指的方向看去，一位身着帛衣的少年正从村口走来。他手持一根碧绿色的玉笛，笛上还挂着一串奇奇怪怪的装饰。少年清秀帅气的脸有些苍白，看起来很柔弱，但是他双眼明亮有神，透着一种说不清的神秘。

"请问，你们是槐族人吧？"那清秀少年施施然走到云阳的面前，拱手问道。

云阳拱手还礼，好奇地问："你是？"

"在下雪微，来自卜族。"少年微笑道。

卜族？云阳一脸茫然地看着眼前这个少年，他还是第一次听说这个部落。

"哦，敝族别无所长，只是爱测阴阳断凶吉，倒是颇有些令名。"雪微说着，又神秘地笑笑，"这次我推算出此地不日会发生一场变故，这场变故将改变我们大家的命运，所以我特地赶来，愿逢其时。"

云阳苦笑了一下，没有说话。

"不错，应该是这里，此处当有变故啊！"雪微左顾右盼，皱眉嘀咕，"奇怪……"他的手指不断地掐算，但是过了一会儿，还是眉头紧锁。

"怎么了？"云阳疑惑地看着雪微。

雪微面带困惑，手上继续忙着，不一会儿停住了，看着云阳，欲言又止。

云阳有些摸不着头脑，心里牵挂着堤坝，对雪微所言暂无太大兴趣。雪微说他想留在槐族部落，帮助大家做些事情以备不虞。云阳看他文弱，暗暗摇了摇头。不过多一个人，就多一份力，他让阿薰带着雪微去找族长，然后又急忙回到堤坝上去了。

"命格居然会被天道遮掩，莫非是天选之人？甚为奇怪，看来要慢慢观察推演。"雪微看着云阳的背影，小声自言自语。

"你在说什么？"阿薰听到雪微在嘀咕，回头问道。

"啊，没什么，没什么。"雪微摇摇头，遮掩过去。

雪微在阿薰的带领下见到族长，张口一说话，族长还以为他是女孩子呢。

幸运的是，族长接纳了雪微。说也奇怪，自从雪微住下来以后，连续几天都风平浪静，但大家仍旧不敢掉以轻心，大部分时间还是在堤坝上做着防备，生怕什么时候又洪水滔天。

这天云阳刚吃完早饭，打算趁着洪水未起，和族长商议一下去打一些猎物，给部族的青壮年改善一下伙食。可刚一出门，村头一位大叔突然大喊："不好了，洪水又来了！"

晴天霹雳！槐族部落的男女老少慌忙朝堤坝跑去。晴朗的天空，瞬间布满乌云。此刻站在云阳身边的雪微眉头一颤，他已经看到那汹涌而来的洪流之中似乎有些东西起伏。

"族长，今天这洪水来得好古怪！"

"是呀，好像有什么东西在里面……"

就在众人议论纷纷的时候，雪微纵身一跃，跳到堤坝高处。

没有任何多余的动作，他手上那支青色玉笛已经吹响。笛声悠扬中，原本肆意奔涌的洪水居然平息下来，沿着堤坝顺流而去。

众人大惊，全都目瞪口呆地看着雪微。他们可从来没见过这么奇怪的事情。

洪峰平息了，雪微望着水面，若有所思。等他回过神来，一回头，好多人正跪在他面前。雪微脸红了，慌忙扶请众人："诸位请起，请起！"

老族长用看神的眼光看着雪微，一直觉得他神秘，原来他是神通广大的大能，有可能还是神。在这一时期，每个古老的部落都有自己的图腾，都有自己的大神庇佑，和神沟通的权力都是由每任族长来掌握的。

"请大神救救我们！请大神救救我们！"众人开始虔诚地跪拜，自从洪水开始泛滥，不知道失去了多少亲人，遭了多少罪。此时此刻，大家终于感到有了依靠，不免祈求。

"我不是神！我不是！"雪微使劲摇头摆手。这可真是个误会，雪微知道自己的能力，刚才不是洪水发作，只是有妖物作乱，自己不过是镇妖而已。

雪微一个劲儿地解释，怎奈大家谁也不信，他们更愿意相信自己看到的。

只有云阳相信雪微的话，水里有妖物，因为他曾经亲眼见过。

雪微见大家依然不信他的话，不免大喊："你们要是再不信，我就跳进水里，把妖物捞上来。"

槐族部落的人都很朴实，听闻此言，连声说道："我们信！我们信！"

这时，云阳凑到族长耳边，说了几句悄悄话。族长疑惑地回头，看了雪微一眼，然后对云阳说："那就辛苦你了，千万不要莽撞行事。"

随后，族长让大家都散了。

雪微终于得救了，不免感激地看着云阳："你和族长说什么了？"

"你是怎么知道洪水里有妖怪的？"云阳没有回答雪微的话。

"我算自己的吉凶算出来的，今日小有一劫，有惊无险能度过。"雪微得意地说。

"看来你真是神啊。"云阳听后，假意拉着阿薰，"那我们也来拜拜你吧。"

雪微一脸窘迫："你……"

"噗。"阿薰一下子笑了。

谁想，云阳突然一脸正色，质问雪微："你来我槐族部落，到底有什么企图？"

第三章　大鱼精

雪微立刻收起了玩世不恭的神态，望着慢慢退去的乌云，缓缓说道："我们卜族，精通占卜，精气可通神。自从洪水再起，我们家族多位长老日夜不停地推演伏羲易、测算星象、沟通天道，耗时多年，终于推算出在不久的将来，人族将会遭受惊天的灾难，但又有上好的机运。如果挺不过，人族将会毁灭，如果挺得过，人族将是天地的正主。"

话音刚落，晴天一个霹雳劈向雪微，幸好他早有防备，迅即闪身，堪堪躲过了天雷。不过，雪微还是吐出了一口鲜血，身形摇摇欲坠，面容霎时苍白。

阿薰惊呼一声，云阳疾步上前，一把将他扶住。

雪微看了眼天，叹息道："此乃天谴，我泄露天机，这是上天在示警。"说着，他又转头看着云阳，歉然一笑："我只能说这么多，请你相信我。"

云阳心中虽然还有很多疑惑，可眼下的情形已经不容他再多问了。

"我遵照家族之命，在这里等待天命之人。"雪微说着，起身走到不远处的堤坝下，拿起族民走时留下的木矛，用手掂量几下，然后掐了一阵手指，再回到堤坝上，凝神片刻，突然把木矛使劲插入水里。

噗！木棍像是扎到了什么。雪微眼睛一亮，双手使劲往上挑木矛，可是他力气实在太小，根本无法挑起水里的东西。

雪微不免有些难堪，刚才还一副世外高人的样子，现在却如此窘迫。他又拼力尝试了几次，奈何力气就这么大，实在骑虎难下。

阿薰扑哧一声笑了出来。她虽然身着粗麻衣服，但是难掩天生丽质，这一笑，犹如冬日暖阳，让人心动神驰。她凑到云阳耳边，悄声说："云大哥，你去帮帮他吧。"

云阳觉得耳朵痒痒的，看着阿薰吹弹可破的俏脸，顿时觉得面颊发烫，赶紧上前两步。"让我来！"云阳一把推开雪微，紧握木矛，双脚立定，小腿猛一发力，腰部一拧，带动全身力气，把水里的东西挑了上来。那东西越过他的头顶，直落到身后。

雪微眼睛都直了，这家伙的力气可真大。看看云阳的身板，再看看自己的身板，雪微心中不禁一阵哀叹。

"啊，好大的鳝鱼！"阿薰捂住小嘴惊呼。

此鱼约莫有五百斤、鱼头巨大、浑身鳞片被阳光照得闪闪反光、鱼肚上插着木矛，还在微微扭动。

"这……"云阳心中一惊，大鳝鱼也不少，这么大的却没见过。那如婴儿手掌大小的鳞片，在鱼身上反着光，有些瘆人。

族民听到巨响，跑过来看热闹。

"哈哈！这鱼好，吃了不长瘩子。"

"够吃好几顿的吧，我长这么大还是第一次看到这么大的鱼！"

众人兴奋极了，都在盘算这条大鱼应该怎么吃。大水期间，族里青壮年没有太多的人出去打猎，所以现在已经很少吃到肉了。

"小崽子们别闹！"一个大汉照着吵闹最欢的小孩屁股上啪啪打了两下，又轻轻一脚踹在另一个孩子屁股上，"这鱼好生奇怪，你看那鳞片，着实不小，不好刮啊。"

"我去拿大刀吧，咱们晚上可以烧鱼肉熬鱼汤啦！"一个族民美滋滋地说着，往自己的木屋跑去。

"唉唉唉！这鱼不能吃。"雪微慌忙提醒，"难道你们不觉得它很古怪吗？"

"我们要吃！就要吃！"那群已经流出口水的半大小子异口同声地叫喊。在他们眼里，雪微这是想吃独食。

雪微又好气又好笑，不止小孩这么看他，大人们也是如此。他着实委屈，连忙求助云阳。不料，云阳也目不转睛地盯着大鱼。雪微心中悲叹："这家伙不会也等着分鱼吃吧？"

自从把大鱼挑上来以后，云阳的眼睛就没有离开过它。忽然，云阳蹲下身闻了起来，果然嗅到了异味，立刻正色道："这鱼不能吃，恐怕已经成精怪了。"

"啊，精怪？"听到云阳这么说，大家猛然吓了一跳，纷纷后退。

"云小哥，你可别吓唬我们，这鱼也就大一点儿，怎么会是精怪呢？"一人疑惑不解地问。

雪微趁热打铁，连忙说道："这鱼真的是精怪，不能吃的。"

"闪一边去，你一个外乡人，别说话，一会等着分鱼。"一个精壮的族民一把将雪微拽到后面去。人就是这样，一分利就让他忘了吹笛退洪的恩情。

"你们不信，可以用童子尿浇鱼身……"雪微一边挣扎一边争辩，"哎呀，谁打我，谁打我？给我站出来！"雪微揉着头，刚被人弹了一个脑瓜蹦，有点儿恼羞成怒。

"浇了尿，还能吃吗？"人群中一个不满的声音说道。

众人也跟着附和，七嘴八舌地数落雪微的馊主意。

云阳的记忆虽然有些模糊，但是他真的看到过怪物，看到大家执意要吃，多少有些犹豫。他始终感觉这鱼没有这么简单，听到雪微说用童子尿可以让鱼现出原形，虽然不明其理，但是云阳很愿意试一试。

云阳站起身，高声说道："大家听我说一句！这么大的鱼，也是很难见的，我们姑且用童子尿试一试，要是真的没问题，再洗洗就好了嘛！大家吃了也放心。说句心里话，我也好久没吃鱼了，很馋啊。"

大家哄然大笑，接受了云阳的建议。

一人大声道："老古呢？老古呢？赶紧把你家孩子抱出来，你小子有福了，婆娘给生个带把儿的。"

人群里又是一阵哄笑，纷纷调侃一个中年汉子。

那汉子黝黑的脸上露着憨厚的笑容、透着自豪，他婆娘前两天刚给他生了一个大胖小子，这几天他心里一直美滋滋的。

大家都很羡慕古家，这年头谁家要是生了一个男丁，是很长脸的事。

"阿叔，其实我们也是童子。"一个半大小子在旁边笑嘻嘻地说，然后吸溜一下鼻涕。

"滚一边去，小兔崽子，你都多大了，还童子呢。"被叫阿叔的大汉笑骂。

这时，一个小婴儿被抱了过来，粉嘟嘟的，非常可爱。他可能还没睡醒，一个劲地哭。

"小娃，莫哭莫哭，尿个尿喽，嘘嘘嘘……"一个阿婆笑着，把着小孩尿尿。

小孩尿多，不一会儿哭着哭着就尿了，直接尿在鱼身上。

顿时，那条鱼冒起一团团墨绿色的水汽，鱼鳞突然张开，一股子腥臭散了出来。鱼身很快变黑了。族民都惊呆了，一个个面带惧色，退让开来。虽然听闻过山川鬼怪的事，但是善良淳朴的槐族族民还是第一次这样近距离地接触精怪。

云阳并不是第一次看到，从他出生记事的那个部落一路流浪到槐族部落，他经历了太多太多的事情。

臭气越来越重，云阳也后退了几步，身形微震。

"云阳哥哥，你没事吧？"阿薰见到这一幕微微一惊，当即便上前几步，站在云阳身边。她伸出纤纤玉手扣住云阳的脉门，探知云阳只是气血稍稍不稳，休息片刻就可恢复，才缓缓地舒了一口气。

阿薰虽然知道不少山川异志、灵怪成精的故事，但也不懂这里面的深浅。

精怪一说验证了，雪微便人五人六地站了出来，心中说不出的畅快：让你们不信我，这回傻眼了吧。

他摸了摸还有点儿疼的脑袋，懊恼地说："别围观了，小心中毒！都离远点，我来镇妖了。"

族民远远地站着，打算看一下热闹，但一听说会中毒，全都鸟兽散了。

云阳看着雪微，说："这怪，如何降服？"

雪微咳了一下，神气地说："我离开部落的时候，我爹传我一套护身的法术，里面有镇妖的咒语。"

云阳和阿薰都没说话，静静地看着他。雪微顿时有些尴尬，按照他的预设，这个时候云阳应该问"然后呢"，然后他再神秘地说下去，这才显出他有高人的气质嘛。可没想到……"嗨！"雪微叹了口气，没好气地说，"闪开，我要布阵了。"

云阳和阿薰立刻退开。只见雪微搬动石块，按照星辰的方位罗列，把鱼精圈了起来。刚摆完法阵，他就累出了一身汗。

"终生幻灭，轮回之道，封！"雪微念了一些谁也听不懂的咒语，然后手指虚点大鱼，但是鱼还在那里，没有任何变化。

"咦？终生幻灭，轮回之道，封！封！封！"雪微一个劲地虚点，鱼还是纹丝不动。

"不可能啊，不可能啊，当初出门的时候，阿爹就是这么教我的啊。"雪微念念叨叨，还是一个劲儿地尝试。

云阳和阿薰一脸茫然地看着雪微。突然，云阳转身走开了。

"云阳哥，你要去哪儿？"阿薰小声地问。

"挖坑，把鱼精的尸体埋了，放在这里不知道会有什么变故。"

阿薰看雪微还在那里一个劲地念，不禁捂着嘴笑了起来，眼睛都弯成了月牙。

"还不快过来挖？"云阳在不远处的小土坡抄起木铲，招呼着雪微。

雪微看看云阳，又看看大鱼，眉开眼笑地跑了过去，好像刚才什么也没有发生。

"嗯，还是挖坑埋掉更好一些。"雪微若无其事地说。

"你动作快点儿。"

"我很卖力的好吗？"

"安静一点儿会更好。"

……

"对了，为什么童子尿可以让它现形呢？"

"我在安静地挖坑呢。"

……

阿薰看他们一边挖坑一边拌嘴，不由得笑了。

第四章　秘辛

1

雪微帮着云阳把大鱼精扔进坑里，填埋严整后，二人坐在堤坝上歇息。

此时，金乌西沉，残阳如血。他们默默望着天边，好一阵子没有说话。雪微长吁一口气，仿佛下定了什么决心。

"云阳，你听说过九州山川图吗？"

"没有。"

"我这次就是为九州山川图来的。"

"哦。"

"你就不好奇吗？"雪微看云阳心不在焉，不禁有些恼火：我下定决心说出这么大的秘密，你难道不应该好奇一下吗？就算真的不好奇，难道不应该假装配合一下吗？

"我不懂你在说什么。"云阳淡淡地回答。

雪微装出一副若无其事的样子，自言自语："九州山川图，相传是由万族委托墨族进行绘制，一旦完成，它将是我人族第一神物。前些日子，我们部落的长老根据星辰异动占卜出九州山川图接近完成，即将出世啦！"

"近来天崩地摧、洪水泛滥，都是这幅图引起的，诸神不愿此图在凡间出现助人族兴起，所以降下天劫。而且妖魔也出动了，正四处搜寻持图者。我这次来，就是等待持图人，保护此图。"

云阳有点儿好奇了："图在咱们这个地方吗？"

"当然不在这个小地方。九州山川图可是墨族数代人的心血，人家墨族那是大部落，不仅知识渊博，还会制作各种机巧器具。"雪微显然对墨族了解不少。

"墨族有多厉害我不管，我就想知道他们绘制的这幅图有多大能耐。"云阳毫不在意雪微话语中对槐族部落的轻视。

"多大能耐？！九州山川图，天下尽收眼底，可以安万民。据说，它还有神秘的大威能。就说眼前这洪水吧，只要有图，就可阻塞险要之处、疏导关键之地、万流归于大海，平治洪水。人族治水就靠它了，我们把图交给舜帝，就可以把洪水平息掉，你说它能耐大是不大？"雪微一脸肃穆地看着云阳。

"此话当真？"云阳一把抓住雪微的胳膊，急声问道。

雪微吓了一跳，看到云阳满眼赤红地看着自己，又不免有些得意。

"快说！"云阳很激动。洪水是他不可磨灭的伤痛，乍闻九州山川图可以平息洪水，他又怎会不激动？

"千真万确！我以我的氏族起誓。我就是来等待持图人的。"雪微很严肃地说。

"太好了，太好了，洪水终于可以治理了！"云阳激动得热泪盈眶。这么多年，那么多人被洪水冲走，无数的家庭破碎，贫穷、饥饿、恐慌一直伴随着人们，再这样下去，他云阳都快麻木了。现在，黑暗的天空有了一丝光芒，云阳终于看到了希望。

"持图人什么时候会来？"云阳焦急地问。

"呃……"雪微似有迟疑。

"怎么了？"云阳看着雪微，"怎么不说话了，持图人什么时候到？"

雪微唉声叹气地说："持图人也是天命之人，所以天道被遮掩，算不出来准确的时间。"

"算不出来？"云阳不免有些沮丧，感觉被当头浇了一盆冷水。

雪微强辩道："我算不出来，诸神也休想算出来！天道遮掩，谁都没办法。"

云阳没有回话，这怪不得雪微，自己不懂卜算，但是世界上哪有那么多未卜先知的事呢？只有慢慢等了。

"云阳哥！云阳哥！"一个人影风驰电掣般跑了过来。原来是阿薰的弟弟小奇，他也就十二三岁，虎头虎脑的。小奇最大的特点就是闲不住，每天四处乱跑，跑得又快，简直就像一阵风。这半晌不见人影，想必是别处玩耍去了。

云阳看到小奇，不由得笑了。小奇最爱黏着他，是他的跟屁虫。这个调皮的小家伙，每次惹了祸都拿云阳当挡箭牌。虽说不是血亲，云阳却一直把他当自己的亲弟弟。

"姐姐叫你们吃饭。"小奇吸溜一下鼻涕说。

"我们要留一个人看着堤坝，轮流回去吃，你先去吃饭吧。"云阳看着雪微，他毕竟是客人。

小奇指着雪微，对云阳说："云大哥，让这个家伙先留下吧，族长还有事要找你。"

雪微看到小奇没大没小的，鼻子差点儿没气歪。

"族长叫我？也好，那我先回去，然后再来替你。"云阳对雪微歉意地说。

雪微无奈地点点头，假装严厉地冲小奇做了个怪脸。

小奇白了一眼雪微，小大人一般昂起了头。

"走吧。"云阳摇摇头，拉着小奇往回走。

"以后不许没大没小的，人家比你大，张嘴就叫家伙像什么话。"云阳教训小奇的声音从远处传来。

"好的，云大哥。我今早听邻居大娘说，新来的这个外乡人没啥力气，不如把他安排到女人堆儿里面缝补衣服。"

"别乱说。"云阳轻轻敲了敲小奇的脑门。

人行渐远，但雪微的耳朵异常灵光，隐约能听到小奇说的八卦。

雪微仰天长叹，他好歹也是卜族最出色的天才，要不是为了等持图人，他才不会来这种小地方受气呢！啥叫没力气？他雪微靠的是才华，难道非要卖傻力气吗？

2

自从来到槐树部落，雪微不仅要和云阳挤在一起，每天还得帮他上山砍柴。这在卜族简直难以想象。卜族是一个庞大的部落，雪微家的地位非常高，打猎砍柴这种粗活有专门的人去做，哪里需要雪微动手。可槐族部落不同，和卜族比起来，槐族部落简直是大象身边的小蚂蚁。刚来的时候，雪微实在看不上这个地方，可相处久了，他也渐渐习惯了。

"想什么呢？把柴火捆起来。"云阳看雪微痴立着，朝他吼了一嗓子。

"能让我休息休息吗？"雪微哀号道，"咱们砍的柴火也太多了，没必要全拿下去吧。"

云阳笑了笑："说不上哪天洪水来了，我们又没时间上山砍柴了，多准备一些，到时候也能给大家急用。"

雪微无奈，只好帮着打捆。

"对了，今天你算了持图人什么时候到吗？"

雪微翻了一个白眼。自从云阳知道九州山川图的秘密以后，几乎每天都问。

"算了，还是算不到。"雪微无精打采地回答。

"没事，别着急，我相信你会算到的。"看到雪微并没有离开槐族部落的意思，云阳更有信心了。

"这些日子辛苦你了，每天都帮我砍柴。"

"不用谢。"雪微已经有气无力地坐在地上。

云阳自言自语道："也不知道阿言今天能打到什么猎物。"说完也不看雪微，转身继续砍柴。

"打猎？有肉？"雪微一下子来了精神。他知道那个叫阿言的少年，平时沉默寡言，但却精通兽言鸟语，能指挥各种飞禽走兽；他还有一只絮絮叨叨的鹦鹉，名字却叫哑巴。不过那少年表情总是很冷漠，看谁都冷冰冰的，也不爱在部落待着，总在山里转悠。

看到雪微来了精神，云阳的嘴角勾起了一丝笑意。这些日子，都是粗茶淡饭，听说能吃到肉，这家伙果然上心了。

太阳快落山的时候，云阳扛着木柴、雪微跟在他身后，两人的身影在山道上踯躅前行。

远处，部落里升起了炊烟。

第五章　墨族之难

1

夜晚，天空好像铺了一张黑布，夜行动物开始出来觅食。月光下，一条蛇突然蹿起，咬住一只路过的土鼠。

幽静之中蕴含着凶险，大自然正上演着弱肉强食的"游戏"。

夜空中，两只大鸟正奋力飞行，其上分坐着一位少女和一位老者。

少女面容清丽，美丽的大眼睛犹如一泓秋水，楚楚动人。她身材高挑匀称，长长的秀发随风飘荡。老者面目清癯，一头白发，穿着麻布衣服。

紧追在他们身后的是一个人面鸟身、耳挂青蛇的怪物，面目狰狞、双翅张开足有数十丈。对比之下，少女和老者骑乘的大鸟就像老鹰身前的麻雀。怪物的利爪如剑一般锋锐，此时正目露凶光，紧盯着少女和老者。

老者和少女的大鸟已经筋疲力尽，越飞越慢。

2

墨族部落位于东海之滨，是一个十分古老的部落。那里的人博闻强识、善制机巧器械，而每任族长又是渊博者里的大能。因此，墨族早已经声名远播，常有人慕名而来，在墨族部落潜心修习。

然而，如今的墨族却是深陷无尽的洪水围困之中，黑云压城、电闪雷鸣、巨浪滔天。

墨族人正不分昼夜地忙碌着加固堤坝，部落青壮在水里手挽着手组成人墙，以期减缓水浪的冲击，给加固堤坝的人争取时间。此刻，焦虑、绝望、疲惫，已经打压得他们无法抬头。

墨族首领的屋子里，部落里最有威望的老人们围在一位老迈的女人身边，在她面前，正躺着一位浑身是血的汉子。他的左膀已经断了，嘴角渗着鲜血，面色十分苍白。

女人眼含热泪，嘴唇颤抖。眼前这个浑身是血的汉子正是她最小的儿子季诚。过去，人人都羡慕她生了三个俊才。可如今，大儿子和二儿子肩负族里的使命，外出绘制九州山川图，全都死于非命；最小的儿子临危受命，继承两位哥哥的遗志，带着九州山川图外出三年，勘察地形，绘制最后的部分。归来，竟是这般模样。

"阿……阿娘……"季诚艰难地张口，"九州山川图还差最后一点儿，儿子终于快完成先人和哥哥们的遗志了。墨族没有失信于人。"说完，他缓缓地坐起来，颤巍巍地从怀里掏出一卷图轴在地上展开，又摸出一支乌黑的木笔沾着自己的鲜血来绘制最后一块地方，那就是墨族所在的九州之一。

众人眼含热泪，注视着季诚。

当他绘完最后一笔的时候，天空突然变得漆黑无比，闪电像银蛇一样不断在天空扭动飞舞。霎时间惊雷大作，洪水卷起惊涛骇浪，猛烈地冲击堤坝。

季诚面带笑容，缓缓闭上眼睛，身形一歪，倒了下去。他用尽生命的最后一丝气力画完了自己最热爱的地方。

老迈的女人想扶住他，却一口鲜血喷了出来！

"族长！"所有人都惊呼起来。

族长的身形摇摇欲坠，一旁的人连忙扶住她。她长长地叹了一口气，老泪纵横地说："今天老三也走了，是他的命，也是我的命啊！当年尧帝和万民代表多次来我墨族，请我墨族绘制九州山川图，希望凭此平治水患、安抚万民、解救苍生。我墨族受命于天下人族，当仁不让。无数先人，不畏艰险，不怕牺牲，走遍万水千山，绘制九州山川图，为的就是完成当年的承诺，造福人族万代。

"当年卜族大能曾有预言：山川图成，墨族陨落。但是我墨族从未退缩，从不畏惧，即使灭族，也要完成尧帝和万民的托付，这，就是我墨族的魂！"

这时，一个满身泥泞的族人急匆匆地跑了进来："族……族长，水里有大怪，我们好多人被吃了。"

族长听完，凄惨道："快去把星月叫过来吧。"

报信的族人立刻前去叫人。

"如今洪水肆虐，更有妖物作乱，我墨族今日可能难逃此劫。我准备让星月带着九州山川图交给人族共主舜帝。星月是我的亲孙女，她天赋异禀、聪明伶俐，更能继承我墨族学问。今日我不避嫌,让她出去,希望有一天她能助舜帝平息水患。"

"族长所言极是,理当如此。"一位老者眼泪斑斑地说,"星月是我族的骄傲,此事我等无异议。希望星月带着九州山川图出去,也不枉费我墨族先人苦难心血,不负当年尧帝的托付。"

3

堤坝下,一条形似大鱼的怪物正在袭杀人墙,一口一个。岸边的人手持木矛不断地掷向水怪,怎奈水怪异常强悍,丝毫不把这些木矛放在眼里。

这时,攻击水怪的队伍里,身段标致、动作敏捷的星月忽然被人拉住。原来是族长差来报信的。听说族长召唤,星月疾奔而去。

一进木屋,满屋肃杀之气,压得她险些无法呼吸。所有人都神情肃穆地看着她,尚且一无所知的星月,为之一怔。转眼,便看到多年未见的阿叔,生命不再。

族长慈爱地看着星月:"孩子,现在有一件大事要你去办。"说完,从身边拿出一只长盒,"此乃我族圣物!当年尧帝托付我墨族制作九州山川图,我墨族先人披荆斩棘,历尽千辛万苦,终于绘成此图。那时能者预言,图成族灭。今日我墨族难逃此劫。现在,我要你带着圣物和我墨族优秀的幼子,乘坐大鸟,飞出此地,把图交给舜帝,力助天下平息水患。"

"奶奶!我不走!我要和大家在一起!"星月慌了,她可从没想过要抛弃大家。

族长厉声道:"星月!还记得我墨族的族训吗?"

星月顿时低下头,缓缓念道:"诚者,天之道。信者,人之道。墨之信,不负托!"

族长深情地看了星月一眼,拉起她的手,走出木屋。屋外早已经围满族人,站在最前面的是已被遴选出的孩子。

族长缓缓举起手中的木盒,大声道:"当年尧帝三访我墨族,嘱托我族绘制这九州山川图。尧帝至诚,我墨族先辈慨然受命,九州山川图成,墨族陨落,但我墨族无悔!"

"墨族无悔!墨族无悔!"所有人都跪倒在地,看着族长高举的九州山川图,大声呼喊。分不清是雨水还是泪水,在所有墨族人的脸上流淌。他们坚定地看着九州山川图,那是墨族的心血与荣耀,墨族绝不负托!

呼喊中,两只墨族饲养的鸢鸟被牵了过来。鸢鸟羽翼五彩,翅膀展开有两三丈宽。依依不舍中,星月和早已被遴选出的孩子们爬上了鸟背。

墨族把生存的机会留给了孩子，他们承载着墨族的希望，是墨族的种子。

族长看着星月说："孩子，记住，哪里有灾难，哪里就有墨族。墨族的学问是用来助人的，不可害人。把图交给舜帝，告诉他，墨族幸不辱命！去吧……"

鸾鸟鸣叫着升空，原本悦耳的鸣声却透着凄厉，星月的眼泪止不住地流了下来。

漆黑的夜空下，洪水已将墨族部落尽数淹没……

第六章　持图人

1

老者心中一阵懊悔，早知道就不路过天柱山，无端招惹了这个怪物。

天柱山，自古传说有一怪物，人面鸟身、性情暴虐、喜怒无常。一旦有生灵进入此山深处，多半会被他吃掉。时常有人误入此山，再无踪影。

前几日，少女带着几个孩子，来到伯望部落，对伯望长老们诉说了墨族的遭遇。她要亲自护送九州山川图到洛城，交给人族共主舜帝，恳请伯望部落照顾墨族幼儿，等她回来。

伯望部落和墨族世代交好，乍闻墨族被毁灭非常震惊，亦甚为悲愤，特派一名长老陪伴星月去送图。

这位长老与星月的父亲是故交，一路上把星月视若子侄，爱护有加。

从伯望部落到洛城有几千里路，他们风餐露宿、披星戴月，煞是辛苦。幸好有星月从墨族带来的两只鸳鸟，可以乘骑赶路。

途经天柱山的时候，山下部落的族民劝长老和星月绕行，避开怪物。但是天柱山连绵不绝、山峰奇险，绕路势必耽误送图的时间。

长老心存侥幸，缜密计划后，深夜方才出发，试图从主峰边缘快速通过。但是人算不如天算，他们还是被怪物察觉。若不是怪物体形过于庞大，飞行速度不快，他们又时常在树林中低空躲避，让怪物无法得手，恐怕两人早就被怪物吞进肚子了。

怪物连追了三天三夜，鸳鸟已经精疲力竭。怪物越追越近，长老和星月心急如焚。那怪物见状，反倒兴奋异常，不断唳叫。飞行上千里，终于快追上了，怪物的脸上不由得露出得意的怪笑。

只见怪物头部微仰，猛然前伸，从嘴里吐出一道红色的闪电，飞向星月座下的鸳鸟。

闪电劈到鸾鸟，鸾鸟一阵战栗，悲鸣一声，陡然坠落。

"啊！"星月惊叫不止。千钧一发之际，长老一把抓住星月的胳膊，用力将她拉到自己的鸾鸟身上。

此时长老的鸾鸟也支撑不住了。它拼命挥动翅膀，但还是止不住往下坠落的势头，眼见就要跌入树林。

怪物身躯庞大，星月他们跌落的是茂密的林子，怪物无法低飞，在天空盘旋，一时失去目标。在夜色的庇护下，即便怪物的目光再敏锐，要想在茂密的树林中找到两人也非易事。

怪物不由大怒，不断口吐闪电劈向树林，依然无济于事。怪物在天空徘徊一阵，眼中凶光一闪，默念咒语，身躯不断缩小，最后变为几丈的身形，飞入林中。

2

云阳的小屋里，大家刚刚吃完晚饭，围在一起听雪微讲外面的故事，这是最近每日必备的节目。

雪微侃侃而谈，小奇眨巴着好奇的眼睛，听得蛮来劲，一边听一边逗着阿言那只叫"哑巴"的鹦鹉。

围坐的听众里，不乏附近交好的异族人。自从洪水暴发以来，这些人太久没有外出了，此时听雪微讲外面的事情，竟是那么新鲜。

雪微扬扬得意，他太享受这种众星捧月的感觉了。正当他讲到关键之处，火盆里的树枝突然爆出啪啪两声异响。雪微立刻停住嘴巴，紧盯着火苗，下意识地掐了掐手指，面容微微一怔，急忙起身往屋外跑去。

"诶，你还没讲完呢……"小奇在后面招呼雪微，"好神经啊！"

"好神经！好神经！"哑巴不满地嘟囔着。

雪微毫不理会，跑到院子里仰望着星空，一脸掩饰不住的兴奋。

族民们看到雪微痴痴呆呆的样子，手掐着指尖，脚踏着奇怪的步伐，一会儿低头算，一会抬头看，都觉得莫名其妙。难道这家伙又犯病了？

今天的故事是听不成了，众人嘀嘀咕咕着，各自散了，只有小奇和阿言赖着不走。

云阳看着雪微，没有出声。

雪微按照周天星辰的位置踏步，步伐越来越快，手中的玉笛不时在空中指指画画，口中念念有词，头上已然冒出大汗。

只见月光下，他浑身泛着白色的光华，举手投足之间带着一种说不出的玄妙。

"云阳，跟我走，持图人来了！"雪微突然停下脚步急声说着，向远处的深山跑去。

云阳心中又惊又喜，等了这么久，终于等到持图人了！他急忙拔脚飞奔，可刚迈出一条腿就被阿言拉住。云阳疑惑地看着阿言，阿言指指自己，又指指院落的兽叉。

云阳一下子明白阿言的意思。他是想一起去，还要云阳拿上武器，毕竟夜间进山风险莫测。

云阳点点头，抄起兽叉就和阿言往外跑。刚出院门，云阳突然想起什么，猛然回头，小奇果然跟在身后。

云阳瞪了他一眼，低吼道："小奇，赶紧回家，别跟着我们！"

小奇停下了，看着云阳和阿言远去的背影撇了撇嘴。他怎么可能听云阳的话，依然偷偷地跟着。

3

树林中，人面鸟身的怪物终于发现了长老和星月，二话不说，脑袋往后一仰就吐出一道闪电，劈向他们。长老眼尖，在怪物脑袋后仰的一瞬间，拽着星月纵身一跃，勉强躲过闪电。

林子里的树木太密了，这直接影响了怪物的发挥。怪物发狂地大声吼叫，非常刺耳，犹如婴儿夜哭。

眼看长老和少女跑远，怪物面露厉色，猛然振翅往前一冲，一排排参天大树陆续倒下。

长老见怪物要追上了，一把将星月推了出去，大喊道："快跑，不要管我！"

"阿爷，不要！"星月扭身看到怪物的利爪猛然划过长老的后背，长老痛苦倒地。

星月捡起一块石头扔向怪物，然后跑向长老，想要救他。

"快跑！别过来！"长老连忙阻止。

怪物挥动翅膀，把星月打飞。只见星月腾空横飞出去，一只木盒从她怀里掉了出来，似有华光闪现。

怪物本打算先把长老吃掉再吃星月，但见到华光后竟然停住了，凶狠的目光直盯着木盒一动不动，随后用异常嘶哑、刺耳的声音说道："九……州……山川图？"

原来这怪物中途是想放弃的，可一接近长老和星月就察觉到一股莫名的气息，想来是这两人身携宝物，所以才锲而不舍追到这里。

怪物此时兴奋至极，他早就听闻人族在绘制九州山川图，令神界颇为忌惮，莫非这个就是？他太久不吐人言了，再一开口，竟有些生涩："说！是……不是？"

正当他逼问长老的时候，后背被什么东西猛然击中，他身躯一晃，一下子往前扑倒。

第七章　弇兹

1

怪物很快立住身形，宽大的翅膀一扇，飞上几丈高空，把月光都遮住了。

"你们还好吗？"来人正是雪微，他根据星辰异动推演方向率先赶到，正好听见那怪物说起九州山川图，这才绕到怪物身后偷袭了他。

"多谢少侠搭救……"长老艰难地站了起来。他的后背被怪物抓得皮开肉绽，深可见骨。

雪微又慌忙扶起星月，四下搜寻掉在树林中的木盒。

"小心！"长老突然大喊。

只见那怪物卷土重来，直扑向雪微！

嗡！

那人面鸟身的怪物刚一靠近雪微，便被一道无形的屏障挡了回去。

"卜族？"怪物目光闪烁，心有忌惮，似乎吃过卜族的亏。

原来是卜族的护身符发挥了作用。离开卜族部落的时候，阿爹把祖传的护身符给了雪微，并叮嘱他要时刻带在身上。

雪微躲过一劫，转身便挡在长老和星月身前。

"一定要保住九州山川图！"雪微心中暗暗下了决心。可是云阳还没赶到，凭他自己，是无论如何也斗不过这怪物的。虽说眼下有护身符保护，可谁又知道这怪物到底有多大能耐呢？兴许他真有什么法子破了这护身符。

"图，交……出来，你们……不吃！"怪物扬起利爪，威胁雪微和星月他们。

先前在背后，雪微没注意看怪物，当下再定神细看，差点儿没吓哭。

雪微曾听族里长老说起过一个妖神，名为弇兹，人面鸟身、珥两青蛇。这些特征和眼前这怪物的样子实在太相符了。况且，能口吐人言的绝不是普通的怪物。

雪微断定，眼前这怪物就是夋兹。

雪微等人迟迟不答话，夋兹怒了，再一次振翅蓄力，朝雪微俯冲而去。

砰！护身符放出的光华一阵晃动，黯淡了许多。

"你们赶紧走，我来拦住这个怪物！"雪微也想走，可眼下最要紧的是保护好持图人，当下硬着头皮，让长老和星月先走。

眼看夋兹又一次蓄势，像要再次攻击，雪微立刻盘坐在地，取出月牙形的护身符托于掌上，然后以族内秘法念动咒语，激活护身符。护身符随即飘浮在半空中，透着黑白两色光华。

砰！光华又一次化解了夋兹的攻击，将他远远弹开。但是这一次，夋兹被弹飞的同时，张嘴便吐出一道耀眼的闪电直劈向雪微。

"小心！"长老保护着星月刚走出几步，突然冲了过去一把抓住雪微，用力一拉将雪微拽到近旁。

砰！月牙形的护身符被闪电击中，现出裂纹。雪微大惊失色。祖传的宝物被毁，他的心在滴血。

"桀桀桀！"卜族的护身符被毁，夋兹不仅不兴奋，反而神色凝重，悬置在半空，嘶叫不止。

"烛龙，滚出来！"夋兹又惊又怒，多年前与这个老对手的那一战让他心有余悸。

"烛龙？"星月不知道夋兹在说什么，烛龙又是谁？但见眼前月牙形的石制护身符上，黑白双色闪烁得越来越快，光影流转，越来越大。

夋兹知道，这是老对手要借助这块小石头降临分身的征兆。到了这个地步，即便打碎这块石头，对手的分身依然能降临。于是夋兹没有上前，转而悬置半空，积蓄力量。

正当此时，雪微耳边传来一道犀利的破空声，刹那间，一把锋利的兽叉以迅雷不及掩耳之势飞了过去。

扑哧！兽叉瞬间洞穿了夋兹的身体。随着一声惨叫，夋兹跌落到不远处的山坳下。

若不是夋兹将注意力全都集中在雪微的护身符上，这兽叉怎么可能会伤到夋兹。只见夋兹双翅振地，再次升空，目光凶狠地扫了一眼偷袭他的不速之客。正是云阳。

夋兹根本不把云阳放在眼里，丝毫没有要报复他的意思，目光迅速回到雪微的护身符上。

"云阳……"雪微终于松了一口气。

"雪微，保护好他们，我去结果了那个怪物！"

不等云阳动手，雪微一把将他拽住："你先别去！我们卜族守护神的分身要降临了！"

"卜族守护神？"在场众人无不惊讶。

雪微念道："钟山之神，名曰烛阴，视为昼，眠为夜，吹为冬，呼为夏，不饮，不食，不息，息为风；身长千里，在无启之东，其为物，人面，蛇身，赤色，居钟山下。"

卜族会卜算，众人皆知，但少有人知晓卜族供奉的神明是烛龙，外号烛九阴。他是掌控时间的大神，能算过去未来。此外，卜族人继承了人皇伏羲传下的先天八卦，又精研星象，所以卜族测事才会如此准确。

突然，悬空的护身符裂开并放出刺眼的光芒。光芒过后，一条人面龙身的巨龙虚影凌空骤现，神威俨然。

弇兹立刻嘶吼着冲向烛龙的虚影，展开激战。只见双方身形缠绕，敏捷异常，令人眼花缭乱。

"闪开！"云阳如一头猛虎蹿出，顺着山坡下了山坳。他捡起兽叉，连续几个大跃步，冲向弇兹。

弇兹注意到了云阳，当即大吼，愈加疯狂。只可惜，他正与烛龙的虚影缠斗，无法分身。否则他定要灭了这伤了他的人。

弇兹对云阳怀恨在心，云阳何尝不恨他呢？他恨这世间一切的怪物。自从怪物作乱，洪水滔天，他不仅失去了家园，还失去了亲人，以致流离失所，在这世间只身流浪。

面对弇兹，云阳毫不畏惧，唯欲除之而后快。

机会来了，烛龙大神的虚影控制住了弇兹，云阳抄起兽叉在弇兹身上一顿猛刺。

弇兹大吼一声，挣脱烛龙的压制，扑向云阳。

突然，一个黑色身影冲了过来，一掌拍向弇兹。

弇兹被打飞出去。这次伤得不轻，羽毛和血沫横飞。

众人定睛一看，一只黑色大熊在弇兹面前，凶巴巴地瞪着他。这时，一个冰冷的少年从黑熊背后走了出来。原来阿言到了，那只大黑熊正是他自幼在山里的玩伴。阿言如此勇猛，可他肩膀上那只叫哑巴的鹦鹉却不争气，刚一看清弇兹的模样便大叫一声，吓得飞走了。

有阿言配合，云阳大喜，抄起兽叉又一次冲向弇兹。不料，一个熟悉的声音突然从漆黑的树林里传来。

"闪开，闪开，快闪开！"

云阳一看，正是尾随而至的小奇，只见他端着一只木盆飞也似的奔来。

突然，小奇脚下一绊，连人带盆飞了出去。那满盆的液体全泼在云阳和弇兹身上。

眼看云阳也被泼到了，小奇有点儿不知所措，爬起来转身就跑。

"怎么不管用啊？"小奇边跑边嘟囔。

第八章　烛龙

弇兹再一次被烛龙的虚影缠住无法升空，这无疑给云阳和阿言的攻击创造了绝好的机会。云阳左突右闪，阿言控制大黑熊一顿猛拍。

大黑熊兴许是异种，暴怒起来身形骤然上涨，浑身透着黑红色，就是腰口粗的大树也被它一巴掌拍断。这样的力量，即便弇兹的肉身再强健，也能对他造成伤害。只可惜，弇兹何其聪明，他的第一目标就是烛龙的虚影，如不将虚影打散后患无穷。

正所谓当局者迷旁观者清，一旁的雪微、星月和长老看得何其清楚。烛龙大神的虚影正在变淡。毕竟是分身降临，又与弇兹缠斗了许久，怕是要消失了，而弇兹也渐渐占了上风。

雪微心中万分焦急。

弇兹已经狂暴了，正有意识地毁掉身边的树木拓展更多空间，而他周身环绕的闪电也在不断炸响，显然是在酝酿更加猛烈的攻击。

此时此刻，战斗进入了白热化。弇兹的嗥叫更加凄厉，他快速挥动双翼企图升空，但是上空的烛龙分身始终压制着弇兹，每次在弇兹起飞的那个瞬间，就对着弇兹一阵光影攻击。但是每使用完一次神通，烛龙的身影就淡去一分。

雪微沉吟片刻，终于下定决心试一试家族的顶级秘术。尽管雪微对此还不太熟练，可眼下他不得不这么做了。

只见雪微口中念念有词，手中玉笛画了几个圈，然后向石阵中一指，一个光圈正在缓缓扩大，雪微终于把整个大阵布置完成，法阵的威力逐渐开始显现。

法阵对应天上星辰，每一个咒语都带动天上星辰闪烁。这是卜族最大的秘术，引星辰之力为己所用。

看到法阵已经布成，云阳马上让阿言把黑熊叫出来，然后把星月和老者抬到法阵后面。

"云大哥，我又来了！"小奇跑回来了，手里又端了一盆东西。

雪微刚刚把阵眼布置完，看到小奇手里端的东西哭笑不得。刚才一盆童子尿没起到啥作用，反倒让弅兹更加疯狂了，没想到小奇还不放弃。

"别泼了，这个没用的，他不是普通的精怪。"雪微赶紧说道。

小奇不满地说："刚才那个可能不纯，是大孩子的。这次我专门接了小娃娃的童子尿，跑了好几家，才接到这么多的。"

雪微哑然一笑，不再言语，想来是自己当初对付鳎鱼精的方法被小奇知道了，他就来回接童子尿泼弅兹。可是童子尿这种至阳之物只能对付最低级的至阴之物山川精怪，弅兹可是凶神。雪微一下子想起来什么，突然目光戏谑地看了云阳一眼。

云阳鼻子在抽动，下意识地闻了一下身上的味道，然后皱眉看着小奇。

小奇嘿嘿一笑："云大哥，刚才失误，失误。"

云阳无奈地摇了摇头，小奇真是添乱的高手。

法阵的气波在震动，白光不断地扭曲翻滚，展现出神秘的气息。天上的星辰之力已经被调动，一阵阵看不清的神秘力量被法阵接引下来。

弅兹大声嘶吼，身形不断地拔高，身上冒出闪电和火花。烛龙的分身虚影已经若有若无，无法压制住弅兹了。突然，弅兹口吐咒语，射出一股巨大而又刺眼的闪电，直接打在虚影上。烛龙虚影一阵怒吼，但是分身的神力已经耗尽，无力反击。

烛龙分身被闪电击中后，身形开始飘忽不定，不一会儿便彻底化为乌有。

弅兹腾出空来，翅膀一扇，把黑熊打飞出去，愤怒地仰天长吼："烛龙，你给我等着！来日定不饶你！"

这声音让人战栗，凶神一怒，天地也为之变色。

烛龙大神的分身消失了，弅兹终于把目光放到了云阳等人身上。他的眼神冷漠，充满蔑视。在弅兹看来，除了烛龙能引起他的重视，这些人族不过都是蝼蚁。

弅兹的强大，让人绝望，尤其是烛龙分身破灭那一刻，大家一阵惶恐。而今之计，只能依靠雪微的法阵了。

"这个阵，能顶住吗？"小奇还端着木盆，有些害怕地缩了缩身子，躲在云阳身后。

雪微强撑着说："周天星辰大阵威力很强，是我们卜族部落最大的秘法。我族先祖根据星辰变化创造它，可以借助九天星辰之力，降妖伏魔。"

"但是，这个是弅兹，不是精怪，也不是妖，而是凶神……"长老本不想让雪微泄气，可又不能不实言相告。

"到了这个地步，跟他拼了！"身为持图人，星月怎能放任这弇兹夺走九州山川图？！说着，便要上前拼命。

"慢！"雪微叫住星月，"不可强攻，只能智取。"

星月这才收住脚步，但见法阵一阵晃动，砰砰作响，星辰之力不断涌现，化作阵阵白光，射向弇兹。但是，弇兹却一动也没动，反倒玩味地看着这些人族，它轻轻挥动翅膀，一道巨大的闪电便劈向法阵。

这一击让法阵里的石块一阵晃动。砰的一声，白光炸裂，气浪瞬间袭向四周。

法阵就这么轻易被破，众人心中大惊。云阳和大黑熊急忙横身阻拦怪物，保护星月和长老。可没有了烛龙大神的帮助，云阳能做的实在微不足道。他手中的兽叉刚举起来就被弇兹打飞，紧接着肩膀也被弇兹的利爪勾住，爪尖透骨，鲜血直流。

弇兹轻轻一甩，将云阳扔了出去。云阳撞在大树上，闷声落地，半条命都去了。

"九州山川图，拿来！"弇兹一声嘶吼，冲向星月。

这一刻，已经无人能挡住弇兹了。

星月抱紧先前缠斗时好不容易找到的木盒，神情坚毅地瞪着弇兹。

"拿来！"弇兹的利爪杀向星月，众人慌忙阻截，却被它一道闪电劈飞出去。利爪降落，星月的肩膀立时变得血肉模糊。

星月倒下了，但却没有说半个不字，仍旧死死地抱着木盒，仇视着弇兹。

弇兹感受到了强大的挑衅意味，它来自一个弱小的人族少女。它突然发狂一样大笑，像是在嘲笑星月、嘲笑人族，也像是因为这即将到手的九州山川图而兴奋异常。

突然，弇兹察觉到背后有异动，心生警觉，但是为时已晚。

噗！一盆液体泼在他身上。太难闻了，这味道对弇兹来说简直无法忍受。也正是这股味道，让它想起刚才已经被泼了一次。

侮辱，彻彻底底的侮辱。居然把自己当成精怪小妖，用童子尿来对付。

弇兹暴怒地转过身来。小奇一阵慌乱，转身就跑。

弇兹挥动翅膀向小奇追去，从来没有人敢这么羞辱他。

小奇跑得快，又很灵活，而在这树林密集的地方，弇兹体形过于庞大，一时无法追上小奇。

每当小奇跑出视线之外，弇兹就停止追赶。毕竟弇兹是奔着九州山川图来的，要不是小奇那盆童子尿实在令他气愤，它才懒得搭理小奇。

小奇看弇兹停住了，马上明白了。一转头，跑了回去，牵制着弇兹。

弇兹被彻底激怒了，他吐出粗大的闪电，不断劈向小奇。小奇利用大树左躲右闪，灵活地避开，但又不能跑得太远。

另一边，长老艰难地扶起星月，可星月已经昏迷了。她浑身是伤，鲜血淋漓，但仍旧死死地抱着木盒。

云阳凝重地看着星月手中的木盒，心中不由得感叹：原来这就是九州山川图，平息洪水的希望就在眼前了。他紧握双拳，暗暗下定决心，无论如何也要保住这件圣物，绝不能让弇兹那怪物抢走。

雪微这时双手齐上，正在推算着什么。

"想到什么办法啦？"云阳急问。

雪微沉默片刻，脸色阴沉如水，缓缓说道："弇兹乃上古妖神，善于操控闪电，法力强大，今天恐怕不会善罢甘休。要不是弇兹怕动静太大引起注意，不愿施展强大神通，整座山都会被他毁掉。"

云阳的内心颇为震惊，但现在的情形是，不能战胜弇兹就无法保护九州山川图。

"你还能请到刚才的巨龙吗？"云阳觉得唯一可能战胜弇兹就是刚才的巨龙。巨龙的风采，让他心动神驰。

第九章　锋芒初试

1

似乎料到云阳会这么问，雪微缓缓解释道："烛龙是卜族的供奉之神，掌握时间法则，所以，卜族能知过去未来。刚才的护身符是我外出时阿爹给的，我也不知道烛龙的分身可以借助这个降临，但是符已破碎，分身也被打散了，无法再请。"

云阳略一点头，没有说话，只是等着雪微继续说下去。

"我卜族大能推算九州山川图时得到过几句预言：血为媒，魂献祭，九州山川图现，神魔避忌。我刚才起卦，卦象血光之中孕育生机，结合这几句预言来看，要激发九州山川图，可能需要牺牲一个人的性命，用鲜血涂抹九州山川图，才能让九州山川图焕发威能镇压凶神。"

雪微说这话时，万般不忍。

云阳听完后面色凝重，静默片刻，大步向星月走去。

"等等！"雪微连忙叫住云阳，"预言显示，要用魂魄来开启九州山川图。我们卜族常泄露天机，阳寿都很短，我命中该有一劫。所以，还是我来吧……"

云阳惊讶地看着雪微，第一次感觉到雪微的赤诚。虽然雪微平时神神秘秘，说话常常只说一半，但此时此刻能站出来，真男儿，当之无愧。

"你带着图，把它交给舜帝，解救万民。我不了解外界，也不懂九州山川图的用处，还是我来吧。"云阳劝道。

"我来。"阿言上前拦住云阳，本就冰冷的面庞又多了几分凝重。

三人不断争执，阿言急了，一拳把雪微打倒在地，刚要转身对付云阳，却被云阳一个掌刀敲在脖颈动脉处，晕了过去。

雪微揉着鼻子站了起来，云阳又一拳头把他打倒。这一拳偏偏又打在鼻子上，疼得他在地上嗷嗷乱叫。

"孩子们，别争了。以血献祭，老夫义不容辞。"一个苍老虚弱的声音突然响起。

长老撑起受伤的身体，从苏醒的星月手上拿过木盒，盒开图现。长老不由分说，用自己的鲜血涂抹着九州山川图。

星月眼含热泪，也不知道长老和星月说了什么，星月竟一言不发，没有阻止。

云阳还要上前，长老连忙摆手说道："我已是即将终老之人，能为人族略尽绵薄之力，也算是我的福分。你们都还年轻，接下来的路只会更加艰难，相比而言，老夫此举又算得了什么？往后，星月就拜托你们了。"

云阳看向雪微，雪微无奈地点点头。

老者一边涂抹鲜血，一边欣慰地看着眼前这几个年轻人。

云阳和雪微看着长老，满怀敬仰之情。

鲜血浸润着卷起的图轴，长老的面色越来越苍白。当他把图的纹路涂抹完毕时，整张图飘上半空，缓缓展开。

这时，天象突变，电闪雷鸣，隐有龙吟，月光被一团彩云遮挡，风从四面吹来，飕飕作响。

老者仰天呼喊："众神！尔等一直奴役我人族，视我等如蝼蚁，今日我人族复兴，自强不息，必能改天换地！"

远处，正与小奇纠缠的弇兹猛然回神，嘶叫着从远处杀将过去。

2

"跨越三界之间，践履人族之约，以吾血为媒，以吾魂为祭，乞速苏醒！"长老的声音威严无比，震人心魄。

弇兹此时近乎癫狂，悔不该与那小崽子斗气，让九州山川图得以大展神威。

只见悬浮半空的九州山川图，在温润光华的包围下山川隐现。突然，一束耀眼的光芒直射天际，像要把天都捅开。风更急，雷更响，仿佛众神在愤怒，令天地为之色变。

那一瞬间，云阳清晰地感觉到，自己的命运似乎与九州山川图建立了一种莫名的联系，一股涌动的气息在他体内流转，让他有种说不出的舒适感。

他转头看向雪微和星月，二人屈膝跪地，正无比虔诚地注视着九州山川图，除此之外并没有浮现出与他相似的神情。

云阳不禁奇怪，难道他们感觉不到体内的异样吗？

此刻，弇兹飞驰而来，刚一踏进九州山川图光华覆盖的区域，浑身立刻传来撕心裂肺的痛感，原本阴狠的面孔瞬间透出了惊慌之色。他急身后退，怎奈九州山川图散发的光芒已经将他罩住。

弇兹挣扎着想要逃脱，但却无济于事。它的身体在光芒中开始消融，他不甘心，可又能怎样？先前它是多么不可一世，现在也只能恨恨地看着云阳他们，在心底发出痛彻心扉的仇恨誓言。

又一道强光从图中激射而出，径直打在试图挣脱束缚的弇兹身上。

弇兹发出凄厉的惨叫，神力也在这一瞬间被净化流失。他拼命振翅，但却无济于事。不一会儿，空中响起一阵不可言说的喃音。喃音下，弇兹凌厉的目光慢慢变得麻木，挣扎也逐渐平息。

少顷，弇兹消失了，九州山川图的光芒也逐渐减弱，夜空下的山林恢复宁静。风停雷息，九州山川图悬空卷起，倏然坠落。

云阳高高跃起，接住图轴。

"阿爷！"星月这一声哭喊，方才让雪微从惊愕中醒过神来。

长老走了，他面带笑容，一片慈祥。

云阳望着九州山川图，神情肃穆，心中暗想我人族总有一天会成为自己的主人，不再被奴役，不再受天灾折磨。

雪微泪眼婆娑，鼻血还没干，一直盯着云阳看。原来他早就注意到九州山川图溢出的光华笼罩过云阳。这里那么多人，为什么偏偏只罩在他一个人身上？

"别哭了，我们赢了。"云阳安慰雪微。

雪微指着自己红肿的鼻子冲云阳嚷嚷："你和倒在地上那个家伙都打在我的鼻子上，很痛的知道吗！"

云阳想起刚才的争抢，不禁苦笑。

第十章　震动

1

洛城，位居中央，人族心中的圣地，每日车水马龙、川流不息。

洛城的中心是一座气势恢宏的宫殿，殿前的广场上矗立着一座祭天塔，塔尖闪耀着一颗硕大的夜明珠，光照四方。宫殿各门均有猛士把守，还有巡逻的队伍在各门间不断穿梭。

正殿内，头戴云冕、身穿华袍、威仪满满的舜帝正与一位苍颜皓首之士秉烛夜谈。这苍颜皓首之士正是皋陶。

突然，东方有光柱划破夜空，舜帝顿时感觉热血沸腾，心跳加速。

"这是……"舜帝惊起。

"应该是它出世了！"白发老者也急忙站起身，遥望东方。

"终于出世了？来人，快宣各大长老！"终于等到了这一天，舜帝不免心潮澎湃。只有九州山川图这种承载万民希望的宝物，才能让人有血脉相连、切切在心之感。

云阳等人哪里知道，九州山川图展现那一刻，四方震动。身为天下共主，舜帝又怎会没有感觉？

"共主，九州山川图闪现，一定是持图人遇到了困难，所以才激发了它，我们应该当火速派人接应。"皋陶提醒道。

舜帝问道："依你看，应该派谁去接应？"

皋陶沉吟片刻，方才回道："看方位，九黎的部落最近。"

舜帝目光一凛，立刻明白皋陶心中的顾虑，缓缓说道："皋陶，我们还是要相信天命在兹啊，施以援手乃当务之急。你看呢？"

"共主既然已有所考量，光明正大，磊落行事，当为首选。"皋陶拱手道。

"来人，传书征调九黎壮士，接应持图人。"舜帝下了决心。

"诺！"殿外的守卫急声答道。

"太好了！太好了！"舜帝兴奋地来回走动，平时矫情镇物的气度此刻荡然无存。半晌后，他仰天长叹："我人族将要大兴，我人族将要大兴啊！"

2

西昆仑山，半山云雾萦绕。山峰绝高，仿佛刺破天空，远远望去，威压无穷。

当九州山川图的光芒冲破天际那一刻，整座昆仑山都在震动。

一个冷漠的声音突然从山顶传来——

"蝼蚁安敢如此！"

那声音透着无限的威严，仿佛能令天地颤抖。

正在山下悠闲休息的动物，被惊得四处乱跑。

3

北极之地，冰封旷野，白雪皑皑，渺无生机。据说凤凰出生于这里，自从当年凤凰被永镇不死火山后，这个地方就变得异常寒冷。

当九州山川图的光芒冲破天际那一刻，整个北极也在晃动，仿佛有远古神祇在苏醒。

冰川剧烈地绽开，犹如天堑一般的深沟，恐怖至极。

4

恶战过后，已经是天明。朝阳升起，紫气东来，空气格外清新。

云阳等人把长老安葬，祭拜礼毕。两只鸢鸟也力竭而亡，另外合葬了。他们扶起伤心不已的星月，返回槐族部落。

这一战，无比凶险，却侥幸得胜。

云阳浑身疼痛，心情却大好。自从听雪微说起九州山川图，他就一直在等待，今天终于等到了。可是这幅图真的能治水吗？云阳不禁打量起挂在星月腰间的木盒。

几个人互相搀扶着，步履蹒跚地回到部落，先去找了阿薰。

小奇一边叫阿薰一边使劲拍门。

"来啦！"阿薰睡眼惺忪，打开门看到云阳他们狼狈不堪的样子，一脸惊愕。

"我们等到九州山川图啦！"云阳微笑道，"阿薰，快帮大家包扎一下伤口吧。"

阿薰急忙帮伤势较重的星月处理，她的肩胛骨折了，所幸没有内伤。

大黑熊被怪物爪子抓得浑身是血，可怜巴巴地看着阿言，一副很委屈的样子。

不多久，阿薰忙去给云阳检查，云阳却摆摆手，叫她先给大黑熊包扎。阿薰依从他的意思，又给大黑熊配了一些草药外敷。

小奇回到部落很活跃，见人就说。不一会儿，在他身边围了一大圈人。

"你们可不知道，昨晚那怪物有百尺高，凶急了！追着我跑，哈哈，可就是没我跑得快，就是抓不到我，最后气死了！"小奇扬扬得意地大吹特吹。

"小奇，你来我家接童子尿是不是自己喝了？"

"看到那么大的怪物，小奇肯定吓尿了吧。"

"小奇平时就尿床，肯定被吓尿了！"

众人七嘴八舌，调侃小奇。

"你们，你们！"小奇气得满脸通红，为什么这些人忽略怪物，反而揪住自己尿床的事情不放，太讨厌了。

"如果不是我，你们早就被怪物吃掉了，我可是你们的大恩人！"

"好凶啊，吓死了！吓死了！"鹦鹉哑巴也出现了。

"哈哈，小兔崽子，能得你！"围观的大叔和大婶笑骂道。他们全都不信小奇和哑巴。小奇昨晚兴冲冲地跑各家去接童子尿，扰人安眠。大半夜，有的夫妻正在行人伦之事。一大早上再看到小奇，少不了对他一阵奚落。

云阳、阿言和雪微躲开哄闹的人群，绕行到堤坝，巡视了堤坝和洪水的情况。

云阳心中一片宁静，远远地望着洪水，露出轻松的笑容。洪水终于要平息了，天下人快要过上安心的日子了。

"不要太乐观，难的在后面呢。"雪微打着哈欠，漫不经心地补了一句。

阿言面无表情地看了他一眼。

云阳大笑："哈哈，有希望不就很好了吗？"

第十一章　祭祀

1

星月安顿下来了，和阿薰住在一起。在阿薰的照料下，她恢复得很快，没几天就能活动肩膀，还能帮阿薰搭把手，配药、熬药。

阿薰把小奇撵去和云阳同住，对于这个安排，小奇满心欢喜。他乐颠颠地抱着被子就走，还很潇洒地挥挥手，就像出了牢笼一样，颇有一种再也不回来的气势，把阿薰气得差点儿追上去揍他。

这几天洪水也没出现异动，大家的生活又回归平淡。小奇每天跟着云阳后面乱转，大多数时候雪微和他俩一起转悠。阿言要么待在屋里，要么进山，很少闲逛。

一晃十多天过去了，星月的伤势逐渐康复，打算再过几天就要辞行，继续赶路。

这一天，部落里的人们都在忙碌，马上要举行一年一度的祭祀大典。

族长的木屋旁边，一个半秃的老者踱步而来。但见四下无人，老者闪身溜进一间小木屋。

"大长老安好。"老者恭敬地问候盘坐在木屋里的人。

"你来了。"一个更加苍老的声音缓声应道。

半秃老者神色有些惶恐，今天这么敏感的日子背着族长来见大长老，要是让人知道，哪里还说得清。这让他非常不安。

大长老毫不在意老者的神色，沉声说道："昨天神明托梦于我了。"说着叹了一口气，不再言声，但从面色上看，他甚为得意。

"神明托梦……"老者喃喃自语，一时不知如何应答。

神明托梦可是族长才有的能力和权力啊。虽然大长老在族内的威信仅次于族长，但毕竟不是族长，怎么可能让神明托梦于他？老者有些惶恐。大长老与族长不和人尽皆知，偏偏今日的祭祀由他筹备，只怕大长老招他来是另有所图。

"他似乎有意于我啊。"大长老一副胸有成竹的样子。的确，能在祭祀前夜梦到神明就说明神明选定了他。

老者在大长老的注视下，浑身冷汗。他知道，今天如果不表态支持大长老，只要走出这间屋子，绝无善果。谁让大长老手里捏着他的把柄呢？

沉默中，老者的内心在剧烈地挣扎。一边是族长，一边是大长老。他悲哀地发现，自己早已经陷入权力争斗的旋涡，无法自拔了。终于，老者低声说道："愿听大长老吩咐。"说完，他不禁浑身颤抖，面色苍白。

大长老满意地点点头，嘴角勾起一丝笑意。

2

和往常一样，云阳每天都要去堤坝巡视一圈。河面平静，奇怪的是堤坝上一个人也没有。若在平时，这个时间总能见到三五个人。

远处，部落里不时传来欢声笑语。

云阳下了堤坝往回走，遇见的人都笑容满面。他拦住一个大叔，一问才知，今天是祭祀神明的大日子。

云阳恍然大悟。虽说他来槐族部落已经好几年了，可这部落祭祀，他是一次也没有参加过。只因为他是一个外部人，按槐族部落祭祀规定，他没有资格参加。

云阳路过阿薰的屋子，看到阿薰在熬药。美丽的脸上，因为火烤泛着红润之光。清风吹乱了发丝，阿薰的葱尖玉指轻轻地划过整理，无比曼妙、美轮美奂。云阳不由得看呆了。

"呀，云大哥。"阿薰看到云阳痴痴地盯着自己，一下子羞红了脸，嗔叫了云阳一声。

"阿……阿薰，熬药呢？"云阳有点儿紧张，没话找话。

阿薰羞涩地点点头："嗯，在熬药。"

云阳点点头，也不好意思继续待下去，大步向自家小院走去。

院子里，只有雪微和阿言。雪微凑在阿言耳边，絮絮叨叨，不知道说些什么。阿言一如既往，冷冰冰的，只是低头做兽夹。兴许是雪微说的东西太无聊吧，连鹦鹉哑巴都打盹了。

这几天，阿言带着大黑熊打了不少野物，一心只想帮大家改善生活。如果不是因为大黑熊被鹦鹉哑巴勾引着去采蜜，被蜇得浑身是伤，躲在自己的山洞里睡大觉，阿言早就去打猎了，哪还有心思在这儿听雪微瞎白话。

云阳扫视一圈，没发现小奇，应该是去祭祀场疯去了。这小子就爱凑热闹，祭祀这么大的事情，肯定少不了掺和。

云阳径直回屋，把砍柴的斧子提出来，仔细地磨。

"云大哥！云大哥！"小奇回来了，拉起云阳就往外拽，"赶紧的，找你有事儿。"

"怎么了？"云阳看着小奇，拿出一块随身携带的软兽皮，让小奇擦擦满头大汗。

小奇一边擦一边气喘吁吁地说："云大哥，我发现一个秘密。"

"什么秘密？"阿言和雪微也凑了过来。

"我跟你说不着。"小奇的戒备心还不小。

雪微耸耸肩，不以为然地说："我今天左眼皮跳跳，感觉有好事要到啊。"

"眼皮跳和好事有什么关系？"小奇总是这样，不经意就上了雪微的当。

雪微故作深沉地说："左眼跳财，右眼跳灾。"

小奇顿时好奇了，歪着脑袋问："那两只眼皮一起跳呢。"

"破财免灾。"阿言突然冒了一句。

"有道理！"雪微嬉皮笑脸。

"别胡说八道！"云阳打断话题，问小奇："小奇，到底怎么了？说吧。"

小奇看看雪微，犹豫了一下，终于下定决心说道："云大哥，我发现祭品里面有小孩，他们要把古家大哥的孩子当祭品，贡献给神。"

"什么？用孩子当祭品？"云阳大惊，一把拽住小奇的两只肩膀，"小奇，你可不能乱讲话，此事当真？"

"千真万确，我亲耳听见的。"小奇信誓旦旦地说。

看到云阳还有迟疑之色，小奇把前因后果讲了一下。原来小奇今天本来四处凑热闹，遇见一堆大人们在谈论今天的祭祀，他在边上听到今天古家孩子当了祭品，而且据说不只是今年，每年都是这样祭祀。小奇还跑到古家屋外，听到古家大婶在屋里抽泣，便断定这事儿肯定是真的。

听小奇说完，云阳很震惊。古家的孩子才出生不久，怎么就成了供神的祭品。云阳胸中陡然升起一团愤怒的火焰。

"小奇，你不要声张，我们再打探一下。"云阳虽然愤怒，但这件事要确认清楚才行。

"嗯。"小奇连连点头。

"小奇，你先去族长那边守着，看看他们在干什么。祭祀之前，族长总要给长老开个会，你在门外悄悄地听，不要让人发现，有什么新情况再回来报告。"

小奇觉得终于要做大事了，云阳一吩咐，拔腿就跑。

"你为什么把小奇支开？"雪微不是那么好骗的，看得出来云阳不想让小奇参与。

云阳看了雪微一眼，沉思片刻，叹息道："小奇还是个孩子。"

"那么，接下来你打算怎么办？"

云阳皱着眉头，没有说话。

雪微看得出来，云阳不说就是做了决定，而且不是一般的决定。

"虽然从道理上，我不赞同你，但是在情感上，我支持你。但是此事你要想清楚才好。"雪微还是想劝阻一下云阳。祭祀是每个部族的头等大事，不能干涉，但是雪微的内心真的很支持云阳。

"换成我，也许不会有这勇气。"雪微承认，论勇气，自己不如云阳。

云阳正色道："以前我不知道就算了，但现在知道了，怎么能不救。"

雪微看到云阳坚毅的目光，心中很赞赏。虽然相处不久，但是他发现云阳是一条有担当、有情义的汉子。

"什么时候去？"阿言终于开口了。

云阳眉头一皱，说道："进屋。"

第十二章　弥天大罪

1

黄昏时分，三人动身前往槐族社台。往年祭祀神明都是在夜间，据说到时神明会降下法术卷走祭品，年年如此。

阿言向来对祭祀之事不感兴趣，外加年龄也不大，所以部落里的人，也没有强迫他参加，等年纪再稍长，就必须参加了。

槐族社台设在村后的一棵大槐树前。这棵槐树有四人合抱那么粗，郁郁葱葱，亭亭如盖。

三人远远看见两个年轻力壮的族民，在社台上做着祭祀前的准备。他们看不清社台上的情形，但又不便靠近。

"一会儿，我先去看看，如果古家的孩子在，我会想办法把人引开，你们两个把孩子抱走，到山上躲起来，度过今晚再说。"云阳神色凝重地对雪微和阿言安排。

"你真的想好了？"雪微歪着头，还想再劝劝云阳。

"别啰唆，你俩藏好了。"云阳皱眉说道。天色已晚，祭祀的时辰一会儿就要到了，此事宜早不宜晚。

云阳从灌木丛站起来，装作若无其事的样子，往社台走去。

"田大哥，你们干什么呢？"

猛然有人说话，看守社台的两个人吓了一跳。他们转身看到是云阳，也就放下了戒备。

"云小哥啊。"一个壮实的汉子很亲近地打了个招呼。

"一会儿要祭祀神明，我俩看着长明灯，不能让灯灭了。"田大汉说。

云阳微笑着说："那很辛苦，晚上还是比较冷的。"

"今天轮到我俩了，没办法。"另外一个大汉憨厚地补充道。

"真灭了会怎么样？"云阳一边好奇地问，一边展眼观察众多祭品中有没有孩子。

"呸呸呸，大吉大利。"田大汉赶紧吐了几口，把晦气去掉，然后笑骂云阳，"云小哥，可不能乱说，神明会怪罪的。"

突然社台中间的祭坛上传来婴儿的啼哭，可能孩子醒了。云阳心中大惊，祭品里面果然有孩子。

"田大哥，祭品里面怎么会有孩子？"云阳忍住心中的震惊和愤怒问道。

田大汉叹了一口气，无奈地摇摇头说："族里祭神的规矩啊。"

云阳听到此话怒火中烧，双手握拳，浑身青筋暴起。

田大汉没注意云阳的样子，黯然说道："这是祖上传下来的，年年如此。虽说我们也不愿意，可据说，祭祀的孩子会回归到神那里……"

云阳越听越愤怒，但是愤怒是于事无补的，一个小孩是一条命，哪怕破坏这次祭祀，被族长他们怪罪惩罚，也要先把孩子救下来。

云阳一步一步走到祭坛下。两个大汉对云阳也很熟悉，并没有阻止，以为云阳仅仅是好奇，毕竟他没资格参加祭祀。

那憨厚的汉子还体贴地说："云小哥，看看就赶紧离开吧。一会儿族长他们来了，会责备你的。"

云阳冲那憨厚的汉子友善地笑了笑。突然，他脚下一绊，把一盏长明灯碰落在地。

事发突然，两个大汉惊呆了。

"灯……灯灭了……"田大汉慌张地看着云阳。

云阳装出一副被吓呆的模样。两个大汉对视一眼，憨厚大汉对田大汉说："这下要命了，你赶紧去找族长吧。"

"哦，哦。"田大汉应着，赶紧往部落里跑去。

此时就剩一个人，这就好办了。云阳装作很害怕的样子，要往社台下面走。那憨厚的汉子急忙拦住他，一脸惊慌地说："云小哥，你不能走。祸是你闯的，你走了，我怎么办？"

云阳二话不说，拔腿就跑。

"别跑！"那憨厚的汉子急眼了。云阳闯了祸，自己不把他抓住，没法儿跟族长交代。长明灯熄灭，等于破坏祭祀大典，会受到族规的严厉惩罚。

他们一个跑，一个追，很快就跑远了。

阿言和雪微早就在灌木丛中等得不耐烦了，看到云阳把人引开，赶紧跳出来奔向祭坛。到了跟前发现，真的有个婴儿在祭坛上被祭品围着。

"真的不再考虑一下吗？破坏祭坛祭品可是大罪。"雪微犹疑了。

阿言鄙视地看了雪微一眼。雪微恼羞成怒："喂！我可是为你们好！"

阿言就是不说话，静静地看着雪微。

"那你还愣着干吗？还不抱走？"雪微恼怒地说。

两人抱着孩子跑进深山，消失在暮色之中。

而不远处的树丛中，一双眼睛望着他们远去的背影，露出诡异的光芒……

2

祭祀广场周围都是茂密的灌木丛，云阳在里面窜来窜去，左躲右闪。

那憨厚的汉子一边气喘吁吁地追，一边带着哭腔大喊："你别跑，别跑！"

云阳估摸着阿言他们应该把孩子抱走了，便停了下来。他不想田大汉他们因此遭受严厉的处罚。

那憨厚的汉子终于赶上云阳，气得上前就是一阵拳打脚踢，一边打还一边骂："让你跑！让你跑！"

云阳没有还手，任由大汉发泄，毕竟是自己理亏。

大汉打了一会儿，看云阳没有还手，气也就消了，然后又有些不好意思地说："云小哥，你这次闯大祸了，跟我去见族长吧，我帮你求情，你看可好？"

云阳平静地笑了笑说："谢谢大哥。一人做事一人当，你千万不要帮我求情。"

"为什么？"大汉有些疑惑。

云阳正色道："听我的，不要为我求情。"

大汉搞不懂云阳的想法，也没再说话。他拉着云阳往社台走去，生怕云阳再次逃跑。

到了社台，果不其然，很多长老都来了。族长站在祭坛下，脸色阴沉地看着熄灭的长明灯，然后又发现祭品里少了婴儿，再询问田大汉，就猜出前因后果了。

兹事体大。族长冷冷地瞪着云阳，问道："孩子呢？"

云阳闭口不言。

族长冷声道："开祠堂。"

第十三章　审判

　　祠堂位于部落最中央,高大宽敞,屋顶、墙壁都是黑漆漆的颜色,显得庄严凝重。祠堂周围被木栏围着,以防牲畜惊扰,因为里面供奉着神明泥塑以及部落先祖大贤的牌位。这里平时都有专人轮班把守,非重大事情不会轻易启用。在祠堂里做出的决定是全部落最后的决定,任何人不得有异议。

　　此时祠堂里面,部落众长老和成年男子聚集一堂。大家如临大敌,严肃地看着云阳。四周的火把和油灯把木屋照得透亮,气氛很是凝重。

　　族长怒意隐现,大声道:"云阳,你破坏祭祀神坛,偷盗祭品,亵渎神灵,坏了槐族部落的规矩。虽然你不是本族人,但你坏了本族的事,我依然有权处罚你,你可心服?"

　　云阳是族长最看重的年轻人,今天犯了大错,族长的内心何等痛苦。

　　望着族长和众位长老,云阳心底一片平静,不想做任何解释。他不后悔自己做的事情,对后果也早有预料。

　　"大胆!"众长老看到云阳跪在那里不吭声,顿时怒不可遏。

　　族长一摆手,目光凛然,再次问道:"云阳,今日处罚你,你可心服?"

　　云阳轻叹一口气:"我们被洪水围困的时候,我们信奉的神在哪里?我们挨饿得病的时候,神又在哪里?每年敬奉婴儿给神享用,这哪里是神,简直就是恶魔!"

　　砰!有人扔了一片瓦块砸中云阳的脑袋,顿时鲜血直流。众人皆怒,云阳居然口出如此忤逆之言。

　　一个壮汉怒喊道:"神就在我们心里!休要羞辱我神!你破坏神祀,阻挡我家成为神的供奉者,你还敢狡辩?"

　　云阳心中愈加难受,他认识这个壮汉,他就是古家孩子的父亲——老古。老古平时憨厚老实,见谁都笑呵呵的,自从孩子出生以后,每天满面春风。可眼下这壮汉完全没有孩子即将被吃掉的悲伤，却为了自己心中的神被羞辱而愤慨。

围观的人看到云阳还不肯认罪，更加怒火中烧，不知道谁喊了一句"揍他"，一时间群情激愤，一个个像看仇人一样看着云阳，双眼通红。

从来没有一个人敢如此诋毁神明，祠堂里的众人恨不得把云阳的肉一块一块咬下来。

族长看到这一幕，眉头皱起，摆摆手让大家安静下来。族长犯难了，他想保下年轻有为的云阳，可云阳先坏了祭祀，犯了部落的大忌；接着又对神大不敬，犯了众怒。此事，难以收场。

"我不服。"云阳平淡地说了一句。

人群此时就像等待爆发的火山，云阳这么倔，正是给了众人一个宣泄的出口。大家正要群起而攻之的时候，突然传来一个怪异的声音。

"我不服，我不服，我不服！"一个青羽赤喙的鹦鹉站在窗口，一边摇头晃脑，一边学着云阳的话。

"哪来的扁毛畜生！"大长老怒吼道。

"我不服，我不服！扁毛畜生！扁毛畜生！"鹦鹉飞了起来，在大长老头顶上盘旋。

大长老手指鹦鹉，气得浑身颤抖。祠堂内一通混乱，大家纷纷想抓住鹦鹉。族长的脸色铁青，祠堂的秩序与气氛被鹦鹉彻底破坏了。

祠堂外围了一群人，都是女人和小孩。按照族规，女人不能入祠堂，所以她们都领着孩子在外面站着。

一个穿着粗麻的妇女，面容微胖、眼睛不大，此时正和旁边的人嚼舌头。她明明幸灾乐祸，却装出很惋惜的样子说："云小哥也太糊涂了，祭祀这么大的事情也敢破坏，这是要吃大苦头的。"

"大婶，你可别乱说。云小哥人不错，帮族里做了好多事，不惜力不惜命，多好的娃，想来大家也就是呵斥一顿，吓唬吓唬他。"

"吓唬吓唬？别天真了，你以为开祠堂是闹着玩呢，这祠堂一开，事情就大了。"

阿薰听大家东一嘴西一嘴议论，心乱如麻，尤其是听到祠堂里传来吵闹嚷嚷的声音，更为担忧。阿薰知道此事无法善了，捣毁祭祀神坛可是部落里天大的罪过。

"阿薰姐，他们到底想把云大哥怎么样？"云阳也算是星月的救命恩人，眼下救命恩人有难，星月万分焦虑。

阿薰凄惨地说："神威如天，按照部落的律例，渎神者，要被烧死。"

"怎么办啊？"星月知道，所有部落都有自己信奉的神明，不可亵渎。火刑是让灵魂永坠幽冥、不得投生的重罚。

阿薰深吸一口气，突然神色坚定起来，朱唇轻咬了一下，说道："不行，我要救云大哥，不能让他遭受火刑。"

"你快说怎么救？"星月焦急地看着阿薰，"我们进不去祠堂啊。"她看了看祠堂黑色的大门，犹如天堑一般，星月觉得很难闯进去。

"跟我来。"阿薰拉着星月的手，一起向远处跑去。

此时，祠堂里已经大乱。大家想抓住鹦鹉，但是鹦鹉高高地盘旋在屋子上空，祠堂屋大顶高，大家对它无可奈何。

"是阿言这兔崽子的宠物，等他回来，看我不打烂他的屁股。"一个与阿言相熟的大汉恨恨地说。听到这话，鹦鹉突然做出一个惊人之举——飞临大汉上方的时候，拉一泡鸟粪，正好掉在那大汉的脑袋上。

"你这个扁毛畜生！"大汉气得脸色发青。

"我会飞，我会飞！"鹦鹉一个劲儿重复这一句话，活生生把人气死。

一堆人跟着鹦鹉乱跑乱跳，祠堂里极度混乱。

"够了！够了！不要管它！"族长看到审判都快成了闹剧，急忙喝止。

看到族长发怒，大家又把注意力转向云阳，开始七嘴八舌地建议，要给云阳一个严重的惩罚。

第十四章　渎神者死

"破坏神坛祭祀，按族律应当火刑处死，这样神明才会原谅我们。"大长老慢条斯理地说。他对云阳早有不满，对云阳与族长平日的亲密关系更是忌惮。

"大长老，火刑会不会太重了？这孩子平时挺老实的。"一个大汉小心翼翼地说。

"对啊，平时是个好孩子，怎么突然疯了？"另一个悄声附和。

大长老斜眼看了大汉一眼，淡淡地说："亵渎神明，你觉得火刑很重？难道要等到神明震怒，神罚降临部落，你才满意？"

"这……"壮汉不再说话，众人也都沉默了。

"大长老说得对！"半秃长老看到大家都不说话，立刻站出来支持大长老，"云阳亵渎神明，如不严厉处置，到时候神明必然会降下惩罚，给部落带来灾难。我同意大长老的意见，今日谁要反对，谁就是叛神者。"

族长虽然有心保全云阳，怎奈云阳一直不肯低头。他有些伤感，身为族长必须秉公执法，维护部落的利益。

此时，没人敢表达同情云阳的意思，都怕受连累，害怕神明会惩罚部落。

云阳看大家面红耳赤地争论怎么处死自己，心痛不已。这些人和自己朝夕相处，一起生活，一起抵抗洪水，此时却把自己像仇人一样看待。

"云大哥没有错。"

原本吵吵闹闹的场面，突然被这个小小的声音打断。屋里顿时安静下来。

"云大哥没有错。"声音在人群中又一次响起。那声音很紧张，有些颤抖。

"是谁？谁？"大长老怒吼道。这个时候还有人胆敢同情渎神者，简直不可饶恕。

啪的一声，紧接着一声哀号从人群中传来。

"小兔崽子，还不给我跪下，跪下！"人群中一个男子抓住身边的孩子大喊。

"我不跪，我觉得云大哥没有做错。"

男子快被气炸了，二话不说，抓住孩子胳膊，扬起手掌就往他屁股上揍，一边揍还一边嚷："让你胡说八道！让你胡说八道！"

云阳听声音，认出是小奇。

小奇虽然被揍得很惨，但依然不停在说："没错！没错！"

那男子是小奇的族叔，从小照看这姐弟俩。眼看祠堂的人都盯着小奇，他不禁冷汗直流，不知所措，扑通一声跪在地上。

"小孩子童言无忌，童言无忌，绝无渎神之心，绝无啊！"小奇的族叔长叩不起，浑身战栗。

"小奇，闭嘴！"云阳大声呵斥。

小奇还要再说，但听云阳阻止，突然哭了。

见小奇不再胡说，又见大家的目光转向了云阳，小奇的族叔终于松了一口气，立刻拉住小奇，赶紧往祠堂外面拖。

小奇手把祠堂大门，不肯松手，冲着云阳一个劲儿地哭。

小奇的族叔使劲掰开小奇的手，把小奇从祠堂里提溜出去。出了祠堂，他惊恐地回望一眼，不免心有余悸。这要被定为叛神者，肯定要跟着云阳遭受火刑。

"出来一个了。"门外的妇女们立刻围住小奇的族叔。

"怎么样了？快和我们说说。"妇女们此时都很亢奋。

小奇趁阿叔被围住，使劲挣脱，将身一扭，从围观的妇女中钻出，飞速向远处跑去。

小奇的族叔大惊，急忙追去："这黑灯瞎火的，你要去哪儿？"

小奇跑得快，很快就不见了踪影。

祠堂里的气氛更凝重了。小奇惹怒了大长老，众人不再出声议论。

"族长，此事重大，请速做决断。"大长老冲族长说道。

族长沉吟片刻，颇为犹豫。一来云阳在槐族部落确实做了不少事；二来也很看好云阳，打算过几年把云阳接纳进槐族，以后由他接任族长。但是现在，他必须处罚云阳，以正族规。唯一的问题是如何处罚。

看到族长犹犹豫豫，大长老心中冷笑，正考虑是否再加一把火。他看向众人，发现大家目光闪烁，便暂时沉默了。

云阳神色如常，目光平静地跪在那里。

族长暗自叹息一声，说道："云阳捣毁神坛，夺走祭祀之物，此乃大罪。

神威如狱，神恩如海，我槐族部落，永敬神明，今将云阳逐出槐族部落，永不得返。"

"等等！"大长老立即出声阻止。把云阳驱逐出部落，看似重罚，实则无关痛痒，分明是在袒护。

大长老对众人煽动道："你们难道不怕神明怪罪吗？云阳走了，罪责就要我们来承担。到时候大难临头，我们大家都会被云阳害死。"

众人连连点头。

"来人，将渎神者云阳，火刑处死，让其灵魂永世不得超生，承担渎神之罪，请神明宽恕槐族部落。"大长老越俎代庖，直接发令。

族长心中大怒，可大家都被大长老说服了，都怕神明降临惩罚，连累自身。听到大长老这个处决之后，大家同时跪下来向神忏悔。

族长不由得沉默了。

云阳扫了众人一眼，苦涩地笑了笑，真的有神会庇佑人吗？神真的在乎人吗？把婴儿当成祭品吃掉，这算哪门子神？！

第十五章　人性之恶

明月高挂夜空，万籁俱寂。槐族部落不远的一处山脉，树林茂密，山峰高低起伏连绵不绝。一个山谷的洞穴中，隐约传来婴儿的啼哭声。

"这个孩子尿了，这可怎么办？云阳怎么还不来啊？"雪微笨手笨脚地抱着孩子，感到身上一热，还湿乎乎的。

阿言没有说话，坐在火堆旁，用木棍挑动着，让火烧得更旺一点儿，驱走夜晚的寒冷。

这个山洞是大黑熊的老窝，此时大黑熊就趴在阿言旁边，绿油油的小眼睛眨巴眨巴地看着火苗，煞是可爱。可是大家都见过大黑熊狂暴的一面，那恐怖的嘶吼和巨大的身形，都让人心惊胆战。

看到阿言不愿说话，雪微翻了翻白眼。经过这段时间接触，雪微知道阿言就这德行，冷冰冰的，除了云阳，谁也无可奈何。

"别哭，别哭，等明天就送你回家。"雪微连声哄着古家的孩子。

火苗映照在阿言冰冷的面孔上，但见他忧虑万分，他料定云阳是被抓住了。

时间一分一秒地流逝，雪微好不容易才把孩子哄睡，这才松了一口气。雪微发现自己出了一身汗，不由得抱怨："哄孩子简直比跟弇兹战斗还要累人。"

阿言突然站起来，把雪微吓了一跳。

"你干什么？孩子我刚哄好，你要是把他弄醒，你来哄。"雪微悄声说道。

"有声音。"阿言沉声说道。

"哪有啊？大惊小怪，你说这孩子刚才一个劲儿哭，是不是饿了？"雪微觉得自己很有哄孩子的天赋，竟然能把孩子哄睡了。

阿言不理雪微，仔细听了一会儿，真的有人在喊他的名字，于是飞奔出去。

"你……"雪微刚一张嘴，立刻收声，生怕孩子被吵醒。

雪微看了看孩子，又看了看小眼睛对着自己一个劲儿眨呀眨的大黑熊，神色阴郁地对大黑熊说："你看什么？"

"吼。"黑熊低吼一声，转过身去，把屁股对着雪微。

雪微正想给大黑熊点儿颜色看看，外面就传来一阵急促的脚步声。

"你们怎么来了？"雪微看到阿言把阿薰和星月领了进来，心中大喜，这回终于有人哄孩子了。他想赶紧把孩子递过去，可看到阿薰和星月娇喘吁吁、香汗淋漓，便知道她们这一路是跑过来的，于是打消了念头。

"快……快去救云大哥。"阿薰急得眼泪都快流下来了，"他们要把云大哥火刑处死！"

"什么？"阿言大惊，转身就跑。

"等等我。"雪微猛然想起破坏祭祀是大罪过，但每个部落的处罚方式不同，他怎么也没想到槐族部落的处罚如此之重。

雪微把孩子往阿薰怀里一塞，追了出去。

雪微跑出洞穴，哪里还有阿言的影子。望着漆黑的夜空和山谷，雪微犹豫再三，转身返回洞穴。

阿薰抱着孩子和星月正往外走，看到雪微又回来了，不禁有些疑惑。

"我……我怕你俩路上遇到野兽。"雪微尴尬地挠了挠头。

星月的俏脸上有点儿不屑："你是找不到路吧？"

雪微的脸憋得通红，太丢人了。可他天生路痴，只能接着星月这话。

"我们赶紧走吧。"阿薰善解人意。此时此刻，她希望雪微能想到办法，毕竟雪微展现的能力一直让槐族部落感到敬畏。

此时槐族部落的祭祀广场上，灯火通明。

阿言赶到广场的时候，看到云阳被绑在社台的一个大木桩上，下面堆满了干柴。很多人在地上跪拜祈祷，念念有词，眼看着就要把云阳用火烧死。

阿言大怒，冲上社台就要去给云阳松绑，被惊动的族人将他拦住。

"阿言，你要干什么？"

"你给我滚下来，谁让你去解绳子的？"

阿言环视众人，往常亲如一家的族人，现在都变得非常陌生。

"阿言，你赶紧下来！云阳触犯了族规，要接受应有的惩罚。我们知道你俩要好，但这是关系部落命运的大事，你别掺和。"一位老者苦口婆心地劝阻。

"不许烧！云大哥，无罪！"阿言脸色冰冷，一字一句地念道。

大长老见阿言如此执迷不悟，勃然大怒，命令道："把他带走！"

大长老下令，做事的只得上去拽阿言。但阿言很倔强，使劲推开来人，一来二去，竟打了起来。

阿言被打得满脸是血，但依然拦在干柴前。

"你闪不闪开？再不然连你一起烧死！"大长老气得浑身发抖。

"阿言，闪开！"云阳不想连累阿言。

阿言咬着嘴唇，忍着身体的疼痛，对所有声音充耳不闻，他只知道自己必须这样做，不能让云阳就这样被处死。

"阿言，快闪开！云阳触犯了神明，如果今天不烧死他，我们槐族就大难临头了。"有一位老人家苦劝。

"我不服，我不服！"鹦鹉哑巴不知道什么时候扑棱着翅膀飞过来，落在阿言的肩膀上，"坏人要抓我，坏人要抓我！"

"你这个扁毛畜生！"大长老气急败坏，又是这该死的鹦鹉。他从来没有这么失态过，眼下简直快要疯狂了："既然他拦着，证明他也对神大不敬，连他一起烧！"

"对！他也是渎神者，今天把他们两个都烧死！"人群中立刻传来附和的声音。大家忽然想起，此事重大，不可讨价还价。

有人用火把点燃了干柴，众人围着外面，不让他们两个人跑出来。

火苗蹿得很猛，很快就变成了熊熊大火，木柴还是云阳从山上砍下来的。火焰炙热，众人受不了热浪席卷，纷纷后退。

看着在火堆里的两个人，众人神色复杂，但是已经没有人出声阻止了。木已成舟，大家只能舍弃云阳和阿言。

不少人心中叹息："唉，云小哥、小阿言，太糊涂了！"

第十六章　逃离

阿薰、星月和雪微赶到的时候，正看到云阳和阿言被大火吞噬，而所有族民都围在火堆前祈祷。

"不！云大哥！阿言！"阿薰撕心裂肺地哭喊着。她心如刀绞，不明白为何往日和善的族民一定要处死云阳他们。

众人听到阿薰的声音，忙转身察看。

"祭品！"众人看到阿薰怀里抱着的孩子，首先喊出的就是这句话。

"快！把那个祭品拿过来，这样神就会原谅我们先前的过错。"

"阿薰，快把孩子交出来。每年都要有个孩子回归神的怀抱。"有人劝阿薰。

众人把阿薰他们围住，要把小孩抢过去。

"你们疯了，你们要干什么？阿薰快跑！"雪微看到大家围了过来，气愤地拦在阿薰和星月前面。

"给我抢过来！谁敢阻拦，就一起烧死！"大长老厉声喝道。

众人开始殴打雪微。

阿薰和星月，抱着孩子没跑几步，就被人追上，一番争夺之下，孩子哇哇啼哭。

"你们这些疯子，不要碰孩子！"星月伤势初愈，弱不禁风，但仍然护在阿薰面前。

"把孩子给我，这是我的孩子！"古大汉此时非常愤怒。

趁着阿薰分神，一个汉子猛然从阿薰怀中把孩子抢下来，"拿到了，拿到了！"那人高兴地大叫。

"快，赶紧祭祀，扔火堆里！"

"对对，祭品不能过了时辰！"

那人一抬手，猛地把孩子往火堆里扔了进去。

云阳心如死灰，一点儿也不想反抗。他一直在大喊着让阿言出去，阿言却装作没有听见。

"热死了，热死了！笨蛋，笨蛋！"鹦鹉哑巴也没有离开，在阿言的肩膀上待着。

突然，有东西飞进火堆。云阳定睛一看，原来是孩子，顿时怒不可遏。

"救孩子，阿言！"

阿言纵身一跃，把孩子稳稳地接住。

本来云阳打算一死，平息部落的愤怒与惶恐。毕竟槐树部落收留自己，对自己有大恩。自己破坏祭祀是重罪，一死了之他也不后悔。但是看到部落的族民居然把活生生的婴儿当成祭品抛进火堆，云阳彻底愤怒了，不由得双臂一振，捆绑双手的草绳顿时绷断。

"阿言，冲出去！"此时此刻，云阳对槐族部落的人彻底失望了。

"云阳要跑，大家拦住他！他要是跑了，神会发怒的！"

"对！拦住他，烧死他！"

看到云阳双手挣脱了绳索，几个人立刻喊起来。

云阳咬牙切齿，泪流满面。他抢过阿言手里的孩子，低头就往外冲。族民们纷纷阻挡，云阳身上不知道挨了多少石头和棍子，只为了护着怀里的孩子。

族长看到这一切，一言不发。他希望云阳能跑出去，毕竟他很看重这个年轻人。至于神罚，族长又何尝不怕。

云阳和阿言左冲右突，终于逃脱围堵。阿薰、星月和雪微也趁乱消失了。

族民们一直在后面追赶，两人慌不择路，尽拣狭窄的山路钻，咬牙跑到树林密集的后山，后面的声音才渐渐消失。哑巴一直在他们头顶盘旋。

他们心情稍一放松，顿觉全身传来火辣辣的剧痛。

小孩已经哭累了，又一次睡着了，通红的小脸还挂着泪珠。

云阳和阿言停下来喘息片刻，看到远处有火把晃动，马上又站起身，继续逃跑。

"云大哥，我们走这条路去大黑熊的洞穴。我猜，阿薰他们应该也会躲到那里去。"阿言四处看了看，然后说道。

云阳点点头，跟在阿言后面，小心地分开树枝，不让树枝划到孩子的脸。

一路上云阳没有和阿言说话，但是心潮起伏。他的心情异常复杂，槐族部落的人就像自己的亲人一样，今天自己却跟他们决裂了……

山洞很隐秘，四周都是大石头，洞口被厚厚的草丛覆盖，如果不仔细看，根本无法察觉。

阿薰他们果然在洞里。大黑熊看到阿言，屁颠屁颠地迎了上去。它很有灵性，似乎知道阿言刚逃过一劫。它把阿言扑倒，一个劲儿舔。阿言身上都是伤，此时被舔得龇牙咧嘴，火辣辣地疼，但还是跟黑熊打闹起来。

云阳看着阿言，笑着摇了摇头。阿言只有在动物面前才表现出孩子的一面，流露出最真诚的天性。

他独自到了洞穴深处，看到雪微和小奇躺在兽皮上。小奇光着屁股，阿薰在给他擦药，擦一下，小奇喊一声。

雪微本来长得非常英俊，而此时脸却肿得跟猪头一样，在那里唉声叹气："算天算地难算己，看来命中注定有此一劫，嘶！"他疼得直抽冷气。

云阳看到雪微垂头丧气的狼狈相，不由得笑了。

雪微看到云阳手里抱着孩子，问道："孩子没事吧？"

"还好还好，没摔到。"云阳面带笑容。

看云阳伤得比自己还重，雪微笑出了声。真痛快，这大概就是救人于危难的感觉，这大概就是光明磊落的感觉。

"疼！疼！姐，你轻点儿，我今天太倒霉了！"小奇在那里哇哇大叫。

阿薰又好气又好笑地看着小奇，从小奇的前言不搭后语中才知道他的悲惨遭遇。

小奇当时兴致勃勃地去偷听族长他们的谈话，但是在门外听了很久，也没听见什么有用的信息。族长他们聊的都是部族的平常事以及祭祀需要注意的细节。

他耐着性子在那里等了大半天，直到田大汉跑回去报告云阳破坏了长明灯。小奇才知道，原来云阳是故意把自己支走。后来他又混进祠堂，出声反抗，结果挨了族叔一顿暴打。

从族叔手里脱逃后，小奇就跑回家找姐姐，发现人不在。他想了半天就往山洞跑，不巧的是，他着急忙慌跑错了路，还一脚踏空摔在山谷里，把屁股摔破了。好不容易挪到了山洞，阿薰他们三个也刚好赶回来。

云阳见大家都安然无恙，不免松了一口气，但又很内疚。现在是没办法回部落了，事情闹得太大，整个槐族部落都把自己当成仇人，连阿薰、小奇和阿言也被连累了。

他转头看向雪微那张变形的脸，不仅没觉得对不起他，反而很想笑。

雪微哼哼唧唧地对云阳说："我知道你怎么想的，但是不用太内疚。你做的事是对的，我虽然有保留意见，但还是坚决支持你。"

云阳耸了耸肩。

"云大哥，你怎么受那么多伤……"阿薰给小奇上完药，这才仔细看云阳，发现云阳身上不止有烧伤，还有许多被打的外伤。

阿薰有些心疼，意识到这一点，小脸又羞红了。

看到这一幕，小奇冲着阿薰翻了一个白眼，自己可是她亲弟弟。

"云大哥，我们现在怎么办？"星月忍不住出声。

云阳沉默片刻，无奈地笑了笑："目前是没有什么打算，先撑到天亮吧。我倒要看看每年祭祀的时辰是什么神会降临。"

星月低着头，没有说话。

云阳顿时明白了星月的想法，深深地看了她一眼："就算要护送九州山川图，也要等伤好一点儿再出发。你现在行动，只会增加后面的危险。"

星月叹息一声，只能再等。她摸了摸随身携带的木盒，目光中透着执着和坚毅。

第十七章　上古往事

1

槐族部落倾巢出动，搜寻云阳和孩子的下落。

事关重大，必须尽快找到云阳手中的孩子，若不然神明会降下惩罚。当然这是大长老说的，族民们只知道一旦错过祭祀，天就要塌下来。

自从离开祠堂，族长就没太说话。他发现大家看他的眼神里流露着不满。

族长家里，部落长老们又聚在一起，全都愁眉不展。部落的青壮年们已经举着火把四处去找人了，但是到目前为止，还是没有任何消息传来。

大长老环视众人，看到族长也低着脑袋，嘴角不禁滑过一丝不易察觉的笑意。此刻，他何等得意，不仅抢了族长的风头，而且在部落里的威望也大大提高。

"族长，再找个祭品吧，要不然时辰就过了。"一位颇有威望的长老起身说道。

"再找？一个孩子牺牲还不够吗？部落的孩子也是我们的亲人，也是一条命啊！"一位留着山羊胡的长老不免激动起来。

"祭祀就要有牺牲，不找就真来不及了！"

"怎么再找？我们已经烧完祭品的生辰，上报给神了。"

长老们众说纷纭，族长也颇为无奈，但又没有更好的办法。沉默良久，他目光一闪，咬牙道："如果到了时辰，还是找不回祭品，我就自己向神明请罪。"

这意味着族长要承受神的怒火，接受神的惩罚。

长老们神色各异，有的于心不忍，有的面无表情，有的松了一口气，但都不言声。

大长老却是欢喜的，这就是他要的结果。

2

夜晚寒气深重，山洞里非常阴冷。大黑熊皮糙肉厚不惧寒冷，但云阳他们就有点儿受不了了。大家围在大黑熊身边，靠着大黑熊取暖。

大黑熊除了对雪微龇牙咧嘴外，和其他人都很亲近，尤其是对阿言。

阿薰怕小婴儿冻着，把小婴儿搂在怀里，紧贴着大黑熊。大黑熊的小眼睛眨巴眨巴看着小婴儿，不敢动弹，生怕惊扰了他的睡梦。

云阳暗自感慨，野兽尚有爱心，人有时却狼心狗肺。

雪微很委屈，兀自坐在大黑熊屁股后面卜算。刚才大黑熊对他龇牙，可把他气坏了。看到同是陌生人的星月居然也可以靠近大黑熊取暖，自己却不行，他心里更加委屈了。好在阿言实在看不下去，安抚了大黑熊，这才让雪微靠了点儿边，不至于太冷。

此时，卜算中的雪微浑身透着神秘的气息，双手不停地掐算，且掐算得越来越快。最后，云阳看到他的双手几乎化为虚影。可他的脸色却越来越苍白。

噗！不大一会儿，雪微吐出一口鲜血，虚弱地倒了下去。

云阳急忙扶住他，心中不无惊讶。看来占卜绝不是掐掐手指那么简单。

雪微示意云阳自己没事，他说："我算不出槐族的神是谁，每个部落供奉的神明都不一样，有的可能是神，有的……可能是妖魔。"

云阳沉吟片刻，问道："神，接受人族的信奉供养，为何看到人族遭受洪水而不出手相助？"

雪微一怔，没想到云阳会问这样的问题。他还从来没有想过，但他知道许多背景，只是在犹豫，该不该对大家说。

看云阳满怀期盼地看着自己，雪微心中无奈地叹息。算了，天谴就天谴吧。

"洪水本身就是大神引起的，其他部落供奉的神，要么与之相比实力不行，要么就是不在乎人族，不愿意得罪这位大神。"雪微这话，云阳可是第一次听说。

听到这等秘辛，其他人也都转过了脑袋。

雪微缓缓说道："水正部落是一个非常庞大的古老部落联盟，他们信奉的神叫共工，是一位非常强大的神——水神，善于操控天水地水。

"当年人族经过三皇开世后蔚然大兴，成为天地之间的宠儿。虽然人族的阳寿只有短短的几十年，但是人族聪颖、勤劳、好学，所以一代比一代强。天地气运聚集于人族，谁要是能领导人族，谁就能获得人族的气运。

"所以诸位大神都降临人间，各自庇佑一个部落，以部落为代表参与人族共主的争夺，这其中数共工最强，几乎势压天下。

"当时的人族共主黄帝乘龙归天前，甄选了少昊部落的颛顼成为天下共主。

"共工生性残暴，得知颛顼成为共主后，勃然大怒，施展法力引滔天洪水漫淹大地。当时九州一片汪洋，万民哭天叫地，苦不堪言。

"颛顼帝率领人族勇士大战共工，并请出共工的大敌——火神祝融。

"祝融乃是南方祝融部落信奉的大神，向来和善，庇佑人间。有道是水火不容，祝融和共工，天生就是一对死敌。所以当时颛顼帝把祝融大神请来，一起攻伐共工。

"那一场水火大战惊天动地，整整打了五年。许多大神都参与了这场善恶对决，人族也为此付出了惨重的代价，牺牲了无数勇士。最后，颛顼帝和祝融大神终于赢得了最后的胜利，把共工及其爪牙封印于砀山。"

小奇扑闪着大眼睛，好奇地问："为什么不杀掉共工，只是封印呢？"

雪微笑道："据说大神很难被杀死，只能封印。"

"但是正神的损失也很大，好些大神失去踪影没有再现人间。封印后，洪水平息了，人族也得到了暂时的喘息。但是天道轮回，近些年共工的气运似乎有所恢复，所以洪水又开始肆虐……"雪微接着说道。

云阳听完，陷入了深深的沉思。以前听族长简单说过一些上古洪水的事，但没有雪微说得这么详细，许多困惑也终于解开了。

看到云阳若有所思，雪微暗暗赞许。他一直算不出云阳的命格，经过这些日子的观察，他觉得云阳这人正直、勇敢，天生就有领导力，而且极富爱心和同情心，是个值得信赖的伙伴。

云阳回想着自己记事以来的种种景象，原来一直以为这洪水是天灾，没想到根源上还跟大神有关，跟大神间的争权夺利有关。再想起阿爹阿娘被洪水吞没时的场景，云阳又不禁黯然神伤。

这时，一只温暖的小手握住云阳的大手。云阳一抬眼便迎上阿薰关切的目光。

云阳冲阿薰笑了笑："我没事，不用担心。"

"咱们那天碰到的怪物也是神吗？"小奇对这个问题非常好奇。

雪微回答道："算是吧，低级别的妖神。"

"神为什么要吃我们？还有你石头里蹦出来的那个，也是神吗？"

"神也有好有坏！"雪微答道，"我们部落供奉的神明可是响当当的上古大神，掌控时间的烛龙！"能通过一个石块降临分身、显现神通，烛龙确实是能力高强的上古大神。

小奇转着眼珠还想再问点儿什么，雪微却明显气虚。他摆摆手，示意自己要歇歇了。

其实，最重要的部分雪微还是没敢说，人族最艰难的时刻还没有到来，惊天大祸还在前面，这也是卜族派他出来的原因。

云阳没有说话，一个人在沉思。他在想，自己时常有些奇怪的梦境，是不是也和这些事情有关呢？

第十八章　阴谋

1

寅时，黑夜与白昼的交替之时。每天的这个时辰，月未隐退、太阳初升，天上可以同时看到月亮和太阳，这是一天中最神秘的时刻。

槐族部落已经无心欣赏这个美丽神秘的时刻了。

所有男女老幼都围着祭坛，望着孤单地站在祭坛旁边的族长，谁都不敢靠近。

老族长对部落一直用心操持，虽不能说尽善尽美，但也颇为公正，赢得了槐族部落绝大部分人的拥戴。

当族民知道因为找不到云阳和孩子，族长要以身向神明请罪时，大都于心不忍。毕竟祭祀出现问题，不能怪族长。

有的族民悄声议论："都怪云阳，没事儿救什么孩子，每年祭祀不都要死一个吗？"

"别胡说！孩子是回归神的怀抱，是大福气。"

"就是！你是没看到古大哥，都快被气疯了，还说抓到云阳，一定要和他拼命。"

族长忍不住叹息，不知道这么做到底是对还是错。

大家静静地等着，当夜与昼交汇那一刹那，天空中出现一道红色光柱，缓缓向祭坛落下。

光柱透着一股威严神圣的气息，震撼着众人的内心，让人诚惶诚恐地膜拜。每年祭祀的这个时刻，大家都摒除杂念，跪地祈祷。

神，马上就要降临了。

所有槐族部落的民众都跪倒在地，敬畏地看着光柱，心中默默求神、默默许愿。

族长心中一颤，长叹一口气，跪在了祭坛上。他的身体在微微颤抖，如果不仔细看，是不会被发现的。

恰恰有一位有心人紧盯着他，那就是大长老。

此时，大长老心中兴奋极了。神，终于要降临了！看到族长现在的处境，大长老有一种说不出的畅快，跟他明争暗斗这么多年，终于可以取而代之了。

光柱缓缓地降临，就在快要接触祭坛的时候，突然停住了。

族长闭着眼睛，心如死灰，打算接受神的怒火，但是等了半天也没动静，急忙睁开眼，不免大吃了一惊。

周围的族民也都惊呆了，这是怎么回事？以前可从来没有发生过这种情况。

天空突然传来一阵怒吼，声震四方，紧接着光柱急速上升，消失得无影无踪，而那怒吼声也消失得干干净净。

"这……"所有人目瞪口呆。光柱没有像往年那样落到祭坛上吸走所有祭品，神降没有完成就结束了。

族长安然无恙，此刻却不知所措。这到底是为什么？

最震惊的莫过于大长老，他期待着族长被神处死之后，自己就可以当上族长。当年争夺族长之位败北后，他就一直不甘心，没想到今生还有机会坐上族长宝座。

巨大的希望落空了，大长老又惊又怒，情绪几近失控。他呆了半晌，突然想起什么，怒斥道："你到底有没有按照我的要求去办？！"

族民突然被惊醒，只见大长老对着负责祭祀的半秃长老大吼。

"我已经放了脏东西进去啊，怎么会这样……"半秃长老看到大长老大发雷霆，马上惶恐地回答。

话音刚落，他就面如土色。完了，不可告人的秘密说破了。看到族民们满怀质疑的目光紧盯着他，大长老顿时失去了一向自如的神色。

族民虽然朴实，但是都不傻，立刻把他俩围住。

一位族民神色不善地问："大长老，这是怎么回事？你们敢破坏祭祀神明？"

大难不死，族长从祭坛上走下来，目光威严地看着大长老和半秃长老，沉声说道："你们敢在祭坛放脏东西亵渎神灵，真是胆大妄为，罪大恶极！"

半秃长老扑通一声跪在地上，刚要开口，远处忽然传来一声巨响。

"大堤，大堤！"所有人都满脸的惊慌恐惧，这声音太熟悉了，大堤决口了！

"快去大堤，快去大堤！"众人已然顾不得审问大长老他们，叫喊着奔向大堤。

大长老面色惨白，此时他已经有些明白了，自己梦到的根本不是神，而是妖魔把自己迷惑了，让自己在祭祀中放污物。本来以为神会因此怪罪族长，然后自己取代族长，没想到这个污物让神无法降临，失去了神的庇护，大堤决口了。

自己老到这把年纪，居然利欲熏心，被妖魔迷惑了心神。

"大长老，我们该怎么办？"半秃长老惊恐地问。

大长老的内心犹如翻江倒海，羞愧、惶恐，种种情绪在心底纠葛、撕扯。

……

2

山洞口，鹦鹉哑巴早把大家叫了出来。大家远远地看着部落里的光柱缓缓下降，心里还在揣测槐族部落的神是好是坏。上次斗弈兹，大家已经知道神不是人力可以抗拒的。

雪微盯着那红色光柱，恍然大悟，原来这是神秘的红光之神，怪不得他算不出来。

突然，光柱消失了，云阳没参加过祭祀，并不清楚应该怎样。

"咦，光柱呢，光柱怎么没了？"小奇撅着屁股非常惊讶。小奇每年都参加，他虽然小，不能站在广场上祭祀，但是也能远远地看。

此时砰的一声巨响传来，云阳满脸震惊——大堤决口了！

白天看洪水并没有上涨，外面也没有下雨，怎么会突然决口呢？想到大堤决口的后果，云阳一阵心颤。他来不及细想，二话不说就往山下冲去。

"云大哥，你去哪儿？"

"不要回去，他们要抓我们！"

"云大哥，等等我！"

云阳心急如焚，没有理睬后面的声音。此时，在他脑子里唯一的想法就是把大堤堵住，否则就会重现他幼年经历的那一幕惨剧……

第十九章　洪水猛兽

天上突然乌云密布，转眼间大雨倾盆，电闪雷鸣，树木被狂风吹得东倒西歪。

洪水咆哮着，像一群受惊的野马，从西边狂奔而来，势不可挡。

雨滴越来越大、越来越密，打得人双颊生疼。

等云阳赶到的时候，洪水已经将大堤冲出一个很大的口子。族民们正在奋力抬着土石修补，但是水流湍急，土石刚堵上去，马上又被大水冲开。情势危急，如果再不堵住，缺口会越冲越大，导致溃堤。

水借风势，洪水一浪接着一浪拍向大堤，很多无助的族民一边抬着土石一边哭喊。

云阳使劲抹了一把脸上的雨水，急忙跑过去忙活。他凭着经验，指挥协调附近的人搬运土石，堵住缺口。

老族长和族民看到云阳也无暇多顾。再次面对云阳，大家的心情很复杂。

"来几个人！和我下水，用身体堵住缺口，其他人赶紧填补土石！"云阳大声说着，已经跳进缺口处。

老族长见状，一挥手，六七个身强力壮的汉子跟着跳了下去，和云阳一起手挽手组成一道人墙。此时大家忘记了以前的矛盾，众志成城，誓要把这洪水猛兽给堵住。

云阳一来，大家顿时觉得有了主心骨，不由得加快了搬运土石的速度。因为云阳和大家一起多次抗洪，每次都挺身而出，带领众人，攻克难关。

洪水越来越猛，就像黑龙，不断冲击堤坝。水位还在上升，风也越来越急，把洪水卷得一浪高过一浪。云阳等人在水里被洪浪拍打得难以呼吸，但依旧咬紧牙关，肩并着肩，拼命挡住冲击，让岸上的人把缺口堵住。如果不能咬牙挺住，洪浪太猛，土石倒下去就会被冲走。

此时大家都在奋力拼搏，争分夺秒，快速地运石填土。

"啊！救命！救命……"突如其来的求救声透着深沉的绝望和恐惧。那是和云阳一起下水的一个壮汉。他终究没能抵挡住洪浪的冲击，被洪水冲散，卷走了。

云阳眼睁睁地看着这个人被湍急的洪水冲走，却无能为力。

这个情形云阳已经见过多次，一个壮汉就是一家的顶梁柱，一个家庭就这么被洪水毁灭了，留下那孤儿寡母艰难度日。每次发洪水都有人被卷走，每次洪水过后都有很多人生病或者被活活累死。

云阳又想起记忆中那白衣如雪的女子，乘着怪物，挥手之间，巨浪滔天，那画面就是他一生的噩梦。

他刚有些出神，一个巨浪又打在他脸上，让他几近窒息。

"云大哥，我们来了！"小奇气喘吁吁地跑来，看到云阳已经在水里，他却只能在岸上干着急。他还小、还太矮，跳进水里就会被淹没。

阿言和雪微也跑了过来。阿言二话没说，直接跳进水里和云阳他们一起对抗洪浪。

"雪微、小奇，快跟我去拿一些东西，在阿薰姐家里。"星月大声喊着，已经转身向阿薰家跑去。雪微和小奇赶紧跟了过去。

这时，一个人跟跟跄跄地来到大堤上正是失魂落魄的大长老。眼看大家在努力填补缺口，不禁老泪纵横。他面色如土、心如死灰，争权归争权，他可从来没有想过要害槐族部落。

"不好，西边的堤坝也被冲开一道缺口！"一个正在填补大堤的汉子大声呼喊。

大长老猛然一怔，眼中闪过决然的光芒，快步向西边的缺口跑去。

地上很泥泞，他本来年纪就大了，腿脚不便，脚下一滑，摔在地上。他马上挣扎着起身，继续往缺口跑去。

"让老夫来，你们去抬土石把这里堵上！"大长老喊着，纵身一跃，跳进洪水里，用身体堵住了缺口。

"这都是老夫的错，应该由老夫来承担，你们赶紧抬土！"

"这……"

大长老看到族民很犹豫，立刻怒吼："快！快！我现在还是大长老，老夫来堵住这个小缺口，你们快去抬土！"

族民看着大长老堵在缺口上，眼中闪过复杂的神色，既恨又敬，那是一种说不出来的感觉。

"别愣着！快抬土！快！快！"大长老看到大家呆立着，急红了眼。

大家马上醒悟过来，纷纷行动，赶紧去抬土石。

水非常冰冷，浪头很猛，每次打在身上都如巨石撞击。大长老神色苍白，在水里硬撑着，直打哆嗦。一浪接着一浪，他感觉一把老骨头马上就要散架了。

等大家从远处抬来土石，却发现缺口无法填补。水势太猛，大长老勉强堵在缺口处无法向前几步，一旦填补，就会把大长老给埋了。

"看什么？赶紧填，不要犹豫！"大长老知道这个缺口只有往自己身上填，才能补住。

众人面面相觑，不敢下土。

"老夫有罪！老夫有罪！今日犯下大错，我是部落的罪人啊！"大长老泪流满面，在水里失声痛哭。族民们却不知所措。

"老夫求你们了！快填！要不然缺口冲大了，就无法填补了！"情势刻不容缓，族民们却犹豫不决，大长老开始破口大骂，声嘶力竭。

族民们无奈，只好往大长老身上填下土石。

大长老带着悔恨的泪，回头看了一眼槐族部落，闭上了双眼。土石瞬间将大长老的身躯和缺口盖住，然后由体壮的族民抱着巨石，把堤坝压实……

水位还在上涨，暴雨下个不停，洪浪还在席卷，更大的洪水正在酝酿。

云阳感觉到身体已经被冻得发麻。他浑身发抖，嘴唇发紫。

阿言看云阳一直挡在第一排，始终屹立不动，体力肯定消耗很大，况且他本来受伤就很重，急忙劝道："云大哥，你上去休息一下吧。"

"我还能再坚持一会儿，"云阳颤声问道，"填得怎么样了？"

阿言回头看看，回道："正在堵，还差一些。"

云阳点点头，忧虑地看着越来越凶猛的洪水，咬牙坚持。

第二十章　星月巧思

"星月姐，这些真的管用吗？"小奇和雪微帮着星月把一些兽皮袋和木架搬到大堤附近，然后看着星月开始动手干活。

星月没有回答小奇，她先把那六七个兽皮袋用藤绳捆成一排，手法娴熟。那几个兽皮袋鼓鼓的，四周缝合得很紧密，里面加了她特制的木衬。这些兽皮都是前阵子她养伤的时候特意跟阿言要来的。

捆完以后，星月马上让雪微和小奇拿到缺口那里，还没来得及说怎么用，小奇就着急地问："这是干什么用的？"

"小孩子不懂，不要总问。"雪微有点儿明白了。

星月拍拍手说："把这个推到水里，堵住缺口，好过用身体挡，快去吧！"

雪微和小奇把兽皮袋抬到堤坝上，推到水里，大喊道："抓住这个，挡在你们前面！"

云阳马上明白过来，立刻招呼水里的人抓住兽皮袋，挡在身前，顿觉轻松不少。洪浪冲在兽皮袋上，又向东流去，缺口处的压力立刻减轻了。堤坝上的人抓住时机填埋土石，不一会儿就把剩余的缺口彻底堵上了。

水里的人开始往岸上爬，一个个筋疲力尽，冻得浑身发抖。

云阳数了数上来的人，发现已经比陆续跳下去的少了十几个，这些人大都是被洪水卷走的，只有两个人不知被什么东西拽到水底就再也没有上来。

这些人都是正当年的壮汉，部落里的壮汉就是部落的实力基础。岸边的亲人们哭天抢地。

云阳不忍再看，把头转到一边找阿言，却看到星月在一边忙活，便立刻走了过去。星月正把一些三角形的木架捆成长条。云阳不禁好奇："星月，你在忙什么呢？"

星月嫣然一笑，站起身，指着西边的河道说："你看，水从西北过来，冲在堤坝上，然后向东流。西边的河道窄，大部分洪水都向南来了，如果能在西边的河道中间建个暗坝，就能让水分流一部分贴着北边走，过了堤坝，东面的河道很宽，就没事了。"

云阳听了，频频点头。

星月又说："再把暗坝上游西边的河床加高，水流急的时候西南就会产生回流。这样洪水越多，分流到北侧的水就越多，堤坝就安全了。"这些都是她在养病的时候，慢慢琢磨出来的。

云阳一拍大腿，连声叫好。他虽然说不清道理，但他有多年跟洪水打交道的经验，觉得星月说得十分可行。

"这些木架装上石头，就可以当暗坝，也可以加高河床，对吗？"云阳问道。

星月欣慰地点点头。

云阳赶紧招呼部落里的族民，按照星月的法子制作这种三角木架。大家虽然不明就里，但对星月制作的兽皮袋所发挥的作用很是信服，再加上对云阳的信赖，便纷纷找来木头藤绳干了起来。

这时天早已大亮，众人忙了许久，做了很多木架，抬到西边的高坡上。人们在木架里放上石块和沙包，再捆上藤绳，顺着木板推到河里，慢慢在河中间堆了一道坝。果然向北侧分流的洪水多了，堤坝的压力明显减轻了。然后众人又把更多的木架装上石头推到更西边的河床里，这下冲击堤坝的洪水更少了。

阿薰熬了很多驱寒活血的草药汤，小奇跑来跑去给大家送药汤，还嘻嘻哈哈地跟人开玩笑，浑然忘了这一夜的遭遇和冲突。

云阳喝下一罐药汤，看到雪微在堤坝上独自踱步，就走了过去。

雪微低着头、掐着手指，若有所思。他觉得这场大水来得古怪，好像有一种神秘的力量在推波助澜。

"是不是有什么异常？"云阳问。

雪微摇了摇头："还不知道，我还在算，希望是我想多了吧。"

云阳满怀担忧，以前觉得洪水来了，大家一起努力加固堤坝就好了。但这些日子的经历让他想得越来越远、越来越多、越来越复杂。抗洪，再也不是先前想的那样简单了，尤其是那晚弇兹和烛龙的缠斗，更是让云阳深感人力卑微。

云阳没有再说话，只是陪在雪微身边，想看看雪微能发现什么。

这时，堤坝上的人越聚越多，族民们都在议论着星月设计的工程，个个兴致勃勃。

一个满脸皱纹、双目有神的老汉，手抚着白花花的山羊胡子说："这个好哇，我们以后就轻松多了。"

大家无不认同。有了暗坝，再也不怕大堤被洪水冲开了，虽然它看上去不起眼，作用却很大。

星月也非常高兴，但随即又陷入了深深的伤感之中，要是当初在墨族能想到这个办法，也许墨族就不会灭亡。

星月的神情变化令大家突然安静下来。他们环视彼此，不免把星月的情绪与这一夜的冲突联系在了一起，难堪之情溢于言表。

他们都参与过追捕，对星月也不陌生，要不是小婴儿被突然抢下来，星月是免不了被揍的。这几个孩子却不计前嫌，危难中出手相助。

老族长走到星月面前，对星月深深作揖："星月姑娘，感谢你救助我槐族部落！"周围的人纷纷作揖，钦佩万分。

星月本来对槐族部落的人非常不满，他们竟然愚昧到把孩子当祭品。但此时此刻，怨念消散。是呀，这小小的部落面对这非人力能抗衡的洪祸，求神佑护，实难苛责。

星月笑笑，摆了摆手。看到星月缓和下来的神情，老族长松了一口气，转身寻找云阳，但见他正和雪微在不远处寻找什么，于是走了过去。

"云小哥，受委屈了！"老族长用看似平淡的一句话把所有风波带过。这大概是身为族长的他所能想到的，也是最好的处理方式。

云阳微笑着说："在部落这么久，承蒙族长和大家的照顾，些许小事，不必再提，过去的就让它过去吧。"

族长心怀大慰，心中叹道："没想到这孩子小小年纪，竟有如此胸襟。"

雪微斜眼看了下族长，没有言语。眼下，他的注意力还在堤坝上。这场洪水来得太蹊跷了，又听族民说神降失败后洪水立刻暴发，而神降失败又是因为大长老差人在祭坛中放了脏东西。雪微越想越觉得这场洪水背后另有隐情。只可惜大长老已经死了，无法问出详情。

此时，一道怨毒的目光突然射向云阳和雪微。二人几乎同时察觉，又同时扫视人群，但却没有任何发现。二人对视一眼，更觉不妙。

第二十一章　幕后黑手

1

"该死的外乡人，若不是你们，我早就掌管族中大权了。族长的继承人是我，是我！"

这怨念在那年轻人的心里根深蒂固，越积越重。他嫉妒云阳在部落里的威信，尽管他的地位也不低，但还是低云阳一头。同样是在为部落奉献，可云阳却始终遮住他的光芒。

最可恨的是，他心仪的阿薰每天都跟在云阳身边，左一句"云大哥"，右一句"云大哥"，直让他心如刀绞，而他却不得不对云阳笑脸相迎。

这位年轻人，正是大长老的儿子——木成。

前一阵，木成上山狩猎，一不小心摔下山坡昏了过去。恍惚中，他看到一场飞沙走石、天崩地裂的惨烈战斗。突然，画面一转，一个面目狰狞、周身赤红、长得像头熊的妖魔出现在他眼前。

"蝼蚁，供奉我，助我苏醒，吾将收你为奴仆。"

妖魔口吐人言，猩红的眼珠子直瞪着木成，吓得他浑身发抖，跪在地上一个劲儿地哀求。

醒来后，木成发现自己躺在一只残破的陶罐旁边，额角流着血，胳膊上多了一个奇怪的黑色印记。他吓坏了，急忙下山回家，用尽办法擦洗印记，但却无法消除。

自那以后，木成总在梦里见到那妖魔。他对木成不断呵斥、鞭打。

木成在梦里受尽折磨，醒来后，浑身还残留血痕，剧痛无比。

一天，两天……木成的内心也因此变得越来越扭曲。他不敢和任何人说起这事，一来是怕惹怒那妖魔，换来更加狠毒的折磨；二来是怕引起族人恐慌，将他火刑处死。

一次，在被妖魔折磨的时候，木成灵机一动，想到不如先利用妖魔的力量夺取部落的权力，除掉云阳这个眼中钉，再得到阿薰。至于其他，再做计议。于是，他请妖魔满足他一个愿望，他愿意以灵魂祭祀妖魔。

妖魔桀桀怪笑，竟然同意了。

木成知道父亲一直垂涎于族长宝座。为了让父亲下定决心去争夺，他便借助妖魔的魔力影响父亲的梦境，让父亲以为自己被神选定，出手夺取部落大权。

倘若父亲成了族长，他木成的地位也就会得到极大提升。之后，他掌握部落大权就再简单不过了。

果不其然，大长老被妖魔控制梦境后便暗中部署，按照妖魔的要求在祭品中藏了一些脏东西。按理，这些东西不应该出现祭品当中，大长老迟疑了。

木成百般劝说，告诉他这么做是神为了考验他。最后，大长老咬牙同意了。

木成为了防止云阳从中作梗，又设法对云阳下手。可云阳在部落里的声望很高，小过失根本不可能对他造成多少打击，唯有触犯了部落所有人的利益，才会被众人唾弃。

他想到利用祭祀坑害云阳。如果让云阳知道祭品中有婴儿的话，以云阳的性格肯定会出手阻止。这样一来，破坏祭祀活动就等于得罪整个部落，其结果不言而喻。

木成先利用小奇，把消息不经意间透露给小奇，然后在暗中推波助澜。

他利用大长老儿子的身份，只安排了两个看守祭坛的人，把多余的人都调走了。

计划一步一步进行，云阳被抓到广场执行火刑。他异常兴奋，尤其当云阳被大火焚身的时候，他内心有一种大仇得报的爽快。可当看到阿薰和星月他们抱着婴儿前来搭救云阳，阿薰为云阳伤心流泪的时候，他心中仿佛有千万座火山一起爆发。

是他，从阿薰背后夺走孩子扔进火堆。只可惜天太黑、场面又太乱，阿薰根本没有看见他的脸。

木成万万没有想到，在婴儿被扔入火堆的时候，云阳竟然挣开绳索把孩子抱了出来，而后又在众人的追赶下与阿言一起跑得无影无踪。

最后，人算不如天算。祭品里不但有污物还缺少小婴儿，神明因此没有带走族长，而是两罪并罚，不再保护槐族部落。洪水暴发，大堤决口。云阳他们又跑回来立下功劳，部落又重新接纳了他们。

所有一切都化为梦幻泡影，父亲也无颜苟活，葬身土石之中。

2

"木成大哥！"云阳走下堤坝，路过木成身边，冲他点点头，打了个招呼。

"哈哈，云阳兄弟，这次幸亏有你。"他按住心中的怨恨，又变成一个老实憨厚的汉子。

"应该的。"云阳感觉有点儿奇怪，木成刚才为什么要呆呆地盯着他看呢？难道是因为大长老的死？

想到这里，云阳轻声安慰道："木成大哥，请节哀！大长老是为部落牺牲的。"

木成强忍着心中的怨恨，露出悲伤的神情："父亲做错了事，我也很惭愧。为人子的，我有义务来偿还。"

云阳不好再说什么，拍拍木成的肩膀，向星月走去。

看到云阳走远，木成眼中闪过寒光，恨意满满，心下开始筹划下一步打算……

第二十二章　豪彘

栖身在草丛里,把身形和周遭融为一体,锐利的双眼紧盯着远处的猎物,冷静、沉着、有耐心,伺机找到猎物的弱点,然后一击命中,这是一个优秀猎人必备的素质。

这是一头体形巨大的豪彘,浑身白毛、皮糙肉厚、浑身的棘刺硬邦邦地直立着。最令人恐怖的就是血口前的巨大獠牙,要是被獠牙刺到,那肯定是一个血窟窿。

豪彘,肉食性、身大力沉、奔跑速度快、性情暴虐凶残。别说一般野兽不敢惹它,就是很多捕猎高手也都绕着它走。但凡碰到它,凶多吉少,所以没人敢猎杀它。

豪彘还有一个撒手锏,能发出致命的尖叫,声波所及人畜皆亡。有人曾钻研过,豪彘的声波能将人畜的内脏震碎。但是,豪彘发出嚎叫后,自己也会受重伤,所以不到危急时刻,它不会轻易使出这一手。

由此可见,把豪彘作为狩猎目标,实在是胆气惊人。恰在今日,草丛里这个年轻人就是要完成这个目标。

豪彘猩红的眼睛警觉地看着四周,然后微微低下头,打算享用眼前的猎物——一只已经受伤的野獾。尽管食物的诱惑很大,但是豪彘感觉四周的空气里迷漫着一丝杀气。所以它把更多的注意力放在周围的警戒上,不敢放心进食。

阿言原本不愿意招惹豪彘这样的凶兽,可昨日大水过后,他在堤坝附近发现了豪彘的蹄印,追踪了很远。别人可能没有留意,但是阿言常常和野兽打交道,自然一眼就能认出蹄印。既然有豪彘来过堤坝,堤坝很可能就是豪彘撞开的。

豪彘能去撞开堤坝一次,就可能有第二次。这样一想,豪彘之害危及部落。

阿言一直追到后山深处才找到了豪彘的洞穴。半路,他猎获一只野獾,在豪彘的洞外弄出些声响吸引它出洞,再把它引诱到自己长年使用的陷阱之地,准备一举灭之。这个地方他精心布置了好几年,机关甚多、非常凶险。

豪彘观察了许久,虽然凭着野兽的敏锐感觉到杀气,但是四周并没有什么动静,便渐渐放下警惕,开始享用刚刚到手的食物。

看着豪彘开始大快朵颐，阿言微微眯起双眼。这是最关键的时刻，阿言在心底思量着豪彘此时的状态。

过了几十息，却仿佛一个时辰那么长。阿言突然如利箭一般从草丛蹿出，同时把手里的木矛狠狠地射向豪彘。

豪彘仿佛也在等待这个时刻，咧开血口，像是轻蔑地嘲笑。

嗷的一声，豪彘无视射过来的木矛，一个纵跃，顶起獠牙，直刺向阿言。

阿言早有防备，轻轻往边上一跳，躲开了豪彘的獠牙。

扑通！一个大坑把豪彘吞没了。阿言昨晚就把大坑又挖深了一些，并且在坑底布置了很多又尖又粗的木桩。

阿言对这个大坑没有抱多大指望。这种手段，对付一般猎物足够了，可对付豪彘，也只能限制它一时，根本困不住它。

果不其然，坑里尖锐的木桩对豪彘毫无用处，全被压碎。虽然这坑有数丈深，但豪彘撩起长牙，快速地挖掘坑壁，把土推向坑的一边。坑内面积越来越大，土也越堆越高。

阿言在洞外也没闲着，他把刚才那只野獾的鲜血四处泼洒，让鲜血的气味随风向四处飘散。这么做就是为了让更多的凶兽跑来争夺，然后借刀杀人。

不一会儿，豪彘已经逃出深坑，两只猩红的眼睛盯着阿言，加速冲了过去。

阿言跑到一棵大树下，把隐藏在大树后的绳子一拉。只听见急速的呼啸声响起，一棵腰身一样粗的大树向豪彘斜砸过去。

砰！一声巨响，大树顿时断为两节。豪彘晃晃身上的木屑，毫发无伤，它低哼一声，又向阿言冲了过去。

阿言在豪彘冲来的瞬间闪到一边，时机妙到毫巅。如果躲开早了，豪彘会马上调整方向；如果躲开晚了，将会被獠牙刺穿。

一棵几人合抱的参天大树咔嚓一声被撞断，倒了下来。

豪彘呼着白气，愤怒到了极点，掉转身再次向阿言冲去。

阿言拽住身边的绳子，猛地一拉，整个人立刻被扯向高空。

砰！一块巨石从树上落下，砸中豪彘。豪彘踉跄了一下，跌倒在地。石头碎了，豪彘却无大碍，只是有些狼狈。

阿言的眼神波澜不惊，身形灵巧地游走于树干之间。

豪彘非常愤怒，死死盯着阿言，在树下奔跑。

阿言跳下树干，身形猛然一挺，让豪彘看准自己。豪彘实在是有恃无恐，对于可能的陷阱根本不放在心上，奋力向阿言冲去。可刚要跑到阿言身前，身形一跌，两条前腿被绳子套住，然后就是一阵天旋地转，豪彘被吊起来了。

豪彘使劲晃动身体，试图扯断绳子。可是哪有那么容易，这绳索是阿言把藤条泡软、反复暴晒、再浸入动物油脂、最后涂上树脂制成的，异常坚韧。

阿言找到藏好的另一根绳子，用力一拉，大量木矛急速向豪彘射去。这些木矛的矛尖绿油油的，抹上了黑蝰蛇毒，见血封喉。

纵使豪彘皮糙肉厚，但只要被这带毒的木矛刺破一点儿皮，足以致命。

木矛陆续射在豪彘身上，散落一地，全都没有插进去。

阿言虽有些失望，但还没有放弃。

就在豪彘和阿言僵持之际，一阵沙沙声传来。微风吹过，空气里裹挟着一股腥臭的味道。阿言心中一喜，终于引来了预想中的凶兽。

只见远处一只十丈长、水桶粗细的大蛇急速游来，气势非常凶猛。这大蛇一出现，阿言就认出来了，北山的霸主——朋蛇。

这朋蛇赤首白身，不知道活了多少年才长这么大。朋蛇的头上有两只凸起的犄角，这是长年吸收日月精华、快要化龙的征兆。

眼看朋蛇游了过来，阿言马上躲开，把自己藏好。这种凶兽的争斗，不是人可以参与的，它们打斗起来，绝对是开山裂石，异常惨烈。

朋蛇吐着芯子，冰冷的眼睛盯着半空中的豪彘。这里是豪彘的地盘，但朋蛇显然不怕它。它们以前也结过怨，但大部分时间相安无事，那不过是因为各自都有实力，在食物充裕的情况下谁也不愿招惹谁。

朋蛇今天之所以会来，不仅仅是因为血腥味，而是它的洞口被撒了硫黄，它是一路循着气味儿找来的。

看到豪彘被吊在半空，朋蛇当然兴奋了，这可是一个猎杀对手的绝好机会。

豪彘看到朋蛇来到自己地盘并且盯着自己，非常愤怒，早把刚才那个跳来跳去的人族忘在了脑后。

过界是大忌，一旦地盘被别的凶兽踏入，那么就是不死不休的结局。

豪彘更加剧烈地挣扎，绳索开始一条一条地绷断。

几息过后，绳子全部断开，豪彘扑通落地，在地上砸出一个大坑。

豪彘晃头晃脑地站起来，和朋蛇对峙。

它们都在等待更好的时机。刚才豪彘掉下来的那一刻，朋蛇就想攻击，但是想了想胜算不大，所以按捺下来。

阿言远远盯着这场即将开始的大战，紧张地等待结果。他还准备了很多机关，誓要把豪彘灭杀，以绝后患。

朋蛇和豪彘对视许久，都在积累气势并寻找对方的弱点，然后一击必杀。豪彘不安地晃动了一下身体，朋蛇眼中寒芒闪过，战斗一触即发。

远处的苍天树冠又是一阵簌簌的抖动，异变突生，又有外来者。两大凶兽顿时凝息观察。

声音越来越近，树顶上隐约可以看见一只巨猿的身影。

阿言心下一沉，情形不妙啊！

第二十三章　混战

1

这只巨猿唤作朱厌，拥有上古凶兽血统，白首赤足、性如烈火，有追星拿月之威，是远近驰名的凶兽。

它可不在阿言的计划里，只不过是刚好路过，被浓郁的杀气吸引了过来。这家伙从来不怕事，只怕事不大。看到豪彘和朋蛇后，它在树顶躁狂地拍击着胸脯，显然对这两位对手并不陌生。

阿言眉头紧锁，这是要混战啊！

豪彘和朋蛇都转身盯着树顶的朱厌。朱厌停止动作，没有下来，场面顿时微妙起来。论实力，朱厌最强大，但朋蛇和豪彘也绝非等闲之辈。

阿言心中有些焦急，如果僵持下去，很可能不了了之。这些凶兽都有一些智慧，两败俱伤、被别人捡漏的事情，是轻易不会干的。

这时，豪彘犯了一个错误。它没能压住心中的怒火和恐惧，冲着朱厌低吼了一声。朱厌可算找到了出手的理由，大吼一声，从树顶落下，四周树木一阵乱颤。

豪彘直接向朱厌冲去，巨大的獠牙闪着寒光。在豪彘的认知里，朱厌是最大的威胁，它相信朋蛇也会这么想。

很可惜，事与愿违。朋蛇一尾抽在豪彘身上，让它栽了个大跟头。

朋蛇吐着芯子，发出像牛叫的声音。

豪彘虽然皮糙肉厚的，但朋蛇那一尾的力气太大，很结实地抽在它身上，受伤也就不可避免。豪彘怒了，满眼血红，起身冲向朋蛇。

朱厌不甘寂寞，跳了过去，扬掌作势要击打豪彘。豪彘反应奇快，身形一闪，让朱厌这一掌拍在朋蛇身上。形势变了，豪彘和朋蛇同时向朱厌发起了攻击。

三大凶兽杀得昏天黑地。一时间，断木裂石横飞，疾风四起，怪吼连连。

阿言在这里布设的机关不断被乱斗触发，如火如荼的战斗又多了不少意外。

现在的情形大大超出了阿言的预料，他已经无法掌控。

2

一夜过去，天将明。木成从梦里醒来，浑身疼痛、脑袋像要裂开，显然又挨了那妖魔一夜的折磨。妖魔继续威逼他灵魂献祭，这让木成痛苦不堪。

折磨越深，木成就越恨云阳，内心如虫蚁噬咬一般。

踩在青石路上，木成的情绪糟糕透了。可在路过的族民看来，都是因为大长老的死，这不免让木成落进了悲悯的目光中。

木成心中暗恨：难道他们以为我阿爹走了，我在部落里就没办法生存了吗？总有一天，我要让你们跪着舔我的脚趾头！

突然，木成感觉被撞了一下。抬头一看，只见小奇嗖地跑了过去。

木成马上整理好情绪，满面笑容地喊住小奇："小奇，跑这么快，干什么去呀？"

"木成哥，我在找阿言呢。这家伙不知道去哪里玩儿了，也不带我。"小奇停下来回答。

"你可别跑太远，山里危险。"木成说着，又问，"你姐姐在家吗？"

"在呢。和星月姐姐哄古大哥家的孩子呢。"小奇话音刚落，很快就没了人影。

木成沉吟片刻，转身回家取了些碎稻米，直奔阿薰家。他想，古家那孩子还没长牙，如果送碎稻米给阿薰让她熬成粥喂孩子，阿薰一定会很高兴吧。

敲开门，阿薰、云阳和星月正在逗弄小孩。因为孩子受了些惊吓，不时啼哭。阿薰前一天本就要把孩子送还给古大哥，可那家伙一脸黑线，转身走了。

阿薰给孩子煎了药汤护养，暂时还没送回去。

云阳看到木成，忙招呼道："木成大哥，来了啊。"

木成微笑着冲云阳点点头，说："我怕孩子饿着，从家里拿了点儿碎稻米让阿薰熬点粥给他吃吧。"

"太好了，谢谢木成大哥。"阿薰正发愁孩子饿了该怎么办，看到木成的碎稻米，非常高兴，巧笑嫣然。

木成笑道："都是自己人，客气啥？赶紧给孩子熬上吧。"

"嗯。"阿薰高兴地点点头，接过木成手里的碎稻米，转身出去给孩子熬粥了。

木成看到阿薰动人的面孔和优美的身段，不由得呆住了，但他很快便收住心神。

雪微打着哈欠，从外面懒洋洋地走进来。要不是小奇一大早就咋咋呼呼，他这一个回笼觉会睡得更香。

看到阿薰屋里有外人，雪微马上收起懒洋洋的样子，仔细打量。

木成见雪微进来后一直盯着自己，心中有些不悦，但脸上没有表现出来，反而和善地向雪微点点头。雪微也冲木成点点头。

"云阳，这两天让你受委屈了。你也别怪大家，都是家父不好，我代家父向你道歉。"木成诚恳地朝云阳弯下了腰。

"木成大哥言重了。云阳深受部落养育之恩，能够理解部落的做法，况且我也有不对的地方。"云阳连忙扶起木成。

"唉……洪水当头，部落的人都怕神不护佑我们，所以……"木成摇了摇头，叹了口气。

"总有一天，我们会战胜洪水的！"云阳握住拳头，铿锵有力地说。

木成用力拍了拍云阳的肩膀，说道："你说得对。总有一天，我们会战胜洪……"

木成话音未落，脑袋里一阵剧痛袭来，慌忙告辞。

木成走后，雪微意味深长地说："云阳，我从木成身上似乎感觉到凄厉的惨叫和深深的哀痛。"

云阳疑惑地看着雪微："毕竟刚刚失去了自己的至亲。"

雪微摇摇头。他说不出原因，但总觉得不是这种情绪。

星月没有理会云阳和雪微，她抱着孩子，忍不住在他红扑扑的小脸上亲了一口。

雪微凑过去，也想亲一口，却被星月瞪了一眼。雪微只好悻悻地缩了回去。

"云大哥，我的伤已经好得差不多了，我想动身去洛城。"星月念念不忘自己肩负着送图的重任。尤其是经历了槐族部落的这场风波，她感觉自己身上的担子更重了。

云阳沉吟半晌，没有说话。

雪微也在等云阳的回答。洛城，他是一定要陪星月去的。这是家族的嘱托。

"行！"云阳下定决心离开槐族部落，"我和你们一起去，这样路上还能有个照应。"

雪微没有说话，心里却已经乐开了花。

"多谢云大哥！"星月感激万分。也许，她内心深处一直期待着云阳能和自己同行……

第二十四章　大黑熊爆发

1

三大凶兽的争斗异常惨烈，整片山林满目疮痍。凶兽们浑身鲜血淋漓，各个伤势不轻，但这不仅没有让它们退缩，反而激起它们更加凶残的本性。

阿言预设的所有陷阱机关都被触发了，他必须尽快撤出去，否则一旦被发现，他连保命的机会都没有。

阿言不知道退了多少步才远离战场。

这时，豪彘突然仰天长啸，使出了两败俱伤的打法，开始横冲直撞。

朱厌和朋蛇感觉到豪彘过于疯狂，有点儿异常，行动不免有些迟疑。

几个回合下来，豪彘又一次嚎叫，像受到某种神秘力量的控制，突然放弃战斗，转身就跑。

胜负未分就想走？朱厌和朋蛇快速追了上去。

豪彘一路横冲直撞，往山下疯跑。阿言心中一惊，山下是部落和堤坝，难道豪彘又要去祸害堤坝？

阿言远远地跟了出去，可豪彘发起疯来的速度实在太快。不一会儿，他就被三大凶兽落下很远。

豪彘不知疲倦地疯跑，所有挡在面前的东西，都被它硬生生撞开。

2

一棵枯树下，大黑熊正一掌捂着脸，另一掌小心翼翼地掏蜂巢里的蜂蜜，憨态可掬。枯树周围的蜜蜂对这个盗贼深恶痛绝，盘旋在空中嗡嗡作响。

鹦鹉哑巴远远地躲在另一棵树上看笑话，时不时嘎笑两声。说起来，最坏的就是这家伙，每次都是它领着黑熊找蜂蜜，可每次找到蜂蜜都是它先吃饱，然后默默看热闹。

大黑熊皮糙肉厚，蜜蜂的刺根本扎不透，只能眼睁睁看着它一把一把地往外掏蜂蜜。它们绕着大黑熊的头顶不断盘旋，似乎在强烈谴责这个无耻的盗贼。

大黑熊美滋滋地大快朵颐。

豪彘就在这时狂奔而至，径直撞在大黑熊身上，把大黑熊撞得眼冒金星、滚出几十米。

大黑熊敢和弇兹大战，又岂是等闲之辈。它双掌支地，朝豪彘大步追去。

被掏了老巢的蜜蜂当然也没有放过大黑熊，全跟在大黑熊身后穷追不舍。

哑巴正要跟上，突然看到朋蛇和朱厌，吓得怪叫一声，飞也似的逃了。

槐族部落位于半山腰，从后山到部落边上有一条必经之路。平时，这条路上机关重重，被猎人布满了各种陷阱。只要有野兽踏入陷阱，槐族部落里的钟声就会连动响起，大家就会赶来做好防卫。

豪彘终于跑到部落外围警戒的地方。

此时，召唤豪彘的神秘力量突然断了。豪彘停了下来，喘着粗气，不安地用蹄子刨地。

大黑熊也终于追上来，憨厚的小眼睛眨巴眨巴地看着豪彘。

豪彘正处于焦躁不安的状态下，见到怒气冲冲的大黑熊，立刻疯了似的撞了过去，又把大黑熊撞了个跟头。

"嗷呜！"大黑熊拍打着地面，体形暴涨数倍，纯黑的毛色也变成黑红，杀气腾腾，满身嗜血的味道。

豪彘顿时被大黑熊的气势镇住。它万万没想到居然碰到个硬茬子。

大黑熊奔袭而去，面目狰狞，巨大的熊掌拍在地面上，连大地都在震动。再看它身上的黑毛，全如钢刺一般，被阳光一晃，非常刺眼。

豪彘感觉到别看黑熊身材肥胖，但是动作非常敏捷，一个巴掌拍在豪彘脸上。

豪彘一下子被拍飞了出去，嘴里的獠牙顿时断裂。

豪彘摔在地上触发了机关，山下的部落里传来钟声，人们都被惊动了。

大黑熊透着冷冽的强大气息，让豪彘不敢反抗，就连早已赶到的朱厌和朋蛇，也只是远远地观望，不敢上前。

大黑熊接连攻击，速度奇快，拍得那豪彘奄奄一息。每一次击打，朱厌和朋蛇的身体都跟着抽搐。

部落青壮拿着木矛来到附近时，便看到这惊悚的一幕。豪彘被揍得太惨了，本打算拼死一搏，准备发出自己致命的嚎叫绝技时，却被黑熊一巴掌拍在脑袋上，顿时哑火。嚎叫就这样变成了呜咽。

"豪彘居然这么惨……"

在部落里的青壮看来，这样的结局简直令人难以置信。

3

最令人震惊的是，木成回到家后，头痛欲裂。他知道这是神识中的妖魔在拉自己。

木成在痛苦中很快陷入昏迷，并在梦境里见到妖魔运用神力试图召唤豪彘破坏堤坝，然后以部落生灵供奉自己。

木成明白了，上次神降失败后的大洪水就是妖魔召唤豪彘破坏堤坝造成的。因为神明发怒不再保佑部落，妖魔暗中做手脚，企图以族民的魂魄给自己的残魂续命。木成暗恨，自己的私欲被妖魔利用了。

那豪彘智慧不高、定力不足，妖魔的部分邪灵在后山侵入过它的神识，所以妖魔状态好的时候可以控制它。这次妖魔感受到豪彘受到严重攻击，凶多吉少，所以紧急召唤，妄图最后一搏。

木成苦苦哀求妖魔不要破堤坝，但那妖魔一意孤行。当召唤进行到一半的时候，妖魔的神力渐渐不济。毕竟这妖魔是身受重伤的残魂，要不然也不会寄居在木成的身体里。

看到妖魔因为神力中断而躁狂懊恼的样子，木成心里一阵痛快。

早晚有一天，我要把你灭了，木成暗暗想到。

这时钟声响起，木成也随着部落青壮来到山涧口的陷阱处，正好看到大黑熊暴揍豪彘的惨烈场面。

豪彘的强大，木成早有耳闻，而眼前这头常跟在阿言身后的大黑熊，他也毫不陌生。只是他万万没有想到，这平日里憨态可掬的家伙居然有如此凶狠的一面。

豪彘已经出气多、进气少，大黑熊却还没有发泄完，巨大的熊掌不断拍打着豪彘。豪彘的惨叫声越来越小。

众人神经紧绷，也不知道是谁，在大黑熊回头的一瞬间，误以为大黑熊要攻击人群，当即向大黑熊投出高举的木矛。

这下可惹了大祸。大黑熊暴喝一声，几个跳跃便来到那人面前，一掌就把那壮汉的脑瓜子拍碎了。

众人吓呆，有人脸上还溅上了鲜血和脑浆子。片刻之后，众人惊叫四散。

发狂的大黑熊又要对另一人下手了。突然，迎面蹿出一人，伸手拦住了大黑熊。

第二十五章　驱逐阿言

1

阿言跑得上气不接下气，刚一赶到，却见大黑熊把那壮汉的脑瓜子拍碎了。他想出声阻止，但为时已晚。

阿言即刻跑过去，恰逢大黑熊准备对另一人发起攻击。

"停！"阿言张开双臂，挡在大黑熊面前。

一人一兽就这样对峙着。大黑熊还认得阿言吗？

当然认得。见到阿言，大黑熊嗜血的神情慢慢退去，身形也渐渐变小。

大黑熊终于清醒了，阿言也终于松了一口气。

阿言环顾四周，并没有看到追上来的朱厌和朋蛇。他又哪里知道，那朱厌和朋蛇在大黑熊的气势威逼下，早已经逃得无影无踪。

"山大哥，山大哥！"危机解除后，人群里传来一声声恸哭。山大哥正是被大黑熊拍碎脑瓜子的那人。

再悲伤，也没人敢对阿言怎样，毕竟大黑熊此刻正在阿言脚下撒娇呢。众人把仇恨和忌惮的目光同时投向阿言和大黑熊。

在他们眼里，如果不是因为阿言的大黑熊，山大哥就不会死。他们已经想不起来大黑熊打死豪彘这件事了。

"山大哥是为了保护部落才遇难的，大家把山大哥的尸骨好好安葬。山大哥的家人就由大家一起照顾吧。"木成在人群中缓缓说道。

"木成说得对，山大哥是为了我们才牺牲的，家属理应由我们一起照顾。"

"没错，木大哥，我们都听你的。"

木成这话，可谓一石激起千层浪。

阿言心里有些难受，但也不愿为自己辩解什么。他知道，即便告诉他们大黑熊杀死豪彘挽救了全部落人的性命，又有谁会相信呢？

木成对阿言说："阿言哪，这大黑熊太危险了，最好不要再带回部落里。部落里老老少少那么多人，万一这大黑熊再发狂，我们谁都承担不起这个责任。"

木成看似苦口婆心，实际上却是将矛头指向阿言，试图煽动众人孤立阿言。

"木成大哥说得对，这大黑熊要是再发狂，谁能制伏？"

"要我看，干脆把大黑熊撵走吧。"

"撵走？也许有人想借着大黑熊的威风，在部落里面作威作福呢。"

大家七嘴八舌，拐弯抹角地挖苦阿言。

阿言双拳握紧，十分愤怒。大家拦在路口，不让阿言进部落。阿言带着大黑熊，转身就走。

"阿言，回来！回来！"小奇跑来了，可阿言头也不回。小奇被阿言气得直跺脚，随后一转身，跑了。

木成暗自高兴，没想到初步计划这么轻松就实现了。

阿言是个孤儿，独来独往，但一直是云阳的死忠，把云阳的左膀右臂都砍断，那么收拾起来就轻松了。只要不断孤立云阳，激化云阳和族民的矛盾，总有一天，部落将不再容留云阳。

小奇跑到云阳家里，发现没人，又跑回自己家。果然，云阳和雪微都在。他们正在商议送图的大事，对外面的喧哗充耳不闻。

出大事了，他们怎么毫不关心？小奇气急败坏，把事情的原委给大家说了一遍。

云阳缓缓说道："那头大黑熊居然有这么厉害？如果真像你说的这样，大家不让阿言把大黑熊带进部落就没有错。如果大黑熊不受控制再发狂的话，对部落一定是个灾难。"

"云大哥，你怎么不帮着阿言说话？"小奇顿时不高兴了。

云阳笑了笑，拍拍小奇的肩膀说："看事情应该公平公正，不应该掺杂私人感情在里面。"

小奇怒吼："我不管，反正我觉得阿言没错，凭什么不让阿言进部落。他就是部落的人……"

云阳知道，小奇这家伙的脾气来得快去得也快。果不其然，小奇发了半天脾气，突然停了，转过身看着云阳："云大哥，我刚才好像听到你们说，要护送星月姐姐去一个地方，是什么地方呀，我也要去！"

云阳想都没想就拒绝了，阿薰这才松了一口气。

小奇愁眉苦脸，可一看云阳的神情极为严肃，便不敢胡闹。他知道，云阳这个表情的含义就是"没有任何商量的余地"。

"我一会儿去找阿言。"云阳对星月和雪微说，"事不宜迟，我们就明天出发吧。"

雪微点点头，对阿薰说："阿薰，帮我们准备一点儿干粮和药吧，这一路上不知道会发生什么。"

"嗯！"阿薰应了一声，忙去收拾了。云阳也忙去寻阿言。

小奇看着云阳的背影消失，马上趁姐姐也不在，缠上了星月。

"星月姐，我也想去，我来保护你，有的人靠不住的。"

雪微正在思考路上还需要带什么，忽然听到小奇这番话，不禁眉头轻挑，哼了一声。

星月笑着摇了摇头说："这一路不仅辛苦，而且还很危险。听话，你就在家陪姐姐吧。"

小奇一听，气鼓鼓地往外走。

雪微和星月对视一眼，无奈地摇了摇头。

2

云阳在大黑熊的山洞里找到阿言，一番劝慰后，终于解开了阿言的心结。随后，云阳才对阿言说起护送九州山川图的事情。阿言当即要求同行。

云阳长吁了一口气，有了阿言，这一路就又多了一个帮手。

第二天，远处东方的天空刚刚泛起一抹鱼肚白，云阳和雪微便已经起来，收拾妥当，等待星月到来，之后再去山里与阿言会合。

突然，阿薰急急忙忙跑了过来，娇嫩的脸上还挂着眼泪。

"云大哥，云大哥，小奇半夜离家出走了！我给他做的鞋和衣服都不见了！"阿薰一直和弟弟相依为命，弟弟出走，她怎能不急。

云阳扶阿薰坐下，宽慰道："别担心，我知道小奇会去哪里。你把孩子送回古家，咱们一起去找他。实在不行，就一起上路吧。"

阿薰和星月把孩子送回古家，古家的女人欣喜若狂，那男人却还摆着一张臭脸。阿薰心性柔弱，自然没有说什么，星月倒是要怒斥那男人，阿薰赶紧把她拉走了。

云阳带大家进了山，直奔大黑熊的山洞。到了洞口，果然见到小奇。这孩子也是机灵，他就知道求别人带他走是不行的，索性收拾好东西，上阿言这里等着。

虽然他也不知道阿言一定会同行，但他知道云阳一定不会不管阿言。现在阿言不能回村，云阳是一定会带上他的，何况阿言的战斗力还不容小觑。

云阳等人苦口婆心劝小奇随阿薰回家，但都无济于事。无奈，大家只好带上他，朝洛城进发。大黑熊和哑巴，一个地上一个天上，跟着他们一同上路了。

走到山路转角处，云阳和阿薰不约而同地回望了一眼槐族部落，心中盘算着何时才能回来。而阿言和小奇却已经兴冲冲地走在了前头。

密林深处，木成阴冷的目光正悄然注视着云阳他们的背影，愤恨、沮丧，种种无以名状的情愫涌上心头⋯⋯

第二十六章 东夷九黎

1

东夷九黎位于黄河中下游，是一个庞大的部落联盟，他们是太昊伏羲的传人。九黎部落能人辈出，在人族当中有举足轻重的地位。当年部落联盟大酋长蚩尤，为争夺人族共主的地位，于涿鹿大战黄帝，占尽上风。黄帝部落与炎帝部落联手共同征伐九黎，这才扭转败局。虽然蚩尤战败被杀，令九黎不甘，但九黎之名在此战过后，声望依旧不减，其实力依然雄厚。

九黎信奉巫教，杂拜鬼神。部落青壮平日耕种狩猎，闲时演武练兵，进退皆有法度。

在部落联盟里，每个部落酋长都由巫担当，彼此同气连枝，同进共退。各个部落共同推举一名大酋长，掌管整个联盟，所以如此团结的九黎是非常可怕的。

蚩尤战败后，黄帝下令九黎不得再设大酋长，九黎却阳奉阴违，推举一位大巫掌管部落祭祀，实质上行大酋长之权，领导各部落行动。

九州山川图出世后几天，一个身体魁梧、肤色黝黑、面容棱角分明的中年男子正在九黎中最大的一个部落于夷做客。

中年男子与一名老者并排而坐，身前的案几上放着丰盛的食物，青铜酒爵里斟满了酒。那老者身穿古怪衣服，上面绘制着各种蛇虫鸟鱼和符文，让人感觉非常神秘，仿佛多看一眼就会陷入无尽的迷思。

几名妖艳的女子随着乐工的鼓笛曼妙地舞动着，不时向中年男子飞来热情的眼波。

老者偷眼观察，发现中年男子意兴阑珊，便挥了挥手，乐声停止了，舞蹈助兴的女子们迅速退了下去。

"感谢大巫款待。吾受帝命，治理洪水以来，九黎多有援手，禹感激不尽！"

中年男子跽拜道。禹，黄帝的玄孙、颛顼的孙子、崇伯鲧的儿子。

大巫虽然面容苍老，双眼却极其明亮有神。他从容还礼，微微摇头，缓缓说道："治理洪水，乃天下重中之重，大善大德之举，我九黎也深受洪水困扰，身为人族，焉有袖手旁观之理？"

"理虽如此，禹也要深谢大巫襄助之德。倘若我人族万众一心，相信洪水一定会治理好的。"

"天地万物，皆有宿命。吾观你顶上，隐然已有王者之气，前途不可限量，还望珍惜啊。"大巫脸上浮现出淡淡的笑意，他看着禹，心中颇为赞赏：此子不亢不卑，进退有据，举手投足之间洒脱大气，远胜其父。

禹连忙拜道："不敢当，不敢当。禹只是一个小小的治水人，德薄福浅，还望大巫前辈多多点化栽培。"稍停片刻，他话锋一转，"听说九州山川图出现在接近九黎的地界，帝命九黎迎接九州山川图，不知大巫心中可有计较？"

"既是帝命，我九黎理当办好，况且九州山川图乃治理洪水之宝物，万不可落入妖魔恶神之手。我已安排好人选，明日即出发。"大巫面目不喜不悲，任何人也休想猜透他的心思。

禹听大巫打起官腔，心中揣测九黎对当年败于炎黄部落的事必然耿耿于怀，难免会有自己的盘算。禹正想旁敲侧击、打探虚实，大巫却微笑着举起了酒爵。

禹收住了话，含笑举杯……

2

云阳和小伙伴们离开槐族部落已经半月有余。他们翻山越岭、风餐露宿，一路上吃了不少苦头，但是年轻人在一起，说说笑笑，时间倒也过得飞快。

翻过子桐山，眼前豁然开朗。这里地势平缓，是一望无际的平原。青草郁郁葱葱，微风吹过，犹如浪涛，此起彼伏，花草的清香扑鼻而来。白云下一群群野羊、野马悠然自得，宛若一幅美丽的画卷。

"好美啊！"阿薰久居深山，不禁对眼前的平原风光着了迷。

星月也连连赞叹，这一阵子都在爬山，四处都是高山巨石，难得有眼前这么辽阔的美景。

小奇翻翻白眼，对于女孩子如此善感不以为然。他侧眼看看雪微，发现他正盯着远处的野羊，咽着口水。小奇心想：莫非这家伙跟我想到一起了？

天色将晚，云阳和阿言忙着找合适的地方安营。

云阳在四周查看了一圈，这里水草丰美，是一个绝好的地方，蹊跷的是，居然没有人族活动的踪迹。他思量半晌，料定这个地方暗藏凶险。

阿薰和星月露出少女的天性，戴着花环在草地上嬉闹。而阿言和雪微，一个忙着平整以便搭帐篷，一个则懒散地躺在地上放松筋骨，那模样和歪倒在地上的大胖黑熊无异。

云阳环顾一圈，突然发现小奇不见了。

"小奇呢？"云阳大声问。

众人面面相觑。他们谁也没有注意到小奇是什么时候不见的，更不知道他去了哪里。

云阳心中一紧，这家伙怎么能贸然离队呢？

"小奇，小奇，你在哪儿啊？"阿薰和星月大声呼喊，声音在旷野传出很远，却没有任何回音。

"好肥的羊，好肥的羊。"阿言的鹦鹉——哑巴低空盘旋着学小奇说话，那口气简直一模一样。

明白了！哑巴绝不会平白无故说这番话，小奇一定是去猎羊了。大家找到刚才野羊群出没的地方，仍然没有发现小奇的踪迹。好在阿言眼尖，在草丛里发现了小奇的草帽。

阿薰一声惊呼，心中极为忐忑。

又过了许久，大家还是没有发现小奇的踪影。偌大的草原，这么个找法儿无异于大海捞针。

"雪微，你能卜出小奇的下落吗？"云阳急问。

在大家期待的目光中，雪微微闭双目，口中念念叨叨，手指在玉笛上按来按去。

大家把希望都寄托在雪微身上。如果能算出小奇的方位，也会好找一些。

"吉卦！"雪微睁开眼，微笑道，"虽然没能算出方位，但卦象显示但行前程，离人自归，看来小奇并没有什么危险，也许明天就会回来呢。"

这番话到底该信还是不该信呢？

云阳发现雪微言语间略有迟疑，可未免阿薰过于担忧便没有再问，转而安慰阿薰并让大家安心回营。阿薰知道雪微的占卜向来是灵的，也便信了。

第二十七章　小奇迷踪

1

云阳对雪微说："我们去拾点儿干草吧。"

雪微闻言，心中苦笑。他知道，适才占卜的结果瞒不住云阳了。

俩人走出一段距离后，云阳忽然问道："是不是发现了什么问题？"

雪微苦着脸说："不是吉卦，是凶卦，大凶。"

"什么？！"乍闻是大凶，云阳心中大惊。

"我刚才没有说，是怕阿薰支撑不住。小奇的卦象是大凶，算不出方位，找也找不到，非常奇怪。我想等一等，再占一次，兴许会有转机。"

云阳沉默半晌，颤声问道："要等多久？"

雪微摇了摇头，没有说话。

"快回来吧，吃东西了！"星月在远处招呼二人。

二人抱着胡乱拾起的干草回营，一头肥羊已经被阿言烤得金黄。可是，如此美味，谁也没有心情享用。

云阳看到阿薰的眼睛肿得像个红桃，十分心疼。

"放心吧，不会有事的。"云阳割下羊背上最嫩的一块肉，递给阿薰，柔声说道，"来，把这个吃了。"

雪微附和道："难道你还信不过我们卜族的占卜能力吗？"

"来，大家把这头羊全吃了，不给小奇留，让这家伙回来以后气得满地打滚。"云阳强颜欢笑，招呼大家。阿言看得出来，云阳和雪微似有隐瞒。当下拽着雪微凑了过去，帮云阳把气氛做足。

阿薰绷紧的神经这才慢慢放松。她知道小奇调皮，也知道他一定不会乱来，更知道卜族的占卜能力是最强的。

"阿言的手艺不错啊。"雪微装出一副兴致勃勃的样子，捧着羊腿啃得满嘴流油。只不过，谁也没有注意到，他时不时地抬起头，观察星辰。

阿言一声不吭地吃着肉，顺手喂给大黑熊一些。鹦鹉哑巴不吃肉，不知道上哪儿去找吃的了……

2

"这是哪儿？"小奇昏昏沉沉地抬起头看着四周。这是一个巨型山洞，暖风吹过，恶臭扑鼻而来。

小奇不知道怎么就到了这里，只记得自己想打一只羊，给大家一个惊喜，所以就悄悄接近远处的野羊群，追赶一只落单的野羊。那野羊很灵活，跑得飞快。他追了很远，跑着跑着脚下一软，眼前一黑，然后什么都不记得了。

山洞的地面是暗红色的，踩上去软软的。小奇从地上爬起来，四下打量，想找到出口，但却发现一个令人毛骨悚然的情况——四周的墙壁上贴着奇形怪状的野兽和人。

人和兽的身躯十分干瘦，体形有的大如小山，有的比他自己还小。这些躯干毫无光泽，全身上下生机全无，仿若死尸。小奇再一看，暗红色的墙壁有节奏地起伏，像在不断吸收这些死尸的生机。而这些死尸的面孔上还残留着极其痛苦与绝望的表情。

小奇被吓坏了，浑身汗毛直立，牙齿打战。

"云大哥，姐姐，你们在哪儿？"小奇惊恐万分地哭喊。

3

第二天清晨，天刚蒙蒙亮，大家便起来了，众人一夜都没睡好。

云阳看到阿薰娇美的面容很憔悴，心中生怜，暗叹了一口气。昨天吃完东西后，云阳和雪微悄悄讨论许久，也没商量出个所以然来。

他打起精神，强颜欢笑着说："大家都起得好早啊。收拾一下，我们去找小奇，我想他可能是碰到什么人了。我们找找附近的部落，也许就能找到小奇。"

雪微听云阳这么说，赶紧打哈哈："云阳说得对，小奇那个馋鬼肯定是饿了，所以跟着附近部落的人回去了。找到他，一定要打他的屁股！"

"好了，赶紧收拾吧，我们要出发了。"云阳吆喝一声，就开始忙活起来。

这一走，就到了正午，途中没有任何停歇。

"云大哥，让大家休息休息吧。"阿薰看大家汗流夹背，心里很愧疚。

"也好。"云阳点点头说，"大家先休息一下，喝点儿水，吃点儿干粮。"

雪微一听，立刻躺倒在草地上。

"喂！离我远点儿！"眼看大黑熊要往他边上躺，雪微顿时急了。

大黑熊累得直吐舌头，歪头看看雪微，小眼睛眨巴眨巴几下，根本不理会雪微，一屁股坐了下去，身躯再歪，躺倒了。雪微急忙打了个滚儿，躲开了，要不真要被大黑熊压成肉饼。

"你是故意的！"雪微一下子跳起来，气冲冲地吼大黑熊。

大黑熊把脑袋转到另一边，假装什么也没有听到。

云阳不禁苦笑，也不知道这大黑熊是怎么了，始终不待见雪微。

雪微也不敢得罪大黑熊，只好躲得远远的。

大家胡乱吃了些东西，继续上路。只有早点儿找到小奇，大家心里才能安稳。

不知道又走了多久，阿言的哑巴飞回来，盘旋在半空，摆出各种姿势，嘎嘎乱叫。

阿言歪着脑袋看了一会儿，冰冷的面庞露出一丝喜悦。哑巴是阿言派出去的，它已经找到附近有人的地方了。

大家高兴坏了，也许很快就能打听到小奇的下落。

第二十八章　神秘部落

1

一个时辰后，大家终于看到了那个藏在土坡背后的部落。

这是一个不大的部落，约有百户，房屋错落盘踞。

云阳他们一接近部落，立刻就感觉到有些怪异。部落周围没有围栏与壕沟之类的屏障，与周边的环境没有隔离开，迥异于其他部落。

他们远远地看到部落里的人步履蹒跚，个个面有菜色，很虚弱的样子。可是，按理说这里水草丰美、猎物成群，不应该如此。

部落里的几个人发现了他们，并走近到几丈远的地方停了下来望着他们，神情戒备、充满敌意。

云阳急忙上前解释，避免误会。

"我们是槐族部落的，要去洛城，途经此地，恳请行个方便。"

"槐族部落？"一个声音透着嘶哑的中年男子打量着云阳他们，似乎在分辨云阳说的话是真是假。

"是的，我们是从槐族部落来的，走了很远的路。"云阳答道。

"没听过槐族部落，我们这里不善待客，你们离开这里吧。"那男子的口气异常冰冷，丝毫没有商量的余地。

云阳还没有说什么，雪微顿时不干了。走了这么久，好不容易碰到一个部落，还没打探小奇的下落，对方竟然如此不近人情。

"大叔，我们只是想休息一下，打听点事情，为何不能与人方便呢？"雪微的口气有些冲。

"对啊，大叔！我们可没有恶意啊。"星月也说道。

那男子和部落里的其他人无动于衷，转身便要走。

"请留步！"阿薰上前几步，伤心地说，"大叔，我弟弟在这附近失踪了，请帮帮我们吧。"

那男子顿了一下，神情犹疑，片刻后回说："我们帮不了你们，你们还是离开这里吧。"

云阳越发觉得部落里隐藏着什么秘密，实在令人费解。

此时已近黄昏，云阳沉吟片刻，对大家说："你们先在附近扎营，我和雪微摸进部落里打探一下。阿言，你来负责保护阿薰和星月。"

"云大哥，你……"阿薰梨花带雨地看着云阳，小奇不见了，她实在不希望云阳再有事。

云阳看到阿薰的样子，知道她的担忧，轻声安慰了几句，这才让阿薰镇定下来。

2

云阳和雪微悄悄溜进部落，一路上没见到什么人影。偶尔看到一两个人，却是满面愁云，异常凄苦。

更诡异的是，他们越往部落深处走，越觉得部落深不见底，每行进一段距离就能看到不同的景象。

雪微越来越紧张："云阳，你有没有感觉到，似乎有一种神秘的力量在控制这里。"

云阳没有说话，只是白了他一眼。

雪微疑惑地说："不知道为什么，自从咱们进来以后，我觉得浑身无力，头脑似乎被什么东西影响着，昏昏欲睡。你没有这种感觉吗？"

云阳心下一沉！是的，他也感觉到了。

突然，一个嘶哑的声音从他们身后传来："又是你们！"

雪微一转身便看到刚才那位中年男子，顿时没好气地说："人吓人，吓死人，拜托下次说话之前先打个招呼。再说，我们已经很累了，就想休息一下，况且……"

雪微絮絮叨叨的毛病又犯了，压根没留意那人的眼神越来越冰冷。

云阳赶紧拽了一下雪微，雪微这才闭上了嘴。这要把对方惹怒了，就凭他和云阳，恐怕很难占到便宜。

"既然进来了，那就不要出去了。"说完，那人看了云阳和雪微一眼，诡异地笑了一下，转身走了。

云阳和雪微面面相觑。

"云阳，我们还是出去吧。"雪微咽了一下口水，"这里也没什么好打听的。"

云阳摇摇头，没有说话，只是静静地观察周围的状况。微风吹动着地上的树叶，夜幕悄悄降临，整个部落静悄悄的，十分瘆人。

雪微真的害怕了。不是他胆子小，实在是身体的各种感觉清晰地告诉他——这里非常危险。

云阳心里也在打鼓，但一想到小奇还没有下落，便咬了咬牙说："再等等，我们还是要找人问问，看看能不能打听到小奇失踪的缘由。我总感觉到这里的人似乎知道什么。"

雪微还想说什么，但还是放弃了。

部落里，家家户户大门紧闭。他们本想上前敲门，可一想到人们敌视的目光，便犹豫了。

夜色下，云阳和雪微根本没有察觉到，他们浑身已经缠满了黑气，而整个部落都被那肉眼无法察觉的黑气笼罩着。黑气似乎有生命，正在暗暗涌动……

第二十九章　雷泽

1

雷泽，九州最著名的古泽。经过洪水侵袭，沼泽面积越来越大。这里不仅有凶兽出没，还有更加强大的神祇盘踞，异常凶险。即使再勇敢的人族战士，也闻之色变。

此时，一小队人马正在沼泽里围杀一头凶兽。那是七阶凶兽——蛊雕，其状如雕，独角豹身，是食人的水兽，体长十余丈，叫声如婴儿啼哭。

这队人个个身形彪悍、气势不凡，只见他们手里的武器上下翻飞、配合默契、章法森严。虽然蛊雕天生异种，但由于智慧有限，并无神通，所以才被这群人的阵法困住，四肢也被绳索羁绊，仅剩头部的尖喙可以前后攻击，而身上已经有好几处伤口，鲜血淋漓。

蛊雕发出阵阵悲啼，但却无可奈何。人族从侧面一击即退，根本不给蛊雕攻击的机会。

看到蛊雕这么大的凶兽都处于下风，禹大声赞叹："九黎的勇士果然不凡，勇敢彪悍，进退有度，真壮士也！"

听到赞美之声，指挥攻杀的首领面露笑意。眼见蛊雕又被重创了两下，马上要被猎杀，他的心情更加愉悦。只要不碰到强大的妖魔或神祇，区区一头凶兽，还阻挡不了九黎的脚步。

时机已到，这位首领当即下令战斗的勇士加快猎杀，以免引起沼泽其他势力的注意。毕竟这里不止一头凶兽，还有很多比蛊雕更强大的物种存在。

此次，禹本打算去东方勘察水势，正好九黎部落也要去接应持图人，所以同道而行，也能相互有个照应。准确地说，是九黎部落照应禹一行人。

禹的人都是各个部落的治水能手、工程巧匠，对于这种猎杀并不擅长，所以都在观战。反观九黎派出的数百勇士，他们承担着接图大任，兼之路途遥远、凶险异常，所以个个身怀绝技。

带队的是一名巫，其下是勇士的首领。巫虽然不善格杀，但在九黎部落的地位非常高。所以，尽管勇士们一个个桀骜不驯，但对巫的指令从不敢违逆。

此时此刻，巫正冷眼观察着禹。临行前夜，联盟大巫把巫叫去，嘱咐他要关照并提防着禹，而禹又是舜帝命封的治水人，所以巫不敢拿大，对禹虽有提防，但颇为尊敬。

禹突然扭转头，对巫说道："巫先生，九黎勇士，锐不可当，九州闻名。今日一见，果然名不虚传，我等今日大开眼界，三生有幸！"

"禹大人，过誉了。我九黎善猎，只是做了本分之事，当不得禹大人盛赞。"巫笑答。

在场所有正在和蛊雕厮杀的九黎勇士都听到了禹的这番话。被舜帝指派的治水大人如此推崇自己的技艺，心中更加欢喜，动作更加虎虎生风。那些对舍命保护禹有怨念的人，此时的怨念也已经消散，对禹的好感激增。

看到此番情形，禹的下属们对禹佩服不已。寥寥几句称赞就消除了九黎人的怨念，可见其手腕老道、心智绝高。

蛊雕浑身鲜血，想挣脱逃跑，可哪有那么容易。九黎部落的勇士经验老辣，看到凶兽已生怯意，顿时提升了攻击频率并封锁了可能的退路。

不一会儿，蛊雕发出一声哀鸣，脑袋一歪，倒地不起了。

凶兽被猎杀，人群立刻欢呼起来。人族对于凶兽来讲就是食物，可当真的看到如此庞大的凶兽被同为人族的九黎部落猎杀，禹的随行者不约而同地投以敬意。

九黎的勇士像英雄一样，被禹的随行者围住，景仰之词不绝于耳。勇士们脸冒红光，非常得意。就连勇士的首领脸上也堆满了笑容。但身为首领，还是要保持威严。大家的热情还未散去，他便一挥手，命令继续前进。

禹看到九黎部落章法有度，愈加喜爱。在禹的刻意攀谈之下，马上和勇士的首领打成一片，笑语不断。

巫想提醒首领和禹保持距离，但始终没有找到合适的时机，不免摇了摇头，眉头紧锁。

禹微笑着和首领聊天的时候，余光注意到巫欲言又止的样子，心中多有疑虑，但他毫不在意，仍旧与那首领一路攀谈。

就这样，两拨人越来越融洽，就连巫也不时插上几句。

2

走沼泽极为困难，要提前探路，先选体重轻的，试探标记何处可以落脚，确定路线，他人才可跟上。沼泽瘴气有毒，幸好九黎部落对此深有研究，药品工具一应俱全，所以一路上倒也畅通无阻。更幸运的是没有遇到什么大妖魔，只遇到一些凶兽，全被九黎勇士灭了。

当然，伤亡是避免不了的，几百人的队伍减员了一小半，都是遭遇凶兽的袭击而牺牲的。

出了沼泽，大家全都松了一口气。若不是因为情势紧急，沼泽又是最近的路，他们才不想走这险地。

禹要抓紧赶到东边，去看东部的水势。据悉，墨族部落已经被洪水冲毁，族人几近灭绝；而九黎部落又奉了帝命，要去接应九州山川图，时间同样紧迫。

前路一马平川，两路人马也在此分别。

"感谢诸位一路相助，禹，感激不尽！"禹先抬手作揖，后又庄严地鞠了一躬，向九黎部落致敬。禹的随行者也连忙跟着鞠躬。

在和禹的相处中，九黎人只觉如沐春风，尤其当禹谈及自己遭遇的艰险时，总是轻描淡写，那份洒脱、大气，令九黎勇士们由衷敬佩。

九黎众人神情庄严地还礼。首领对禹深鞠一躬："禹大人仁爱，拯救万民于水患，他日若有差遣，九黎义不容辞。"

禹豪爽地笑了，拱手道："山水有相逢，待洪水退却，禹当与诸位壮士把酒言欢，畅叙别情！"说完带领众人大步而去。

望着禹的背影，巫心中暗想："禹，乃真英雄也！"

第三十章　悲惨往事

云阳和雪微进入部落后许久未归，这让阿薰和星月他们坐立不安。

不是云阳和雪微不想出来，而是根本出不来。二人在部落里转了许久，既找不到打探消息的人，也找不到出去的路，仿佛坠入迷宫，插翅难逃。

此刻，二人只觉浑身越发无力，神识也开始昏沉。

"云阳，我们接下来怎么办？"雪微已经六神无主。

"别慌，我们再走走看。"云阳竭力保持镇定。

不多久，二人不知不觉走到一座小院跟前。

这座院子与旁的不同，无论大小还是样式。最令人不解的是，小院周围泛着隐隐的白光，煞是神秘。

云阳和雪微对视一眼，瞬间就对上了心思。云阳敲敲门，并没有任何人回应，院门竟然吱嘎一声自行开了。门里阴森森的，不时还传出一阵旋风吹动落叶的声音。

两人面面相觑，进是不进，他们犹豫了。

事已至此，怕又有什么用呢。云阳率先迈开脚步跨过院门，雪微也不含糊，紧跟着踱步前移。

"嘎吱——砰！"院门自动关上了。

二人先是吓了一跳，继而感到一阵眩晕，只见眼前白光一闪，天空突然亮了。这时，屋里走出一位身穿麻衣、手持戈矛的壮汉，在他身后还跟着一位妇人，妇人手里抱着一位小婴儿。

妇人依依不舍地看着壮汉，眼中噙满泪水、面容凄苦，似乎不愿让壮汉出门。

壮汉亲吻了一下妇人怀里的婴儿，对那妇人说道："吾为神民，当奋起兵戈，助神一战。你把孩子带好，多多保重。"

他解下胸前的兽牙吊坠系在婴儿的脖子上，留恋地看了那妇人和婴儿一眼，毅然转身离去。

方才还空无一人的院门外，此时已经集结了大队人族战士。壮汉骑上巨兽，一挥手，带领战士们出发了。

　　那妇人看着壮汉离去的背影，倚门抽泣。

　　云阳和雪微二人惊骇无比。这究竟是梦境还是现实？雪微在自己的胳膊上掐了一下，顿时感觉到疼痛，这才稍稍心安。他不禁盘算，难道自己和云阳触发了院落主人的残念？

　　门外，部落妇孺尽数涌上街头，满目哀伤地注视着远去的身影。

　　突然，白光一闪，云阳和雪微竟然看到了两军对垒的战场。对方的人数倍于壮汉一方，但是他们毫不畏惧、杀气凛然。

　　云阳看得真真切切，那壮汉气势昂然，负手而立，站在队伍前列。

　　突然，雪微惊跳起来，惶恐地看着天空，浑身颤抖。云阳一把拽住他，但是他仍然颤抖不止。

　　"怎么了？"云阳急忙问。

　　雪微指着天空，一字一字地说："不、周、山、之、战！"

　　云阳连忙看向天空，只见天空中有一巨人，双手各持巨蛇、红发金面、冷厉地看向对面满身火红、脚踏火蛇的另一个巨人。在持蛇巨人身后，有两个妖魔，一者蛇身九头，一者红色熊身。

　　雪微急道："快看，那就是共工，身后是相柳、浮游！对面那位脚踏火蛇的就是祝融大神！"

　　这时地面上狼烟滚滚、杀气冲天，催阵鼓擂起，声声震天。

　　云阳正要细看，突然白光一闪，又看到了刚才那位妇人。

　　雪微还未走出震撼的古战场，依然满脸惊愕。

　　但见那妇人带着孩子在院内玩耍，脸色无比憔悴。她呆呆地望着院门外，似是在等待壮汉远征归来。

　　那孩子八九岁的样子，甚是可爱。雪微紧盯着他，心里却已经明了——这个部落应该就是水正共工氏部落之一。共工氏有共有九个部落，这个凋零的部落可能就是其中之一，而这壮汉应该就是此部落的族长。

　　这位族长带领部落青壮参加不周山之战，可不周山之战前后的上古神战旷日弥久、异常惨烈，显然他没能活着回来。

　　眼看着孩子一天天长大，已是青壮之年，又怎会不懂母亲的心思？他知道，母亲多少年如一日倚门独望，那是想念父亲了。

那妇人虽然一直期盼丈夫归来而不得，但好在身边还有个儿子陪伴，也算是个安慰。这些年来，他们的日子虽然平淡，倒也安宁、温馨。

直到有一天，从外面来了一个人，闯进院门。

原来是部落再次征召勇士。前方战况不利，部落青壮必须全部上阵，这是神的旨意，不可违抗。

孩子走的那天，那妇人哭得声嘶力竭。她死死地拽着青年的胳膊，不让人带走。

青年挣脱不开母亲的手，往日慈祥的母亲此时的力气大得惊人。

领队的人显然没有耐心纠缠，命几个人上前把那妇人强行拖走，也把青年带走了。

青年边走边回头，他泪眼婆娑地看着母亲，却也无可奈何，只能抬起手用力握紧胸前挂着的兽牙吊坠。

第三十一章　幻境

1

妇人面容愁苦、双眼无神，像失去魂魄一样终日在门口等待丈夫和孩子归来。

部落里只剩下妇孺和老人，往日熙熙攘攘的街道变得异常冷清。

几番寒暑，妇人日渐苍老，满头华发，却依然等不到丈夫和孩子，每到深夜便以泪洗面，直至天明。

云阳和雪微默默地看着。雪微知道，这场大战，大神共工败局已定。

日复一日，那妇女忧思成疾，却依然苦苦等候。

直到有一天，一切都成了泡影——部落外终于有人回来了。

几个形容枯槁的人来到妇人家，把一枚兽牙吊坠交予妇人，不敢多看，转身便走。

妇人端详着兽牙吊坠，瘫软如泥。她整整哭了三天三夜，眼泪哭干后，双眼流出鲜血，惨不忍睹。

云阳和雪微看得难受，也跟着落泪。

妇人哭到只剩一口气，爬向院落，用双手摩挲着亲人们欢笑玩耍过的地方，无比留念与悲痛。

她满脸是血，双手捧着兽牙吊坠，仰天怒喊："吾以灵魂献祭天地，愿永坠幽冥来起誓，部落从此不再有离人！"

天空顿时乌云翻滚，渐渐浮现一只乌云旋成的眼睛。那巨大的眼睛仿佛接受了妇人的献祭，化为一道黑烟，将整个部落掩盖。

云阳和雪微这才醒悟，原来部落能进不能出是从这个时候开始的。等天上的眼睛消失后，妇人只剩下一副躯壳瘫在地上——她的灵魂真的已经献祭出去了。

白光一闪，周遭又是一片漆黑，院落也还是那个院落。

"这哪里是誓言，明明是诅咒啊！"雪微叹息不已。

那场上古大战造成太多伤害。大神们的一己私欲，导致整个人族陷入战乱，无数人妻离子散、家破人亡。

云阳黯然道："如果有一天，众神不再奴役人间，该有多好。"

雪微耸耸肩，不以为然。

他们走过院落，推开内屋的木门。尽管在幻境中早已熟悉这里的一切，但推门那一刻，他们还是非常紧张。

木门被打开后，一股腐朽的味道扑面而来。屋子空的时间太长了，原本坚硬的木门已经腐朽得不像样子。

二人进屋后仔细一瞧，摆设还是幻境中的样子，只不过落了厚厚的灰尘。

屋里的摆设很简单，一张木桌、几个木墩、几个泥罐。云阳和雪微的目光一下子就被桌上的物件吸引住了，正是幻境中见到的那枚兽牙吊坠。太眼熟了，那妇人当初就是攥着它向天起誓的。

云阳走上前想收起这枚吊坠，而那枚吊坠似有灵性，在云阳伸手的一瞬间跳到他掌中。

"云阳，我们走吧。"雪微察看了四周，没有更多发现。

二人出了大门，又开始寻找可能的出口。他们谁也没有注意到身后有一个黑影正远远地盯着，并若有所思地点了点头。

2

部落外，阿薰、星月和阿言身陷巨大的危险之中。

夜晚，善于夜间活动的野兽大肆出没，而这个部落又没人外出狩猎，所以这白日里一片安详的平原在夜间就成了疯狂的角斗场。

他们并不知道，不是部落里的人不愿外出狩猎，而是那妇人的誓言让部落里的人无法外出。不能外出，就只能守株待兔，等猎物进入部落才能猎杀。有的野兽自己误入部落，而有的则是部落里的人引诱来的。天长日久，野兽们自然学聪明了，再也不进部落。部落的人也再没有尝过野兽的滋味儿，终日只能靠野果、野菜和自己种的粟米充饥。

长时间不吃肉，人人面黄肌瘦，好在他们受了这誓言留下的诅咒而食欲不振，不需要吃太多东西，甚至他们的生命似乎都停止变化了。

转
天
劫
上

　　这次围攻他们的是一群红狼，名为獢狟，红首鼠目，有上百匹，瞪着绿油油的眼睛看着阿薰她们三个，口中呜呜低嚎，非常兴奋——居然有人敢在部落外深夜游荡。

　　若不是感觉到前方有危险，狼群早就扑上来了，又怎么会像现在这样小心翼翼地接近。

　　阿言知道，是大黑熊的气息让狼群不敢贸然上前，但这种威慑也是有限度的。狼群非常强大，对围杀眼前的猎物很是自信。

　　阿言在紧张地布置各种机关，打算原地抵抗，实在不行再退进部落里。

第三十二章　围困

1

红狼是一种非常有协作能力的野兽，每个猎人都不想遇到。它们分工协作、纪律严明，战斗力非常之强。即便是狩猎高手阿言，平日里若是遇到狼群，也会选择躲避。毕竟惹到狼群是一件十分棘手的事情，它们会组织有序、前赴后继地攻击，直到狼王下令撤退。

阿言知道，擒贼先擒王，以他对红狼的了解，如果一开始就把狼王杀掉，狼群就会逃散。但是杀掉狼王绝非易事。一方面狼王很狡猾，肯定不会出现在第一波攻击中；另一方面，狼王周围肯定有强悍的狼负责守卫。

此时，他们已经被狼群彻底包围了。

阿薰和星月害怕极了，就连聒噪不安的哑巴也不敢吭声，缩着脖子站在大黑熊肩头。

阿言让阿薰和星月躲到大黑熊身后。大黑熊眨巴着小眼睛，若无其事地看着狼群，似乎没有把这些眼冒绿光的家伙放在眼里。

阿言可不敢让大黑熊轻易爆发。大黑熊上次发狂不仅杀死了豪巤，还拍碎了一位部落族人的脑袋。

眼下，阿言最担心的倒不是狼群和大黑熊的爆发，而是狼群后面会不会有凶兽，部落里会不会另有玄机。眼前可见的危险都不是最大的危险，那些暂不可见的危险往往才是致命的。

群狼已经迫不及待了，狰狞的狼牙上流着口水，月光一照，闪着寒光。

"嗷……"一声气息悠长的狼嚎拉起了进攻的序幕，几匹狼率先冲上来，直扑阿言。

阿言身形微挫，手中的木矛闪电般刺出，正中头狼的咽喉，将它挑了出去。

大黑熊也跳上前，挥起熊掌把两匹红狼拍飞。

狼群并不惊慌，更多的狼慢慢合围上来。狼群的可怕就是不怕牺牲、分工严密。阿言布置的一些机关也被触发了，但准备的时间有限、威力也有限，无法抵挡住这么多狼。

虽然阿言与大黑熊很有战斗力，毕竟防守范围有限，阿薰和星月很可能被狼群伤害。

看了看身后的部落，阿言非常犹豫，云阳和雪微很久没有出来，显然部落里暗藏凶险。可阿言又注意到，狼群的队形在微妙地变化，更多的狼在侧面集结。

阿言明白了，这群可怕的家伙是要借正面佯攻，以牺牲部分同伴的代价从侧面突袭阿薰和星月，真要是这样，阿言就分身乏术了。

突然，狼王又一声长嚎，狼群快速前扑。

"阿薰、星月，我们退到部落里！"情况危急，阿言咬牙做出了决断。

他们一边刺杀扑上来的狼，一边退入部落。

面对野兽，不能把后背交给对方，只能且战且退。

当阿言的身形完全进入部落以后，狼群在外悻悻地嘶吼，并没有追进去，显然是有所忌惮。阿言的心一下子揪紧了，连狼群都忌惮的地方，究竟隐藏着怎样的危机？

阿言立刻往外走，可刚走几步，眼前的景致就变了——莫名其妙地多出了一栋房屋。

阿言明白了，难怪云阳和雪微久去不归。不过阿言还没有完全明白，在阿薰和星月眼里，阿言正一个劲儿地来回踱步。

幻境！阿言掉进了一个人的幻境！

"怎么了，阿言？"阿薰轻声问道，"我们去找云大哥吧，我很担心他们。"

阿言冲阿薰点点头，朝阿薰走了过去，这才逃出幻境。

几人沿着街道往部落里面走。部落里的人早就感知到他们的到来，只不过全都躲在自己的家里，借着夜色暗中观察。

看到大黑熊，部落里的人涌起了贪婪的念头——该有多么美味啊。

2

雪微按照周天星辰的位置尝试计算部落的方位，然后再找到生门所在，或许就可以脱离迷阵。妇人的诅咒对于不识天象的普通人来讲是不可破除的，但对于熟悉星象阵法的雪微来说，并非无解。

看过那场幻境后，雪微知道这仅仅是一个诅咒，既然是诅咒，就一定有破解的方法。

奔走了一天，又被部落周遭的黑色迷雾消耗着心神，雪微的行动艰难了很多。他好不容易才测算出此地对应于北方的危宿，心下当即一惊，果然大有玄机。

他仔细察看危宿，只见黑气萦绕、星光黯淡，心头大骇。

危宿黯淡不仅意味着找不到生门，更预示着人间将有大难降临！

雪微一时浑身颤抖，又是激动又是惶恐。

云阳看雪微脸色大变，急切地问："怎么了？"

雪微一脸苍白，急声道："我们得赶快找人问个究竟，此处不可久留！"

云阳点点头，不再说话，扶着雪微快速行动，怎奈各家大门紧闭，必须硬敲开一户才行。只是这么一来会和部落里的人正面交锋。

云阳没有迟疑，大不了鱼死网破。可没想到的是，他刚迈出几步，眼前突然出现一座房屋。屋门打开，昏黄的光线洒了出来。

二人顾不得许多，一脚闯了进去。

"欢迎，两位辛苦了。"这声音平静而沙哑，正是那位冷漠的大叔。

第三十三章　秘塔

云阳和雪微不禁有些瞠目结舌，这位大叔前倨后恭，摆出一副恭候多时的架势，实在令人费解。

云阳上前一步，抱拳道："大叔，我们贸然闯入尊部落，实属无奈，并无半点儿冒犯之意。如何离开，还望大叔明示。"

大叔微微一笑："当初我不让你们进来，实在有难言之隐，休怪我言之不预。不过你们既然进来了，恐怕也是天数该当如此啊。

"想必你们也看见了，先人怨念执着，立下此咒，我族人身处局内，是无法破除的。只有外来的有缘之人才能出手解救，也许二位就是那有缘之人。"

"何以见得我们就是有缘之人？以前这里应该也进来过外人，他们又怎样了呢？"雪微心中有太多疑惑，抓住大叔言语中的机锋追问起来。

大叔的目光有些闪烁，沉吟片刻后，指了指云阳挂在胸前的兽牙吊坠："从来没有人在那个屋里拿走过这枚吊坠。"

云阳一时有些语塞，自己也不知道当时为何收起了这枚物件。

"吊坠又有何用？以前的外人下落如何？"雪微继续追问。

"吊坠本来就是他们家的至情之物，必有其用。"大叔说，"至于其他外人的下落，两位不妨移步去看。"

大叔带他们来到街上，七拐八绕，不知道走了多久，来到一座塔前。这是部落里唯一不是民宅的建筑，隐藏在部落深处。

"据说，只要爬到这座高塔的最顶层就可以解除部落的诅咒，你们也就可以离开。"

云阳听到大叔这么一说，心中又有些疑惑："部落禁制为何会在塔内？你们又为何不尝试呢？"

大叔叹息道："此塔贡有神物，传言登顶献祭，禁制即可解除。但我们部落的人却不能入内，大约是诅咒封锁吧。"

雪微此时倒沉默不语，紧盯着高塔，心中快速盘算着究竟。

"而那些外人，进入部落后困在此地，最后都会进塔尝试，但没有人出来过。"大叔说着，看二人将信将疑，便向塔门走去。刚一接近塔门，就听到砰的一声——大叔竟然被塔门弹飞了回来。

云阳和雪微惊呼一声，急忙跑去扶他。大叔摆摆手，摇摇晃晃站起身，嘴角已经流出一丝鲜血。

大叔说："我们部落的人是不能进塔的，这个毒誓是对我们许下的，一旦强行闯入，就会七孔流血而亡。这么多年，我们尝试过多次，但是都失败了。"

说完，大叔眼眶湿润，悲伤地低下了头。

云阳看了看眼前的塔，样子古朴简洁，共有三层，虽然不是特别高，但是气势逼人。再仔细看去，塔的形状在不断变化，像是呼吸一般，透着无比诡异的气息。

此时，雪微在烦躁地走动，今天的事情太多太乱太凶险，而他却理不出头绪，就连眼前这座塔，他也算不清是什么路数。他第一次感觉自己的能力太弱小，关键时刻解决不了任何问题，心中既焦急又郁闷。

大叔抬起头出神地望着这座塔，冰冷的脸上露出五味杂陈的神色。

云阳暗暗下了决心。他走到雪微面前，沉声道："看来别无他法，我进塔吧。"

雪微急声道："不！此塔必有凶险，而且暗藏玄机，再想想，再想想……"

大叔缓声道："两位小哥可再斟酌。我族遇此诅咒，自身却无能为力，只能假外力解困，然而多年来并无好机缘，也许这就是我族的宿命吧。"

云阳和雪微听他言语诚恳，不由心生好感，戒备心减了不少。

大叔看了看天空，突然怔住了，喃喃道："血月之日，献祭之时，解除禁制……"

云阳和雪微也不由得看向天空，只见漆黑的天空中，月亮不知什么时候挂上了血晕，周围星辰的光芒都被血月的光辉遮挡了！

"啊！"雪微惊呼一声。卜族对星相最为敏感，看到此景，怎能不惊！

"塔里到底供奉着什么？"雪微正色问道。

大叔的目光有些闪烁，缓缓说道："年代久远，我等实在不知，只知道传下来的这几句箴言。看来今日当有奇遇……"

云阳把雪微拉到一边，目光炯炯地看着他："我们只有这一条路了，刀山火海也只能赌一把。兄弟，我进去，你留在外面照应。"

雪微无法反驳，确实没有其他办法。危宿黯淡，血月当空，都是大凶之相，尽快脱离此地已是当务之急。

云阳看雪微默许，握住他的手说："帮我照顾好他们，早日赶到洛城。"

雪微鼻子一酸，千言万语冲到嘴边却只化为一句："放心吧……"

二人的双手紧紧地握了握，又松开了。云阳冲大叔抱拳："大叔，我这就去试试。拜托照看好我的朋友，多谢！"

大叔连忙还礼，口中连连称是。

云阳大步走向塔门，到了门前，深深吸了一口气，推门走了进去。

雪微和大叔默默地看着他的背影。

云阳进塔的一瞬间，大叔暗暗松了一口气。

云阳的身影刚一消失在塔门里，雪微就听到一阵脚步声。他应声看去，只见一群族民半是陪伴半是押送地把阿言等人带了过来。

雪微长吁一口气。现在，所有希望都寄托在云阳身上了，他必须成功解除禁制，否则大家都要被困在这里。

第三十四章　宿命

1

云阳进塔后，眼前一片黑暗。又过了半晌，他的眼睛慢慢适应下来，但塔里依然还是很黑，什么也看不清，不过云阳清晰地感觉到，这里似乎非常辽阔、悠远。

此时，黑暗中升起一盏飘浮的光团，绿油油的，似鬼火。

云阳没有轻举妄动，而是静静观察。

鬼火像是有生命一样，感觉到生灵进入，摇曳的光芒慢慢变大。

他迈出步子，轻轻试探了一下。果然，那鬼火也动了一下。云阳立刻停住，不敢再轻举妄动。

突然，那绿光瞬间涨大，充斥了整个空间，然后唰的一声像个泡泡一样破碎了，周围的黑暗也随之退去，展现在云阳面前的，赫然是一片比仙境还要炫目数倍的世界。

一座巨大的山峰耸立入云，屹立在天地之间。

这座山峰散发出千万道光芒，光芒连成一片，映入云阳眼中，一种夺人心魄的感觉瞬间席卷全身。

山峰顶端是皑皑白雪，此雪万年不化，是九幽之下的产物。凡人莫说触及，就算是身在千丈之外，血肉都会立刻被冻僵，成为冰尸。

难道又是幻境？云阳不太相信眼前的一切，但身体又能清晰地感受到丝丝刺骨的寒气。

山峰之下是一片乌黑的沼泽地，仿佛只要看上一眼，连目光也会深陷其中。与那雪白的山峰相比，这乌黑的沼泽给人一种非常强烈的视觉冲击。

云阳从刚开始的震惊中慢慢平静下来。既然来了，那就只能继续走下去。

……

2

阿薰等人听雪微讲了部落不能离开的禁制，非常震惊，又听说云阳只身入塔，更是忧心忡忡。阿薰一阵眩晕，差点儿没站住。也难怪，她这两天遭受的打击实在太大了。

星月赶紧扶住她，轻声安慰着，同时又白了雪微一眼。

雪微知道星月是嫌他没能预知危险，可自己目前的能力就是如此，况且这每一步都无从选择，实在是情势所迫，他也无可奈何，只能在心里委屈。可这委屈偏又不能表露，他只好装出一副若无其事的样子，跟大叔东拉西扯。

他有种奇怪的感觉，大叔似乎比刚才轻松了许多，一个念头突然闪进他脑海。

"大叔，那几句箴言您没说完吧？"雪微不经意地问道。

大叔的脸色有些僵硬，心中暗叹这年轻人好生聪明。他沉默了一会儿，稍显尴尬地说："事已至此，也不妨告诉你，确实还有一句。"

雪微心里咯噔一下。

"血月之日，献祭之时，解除禁制……大神临世。"大叔的声音更加低哑。

"敢问，是哪位大神？"雪微的声音开始发颤。

大叔脸上的神情变幻不定，缓缓说道："大神相柳。"

相柳是什么？阿薰、星月和阿言他们都很困惑，既然是神，怎么会在这里？只有雪微一人惊呼："什么？塔里是相柳？"

大叔没想到雪微居然知道相柳。他原本只是想把心中隐藏太久的秘密说出来，也算发泄一番，可看到雪微的反应，又点点头说："没错，里面是大神相柳，没想到你这个年轻人会知道相柳的大名。"

看到雪微异常震惊的样子，阿薰担心极了，连忙问道："雪微，相柳是谁？云大哥会不会有危险？"

雪微的身体像被抽干了一样，苦笑道："相柳，上古凶神，共工之臣，蛇身九头，食人无数，所到之处，尽成泽国。他喷出来的水比洪水还厉害，又苦又辣，沾了就会送命。"

"什么？凶神！"阿薰急了，眼泪一下子流了出来。

雪微又问那大叔："相柳不是在那一战中被祝融大神焚尽神躯，砍掉九头了吗？怎么会在这里？"

"我们是毕泣部落的一支，当年我族的大神战败后，我们也想迁徙他方，不料被诅咒，困在此地多年。后来我们的部落联盟悄悄送来了大神相柳的头颅，命令我们建塔祭祀，等待大神重新临世，恢复祖上的荣光。"

雪微继续问道："难道当年就没人注意到相柳的头颅不见了，派人来寻？"

"我们只是部落分支，人烟稀少，外加前有雷泽，实在不起眼，自然不会有人想到相柳大神的头颅会在我们部落。"

似乎打开了话匣子，原本阴冷少语的大叔再也收不住了。

"日积月累，相柳大神已经差不多恢复元气，当血月临空，就到了最后的时刻。届时相柳大神恢复神躯后，将会破塔而出。"

雪微实在气愤："这些事你先前为何不提，难道你一直在利用我们？！"

"我们有什么办法？难道我们毕泣部落就该这样人不人鬼不鬼地活着吗？"大叔的情绪也开始激动起来。他压抑得太久了。

雪微不依不饶："凶神出世，又要造成多少祸乱？人族又要被害死多少？你们想过没有？"

大叔厉声吼道："人族！人族！我们难道不是人族吗？就该这样生不如死？你知道我们这么过了多少年吗？"他本来就沙哑的嗓子已近撕裂，无比凄厉。

"谁知道我们的痛苦？每天只能在这里打转，连禽兽蝼蚁都不如！"他又吼道。

雪微还要继续争辩，阿薰和星月拉住他，在人屋檐下，还是不要闹僵为好。

"来人！把他们看起来！"大叔手一挥，厉声喝道。

第三十五章　寒峰幽影

1

云阳端详着眼前高耸的山峰，那里雪花漫天，寒意刺骨，看的时间稍长一些，便会有神思恍惚的错觉。

收回目光，云阳思考了一会儿，起身向山顶踏去。

寒风带着阵阵好似妖魔怒吼的声音呼啸而来，不断向云阳吹袭。

脚下黑色的沼泽像海面一样波动，踩在上面软绵绵的，居然也没让他陷进去。但是，云阳第一步踩上去后，浑身的骨骼被压缩得噼里啪啦乱响，脑中的神识就像被撕扯一样剧痛。云阳闷哼一声，浑身的冷汗瞬间流了下来。

他每走一步都伴随着不同的苦痛，有时嗅觉消失，有时听觉消失，还有时双目失明。尽管如此，云阳依旧咬紧牙关，一步一步走下去。

耳边，是呜咽的寒风呼啸；眼前，是晶光一片的茫茫旷野；身外，是寒气逼人的冰霜；脚下，则是漆黑的、变幻莫测的沼泽。

时间一点一点过去，越接近山峰，寒气便越是浓重。这期间，云阳遭受很多折磨，五识被剥夺、七窍被封闭、内心中饱受幻象折磨。同时他的心火也被勾起，体内灼热无比，但体外却冷彻异常。

与此同时，那寒气更是顺着云阳的口鼻疯狂地往里钻，随后在云阳体内的心火流转下才慢慢消失。但是冷热交战，让人置身冰火之中，仿佛万蚁噬心。

"这寒气，不过如此。洪水滔天，亲人丧命，心碎千万遍，又何止冰冷之苦？既然无法冰我心，又如何能寒我神，冻我躯？"

云阳凝住心神，向前一踏，走出一步又一步。

踏过一路被冻僵的尸骨，云阳终于迈过了沼泽走到了山脚下，开始向山顶登去。

寒气越来越重，云阳已经感觉不到躯壳的存在，心中只能死死抱定一个信念：

坚持到底。

这时，那团绿火又出现在他眼前，还引领他向上走。不知过了多久，云阳终于站上了山顶。一个白色的人影背对云阳而坐，绿火也飞到那人影的头顶。

太熟悉了！这背影不就是……云阳心中一痛，流出热泪。他喃喃说道："嬷嬷，您放手吧，安心地走吧。"

……

2

塔外却很冷清，人群早已散去。

云阳感觉在塔中才过了几个时辰，哪知道外面已经过了好几天。

部落里的人把雪微等人关在塔边上的一座空屋子里，限制出入。看管他们的人就站在门外，把门紧锁着，只在饭点给他们一些水和食物。所谓食物，其实不过是一些野菜团子，分量也不大，只能保证人不被饿死，哪里吃得饱。

阿薰和雪微他们倒能坚持，大黑熊可就惨了。吃不到东西不说，还被绑得严严实实。

此时，大黑熊蔫头耷脑、无精打采，原本黝黑光亮的黑毛已经沾满草屑。连续几天吃不饱，它眨巴眨巴着小眼睛，委屈地看着阿言。

阿言也没什么办法，只好不断抚摸大黑熊的脑瓜，安慰它。

鹦鹉哑巴知趣地躲在一边，歪着脑袋打瞌睡。

阿薰坐在窗边望着不远处那座塔，满脸哀伤。离开部落以来，先是弟弟莫名其妙失踪，接着大家又被困在这里，云阳更是深陷险地、生死未卜。从来没有接触过外界的阿薰感到非常惶恐。

平时絮絮叨叨的雪微也变得沉默寡言，常常一个人出神，呆呆地想着什么。

星月走上前，踢了他脚一下："怎么了，魂丢了吗？"

雪微抬头看了看星月，沉默半天，咧嘴苦笑："我现在对自己的能力很怀疑。"

"以前觉得此行虽然凶险，但大致还能应付。遇到这么多事情，才发现自己能力真的有限。以前的我真是过于自负了。我要是早些察觉这个部落的蹊跷，我们也就不会被困在这里了，云阳也就不会进塔，恶神相柳可能就根本没机会重新出世。"雪微盯着地面，声音有些嘶哑、自责、惭愧，无数说不清的情绪将他牢牢困在原地。

"我们没人怪你，你也不必心思太重。"星月安慰道，"至于恶神出世，那不是你我人力可及的，自有天数。"

"你说的也对。"雪微点点头，"我只是觉得好无力……"

星月看到平时自信满满、带着点小傲娇的雪微现在变成这个样子，心里很不好受。虽然她有时候对雪微也凶巴巴的，但内心深处早已经认下了雪微这个朋友。

她轻叹一声，回到自己的地方。

一时间，没人再说话了。

突然，塔的第一层绽放出莫名的光华，即便是白天，依然耀眼夺目。

大家跳了起来，一阵狂喜。云阳还活着，而且闯过了第一层！

突然，门被打开了，大叔疾步走了进来，激动得不能自持："以前进去人，塔从来没有亮过！"

第三十六章　行尸

1

　　山顶的人影慢慢转过身来，正是那起誓的妇人。

　　她空洞的眼神久久盯着云阳胸前的兽牙，渐渐泛出了光芒，然后惨然一笑，身形开始模糊，像雪花一样飘散开，慢慢消失在空中。而她头顶的绿火正是她的执念，也如冰雪遇到阳光一样慢慢消融，直到了无痕迹。

　　此时，虚空破碎，大地平沉，雪峰蓦地消失。云阳转眼又立在塔内，眼前出现了一架木梯。

　　经过刚才焚心销骨的磨难，云阳的内心更加沉稳强大。他毫不犹豫，抬脚登上木梯。

　　木梯年久失修，踩上去嘎吱作响，一连被云阳踩断好几块，害得他险些失足。

　　刚进入第二层，云阳就失去了淡定的神色——满楼都是人的尸体。虽然过去了很多年，但是尸体还是保持着栩栩如生的姿态。

　　每个人都保持着拼杀的姿势，约有二三十具。他们面目狰狞，似乎在死前的最后一刻都在拼命厮杀。

　　云阳缓步移动，生怕惊动了什么。然后，这份小心并没有帮到他什么，当他走入尸群，四周的尸体瞬间像复活一般，全部转头看向云阳。

　　见此情形，云阳只好停住步伐。

　　这些尸体生前都是身经百战的勇士，参与过古战场的神战、经历过残酷无比的厮杀，身上的煞气凝聚一团，所以在死亡之后肉身不灭，还残存着生前一丝混沌的意识。

　　作为二层塔的守护者，这些尸体自然不可小觑。虽然没有了人的智慧，但是战斗的动作已经成为身体下意识的行为，所以威胁不亚于生前。

突然，一根锋锐的木矛风驰电掣般冲云阳捅了过来。正是他面前的一具尸体在作祟，只见它双目无神，但手上的动作却熟练而老辣。

云阳不敢掉以轻心，看到木矛刺来，马上灵活地扭身，往侧面躲开。

这些尸体生前共同编队，自然配合默契。云阳刚闪开，侧面一具尸体的手掌刚好抓住他的胳膊。然后，其余尸体的木矛一齐扎来。云阳大惊，急忙下蹲，把抓住自己的尸体也带了下来。

木矛刚落空，云阳一个扫堂腿将抓住他的尸体踢飞，又借势翻滚到一边。

攻击的势头一浪接着一浪，木矛连绵不绝地向云阳刺来，云阳只能狼狈地躲闪翻滚。

刚才攀登雪山耗费了云阳极大的心力与体力，他实在疲惫不堪。但是这些行尸却不知疲倦，攻击毫不停顿。这让云阳极为被动，疲于奔命。

虽然云阳力大，时时抽空重击尸体，但它们都是被身体最后一丝残留的意识控制着，毫无痛觉，即使被击倒也能立刻爬起来继续攻击。

行尸们的攻击越来越猛烈，云阳身上已多处受伤，鲜血淋漓，但他依旧苦苦支撑。

……

2

雪微看到大叔如此喜形于色，不禁讽刺道："还不知道你们害死了多少人！"

大叔顿时恼羞成怒："我可是不欢迎你们进来的，你们不请自来！"

雪微说："你要是把话说清楚，我们怎么会进来？"

"你！"大叔气得眼睛都瞪圆了，气氛立刻变得剑拔弩张。

阿薰看到雪微太冲，赶紧向大叔致歉，毕竟人为刀俎，我为鱼肉。阿言一言不发，只是在想下一步做什么，什么时候跟这个部落撕破脸皮。

大叔冷哼一声，似乎也觉得没必要跟雪微较真。

雪微的内心正饱受对自己的质疑，心情自然不好。从听说塔内是大神相柳开始，就更加惶恐不安。相柳不同其他恶神，他的威力在上古时期就赫赫有名。当年若不是相柳的主上共工战败，人间早就被共工、相柳等恶神祸害成了一片河泽。

"难道就没人出来制衡这些恶神吗？恶神复活，人间又将遭受大难。"雪微一个人喃喃自语。

也许是雪微絮絮叨叨让大叔很是心烦，大叔沉默了一阵，忍不住说道："你着什么急，我们这些可能生祭的人都没你急。万事自有天数，天道自有平衡，事情不是你这种凡人可以预料的。"

"哦？"雪微听到后，毫不在意大叔对卜族人无意的冒犯，猛然抬起头，"大叔，愿闻其详。"

大叔撇撇嘴："知道的多，烦恼也多，你还是不要自寻烦恼了吧。"大叔就是习惯话到嘴边留半句。

"你！"这下轮到雪微瞪眼睛了。

这时，塔外的光景吸引了大家的注意力。只见塔身的形状有些变幻不定，然后第二层塔突然绽放出光华。

众人又惊又喜地跳了起来。看来云阳马上就要登上顶层，接近大功告成了。可一想到恶神相柳就在上面，伙伴们又垂首不语。

半句大叔又开始喜形于色，正要开口再说点什么，外面突然传来一阵喧哗。

原来是部落的人急匆匆地找来。

大叔连忙迎了出去，临走也没忘吩咐门口的人好好看管。

第三十七章　残魂

1

云阳抵抗得越来越吃力，身形腾挪的速度渐渐变慢。

突然，又有木矛从他背后刺来。他急速向前扑倒，脸颊碰到了本来挂在胸前的兽牙吊坠，顿时感到无比灼热。他灵机一动，身体向左急速翻滚的同时把兽牙扯了下来。

砰砰砰！几只木矛刺在地上！

云阳一跃而起，把手中的兽牙刺进了最近一具行尸的咽喉。只见一道白光从那行尸的脑袋上升起，飘浮在空中。随后，那行尸便摇摇晃晃，瘫倒在地上。

云阳大喜，没想到这兽牙还有如此妙用。

原来人有三魂七魄。三魂，一名胎光，太清阳和之气也；一名爽灵，阴气之变也；一名幽精，阴气之杂也。此三魂也被称为天魂、地魂、人魂。三魂存于精神中，人身去世，三魂归三条路。

天魂归天路，到达九重天外天。因天魂只是良知，亦是不生不灭的"无极"，因有肉体的因果牵连，所以被带到九重天的寄托处，暂为其司职主神收押，就是所谓的"天牢"。

地魂归九幽黄泉，因地魂可知天魂的一切因果报应，也可指示在世肉身之善恶，所以肉身死亡后，地魂再进因果是非之地。

人魂则徘徊阴阳之间。

当年毕泣巫师把这些人魂封印在肉体当中，所以造成人魂驻世，三魂去两魂，上不归天道，下不归九幽，三魂不全，永不超生。

兽骨天然就有镇魂辟邪的功能，所以人族都喜欢带着兽骨饰品。一来好看勇武，因为每个人带着的兽骨大多都是亲手猎杀的；兽骨就标志着勇武的程度，可以享受别人崇拜的目光；二来就是镇魂辟邪，三魂容易被惊吓，带着兽骨饰物可以镇压身体内的三魂，避免三魂离体消散。

云阳手中的兽牙来历非凡，又凝聚着人族的至情至性，与云阳互有感应。兽牙刺中行尸的喉咙，就刺破了封印，将残魂逼了出来，肉身就不再有动作了。

明白了其中的奥秘，云阳又接连刺中几具行尸的喉咙，搏斗的局面也开始逆转。

云阳大大松了口气，调整呼吸，腾挪步法，挥舞手中的兽牙瞄准行尸的喉咙一击即退。行尸们一个接一个，头顶上飘出白光，全都倒了下来。

光团飘浮在空中，撞来撞去。此时兽牙越来越亮，光团开始逐渐破碎，碎片越来越小，最后消失在空中。

云阳毫不停留，迈步踏上最后一层。突然，他的眼前豁然开朗。

第三层居然是一个巨大无比的空间，跟外面看到的塔身大小根本不同。这里并不黑暗，却有一种摄人心魄的幽闭阴森，仿佛连一丝光都不能逃出去。

在塔尖的正下方是一个绿色的光圈，光圈下面有九根光柱缠绕翻滚，不断变换着形状与位置，异常诡异。云阳紧盯着光柱，恍惚间似乎看到了蛇头，心生诧异。难道这就是这个部落供奉的神物？但光柱变幻太快，他实在看不清楚。

云阳小心上前，看向光圈里面，只见里面绿烟翻滚，似乎传来无数狰狞的嘶吼和凄厉的哭号。

云阳感觉到莫名的恐惧和撕心裂肺的悲痛，浑身剧痛无比，整个人僵住了。

其实云阳的肉眼看不见，这里并非空空荡荡，光柱的下面延续着相柳巨大的蛇身虚影，盘踞了整个空间。他的头颅正聚敛着天地的精华、日月的光辉，伺机重现法身。

云阳不由自主地想投身那个光圈，他死死抵抗住这个念头想抽身离开，却无法挪动半步。唯有他手中的兽牙轻飘飘地飞了出去，飞到光圈中，停留在半空，静静地旋转。

此时，兽牙已经沾上了云阳的鲜血，凝结了人族的残魂，被光圈吸敛着精华，足以支撑相柳法身重现的最后机运。

突然，一道绿光击中了兽牙，兽牙被击出一团虚影，那虚影急速扩大，停留片刻，砰的一声破碎了。

云阳被破碎的虚影击中，身体向后飞了出去。

整座塔被虚影击中后也炸裂开，塔身化为齑粉，四处飞散。

云阳在失去意识前的一刹那，恍惚中看见一条巨大的蛇身腾空而起。

……

2

自从和禹分开已经十余天，巫带领着九黎勇士，以鲜血为媒介，按照九黎不传之密、通灵之术，已经感知到九州山川图就在附近，但是并不能清晰确定方位。

这天，他们在平原中走着，突然看到前面有一个残破的部落。这个部落看起来规模不大，但是连栅栏都没有，难道不怕夜晚遭到野兽袭击吗？

巫虽然有些疑惑，但一想到大家实在疲惫，还是打算去部落休整，然后继续寻找九州山川图。

九黎勇士的首领也很自信，自己带着这么多人，都是英勇善战之辈，遇到什么危险也能应对自如。他请示了巫的意见，然后率领大家往部落而去。

眼看即将跨进部落，首领突然感觉不妙，身经百战的直觉告诉他，这里有危险。他正想再次请示巫，却见巫已经在向他摆手，示意队伍立即停止前进。

巫此时的脸色非常难看，他已经从建筑的风格中辨认出这里属于哪个部落了。

"毕！泣！部！落！"巫一字一字地吐出。

九黎当年虽然也参与人族争霸，在大酋长蚩尤的带领下掀起腥风血雨，笑傲天下。但那是人族内部的事，本质和共工氏属下部落不同。那个时候的九黎是挥动利器为自己部落的光荣和利益而战。而毕泣所在的部落联盟供奉着大神共工。为了争夺人族共主的地位，大神共工悍然发动大水奔袭人间，让人间从此洪水不止。也因此，人族视共工氏的部族为共敌。

第三十八章 九黎傲气

要不是人族联合火神祝融封印共工，世上早成汪洋一片，人族尽为鱼鳖之食。天下万族就非常仇恨供奉共工氏的部族，所以在战争结束后，虽然同为人族，不能赶尽杀绝，但是依然把他们部落联盟拆分九州各地，不让其再聚众作乱。

毕泣部落也是大部落，当年他们族供奉的大神相柳，是共工之臣，为共工冲锋陷阵，作恶多端。

这个部落规模小，很不起眼，可能是毕泣部落的一个小分支。

巫严肃地说："没想到，这里居然还有个毕泣部落的分支，大家要小心一些。"

毕泣部落早已发现了这群不速之客，因为来人众多，部落人群马上聚集，拿着武器冲到部落边，又有人赶紧叫来了那个大叔。

当部落中的人和九黎众人对峙的时候，大叔从关押雪微他们的屋子赶了过来。他眼神阴冷地看着这群不速之客，问道："你们是什么人？"

巫看着眼前这个中年男子，冷哼一声，仰起头说道："九黎！"

听到"九黎"两字，毕泣部落的人很受震动，纷纷交头接耳。这个名字实在如雷贯耳。

九黎的威名是蚩尤用鲜血建立的，天下尽人皆知。

大叔的瞳孔紧缩了一下，心中暗惊，九黎的人怎么会来这里？难道是得到了什么消息，知道大神相柳要回归吗？

眼前这群人，一个个精神饱满、杀气腾腾，一看就知道是身经百战之辈。

巫看到此人脸色有变，正在暗自琢磨，九州山川图就在附近，说不定已经被毕泣部落的人得到了。想到这一层，自然要先问个明白，如果真的被他们得到，那么正好灭了他们，把图接到九黎部落。

巫的脸上隐隐现出杀气。九黎勇士的首领看了看巫的神情，已经明白他的意思。他轻蔑地看着这群毕泣部落的人，傲慢地问道："罪民，图是不是在你们手里？"

一声"罪民"深深刺痛了毕泣部落众人的神经。当年大战失利,部落之神被封印,联盟被拆散,迁徙九州各地,流离失所、苦不堪言。

人毕竟是有尊严的,不论当年错与对,但都已是陈年旧事,该受的处罚已经受了,现在还用罪民的蔑称,非常刺耳。

"放肆!安敢羞辱我族!"大叔愤怒地瞪着他们,原本冷峻的脸被气得通红,眼珠子也冒出血丝。

毕泣部落的众人此时也被九黎首领的话挑起了火气,纷纷举起武器,愤怒地看着九黎人。

九黎人当然不怕事,首领一挥手,勇士们拿起武器,呈攻击队形,矛尖对着毕泣部落众人。

双方虽然有火气,但是双方首领尚未下最后的命令,谁也没有妄动。

巫看了看眼前的中年男子,冷笑一声,踱步上前:"赶快把图交出来,否则今日绝不善罢甘休。"

"哼,什么图?尊驾似乎来错地方了吧!"

巫郑重其事地说:"九州山川图。"

大叔眼中闪过一丝迷茫,并不明白对方说的是什么,但是此时也不能弱了声势。

"我们不知道什么图,也不欢迎你们,如果你们非要进来,也就休想出去。"

巫一听大怒。无论如何,他都准备让人搜索一番,毕竟这里是不值得信任的毕泣部落,很有可能私藏九州山川图,况且眼前这厮居然还口出狂言,要留下九黎的人。

殊不知,大叔说的是另外一个意思,进来的人根本出不去部落。

九黎首领看到对方如此猖狂,居然还敢顶撞在九黎地位崇高的巫,顿时暴喝:"想留我等?那要看你们有没有这个本事了!"

首领手一挥,九黎勇士就如下山猛虎一般冲进毕泣部落人群之中,场面顿时乱作一团。

双方即将生死相搏的时候,突然一声巨响。声浪翻滚迫人,大地也颤动起来。

大叔惊骇地看着塔被炸得粉碎,心中又喜又忧:喜的是部落的禁制今日终于解除,忧的是自己族人的命运不知到底如何。

此时,从很远的地方传来阵阵巨吼,威压四方。

双方的争斗已经停止了,都被这突发的状况吓住了。

巫神色大变,先是部落里一声爆炸,接着又是远方的巨吼。他已经听出远处的巨吼是龙子的声音。当年祖龙令九子分列九州守护人族，所以每一州都有一位龙子藏身，不到巨大的危难之时，龙子绝不会现身。他心中惊疑，到底是什么，居然惊动了守护此地的龙族。

巫看到大叔一直盯着塔的方向，从他惊惶不定的神色中断定他一定知道其中的隐情。

地面的震动停止了，远处的龙吟声也越来越近，看样子守护的龙子正在赶来。

塔已经全部倒塌，一股暴虐嗜血的阴冷气息从塔的上空传来。这种气息压得毕泣部落的人无法动弹，甚至有一种想屈膝下跪的恐惧。

毕泣部落的众人本来是打算趁着部落禁制打开的一刹那逃离此处，可没想到相柳临世的威压太大，众人居然无法动弹。看来是失算了，大叔心中懊恼不已。

塔的上空出现一个漆黑的洞口，随着洞口逐渐变大，里面传来的威压也越来越大。禁制在黑洞出现那一刻就被击碎了。毕竟当年那位妇人只是凡人，凡人的诅咒根本不能阻挡神。

大叔骗云阳说塔里面有打开禁制的方法，其实真正打开禁制的方法就是放出大神相柳。但是真等到这一切发生了，他才发现事情没有想象的那样简单。

第三十九章　九头恶神

1

毕泣部落的人极度恐惧，他们的神明是一位滔天恶神。若不是当年共工为了争共主之位、享受人族气运，不让相柳吃太多的人，相柳早就把供奉自己的毕泣部落全部吃掉了。今日大神再度临世，族人们刚解除被诅咒的宿命，又落入另一个宿命，命运未卜。

他们跪在地上、额头触地、双手平伸、手心向上，进行最高规格的叩拜。

巫惊疑地看着天上的黑洞，感受到那里传来恐怖的气息，正想把这个部落的人抓过来问问到底是怎么回事，却突然看到他们以这样的姿势跪拜，顿时大惊失色，咬牙切齿地怒喝："尔等罪民，竟敢放出恶神！"

巫不用问也知道，这种跪拜的姿势是只有祭祀神祇时才会用的最高规格，而巫很清楚毕泣部落的神祇是臭名昭著的相柳。

此时，巫悲愤交加。相柳出世必然会掀起惊涛骇浪。自己等人可能会尸骨无存，身家性命是小，部落交代的任务不能完成事大。

九州山川图乃人族至宝，必须把它安全地接应到手。而此时，这个部落的人居然敢把凶神放出来。巫上前一把抓住大叔，厉声吼道："快说，图到底在哪里？"

大叔此时也心烦意乱，计划被打乱，没想到神的威压居然这么强，让自己等人根本无法趁乱逃离。他非常不耐烦，抬手把巫甩开。

黑洞越来越大，突然逸出一物，往地上坠落。

此时，雪微他们早就从木屋里冲了出来。塔裂之后，他们知道禁制已经解除，再不愿与毕泣的人合作。阿言把大黑熊的绳索解开，随后破门而出。看守的人正跪在地上叩拜，根本无人阻挡。

阿薰一眼认出坠落的正是云阳，大喊一声："云大哥！"

阿言和雪微立刻跳了出去，伸手想接住云阳。没想到被解开绳索的大黑熊兴奋异常，更加敏捷，一个纵跃抢在前面，用粗壮的熊臂接住云阳。云阳坠落的冲击力很大，撞得大黑熊一屁股坐在地上，痛得龇牙咧嘴。

这一幕立刻吸引了正抓大叔的巫，他看这群年轻人明显不是毕泣部落的人。随后，巫的目光定格在星月身上。他敏锐地感觉到，星月的服饰、装束很像墨族。

巫顿了一下，旋即大喜："墨族，对，墨族！当年是委托墨族制图的，此人必然与图大有关系……"

"快，抓住那个少女！"巫指着星月兴奋地叫了起来。尽管被即将出世的相柳的神威压制，但是巫非常清醒，他要拿到图，赶快离开。

九黎勇士试图上前靠近星月，但是毕泣部落的人还是挡在前面，让他们无法通过。这时，又一声震耳欲聋的龙吟传来。守护这州的龙子已经在空中隐隐现出身形，对着黑洞发出愤怒的吟吼。

巫非常焦虑，一场大战在所难免。但是战斗的主角是龙子和相柳，而自己等人将可能会被战斗波及，碾成碎渣。

云阳此刻也早已经失去知觉，昏迷着从黑洞中掉下来。塔内自成一界，相柳回归，从界外而来。

幸好大黑熊接住了云阳，若不然从那么高的天空摔下来，必然立即丧命。

阿薰等人围住他，不停地呼唤他的名字。

2

天空布满了黑云，一颗巨大的蛇头探出空中的黑洞，狰狞地看向这个世间，凶煞之气弥漫天际。接着，第二颗蛇头，第三颗……连续九颗头都探出之后，蛇身也蜿蜒而出。相柳，威临整个世间，巨大的躯体在天空盘旋，昭示着一代恶神的霸气。

九州各地，都看到了这个异象。博闻的老人们一下子被唤起那恐怖的回忆，纷纷色变，惊恐地看着天空。

相柳，共工之臣，上古恶神，蛇身九首，性情暴虐易怒。当年协助共工与火神祝融及人族大战，随后遭受重创，神魂远遁。今日重新出世，令所有知悉那段经过的人都魂飞魄散。

恶神临世的异象吓得山丘野兽竞相奔跑，纷纷逃到隐蔽的地方躲起来。飞鸟也高飞天空，不落于林，向远方尽力飞去。

九州各地，爆发出阵阵龙吟。这是守护各地的龙子在愤怒地向恶神发出挑战。

龙生九子，九子不一，落于凡间，守护人族。这是当年龙族的誓约，为了守护人族，无数龙族前赴后继、血洒沙场。所以华夏常自称是龙的传人，就是为了铭记龙族一代又一代守护的恩德。

天下万部中，每一个稍大的部落都有自己的神祇。可看到恶神相柳重新出世后，诸神全都沉默无声，只有龙族敢发出震天怒吼，直冲云霄。

龙吟声令人族热血沸腾，原本因为相柳临世而产生的恐惧尽被龙吟声驱散。

相柳的躯体已经全部出来了，听到龙吟声也战意高昂，蛇头吐着猩红的蛇芯子，冷冷地俯视大地。

从神识中，他感觉到不远处正在奔来一个对自己抱有巨大敌意的对手。气势上虽然较自己差一些，但也是不可轻视之辈。

又一声龙吟，一尊身形似虎的神物挟着威势踏云而来。

狴犴，龙七子，形似虎，威风凛然，急公好义，守护此州之龙子。若非人族面临大难，龙子绝不会轻易现世。

狴犴虽然兽形，但是口吐人言，怒喝道：“恶神，休得猖狂！”

相柳身形盘旋翻滚，九头都吐着蛇芯子，嘶嘶作响，而后蛇头化为人面，也口吐人言：“小辈，安敢挡我！”

第四十章 龙子猰犴

1

云阳残留的一丝神识感觉到自己飘浮在空空洞洞的半空中，缓缓上升。眼前忽而飘过儿时父母张开怀抱迎接自己的笑脸，忽而是阿薰的温柔面孔，忽而又是那妇人的惨然一笑，但是什么都停留不住，转眼即逝。

他还在慢慢向上飘浮。突然，从无比遥远的地方传来几个声音，呼唤着自己的名字。

"云大哥……"

"云阳……"

这声音让他无比留恋。他费力地倾听着、寻找着。终于，声音越来越清晰，他辨识出那是阿薰和阿言他们的声音。

云阳缓缓张开双眼，阿薰的面容也渐渐清晰地呈现在他眼前……

2

是时，猰犴怒吼一声，突身扑向相柳。龙从云，虎从风，风云突起，刹那间让相柳有些措手不及，被他的利爪抓在身上，皮开肉绽。

相柳大怒，一口毒水喷向猰犴。毒水又苦又辣，凡人只要沾上一点儿，就会立刻腐烂而亡。

巫正在指挥九黎勇士靠近星月，控制九州山川图，可一看到毒水从天而降，顿时大惊失色，喊道："闪开！快闪开！那水有毒！"

人群非常惊慌，四处逃散。毒水洒落大地，顿时腐蚀了一大片。地面冒着毒气，连房屋都被腐蚀掉了。

此时的大战已经不是寻常之辈可以插上手的，只有九黎首领和一些勇士中的佼佼者在帮助狴犴攻击相柳。

云阳刚醒过来就和伙伴们向远处跑，一边跑一边扭头看双神的搏杀。看到狴犴在天上的雄姿，他敬佩不已。最近的遭遇让云阳再次感到人族的无奈与渺小，就像这次一样，只能眼睁睁地看着，但却无能为力。

龙子赶到后，相柳的威压减弱了不少，毕泣部落的人回过神来，也拼了命地四处散开。他们算是捡了一条命，若不然相柳回归，必然拿他们当食物，这也是他们的宿命。但是峰回路转，没想到相柳回归引发这么大动静，引得龙子来攻击，这才无暇他顾。

九黎的勇士首领，带着高手围攻相柳，即使实力悬殊，也要尽自己身为人族战士的本分。相柳出世可是人族当前最大的祸害，九黎勇士视死如归、毫不退缩。

巫虽然体质较弱，但也跟得上大家的脚步，远远地逃开，避免被战斗波及。

一口气跑了好久，终于感到暂时安全一些，大家纷纷停下脚步，喘着粗气，回头观望。

巫刚平复气息就走到星月面前，说道："把图交给我们，我们来护送到洛城。"

星月吃了一惊，打量着这群突然冒出来的人。她知识广博，推断出他们是九黎之人。星月摇了摇头，断然拒绝道："九州山川图是我墨族的圣物，我要亲手交给人族共主，在这之前不会给任何人。"

巫看着倔强的星月，有些头痛，但又不能轻易发火。巫希望拿到九州山川图，交由大巫来处置。九州山川图毕竟是人族至宝，肯定要造福人族才行，就算九黎不给洛城，也要妥善使用。

当然这些后续的抉择都不是巫该考虑的，现在要紧的是怎么拿到九州山川图。用强肯定能拿得到，但是，星月既是墨族的后人又是持图人，万不可用强。

墨族可不是小部落，虽然现在基本被灭族了，但是墨族在人族中的威望是非常高的。巫从内心深处佩服墨族，他们的诚信让天地动容。为了一个承诺，无数墨族先人跋山涉水、历尽无数艰险苦难才绘成九州山川图，并且，图成那天全族罹难。仅凭这一点，巫就不能用强。

星月拒绝后，场面一下子冷下来，气氛也很尴尬。云阳等人把星月挡在身后，目光炯炯、满怀戒备地看着九黎之人。

巫看到这个情形，知道自己有些操之过急。既然无法用强，只好徐图之，实在不行，就想方设法把星月接到九黎部落，让大巫出面解决。

"大家别紧张，我们也只是遵命行事，九州山川图乃人族至宝，所以需要更多人的守护才行。"巫微笑道。

见巫这么说，云阳等人稍稍松了口气。

3

远处的战斗还在继续，震天的吼声不绝于耳。众人觉得在这里也不安全，于是继续向远处逃，试图彻底脱离危险区域。

大家一路狂奔，只等战吼声异常微弱才又停下来休息。

云阳等人和九黎人保持距离，泾渭分明，连休息都是分开坐。

九黎的人不断往远处回望，云阳知道他们是在等自己的伙伴。可是看到他们失望悲痛的神情，他知道那些人可能永远无法回来了，毕竟相柳不是等闲之辈。

能在危险中挺身而出的人，都是英雄。尽管九黎人桀骜不驯，但是面对危险他们毫不畏惧。仅凭这一点就让云阳非常佩服。

对于毕泣部落，云阳并没有什么怨恨。他们也是可怜之人，非常无辜，一直被恶神奴役着，就连生命都随时可能被剥夺。当初毕泣的主部落把相柳的头颅安排在这里，也是打算等相柳回归后，把部落的人当成祭品供给相柳。

他们，无非是在与宿命抗争，无奈地挣扎罢了。

阿薰等人和云阳才分开几天，倒觉得无比漫长。如今脱离困境重聚在一起，大家都很兴奋。倒是雪微，始终沉默寡言。换在以前，雪微一定会叨叨个不停，毕竟这些人中就他知道的最多，能力也非常强大。

云阳走到雪微身边坐下，轻声问道："雪微，你在想什么？"

雪微看到相柳那凶悍的气势，情绪异常低落。回想自己从部落出来后发生的种种事情，越来越感觉到自己的能力太弱小，再也没有了刚出部落时的雄心壮志。他深感自己会的只是些小把式，很难解决问题。

云阳的话一下子把雪微从沉思中拉了出来。看到云阳关切地看着自己，雪微勉强地笑了笑，把藏在心头好几天的想法说了出来："云阳，危险已经过去，我想回部落了。"

云阳顿时一惊，扶着雪微的肩膀问道："为什么要回部落，发生了什么事情？谁惹你生气了吗？"

第四十一章　雪微离去

"没人惹我生气，也没有什么事，我只是感觉自己的力量太弱，留在这里也是拖累大家。"雪微解释道。

云阳正色道："你这是什么话？你一直很棒！没有你，我们怎么会接到九州山川图呢？我们辛辛苦苦一路走来，都是在互相帮助、互相扶持呀。"

雪微摇了摇头说："我以前一直以为自己很强，已经可以独立闯荡了，但经过这些天这些事，我才知道自己其实差得很远。这次回部落，我决定努力修炼、精研部落秘法，等我真的修炼有成再来找大家。到时候，我们一起去治水。"说完，脸上终于恢复了一些微笑。

云阳见雪微主意已定，便不再劝。虽然不舍，但雪微回到部落继续修炼也好，一来安全、二来练成大本领，才能成大器。

云阳微笑说："好，你放心走吧！无论如何，无论走到哪里，我们都是伙伴，我们等你！"

雪微看到云阳支持自己，很用力地点点头："无论什么时候，我们都是伙伴，永远不变。"

两人对视一笑，相互拍打着肩膀，又给了对方一拳。

雪微打算走，不是惧怕危险，也不是逃避什么。他已经提前给这次护图行程卜算了一卦，卦象有惊无险。同时，作为大部落的卜族对东夷九黎也非常了解，虽然他们当年同炎黄部落争霸，但那是堂堂正正的对决，最后被黄帝击败，也是光明磊落地认输。九黎虽然傲气逼人，但都是堂堂正正的汉子，值得信赖。

这一路上有他们保护星月，比起原来这几个人安全很多。

巫看着云阳，早意识到这群年轻人以他为首，所以一直暗暗地观察他。他直觉云阳很不简单，能把不同部落的人凝聚在一起，单就人格魅力而言，真是出类拔萃。况且，他还发现云阳举手投足沉稳大气，言谈之间宽厚和煦。

巫不由得想起了禹，他觉得云阳有点儿像禹，但又有些不同，至于不同在哪里，巫又说不上来。几番比较，巫感觉二人不相上下、各有千秋。

当然，雪微这么显眼的角色，巫当然也认得出来。他一眼就看出雪微是卜族的。因为雪微看他的时候，他的心里有一种奇怪的反应，就像内心被看透一般。这让巫心中一惊。

作为部落中的巫，修炼多年，能力是毋庸置疑的。能给自己带来这种感觉的人，巫自然要格外注意，所以他盯着这个少年的双眸，看到一种如同无尽的星空一般的神秘，当即断定雪微是卜族之人，而且不是等闲之辈。

卜族乃是大部落，擅长占卜预测、精通布阵，部落秘法深奥莫测。巫以前就随着大巫去过卜族部落，所以对卜族非常了解，也深知这个部落的强大之处。

每一个行走在九州的卜族人，手段都很神秘、威力不凡。所以，当认出雪微的身份后，巫也暗自庆幸自己没有心怀歹念、用强来抢夺九州山川图。

至于阿薰和阿言，巫觉得威胁都不大。不过，那头憨态可掬的大黑熊让巫不敢小觑。巫敏锐地发现，这大黑熊必定是异常厉害的凶兽。再细细琢磨，巫对阿言也刮目相看。单就能驾驭这么一头大黑熊，巫也不敢再轻视。

阿薰、星月和阿言听说雪微要走，都急忙围上前来。虽然大家相处的时间也不算太久，但是一起经历了这么多凶险、波折，早已经建立起了感情，所以难免依依不舍。

两个女孩围着雪微叽叽喳喳，一会儿劝他，一会儿埋怨他。雪微几乎招架不住。阿言只是看着雪微，说了一句："你不回来，我们也会找你去，我们是朋友。"

如此简单的一句话，差点儿让雪微落泪。虽然雪微平时絮絮叨叨地和阿言说话，阿言总是沉默不语，但从这句话里，雪微感觉到了阿言内心的温暖。

雪微的眼眶湿润了，但是为了不让眼泪流出来，他故作豪爽地笑道："哈哈，放心，我一定练成威力绝伦的本事去洛城找你们。到时候，我们再一起闯九州！"其实，雪微还有个直觉不好明说，他清晰地感觉到，未来还有更大的奇遇等着他们，为此他必须做好准备。

"注意安全，一路珍重……"

在伙伴们的嘱托声中，雪微动身起程了。大黑熊屁颠颠地跑来，给了雪微一个有力的熊抱，疼得他龇牙咧嘴。阿言赶忙拉开热情的大黑熊，替雪微解围。哑巴在空中盘旋了好久，送着雪微，啰啰唆唆地重复着："一路珍重，一路珍重。"

望着雪微的背影，大家站了许久。猛然又走了一个伙伴，大家心里空落落的。

临行前，雪微告诉阿薰，他特意用秘法给小奇占了一卦，发现小奇这次的卦象已转为大吉，可能会获得大机缘，让阿薰放宽心，不用继续找，时机一到，小奇自然会重新出现。

雪微虽然平时话太多，让人抓不住重点，但卜卦还是让人信服的。所以阿薰也暂时放下了忧虑。

当小伙伴们收拾起离别之情再次上路的时候，和九黎人的关系也近了一些。巫也放下了傲气的心态，经常和这些年轻人攀谈，所以关系比之前融洽了许多。

一路上，巫给他们讲了许多九黎部落的事情，还有一些各地的趣闻，当然这些趣闻很多都是从禹那里听来的，巫也是现学现卖。

路程漫长而枯燥，小伙伴们很爱听巫天马行空地闲聊，就连阿言这种不爱说话的人也偶尔和巫聊上几句。

攀谈中，云阳得知有一个叫禹的人，他带领着各个部落善于治水的能人在四处勘探水患，寻找治理洪水的办法。云阳非常神往，很想拜会一下禹。

巫得知云阳的想法，哈哈一笑，对云阳说："如果到九黎部落去做客，一定会遇到这位英雄的。"

云阳虽然非常想拜见这位叫禹的人，但是自己主要的任务是陪着星月送图，所以婉言谢绝了巫的邀请。

巫很遗憾，但表示对云阳这种以大事为先的态度很欣赏。

大家一连走了二十多天，路途依旧很漫长。他们早就习惯了，每天早上起来之后随意吃一点东西就匆匆上路。但是这天早上出发一个时辰后，阿言率先发现了异常状况，远处有一个巨大的怪物挡住了他们的去路。

第四十二章　砀山禁地

砀山，高大的主峰耸立入云。云雾散开时，主峰恰如一个巨人矗立在万山之中，正深情地俯视着大地。周围群山连亘、苍翠峭拔，壮丽之极。飞鸟不时从天空掠过，鸟鸣悠扬。山脚下翠林郁郁葱葱，小溪潺潺，犹如画卷一般，让人如痴如醉。

没有到过这里的人不会想到鼎鼎大名的砀山会是如此风光。

在人们的印象中，砀山应该是寸草不生、乌烟瘴气、乱石堆积。因为这里曾恶战多年，几乎成为焦土。但是大自然展现了惊人的魔力，随着时光的流逝，砀山又变成了一个鸟语花香、如诗如画的地方。

在郁郁青青的树林中，一支百人左右的队伍正往山前走去，有老有少，个个精神饱满。为首那人年轻力壮、高大魁梧、器宇不凡，同行之人望向他的时候，目光敬畏。

大家都沉浸在当前的美景中，左顾右盼、啧啧称奇，心情极为舒畅。毕竟一路上面对的都是水患，这样的风景难得一见。他们正是与九黎接图人分手后东行勘测水患的人马，为首那人正是禹。

禹和几位长者满怀忧虑。他们知道，这里虽美但却是一个险地、禁地。

禹沉默不语，心事重重。没人知道他在想什么，也没人敢去询问，更多人都在谈笑风生。

到了山脚下，禹示意队伍先行休整，而后再进山。队伍中善猎的打了些野味，大家聚在一起燃起篝火、烤着野味、边吃边聊，不时传出一阵阵爽朗的笑声。

野味被烤成了金黄色，油脂落在火里，燃起淡淡的青烟，发出滋滋的声响，香味开始一阵阵地飘出来。

禹没有参与大家的闲聊，而是在周边踱步，从各种角度观察砀山。他神情复杂地看着这里的山势，自从进入砀山地界，隐藏在他内心深处的悲伤就被触动了。

砀山，一个看上去无比美好的地方，却是一块禁地。因为这里封印着诸多恶神凶兽，其中最有名的就是当年引起洪水灾患的水神共工氏。如果不是急着赶路，他宁可远道而行，也绝不会借道此地。

封印了恶神凶兽本是好事，可他为何悲伤？

原来，他的父亲鲧，当年治水不利，被帝降罪问斩。而这一切的罪魁祸首就是共工。所以当他踏入此地，心里便涌起无处安放的仇恨。若不是共工氏引来洪水，父亲就不会被杀，也就不会因此给家族带来奇耻大辱。

也许是禹没在身边的缘故，人们的话题越聊越宽、心情也越来越放松，不自觉就聊到了对当前天下大势的看法。

"听说九州山川图出世那天神哭鬼泣，也不知道是因为什么。难道这九州山川图真有传说中那么厉害？"

"那当然了！当年尧帝三次拜访墨族，请墨族绘制九州山川图。此图凝聚了整个墨族几代人的心血。听说墨族踏遍名山大川，汇聚了万民信仰和气运才完成这九州山川图，所以这可是人族至宝，威能莫测啊！"

"我听说墨族已经灭亡了，不知道消息是否属实？"

"我也听说了！据说九州山川图绘成那天，整个墨族都被洪水覆灭了，惨不忍睹。墨族也是古老的大部落，就这么消亡了，实在是我人族不幸啊。"

"什么？！那九州山川图岂不也被洪水卷走了吗？"

"墨族怎么会让图被卷走？早被他们提前送出来了！所以舜帝才会派人去迎图，并且下令九州各部落都要配合迎图。"

"难怪，我说怎么我们路过的部落，都在调动人手，看来真有此事。但是这九州山川图到底有什么用，竟值得如此大动干戈？"

一位老者手抚胡须，哈哈大笑："九州山川图乃我人族至宝，气运信念所在，不止有治民治水之能，更有灭神弑魔之威。"

见大家都在认真听，老者又说："人间有了此图，不要说治洪水，就连神鬼都会忌惮人族三分。"

众人听得如痴如醉，虽然有人知道九州山川图非常有用，却没想到会这么厉害。

有人忍不住问："此等至宝，当然要归我人族共主所有，既然这图可以治水，那我们和禹大人岂不是从此无用了？"

"舜帝当然不会亲自治水，共主年岁大了，可能会寻找下一任共主，把图交给他，由他来主持治理洪水，这样新的共主才会拥有足够的声望。"

"禹大人善于治水，会不会下一任共主就是禹大人？"

"禹大人固然会治水，但舜帝并不一定喜欢禹大人。你难道不知道禹大人的父亲鲧的事情吗？眼下实在是无人可用，这才让禹大人治水。一旦有了图，接下来的事情就不好说了。"

　　"唉，要是没有九州山川图就好了。那样一来，只要禹大人把洪水治理好了，舜帝自然会把共主之位传给他。"说这话的青年还在叹气，丝毫没有注意到禹已经走过来了。

　　众人看到禹后，连忙闭上了嘴，毕竟在背后议论这等敏感之事是非常不合适的。

　　禹面色如常，若无其事地坐下来，从篝火上拿下一块肉，慢慢吃了起来。

　　见大伙小心翼翼地看着自己，禹爽朗一笑："怎么不聊了？都吃完了？"

　　大家面面相觑。一位年轻人小心翼翼地说："禹大人，刚才我们是胡乱说的，请您不要放在心上。"

　　禹哈哈一笑："你们都说什么了？不管怎样，我们的首要任务是治水，是解救人族。"

　　大家一听，这才放心，场面重又轻松下来。一位汉子说："禹大人，这里的风景真好，简直是人间天堂，我真想在这里多住几天啊。"

　　禹微笑道："等洪水治好了，你把家搬过来吧，就是不知道你婆娘愿意不愿意？"

　　众人哄堂大笑，那汉子红着脸挠了挠头。

　　"有些事情，不能只看表面，这里可能并没有大家看到的那样美好。"禹又说。

　　好多人费解地看着禹，禹并没有解释，继续埋头吃肉，过了一会儿才沉声说道："再休息一刻就出发，尽快走出这里。"

第四十三章　仓颉

大家不再说话，抓紧时间吃东西，而后找个安逸的地方放松腿脚。

禹吃完后喝了点儿水，靠在树上闭目养神。

不多时，队伍起程。禹仍旧走在最前面，控制着前进的节奏和方向。

望着远处的砀山主峰，禹的心中波澜起伏，始终无法平复，坚毅的面孔也越来越严肃。

他早已打定主意，带领大家从侧面绕过主峰。因为主峰是共工的封印之地，除非万不得已，否则绝不触及，唯恐生变。除此之外，禹的脑海里也在回想大家刚才的议论，有关洪水、有关共工氏、有关天下共主。他心有不甘，也暗藏愤恨。

最近，他也琢磨过这些事。九州山川图出世以后，他这治水人的身份立刻变得微妙起来。舜帝先前任命他这个罪臣之子为治水人，实属迫不得已。如今有了九州山川图，他也就不再重要了，谁都可以取代。为此，他有些担心，一旦有机会，舜帝很有可能会换掉治水人。何况他干了这么几年，也没有什么显著的成绩。

如果舜帝换掉他，那他满腹雄心和人生抱负将如何施展？

要是没有这个九州山川图就好了！禹心中非常懊恼，第一次对这个人族至宝产生了一丝厌恶之情。

"啊，那是什么？"身边人的一声惊呼，瞬间打断了禹的思绪。

禹定睛一看，前面是一道长长的山谷，山谷两旁峭壁耸立，不时有石块滚落。令人惊诧的是，山谷里石柱林立，根根硕大，全都不规则地排列着。石柱非天然形成的，有刀斧痕迹，年代似乎颇为久远，表面已经被风雨侵蚀得有些斑驳了。

禹走过去，仔细察看这些石柱。众人也蜂拥而至，四处看个究竟。

"哇，是谁把这么多石柱立在这里，好神奇啊！"

"这些石柱干什么用的？"

大家七嘴八舌的，非常好奇。这时，山谷一侧的石壁方向传来一阵嘈杂声：

"快看，石壁上有字，那上面写着什么？"

"这些字好奇怪，我居然一个都不认识。"

"闪开，让我看看。"

"等等……这些字像我们部落祭祀神典的时候，族长手里拿着的兽皮上面的字。"

禹正在琢磨石柱蕴含的玄机，一时理不清头绪，听到喧哗声便走了过来，仔细端详石壁上的字，大吃了一惊。

这是仓颉字！

别人不认识，但是禹恰恰认识。

上古人族大能仓颉，看尽天上星辰的流转、地上山川的走势、鸟兽虫鱼的痕迹、草木器具的形状后，闭关苦思多年，从而创造了文字。当他成功那天，惊雷巨震、风云变色、鬼神哭泣。自此人族有了文字，知识便有了传承的新载体，从而气运大涨，日渐人丁兴旺、开疆拓土、繁荣昌盛。

众神非常惊恐，神第一次发现被视为蝼蚁的人族居然私自开创自己的气运，纷纷降神罚于人间，逼迫仓颉毁掉文字。

仓颉自然不肯毁掉，于是人神对立，爆发了大战。人族所有大能都奋起一搏保护文字，这也是人族第一次为了自己逆神一战。而仓颉造字有大功德护身，并且身系整个人族的气运，众神拿他没有办法但是又不甘心，便又威胁仓颉，如果不自裁并交出文字，就把整个人族灭亡。

仓颉不想让人族因此遭到毁灭，同意了神的要求，并让众神以天道立下神誓，不得再降祸于人族。

众神急于将人族文字毁灭掉，所以勉强同意了这个请求。但是神的尊严不可亵渎，仓颉必须要死。

仓颉偷偷教会了人族的精英，让他们默记于心，流传后世。他把记载仓颉字的兽皮卷都交给了神，然后含笑自尽。

一代人族大能就这么陨落了，在场人族无不伤心落泪、满怀屈辱。

众神在得到仓颉字后，降下神火把文字全部销毁，一场人神的纷争才渐渐归于平静。

他们没有想到，人族凭着记忆摹写出仓颉的文字，暗中改头换面传于人族各部。而那份最初临摹的文字藏于人族共主那里，不显于世，只有当时参加摹写的几个人族大能见过。人族感其恩德，把这文字命名为仓颉字，纪念仓颉大能。

当众神发觉的时候，文字已经传了出去，便十分恼怒，但因找不到证据，无处发火，最后也不了了之。

仓颉字经过多年流传发展，早已经失去本来面目，只有在一些古籍中能见到零星，那是当时改头换面不彻底留下的痕迹。随着岁月流逝，现在的人族只有极少数身居高位的人和一些大能才能够认出。

禹自从接受治水之责，被舜帝允许翻遍人族珍藏的古籍来找治水办法，他自然知道并认识仓颉字。此处居然有人书写仓颉字，禹非常吃惊，等他看到文字的内容后，更加震惊。

通读下来，禹心中已是波涛汹涌。

"四凶肆虐，食人无数，吾等受命诛杀四凶，奈何凶神功厚，人力殊微，仅得封印于此。混沌主残暴，饕餮主贪欲，穷奇主不义，梼杌主怨憎。此四凶镇于大阵之内，后人心念不纯者，不可入阵，否则触发封印，四凶出世，必将祸乱人间。切记！"

底下文字已经残破，辨认不清。

禹万万没想到自己率人绕过封印共工之地，却进入了封印四凶的山谷。他顿感此处凶险、阴气逼人，抬眼望望两边的峭壁，发现年久风化，不时有小石块和碎土滑落。他正想命令全体人员退出山谷、另择线路时，突然山坡上轰隆声作响，一块块石头滚了下来，砸向人们的头顶！

原来，好奇害死猫，一个好动的家伙见半山坡那棵歪脖树上有鸟窝，便想爬上去掏鸟蛋，不想踩落一块大石，瞬间引发一侧的山体滑坡。

禹怒目圆睁，大喊道："快闪开，躲起来！"

峭壁上不断滚下巨石，大家四处逃散，纷纷找藏身之地。

第四十四章　贪念与贪兽

一阵泥石俱下、灰尘弥漫之后，山体滑坡终于停止了。

众人在响声过后，探头探脑地从藏身之地出来，一个个吓得面色如土。

禹赶紧清点人数，除了那个爬树的倒霉蛋被泥石掩埋以外，其他人都在，只是不少人被砸得头破血流。此时，来时的路已经被巨石和泥堆堵住。

"这可怎么办？"众人面面相觑。

"我们赶紧从这里出去吧，再掉石头的话，我们都会死在这里的。"一人心有余悸地说。

"是啊，这要再来一次，我们绝对跑不掉。禹大人，我们赶紧往前走吧，这里好古怪。"有人附和道。

禹说道："我们得从原路返回，前面的石阵不能走。"

"不会吧，后路被巨石挡住了，我们若是原路回去，要爬很久啊。"

"禹大人，我们受点儿累不要紧，但原路返回势必会延误去前方勘探水患的时间，到时候舜帝会降罪的。"

众人都不愿原路返回，那些巨石堆积如山，如果要爬回去，一来无比艰难、二来还可能引发再次滑坡，难免九死一生。退回去之后还要换别的路线，实在太折腾了。

禹还在试图说服大家，他知道不能走那个大阵，而其他人不懂石壁上记载的文字内容。

不知道人群中谁小声嘀咕了一句："延误治水，到时候就是死罪。"这句话声音虽小，但是实在诛心。众人闻之，声色俱变，都小心翼翼地看着禹。

眼见队伍中有人敢驳逆自己，禹怒火中烧。但他依然面似秋水，缓缓说道："既然大家都不想原路返回，那么我们就继续往前走吧，但务必小心。"

大家见禹终于改变了主意，连声称是。

禹带着大家往前走，心中波涛汹涌。自己的命令得不到执行，权威被践踏，此刻他深恨自己权力太小，无法左右他人的生死，导致下面的人出现了不服管束的现象。

此刻禹心中对权力的渴望无比强烈，有了至高无上的权力才可以让所有事情都按照自己的意志来进行。

"如果九州山川图落入我手就好了，既可以治水，也可以角逐大位。"大禹心中想到，"但舜帝多半不会把九州山川图给我，他身边围着那么多人，以前没人拼命抢治水人的位置，不过是怕辛苦受罪，怕失败掉脑袋。现在可就未必了，多少人想拿着九州图争夺帝位啊。如果九州山川图没有出现，至少舜帝短时间内不会撤换我，我还能继续施展抱负，可是现在……"

"如果我得不到九州山川图，别人也休想得到……"禹心中不断闪现着这个念头。

众人已经走进石阵中，突然浓雾弥漫，咫尺之内互不相见。大家眼前一黑，瞬间失去了所有的感知，听觉、嗅觉、味觉、视觉和触觉等五识已被封闭。

禹立在迷雾中，恍恍惚惚，听见有一个声音在呼唤他。

"去吧，去推那根长长的石柱吧，推动它，你就会得偿所望，权力、九州山川图都是你的，人间的一切也都将归你所有……"

"不要迟疑，快去吧！机不可失，失不再来……"

那个声音不断在蛊惑着禹。

禹内心何其强大，心中暗道不好，自己的贪念引动了大阵，勾起里面的妖魔作祟，魅惑自己，影响自己的心智。

禹内心中也有一个声音在共鸣："去吧，推那个石柱。推动了，人间所有的一切都是你的，不再有人敢议论你的父亲，也不再有人敢违背你的意志……"

"大丈夫要把命运掌握在自己手里，快，快……"

禹满头大汗，内心备受煎熬，一边抵抗外部魅惑的声音，一边抵抗内心的贪欲对权力的渴望。他大声呼喊，却听不见自己的声音，周围也看不见一个人，但是大大小小的石柱却在眼前游动，不断变换着阵形。

石柱变幻游动之际，禹感到莫名的威压笼罩全身，骨痛欲裂，眼珠子充满血丝，仿佛要爆裂出来。

这时，魅惑的声音又在他耳边响起："快去吧！去推动那个石柱吧，这样就可以出去啦！你就能得到所有你想要的！你还犹豫什么？！"

不！禹青筋暴起，努力聚集着神识抵抗魅惑的声音。

禹心中的声音又响起，这个声音是那么熟悉："去推动石柱，解开封印吧，这样对咱们才有好处。我不会害你的，我就是你，你就是我，去推开它，咱们就可以出去了，天下的权力就是咱们的了！你难道不热爱权力吗？权力真的很美好，天下唯命是从，一言九鼎，如果你不出去，什么都没了，没有了可能，也失去了一切……"

外面的魅惑之声又说："推动那根石柱吧，解开封印吧，你不是想要九州山川图吗？我来帮你，只要你轻轻一推……"

禹感到自己的脑袋都快要炸裂，他痛苦地反抗着，大声问道："你们到底是谁，到底是谁？"

两个声音同时响起，一个说"我就是你自己"，另一个说"我是能帮助你的饕餮"。

"该死！我凭什么听你们的？！"禹坚持抵抗。

外面的声音轻笑道："你不得不信我，既然进来了，这就是唯一的路。否则你也出不去，出不去，就什么都没了，一切都成了梦幻泡影……"

内心的声音说："它说得对！咱们不仅要出去，而且不能再受别人的威胁，还要拥有权力，要统治人间！"

"推动这根石柱，对，就是眼前这根，推开吧，没人知道是你推开的，没人看得见，去吧，去吧，去吧……"

两个声音来回劝说，击打着禹内心的一丝松动与软弱。

禹的双眼已经失去了光泽，终于，他不由自主地伸出双手去推动眼前那根石柱。

禹虽然知道解除封印的后果，但是那两个声音说得对——如果出不去，那一切都没了。饕餮是妖魔，一定会去抢九州山川图，那样的话，舜帝得不到图，就不会换掉自己治水人的位置。

禹一直在反抗着恶魔的诱惑，最后一刻还是放弃了，让内心的贪欲占了上风。

这时，一团黑气从石阵中升起，聚集在空中，迅疾飘走……

第四十五章　饕餮

1

清晨，朝阳初升，万物生长，一缕阳光从天空照射到山谷，驱走了黑暗。

禹被阳光照在脸上，不由得慢慢睁开眼睛，感觉到脑袋像宿醉般疼痛。他起身看到众人躺在地上，定了定神，大声把大家叫醒。众人揉着眼睛，打着哈欠醒过来，疑惑地问：

"怎么了？"

"我怎么会睡在这里？"

"昨天走着走着什么都不记得了，发生了什么？"

禹仔细地听着众人的议论，确认大家进入大阵后都失去了知觉，并不知道后面发生的事情，心中稍安。只有他还清楚地记得自己都干了什么，看到后方的大阵已经有一根石柱倒塌，禹心中一下子抽紧了。

"咦，我们走出那堆石柱了，我怎么一点儿都不记得了。"

"哎呀，好奇怪，真的什么都不记得了。"

"可不，脑袋疼得要命呢。"

禹看到大家还在东一嘴西一嘴地聊着，把手一挥，高声说道："好了，大家醒醒神，收拾一下，准备赶路。"

大家看到禹发出指令，也就不好再议论什么，纷纷跟着起身。

2

饕餮，上古四大凶兽之一，羊身人面，眼在腋下，虎齿人爪，大头大嘴。性格贪婪到极致，无所不食，上古时期凶名昭著。

从砀山破印而出之后，饕餮法身虚弱，尚未聚形。

从禹的神识中，饕餮知道了九州山川图大致的方向。虽然饕餮被封印，但是不妨碍它感知九州山川图出世的信息。对于九州山川图，神魔厌憎，饕餮也一样。为了防止再次被人族封印，饕餮决定先把九州山川图毁掉，这样就可以为所欲为，报复人族了。

它的元神飘飘荡荡，循着九州山川图的方向而来，沿途不时吞食人族野兽，积攒元气。

当来到一处平原后，饕餮感知到一股异常强大的气息正在接近。饕餮大喜，莫非是九州山川图到了？它停下来聚气练形，准备抢夺九州山川图。

此凶兽贪欲很强、本领很大，吞气之间往往能吸住很远的东西，然后吞咽下去。但是由于镇守此州的龙七子狴犴威压强大，使其元气飘忽不定、不能顺利化形，它只好耐下性子，元神在这个地方飘飘荡荡，等待时机。

相柳出世后，龙七子狴犴现身迎战，神力专注对付相柳，威压自然减轻了不少。饕餮终于抓住机会聚成原形，不由精神大振，正准备大干一场，突然觉得喉咙处有些痛痒，似乎有什么东西卡在那里，还在不停移动。

这段时间它囫囵吞了不少生灵，不知道什么东西这么顽强，竟然在它体内作祟。喉咙越来越痛、越来越难受，饕餮非常烦躁，想尽办法也没能解决这个问题。

此时神识察觉到九州山川图的气息正在远去，饕餮不顾疼痛，赶紧抄近路去堵截九州山川图。可是喉咙里的剧痛实在让它发狂，这几天那个卡住的东西，居然顺着喉咙开始往脑袋中爬去，这让饕餮忧心忡忡……

3

此时，云阳他们和九黎人都远远地看到了饕餮。大家停下了脚步，面色凝重。谁也没想到刚离龙潭又入虎穴。此兽身高百丈、巨口獠牙，虽无相柳之威，但观其形，绝对是个残暴、威猛的凶神恶煞。

饕餮手里正抓着一头鲜血淋漓的野兽往大嘴里塞，嗜血的气息扑面而来。

巫的脸色非常难看，他博闻广识，一下子就想起此兽是什么来历。这个顶级的凶兽绝不是他们现在的力量可以对付的。

众人看到不远处的饕餮虽然舍不得放下食物立刻扑过来，但其腋下双目正凶狠地盯着大家，直盯得人尽皆胆寒。

云阳沉稳地问："巫前辈，此兽是何物，为何如此贪食？"

听到云阳说饕餮贪食，巫无奈地苦笑："此兽大凶，乃上古四凶之一，饕餮。"

众人听到巫说出这句话，纷纷骇然，神情异常紧张！

云阳心中微微一沉，目光一闪。他记得雪微说过四凶被封印的事，可是封印怎么打开了？先是相柳，又是饕餮，看来这世道凶险异常，即将要有大事发生。

巫面色凝重地说："大家后退，我们从别的路走。"

众人开始缓慢后退，尽量不惊动饕餮。

饕餮见众人要走，愤怒地往前走了几步，随即又停了下来。它实在贪婪，舍不得自己没有吃完的食物，非常纠结。

众人慢慢退出饕餮的视线，希望不会激怒它，等到距离稍远，马上转身飞奔而去。

一路上，云阳和巫都在讨论饕餮破印而出的事，但终究没有讨论出个所以然。

巫出神地想了一会儿，对云阳说："看来我应该尽早回到部落，汇报此事。相柳出世天降异象，大家都知道，但是饕餮也出来了，并无任何征兆，恐怕那其他三凶的封印也出了问题。"

云阳满怀忧虑地点点头，以前在部落里每天日出而作、日落而息，虽有洪水灾害，但是远没出来之后凶险。先是小奇失踪，而后碰上相柳出世，再又碰上饕餮这等凶残的角色，虽然出来以前也有些心理准备，但却没有想到外面的世界如此危险。

如果雪微没有回去就好了，云阳心中暗暗想到。

当他看到阿薰那柔弱秀丽的脸庞，十分心疼。阿薰是个单纯的邻家女孩，最近遭了太多罪，吃不好、睡不好，消瘦得厉害。

感觉到云阳看向自己，阿薰微微一笑，心里踏实了很多。

"小薰，最近让你受苦了。"云阳低声说。

阿薰顿时娇羞起来，头低低的。星月很知趣地闪到一边，离开前，目光闪动地看了云阳一眼。

阿薰轻柔地说："云大哥，我没事，不用担心我。"

云阳说："我们马上就要过雷泽了，过去之后就离洛城不远了。"

阿薰咬着嘴唇，欲言又止。

云阳一直看着阿薰，问道："是不是有什么心事？"

阿薰鼓起勇气看着云阳："云大哥，我们送完图，找到小奇，可不可以马上回槐族部落，外面实在太危险了……"

说完之后，阿薰又低下头，心中有些委屈，眼眶发红。

在经历这么多磨难后，单纯的阿薰无比想念槐族部落宁静的生活，但她知道云阳胸怀大志，又不想因为自己让他为难，偏偏自己又舍不得离开他，心里非常难受。

阿薰早把云阳当成自己的亲人，更有少女的情愫。她生怕云阳不高兴，所以把这些话都藏在心里，一句也没有说。

就在阿薰胡思乱想的时候，突然感觉到自己的头发被一只温柔的大手抚摸着。

阿薰吃惊地抬起头，看到云阳那阳光般的笑脸，满是怜爱的暖意。

"等送完图，找到小奇，我们就一起回去。"

阿薰惊喜地说："真的吗？云大哥！"

"嗯！"云阳的手掌一时忘记离开，阿薰的面色一片羞红。

第四十六章　逃亡

云阳忽然意识到有些不妥，赶紧收回手，脸也红了。幸好众人都忙着奔走，没有人关注他们。

奔逃了一阵，大家累得直喘粗气，不得不停下来休息。一位九黎勇士见阿言在一边喂大黑熊吃野果子，上前调侃道："人都不够吃，把宝贵的食物拿来喂一只畜生，小地方的人还真奢侈呢。"

阿言冷冷地看了他一眼，没有说话。

九黎勇士脸上有些挂不住了，他这一路走来，早就看阿言不顺眼了——从不搭理人不说，平时打的猎物也被他拿去好多喂大黑熊了。

"我们带的干粮不够了，没有多余的东西给这头熊吃，你让这头大黑熊自己觅食去吧。同时，为了大家的安全着想，最好把它撵走。"

"它的食物，我自己想办法。"阿言只回了一句就不再说话。

大黑熊很通人性，小眼睛眨巴眨巴地看着阿言，伸出舌头舔了一下阿言的手。

见阿言如此漠视自己，九黎勇士心中恼怒，不由得伸手握住背后的武器。

阿言冷冷地盯着他的动作，手里也握紧猎刀。

"哼！"也许是顾虑到一旦起冲突，巫会责怪下来，毕竟从巫的态度中看得出来，巫对这帮孩子还是很尊重的。此人愤愤地瞪了阿言一眼，悻悻地走开了。

阿言冷漠地看了看他的背影，然后继续拿野果子喂熊。

"哼！多管闲事！"哑巴在一边不安分地添油加醋，回敬了回去。

星月看到阿薰的脸还是红扑扑的，便拉着阿薰的手走开去说悄悄话。她们越走越远，一路上传来星月调笑阿薰的笑声。

云阳无奈地笑了笑，看到巫坐在阴凉的地方喘息，走上前问道："巫前辈，我们要走什么路线才行？我觉得那头怪物不会轻易放过我们的。"

巫看着云阳微笑了起来。他发现自己越来越欣赏云阳，虽然年纪轻轻，但却沉稳不凡。

巫站起来指着前方说："我们还要走四五天才能到达雷泽，这个方向最近，若不然需要绕很远的路。当务之急要尽快赶到雷泽。"

"雷泽是不是很危险？"云阳问道。

"雷泽危机四伏、野兽遍地、凶兽盘踞，还有荒神居其中。那里虽然称沼泽，但是沼泽部分只有中心才有，其他地方却是野兽的乐园。"

"什么是荒神？"云阳第一次听闻有荒神，很好奇。

巫一下子醒悟过来，心中暗叹自己嘴快。看到云阳那求知的眼神，如果不说，肯定会有隔阂，到时候再邀请他们去九黎部落就不是那么容易了。

权衡了一下，巫决定告诉他，反正也不是什么绝对的秘密，无非是常人不知罢了。

巫马上表情淡定地说："荒神是最古老的先天之神，不过历来盘踞不出，世人很少见。荒神乃开天之初就存在于这个世上，天赋异禀，若不是灵智未开以及数量稀少，这个世上又是另外一番景象。他们可比凶兽强大、危险得多。"

"人族膜拜的神祇也是先天之神，但能依据天地法则提升修为。上古洪荒时期，荒神和神祇大战，不分伯仲，反倒众神一方势弱，若不是灵智未开，中了众神设的局，这个世界早就被荒神统领了。"说到这里，巫深呼了一口气，缓缓说道，"洪荒洪荒，其实说的是荒。"

云阳第一次听闻这种秘辛，心中的震动难以想象。他一直以为神才是这个世界的主宰，人族只能依附众神，成为神的附庸，找一个善良的神去对付恶神。没想到，这个世上还有比神更加厉害的荒神。瞬间，云阳感觉心中打开了一片新的天地，心潮澎湃。

巫没有看到云阳的异样，心中已经开始忧虑。上一次通过雷泽，人多势众，有首领那帮技艺高超的勇士相助，就这样也是凶险异常，所幸没有碰到高阶凶兽，若不然怕也是凶多吉少。

当然，雷泽之所以能成为大险之地，还因为有一尊荒神坐镇，让人闻风色变。荒神有荒神的尊严和领地意识，雷泽只有最中心的沼泽部分才是荒神的领地，只要不踏入荒神的领地，荒神是不会发现的。雷泽颇大，所以大家就算走这里，也是绕开中心，哪怕遇到凶兽，还可以一搏或者有机会逃跑，若是遇到荒神，那就是死路一条，就连神祇都对荒神无可奈何，更别提人族了。

九黎勇士现在也就剩下百十来人，再次进入雷泽并不明智，但却别无选择。

精锐部分都被首领带着与相柳作战，恐怕是凶多吉少了，毕竟相柳的凶名是用鲜血铸造的。对于首领的抉择，巫无话可说，九黎傲骨凛然，遇到危害人族的凶兽恶神，会放下人族内部的恩怨，义无反顾地战斗。

这也许就是九黎和毕泣的不同，毕泣被神奴役，没有勇气去反抗，只会祈求恶神放过他们。而九黎为了全人族的利益，哪怕战死，也不惜和恶神一战。

"不好了，不好了，后面那头怪物又追过来啦！"负责望风的九黎人连滚带爬地跑来报信。巫和云阳闻之色变，饕餮居然这么快就追了过来，让人丝毫没有喘息的余地，看来，想要逃脱掉实在是太困难了。

巫急声喊道："快走，我们快走！"

云阳连忙回头找阿薰和星月，两个女孩子聊得忘情，走得很远。云阳急得大声呼喊，可是她们却听不见。饕餮已经出现在视线中，众人一阵慌张，拔脚飞奔。巫看到两个女孩没有回来，又连声喝止。因为九州山川图还在星月身上，如果大家都跑了，星月势必会有危险。

现在跟随巫的都是普通的勇士，哪顾得了这些，一个个仓皇逃窜，只恨爹妈才给他们生了两条腿。

云阳急忙跑过去。他已经看到饕餮了，而星月和阿薰背对着大家，看不到他挥手。两个人只顾着聊天，没有留意到侧面的饕餮正在逼近。

第四十七章　大黑熊怂了

"阿薰姐，你是不是喜欢云大哥？"星月打趣道。

阿薰的脸更红了，一时没说出话。

星月看到阿薰的脸都红透了，伸出右手指碰了碰阿薰的脸蛋，笑道："哎哟，好烫啊！喜欢就喜欢呗，还不敢说？"

阿薰小声说："星月，你别乱说，让云大哥知道会生气的。"

星月娇叱一声："云大哥才不会生气呢，说不定心里也和你一样欢喜呢。"

"乱讲！"阿薰嘟着嘴，羞涩地去挠星月的痒痒。

星月一边笑，一边躲闪："哈哈，让我说中了吧！"

两个人嘻嘻哈哈，闹成一团……

这世，哑巴飞了过去，在阿薰和星月头上大喊："怪物！怪物！"

原来，饕餮已经向这个方向移动，显然是发现了两个女孩子离它最近，而且它感觉到一股强劲的气息就在这两个女孩身上。

阿薰和星月这时也看到了怪物，顿时花容失色，呆在当场。饕餮开始加速向阿薰和星月冲去。就在这千钧一发之际，一道黑影掠过云阳，快速向饕餮冲去。

云阳定神一看，原来是大黑熊。

是阿言，指挥大黑熊去拦住饕餮，让阿薰和星月有机会逃跑。

大黑熊虽然也是高位凶兽，但和饕餮这种声名远播的凶兽相差甚远。如果不是阿言的命令，大黑熊是不会动弹的。尽管有些勉强，大黑熊还是冲了过去，但是刚到饕餮身边，就被饕餮撞飞了。

饕餮的身形也顿了顿，云阳此时已经冲到阿薰和星月身前。但就算云阳过来也没有什么用，饕餮岂是凡人能抵挡的？多一个人，对饕餮来说不过是多了一份食物罢了。

当饕餮张开巨口要把云阳他们吞掉的时候，大黑熊又冲到饕餮面前。它暴吼着，身形暴涨，毛发直立，猩红的双眼死死盯着饕餮。饕餮竟被唬住了。

趁着饕餮一愣神，云阳拉着阿薰和星月，撒腿就跑。

饕餮见几人要走，回过神来，暴吼一声，向大黑熊扑去。

饕餮巨大的脚掌踩在地上，浑身一颤一颤的。

虽然大黑熊暴怒以后个头也不小，但和饕餮比起来，实在悬殊。

饕餮张开大嘴低头咬向大黑熊，可突然，它大吼一声，脑袋又抬了起来，左右摇摆，似乎非常痛苦。

大黑熊见云阳他们已经跑出安全距离，猩红的眼睛眨巴一下，露出憨厚的狡黠，趁着饕餮摇头晃脑，转身就往回跑。别看大黑熊皮糙肉厚、肥胖异常，此时的动作一点也不笨拙，很快便追上云阳他们。

云阳一愣，大黑熊居然临阵脱逃？大黑熊不知道云阳怎么想，只是义无反顾地狂奔，身形也恢复到正常大小。

阿言急忙叫住大黑熊，让两个女孩骑了上去。大黑熊背上多了俩人，速度也不多减，依然跑得飞快，看来它内心确实害怕。

哑巴在大黑熊头上飞来飞去，嘎嘎大叫："快跑！快跑！"

云阳和阿言看到阿薰和星月骑着大黑熊一骑绝尘，不禁面面相觑。这是原来那只大黑熊吗？从来没见它如此慌张。

饕餮看到猎物们消失，顿时急了，强忍着脑袋里的疼痛，驱动庞大的身体赶了过去。让食物这么跑掉它可是绝对接受不了的，更何况还有神魔瞩目的九州山川图。

远处的众人看到星月安然无恙，都松了一口气。毕竟星月是持图者，要是有个三长两短，根本无法向九黎部落和舜帝交代。刚才众人暂时丧失了与饕餮对峙的勇气，内心还是颇为愧疚的。当看到饕餮又追来，他们二话不说，又马上狂奔起来。

终究谁都不想喂饕餮，实在是实力悬殊，饕餮的恶名太吓人了。

当云阳和阿言撵上大部队的时候已经气喘吁吁，可饕餮还在不知疲倦地追赶。令人奇怪的是，每次要被饕餮追上的时候，它都停下来，脑袋摇来摇去，像是非常痛苦。这才给了大家逃开的机会，若不然大家早就体力不济，被饕餮吃掉了。

刚才和阿言起了点冲突的九黎人也不敢说话了。别看大黑熊平时是一副人畜无害的样子，可是和饕餮对峙时，那狂暴的气息把大家都镇住了。

就这样，饕餮撵着众人整整跑了三天三夜。每个人都极度疲倦，也不知道跑了多少路，但死亡的气息依然萦绕在身后，让人无法懈怠。

众人趁着饕餮被暂时甩开，抓紧时间喘口气、喝点儿水、吃点儿干粮。

巫喘息着说："大家再坚持一下，我们快到雷泽了。进去后，我们引一些凶兽去攻击饕餮，大家就安全了。"

众人拼命点头，心理上得到很大安慰。可实际上，与其说是引凶兽攻击饕餮，还不如说是给饕餮喂食，饕餮要是能被这些凶兽缠住，那就不是大名鼎鼎的四凶之一了。

云阳一直在思索，饕餮到底是怎么逃出封印的？为什么会锲而不舍地追赶大家？如果说是为了填饱肚子，那么大家在逃跑的过程中，也遇到过一些野羊和野鹿群，饕餮并没有停下脚步。更奇怪的是，每当饕餮快要追上众人，刚要发威吃人的时候，都会突然驻足，摇头晃脑，痛苦不堪。

这些问题都萦绕在云阳的心中，深深困惑着他。

第四十八章 不朽之魂

不知道为什么，每当饕餮接近自己的时候，阿薰总有一种熟悉的感觉，心中立刻涌起一股亲切感，就像血脉相连一样。但看到饕餮那凶残的样子，便又使劲把脑海中这个念头甩掉。

"难道是幻觉？可能是最近太累的缘故吧。"阿薰心中暗忖，"雪微临走前说小奇没有危险，相反还会有非常大的机缘。等到达洛城后，求那里的大能想办法找到小奇，然后和云大哥还有阿言一起回部落，重新过那安宁的日子……"

阿薰拄着腮帮想着想着，不由得出了神。皎洁的星空、迷人的夜晚、天上的星光点点洒落在大地，然而如此静谧的夜晚同样孕育着危险。

众人倒在地上睡得昏沉，实在跑不动了。

"啊！"

随着一声惨叫传来，众人一惊，猛然看到饕餮已立在人群边缘，张口便吞下一人。原来负责放哨的人睡着了，饕餮追上来一口把他吃掉了。

饕餮动真格的了，没有像以往那样，一接近人群就摇头晃脑，痛苦不堪。

人们纷纷哭喊起来："快跑，快跑！"

云阳马上拉着阿薰和星月往前跑，巫一直都关注着星月，急忙跟了过来。他时刻没有忘记自己的任务是保护九州山川图。

人群已经逃散，饕餮追杀了这么久，也已经暴怒异常，丝毫不给大家逃跑机会，一嘴下去，又有好几个人被生吞了。

巫对云阳喊道："快，跟我走这边！"

云阳二话没说，拉着阿薰和星月跟着巫跑，阿言和大黑熊也紧随其后。

饕餮放肆地享受着人族盛宴，一些人试图反抗，但瞬间就被吞掉。

这夜啊，早已经被惨叫声覆盖，到处都是血肉横飞的场面。饕餮进食的时候，不止生吞，也会随手把食物撕开。

饕餮一刻不停地大吃着。这一路追赶，它很少享用食物，猛然吃到人族，不免异常兴奋，一时间忘了九州山川图。

巫带着一行人已经远远跑开。此时，逃出来的仅有寥寥几个九黎人和云阳他们几个，损失惨重。这下，谁也不敢稍作停留，逃命要紧，无暇顾及休息。

一路上，云阳认同巫的计划，先进入雷泽，然后吸引其他凶兽与饕餮搏斗，只有这样才有机会摆脱饕餮。不过令他始终想不明白的是，为何饕餮一直追赶大家，就算贪食人族，也不可能这么执着，已经跟了三天三夜。莫非它也盯上了九州山川图？

想到这里，云阳心中一紧，问道："巫前辈，我们还有多远才到雷泽？"

巫抬头辨识了一下方向，说道："顺利的话只有一天的行程！"

云阳皱了皱眉，就算到了雷泽，也不一定能挡住饕餮，除非……

巫似乎猜到了云阳的想法，连忙说道："千万不要这么想，如果引到荒神那里，我们绝无生还的机会。"

云阳点点头。

巫确认云阳果然是这么想的，不禁吓了一跳。这个年轻人果然有气魄，什么都敢想。

云阳神色未变，说道："巫前辈，这么危险的路程，如果我们无法逃脱，凶兽也不能阻挡饕餮，前辈是否还有别的办法？"

巫突然沉默了，没有回答云阳的问题。

这个年轻人实在是太厉害了，一下子就道破问题关键，而且临危不乱。如果换成其他人，早就惶惶不安、乱了方寸。

内心深处，巫非常不愿意使用那个最终的秘技。大巫派他来，不是因为他能统领九黎族的勇士。若论统领手下，那首领就可以完成任务，完全没有必要他随行。派他来其实暗含着后招。

云阳看巫沉默不语，也知道这话问得有些冒失。每个人都有秘密，就连云阳自己也有不为人知的秘密，但是情势所迫，实在顾不得许多。

这一行人虽然暂时摆脱了饕餮的追杀，但众人的神经依旧紧绷着。

巫看到大家惊恐的样子，考虑到目前的处境，深深吸一口气，打破了沉默，对云阳说道："如果事不可为，我希望你能答应我一件事。"

云阳看向巫，没有说话。

巫继续说道："我有一个秘法，也许能拖住饕餮。如果成功，我希望你答应我，在我使用秘法后，带着那个女孩去一趟九黎部落，替我和九黎勇士向大巫复命——就算是我的祈求，可好？"

云阳目光闪动了一下，沉默片刻道："秘法需要做出很大的牺牲，对不对？"

巫脸色有些惨白，点点头说："九黎部落的每个人刚出世的时候，都要接受古老的考验，能亲和部落传承精魂的孩子才会成为巫。

"巫者，沟通天地，可以借用天地法则。九黎部落联盟能够一直屹立不倒，不是因为族民众多，而是因为巫的传承。

"每一个巫诞生，灵魂都会勾动部落传承中的一位大能之魂，每个人资质不一、秉性不同，所以得到认可的大能之魂也不一样。当最需要的时候，巫可以引燃生命召唤不朽之魂降临，这就是九黎的巫。"说完这些，巫停了下来，长出了一口气，出神地望着远方。

云阳恍然大悟，原来是这么回事，难怪巫在这群人中，看似瘦弱不堪，但是地位最高，同时也明白了九黎部落派巫领队的深意。

"巫前辈，您能召唤的不朽之魂是？"云阳轻声问道。

巫此时恢复了神采，骄傲地说："我的不朽之魂是刑天，战神刑天！"

声音在回荡，仿佛这四个字拥有穿透空间的魔力，连遮蔽月亮的云彩都被震散开来。

第四十九章　重返雷泽

"战神刑天！"

仅凭这四个字，就足以惊天动地。

周围的九黎人都在倾听，得闻这四个字，心中皆是一惊。大家虽然不是部落里的核心人物，但从小就隐约听说过巫的神秘之处，只是没想到眼前的巫，他的不朽之魂居然是刑天！

刑天之名，威震天下。此时众人脑海中回荡着刑天失去了头颅依然挥舞干戚的雄姿，是那么的惊心动魄，是那么的英勇不屈。

云阳面露哀色，他想起最关键的问题，那就是刑天的不朽之魂需要用生命引燃。但众人好像沉浸在刚才的惊喜当中，并未留意后面的话。

巫心有所感，看到云阳的神色，心中暗许。毕竟谁都不想死，不到最后关头，巫不会轻易放弃生命。

云阳看了看天色，然后说："巫前辈，我答应你。我们继续上路吧，希望能早些到达雷泽，那样我们就有希望了。"

巫感激地看了云阳一眼，然后重重点点头："没错，我们要快些赶路，若不然又会被饕餮追上。"

众人虽然疲倦至极，但危险如影随形，谁也不敢倦怠。上百人的队伍，如今就剩下这十几人了。大家拖着沉重的双腿，继续往前赶。

阿薰和星月已经接近崩溃，本来就比男子体弱，还经过这么久的长途跋涉，体力完全透支了。云阳看到后，让阿言安排她们骑在大黑熊身上，这样两人能休息片刻。眼下还没到最危险的时候，必须保存实力。

阿薰忍不住对云阳说出了心中的感觉："云大哥，我总感觉那个怪物和我有一种莫名亲切的联系，会不会它不断地追赶，是因为我的缘故？"

云阳虽然疲惫不堪，但还是微笑着说："你一定是累坏了，别乱想，你怎么会和怪物有联系在一起的感觉呢？"

阿薰说："真的，云大哥，每次怪物接近的时候，我都有一种被人呼唤的感觉，那种感觉非常熟悉，你说，会不会跟小奇有关……"

阿薰时时在想着小奇，每次想起都心如刀割，从小就和弟弟相依为命，突然只剩下自己一人，这对她造成的打击非常大。

云阳安慰道："别多想，小奇会没事的。雪微占卜很多次，都显示小奇会有大机缘，时机到了，我们和他会有重逢的一天。"

阿薰脸上挂着泪珠，点点头。一旁的星月搂着阿薰的肩膀，也在轻声软语地安慰着她。

云阳实在不擅长安慰人，看到星月帮忙，冲星月释然地笑了笑。

他虽然说没事，但也很留意阿薰的话，想起每次当饕餮接近的时候，都似乎痛苦不堪的样子，确实很蹊跷。可能饕餮被人族封印，对人族极度憎恨，所以才锲而不舍地追杀大家。甚至有可能，这怪物是特地为了九州山川图而来。

千头万绪，云阳暗自琢磨，如果饕餮再追上来，一定要好好观察一下它的反应。

众人一路狂奔，不敢做任何多余的停留，直奔雷泽而去。

这群人中，除了阿薰和星月，就属巫的体质最弱，但此时此刻的巫却精神焕发、充满激情和斗志。对于他来说，这可是生命中最关键的时刻，他必须激发出自己的全部潜能，否则如果饕餮再追上来，威胁到众人生命和九州山川图的安全，那么巫只好引燃生命，去召唤先祖的不朽之魂了。

在死亡的压力下，巫有了新的动力。有人稍微懈怠，巫就一个劲儿地鼓舞士气，一路上也放下了惯有的矜持，给大家讲起各个部落的秘辛。云阳细细听着巫的讲述，对这个世界有了更多了解，眼界豁然开朗，渐渐褪去初出部落的青涩与懵懂。

一路上大家的食物都是阿言一手包办。

九黎人虽然多，其中也有擅长打猎的，但和阿言这样的优秀的猎手比起来，还是相差甚远。大家以前看阿言沉默寡言，觉得他可能只是一个性格孤僻的普通青年，但这一路上，阿言制造机关陷阱的能力和对猎物猎杀时机的把握，让九黎人惊叹不已——人的天赋真是千差万别、悬殊太大。

九黎人可以肯定，就是在九黎部落中也很少有人能超过阿言的打猎技巧，所以九黎众人对阿言的能力非常钦佩。

九黎人向来尊敬强者，所以对阿言也开始尊重起来。当然，最累的还是大黑熊，这几天明显累瘦了一圈。有时候哑巴还落在它脑袋上休息。大黑熊倒挺憨厚，没啥意见。

每次大家坐下来吃东西的时候。大黑熊都哼哼唧唧吃得最多，阿言有时候还会拿出不知道从哪里弄来的蜂蜜给它开小灶。

这一路，后面不时有巨震响起，不用多想，那就是饕餮。大家每次听到响声，都飞快地逃命。一路上好几次险象环生，期间还有两个体力不支的九黎人被饕餮吞掉了。

云阳经常掩护在队伍后面，有一次也差点儿被吃掉，幸好饕餮不知道怎么了，突然表现出痛苦不堪的样子，让云阳逃过一劫。等大家进入雷泽以后，终于松了一口气，觉得到了这里，饕餮就不敢肆无忌惮了，毕竟这里有众多凶兽。只有巫依然非常紧张，即便到了这里也一样会被追杀，就算不被饕餮吃掉，但凭这几个人，也很难对付其他凶兽。

巫靠着博学多识，带领大家尽量避开最凶猛的凶兽领地。当然，巫也是凭着记忆中的部族知识来分辨，很多情况下模糊不清，很难精确判断，多半只能靠运气。

自从进入雷泽后，大家前进的速度也放缓了，更加小心翼翼，以免惊动这里的凶兽。

以前的危机只是在身后追击的饕餮，现在是四面八方都有可能遇到突发状况，被藏身雷泽的凶兽袭击。果不其然，众人进入沼泽才几个时辰，就遇到了危险。

第五十章　凶兽大战

1

前方一大片黑雾飘了过来，众人惊疑地停下了脚步。黑雾渐渐散去，一头硕大的凶兽露出了峥嵘。只见是一条通体黝黑的巨蟒，它的尾巴高高翘起分成两条，上面长着两根绿油油的倒刺，一看就是剧毒之物。

巫失声叫道："九阶凶兽钩蛇！"

钩蛇的尾巴在空中摆来摆去，似乎在探测什么，吓得众人一动也不敢动，生怕引起钩蛇的攻击。

气氛凝重、恐怖，时间仿佛停止了一般，连汗水滴在地上的声音都听得见。此时，后方渐渐传来扑通扑通的脚步声，众人脸色更加灰白，想必是饕餮追了上来。

钩蛇的尾巴开始快速摆动，显然也被饕餮的气息吓了一跳。饕餮毕竟是一代凶兽的霸主，威压迫人，同样身为凶兽，钩蛇自然感觉到了严重威胁。

但是钩蛇并没有退走，身为九阶凶兽，它有自己的尊严。况且饕餮乃外来之物，身为本地沼泽凶兽，怎么也要维护自己的地盘。如果它退走了，那么在这块沼泽地将再也没有立足之地。

钩蛇又感知到很多和自己不相上下的凶兽正在赶来，心里有了更多的底气，钩蛇浑身泛起黑色的光芒，绿油油的尾巴顶端冒出红光，直接向远处正在奔来的饕餮宣战。

巫和云阳交换了一下眼神，云阳立刻明白了，手一挥，示意众人赶紧撤离。众人立即小心翼翼地向边上移动。

果然，钩蛇不再关注他们，身形一扭，向着饕餮来的方向爬去。众人趁机加速奔跑，离开战场。刚跑出不远，他们就听到震天的嘶吼，钩蛇和饕餮已经开始交战，可以想象场面是多么惊人，这种级别的战斗势必杀得天昏地暗。

巫内心暗自庆幸，没想到饕餮入侵沼泽威势这么大，引起凶兽的强烈反抗，给了众人逃命的机会，目前的情况已是最好的局面。众人不敢有任何停留，好不容易从钩蛇面前逃开，抓住一切可能往前跑。

尽管大家已经跑出很远，但仍然能够听见远处的战斗进行得惊天动地、如火如荼。一路上，他们不时遇到凶兽跑来，但好在凶兽们没有理会众人，而是直接向前奔去迎战饕餮，这让大家松了一口气。

就这样，众人有惊无险地在雷泽奔波了十多天，终于出去了。在他们身后，巨大的兽吼声始终不绝于耳，显然前几波凶兽没能阻击住饕餮，但一波波凶兽正不间断加入战斗。这场惨烈的凶兽阻击战，从未停止。

一出沼泽，众人精神一松，一个九黎勇士实在撑不住了，立刻瘫倒在地。这十多天以来，大家极度疲劳，有些人已经超出极限了。

云阳觉得虽然暂时脱离了饕餮的追捕，但危险远远没有过去，它不会轻易放弃追杀的。他说："大家再坚持一下，我们再往远处走走，等到达人族聚集之地再休息吧。"

话音未落，就引起两个九黎勇士的反对。

一个人不满地说："实在太累了，让我们喘几口气吧！我是走不动了，再说后面那个家伙已经被众多猛兽给缠住了，不会这么轻易摆脱的。"

另一个说："再跑下去也会累死，横竖都是个死！"

云阳刚想再劝，天突然黑了下来，日月无光。

巫浑身颤抖，大喊："吞天食地！快跑，这是饕餮本命神通。大家快跑，我们在它的神通范围之内！"

一个九黎勇士绝望地看着天空，哭泣着喊道："我们还有活路吗？"

云阳心中非常不甘，希望就在眼前，只要逃脱凶兽，赶到洛城把九州山川图交给舜帝，人族就能治理水患，没想到眼看就要功亏一篑。就在大家闭目等死的时候，一声古朴震天的雷声响起，沧桑悠远，雷声仿佛来自于沉睡的远古，摄人心魄，天空顿时又亮了。

巫脸色一喜，说道："这是？这是荒神！荒神被惊醒了！"

"我们快走，快走！这回我们得救了，饕餮居然敢在沼泽中施展神通，果然引起了荒神的注意。"

大家听到巫这么一说，恍然大悟，纷纷稳住心神，起身上路。

2

饕餮此时愤怒异常，一路追来，好不容易克制住身体里那个异物捣乱，没想到这些残余的人族竟然跑进了雷泽。对于雷泽，饕餮原本是不愿意触碰的，毕竟里面有一个不能惹的存在。但是九州山川图实在太有吸引力了，所以饕餮踌躇半天，还是踏入了雷泽，打算抢到九州山川图以后马上就走。

可它万万没想到，刚一踏入，它的气息就引起了沼泽凶兽们的注意。饕餮知道自己已经侵入了别人的地盘，会招致攻击，但是饕餮自恃强大，并不在意。

饕餮把事情想得太简单了，它的气息已经引得雷泽众兽同仇敌忾。它们前赴后继地赶来，难得一见地联合围杀。它以为这些凶兽也就是意思意思，没想到是来真格的，拼死阻击。

这里的凶兽个个都有超强的自尊心，原本不会联手，但饕餮的气息实在太霸道，令它们生厌。居然敢踏入雷泽，那就是对雷泽所有凶兽的挑衅。所以不管有多远，凶兽们都赶了过来，联手围杀。

九阶钩蛇、九阶旋龟、九阶犀渠、八阶蜚等纷纷来攻，场面无比血腥、无比火爆。沼泽凶兽固然凶猛，但饕餮可是凶兽霸主，能力自然更胜一筹，外加饕餮连日以来积攒的怒气在这一次里全部释放，丝毫不落下风。

一方是为了追击九州山川图，一方是为了自己的尊严击退入侵者，双方的目的本来就不一样，自然战斗方式也不一样。饕餮是一心想甩开凶兽们的纠缠去夺取九州山川图，众凶兽是为了尊严而战，因为自己的沼泽不允许外来者逞强。

让众凶兽有底气的是，雷泽深处还有一个异常强大的存在。这个存在无人敢惹，是它们心中的依靠，所以对饕餮的攻击才会格外勇猛。

饕餮且战且走，不想放弃对九州山川图的追击，无奈被凶兽们纠缠，移动大为迟缓。当云阳他们要走出沼泽的时候，饕餮急了，之前它的神识一直死死地锁定星月，如果他们出了沼泽进入人族大本营，就很难抢到图了。饕餮还记得当年人族封印自己的场景，所以才在一怒之下使出本命神通。

第五十一章　荒神之威

吞天食地是饕餮的本命神通，也是最大的神通，相传可吞没时空。不过本命神通向来是不能轻易使出的，元气大伤事小，弄不好还会反噬自己。所以凡是有本命神通的大神，不到万分危险的时刻，都不会轻易祭出。

当饕餮真的使出本命神通那一刹那，天地灰暗、日月无光，仿佛有一张大嘴要把整个时空吞下去一般。当然，饕餮的本命神通是有一定限制范围的，如果九州山川图再远一点就超出了范围，情急之下，饕餮才发狠使出最后的绝招。

但它这么嚣张地施展本命神通，其他凶兽岂能束手就擒！

凶兽们不甘被吞掉，暴怒不已，全都使出浑身解数舍命攻击，殊死一搏。然而凶兽们的能力有限，并不能阻止饕餮的本命神通施展开来，眼见天地即将陷落、万物皆被吞没。

此刻，雷泽深处突然传来一声仿佛鸿蒙未判、天地未开的雷声，那雷声震得空气都在颤抖，天地瞬间恢复了光亮。饕餮的本命神通一下子就被打破了。

饕餮心中一凉，最不希望看到的事情发生了，还是惊动了雷泽深处那个无比强大的存在——荒神。

"雷泽中有荒神，龙身人头，鼓其腹则雷。"这一声雷声只是警告，若荒神爆发，降下真雷，会震得凶兽们骨骼尽裂、魂飞魄散。而沼泽其他的凶兽们，立刻停止了攻击，全身伏地、头颅低下，仿佛迎接王者降临一般。

饕餮也暗自后悔，自己一着急，惹出了大麻烦。那雷声威压巨大，虽然饕餮不至于全身扑地，但也是全身发软、心生怯意，不敢再猖狂下去。

趁着所有凶兽都匍匐在地，饕餮强打起精神，顶着那可怕的威压，找出一个空当落荒而逃，再不敢稍作停留。同时也暗自庆幸，对方只是出声警告，并未出来找自己的麻烦。

发出雷声的主人也在吞天食地的范围内，当然以他的本事，还不至于被吞天食地所影响，但饕餮在雷泽使用本命神通，侵犯了他的威严，也威胁到一干凶兽的安全，绝不能坐视不管。

云阳他们也是有惊无险地度过了危机。众人加紧赶路，争取早日到达人族聚集地，这样大部落有大能，总有更好的办法抵挡危险。

"不知道什么时候才能到洛城？也不知道小奇什么时候能回来？"阿薰近日越来越沉默，她身心疲惫、眉头紧锁、心事重重。

"阿薰姐，再过几天，我们就到洛城了。"星月看阿薰满脸忧愁，就知道她在想些什么，于是安慰着她。

"星月妹妹，真的吗？"阿薰低声问道。

星月用力地点点头。

看到星月十分肯定，阿薰的心情似乎好起来一些。然而好事多磨，本来走出雷泽后穿越太室山是最近的路线，但太室山的南麓意外地被洪水冲毁，无法通行，众人只好北上绕行。

刚行两日，众人发现东边远远地出现了一群人，大概百号，有老有少，每个人都拿着不同的工具，似乎也经历了长途跋涉，显得风尘仆仆。

云阳自从经历毕泣部落的事情后，对陌生人很戒备，正打算让大家小心的时候，发现九黎众人遥望了半天，神色都松弛了下来，渐渐喜形于色，似乎认识这群人。

巫走上前迎接，高兴地拱手道："原来是禹大人，没想到我们在这里又见面了。"

禹也非常高兴，爽朗地大笑："是啊，山水有相逢，没想到又见到了九黎的各位勇士！荣幸之至！"

两人寒暄半天，互述别情，禹听说九黎的勇士首领率部与相柳作战，可能已经牺牲，现在只剩下这十几个人，不禁唏嘘不已。

"这几位是？"看云阳他们几个年轻人很陌生，禹不禁问道。

巫连忙介绍："这几位年轻人就是九州山川图的护送者，我们在毕泣部落中相遇，都是很棒的孩子。"

听到九州山川图，禹的眼光一亮，高兴地说："真的接到九州山川图了？那太好了，治理洪水大有希望。我们正在为复杂的山川地势苦恼，难以入手，有了九州山川图，相信很快就能找出办法来治理水患。"

稍顿了顿，他又问道："哪位是持图人？能否让我看一下九州山川图？我们回到洛城禀报后，下一步就要去王屋山，察看北方的水势与地形。"

巫的目光看向星月，禹马上就知道眼前这个清秀的女孩就是持图人，顿时用殷切的目光看着她。

星月面带微笑，但并没有说话。

巫把禹介绍给云阳："这位是禹大人，舜帝指派的治水人。近年来，禹大人不畏艰辛、跋山涉水，带领各部落的能工巧匠，踏遍九州大地寻求治水方法，所以猛然听到治理水患有望了，有些激动，还请云阳小兄弟理解。"

云阳点点头，探询的目光看着星月，没想到星月断然说道："九州山川图，乃人族至宝，我墨族承诺把图亲自交给人族共主，所以在没见到人族共主以前，我不能把图拿出来给任何人看。"场面顿时安静了下来，星月目光坚定、神色平静。

禹目光流转，然后豪迈地大笑："在下心忧水患，所以唐突请求，还请星月姑娘见谅。"

巫也笑着打圆场，感叹道："墨族的星月姑娘秉承墨族遗志，历尽千难万险护送九州山川图，实在是女中豪杰，令人钦佩。"

禹也道："不错！墨族重信，为人族牺牲，禹对墨族感佩万分。"

巫问起禹东行的经历，听闻各地的水患越来越严重，不由得心惊不已，连声叹息。

禹长叹道："水患愈演愈烈，万族凋零，禹这次一定要找到治水的方法，让苍生能有栖息之地，不至于沦落为鱼鳖之食。"

云阳听到此话，不由得对禹产生了好感。可以看得出来，禹是真情流露，对待治水之事一直竭尽所能。

两支队伍一起赶路，人多也好有个照应。正好禹也要先回洛城向舜帝禀报九州的水患情况，然后请舜帝下令征调各大部落人手，规划治理洪水，实施工程。

大家一路上都在闲聊，当禹听说相柳出世的详情后，面色凝重。相柳是一代恶神，当年兴风作浪，是何等的嚣张跋扈，这次再次出世，一定会造成巨大的灾难，还会对治水造成极大的困难。

禹切齿道："总有一天，要把这些恶神一个个灭杀掉，还我人族的安乐。"

大家听禹如此说，心里非常认同。这些恶神把人族当成口粮，乃人族大敌，若不是人族实力不济，早就应当灭杀掉这些敌人了。

巫又把饕餮出世和一路追击的情况说了说："当年封印四凶，我九黎也有参与，这次就连四凶之一的饕餮也冲开封印，看来封印之地出现了问题。"

禹听到巫说起饕餮，心中辗转起伏，眼神有些飘忽。

巫没有注意禹的神色，继续说道："我要回到部落向大巫禀报此事，如果四凶破除封印，那么共工也极有可能破印而出，我们应当早做准备。"

"共工有可能破印？有此一说？"禹不由得一惊。

第五十二章　狭路相逢

巫点头说道："当然有可能，近年来洪水泛滥，预示着共工的运势再起。那位叫云阳的年轻人就说过，在他们部落有传共工一丝元神已经逃逸出封印，情况可能会变得越来越糟糕。"

禹问道："巫先生，那我们该怎么办？"

巫说道："莫急，待我回部落禀告大巫，以大巫通天彻地的能力，肯定能追查出封印之地情况。"

禹点了点头，随即陷入长久的沉思之中。

自从禹到来以后，巫就撇下云阳，一直和禹长聊。云阳也乐得清闲同伙伴们走在一起，虽然很疲惫，但是随着离洛城越来越近，心情也一天比一天好起来。

但是好心情没有持续太久。

众人绕过太室山，禹信心满满地指着远处的另一座山脉说："只要翻过前面那座少室山，就是人族的聚集地了。大家打起精神来，再走半天的路程，我们就可以赶到山下的一个部落里休息，然后再翻山过去。"

大家一片欢呼，多日的奔波逃命终于快熬到头了。

当大家走到山下的时候，却被眼前的景象震惊了。山体多处滑坡、堤坝崩溃、房屋全都崩塌，昔日美丽的部落变得沟壑纵横、满目疮痍。

浮尸漂在还没退去的洪水当中，肚皮朝天，场面极其凄惨。

大家都沉默不语，也不知道这里是什么时候发生的洪水，但洪水过处，人畜皆亡的场景令人无比悲伤。

巫上前盘坐下来，嘴里念起咒语，超度这些不幸的亡魂。

云阳紧张地盯着眼前的惨景，大声说道："这里的洪水决堤是凶兽破坏造成的，这里可能还有凶兽！"

人群里的一个九黎勇士问道："何以见得？"

云阳说道："你们看倒塌的房屋，不是被水从侧面冲倒的，很多是被什么从上面踩踏的。这个堤坝的缺口，不是洪水冲开的，也是踩踏破坏的。还有水里的尸体并不多，可能是被凶兽吃掉了不少。"

听到云阳这么说，很多人还是不太相信，因为云阳实在太年轻了。

大家七嘴八舌地议论起来。

"我觉得就是洪水造成的，这里的很多人应该是被洪水冲走了吧。"

"说的没错，我也赞同这个看法。"

禹迅速地观察了周围的场景，示意大家安静下来，说道："这位小兄弟说得没错，这些状况确实不是洪水主动冲毁堤坝造成的，一定有外力的破坏。"

然后他善意地冲云阳笑了笑："没想到这位小兄弟对洪水也深有研究。"

云阳说道："自我记事以来，一直都在和洪水纠缠，所以对洪水有些了解。"

禹点点头说："原来如此，洪水也是我大半生以来的纠缠，可悲可叹啊。"

云阳听到禹如此说，心中更增加了对他的好感。禹多年来不畏艰辛奔波治水，在云阳心中可以称得上英雄。

众人此时都相信禹的判断。

"就是不知道是什么样的凶兽会造成这样的惨状，看来体形巨大。"

"那我们是不是要躲起来，或者绕路？"

一个对附近比较熟悉的人立刻反驳道："绕路？这里就这一条路，不过躲起来是应该的。"

云阳严肃地说："我们应该赶紧离开，我怀疑是饕餮在这里行凶作恶，可能并未走远，这里很危险！"可是已经来不及了，他的话音刚落，众人就听到一阵轰隆轰隆的脚步声。大家转身一看，只见一头巨兽从山坡后走了过来。

正是饕餮！

饕餮腋下的眼睛正凶狠地看着众人，带着无尽的愤怒，嘴角上还挂着血迹。它刚刚把这个部落里最后逃散的人吃掉，转身就发现九州山川图的气息越来越近。

被荒神警告后，饕餮慌不择路地逃出雷泽，本来已追赶不上云阳一行人，但由于道路受阻，众人绕路又靠近了饕餮逃出的方向，厄运又一次降临到他们身上。

"快跑啊，快跑！"人们惊慌地大喊。

饕餮扑了过来，一口下去就把靠近的几个人吃掉，那是跟着禹治水的人。他们没有充分意识到饕餮的危险，行动有些迟缓。

人群四处奔散，饕餮直接向星月冲了过去。追击了这么久，目标失而复得，饕餮早就急不可耐，想先把九州山川图抢到后再慢慢收拾这些人族。

云阳看到饕餮出现的那一刻就把阿薰和星月护在身后，带着她们左躲右闪。

吼！阿言急忙把大黑熊唤起，大黑熊顿时身形暴涨，原本憨厚的面孔狰狞可怕，身上泛着血腥的红光，挥掌向着饕餮冲去。

饕餮一掌就把大黑熊打飞出去。

禹看到饕餮心中又惊又悔，对于解除饕餮封印的事，禹的内心很纠结，如果不放出饕餮的话，恐怕自己早就丧身封印之地了；另一方面自己的私心又不愿意九州山川图被别人控制，但是九州山川图毕竟是人族至宝，自己把饕餮释放出来抢图，本身就是罪大恶极，如果让人知道，自己必将身败名裂、万劫不复。

幸好这事还没人知道。

禹一边躲闪，一边思潮汹涌。如果九黎的人去探查，查出是自己放的饕餮，那么自己将会为人族唾弃。想到此，禹心中一冷，目光不由得看向正在被九黎勇士护着的巫。

饕餮还在四处追击星月，要不是它极度贪婪，总是忍不住捕食更近的人，恐怕早把星月几人吞掉了。

大黑熊要不是躲得快，也早就被饕餮一口吞掉了。它被饕餮吓得够呛，再也不敢上前硬碰硬，只是跟着阿言东躲西藏。

云阳护着阿薰和星月，一直在奔逃，怎奈饕餮认准了星月，一个劲儿跟着。

巫在九黎勇士的守护之下，暂时脱离了危险。九黎勇士劝巫赶紧游过前面的洪水逃走，被巫断然拒绝了。巫看着这混乱的场面悲怒交加，九州山川图事关人族命运，如果被饕餮夺走，人族再难有机会治理洪水，有可能被洪水灭亡。

不行，不能这样下去了……

巫对身边仅剩的三个九黎人严肃地说："为我护法，我要召唤不朽英魂。"

"不，巫大人，您从这边走，一定会走出去的！"一个九黎人说道。

巫愤怒地喝道："混账！都什么时候了，就算我逃出去，又有什么用？记住，我九黎部落都是顶天立地的汉子，岂能苟且偷生！"

巫顾不得许多，马上坐下，念动召唤咒语。咒语晦涩拗口，但是巫却念得很流利。

原本几十人的队伍，现在就剩下云阳和星月他们四个，以及禹和两个年轻人，还有便是巫和三个九黎人，加起来也才十人而已。其他人不是惨死在饕餮的攻击下，就是被吞进饕餮的肚子里。

此时，云阳和星月他们已经被逼到了死角，马上就要命丧饕餮的血盆大口。

云阳挡在阿薰、星月和阿言的前面。阿言也要往前挡，但被云阳给死死地顶着。

饕餮的嘴角挂着口水，它决定一口把这些人吞掉，反正九州山川图也会落进肚子里，大不了再用神识从肚子中取出。相信这种宝贝，是不会被消化掉的。

突然，饕餮随手一巴掌，正中侧面偷袭的大黑熊，只听一声哀号，大黑熊被凌空击飞。

云阳绝望地看看四周，发现不远处的巫正在念动咒语，但远水解不了近火，召唤咒语还没念完，饕餮马上就要吞人了。

饕餮已经张开那惊人的大口，云阳一时心如死灰，远处的禹焦急地拿着石头扔过来，试图转移饕餮的注意力。

突然，饕餮面容扭曲，停止了动作。

第五十三章　召唤战魂

"云大哥，姐姐，快跑！我控制不住它了！"饕餮嘴里突然吐出这么一句人言，这让众人惊得目瞪口呆。

"小奇！是小奇！"阿薰惊呼道，经历多少日夜的担忧和期盼，此刻终于听到了小奇的声音。

阿薰立刻痛哭起来，她一直觉得这个怪兽和自己有莫名的联系。之前在追击当中，阿薰就有这种奇怪的感觉，但自己一直不愿意承认，没想到在这紧急关头，居然听到小奇的声音从这个怪物口中传出来。

阿薰上前哭喊道："小奇，小奇，你快出来！"

云阳赶紧拉住阿薰，但此时阿薰的力气惊人，云阳无奈，只好强行把阿薰抱住。

只见饕餮时而面目狰狞，时而迷茫，声音断断续续从口中吐出。

"你们快走……我快……控制不住了……救我……"

看来小奇在关键时刻暂时压制住了饕餮，但是也快要控制不住了，同时小奇也在向外求救，他逃不出来。

现在没时间搞明白小奇怎么会在饕餮的身体里，可以确定的是小奇并没有死，而雪微当初的占卜是准确的。但是小奇已经快控制不住饕餮，饕餮的目光已经恢复了凶狠。

这时，巫那边咒语刚好完结。巫长出了一口气，正色道："以身祭祀，召唤先祖之不朽英魂！"顿时巫的身体大放光华，即使是白天，也依然看得到一阵阵强光喷薄而出。

光华过后，天空出现了一副巨大的身形，高大威猛、煞气袭人，犹如战神一般伫立天际。

项上无首、胸有双眼、肚脐为嘴、右手持巨斧、左手持坚盾，神威凛然。

"战！战！战！"刑天的肚脐中发出怒吼，他的身形虽然虚化，但是强大的战斗意志，依然摄人心魄。

刑天迈动巨足直扑饕餮而去，而饕餮此时已经顾不得云阳他们，因为在刑天出现的那一刻，它感觉到了生死的危机。

望着冲过来的虚影，饕餮惊怒交加，每一次即将要夺到九州山川图就遇到不可忽视的强敌，这让它心中无比烦闷。

烦闷归烦闷，战斗依然要战斗！眼前的这个身影非常强大，饕餮不得不打起精神来面对。

巫召唤刑天后，已经瘫在地上，气若游丝。九黎人神情悲伤地扶起巫。每一位巫都是部落的守护者。九黎人跪在地上，念动着部落的祭祀语为巫安魂。每一位巫的陨落离去都是九黎莫大的损失。

"巫先生！"

"巫前辈！"

听到呼唤，巫像是回光反照一样，面色突然由苍白变得红润起来。他睁开眼，看到禹和云阳站在自己面前。

眼前这两个人，让巫不由得感叹。禹和云阳都是人杰，相似的地方太多了，可惜自己已经不行了，无法见证他们的成长，心中满是遗憾。

"云阳……你还记得你答应过我的事情吗？"巫喘了一口气说道。

"云阳一直都记得答应前辈的事情！"虽然有些为难，但云阳还是毅然决然地回答道。

巫听到云阳这么说，虚弱的面容上露出欣慰的笑意，缓缓说道："那就把我以前的请求忘掉吧，带着九州山川图直奔洛城，觐见舜帝。"

云阳惊讶地看着巫，万万没想到巫会这么说。刚才听巫提起以前的事情，还以为巫要让自己兑现诺言。

巫感觉到了云阳的惊讶，但他没有正面回答，因为他知道自己已经油尽灯枯，走到了生命的最后一刻。

他从部落出来之前，聆听大巫秘密的授意，知道九黎部落是有心染指九州山川图的。毕竟当年一战，败于炎黄部落，九黎人很不甘心，一直想着东山再起。

但是，当巫走出九黎之后，发现外面的世界洪水肆虐、生灵涂炭，很多人因洪水丧命或者无家可归，心情一直无比压抑与悲愤。今天又亲眼见到浮尸漂在水上，众人惨被吞食，他给死去的不幸亡灵念诵咒语的时候，情绪终于爆发了。

尤其是当又听到、看到恶神出世、凶兽肆虐，巫觉得自己应该做点什么，放弃九黎的私欲成就人族的大义。所以巫放弃了让云阳兑现诺言，即使违反了大巫的意志。

巫的眼皮已经很沉重了，他艰难地看了禹一眼，声音细如蚊子一般地说："希望有一天能够平治洪水，人人有个安稳的栖身之地，再也不用每天担惊受怕。以后……就拜托禹大人了，可惜，可惜我再也看不……"

话未毕，巫永远闭上了眼睛。

禹和云阳等人肃立着，对巫表达最后的敬意，而九黎等人都跪在地上，眼泪直流。

巫的离世并没有影响到召唤出来的不朽之魂，刑天的魂魄还在同饕餮大战，并且越战越勇，占尽上风，气得饕餮疯狂大叫。

沉默片刻，禹说道："大家赶紧越过少室山，我们到人族聚集地就好办了。"

云阳说道："那巫前辈的遗体怎么办？"

禹面色为难地说："路途遥远，我等宜速不宜缓……"

言外之意就是打算把巫的遗体放在这里不带走，但又不好明说，毕竟巫刚刚牺牲自己救了大家，同时禹还想着以后要借助九黎部落的力量。

"巫前辈救了我们，我们不能把他的遗体放在这里。"云阳说道。

禹只好点点头，看向几个九黎人。

三个九黎人站起身说："我们会带巫回到部落，感谢云小哥挂念，就不用费心思虑了。"

每个人都想落叶归根，按照九黎的规矩，巫的遗体要在部落安葬。听到刚才云阳与禹的对话，九黎人有些不快，他们暗下决心，就算再困难也要把巫的遗体送回部落。

"云小哥，欢迎以后来我们九黎做客，你永远是我们的贵宾，我们就此别过。"九黎人道别，没有看着禹，只冲着云阳。

云阳抱拳道："他日若有机会，云阳一定去拜访。一路珍重！"

看到九黎人走了，云阳有些出神，但是禹的神色淡然，也没有生那几个九黎人的气。不过巫牺牲了，禹倒卸下了一桩心事，那三个九黎人很普通，不像巫的地位那么高，所以禹也不怕他们回部落说什么。

那边饕餮和刑天缠斗得难解难分，根本无法顾及这边。云阳他们赶紧趁着饕餮无力分身，渡过洪水、翻越山岭。

饕餮看到云阳他们要走，心急如焚、嗷嗷直叫，但刑天的战力高强，打得饕餮应接不暇，它也只能眼睁睁地看着云阳他们越走越远。

此时此刻，阿薰满脸泪水，一步一回头，那可是她至亲至爱的弟弟呀……

第五十四章　疑云

洪水已不再凶猛，众人快速蹚了过去。

阿薰不时回过头来，看着咆哮挣扎的饕餮，泪眼婆娑，嘴里念叨着："小奇……"

云阳不知道应该如何安慰阿薰，他也没想到小奇居然会在饕餮的身体里。小奇那一声"救我"一直萦绕在他耳边，让他无比愧疚。看到阿薰伤心欲绝，他又何尝不是心如刀割。但是眼下，巫献出自己的生命为大家创造了逃生的机会，护送九州山川图也就成了他此刻唯一的选择。

禹心事重重，不时看向云阳他们，不知道心里在想什么。

禹手下一人望着一望无际的山峰，有些担忧地说："禹大人，此山太高，若不然绕一下路吧。"

禹看了他一眼，说："没时间了，我们直接翻过去。"

说着，禹拍了拍手掌，喊道："大家加把劲！巫先生召唤的不朽英魂坚持不了多长时间，我们要早一些到达人族聚集地，若不然再被那饕餮追到，就没有这么幸运了。"

前面是崇山峻岭，身后是带着怒意和杀意的嘶吼，前后对比之下，不用禹再多说，大家自然也顾不得疲惫，奋力拔足前行、翻过大山。

几个人跋山涉水十几天，本想停留在人族聚集的大部落休息一两天，但云阳和禹商议后，还是决定直奔洛城，觐见舜帝。

这一路，禹和云阳愈加熟稔，二人也成了莫逆之交。云阳为禹不畏艰险的治水精神所感动，从而心生敬佩。而禹对云阳也非常赞赏，眼前这个年轻人真诚朴实、富有激情，对待事物有独特的见解，虽然没见过什么世面，但常常语出惊人、一针见血。

路上虽说不上凶险，但还是折损了一个人。打猎的时候，有人被野狼一下子咬到喉咙，一击致命。巧的是，这人就是之前问禹"是否要绕行"的家伙。

禹为此自责不已，因为那家伙是和他一起去打猎的，没想到出了这等意外。

云阳在他身边一个劲儿地安慰："山遥路远多凶险，生死由命，禹大哥不必自责。"

禹仰天长叹："我为何不谨慎一些，为何要分开围堵那匹野狼？都怪我，我如果不这么做，他也不至于遭到袭击，就算遭到袭击，也能帮他化险为夷。悔之晚矣啊！悔之晚矣！想当初，舜帝征集各部落的好手协助禹治理洪水，而今洪水尚未治理，随禹出征的伙伴却接连遇难，让禹有何脸面去觐见舜帝！"

云阳看禹的情绪如此低落，连忙说道："我等会儿帮禹大哥说明这一路的磨难，若禹大哥需要人手，各部落还有不少能工巧匠。云阳以前也有过些微治水经历，也可以协助禹大哥，还望禹大哥不要气馁。"

禹稍微平复了一下情绪，有些羞赧道："让云阳兄弟见笑了，禹某人不是没有信心，也不是惜命，只恐辜负了帝恩，辜负了天下人。"

云阳道："兄长哪里话，只要不嫌弃，云阳愿贡献绵薄之力。"

禹急忙施礼答谢道："若云阳兄弟有意治水就太好了，相信有兄弟协助，洪水一定会早日平息。"

禹的另一个手下也随禹施礼。此人乃禹的族人，名叫雨泽，是个聪明伶俐的年轻人，一路上跑前跑后照顾别人，大家都很喜欢他。

这时，阿言冲云阳做了个隐蔽的手势。云阳会意地点点头，心中有些奇怪——阿言一向很沉默寡言，他若有话要说，必定是紧要之事。可究竟是什么紧要的事呢？

二人踱到远处，确认没人能听到后，阿言对云阳说："云大哥，我发现那个被野狼咬死的人，伤口有些奇怪。虽然喉咙是致命伤，但我敢肯定那绝不是他被攻击留下的第一个伤口，也不应该是唯一的伤口。"

云阳疑惑地问："这有什么不对？"

阿言解释道："野兽扑过来撕咬的话，心里再害怕的人都会出手格挡，以护住要害。因此他的手上必然会有伤口。"

云阳又问："若是被野兽突然袭击，来不及护住要害呢？"

阿言摇摇头说："若是这样，那必然是背后袭击，可那家伙的后颈并无伤口，所以才可疑。"

云阳不由得沉默了，他相信阿言——阿言是一位极其优秀的猎人，对于狩猎的事情了如指掌。所以，阿言发现的破绽背后一定隐藏着什么不可告人的秘密。

"阿言，这事先不要说，我们再行观察。"

阿言点点头说："云大哥，我觉得那位禹大人看属下的眼神不对，总能感觉到杀气。

云阳不由得一惊，失声道："杀气？"

阿言道："是的，就像盯着猎物一样。我常有这种经历，所以对这种感觉特别敏感。"

云阳严肃地对阿言说："阿言，不要乱说，禹大哥不是这种人。"

阿言想解释，云阳却摆摆手，制止了他。

阿言看云阳不相信自己，情绪有些低落。他知道，云阳非常信服那位禹大人。如果不是他常年与野兽为伍，对敌意和杀气有着超乎常人的敏锐判断，他也不会相信那位豪气干云的禹大人会对属下产生杀意。

云阳心头有些踌躇，不禁想起了雪微。要是雪微在就好了，凡事也能有个商量。雪微虽然有些唠叨，但见多识广，还能占卜，是个值得信赖的伙伴。

也不知道这家伙回到自己的部落没有，近况如何。云阳正想着雪微，星月突然拉着阿薰跑了过来。眼看快到洛城了，星月的心情也变得格外好，眼看阿薰愁眉不展，她便拽住阿薰，和大家一起在周围转转，散散心。

大黑熊和哑巴也跟着他们四处转悠。渐渐地，小伙伴们又有了欢声笑语。大家的心情也舒畅了许多。

第五十五章　心事

夜幕降临，禹吩咐雨泽升起篝火，自己却看着远处的年轻人们，思绪沉沉。

再有两天路就到洛城了，此去吉凶如何、事态有将如何发展，禹无法预料，心头颇为零乱、迷茫万千。

遥想当年，禹是何等意气风发，带着众多部落能人用脚丈量天下、埋头治理大水，还立下"不成功便成仁"的誓言。但是几年过去了，九州水势却越来越凶猛，禹可谓寸功未立，此次出行更是损失惨重——治水的精英尽失，也不知道舜帝会如何看待。更不妙的是，九州山川图已经出世，治水有望。接下来的治水人将协调人族的全部力量协作治水，由此可见，治水人将拥有巨大的权势，甚至可以说是一人之下万人之上。如此大的诱惑，那些原本不敢出头的人都会跃跃欲试，争夺这个位置。

面对如此局面，禹怎能不担忧？这次损兵折将一事极有可能被人作为攻击的口实，而舜帝又将如何处置？禹不能不思量。被剥夺治水职权的可能性很大，最坏的结果是重蹈覆辙，落得和父亲一样的下场。若果真如此，刚刚成形的治水方略就将化为泡影。

这些年他东奔西走，对九州洪水的全局认识得越来越清楚。尤其是这次东去勘察地形水势，他的收获很大。经过与众人日夜不停地讨论，他的脑海中逐渐形成了以东向疏导为主的治水方略。如果再有九州山川图的指引，择其险要之处修筑工程、打通阻塞、排除积水，治水大业不愁不能成功。

但是现在，他的处境却十分凶险。禹的心底不禁涌起一丝悲凉。

远处，云阳他们在嬉闹，禹羡慕不已——年轻真好。

坐了一会儿，实在心烦，禹打算去找云阳聊会儿天，打发一下时间。

雨泽看到禹要起身，说道："大人，肉快烤好了，您趁热吃点儿吧。"

禹看了看雨泽，打消了去找云阳聊天的想法，对雨泽说："你吃吧，我坐会儿。"

雨泽应了一声，往篝火里添木柴。

禹叹了一口气说："雨泽，你跟我出来多久了？"

雨泽挠了挠头说："有五六年了。"

"跟我治水，可曾后悔？"

雨泽连忙摆手："大人，您这是怎么了？雨泽从小就追随大人，深受大人恩泽，上刀山下火海也不会后悔。"

禹又叹了一口气，说："禹当年带众多能人出去治水，如今只剩下你我二人，可治水大业并无半点进展。禹无能，无颜面对舜帝啊。"

雨泽见禹甚是悲伤，连忙说道："雨泽一直敬佩大人，但洪水凶猛，非人力所能挡。这次又遭遇上古凶兽的袭击，非大人之过，相信舜帝会明察的。"

禹摇了摇头，沉默不语。

"大人，您一定要振作起来，雨泽誓死追随大人。大人一定能够带领我们治理好洪水，天底下再没有一个人能比大人干得更好了！"

听到雨泽这番话，禹内心波澜起伏。想不到在如此境遇下，竟还能听到这番激励人心的话，真是莫大的安慰。禹大笑起来，声透山林，飞鸟惊起，多日以来的抑郁一扫而光。

正巧云阳走了过来，见禹放声大笑，不由得笑道："禹大哥终于解开心结了。"

"哈哈，云阳兄弟，快过来坐。"禹的心情看起来无比爽朗，可究竟如何，谁也看不出来。

雨泽连忙起身，对云阳恭敬地说："云大哥请坐，在下给你们多烤些吃的。"

云阳想起阿言说的话，仔细端详着禹。如果阿言所言不虚，禹定会再次动手。尽管云阳不相信禹会做出这种事，但是他也无法对阿言置之不理，毕竟认识禹的时日尚短。

"怎么了，云阳兄弟？"禹意识到云阳在打量自己，微笑着问。

云阳一脸平静地说："高兴，看到禹大哥重新振作起来，高兴。"

禹哈哈大笑："让云兄弟担心了，惭愧。"

云阳微笑道："禹大哥这是哪里话，一路上承蒙照顾，云阳感激不尽。"

禹又是一番大笑。

雨泽拿着烤好的肉，递给禹和云阳。云阳接过肉，表示感谢，然后问："禹大哥，回到洛城，有什么打算？"

禹放下肉说："等待舜帝的命令。你们此番护送九州山川图，对治水有很大的帮助。若是舜帝亲自带图治水，禹愿鞍前马后，陪伴舜帝治理大水。"

云阳点点头说："真希望早一天把洪水治理好，大家可以重建家园。"

这时，阿薰和星月远远地唤着云阳，不知又发现了什么新鲜的物件。云阳忙笑着赶了过去。

雨泽小心翼翼地问："大人，为何这九州山川图一定要送到洛城呢？直接拿着九州山川图治理洪水不就好了吗？若是舜帝把图赐予不懂治水之人，岂不是让宝物蒙尘，徒费周折？"

禹陡然变色，怒声道："放肆，此事也是你该议论的吗！"

雨泽吓了一跳，顿时脸色苍白，低着头，不说话了。过了一会儿，他嗫嚅着说："大人，雨泽真是这么想的，大人有了九州山川图，治水一定可以大功告成。要是别人拿到手里可就不一定了。"

禹没再发作，沉默了一阵，低声说道："你还是去准备一下明天上路的东西吧。"

雨泽点点头，走开了。

禹又何尝不渴望得到九州山川图？若有九州山川图在手，尽可以施展自己的雄心抱负，也不用担心舜帝换治水之人。但此时的局面，凭他一人是夺不走九州山川图的。

禹不由得又一次陷入了深思……

第五十六章　洛城

1

洛城，亦称洛都，乃人族权力中心、信念之地，所有关系到九州全局的决策皆发于此。城池远观如卧龙，百丈城墙盘踞大地，固若金汤，威震天下之势跃然眼前。

城墙上彪悍雄壮的持戈披甲勇士，排列整齐，个个站得笔直，威严地注视着洛城周围的各个方向。城门口进城的人排列两队，接受守门卫士检查，一切井然有序。

当云阳他们看到洛城的那一刹那，内心非常震撼。从小部落出来的他们是第一次来到人族之都，没想到居然如此雄伟壮丽。再者，经历了千难万险之后，终于抵达目的地，内心的兴奋与激动更是难以言表。

城中的道路宽阔，两旁的店肆林立，阳光洒在青灰色的砖瓦和色彩斑斓的飞檐之上，店肆的布幡迎风招展，一派繁华悦目的景象。

大街上车马行人川流不息，行人们脸上带着恬淡惬意的笑容，步履从容，衣装整洁，揖让有度，细微之处无不显示出在洛城人的富足安乐。在云阳看来，此地的人不仅物质裕足，更让他羡慕的是精神上的自信与安逸，毕竟能来洛城之人都是各部落的佼佼者，或者世代生长于此的人，他们没有经历过洪水的磨难，是幸运的人族。

小伙伴们看着什么都新鲜，不时围着个东西大呼小叫，一副小儿女天真烂漫的样子，半天也走不了几步。路上的行人微笑着看着这几个风尘仆仆的年轻人，知道他们远道而来。

禹对云阳他们说："我们还是先去驿馆休整一下，然后就去觐见舜帝吧。届时你们的任务完成，我也要等待舜帝下一步旨意。"

云阳他们这才从初入洛城的兴奋中惊醒，羞赧地笑了起来。

禹也满脸笑意，他从内心里喜欢这几个年轻人。

"禹大哥，觐见舜帝有什么要注意的吗？"云阳出声询问，以免出差错。

禹哈哈大笑："舜帝乃人族共主，有长者之风，保持恭敬即可，无须太过紧张。"

虽然禹如此宽慰大家，但是云阳他们还是又兴奋又紧张。从槐族部落出来之后，一路经历这么多磨难曲折，眼看就要达成目标，心中不免恍惚情怯。

2

舜帝居住所在，乃洛城中央的宫殿。自从轩辕氏开始，人族共主就一直在这里居住。

宫殿雄伟恢宏，四周古木参天，绿荫蔽日。

由于民风开放、朴实，若有民众前来觐见，亦可经通报后得见舜帝。舜帝也常常出宫探访民情、了解民众疾苦，所以这座宫殿实质上是人族中心的一个象征。

禹带着大家来到宫殿附近的驿馆，稍事整饰后，对云阳说："觐见舜帝之前，云阳兄弟先和我拜访一下长老们，此等大事需要众多长老齐聚朝堂。"

看到阿薰还是有些闷闷不乐，禹善解人意地说："阿薰姑娘，无须多虑，饕餮出世乃人间大敌，舜帝必然会有安排，令弟之事自然会得到解决的。"

阿薰听到这里，心中稍安，不禁展颜一笑。

"雨泽，先带两位姑娘和阿言小兄弟歇息，然后去宫门打听一下舜帝的行止，我们尽快通报觐见，我和云阳去去就回。"禹吩咐道。

"遵命，请禹大人放心。"雨泽恭敬地回答。

阿言看到禹要带云阳走，上前说道："云大哥早去早回，咱们在这里人生地不熟，还要多加小心。"

云阳尚未答话，禹哈哈大笑，不以为意："阿言小兄弟，我带云阳去拜访一些相熟的长老，不用担心。"

云阳看到阿言担忧的神情，冲他点点头说："阿言，照顾好阿薰和星月。我和禹大哥去去就回。还有，把大黑熊看好，别让它伤到人。"

阿言默默地点了点头。

这个驿馆雨泽很熟悉，他替大家安排了屋子和用品就匆匆出门去了。

星月和阿薰各自在屋里休息，阿言则在后院照看大黑熊。大黑熊每天驮着阿薰和星月，非常消耗体力，瘦了好多。阿言非常心疼，安顿下来后，先替它清洗，又喂它吃些东西。

禹此番回来，心里已做好最坏的打算。之所以带着云阳去拜访相熟的长老，不是为了他自己，而是想把这些长老介绍给云阳。禹非常看好云阳，如果他自己真的遭遇不测，那么禹希望接替他治水的人是云阳。当然，他自己也知道这种可能微乎其微，但凭着护送九州山川图的功劳，云阳参与其中一定是没问题的。

这些日子以来，禹细心观察过云阳，发现他天赋异禀，天生就是一个领导者，外加也有过带领部落和洪水抗争的经验，所以，在他心中，云阳是一个大有前途的后生。

如果有可能的话，禹当然想持图治水，毕竟自己的宏图抱负都还没来得及施展呢。

早先禹放走饕餮，内心已经产生了极大的负罪感和求死之心。这次回到洛城，也是抱着必死的心来接受治水不力的处罚。本来，如果下手抢得九州山川图，那么他自己可以处于有利的地位，但是和云阳他们相处久了，禹发现自己下不去手，也没有这个机会。禹的内心非常矛盾。

星月躺在草榻上放松着疲惫的身躯，脑海中不知道在想什么。也许是任务要完成了，突然感觉心里空落落的，不由得想起了墨族的亲人，想起了很多很多事情。

想着想着，星月睡着了。睡梦中流淌过各种回忆：有儿时和墨族小姐妹一起玩耍的场景，有父母、奶奶疼爱的笑脸，还有跟族人最后的诀别；忽而又来到槐族部落，和小伙伴们朝夕相处以及路上的各种磨难，再最后只剩了她自己……

星月还梦见自己和他牵着手走在月光之下，微风轻轻吹着，周围好安静啊，两人对视着，靠得越来越近……

正做着美梦，星月突然感觉到有人在自己周围，顿时惊坐起来。

"什么人？"星月娇叱道。

雨泽看星月醒来，恭敬地说："星月姑娘，我们可以出发去觐见舜帝了。"

看到是雨泽，星月连忙摸了一下身边的木盒——还在，这才放下心来。

雨泽又道："刚才看您睡得深沉，在下一时未敢惊扰。"

星月狐疑地看着他，问道："你是怎么进来的？"

她隐约记得自己好像把门掩好了。

雨泽看看门，疑惑地说："大门一直敞开着，我来的时候就是这样。"

星月刚要继续追问，雨泽马上说道："我们赶紧过去吧，禹大人和云阳在那边等着呢。"

星月把嘴里的话咽了回去，点点头说："好，那我们去找云大哥吧。"

跟着雨泽出了驿馆，星月并没有看到阿薰和阿言，问道："阿薰姐和阿言呢？"

雨泽低着头，回答道："觐见舜帝人不能太多，您和云阳去就可以了。禹大人已经带着云阳大人在宫殿门口等咱们。"

如果是寻常时候，星月一定会继续问，但不知道是刚才的梦过于羞人，还是想急切地完成任务，星月竟然沉默了。

宫殿离星月她们休息的地方不远，大概半炷香的时间，二人就到了宫殿门口。

果然，云阳和禹在宫殿门口和一位气度不凡的中年人在说着什么。

看到星月来了，禹点点头说："星月姑娘，舜帝很重视九州山川图，很早就吩咐下来随时召见，我们可以进去通报了。"

禹又对云阳说："云阳兄弟，待会儿别忘了向舜帝请求参加治水。"

云阳稍稍有些踌躇："那好吧，感谢禹大哥，等云阳见到舜帝，一定请求加入到治水的队伍中，追随禹大哥。"

禹大笑道："好，云阳兄弟愿意跟禹一起治水，那真是再好不过了，哈哈哈！"

两个人对视，哈哈大笑，一时间豪气干云。

雨泽上前恭敬地说："禹大人，属下有要事向您汇报。"

禹眉头一皱，又不便发作，盯着雨泽看了看，抬手对那个老者作揖道："那就有烦伯益大人带他们二位先行一步候召，禹片刻之后就赶上来。"他顿了顿，十分感慨的样子，"刚才您说的凿井的法子太棒了，苍生有福了！"

第五十七章　献图

1

云阳和星月沉浸在宫殿的庄严雄伟带来的震撼中，边走边东张西望，伯益很理解他们初次入宫的感受，耐心地带着他们慢慢走。

宫殿正殿高大庄严，门口四名手持巨斧、身躯魁梧的勇士站立把守。

厅中宽大，一群人站立两边，有老有壮，都是英气逼人。正中央的椅子上坐着一位威严的老人，他眼眸黝黑深邃、天庭饱满、面容俊朗，一颦一笑间都流露出浑然天成的帝王气质，不怒自威。

云阳他们候在外面等着禹过来，听到殿内舜帝在说："封印之地出了问题，凶兽饕餮冲出封印，已经有个小部落遭到了灭杀。据报饕餮这两天出没于蚌池一带，附近部落已经派出人手去围堵，诸位对此事有何看法？"

"启禀帝尊，老夫觉得应当快速处理，集合人力消灭此獠，若不然必会重蹈当年生灵涂炭的覆辙。"一个精神矍铄的老者上前说道。

"在下同意弃长老的意见。最近洪水频繁更加肆虐，应当尽早消灭饕餮，查探封印之地，以防生出大变。"另一个气度不凡的长老附和道，此人是位高权重的子契长老。

舜帝沉思了一下，缓缓说道："不错，近来洪水肆虐，治理洪水之事一直没有进展。看来，我应当走出洛城，亲自到洪水灾难最严重的地方去看看，同时诛杀饕餮，重固封印。"

殿下众人大惊，齐声道："帝尊不可犯险。"

舜帝神情肃穆地说："众长老无须再劝，苍生有难，孤心难安啊！"

舜帝的威望非常之高，众人看到他如此坚决，也不敢再多劝。说完此事，舜帝高声说道："当年尧帝三顾墨族，请墨族大能绘制九州山川图，记载我九州山川河流，以安万民，治理水患。近日九州山川图终于完成，听闻今日墨族姑娘前来送图，不知姑娘可到宫里？"

听到舜帝询问，伯益马上进殿上前，高声禀告："墨族送图人已到，特来觐见舜帝。"

舜帝连声道好，非常激动。

"有请墨族姑娘！"

星月和云阳连忙跨进殿内，殿内众人的目光齐刷刷地盯着他们，一时静谧无比。

星月上前，解开身上的布袋，取出木盒高举头顶。

"墨族星月，遵当年共主尧帝之嘱，受全族所托前来送图复命，请帝尊钦察。"

舜帝激动地走下座椅，扶住星月说："墨族重信，历经苦难，绘制九州山川图，舜感激钦佩！可惜九州山川图成，遭到神魔所忌，墨族不幸覆灭在洪水之中。墨族为我人族立下不世之功，我人族将永志不忘。"

星月听到舜帝之言，不禁潸然泪下。

舜帝拍了拍星月的肩膀，接过星月手中的木盒。

大殿众人都把目光看向那个小小的木盒——九州山川图，人族命运之所系，今日终于可以亲眼目睹它的真容。

舜帝也满怀期待地打开木盒，当打开木盒的一刻，舜帝一下子愣住了。

木盒里只有一卷兽皮，根本就不是九州山川图！

2

伯益带着云阳和星月刚进宫门，雨泽就对禹急切地说："请大人移步。"

话音话落，雨泽侧身引着禹往边上走。

禹打量着雨泽，第一次发现自己猜不透他的想法，以前属下众多的时候，自己并未注意这个不起眼的族人。

雨泽带着禹七拐八绕来到一个偏僻的地方，远离宫门和人群。禹停住脚，不打算再走了，厉声问道："你到底有什么话要说？"

雨泽见禹停下脚步，转身跪在地上，说道："请大人恕罪，属下做了一件大逆不道的事。"

禹不耐烦地说："到底何事，速速道来！"

雨泽从衣服里掏出一卷布，双手呈到禹的面前。

禹接过来展开一看，顿时面容扭曲，双目圆睁，一字一字地吐道："九、州、山、川、图……"

禹回过神来，抓住雨泽的衣服，震怒道："此物，你如何得来？"

雨泽低声说道："属下是趁星月姑娘休息的时候，偷偷替换出来的。"

"胡说！星月姑娘对此物看得比生命还重要，你怎么可能接近九州山川图？"

雨泽说道："若在路途中，那在下必然无法接近。可一旦人进了安全的环境，再紧绷的神经也必然会松懈。星月姑娘刚才在驿馆睡得太沉，属下就斗胆……"

"你！竟如此贼胆包天！你这么做，是把禹某陷入不仁不义之地！"

雨泽道："大人，只有您才能带领我们治理洪水。在下跟随大人以来，深知大人是天下无双的英雄，一直想跟随大人做大事。如果九州山川图落入舜帝手里，转赐他人治水，那么大人的才华与抱负岂不落空，甚至有性命之忧。大人，在下一片忠心啊！"

禹不由得松开了雨泽的衣服，这番话真是说到了他的心里。

看到禹的神情变幻，雨泽不由得松了一口气，低声说道："事不宜迟，请大人早作定夺……"

突然，禹一巴掌打在了雨泽的脸上，让雨泽措手不及。

"这是告诉你，我绝不允许我的下属擅自做主！"

雨泽跪在地上，托着红肿的脸，连连点头称是。

禹的脸上阴晴不定，显然内心正在做剧烈挣扎。

最后权力欲和心中的抱负战胜了一切，禹神色复杂地看着远处的宫殿，长叹了一口气。

3

星月瞬间大惊失色，忍不住急声道："这怎么可能？今天进城以前我还仔细检查了一下九州山川图呢。怎么会这样？怎么会这样？"

云阳在底下听到这话，脑袋嗡的一声炸开了。

大殿内的人都开始窃窃私语。

舜帝看到星月焦急的神情，威严的面庞反倒流露出慈祥的笑意。凭着阅历与智慧，他知道这里面必有隐情，星月绝不会随意拿着一块兽皮来哄骗自己。

"星月姑娘，别着急，你慢慢想，慢慢说。"

星月听到舜帝沉稳的声音后，心头稍安。她突然想看到了雨泽，除了他，再无他人有接触九州山川图的机会。

星月立即把这件事原原本本地说了出来。

伯益上前一步，说道："刚才禹大人和他的手下就在宫门口，说话耽搁了。"

舜帝听到后立刻说："来人！快去把禹和那个雨泽找过来。"

外面的主事急声应诺，马上出去寻找。

殿上众人也在焦急等待，全然没有了谈论其他事的心情。

云阳紧握双拳，胸中怒不可遏，自己那么相信禹，没想到禹居然做出如此之事，被欺骗愚弄的感觉油然而生。

星月面色苍白、目光呆滞，千辛万苦地来送图，没想到在完成任务的最后关头，居然丢失了九州山川图，她忍不住流下泪来。

不一会儿，出去寻找禹和雨泽的人回来了，宫门口没有找到。再过一会儿，又有人来报，禹和雨泽已经出了洛城东门。

舜帝大怒，命令道："来人！传令下去，缉拿禹回洛城。"

星月收住眼泪，上前高声说道："星月愿去追回此图，继续完成墨族承诺。"

舜帝安慰道："此事不怪你，没想到我人族出此败类。"

"不，我墨族信守承诺，一定要完成答应的事情，星月一定要去追图！"

舜帝目光炯炯地看了看星月，说道："好，那你就随他们一起去追图。"

第五十八章　禹的通缉令

1

舜帝震怒，下令缉拿禹，追回图。皋陶上前，沉声道："共主，饕餮在蚌池肆虐，已经有小部落被灭。相柳前一段日子重新临世，封印之地情况尚不明朗，此时当是同心协力之际。还请共主以大局为重，怀柔处置。"

"在下赞同皋陶大人的意见，九州山川图并没有落入妖魔之手。或许禹忧思治水，或水患刻不容缓，所以未经禀告擅自用图，严加申饬即可，当前还是凶兽饕餮的问题更需立即解决。"弃长老也出声附和，他顿了顿，"况且九州山川图本为治水之用，赐予禹未尝不可。"

"擅自取图乃大逆不道，九州山川图乃我人族至宝，区区一个治水者，何德何能胆敢用此图？"一个急脾气的长老看到殿上有人为禹开脱，顿时怒气冲天。

另外一个长老也上前说道："正是！九州山川图只有共主才可持有，未经赏赐擅自取图，实乃大罪！否则纲纪法度何在？"

……

舜帝看到下面吵成一团，心头反而平静下来。对于禹的处置已经形成截然不同的两派意见，人族上层很少出现这么严重的分歧，舜帝感到甚为棘手。

"肃静。"舜帝轻轻摆了摆手。

下面的争吵立即停止了，大家躬着身子面向舜帝。

"伯益何在？"

"在下谨遵共主。"伯益马上上前，对着舜帝拱手道。

"派人沿途寻找禹的下落，带回洛城，我要亲自询问为何擅自取图。"

"诺！"伯益低头应道，支持禹的人都暗自松了一口气，带回询问比起缉拿，说法上要和缓了许多。

舜帝从星月边上离开，踱步来到长老们中间。大殿内有如此对立的声音，对于万民共主来讲，是一个危险的信号，看来禹的支持者不少。舜帝还是第一次感受到这股暗流，心中颇为震动。

舜帝仔细打量每一个人，大殿内气氛很凝重。舜帝德高望重，受万民敬仰，虽然殿内都是手握天下及各部落重权的领袖，但也不敢直视舜帝。

这些人舜帝都很熟识，他突然发现一个陌生青年站在伯益身边。

"尔是何人，何故在殿内？"

云阳本来一直沉浸在九州山川图丢失带来的震撼之中，被欺骗背叛的感觉非常难受，猛然听到有人对自己说话，不免心中一惊。

"禀帝尊，在下云阳，来自槐族部落，一路陪同星月姑娘送图来到洛城。"云阳不卑不亢地回答。

舜帝点了点头说："嗯，好。一路上一定遭到很多危险和困难吧，可曾想过退却？"

"九州山川图乃人族至宝，墨族先辈绘制此图才是千辛万苦，区区送图之苦，不及制图之万一。"

"哈哈！好，好，好！"舜帝非常高兴，连说了三个好。

"以后可以上殿来，多多学习，未来人族就靠你们年轻人了！"舜帝话有所指地说。

不等云阳回答，舜帝又道："来人，下令防风氏部落派人，跟随伯益把禹找来，我要亲自问问他。"

殿上众人听到此话，神情表现不一。防风氏部落乃舜帝的亲信部落，看来舜帝对此事还有自己的考量。

弃长老上前道："共主请三思啊！"

舜帝道："弃长老无须再言，我自有决断。"

"同时，子契长老领防风氏、云起、海因、鬼车、岩石等部落围剿四凶饕餮，此战定要一举成功。传令防风长老即刻赶往蚌池与子契长老会合。"

"诺！"众人应诺道。

舜帝近年来已现老迈之态，人族内部不同派系蠢蠢欲动。舜帝把自己的亲信部落派出去围杀饕餮，一来是自己的亲信部落更加强力一些，亦能配合紧密，为了人族的安宁，舜帝没有藏私；二来也是希望自己的亲信部落可以剿杀饕餮，提高在人族的声望，稳固一下地位，让那些不安分的部落都收收心。

......

2

自从离开洛城，禹和雨泽就小心翼翼，专挑偏僻处行走。禹本来打算觐见舜帝后，如无大变就回一趟自己的部落，看看自己的妻儿。这些年一直在外面治水，禹很想念自己的妻儿，打算好好陪伴一下家人。没想到事情急转直下，九州山川图在手，不论如何也不能回自己的部落。

看着手里古朴的九州山川图，禹神色复杂。这个图是人族的至宝，威能无比，禹的初心是想治水、证明自己，虽然想染指九州山川图，但是没有想到会以这种方式得到。

看着一直跟随自己、对自己恭恭敬敬的雨泽，禹内心更加复杂。

部落是不能回了，虽然自己的部落很支持自己，但是不给部落带来危险是自己的根本所在。

禹不知道其实舜帝的内心已经妥协了，没有发出追捕禹的命令，但禹还得为自己的下一步做打算。毕竟九州山川图干系重大，以这种方式获得必然会让舜帝震怒，也会有许多人趁机乱中渔利。

"禹大人，咱们走了一天，您先休息一下吧。"雨泽看到禹面容有些憔悴，恭敬地说道。

禹冰冷地看了一眼雨泽，没有说话。

雨泽内心非常恐慌，本来以为自己为禹大人拿到九州山川图，禹大人会非常高兴，没想到禹大人如此惶恐不安，而后对自己也变得冷淡。

似乎体会到雨泽内心的想法，禹叹了一口气："事已至此，你无须多想，我自会担当。"

这话说得有点重，似有责怪之意。雨泽立刻跪下了，脸色煞白。

禹也意识到自己的话有点儿重，连忙拉住雨泽："你这是干什么？我知道你的忠心，只不过此事干系重大，还需慎重。"

"我来问你，你到底为何有这个胆量盗取九州山川图给我？"

雨泽如实回答："属下出身有崇氏，自幼崇拜治水先祖。当年共主征召天下治水能者，有幸跟随大人身边，属下万分欣喜。大人您披荆斩棘、不畏艰险，为水患忧虑，属下看在眼里急在心里。当得知九州山川图有治水之功，属下冒死自作主张盗图，一则可防外人拿去，帮助大人治水；二则我有崇氏复兴尽在此一搏。"

禹长年在外奔波，对于本族的后生本不熟悉，他一直以为雨泽只是普通的族人，乍听到雨泽出身本族核心的有崇氏，原是自己的子侄，又惊又喜，沉声问道："你出身有崇氏，可有证据？"

雨泽立即说道："黄河南，有崇氏，天下水，皆可治。修沟壑，建坝渠，退水患，九州平。"这是只有有崇人才会的口诀。话音落尽，雨泽撕开胸口的衣服，只见胸前纹着一朵类似花瓣的奇怪图案，图案虽略显粗糙，但富有神韵，颜色也深浅不一。那是有崇氏的族徽，每一个新生儿都会被部落长老刺上纹路，每年纹一段，一直到十岁才会完成，所以颜色不一，富有神韵。这个做不了假，禹身上也有一样的图案。

禹心头完全释然了，扶起雨泽道："你跟随我日久，对我忠心耿耿，我怎会怀疑你，实乃近日多事，心中烦闷。"

雨泽听到禹这么一说，再看到禹真诚的眼神，顿时激动地说："属下愿为大人肝脑涂地，跟随大人走遍天下治理水患，解救天下万民。"

禹豪迈大笑道："不愧为我有崇男儿，应当有此豪气！"

"走，我们去东夷九黎，那里尚有我的故人，可助我一臂之力。"禹沉声说道。既然事已至此，先要四处结盟，不如先去东夷九黎寻求帮助。

"诺！"雨泽大声回应。

第五十九章　相柳救主

从砀山上远望，一派山苍水茫的风光。独特的原因造就这里罕有人迹和野兽，植被茂盛、鲜花怒放、小溪潺潺、山景巍峨秀丽，与别处洪水泛滥的景象截然不同。

天空中飞来一个墨绿色光点，由远至近，夹带着阴冷的气息飞射而来。

这是一个蛇身九首的怪物，赫然是大名鼎鼎的相柳。一出世便惊天动地，引得四方震动，此刻居然来到了砀山。

相柳环顾砀山，神情中带着疑惑和激动，这里有他熟悉的气息。

他所经之处，绿植枯萎，鲜花凋谢，变成了沼泽毒瘴，这是他神力外放的缘故。因为他身受重伤，控制不住神力，所以导致神力不稳，九颗头里八颗完好无损，另一颗则伤痕累累、血流不止。

留下的血液，滴落到地上，冒着青烟，把地面焦灼得漆黑。不过他毫不在乎伤势，而是用神力感知确认着方位。

当年水火大战，相柳重伤，几乎垂死，神力溃散。幸好当时场面混乱，头颅被毕泣部落偷偷救下藏了起来，并建塔助其休养恢复。

当时相柳是共工手下第一个被重创的，对后来共工战败之事并不知晓，所以苏醒后肆无忌惮地暴露了自己，可能他对自己主人实在过于崇拜，不相信共工会战败。

直到和龙子狴犴大战之时才感觉不对，自己释放了神力，共工早就该召唤自己，但自己却没有得到任何回应，可见情况不是那么乐观。经过不知多少时日的战斗，相柳才把龙子狴犴杀死，但自己也受了重伤，一颗头颅差点儿被咬掉。

杀死狴犴之后，相柳本来打算大开杀戒一逞怒火。不过有一个神秘的气息指引他来砀山，这个气息相柳似曾相识，但是很淡，似乎是一缕神魂。

由于魂魄过少，神力有限，若有若无，根本无法清晰地呈现什么。

要是让这缕残魂进入他的识海，那么他就能知道是谁的残魂、想干什么，但是相柳多疑狡诈，不敢放下戒备让这魂魄进入。毕竟识海是要害所在，一旦这缕残魂想操控他的身体，他将毫无反抗之力。

所以相柳一边有所戒备，一边跟着残魂来到这个地方。不过这里似乎禁制非常强大，以相柳的神力，根本无法探测到什么存在。

相柳有些着急，恶狠狠地看着在自己身边不远处的残魂说道："为何引我来这里，这里有我熟悉的气息，难不成你是故人？"

神魂没有表达，而是向远方的最高峰飞去，相柳一看，马上追赶上去。

七拐八绕，绕过层层山峰，相柳感觉被耍了，越来越暴躁，刚要下黑手，打算把戏耍自己的残魂灭掉，突然又怔住了。

"这是？"相柳终于明确感知到了某种东西。

相柳露出惊骇的目光，九颗蛇头表情一致，"这是祝融的气息！"

当年相柳就是被祝融重伤的，他清晰地记得当年那真火无比炙热的力量，自己喷出去的毒水，被真火给烧净，身躯也被真火烧毁。

残魂没有停留，而是直奔最高的山峰。

相柳脸上阴晴不定，他已经猜测得八九不离十了，难怪那缕神魂自己觉得熟悉，应该是自己主子的残魂。

山峰接近峰顶处的阳面是一个封印，若隐若现的八角状神秘力量组成一个封印标志，如果不定神凝视，根本不会注意到。

尤其那封印中不时有一丝真火隐现，看得相柳心惊肉跳。不过相柳恐惧归恐惧，对主人的忠诚却毋庸置疑。他吐了吐蛇芯，九颗头一同抬起，运用神力，直射那个封印的中心。

只见封印遇到神力，立即白光泛起，阻挡着神力。

相柳加大神力输出，神力撞击在封印上，光芒四溅。

破解封印有两种方式：一种是花时间研究封印，然后找到封印的弱点，攻击其薄弱之处破解之；第二种就是直接用神力暴力破解，碾轧封印。

显然相柳的性格不适合第一种，所以直接出手，打算用神力碾碎封印。不过此封印非常强大，毕竟是祝融和顶级大能联手布置的，绝不会轻易就被击碎。所以场面胶着，相柳源源不断地输出神力，打算先把封印上的能量慢慢消磨掉，然后再一举击碎。

双方在拉锯，本来当年封印是非常强大的，别说一个相柳，就是十个相柳来，也休想打开。不过随着时光的侵蚀，封印有些松动，威力下降不少，所以在相柳神力的消磨之下，逐渐出现了一丝裂纹。

相柳见封印出现裂纹精神大振，继续加大神力输出。

不知道消磨了多久，一声震天的巨响，封印终于碎开了，山坡上露出一个巨大的山洞。一群飞鸟惊叫着飞上天空，那缕残魂飘进洞里。

相柳兴奋地吐着蛇芯，居然没有引发封印的反击。这种顶级封印一般都会带着巨大的反击威力，防止外力破坏。

相柳打起精神，等着共工出来，站在洞口想着见到共工后的献词。可是左等右等，共工还是没有现身，这让相柳急坏了，想进洞里去看看，但又有些犹豫。

已经到了如此地步，如果不进去实在心有不甘。斟酌半天，相柳硬着头皮，直射而入。

洞穴外面看着不大，但内部却异常空旷，可能有神力和阵法的影响，空间扩大了许多。

整个洞穴空空荡荡，只有一个祭坛，上面立着一盏熊熊燃烧的长明灯。

祭坛上方，那缕残魂变成了一丝黑烟飘荡着。

相柳没有放松任何警惕，别看那长明灯静静地燃烧，似乎没有攻击性，但是相柳敢用生命保证，只要敢接近祭坛，那盏长明灯的火就会把自己活活烧死。

那是祝融的真火，天地初开的火种延续下来的，威力无穷。显然外面的封印只是保护山洞而已，里面的封印才是核心，事情果然没那么简单。

正在相柳苦思对策的时候，盘旋在祭坛上的黑烟直接扑向长明灯。

相柳睁大蛇眼惊讶地看着，那股黑烟本是共工的一丝神魂，它这么做，无疑是自杀。

就在这时，奇异的事情发生了！

第六十章　共工出世

　　长明灯突然绽放出剧烈的火焰，把整个洞穴都占满了，相柳差点儿没吓晕过去，他刚才一直在想办法，没想到残魂敢这么干。

　　相柳赶紧以神力护身，往后急退。不过再退也没有火到的快，相柳还是被炙热的火焰烧到了一颗脑袋。剧烈的疼痛直透元神识海，那种痛，差点儿没让相柳崩溃。真火顺着那颗蛇头烧下去，要往身躯上走。

　　相柳没有犹豫，其他的蛇头迅速出击，把那颗被烧到的蛇头从颈上咬掉。

　　只见蛇头掉在地上，还在继续燃烧，把地上的岩石都烧得通红。

　　真火可燃世间万物，碰上就躲不掉，相柳非常了解，所以当机立断，自噬求生。

　　火焰弥漫整个洞穴，空气都在燃烧，似乎要焚尽世间万物。

　　祭坛上突然显露出一个影子，但是被一个透明的光环笼罩着，影子虽然双目紧闭，但是气势凛然，有一种让人膜拜的威压。

　　本来相柳是打算从洞穴里暂时退出的，不过看到人影显现，相柳一下子停住了，待在火焰燃烧神力形成的保护圈外。

　　"主人！"相柳看着影子，急忙出声道。

　　看来那缕残魂是想示意共工就在祭坛之内，若不然也不会主动引发真火的禁制。相柳看着人影逐渐缩回祭坛，而四周的火焰也慢慢缩回到长明灯内，不由得苦苦思索起来。

　　若救主人，必先过真火这一关。看来这是主人给的提示，真火是最大的限制，主人应该被祭坛死死地禁锢住，无法传出任何信息，幸好机缘巧合逃逸出一丝残魂。

　　相柳对真火一筹莫展，世间唯一对真火不畏惧的就是自己的主人。主人的真一天水可灭万火，虽然无法灭尽真火，但是对真火也是凛然不惧的。

　　祭坛与真火的功能是封印主人，而外面的封印是防止别人发现洞里的封印。封印不多，但是环环相扣，若不是主人的残魂，自己是无法发现这里的，但是自己对真火无计可施。只要接近祭坛的一定范围，就会引发真火；但是自己不接近，也无法触碰祭坛，刚才用神力尝试远距离攻击，但神力一发出就消失得无影无踪。

相柳耐下性子仔细琢磨着，只有不断触发真火才能找到漏洞，但是这是非常凶险的举动，如果不小心被真火沾到了，自己就会葬身于此。

相柳没有其他办法，只能尝试这个法子。

相柳慢慢靠近祭坛，当离祭坛还有十丈许的距离，真火又一次爆燃起来，瞬间弥漫整个洞穴。相柳早有准备，马上飞身急退，退到安全的地方，仔细观察。

就这样，相柳不断地触发真火禁制，不断地后退，反复多次，这其中遭遇许多险情，有好几次被真火烧到，幸好当机立断自残脱险，但是受伤严重。

最后相柳终于发现可能的机会，在真火爆发那一刹那，长明灯附近的中心区域火势并不强，如果速度够快的话，可以在真火完全爆发之前闯进去，然后迅速用神力击碎祭坛，把主人救出来。

相柳深呼一口气，下定决心向祭坛靠近。相柳非常紧张，成败在此一举。当距离祭坛有十丈的时候，真火果然再次爆燃，并瞬间散发开。

就是现在，相柳一咬牙，飞身扑向长明灯，果然火势尚未覆盖到这里，只是感觉异常炙热。相柳心中一喜，无暇多想，马上跃上祭坛，用神力暴击祭坛。为了保险起见，他同时用尾巴铆足力气使劲抽了下去。

轰的一声，祭坛被巨力直接击碎！

大功告成，相柳刚想发出狂笑，异变突起，真火忽然收拢，直奔祭坛而来。

"啊，不，不！"相柳心胆俱裂、高声疾呼。

真火把相柳吞没了。

真火剧烈燃烧着，相柳感觉到钻心噬骨的疼痛，已经绝望地放弃了挣扎，他以为自己要死的那一刻，突然感觉到身上一阵清凉。

相柳惊喜地发现自己被一个巨大的水泡包围着，阻隔了真火。

"主人，主人你苏醒了！"

山峰剧烈抖动，天上异象迭起，乌云遮盖阳光，天空漆黑无比，犹如末日一般，从远处传来奔腾的水声，浩瀚不可阻挡。

这一刻，大地不断颤抖，洪水瞬间弥漫整个砀山，原本风景秀丽的砀山，一下子变得洪水滔天。不一会儿，整座山全部崩塌，隆隆巨响。天上巨大的深紫色闪电不断劈下，异常恐怖。

一个巨大的身影缓缓升起，一头红色长发在空中飞舞，面色金黄，冷酷俊朗，神威凛然不可侵犯，气势不断升腾，让万物有一种不由自主的膜拜感。

他缓缓地睁开双眼，一双看透万物的眼睛，格外明亮。

"祝融，我回来了！"声音很轻，但是威传天地。这是言出法随，只有大神才能调动天地的法则。

相柳浑身烧伤，艰难蹒跚到共工面前："臣下相柳，恭贺主人！"

共工没有看相柳，而是细细体会着刚刚摆脱封印的自由之感。

相柳没有觉得任何不适，共工就是共工，独一无二、傲视天下。相柳继续道："臣下自从苏醒后，努力寻找浮游，可并无踪影。"

共工淡然道："当年一战，浮游重伤，已成残魂，他的事我已知晓，无须多言。"

相柳恭敬地垂头不语。

共工没有再搭理他，继续闭目，面露神秘的微笑，静静地思考着什么。就在两人沉默的时候，不远处有山峰倒塌，三个样貌狰狞的怪兽从山峰下挣扎出来。

刚才共工破印而出，把整个砀山的禁制都击碎了。

共工看了一眼："怎么天下四凶只剩其三了？"

混沌、穷奇、梼杌低下头，它们三个虽然凶焰滔天、不可一世，但是一眼就看出来眼前这位是谁，尤其是那一头红发格外醒目。就连他身后那九头蛇身的相柳，都不是好惹的，联手都不一定打得过。

"臣服，或者毁灭？"共工没有多言，只说了一句话，然后静静等待。

三凶面面相觑，没想到刚出来就碰到这么一个恶神霸主。三凶不敢不从，封印前也曾受制于共工，马上伏地，齐声道："吾等愿意追随上神。"

共工淡然道："你们去各地探查祝融下落，当年一战，没有结束，还需要有一个了断。"

三凶和相柳齐声应诺。

共工说完，没再理会他们，腾空而起，独自往远处飞去。

第六十一章　剿杀

蚌池，相传乃天地初开之日，盘古的汗珠砸在地上形成的湖泽，因形似河蚌且盛产河蚌而得名。这里地处江淮之间、濠水以西、南北中分之地，周围地势凹凸不平，并不适于耕种，所以只有一些小部落栖息。此时这里正在进行一场惊天的战斗。

饕餮愤怒地嘶吼着，身上流血不止，身形被莫名的力量禁锢，使它无法移动，并且攻击还在持续增加着伤口。

饕餮被刑天不朽之魂缠住后，一番恶斗。后因巫召唤的法力已过，刑天之魂自动散去，饕餮这才脱身，但是已经找不到九州山川图的踪影。从气息中，饕餮知道图已经进入了人族聚集地，而那里高手大能云集，就算饕餮凶焰滔天，也不敢轻易踏足。它很是气愤，游荡到蚌池附近，接连吃了几个人族小部落出气。

这天饕餮刚刚吃饱，甚感神虚，放松精神休憩了一阵，醒来后却发现自己已经被禁锢阵法缠住了。更让它胆寒的是，眼前居然聚集了好多人族，并且各个气息强大、精壮异常。

"蝼蚁们，安敢如此！"饕餮疯狂怒吼。

一位长老冷哼道："凶兽，今日定让你陨落此地，云起部落，跟我来！"

云起部落高手应诺一声，迅速按长老的指示走位。

"海因氏，跟我走！"另一位长老也命令自己的部落。

这次是舜帝下令灭杀饕餮，以防饕餮再次作乱，所以来的都是人族的主力部落，高手云集、大能成堆。

饕餮不断怒吼，企图挣脱开几十个岩石氏部落高手布置的禁锢阵法。

"稳住，大家稳住！"岩石长老急忙招呼着部落里的高手。

岩石部落的高手拼尽全力，苦苦坚持，不让禁锢松动。

饕餮身上伤口越来越多，参与行动的都是人族精锐，聚集了十几个部落的高手，并且大部分是舜帝的嫡系力量。

　　这次是突然袭击，趁着饕餮休息放松的时候，人族高手悄悄接近，然后施放阵法控制住了饕餮。饕餮非常愤怒，没想到狡猾的人族居然敢暗算自己！

　　它一直把除自己以外的生灵都当成食物，尤其是孱弱的人族，更是饕餮最爱的美味。

　　上一次被最不起眼的人族封印，一直是饕餮心中的耻辱。自己诱惑禹解除封印之后，本来想抢九州山川图，没想到图没抢到，却接连遭遇各种阻碍，不是被刑天之魂阻挡，就是被荒神吓跑，很多次眼看就要得手，但总是功亏一篑。

　　一直忙着抢图也没吃多少人，最后也没得到图，饕餮觉得自己非常倒霉。身上的疼痛提醒自己，这批看似孱弱不堪的食物，对自己已经造成致命威胁，这种感觉还是饕餮第一次在人族身上体会到。

　　"快，把它围住，大家注意安全！"人族高手们不断呼喊着。虽然攻击按照计划进展得很顺利，但人族也出现了伤亡。饕餮虽然不能移动身体，但是它那巨口的速度非常快，前后吞食咬伤了好几十人。

　　身上的疼痛在不断加剧，刺激着饕餮。虽然伤口出现后可以快速愈合，但也赶不上增加的多，因为人族始终保持着攻击的节奏，愈合一个伤口同时出现了更多的伤口。它被迫不断调用元能来愈合，使它无法压住识海中的小奇。

　　小奇因为前阶段饕餮的压制，已经昏迷在识海中。

　　可由于饕餮遇到了凶险，调动了太多元能，忽略了小奇，使压制小奇的威力出现松动。

　　小奇从昏迷中慢慢醒来。由于昏迷的时间过长，小奇呆了半晌才缓过神来。他看到在这个怪物的识海内，一些光团在横飞乱舞，非常紊乱，一时搞不清发生了什么状况。

　　他站起来，仔细打量着这个地方。之前他被饕餮吞进肚里，被周遭的尸体吓坏了。可度过了初始的恐惧后，发现也没什么大不了的，只要躲开肉壁的挤压就很安全，这对于身手无比敏捷灵活的小奇来说，简直易如反掌。

　　可能正是因为他无比灵活，昏迷的时候也能下意识地做出反应，才没有像其他生灵那样，一被吞食就被饕餮肚里的肉壁吸附住动弹不得。

　　他一边避开肉壁的挤压，一边向上攀爬，饕餮刚恢复真身尚且虚弱，竟然没能阻止他。他一路爬到了饕餮的喉咙处，眼看着饕餮追击着云阳和姐姐一伙人，自己却无法逃脱，只能在饕餮体内捣乱。后来他又阴差阳错爬进了饕餮的识海，这是饕餮元能的大本营，但是到这里之后，反倒被饕餮用元能压制得昏迷了，没有看清这里的情况。

这里很空旷，四周的肉壁有节奏地跳动着，只有中心处有一个闪着白光的旋涡在旋转，不过转动的旋涡有些紊乱，不断有光飘逸出来。小奇很惊奇，想上前去看看。

就在小奇上前的一刹那，识海内妖异的红光闪烁，旋涡疯狂地转动起来，透出的暴烈之气，即便是距离很远，也可以清晰地感觉到。

一声震天的咆哮响起，即使在识海中也能听得到。

饕餮意识到小奇又开始在识海里活动，此时里外受敌，不由得惊恐万分、震怒不已。

咆哮过后，饕餮突然停止不动，一声声低吼从其体内传出，震得小奇头疼欲裂。紧接着识海中的旋涡越转越快，四周的光圈变得通红，光圈里不断有红光飞出射向小奇。

小奇连忙躲闪，他步伐灵活地穿行在红光之间。

饕餮在催动自己的元能攻击小奇。它不能让小奇靠近识海的中心，否则自己将完全失控，后果将不堪设想。它非常后悔没能尽早解决这个在体内捣乱的人族，到了现在这个危急时刻，又开始制造麻烦。

小奇感觉现在到了一个非常关键的时刻，显然饕餮遭遇了前所未有的困难。他一边躲避着红光的攻击，一边在拼命地思考着下一步的行动。

就在饕餮试图重新压制小奇的时候，外面的情形也到了白热化的地步。

第六十二章　吞天灭地

由于饕餮分神对付小奇，人族众多高手逐渐获得了一些优势。

远处，岩石部落的高手们一直在苦苦支撑着禁锢阵法，在饕餮的反击下口鼻开始流血。但他们没有退缩，也不敢退缩，作为最重要一个环节，他们决定着整个行动的成败。

岩石部落是一个古老的大部落，能力如其名，擅长坚固防守。历次大战，都能见到这个古老部落的身影。有了他们的存在，可以在战场上减少很多伤亡。这个禁锢阵法是部落秘传技能。相传涿鹿之战，就是他们拖住了东夷九黎的大酋长蚩尤，才使得炎黄联盟能够集中力量击溃群龙无首的九黎，而后再把蚩尤合围斩首，所以岩石部落在人族内部功勋卓著。

这次奉舜帝之命参战，考虑到饕餮的凶名，首领尽遣高手，特地把部落的秘传阵法也带了出来。

岩石部落责任重大，一些其他部落的高手守护在岩石部落周围。

此刻，岩石部落施展阵法的高手们压力非常大，因为饕餮不断地挣扎，试图冲破禁锢。他们知道，恐怕坚持不了多长时间了，但又没办法张口。因为阵法需要全神贯注地维持，不能有丝毫松懈。

幸好舜帝这次派来领队的子契长老看出岩石部落的异常，连声催促各部落抓紧围剿。

听到号令，大家不顾危险和疲倦，纷纷加速移动、攻击饕餮。

突然，砰的一声巨响，震彻天地，让交战双方都吓了一跳。一股浩大的气息从远方袭来，这气息里带着令人颤抖的威压，显示着异乎寻常的大事发生了。

接着，远处传来奔腾喧嚣的水声，让人族闻声色变。

子契长老本来就对这次战斗忧心忡忡，担心着各种意外发生，但还是没料到会出现这个情况，于是高喊道："不好，大家快向高处移动，躲避浪头，快！快！"

说时迟那时快，大家还没来得及回神，洪水已经汹涌而至。滔天巨浪卷着巨石滚滚而来。天空顿时阴沉下来，狂风骤起，水借风势，一浪高过一浪。

"啊，救我，救我！"好几个人被浪头拍倒，在水里挣扎着喊道，可是大家都自顾不暇，难以援手。

子契长老面色灰白，嘶哑着喊道："快，保护好岩石部落的人，禁锢不能停，不能停啊！所有人全力出击，在洪水过腰之前，灭杀饕餮！"

洪水来得太突然，众人措手不及，根本无法顾及岩石部落。本来岩石部落因为要施展阵法，又站得比较远，以防被饕餮攻击到，所以大家短时间内无法救援。

第一波洪峰到来，岩石部落的高手们身形晃动，无法全神贯注，禁锢阵法一下子失效了。

饕餮突感身上的禁锢力量消失，心中狂喜，大声吼叫着。憋屈了这么久，他已经气疯了，这下终于可以大开杀戒。它大嘴一张，直接把没来得及逃离附近的人族高手一口吞掉，这一口直接吞下去几十人。

人群队形已经散乱，但是身为人族顶尖高手，就算事情已经恶化到这样的地步，他们依然没有忘记继续攻击。

"掷矛！"子契长老一声大喊，前面的人立刻俯身趴下，外围的勇士奋力掷出巨矛，只见千百只巨矛带着破空之声疾速飞过，冲着饕餮射去。

噗噗的声响不绝于耳，巨矛纷纷射中饕餮庞大的身体，顿时鲜血如注，饕餮仰天发出惨痛的号叫。

"刀阵！"子契长老再次大呼，一群拿刀的勇士冲上前飞快地削着饕餮的身体，每一刀下去就削下来一片肉。饕餮惨叫连连，巨大的手掌不断在身上拍打，把身上的人族勇士拍得血肉横飞。

即使如此，人族勇士依然咬紧牙关，前赴后继地对饕餮进行围杀。

疼痛剧烈地刺激着饕餮，它万万没有想到，人族居然如此拼命。当年自己也算是食人无数，那个时候人族刚经历几场大战，非常虚弱；同时，饕餮自恃强大，横行人间把人族当成食物，虽然最后惹得人族高手大能出手设置圈套封印自己，但饕餮当时并没有感觉到人族有多可怕。

但是今天，饕餮有一种恐惧萦绕心间，尤其看到人族满眼赤红、不要命地对自己进行决绝的攻杀，饕餮居然产生了想要逃跑的想法。但是强大的凶兽都有自己的尊严，让它无法后退，外加不断传来的疼痛刺激以及恐惧带来的耻辱，饕餮凶性大发。

只见它不再管身上的人族攻击，而是发出生涩隐晦的吼叫，目光恶狠狠地看着人族。

子契长老仔细地听着，心头大骇，连忙叫道："快！杀了它，杀了它！它要使用本命神通啦！"

各部落负责的长老听到后全部大惊失色，连忙下令自己的部落拼死攻击，打断饕餮施展本命神通。可是凶兽的本命神通哪有那么好打断的。

饕餮这次下狠心了，拼着自己陨落也要把这群人族吞掉。

人族的勇士们都在以死相搏，大家也急红眼了，眼看洪水逐渐上涨，留给他们的时间不多了。此时，天空渐渐出现一片漆黑，并且在不断扩大，宛如一张大口要把整个天空吞掉，这正是饕餮的本命神通"吞天食地"发挥着威力。若是等这个神通完成，那么处在神通范围内并且力量低于饕餮的一切事物都会被饕餮吞掉。相传，饕餮真的有吞食天地的能力。

人族的心头已经有些绝望，没想到做了这么多准备，到头来还是对饕餮无可奈何。虽然人族现在已经逐渐强大起来，也比当年封印饕餮之时投入了更多力量，但还是无力剿杀饕餮。人们终于明白前辈们当初为什么只是封印饕餮，而不是杀掉饕餮。

现在明白这些已经太晚了。大家并不甘心，纷纷各显其能，把压箱底的能力都使出来，以图自救。今日若不杀死饕餮，必然会遭到饕餮的疯狂报复，到时候不知道还有多少人族会成为它的食物。

第六十三章　小奇脱困

有巢氏部落的人纷纷咬舌燃烧生命，获得短暂的力量加强后，抱起巨矛冲向饕餮。虽然比起饕餮那冲天的身高实在微不足道，但巨矛依然深深地扎进饕餮身体里。

防风氏部落在防风长老的带领下，也在向饕餮全力冲锋。防风氏部落族民身材高大，个个骁勇无比。首领防风战力超强，也是治水能手。近年来部落愈加兴旺，这次奉命带着部落高手大能前来围杀，眼看行动要失败，不禁怒吼一声，亲自率队跟饕餮搏命。就在天空完全要被黑幕笼罩的时候，突然戛然而止。紧接着，黑暗迅速淡去，饕餮七孔流血、发出阵阵惨叫、倒地打滚。

众人急忙散开，不知道发生了什么。

小奇在识海中躲避着旋涡射出的红光，越来越轻松自如，慢慢靠近了旋涡。此时，他感到旋涡里的白光让人很舒服。

当饕餮发动本命神通的时候，需要调动更多的元能，旋涡疯狂地转动，变得更大，同时射出了更多的红光。小奇躲闪不及，灵光一现，索性扑进了旋涡的白光之中！

小奇在白光里，感觉异常地宁静与陶醉，尽情地呼吸着元能。

本命神通固然可怕，但使用本命神通同样危险重重。因为那是本体最虚弱的时候，所以凡是有神通者都小心翼翼，把这当成最后的底牌，不会轻举妄动，只要出了一点差错，就将万劫不复。

本来旋涡越转越快，不断调动更多天地间的灵气来催动身体，没想到小奇冲进来，打乱了旋涡转动的节律，元能直接灌注到小奇体内，最终导致本命神通反噬饕餮。

就连小奇自己也不知道为何会吸收这些元能，很是惊讶。其实他在被饕餮吞掉后一直没有死，早就和饕餮的气息融为一体，加上饕餮在识海内镇压小奇，日子一久，使得小奇和元能的气息同化，所以小奇也可以吸收化用饕餮的元能。

饕餮不断地痛苦嘶吼，水位已经上涨，只见饕餮在洪水里扑腾得浪花翻腾。

子契长老先是一怔，随即大喜："太好了，本命神通反噬啦！"

"快！全力出击，灭杀此兽！"

众人一听，精神大振，纷纷上前对饕餮展开又一次猛烈攻击。

嗷！一声悲呼，饕餮凶狠的目光逐渐淡去……

一代凶兽就此陨落！

剩下的人族纷纷击掌相庆，满是劫后余生的喜悦。

"快看，那是什么？"有人惊呼道。

众人又紧张起来，纷纷戒备。只见饕餮的躯体倒在洪水里，仰头朝上，从它巨大的嘴巴里，爬出来一个少年。

小奇正在吸着元能呢，突然感觉旋涡散了，然后眼前一黑，再无动静。于是他赶紧向外攀爬，越走越亮，最后终于从饕餮的嘴巴里爬了出来。

爬出来的一刹那，小奇差点儿哭了——被困了那么久，见到眼前这群人，特别亲切。

"孩子，你是什么人？"子契长老活了这么多年，还是第一次见到如此奇怪之事。

"啊……"小奇迷茫地看着四周，发现这群人好像经历了异常惨烈的战斗，各个浑身血污。不过转念一想，他就明白了，饕餮之死定然和眼前这群人有关。

他不知道的是，恰恰是他阴差阳错地帮了这群人大忙，要不是他在里面扑进旋涡吸收元能导致本命神通反噬的话，这群人还真杀不了饕餮。

"我是小奇，我和云阳大哥，还有我姐姐阿薰一起陪着星月护送九州山川图给舜帝。"感觉到眼前这群人对他的戒备和敌意，小奇急忙解释。

子契长老知道这件事，也想起来临行前，有几个年轻人要求同行，后来被舜帝制止。那位叫云阳的年轻人还曾托自己解救一个叫小奇的孩子，应该就是眼前这个孩子。

"好了，既然饕餮已死，我们就回洛城复命吧。"子契长老看到洪水在上涨，心中焦虑。这洪水来得蹊跷，并且远方的威压越来越大，难不成是出了什么大事。

"防风大人，您也擅长治水，还请带领防风氏部落在此帮助这些小部落。待老夫回到洛城，恳请共主加派人手过来。"

威武的防风随即点点头。

突然，远处传来一声震天的冷哼，天空瞬间又变得漆黑如墨。远处的洪水卷起冲天的巨浪，一股毁天灭地的威压袭来，巨浪中出现了一个手持巨蛇、满头红发的人影。

在场众人猛然变色。

子契等长老熟知人族典故，看到这个人影的时候，顿时脸色惨白如纸，结结巴巴地说："共，共工……"

子契长老回过神来，把小奇往防风那里一推，嘶喊道："快走，快走，共工临世了！"

仅仅是一个共工的身影就让平时泰然若定的子契长老失态。防风不禁大惊失色，二话不说，拉着小奇转身就跑。

这种时候没有什么可犹豫的，必须赶紧回洛城报告——共工出世乃惊天大事。

当年那场战争人族不过是惨胜，虽然借助祝融大神封印了共工，但人族也元气大伤。此际共工重新降临，实在是大祸临头。

"想走？"虚空中仿佛传来上天的呢喃，共工轻轻一指，洪水就像有生命一样巨浪成排地推过来，夹带着千钧威势拍向人族。

子契长老满头银发，面容惨淡，还在拼命指挥众人撤离。他内心早已放弃逃跑，巨浪吞没了子契长老的最后一句话："快去禀报……"

防风、小奇和逃出来的人族听着背后的浪声和惨叫，泪眼婆娑，但却不敢回头，只是发劲狂奔。

看到人族跑掉，被洪水团团守护住的共工又将手一挥，更大的一排巨浪冲着最后残存的人而去。

这时，天空传来震天的龙吟，守护此州的龙子赶到，正是龙二子嘲风。他生平威严，具有威慑妖魔、清除灾祸的能力。洪水袭来的时候，龙子已经苏醒，一直在救助人族。当共工降临，龙子直奔而来，与之决战。

共工看着眼前的嘲风，一脸平静地问："可是龙二子？"

嘲风怒吼道："正是！恶神，尔作恶多端，不怕天谴吗？"

"我就是天。"共工淡然道。

嘲风愤怒地冲向共工，共工一挥手，巨浪迭起，化解了嘲风的攻击，而后淡淡地说："就凭你？还不够。"

"恶神休得猖狂，还有我们！"话音未落，从天边又飞来几个矫健的光影。

共工循声看去，冷笑道："龙九子到了七位，看来可以热个身了，不知其他两位龙子在哪里，一起出来才好。"

"恶神，休出狂言，今日我要为四哥报仇！"暴躁的狻猊大喊道。

话音未落，几个龙子纷纷使出全身本领围攻共工。顿时，洪水翻滚、光芒闪现、震天的声响不绝于耳，一场大战已经打响……

防风带着小奇等人日夜兼程逃离蚌池，当赶到洛城的时候，几乎虚脱。守门卫士一看是防风等人，连忙过来搀扶。

"带我觐见舜帝……有大事禀报……"防风断断续续地说着，已然疲劳至极。

守门卫士一听，马上背起防风就走。

小奇在人群中最是精神，丝毫没有疲惫之色，并没有像防风他们那样。其实逃出来的都是高手大能，个个身强体壮，但依然消耗到了极限。

"小奇！小奇！"小奇看啥都新鲜，东张西望之际，听见几个熟悉的声音大喊。

第六十四章　西行大计

小奇定睛一看，云阳、阿薰、星月和阿言几人从城门口的人群中冲了出来。小奇兴奋地和他们抱在一起，几人又笑又叫，极度开心。阿薰一边笑着，一边流泪。

此时城门已经聚集了好多人，大家都知道舜帝前些日子派了精锐队伍去围剿凶兽饕餮，此时看到才回来这么几个人，都在议论纷纷，是不是围剿失败了，怎么人人都带着伤，并且狼狈不堪。

云阳按住乱蹦乱跳的小奇，仔细看看他有没有受伤。

小奇得意扬扬地说："云大哥，我好得很哪，浑身都是劲儿，不用担心。"

云阳微笑道："臭小子，你可担心死我们了！"

就在几个人七嘴八舌的时候，城中响起了沉重而悠远的钟声，一连九下。

大家一愣，不知道这代表什么。

"这钟声是舜帝在召集长老们开会，是最紧急的召唤啊。"

"是啊，响了九下，看来真的有大事发生了！"

"我们该怎么办，要不要找个地方躲躲？"

"胆小鬼，躲什么，舜帝一定会有办法。我人族越来越强大，区区凶兽何足挂齿？"

人们面色越来越凝重，云阳急忙对阿薰等人说："你们带小奇先回，我去一下大殿，看看到底怎么回事。"

云阳疾步跑到宫门，守卫们早记住了这个年轻人，上次舜帝下谕允许他上殿听事，所以他很顺利地进入了大殿。

一进殿门，就听见几个长老说着西昆仑这个词。云阳第一次听说这个地方，赶紧站在边上聚精会神地听着。

舜帝和众长老都是眉头紧锁，许多长老在底下窃窃私语，尤其是弃长老，神情很激动，一直在和同僚争辩着什么。

"安静！"舜帝威严地说。顿时大殿内鸦雀无声。

"诸位长老都是我人族的中流砥柱，遇事怎可如此慌张？"舜帝声音含怒。

长老们面有惭色，此次围杀饕餮导致许多人族高手牺牲，大家对凶兽恶神产生了畏惧。

弃长老上前一步，高声道："启禀共主，西昆仑势必要去，唯有请出祝融大神，方可抵挡恶神共工。"

"我不同意！"另一位老者怒气磅礴、神情激动地说，"我人族的事情，怎可假手神明？当年火神祝融助我人族驱除恶神共工，但是今朝不比往日，我人族日渐强大，应该摆脱对神明的依赖，奋发图强，独立抗击共工。"

弃长老声音颤抖道："我人族对付共工？我人族兄弟姐妹要死伤多少才可对付共工？鱼显长老，你来告诉我？"

"哼，我鱼显宁死也不愿再低下头颅去求众神，不做神明的走狗。"

弃长老顿时大怒："鱼显，你把话说明白了，谁是神明的走狗？"

双方都各持己见，眼看又吵了起来，舜帝将手一挥："火神祝融及祝融部落对我人族有大恩，鱼显长老，今日之言，确属失当。"

鱼显听到舜帝如此说，虽然心有不甘，但是依然低下了头："鱼显失言，请共主见谅，稍后鱼显自领惩罚。"

舜帝点点头，目光只是扫了他一眼，然后郑重地说："自从当年水火一战之后，祝融部落损失惨重，迁徙到西昆仑。本来恶神重临人间，不想再次打扰，但我人族近来不断饱受洪水等灾害折磨，无法安生，若是拼尽我人族去对付恶神，必有极大损伤，有可能动摇我人族根基。"

皋陶拱手道："帝尊仁心一片，所言极是。"

看到其他人都在思索，舜帝又道："弃长老的建议可谓持重之论，不知可愿率队前往西昆仑寻找祝融部落，请求祝融大神再伸援手，救我人族？"

鱼显听到这里，有些明白舜帝的深意，心中羞愧不已。自己忠于舜帝，对于禹拿走九州山川图之事一直耿耿于怀，所以对和禹关系很好的弃长老等人怀有敌意。刚才弃长老提到请火神祝融的时候，自己首先想到的就是弃长老想借神的力量来制衡舜帝，没想到舜帝高瞻远瞩、英明神武，几句话就把事情给扭转了，化被动为主动，鱼显心悦诚服。

看到弃长老有些犹豫，鱼显觉得自己应该做点什么，上前拱手道："弃长老，刚才鱼显失言，还请弃长老原谅。您说得对，我人族不能再遭受大的伤害了。"

弃长老被鱼显长老的态度怔住了，刚才还火爆对峙，怎么突然变得谦卑起来。不过看到最顽固的鱼显如此表态，弃长老也有些感动，毕竟鱼显长老的威望也是很高的。

弃长老连忙扶住鱼显，拱手道："鱼显长老光明磊落，在下感佩不已。"

舜帝看到鱼显识大局，也暗自赞许。

其实鱼显只猜透了一半，舜帝支持弃长老，有很深的考虑。共工当年与颛顼争夺帝位，夺取人族气运，这次出世显然不会放弃当年的想法；而自己已到暮年，精力大不如前，即使倾人族之力，依然毫无胜算。如果失败，人族将会生灵涂炭。舜帝爱民如子，不愿人族因此遭受大难，所以再次请出祝融大神是最妥善的办法。

派弃长老去，一来是他自己提出来的想法，心中必已有所考量；二来也可以适当削弱支持禹的一派势力，保持朝中的平衡。禹擅自盗走九州山川图那件事，虽然舜帝为了大局稳定被迫压下怒火，但依然未能释怀。如果弃长老他们真的把祝融请来，也是大好事，但是此事重大，应多派人手。

弃长老主要是担心自己的身体，但是朝堂之上似乎也没有更合适的人选。他转身向舜帝行礼道："蒙共主征召，在下拼尽这把老骨头也在所不辞。"

舜帝微微一笑，心中盘算哪些合适的人选可以追随弃长老去请祝融大神。

看来看去，舜帝发现自己信得过的人都是年老体弱之辈，无法担当重任，毕竟西昆仑之行困难重重、艰险无比。突然舜帝眼前一亮，嘴角不由得挂起了微笑，因为他看到了一个年轻人。舜帝知道他的名字。

俊朗的外表、坚毅的面孔以及果敢智智的话语，都给舜帝留下了深刻的印象。

这个青年虽然认识禹，但是盗图之后，可以想象到禹对这个青年的伤害。如果让这个青年跟着弃长老，相信弃长老也不会有太多抵触，他能看得出来，弃长老对这个青年也很喜欢。

想到此处，舜帝心里通透，微笑道："云阳可在？"

云阳听到共工出世，震惊不已，最可怕的情况终于发生了。他也在心中分析这件事的处理办法，突然听到舜帝叫自己，非常意外。云阳知道，自己能列席这里，完全是因为自己代表着受灾部落以及伯益长老、弃长老有意提携自己，自己并无资格发表意见。

云阳没时间细想，马上上前拱手道："云阳在此，聆听共主指示。"

舜帝很满意，年少有为、行止有度，不愧为英杰良才。此时舜帝内心已经起了爱才之意，温和地说："云阳啊，你一路送图颇受磨砺，年轻人还要多经历世面，才能成长。你和弃长老早就熟识，这次可愿意和弃长老等人一起去西昆仑，这样你们老少有个照应，到时候你可以向大神诉说亲历的洪水灾难。"

舜帝说完后，慈祥地看着云阳。

云阳很意外，也有些激动，没想到舜帝会让自己跟着弃长老西行。这个计划是人族的大事，舜帝居然会让自己这样卑微的年轻人也参加。但他转念一想，如果自己要去，那么阿薰小奇他们怎么办？他刚刚炽热的心突然凉了下来。

云阳踌躇道："此乃人族大计，共主有令，云阳不敢不从。但是云阳尚有生死相依的伙伴，还望帝尊允许在下征询一下伙伴的意见。"

舜帝本以为云阳会一口应允，没想到他会如此回答，不过这也让舜帝更加欣赏他。因为云阳没有在自己的权势威压下立刻顺从，说明他有主见、不畏强权，这样就算面对祝融部落的大神祝融，也会有出色的表现。

"好，速做决定。弃长老，尽快配备人手物资，早日出发！"舜帝坚定地说道。

第六十五章　英雄迟暮

鱼显长老倒是面露不快，甚为不满意。云阳这黄口小儿不识抬举、对舜帝不敬，若不是在大殿，鱼显早就抓住云阳的脖领子训斥一番了。

舜帝此时出神地望着殿外，神情悲悯，少顷，感叹道："我人族命途多舛、经历无数灾难、尝尽万种艰苦，能走到今天，是因为什么？是因为我人族坚忍不拔、自强不息、薪火相传。"

"每到我人族生死存亡的关头，都会有英雄人杰出现，吾已垂垂老矣，以后要多靠年轻人了！"舜帝说完，大殿内一片沉默。大家这个时候才猛然意识到，人族最高的领袖，精神的支柱——舜已经华发丛生、皱纹满面，虽然威仪四方，但已显老态了。

遥想当年，他巡查四海、励精图治，带领人族度过危难、战胜强敌，给九州带来安宁，让万民敬仰，令众神不敢轻视人族，那是何等豪气盖天。

众人想到这里，不论之前怀有何等心思，此刻都黯然神伤，更有人潸然泪下。大家不由自主，神情虔诚地向舜帝鞠躬。

云阳也肃然起敬，跟着大家一起鞠躬。

舜帝的眼角有些湿润，一种英雄迟暮的感觉顿时涌上心头。可一想到人族正面临危难，又强打起精神，威严地说："九州山川图至关重要，拥有莫大威能，伯益寻人还未有进展，防风你休养两日后前去协助伯益。"

防风氏虽然面色苍白，但依然铿锵有力地应诺着。

朝议结束，云阳和弃长老一起从大殿出来。二人正边走边聊，一个卫士突然把云阳叫住。

卫士手持戈矛，上前道："云阳大人，舜帝召见。"

云阳被这突如其来的称呼怔住了，愣了一下，然后回道："哦，好，好。有劳您带路。"

云阳冲弃长老歉意地笑了笑，弃长老温和地笑着摆摆手，背着手往外走去。

云阳跟随卫士往宫殿深处走。大殿后面是舜帝起居办公的内廷，这里戒备森严。虽然舜帝亲民爱民，但是身为人族共主，安全是最重要的，尤其是现在世道不太平，神魔乱舞。

半炷香的工夫，卫士把云阳带到一个小殿内。此殿颇为幽静，看来舜帝很看重云阳，这里明显是舜帝召见亲近长老的地方。

云阳迈步进入殿内，发现并没有想象中那么奢华，恰恰相反，却是非常简陋，宽敞的殿内只有几个案几、两排草席，草席上面摆着蒲团。

云阳有些讶异，正看得出神，殿外传来了脚步声。

舜帝看到云阳行礼，微笑道："坐吧，我有一些事情要嘱咐你。"

云阳找了一个舜帝对面的蒲团跪坐下去，行了稽首礼，然后静待舜帝吩咐。

舜帝没有立刻说话，而是目光炯炯地看了云阳半天。

云阳虽然觉得很奇怪，但一直安静地坐着，毕竟舜帝是长者，又是共主。

舜帝对云阳的沉稳很满意，也非常高兴。这个青年就如良才美玉一般，如果细细打磨，一定会是人族未来的柱石。沉默了半晌，舜帝缓缓开口道："当年水火大战，祝融氏部落的大神祝融助颛顼帝共同抵抗共工，最后封印了共工。而后，祝融突然隐退，祝融部落也随之消失，据说迁往西昆仑，与世隔绝，再也没有出现在人族的世界里。"

云阳仔细听着，没想到舜帝会和自己说这些事情。

看到云阳认真的样子，舜帝心中暗暗称许，继续说道："此次西行，路途艰险、困难重重，你们身上寄托了人族的希望。当年共工挟持人间氏族部落的力量，参与帝位的争夺，企图夺取我人族气运、超脱天道。我人族孱弱，无法抵抗，只有以神制神。幸好，祝融是火神，水火不容，经过我人族百般努力，终于请动了。这才有当年一战，胜了共工，并将其封印于砀山。而后，祝融借我人族气运百年，闭关修炼，多年未闻行踪。而我人族看似是最后的赢家，可谁又知道我人族付出了多少呢？当年一战，我人族损伤无数，遍地尸骸，被神控制的氏族部落和我人族内战，极大消耗了我人族的底蕴。经过多年的休养生息，方才恢复了元气。但是没想到厄运再次降临，共工脱离了封印。当年封印是祝融大神亲手布置的，我人族又在外围布置了极其复杂的法阵以及障眼法，可是人算不如天算，最终还是让他逃了出来。"

云阳满心震撼，以前听雪微说过这事，但没有这么详细，这次从舜帝口中说出来，整件事的来龙去脉更加清晰了。

舜帝接着又说："这次围捕恶兽饕餮，遭遇了共工，我人族大半精锐覆没，逃出来的只有几个人，我人族又要面临生死存亡的考验了。龙子狴犴已经陨落，剩余八位龙子，有七位龙子暂时阻挡住了共工。但依我看来，龙子虽然强大，恐怕也非共工之敌，所以在你们西行之后，我会调动其余人族力量抵挡恶神，为你们争取时间。"

云阳本以为西行之事，自己只是跟随而已，没想到舜帝如此殷殷嘱托，这让云阳受宠若惊，但又压力巨大。云阳赶忙说道："此事重大，云阳只是一个山野小子，恐无法担当，还请舜帝三思。"

舜帝笑了笑说："目前不是让你担当，凡事自有弃长老做主。但你年少有为、沉稳大度，并且熟知洪水灾难，万一有变，自当挺身而出。此行关系重大，祝融大神虽然对人族友善，但我人族在众神眼里一直是蝼蚁般的存在。此次西行必须倾尽全力，保证成功，若不然我人族危矣！"

看云阳还在迟疑，舜帝笑道："如果祝融请不到，大不了我人族和恶神同归于尽，不负先祖的荣光。"

听舜帝说出这句话，云阳的内心犹如琴弦被拨动，一阵震颤。他不再犹豫，抬起头直视着舜帝说："云阳愿意西行。请共主放心，云阳一定不会辜负人族的期望和帝尊的嘱托。"

舜帝闻言，爽朗地笑了出来："孩子，我要告诉你最重要的一句话，我们人族历经千难万险走到今日，只在于一种精神——不屈不挠，坚持到底。"

云阳望着舜帝深邃慈祥的眼眸，心中激情澎湃，重重地点了点头，沉声道："云阳记下了……"同时，他深深拜了下去。

第六十六章　分歧

云阳心潮澎湃、思绪万千地回到驿站，刚刚迈进小院就听到平时温柔似水的阿薰在严厉地呵斥小奇，而小奇低头不语。

星月在旁边抱着肩膀，不时插上两句，帮着阿薰数落小奇。而阿言压根不搭理这事，在给大黑熊梳理毛发，鹦鹉哑巴时不时地在边上怪笑两声。

小奇一直不敢吭声，当看到云阳进来那一刻，仿佛看到了救星："云大哥，你回来了！"

云阳微微一笑，没有接茬。小奇一看，心马上凉了半截，又把脑袋耷拉了下去。

阿薰看云阳回来就没有再教训小奇，而是上前迎了一下云阳。云阳点点头，这才说道："走，进屋吧，有个事情要和大家商量。"

大家进屋落座，云阳说了共工出世的噩耗，所有人都震惊不已。

小奇心想：我早就知道了。要不是你们一直训我，我早就说了。

而后，云阳又介绍了舜帝西行的决定。大家面色不一、各有想法，性急的星月首先开口道："我要去追图，上次伯益大人说不便带我，自己先走了。这次恶神出世，要尽快拿回九州山川图。我们墨族不可失信，我不去什么西昆仑。"

"云大哥，可不可以不去？我们经历了这么多危险，小奇也失踪了好久，幸好这次能平安归来，我怕……"阿薰的声音越来越小，她不敢看云阳的眼睛。

阿言沉默了一下，说道："我愿意去。"

说完后，阿言就不再言语。小奇本想说话，但看到阿薰，就把嗓子眼里的话咽下去了。

三个人出现了三种不同的想法，气氛顿时变得很凝重。

"云大哥，我们墨族人视承诺如生命，九州山川图没有送到舜帝手里，是我的耻辱，所以，我必须先追回图。"星月斩钉截铁地说道。

相处这么久，云阳非常清楚星月的性格，一旦她做好了决定，就会很难改变。

阿薰见云阳看向自己，低着头蚊声说道："离开部落这么久，遇到这么多事，我不想我们之中再有人出事。云大哥，我们可以回部落吗？"

云阳耐心地说："恶神重新出世，各地正在饱受洪水之苦，槐族部落也不例外。这次西行就是为了战胜恶神治理洪水，若不然，躲到天涯海角也避不开洪水。同样，九州山川图也是为了治水。星月，九州山川图终归还在我人族手里，禹偷拿九州山川图固然不对，但他善于治水，一定会发挥出九州山川图的作用。我觉得你的送图任务基本完成了，你不必自责，也不必执念于此。"

星月低着头，内心也在纠结，很想反驳云阳的话。她从内心深处一直觉得九州山川图应该亲手交给舜帝才算完成任务，从九州山川图丢失的那一刻起，她的内心就是崩溃的。虽然大家这几天都在安慰她，但她始终无法释怀。

"阿薰，如果不抓紧治水的话，部落过不了多久也将被淹啊。"

阿薰说道："云大哥，我们力量弱小，即使去了也是于事无补，况且有那么多大能可以去做……"

云阳说道："阿薰，是会有人去做，但是现在情况紧急，高手大能在围剿饕餮时损失巨大。我们虽然微不足道，但我们是从水患第一线走过来的，对洪水的理解也最深，届时去西昆仑也能派上用场。"

星月鼓起勇气，抬起头说："云大哥，你说的我也懂，但我们墨族向来非常重视承诺，我决定自己去找九州山川图，很感谢云大哥和伙伴们一直以来对我的照顾，待星月找回九州山川图，一定会再和大家相聚。"

星月说完后，怀着非常复杂的心情走了出去，回到自己的小屋。虽然她很不想这么说，但她从小就被教育信诺重于生命，九州山川图承载着墨族太多太多的心血，墨族也因九州山川图而毁灭，星月不能轻易释怀，必须严格完成部落的嘱托才对得起族人，即使自己对云大哥……

阿薰看到星月走了出去，怯生生地看着云阳，心里很担心云阳难受。

"云大哥，我们回槐族部落吧。"

小奇实在忍不住说道："姐姐，我不回家，我要跟云大哥去西昆仑。"

"你闭嘴，你难道还要让我天天担心吗？"阿薰看到小奇在添乱，气得眼圈都红了。

云阳赶紧说道："好啦，这事容我们再想想吧。小奇，不要再气你姐姐了，你失踪的日子里，你姐姐天天以泪洗面、睡不好觉，总之你要好好反省的。"

小奇被说得不敢回嘴，自觉理亏，马上收声了。

云阳看到阿薰低着头不敢看自己，而小奇的眼珠子又在乱转，不禁有些无奈，把阿言叫了出来。没等云阳开口，阿言就说："云大哥，你放心，我跟你去。"

出乎阿言意料的是，云阳摇了摇头说："如果阿薰和星月他们不去，我希望你留下来，保护好他们。"

阿言一下子呆住了："云大哥，我想跟着你去，我知道这次西行非常重要，再说……"

云阳摆手道："这次西行困难重重，刚才也是我考虑不周全，这么危险的事情，不能让他们参加，你还是留下来保护他们吧。"

和阿言说完后，云阳叹了一口气，刚才确实是自己的心绪不太平静，没想清楚，导致伙伴们出现了分歧。云阳背着手，往外走去，他想走走散散心。

这个小院还是雨泽给云阳他们安排的呢，闹中取静，院子虽然不大，但是别有一番风味，虽然景色雅致，但云阳根本无心留意。

刚走出门外，突然出现一个人挡住了他的去路。

第六十七章　凶途

一位身着土黄色麻衣的老汉拦住云阳，低眉顺眼地说："请问是云阳云大人吗？"

云阳不动声色地回道："请问您是？"

"老朽乃鱼显长老的族人，鱼显长老请云阳大人过去一叙。"

听到是鱼显长老请自己过去，云阳觉得很奇怪，自己和鱼显长老并没有什么交集。不过既然对方来请，还是要过去一下。

鱼显长老在房内枯坐，看上去心事重重。他时不时地往门外望去。

这时，立在他身旁的中年男子问："阿爹，那小子和弃长老、伯益他们走得很近，我们向来和那两个老家伙不同路，您为什么要请他过来？"

鱼显长老瞪了他一眼，冷哼了一声。中年男子知道自己失言了，低下了头。

鱼显长老看他知错，这才悠悠地说："我虽然和他们意见相左，也看不上他们议事时嚣张的姿态，但这乃人族大事，我们要放下一切恩怨，协力完成。"

鱼显长老的儿子还是不明白这和请云阳有什么关联。

鱼显长老有些恨他不争气，但毕竟是自己的儿子，只好点拨道："这个云阳初来乍到，没有什么根基，和伯益、弃长老相识也是因为禹的缘故，而禹却偷走了九州山川图，对他的伤害不可谓不小。"

看儿子还没懂，鱼显长老无奈地说："他受舜帝的器重，帝尊还亲口嘱其西行，甚至独自召见，前途不可限量啊。"

鱼显长老的儿子若有所悟地说："阿爹的意思是我们趁云阳根基不稳，和伯益、弃长老他们接触不深，先笼络过来，收为己用。可是，为什么舜帝会对这个毫无根基的小子这么器重呢，真是莫名其妙。"话音刚落，他突然发现鱼显长老正恶狠狠地看着自己。

鱼显长老怒不可遏地吼道："给老夫滚出去，滚出去，不成器的东西，给我接人去！"

鱼显长老的儿子讪讪地走了出去。

鱼显长老长叹了一口气，有些心力交瘁。看着不上道的儿子，他很是伤神，不知道自己老了以后，他能否撑起部落。作为舜帝的心腹长老，鱼显长老刚刚得知舜帝召见云阳密谈，颇为震动。虽然不知道谈话的具体内容，但舜帝提携这个后生的意图再明确不过。他素来信服舜帝的眼光，这次把云阳请来就是要跟他结一个善缘，以期未来有利于自己的部落。

没多久，外面传来脚步声。鱼显长老看到自己的老族人和儿子把云阳领了进来。

"哈哈，云阳啊，快进来，快进来！"鱼显长老起身迎了出去。

云阳按晚辈礼仪给鱼显长老行了一礼，说道："云阳拜见鱼显长老，仓促来访，多有叨扰。"

鱼显长老哈哈一笑，拉着云阳进屋落座。以前，他一直觉得云阳是个黄口小儿，但今天才发现他确实有独到的一面——不亢不卑、有礼有节，明明是被邀约，却说是仓促来访，给长辈留足了颜面。

老族人退下后，鱼显长老的儿子给父亲和云阳分别倒了杯水。

鱼显长老喝了一口说，说道："云阳啊，你一定很奇怪，我为什么会请你过来一叙，是不是？"

云阳道："鱼显长老是人族柱石、部落领袖，每日事情繁杂，这次找云阳过来一定是有要事吩咐。"

鱼显很满意云阳的言辞，抚须笑道："老叟这次找你过来，确有一事要告诉你。"

云阳道："鱼显长老但说无妨，云阳洗耳恭听。"

鱼显长老道："老叟年轻时曾游历过西昆仑，可惜只走了一半就走不下去了，实属遗憾。你这次去，老叟可以把经历的路途告诉你，希望能对你有一些帮助。"

云阳听后大为欢喜，立刻说道："感谢鱼显长老。"

鱼显长老摆了摆手说："你我同为人族，此次你们前去是为了我人族大事，我身为长老理当如此，不必言谢。

"从洛城出发至三危山，依然是我人族聚集之地，你们可以就地补给休整，三苗部落就在那里。三苗虽然是我人族，但非我炎黄部落，习俗迥异，你要谨慎小心。过了三危山之后，就是神秘的弱水。过了弱水将进入流沙河，那条河无边无际、妖魔盘踞，你们需要格外小心……等过了流沙河将会来到荒漠。那里黄沙遮天，曾经是古战场，很多大战在那里发生。相传，那里被神力摧毁，导致寸草不生流沙遍地……

　　"当年,我也是仅仅到了荒漠的边缘就止步了。荒漠过后就是非人可去之地了。相传,那里连接着另外一界,凶险莫测。"

　　云阳聚精会神地听着,这些可都是宝贵的经验。他万万没想到鱼显长老居然去过这些地方,还把这些经验告诉自己,真是及时雨。

　　看云阳又要拜谢自己,鱼显长老连忙摆摆手说:"我虽与弃长老他们意见相左,但你们此行是为我人族大事,鱼显理当出力,你不用感谢。西行之路凶险万分,你来之前我也思虑了一下,决定派我儿子鱼木帮助你们。一来西行缺人手,二来鱼木是未来部落的继承人,也借此历练一下。希望你们在路上互相扶持,老叟等待你们平安回来。"

　　鱼显长老虽然对儿子鱼木很不满意,但思前想后,还是决定把他派出去。

　　这样一来不仅可以和云阳拉近关系,而且参与这件事也算是重要的资历。鱼显长老知道,只要请回火神祝融,出行的人必然会成为人族的大英雄,这对自己的儿子未来承袭部落领袖大有好处。此外,鱼显长老知道舜帝对此事非常看中,定然有妥善的安排,这是鱼显多年以来对舜帝的了解,所以儿子鱼木的安全应该能得到保障。

　　鱼显长老觉得自己必须对未来下注了。

第六十八章　示好

1

鱼木显然不知道父亲会如此安排，乍听之下不禁吓了一跳。

这一路太凶险了，阿爹怎么可以让自己跟着去。他刚要开口问，就被鱼显长老的眼神制止了。

云阳没有留意，只是非常高兴地说："感谢鱼显长老。一路上，云阳定和鱼木大哥互相扶持，还请兄台多多指教。"

鱼显长老满意地点点头："鱼木，还不赶紧拜见云阳大人。"

鱼木大为不满，先不说他根本不愿意去，就是云阳那岁数，明显比自己小，岂有拜他之理。

云阳连忙摆手说："鱼显长老折煞在下了，云阳乃一介草民，鱼木大哥以后只管叫云阳'小弟'即可。"

鱼显长老看云阳坚持，也不好过于勉强。云阳起身告辞，鱼显长老亲自把他送走，任云阳百般推辞也没有动摇。

送走云阳后，鱼木忍不住问："阿爹，那西行如此困难，何必让孩儿冒险？况且部落还有很多事情需要孩儿去处理。"

鱼显听到他的话就气不打一处来，厉声道："你在部落有什么事？你能处理什么事？"

"孩儿自然有好多事。"鱼木胆怯地回道。他虽然早已成年，但依然惧怕自己的父亲。

"混账东西，你看看部落里有谁服你。你整天游手好闲、不思上进，只知道在为父的羽翼下混日子，等我归天之后，你如何能压制得住部落里那些人？"

鱼显长老气得够呛，自己好不容易为他想出来的出路，这个混账东西根本不领情。

现在部落里的年轻一代人杰辈出，鱼木根本无法服众。若不是有自己护着，恐怕早就有人提出新的接班人了。如果自己有一天离世，部落里那些长老一定会换掉鱼木，另选贤能。

鱼显长老也知道西行困难重重，但正因为如此才能把人历练出来。如果鱼木平安归来，那么以此行带来的威望定然能压住部落的竞争对手，届时自己召开部落大会，把族长之位传给他，方为妥善之道，这样自己归天也可以瞑目了。

看鱼木在那里杵着，一脸不情愿的样子，鱼显长老怒吼道："给我滚出去，滚去祖祠面壁思过。"

2

从鱼显长老的家中出来之后，云阳一路思索：若是去了西昆仑后，阿薰和星月她俩怎么办？如果自己走了，她俩在洛城举目无亲，如何放心得下？阿薰若要带小奇回部落，路途遥远不说，也很不安全。星月要去追图就更加不现实了——她势单力薄，如何能成功呢。

云阳也曾考虑过不去，但人族的困境他完全了解。他从小就希望洪水能够平复，记忆中丧亲的痛苦与之后的磨难都是洪水引发的。所以在他内心深处，特别希望早日治理洪水，为此，只要有一线可能，他都愿意全力去做。

等云阳回到小院，发现来了一批不速之客。他刚进去就看到弃长老和星月在亲切交谈。

弃长老看云阳进来，大笑道："老叟这次来是想提前和你聊聊，看看你们对西行之事的想法，没想到你不在，我就和星月姑娘聊聊天。"

云阳道："不知弃长老驾到，有失远迎，在下刚刚外出回来。"

弃长老笑道："老叟来到之后，方听人说，鱼显长老请你过去了，所以就一边和星月姑娘聊天一边等你回来。"说到这里，弃长老的眼睛里透出莫名的意味，嘴角还挂着一丝令人玩味的笑意。

云阳微笑着点点头说："鱼显长老指教了西行的路途风情，在下颇有收获。"

弃长老内心复杂——云阳是一块美玉，并且没有所属的部落，就连落脚的槐族部落也只是流落之地，归属感并不强。他希望把云阳拉到自己的部落里。所以，得知鱼显长老请云阳过去，他就匆匆赶来，打算阻止，没想到还是晚了一步。正巧碰到星月在院子里踱步，二人便聊了起来。对于墨族完成九州山川图，弃长老深感钦佩，墨族部落比弃长老的部落还古老，却因为九州山川图而覆灭，弃长老唏嘘不已。星月要追图的决心更让弃长老感动。

看云阳应答坦荡、没有任何异常，弃长老才松了一口气，不敢再轻视云阳，而是把他看成平等的朋友。随后，二人商量了出发的日期以及需要做的准备。云阳听了弃长老的意见后，也提了些自己的想法。

弃长老听云阳说得条理清晰，思虑甚为周全，不禁暗自称赞。

弃长老也没有细问这些信息是从哪里来的，但他已经猜到了，只是没有说破。事毕，弃长老起身告辞。走的时候，他意味深长地拍了拍云阳的肩膀。

看客人走了，小奇突然从屋子里跑出来，嬉皮笑脸地对云阳说："云大哥，你去西昆仑带上我一个呗，我也想当大英雄。"

云阳无奈地看着小奇："你小心让你姐姐知道后收拾你。"

小奇满不在乎地说："其实我姐姐就是想得太多，如果云大哥你坚持坚持，我姐姐肯定听你的。"

看云阳没反应，小奇继续说道："其实我这次有个大收获呢。"

"哦？"云阳疑惑地看着小奇。

小奇继续说道："从那只大怪物的身体里出来后，我就有一种说不出的精神头儿，好像力气永远也用不完。我现在跑得越来越快，不信你看看。"

话音刚落，小奇风一般就跑了出去。

云阳望着小奇远去的一缕残影，摇了摇头，叹了口气走开了。

第六十九章　结仇

辽阔的济水波澜起伏，两岸郁郁葱葱，景色秀美。蔚蓝的天空里，成排的水鸟不时掠过，让这里充满着诗情画意。

此时，九黎族的黑黎部落，禹盘膝而坐，雨泽在禹身后侍立。

九黎的大巫巡视部落来到这里，禹和雨泽得知后千辛万苦追了过来。之前来到九黎部落的时候，禹虽然也是有求于九黎，但是身为治水人，何等意气风发。此时此刻，禹是落难至此，大巫的态度便不甚明朗。他虽然拒绝了伯益希望带回禹的请求，但也未作进一步的表态。

寄人篱下，禹心中也不好受，但即使如此，他依然面色沉静，保持着风度。

大巫闭目养神，没有说话，屋内其他勇士首领、巫老也都屏气凝声。

"报！"外面传来一个中气十足的声音。

大巫睁开眼问："何事？"

外面的卫士答话："洛城防风长老带领一干人等求见。"

大巫转头看了一下禹，然后对门外的卫士说："把他们带进来。"

一位脾气暴躁的勇士首领大声说道："大巫，自从洛城那帮人来了之后，每天都在部落里晃荡，实在扰人，这次又来一拨，还请大巫驱逐他们。"

大巫没有搭理，只是缓缓说道："没想到连防风氏也来了，这个防风氏也算洛城的人才，舜帝还真舍得把他派来。"

禹接话道："禹给大巫添麻烦了，如果大巫觉得为难的话，禹带着下属离开。"

大巫没有说话，而是缓缓地闭上了眼睛。

先前那位勇士首领满不在乎地说："区区几人又能如何？这里是九黎部落，如果他们敢放肆，我保证他们出不去。"

"多嘴！"大巫睁开眼，瞪了瞪那位勇士首领。

勇士首领马上噤声。大巫没有再搭理他，只是静静地看向屋外。

突然，屋外传来一阵脚步声，第一个进屋的是一位高大的壮汉，浑身肌肉隆起、虬须满面、双目圆睁，甚是威武。

"防风氏见过大巫。"防风氏也是一族之长，和大巫平级，所以拱手鞠躬行了一个晚辈礼。

大巫起身还礼——这个礼是对着防风氏代表的舜帝而行。

"老巫久闻防风大人威名，今日一见，果然风采照人。"大巫说道。

防风笑道："大巫过誉了，防风虚名不足入耳。"

大巫微微笑道："不知防风大人此番前来，所为何事？"

防风听到后，手一抬，指着禹："为他而来，恳请大巫交与在下。"

大巫继续装糊涂："禹大人乃治水人，因何事你要带走？"

防风看到大禹岿然不动，怒从心来，说道："此乃窃贼，盗取我人族至宝，舜帝令其领罪。"

大巫摇摇头道："所窃何物？"

防风道："所窃之物，他知，大巫既然收留他，岂会不知？"

大巫平静地看着防风氏："防风大人此话偏颇，老巫所知甚少，只知此物乃治水之物，禹大人既为治水人，用此物有何不可？"

"哼，此物不是他有资格用的。我防风也精通治水，大巫为何不说此物我用也可？"

大巫摇摇头道："防风大人善于治水，老巫也曾听闻，但是各有其职。防风大人还有更重要的事情，况且舜帝令禹治水，并没有令防风大人治水，想必也自有考量。"

防风怒道："哼，他父治水八年，他也治水数年，都不曾治好水患，我看其父其子都是无能之辈，其父被斩首也是罪有应得。"

禹的伤疤被当场揭露出来，怒火中烧，遽然而起，咬牙切齿地说："防风，你胆敢羞辱我父！"说着，想要上前挥打防风。

父亲之死是禹最大的伤痛，此时当场被辱，令禹愤恨发狂。禹虽然平时喜怒不形于色，但此时不禁暴怒、乱了方寸。

"来得好！"防风大喜，走上去就要开打。

大巫立刻威严地喊道："够了，住手！来人，把他们两个拉开。"

大巫令下，马上就有几个勇士把他们两个分开。

禹恶狠狠地大喊："防风，你今日辱我，他日定不饶你！"

防风不屑地啐了一口道："我等着你，窃贼！无能之辈！"

大巫拍了一下案几，屋内安静了下来。

大巫道："防风大人、禹大人，两位来到九黎，都是身份尊贵的客人，如此咆哮厮打，成何体统？"

禹拱手，歉然道："禹失态了，还望大巫见谅。"

防风满不在乎，若不是身在九黎部落，他早就出声反驳了。

"大巫，还请同意我把禹缉拿回洛城复命。"防风再一次高声说道。

大巫还是没有什么表情："此事老巫知道怎么做，不用防风大人操心。防风大人舟车劳顿，一定很疲惫了。来人啊，带防风大人出去休息吧。"

"诺。"门口卫士听到后，进来应诺。

"哼！"防风看了禹一眼，冷哼一声，走了出去。

九黎的人都怒目而视。

第七十章　大巫的心机

防风他们走后，一巫老上前道："大巫，此人实在过分，就连共主也敬我九黎三分，他区区一个部落族长就敢如此嚣张，简直是羞辱我九黎。"

"是啊，实在是欺人太甚！"

"大巫，只要您一句话，我现在就去把他们的脑袋砍下来。"一个魁梧的勇士首领拍着胸脯说道。

屋内一片嘈杂，大巫看了禹一眼，然后在案几上拍了一下："稍安毋躁，此事老叟自有计较，我会给舜帝写信的，大家都散了吧。"

大巫发话了，众人都低头服从，鱼贯而出。

"今日感谢大巫援手，禹铭感五内。"禹躬身行礼。

大巫摆摆手说："此事不用再提，既然你看得起我，来我九黎部落做客，我九黎就不会让人把你带走。"

此话带着傲气，甚有担当，让人不禁肃然起敬——东夷九黎有这个底气。

随后，大巫又说道："未来你如何打算？"

禹不由得低首道："禹一时脑热带走了九州山川图，只是一心想治水，未曾想此图如此重要……若是回洛城的话，恐性命不保。禹死不足惜，但是大水尚未治理，禹不甘心。"

大巫虽然老态龙钟，但是心明眼亮，对禹说的这些话，只信了最后一句。因为禹上一次因治水前来求援就表露过野心。当然，大巫还是非常欣赏禹的。在大巫看来，眼前这个人，不仅有野心，而且能力卓越。

这次，禹带着九州山川图前来九黎，大巫并没有因为惧怕惹祸而慢待他，反而优待有加，即便防风气势汹汹来要人，也帮他挡住了。

要知道，当初大巫派部落勇士去迎接九州山川图，死了不少人却没有成功，反而是禹得到了。对于此事，大巫看得很开。禹带着图到了九黎避难，也就等于九黎得到了这张图。禹就一个人，要想对付他，岂不是轻而易举。

大巫再次问道："我能帮你一次，但以后你打算怎么办？"

禹沉思不语，眼下无法回到部落，只能流落在外，并且随时有可能被舜帝的人抓到。对于未来，禹真没想好，或者说即使他有想法也不愿此时在大巫面前说出来。禹现在唯一的安慰就是，这些天仔细琢磨了九州山川图收获巨大，一套完整的治水思路已经在他头脑中渐渐成形。

大巫似乎明白禹心中所想，慢悠悠地说："现在的关键是如何消除争议，让你光明正大地拿着九州山川图实现心中抱负。"

禹听后内心翻腾，没有丝毫欣喜。他知道这个事情太不简单了，大巫既然能说出这样的话，那么心中就应该有十拿九稳的设计。但他也能想到，自己需要付出巨大的代价。

大巫并没有着急往下说，而是静静地等着禹的回答。看着禹面不改色、低头沉思，大巫不由得暗中点了点头——此人不愧为自己看中的人中翘楚。

与此同时，在九黎中黑黎部落北边的一处木屋内，防风气恼地把手中的陶罐摔裂。此行责任重大，尤其是共工都已出世，自己跑出来碰了九黎的钉子，窝在这里，让性急如火的他焦躁不安。

"伯益，你们来了这么久，就没有想到把禹带回去吗？"防风神色不善地看着伯益。伯益早已追踪禹到了这里，软言劝说禹回洛城，但并没有成功。

伯益不慌不忙地说："防风长老此话怎讲？你今天直接要人不也碰了钉子？"

"哼，我刚来此地，固然受制，但是伯益你来了这么多天，难道没有任何办法吗？"

"防风长老，你都没有办法，我能有什么办法？在这里，人人视我等为外人，你又不是不知道东夷九黎对炎黄部落是何等不服气。"

"不服气又怎么了，当年一战，还没把他们打服吗？他们的祖坛都被我们拆掉了，你是不是因为同情禹，所以才一直不动的！你不知道现在外面的情形有多么紧迫吗？"

防风越说越激动。伯益身后的随从看防风走近，马上上前呵斥、挡住防风。

防风真没想伤害伯益，刚才是心急想把这个永远不温不火的伯益逼出点话来，猛然看到随从挡住自己，虽然明白过来自己失礼了，但随之而来的却是恼羞成怒。

"大胆，敢挡我？"防风暴喝。

防风氏的人马上涌进来，把两个随从给按住。

当初伯益带领的人中就有防风氏部落的人，这次防风氏族长来此，这些防风氏部落的人自然要听从自己族长的。

伯益无奈地看着眼前的场面，自己还没说什么呢，就要引发内斗。同时，伯益心中也很后悔，这次来本就不应该带防风氏部落的人，现在防风一来，这些人立刻倒戈了。

"防风长老，你要干什么？"伯益沉声问道。

防风挥挥手让大家退下。

伯益说道："防风长老，我们现在属于进退维谷，只要禹一天不出九黎部落，我们就一天拿他没办法。"

防风嚷道："那怎么成啊，我刚从蚌池回来不久，我们人族已经大祸临头了！"

"蚌池？那里发生了什么事情？"伯益并不知共工出世。在这里，他的消息非常闭塞。

"你不知道恶神出世？"防风一脸难以置信的样子。

伯益脸一红，喃喃地说："你也知道，我在这里消息闭塞，九黎的人根本不理会我，外面的事情当然无从得知。"

防风气得怒目圆睁，又要发火。

"到底发生了什么，你先不要急嘛。"伯益无奈，低声下气说。

防风平复一下心情，没好气地说："共工出世了！子契长老带领我们去围杀饕餮的时候，共工冲开封印降临蚌池了。"

伯益大惊失色，连忙问道："然后呢？你们都是怎么出来的？"

防风想起那天的惨状，收起暴躁不安的表情，黯然神伤地说："我们大部分人都被共工给杀了，要不是镇守九州的龙子们突然赶来，我们会全军覆没。"

伯益身形颤抖，喃喃道："什么？那子契长老呢，啊？"他茫然地抓住防风，似乎想从防风口中得到心中期望的答案。

可是防风比他还难受，并没有给他想要的答案："子契长老也死了，被共工的洪水淹死了。"

防风，一个九尺壮汉，蹲在地上哭得跟个孩子一样。

伯益眼泪纵横，哀叹道："都死了，都死了！"子契长老是他多年的至交。

"不行，我要去找大巫、去找禹，人族已经如此危难，我们怎能还在内耗？！"说完，伯益起身而去。

防风呆呆地出神，因为每当想起蚌池的惨重牺牲，防风都异常难受。

大概一炷香的工夫，伯益就失魂落魄地回来了。防风一看就知道结果，根本没有细问的必要。两人相顾无言……

第七十一章　赐图

1

洛城内繁花似锦，街上熙熙攘攘，普通人还不知道外面的情形有多么恶劣，依然过着悠闲自在、歌舞升平的生活。

云阳一直在为西行做准备，帮着弃长老忙前忙后，而星月也打算马上起程，去拿回九州山川图。防风只歇息了一个晚上就追图去了，星月不知情，决定自己行动。

"云大哥，可不可以不去？"阿薰细声问道，眼神中全是恋恋不舍。这几日，阿薰每天都要问好几次。

云阳温柔地看着阿薰，说道："等我回来，我们再一起回部落好吗？"

阿薰听到云阳这么说，心中难受，不由得红了眼圈。

"傻丫头，我会马上回来的。"云阳笑道。

就在两个人情浓时刻，外面传来一阵锣声，有人高喊："奉帝命，赐有崇部落禹九州山川图，平治洪水。凡治水事务，皆由禹统领协调，各部族皆须配合调遣。"

大家十分惊讶，连忙跑到大街上。此时街上人群拥挤，一队穿着铠甲的卫士，骑着马在城内环绕，宣读帝命，然后奔向城外，诏告附近的各个部落。

一群白色的信鸽早在洛城上空升起，盘旋了几圈后，向不同方向飞去。

许多人目不识丁，所以每次有重大的政务指令，都是靠卫士宣读散播。

人群中议论纷纷。

"谁是禹啊，这么厉害，我怎么没听过。"一个青年问身边的人。

另一人回答道："没听说吗？有崇部落的，不过有崇部落离咱们洛城也挺远的，我以前去过。"

一老者手抚胡须，说道："我倒是知道这个禹，他父亲当年也是负责治水的，后来没有成功，被治了罪。"

"但是听说外面还是洪水滔天啊，已经有好多部落遭难了。"

"是啊，治水这么多年，还没有成功，看来洪水很大啊。"

"九州山川图是什么？"

"我也不知道，但是听起来好像很重要。能得到舜帝赏赐，看来这个禹很受器重啊。"

星月脸色煞白，舜帝这一道命令让她始料未及，那自己坚持的承诺还有什么意义呢？

云阳突然出现在星月身后，拍了拍她的肩膀："别着急，我去看看怎么回事。"

星月转过头来，看到云阳温暖的笑容，心里宽慰了不少。

2

"初九，九州之徐，有凶兽肆虐，致白水部落损伤严重，凶兽乃合窳。"

"十一日，子桐山发现相柳踪迹。"

"十二日，九黎部落方黎部落巫带人到达蚌池附近……"

云阳刚进入大殿，就听到皋陶长老在一项项地通报情况。

云阳不由得吃惊，子桐山不是回槐族部落的必经之处吗？相柳竟然出现在那里！阿薰他们若是回去，必然碰到相柳，非常危险。

舜帝听完汇报，问道："弃长老，尔等何时出发？"

弃长老上前拱手："三日之后起程。"

舜帝点点头："好，先祝你等功成，走前，自有信物赐下。"

弃长老鞠躬致谢后，回到行列中。

舜帝看着众长老，沉吟片刻，说道："前次朝议，有人以为赐图于禹未尝不可。吾思多日，此议当为老成之论。吾已颁令赐九州山川图于有崇部落的禹，命其统领治水事务，九州各部落人力应听其调遣，治水之事不得有误。"

"诺。"众人齐声应诺，神情不一。谁都没有预料到舜帝的态度会有如此大的转变。

"同时，急召伯益率人族各部勇士精英赴蚌池，与龙子共同抵御恶神共工！各长老、各部落须通力配合。"舜帝又朗声说道。

鱼显长老很不甘心，他也不知道发生了什么，但对此毫无办法。子契长老带领的人族精锐损失大半，现在人族孱弱，放弃争斗也是正常的选择。统领蚌池的任务落在了伯益头上，也让他心头黯然。

舜帝点了点头，然后从大殿走了出去，走前还特地看了云阳一眼，微微地笑了一下。

云阳有些失魂落魄，满脑子都是子桐山出现了相柳这件事。

说实话，先前云阳是打算让大家都跟着自己去西昆仑的，但是从鱼显长老那里回来之后，云阳就打消了这个念头，因为得知了路途凶险异常。但是现在回槐族部落也变得十分危险，事情棘手了呢。

云阳迷迷糊糊地回到小院，发现阿薰在开导星月，星月一言不发，脸色发青。

看到云阳回来，两人迎了上去。云阳说道："舜帝确实已经赐图，我也不知道具体的原因，可能齐心协力治水是目前最好的选择吧。"

阿薰说道："星月因为赐图的事情而难受，若不然星月和我一起回槐族部落吧，路上也好有个照应。"

云阳看阿薰提起了回部落的事，欲言又止。

小奇也附和道："是啊，星月姐姐，你就跟我们走吧，又或者，你和我姐姐回部落，我去帮云大哥。"

"哎哟，哎哟！好疼！别拧，别拧。"小奇的耳朵被阿薰给揪住了。

这可把阿薰气坏了，小奇时不时就想去西昆仑，这让阿薰决定好好教训他。

小奇辩解道："我也想当英雄，干吗不让我去，我陪云大哥去，星月姐姐陪你回部落不就好了吗？"

"有你在，就有麻烦在。"阿言冷不丁地说了一句。

阿言一直在旁边听着，手还抚着大黑熊的毛发。大黑熊懒洋洋地躺在阿言身边。经过这些天的调养，它又变得膘肥体壮起来，毛色也乌黑油亮。

小奇气冲冲地对阿言说："你是想陪云大哥当英雄，怕我去了抢你的风头。"

"我没有。"阿言冷冷地回了一句。

"你有！"小奇认定了。

两个人你一言我一语地吵起来。大黑熊看到小奇靠近，脑袋缩了一下。自从小奇回来，就没少捉弄大黑熊。现在，大黑熊看到小奇就有一种莫名的紧张。

很快阿言就沉默了，这场争论以小奇叉着腰、仰着头宣告自己的胜利而结束。不过马上就被阿薰镇压了，耳朵再一次落入阿薰的手里。

"姐，姐，疼，疼，别拧，别……"又是一阵告饶的声音。

阿薰生气地说："我没告诉过你？你必须跟我回槐族部落。"

"疼，疼，真疼，我错了，错了。"小奇不断告饶。

云阳叹了一口气说："阿薰，放开小奇吧，你们暂时无法回部落了。"

第七十二章　防风的友谊

阿薰一下子慌了，以为云阳要反悔："云大哥……"

云阳摆摆手说："子桐山发现了相柳，子桐山是我们回部落的必经之路，无法绕过去的。"

云阳一句话就把大家弄得非常慌张。星月倒是没什么感觉，因为她已经不知道未来的路怎么走了，只感觉自己心里空荡荡的。

"相柳？"阿言握紧拳头。上一次在毕泣部落中，阿言就对相柳跃跃欲试。

阿薰着急地问："云大哥，那我们怎么办，回不去部落了吗？"

云阳遗憾地点了点头："我打算把你们留在洛城，等我们回来，到时候也许相柳就会离开，或者人族高手已经铲除了他。"

小奇仔细听着，眼珠子直转，既然回不去了，那岂不是可以和云大哥当英雄了？至于留在洛城，小奇想都不去想，这里举目无亲，留下来也没什么意思。

"我们可以和云大哥一起去啊。"小奇高声说道。

阿薰杏眼一瞪："闭嘴！"

小奇开导她："姐姐，你想想啊，我们回不去部落就只有留在洛城或者跟云大哥一起去西昆仑。留在洛城，我们举目无亲，反而更危险。本来云大哥去西昆仑就遭到很多人妒忌，说不定云大哥前脚刚走，后脚就有人来伤害我们，或者拿我们作为要挟云大哥的把柄。"

阿薰皱眉道："胡说八道！谁会注意到我们？况且云大哥也是为人族大事。"

小奇梗着脖子说："我听说鱼显长老就对云大哥有很大意见，这次又把他儿子派到云大哥身边，肯定是监视云大哥。哦，对了，还有你们总说的那个禹，他不是抢走了星月姐姐的九州山川图吗，我觉得他也会派人来的。"

星月眼前一亮，正愁找不到禹呢，如果对方送上门来，那再好不过。星月说道："那我就在洛城等禹派人来，我正好要问问他，为什么要偷我的九州山川图。"

小奇一听，连忙摆手："星月姐姐，你听错了，万一他直接派人杀我们咋办？"

好家伙，差点儿弄巧成拙，小奇心里想。

云阳虽然觉得小奇在胡搅蛮缠，但多少还有一些歪理。

"阿薰、星月，要不，你们和我一起去西昆仑吧，把你们放在洛城，我也不放心。"云阳以商量的口吻说道。

阿薰和星月同时摇了摇头。云阳很头痛，离出行还有三天，时间很紧急。

这时，门外传来一阵急促的脚步声。

"小奇在不在？"一声洪亮粗犷的声音高喊道。

一个身高九尺、浑身青筋、孔武有力的彪形大汉，出现在门外。

大家循声看去，小奇高兴地跳了起来道："防风大哥！"

"哈哈，小奇，好一阵不见，你小子还是跟猴子一样。"防风哈哈大笑，一把抓住了冲过来的小奇，使劲拍了拍小奇的肩膀，把小奇疼得直龇牙。

云阳走上前，拱手道："防风长老。"

防风大大咧咧地摆手道："什么长老不长老的，我听不习惯，以后你就跟小奇兄弟一样叫我防风大哥。我防风看你小子挺不错的，不要和那些老叟一样，咬文嚼字的。"

云阳爽朗地笑道："好的，防风大哥！"

防风看云阳如此上道，好感倍增。这次他和伯益被舜帝匆匆召回，拜见舜帝后，意识到这个云阳现在是舜帝非常器重的人。

防风头脑很简单，不去想那么复杂的事情。他平生只认舜帝，既然舜帝器重，那么就是自己人，自己人就应该亲近一些，所以才有了方才的言语。足见防风虽然大大咧咧，但是也有自己的智慧之道。

防风和小奇的友谊非常奇怪，当初小奇从饕餮身体里出来后，遇到共工，跟着防风一起逃离，一路着急赶路回洛城尽快禀报。跟饕餮战斗后，大家身上多多少少都带了一些伤，而小奇却完好无损，所以照顾大家的重任就交给小奇了。而小奇又是小孩心性，干了几天，就撂挑子不干了。后来还是防风和小奇打赌比试身手，说如果赢了小奇，小奇就要担当大家一路上的事情；如果输了，小奇可以什么都不用干。

本来防风也是信心满满的，不过遇到了小奇这个怪胎。他本来就速度奇快，外加从饕餮体内吸收了莫名的力量后变得力大无比，所以三场比赛，防风全输给了小奇。但是小奇在那之后并没有放下责任，反而认真地照顾大家，这才互相扶持回到了洛城。

在路上，小奇和防风等人产生了深厚的友谊，毕竟共患难了，外加小奇的性格，实在是太能耍宝了，大家都把他当亲弟弟看待。

小奇问道："防风大哥，你怎么才来看我？"

防风道："本想早些来看看你，顺便接你到我们部落去做客，哪承想又去找那个禹，这不，刚回来。这一回来呀，水还没喝上一口，舜帝又召我入殿，让我配合弃长老。可刚一出殿，那些唠唠叨叨的老叟就把我围住，让我不仅要派部落的人，还希望我能保护他们一段路程。"

小奇问道："你答应了吗？"

防风道："我当然是拒绝了，那些糟老叟拉拉扯扯不让走，要不是看他们年纪大，我一把就推他们三个跟头。"

大家听防风这么说，都忍不住笑了起来。

防风又道："对了，洛城最好的医者都跟着我和子契长老去围剿饕餮，一个都没跑回来。城里只有几个不中用的老头，走不动道了，没法儿上路，现在正在为这事发愁呢，路上毒气瘴气云集，没有医者是去不了的。"

"我就是趁着他们吵这个事，才摆脱他们的。"防风得意地说。

小奇一听，说道："医者？我姐姐才是最厉害的医者。"说完马上醒悟，赶紧捂住嘴。

第七十三章　求贤若渴

防风瞪大眼睛看着小奇。医者实在是人族宝贝，一个部落要是有厉害的医者，可以变得强大起来。病患要是能得到及时的治疗，可以让部落减少很多伤亡，人丁兴旺。

"小奇小弟，你可别乱说啊，这要让那些老叟知道，那还得了。我跟你说，那些老叟一个个蔫坏蔫坏的，肚子里面全是坏水……"防风一本正经地说。

就在这时，门外传来一声冷哼，声音里带着不满。

"防风，你太过分了，背后乱嚼舌头，小心我禀告共主。"声随人至。从外面来了一群人，领头说话的是弃长老。其后跟着伯益和几位老者，其中有一个老者满含怒意地瞪着防风。

防风怪叫道："呦嗬，我当谁呢，原来是你这个手下败将。怎么，我防风氏部落没有把你们麟羽部落打服气？要不要再试试？"

那老者愤怒地看着防风："防风，休要欺人太甚，那块地本来就是我们麟羽部落的。"

防风往地上吐了一口痰，负手而立，双眼望着天说："现在是我们的了。"

老者气得直发抖："你们防风氏部落太不讲理，有你这么是非不分的族长吗？"

防风拍着胸脯说："我当族长怎么了？你这个孱弱不堪、满肚子坏水的人不也当族长呢吗？怎么，不服？不服咱们再较量一下，我今天要不把你打趴下，你还真以为我们防风氏好欺负。"

看着防风把山一样的胸脯拍得咚咚响，再看看那个干瘦如柴的老者，快要被气翻白眼的架势，大家都无语了。

弃长老咳嗽一声，说道："够了，两位，你们这样成何体统，还有小辈在呢。你们部落之间的恩怨先放一边，我刚才听说这里有高明的医者。"

防风不满意地说："弃长老，怎么这个家伙也进洛城了，难不成看到长老出现空缺，来捡便宜的？他们部落根本达不到标准啊，你看看他们的部落，人少地少，还没啥高手。"

"你……"那老者被气得一下子晕倒在地，身边的长老马上去扶他。

阿薰看到有人晕倒，看了看云阳，马上过去查看。只见她伸手拿穴，那老者便醒转过来。

弃长老不禁双眉紧锁："防风大人，那块谷地还是要还给鳞羽部落……"

防风一挑眉头，说道："还什么还，那是我们防风氏部落的地。"

弃长老心中哀叹，决定不再提这件事，到时候直接禀报给舜帝，让舜帝做主。

"好，今日不再议论此事，先让我把话说完。"

防风看弃长老服软了，高傲地仰起头，得意扬扬。

弃长老平复一下内心，缓缓地说："我刚才听到这里有医者，不知道可否现身一见。"

阿薰刚把老者救醒，听弃长老问到这话，心里犹豫了一下，但是也不便隐瞒，只好趋身上前："小女子略知医术，见过弃长老。"

弃长老眼前一亮，好漂亮的小女娃，没想到居然是一位医者。

防风斜眼看了一下弃长老："她是我兄弟的姐姐，你少打主意，西行太苦，她一个女孩子去不了。"

弃长老没理会防风，他郑重其事地拱手深鞠一躬，其他跟随弃长老而来的人也跟着长揖。这下可把阿薰吓坏了，她连忙摆手。

云阳想扶弃长老起来，但弃长老很固执，躬身说道："尊敬的医者，请帮帮我们，帮帮人族吧。此去西昆仑，事关人族命运，但因道路险阻、瘴气毒虫无数、缺少医者，绝难前行。还请医者帮帮我们吧。"

阿薰连忙摆摆手，慌张地说："我只知道一些皮毛，谈不上什么医者，还请弃长老不要这样。"

弃长老动情地流下泪水："覆巢之下无完卵，人族到了最关键的时刻，此去还需医者扶助，才能渡过难关，请姑娘不要推辞。"

随后众人也齐声道："请姑娘不要推辞。"

"这……"阿薰拿不定主意，不由得看向云阳。

对于这个突如其来的状况，云阳毫无准备，只好对弃长老说："弃长老，阿薰姑娘思乡心切，此事请容她想一想再做决定。"

弃长老这才起来，诚恳地说道："那就请姑娘多想一想，务必以苍生为念啊。"

防风直言不讳："我就说这些老叟一肚子坏水，总想拖人下水。"

弃长老假装听不到，对星月说："久闻墨族机关术了得，善于制作各种器械，此去西行，很多地方需要修桥搭路，若有墨族高手相助，定然事半功倍。还望星月姑娘也考虑一下，墨族先辈为我人族呕心沥血、鞠躬尽瘁，相信星月姑娘也一样深明大义。若是星月姑娘同意，老叟马上禀报舜帝。同时老叟做主，在本部落划出一块水草丰美的土地，供墨族传承部落香火，不知星月姑娘意下如何？"

星月怔住了，不知如何回答。防风顿时不干了，看这群老叟的意思，要一网打尽啊，这是非得逼着小奇的姐姐和墨族的星月都加入。

"我说弃长老，你不要忽悠星月姑娘……"防风在旁边说道。

弃长老对防风非常不满，没好气地说："不知道防风氏部落的高手都准备好了吗？这次防风长老也需要和我们走一趟，护送大家渡过弱水。"

防风摆手道："哦，我们部落的勇士忙于耕作，暂时抽调不出来人手。"

刚才那位老者一看防风推诿，立即说道："一派胡言！你防风氏部落现在根本就是闲得要命，四处骚扰临近部落。"

防风一听，马上转身就要走。弃长老忙问道："防风长老，为何要走？"

防风没好气地说："我现在就给部落传信，去修理麟羽部落一顿。"

那位老者眼前一黑，又被气晕过去。

第七十四章 九黎传书

1

阿薰又立即上前，手到病除，老头又醒转过来。阿薰站起来看到大家都盯着她，不禁有些手足无措，低头看着地下。

每个人都很恭敬地看着阿薰，原因无他，就是医者的身份。自神农勇尝百草，传下医者一脉，救治千百万人族，造就了医者神圣的存在。他们不辞辛劳，慈面仁心悬壶济世，广受爱戴。但是药草繁杂，医理艰深，精于医道医术的医者非常难得。众人见她年轻柔弱，但是救人却是从容轻松，都深感钦佩。

弃长老虽是人族长老，也是他的部落族长领袖，位高权重，但是医者是超脱阶级存在的，所以他依然对阿薰极为尊重。

弃长老看到阿薰怯生生的样子，马上笑道："无妨，无妨，是老叟冒昧惊扰了医者，老叟们随时恭候医者的决定，希望医者为了人族，施以援手。"

阿薰看了看云阳，云阳冲她点了点头，她才鼓起勇气说："感谢长老器重，阿薰一定会好好考虑的。"

弃长老微笑着点了点头，冲着阿薰和星月再次鞠躬，然后带着众人走了。

防风早被小奇拉住，皱眉看着弃长老他们远去的背影不语。

云阳看到防风在沉思，也不好打扰，带着阿薰、星月等人去屋内商议，把小奇留下来陪着防风。小奇等云阳等人走后，也不管防风在思考什么，用手指捅了一下防风。

防风一下子从沉思中惊醒过来，看到院子里面只剩下小奇。

小奇道："防风大哥，你在想什么呢，那么出神。对了，你是不是和他们有仇啊，怎么看你老是对他们冷嘲热讽的，还有那个老头，差点儿没被你气吐血。"

防风听到后，大笑道："那帮老叟，别看他们求你的时候毕恭毕敬，其实一个个满肚子坏水、斤斤计较，你以后和他们一起西行的话，要小心点。至于麟羽部落那个老头，不是你大哥我跟你吹，想当初，抢地盘，我一个人就干翻他们部落的一群人。要不是舜帝不让人族内斗，我怕事情闹大，早就冲到他们部落里，把他给收拾了。"

小奇斜着眼，看了看防风那粗壮的胳膊、魁梧的身形，回想了一下刚才那个麟羽部落的老者骨瘦如柴的样子，不由得讽刺道："防风大哥，你胜之不武啊。"

"胡说！"防风一听，脸上顿时挂不住了。

防风稍微有些脸红，但依然硬挺着说："你打听打听，我防风向来光明磊落，当时的情景是我一个人面对一堆人，孤胆啊，你明白吗……"

小奇无奈地看着防风滔滔不绝地自吹自擂。后来，小奇实在是不耐烦了，只好打断防风："防风大哥，你不是说要带我逛逛洛城吗？"

防风大笑道："好！走，我带你好好逛逛。"

2

巍巍宫殿，金碧辉煌、古树成荫、百花盛开，这里是人族议政的中心，共主权杖所在，但是舜帝并不喜欢停留太久。每次议事完毕，舜帝都会回到宫殿后的小院。这里是舜帝的家，相比宫殿，这个院子小巧玲珑。

回到自己家中，换下象征身份的衮服，舜帝只是垂垂老矣的普通人。

舜帝盘腿而坐，重瞳散发着深思的光芒。舜帝和人族大贤仓颉一样，都是目中重瞳，曾有言："若夫舜目重瞳，遂获禅尧之位。"此异相象征吉祥高贵，极具帝王之相，分辨万物，沟通天地，直透大道，非人杰不可有。

舜帝手里拿着一块轻软的丝绢，上面是东夷九黎大巫传过来的书信。大巫在信中重申九黎部落忠于舜帝、听凭指挥调遣，同时又探询因有崇部落有意迁徙至九黎部落的势力范围，是否可将有崇并入九黎。

今日下达赐图的命令，虽和此信有极大关联，但背后是舜帝多方权衡、深思熟虑的结果。

禹承父业，数年治水无果，又窃人族至宝九州山川图，坏了人族权力运行的规矩。此罪甚大，若捉住他议罪，难保不受车裂之刑。但是此际正值人族动荡，恶神临世，人族大部分精锐惨遭狙杀，导致人族力量空虚，风雨飘摇。此乃危难之秋，人族需要团结一致，不可再内斗消耗。如果人族陷入混乱，将无法全力抵御恶神。

禹与九黎交好，对于舜帝来说，虽有所顾忌，但是并非不可。若禹的有崇部落并入九黎部落，性质将大为不同。九黎持九州山川图有可能与炎黄部落再次决裂，人族将被各个击破，前途暗淡。既然九黎愿意听从号令、共同对付恶神，若再拘泥于法度尊严问罪于禹，风险莫测。舜帝索性趁机赦免禹，一来是怜惜禹的治水之才，虽然面对整个人族水患，禹尚无大的成果，但放眼人族，难以找到出其右者。更重要的是，舜帝知道九黎对九州山川图肯定有企图，所以下令赐图，让禹名正言顺地持有九州山川图。这样一来，九黎和禹之间很快就会产生隔阂，足以分化他们。

为大局也好，为人才也罢，舜帝雷厉风行，昭告天下，只不过他的内心依然有些不畅，还在思索后续可能的变化……

3

洛城繁华的街道上，小奇跟着防风闲逛着。刚开始有防风这个熟悉洛城的人带路，小奇确实很有兴致，但随着时间一长，新鲜劲过了，小奇就开始不安分地吐槽。

"防风大哥，我们逛来逛去的也没什么意思，虽然这里铺子很多东西很多，人也很多，但是这些都是我姐姐她们才喜欢的啊。"

"哈哈，臭小子，我就知道你想说什么。"防风豪爽地大笑，指着自己说，"既然我防风带你来，肯定不会让你失望的。走吧，跟我去东市，那里才是男人应该去的地方。"

小奇眉开眼笑，伸出大拇指，一副"果然不出我所料，防风大哥够意思"的表情，让防风心怀畅快。

第七十五章　男人的游戏

　　东市并不繁华，相比小奇刚刚逛的地方，这里反而显得有些冷清，街道两旁，更多的是兵器铺子、兽皮铺等一些狩猎常用的店铺。不过小奇却两眼发光，因为出现在这里的人，一个个膀大腰圆、一脸凶相，还有一些长相独特的人，个个充满了阳刚之气。

　　人们彼此见面后只是拱拱手，极少寒暄，都沿着青石板路向前走，仿佛有个共同的目标。

　　防风一出现，气氛立刻变得炙热起来，道路两旁的店铺主人纷纷鞠躬行礼。而其他人都侧身给防风让出一条路，纷纷拱手示意，恭敬地招呼："防风大人好。"

　　防风哈哈大笑："今天是什么局？"

　　旁边有一壮汉，一脸谄媚地答道："今天是林木氏部落的勇士对鼓兽。"

　　可以想象，一个五大三粗的汉子做出献媚的样子是多么让人不习惯，反正小奇恶心地翻了翻白眼。防风似乎看到了小奇的白眼，有些不好意思，随手把那壮汉推开，骂骂咧咧地说："说话就说话，不要跟个女人似的，离我那么近干吗？"

　　那壮汉讪讪地走开，也有些不好意思。

　　小奇似懂非懂地问："这就是传说中的斗兽吗？"

　　防风哈哈大笑："没错，这就是男人的游戏，斗兽！"

　　小奇有些不解地问："为何要斗兽，这多残忍啊，仅供大家取乐？"

　　防风严肃地说："不是你想象的那样，尽管斗兽有取乐的目的，但更多的是锻炼搏杀凶兽的技巧，让更多的人学会如何对付各种危险的凶兽。能在台上展现技巧的勇士都是人族的高手大能。他们每次斗兽，都要抓来活的，在斗兽场当众击杀；击杀之后，再讲解此兽的特点以及需要注意的各个方面，让更多的人能够应付此兽。"

　　防风顿了顿又说："当然，击杀凶兽极为凶险，皮开肉绽、血肉模糊是经常的。还有人为了展现技巧以及扬名天下，会盲选一头兽，当然这个风险是非常大的，弄不好，就会命丧当场。"

小奇这才恍然大悟，原来是传授狩猎的技巧啊，不过花样还挺多、挺新奇。小奇有些迫不及待了。拐了几个弯，小奇看到一个巨大的圆形建筑，外墙都是巨石砌成的。

这就是斗兽场。只见斗兽场里人山人海，小奇没想到居然有这么多人。

把守斗兽场的卫士见到防风，恭敬地行礼，可见防风总来这里。

他们刚进入斗兽场，就听到一个挑衅的声音传来："哈哈，防风，你居然回来了，没有被共工干掉啊！"

防风听声音就知道是谁，头也没转地回道："总比一些怂货废物不敢出洛城好，虽然差点儿丧命，最起码老子还是去了，不像有些人，只有嘴巴厉害。"

对方听到防风的话，气急败坏地喊道："防风，你说谁怂货呢？"

防风连看都不看对方一眼，拉着小奇来到自己常坐的位置坐下。小奇偷偷看了一眼那个人，只见他眼睛不大、头发也不多，浑身伤疤，像是野兽撕咬的痕迹。尤其是脸上的伤疤，特别明显，狰狞恐怖。他愤怒地盯着防风，就像一头凶兽一样。

那个人看到小奇看他，恶狠狠地说："臭小子，你看什么看，小心我把你生吞了。"

防风顿时不干了，起身指着那个人骂道："林啸，你休得猖狂，敢欺负我的小兄弟，是不是活腻了？"

那个叫林啸的人听到防风毫不客气，直呼其名骂他，气得满脸通红："防风，你敢辱我，我与你誓不两立！"说着，霍地站起来。

两个人剑拔弩张的样子一下子吸引了斗兽场里所有的人。大家指指点点，一副敬畏且好奇的样子，因为这两个人都是大名鼎鼎的"煞神"。

"誓不两立？哈哈！"防风不屑地大笑，"你林啸能代表你们林木部落吗？别忘了，你只是少族长，还不一定能当上族长呢。"

林啸怒不可遏地说："你防风也不过是族长早逝、部落无人才让你捡到一个便宜，你得意个啥？"

出言恶毒，嘲讽防风当上族长之位只是捡了大便宜，这让防风的尊严受到了挑战。防风踢开地上兽皮坐垫，就待上前。林啸也不甘示弱地冲过来。就在争斗一触即发的时候，一只手横在了两人中间。

一个年纪比防风和林啸还大一些的人拦住了即将要起的冲突。

"两位大人，这里是斗兽场，禁止私斗。如果两位有什么过节，请别处私了。"那人平静地说。

防风和林啸看清来人之后，互相冷哼一声，退后了。

小奇撸胳膊挽袖子正要帮忙，看到防风和林啸余气未消，却又退后坐下，觉得很奇怪。他深知防风绝对不是那种欺软怕硬的性格。

"防风大哥，那个人是谁啊？"小奇看到那个中年男子笑一笑走开了，便偷偷地问气鼓鼓的防风。

防风斜了一眼林啸，然后对小奇说："那个人是斗兽场的场主，名叫乔隐，是他创立了斗兽场。这个斗兽场让我人族了解各种凶兽，学会了很多和凶兽搏杀的技巧，所以他对人族有非常大的贡献。"

小奇恍然大悟："我懂了，防风大哥你是敬他，所以给了他面子。"

防风哈哈大笑，对小奇的话非常受用。

"小奇小弟，我发现咱们哥俩儿真投缘。你说的没错，对于这样的大能，我满怀敬意。我和林啸是私怨，私怨什么时候都可以解决，所以他既然出声，我防风又不是浑人，肯定要给这个面子。这个林啸，我们两个小的时候就不对付，自从我当上族长后，他对我的怨恨就更大了，因为他还是少族长，你懂的。"

小奇似懂非懂，一脸茫然。防风一看，顿时有些泄气，和小孩子家说这么多干吗。

防风脸色一板，说道："你不要叽叽呱呱啦！赶紧看斗兽，马上开始了。"

小奇苦着脸，明明是防风自己絮叨半天。他赶紧转移注意力，仔细打量斗兽的场地，一下子被震住了。

第七十六章　鼓兽

看台下面的场地非常宽阔，有足够大的腾挪冲刺空间，看台的墙壁是黑色巨石垒成的，能扛得住凶兽庞大身体的冲击。

此时，一头凶兽正在场地中间低声咆哮、充满怒意，但身体却没太大动作，显然是被封印了。小奇看那兽形如马、白身黑尾，但却长着独角、虎牙虎爪。

防风两眼放光，一边看，一边给小奇解释："鼓兽，其名为驳，五阶凶兽，常见于中曲山。别看它似乎不起眼，其性暴躁，能食虎豹。特性为能发出类似鼓的声音，乱人心智，然后吞掉。对付它最好的办法就是在其彻底发怒前将其击杀掉，不让其发出怪响，可一般人无法快速击杀，毕竟它是五阶凶兽。"

防风说完，还不忘记补充一句："没想到还真的有人要斗鼓兽。不知道一会儿能不能买到鼓兽的牙齿，我的装饰还真缺一些兽牙，它的等级还不错呢。"

正说话间，一个身高八尺的壮汉手持铜戈走进斗兽场。他就是今天斗兽的勇士。他一出场，观战的人都起身拱手致意，并没有大声欢呼喧哗。

其实进场斗兽都是搏命之旅，虽然高手有一定的把握，但任何危险都有可能发生。大家对每一个愿意下场斗兽的勇士都心怀敬意，因为正是他们无私的奉献和分享，大家才会学习到更多技能。

在质朴的人族心中，对于勇士以身传道深怀感激。而林木部落这位勇士并没有分心向看台张望。他一进斗兽场，就专注于眼前的鼓兽。虽然今天是他自己指定的鼓兽，但凶兽就是凶兽，不能掉以轻心，它和野兽不同的就是拥有高得多的智慧和特殊能力。

勇士一上场，鼓兽的封印就被解开——这是岩石部落施展的禁锢封印。岩石部落当初能把饕餮禁锢住，可见这个部落的能力是多么强大。

鼓兽禁锢封印一被打开，马上就狂躁起来，向着这位勇士恶狠狠地冲过去。勇士灵活地跳跃躲避，手中的铜戈朝着鼓兽的某个部位小幅度挥动。令人惊奇的事情发生了，鼓兽居然下意识地躲闪了。

看台上的人全都惊呆了。大家都知道凶兽的强悍，从来没见过凶兽会躲开一个看似没有太大威胁的攻击，难道说这个攻击别有深意？

此时战斗非常激烈，凶兽不断地冲击，勇士不断地挪腾跳跃，每一次都是恰好躲开、间不容发。

人们看得如痴如醉，就连防风也连连赞叹——这种躲闪技巧需要精确的预判、灵活的步伐和动作。

那勇士每一次挥动铜戈都在击打鼓兽身体侧面的几个部位，而且动作很小，并不攻击其他部位。而鼓兽每被击中一次，都显得异常痛苦。大家这才看清楚，这几处必然是鼓兽的弱点所在，若不然如此微小的攻击动作不会令鼓兽这么疼痛。就这样进行了大概几十回合，鼓兽越来越疯狂，但是众人明显感觉到鼓兽受伤不轻。虽然伤口不多，但它的冲击速度却慢了下来，即使拼命摇头嘶吼看似暴躁，也有油尽灯枯之嫌。而那位勇士，除了略有气喘之外，并无伤痕，显然掌控了局面。

突然，鼓兽仰首发出震人心魄的吼声，富有节奏，显然是被逼急了。看台上的人勃然变色，这是鼓兽要发出大招，一种类似鼓声的声音。

防风暗叫不好，自己大意了，不应该带小奇来。鼓声对高手大能没有什么威胁，最多就是迷乱心智，但对普通人或者能力弱小的人来讲，这种迷乱很容易造成识海伤害。

鼓兽刚要连续发出鼓声，下面那位勇士显然早有预料，手中铜戈闪电般冲着鼓兽颌下三尺的部位刺去，在它仰首之际那个部位恰恰是它的利爪和巨口保护不到的空门。

勇士蜷缩身体，把自己压到低位，用力刺进那个部位，那个部位此时无比柔软，一刺而入。鼓声戛然而止，鼓兽巨大的身躯倒在地上，不断地抽搐，眼看是活不成了。

这时观战的人才恍然大悟，之前的攻击是逼迫鼓兽发出鼓声，鼓兽一旦要发出最后的绝招，需要调集身上所有的能量，那么最大的弱点就暴露出来了。如果不发鼓声，会被勇士持续攻击先前的几个部位，迟早也会死，不管发出不发出，这终究是一个死局。

这种现身说法非常有震撼力，众人不止学习到了怎么击杀鼓兽，更重要的是也学习到了其他的技巧，比如说那种躲闪的身法，以及攻击的节奏，这些都是勇士现场演示给大家的。

师恩如海，此时大家不管身份高低、能力强弱，都站起来纷纷鼓掌欢呼。

勇士傲然挺立，接受大家的赞扬致敬。此战过后，他的名字必然传遍整个人族部落，他的技巧事迹也会被广为流传。

　　小奇非常激动，小脸兴奋得通红，跃跃欲试，刚才的战斗实在精彩。

第七十七章　小奇上场

这时林啸刺耳的声音传过来了。

"防风，怎么样，我林木部落高手如云吧！不像某些人浪得虚名，哈哈哈哈！"林啸嚣张的笑声非常刺耳。防风被气坏了，恨不得伸手撕烂那张嘴。

"怎么，防风，看你也没什么人，就带一个乳臭未干的小子，怎么不把你们防风氏部落的高手带上？哦，哦，对了，你的部落高手陷于蚌池之地了，陨落大半，啧啧，可惜可惜。"林啸继续嘲讽，显然是想激怒防风。

防风果然被激怒，满脸杀气地站了起来，双拳紧握，瞪着林啸。若不是刚才斗兽场的主人曾经拦住过，防风此时必将和林啸大战起来。

林啸没有打算住嘴，而是变本加厉地说："要不然，你亲自下场试试，我想盲选就不需要了，我可以提前告诉你，下一个是三足兽，只是五阶凶兽，除了天生神力外，也就是耐力超强，对于你防风来说很适合。"

这是在羞辱防风，防风当年在斗兽台生撕八阶凶兽一战成名。八阶是凶兽中比较高级的存在，除了九阶凶兽和传说中的十阶凶兽，再往上就是四凶神魔这种等级了。

当然，防风能灭杀八阶凶兽，也不能说就超强。因为八阶凶兽种类很多、特点不同，同阶之内也有强弱之分。林啸用五阶凶兽来羞辱防风，防风若是中计去和五阶凶兽战斗，赢了也不光彩。毕竟战胜过八阶凶兽的人，再去赢低阶凶兽，胜之不武。可要是输了，那就更没办法说了，对防风的声望会有很大的损伤。

虽然输的可能性不大，但是林啸既然出声怂恿，必然对那头三足兽有更深的了解。此兽和防风特性相仿，都是势大招沉之辈，防风对付起来，要费一番手脚，未必那么轻易。

林啸真可谓用心叵测。

防风受不住激将法，明知道是陷阱，但也忍不住要跳进去。幸好，小奇及时出声：

"五阶凶兽有何难？我防风大哥前些日子猎杀四凶之一的饕餮，更是连凶名昭著的恶神共工都敢一战，此等威风，何人可比？那些只会耍嘴皮子、靠着部落的高手争面子的，有什么资格站在这里说三道四？有本事，四凶还剩下三凶，去猎杀一个回来，再说话不迟。"

小奇掷地有声，赢得满堂喝彩。

防风哈哈大笑，好生出了一口闷气。林啸脸色如猪肝一般殷红，差点儿没被气吐血。

"再说这个小怪物何劳我大哥出手。防风大哥，我下去会一会那头三足兽，你且安坐看热闹。"小奇眼珠子一转，说道。

防风正哈哈大笑，被小奇一句话吓得差点儿被口水呛住，憋得脸通红，一个劲儿咳嗽。

"咳咳，小奇，不行！太危险，那可是五阶凶兽。"固然小奇给防风争得很大面子，但是防风对小奇也是真心爱护，听到小奇要下场，顿时急了。

小奇嘿嘿一笑，然后附在防风耳边嘀咕了几句。

防风狐疑道："这能行？"

小奇拍着胸脯说："相信我，别忘了，我小奇从来不乱说。"

防风想起逃回洛城的时候，靠着小奇的鬼点子，躲过很多危险。小奇的智谋还是非常不错的，身手也非常了得。防风选择相信他，相信他也不会拿自己的小命开玩笑。

小奇冲着林啸说道："喂，我现在要下去跟它玩玩，你可看好了。"

林啸恨恨地看着这个臭小子，牙关紧咬，恨不得扒了他的皮。

小奇没有在意他的目光，而是大步流星地往场下走。防风赶紧招呼过来斗兽场的卫士，低声说了几句话，卫士应诺后，转身离开。

进了场地，小奇才身临其境地感受到斗兽场的浩大气势，那是一种古朴雄壮的感觉。

此时，斗兽场看台上的众人议论纷纷。虽然每个人都提醒自己不要轻视任何人，但是小奇看上去实在太稚嫩了。很多人都对小奇抱有好感，先不说斗兽需要多大的勇气，就是刚才那掷地有声的一番话，就让这些直肠子的汉子们很是喜欢。

但是斗兽真的不是儿戏。

一个满身肌肉的汉子忧虑地说："这小娃娃实在是太莽撞了，五阶三足兽可不是闹着玩的，碰到就死，擦到就伤啊。"

他旁边一个冷脸的汉子淡淡地说："也许他有办法吧，若不然，防风大人也来不及救援。"

"这孩子没带武器，怎么斗兽啊？"好几个人都很奇怪，大家也意识到这个问题，愈加担心。

此时，小奇已经没心思听大家的话，而是被眼前的三足兽吸引住了。这头凶兽长相并不算太奇特，甚至可称得上熟悉，就是一头牛少了一只足、多了两只角，比一般的牛大个三四倍，浑身红黑。这种体形在凶兽里面算是娇小的，小奇不免有些怀疑，这果真是五阶凶兽吗？

但是三足兽其名为獠，来自乾山，力大无比，绝非等闲之辈。

岩石部落的高手，依然按照节奏，把封印解开。

三足兽没有像鼓兽那样，封印一开就急冲冲向前，而是仔细观察小奇。小奇也安静地站着，好整以暇。就这样，一人一兽，对立着相互凝视。

就这样过了很久，众人虽然不知道接下来会发生什么，但都安静地看着。林啸忍不住发出一声呼哨，三足兽受到刺激，忍不住开始动了。毕竟凶兽的耐心没有那么好，它只是以力量和耐力见长。它后退几步后，一个俯冲，打算把眼前这个小个子直接顶死。

小奇一看三足兽开始攻击，二话不说，转身就跑，一点也不跟三足兽纠缠。

就这样，三足兽不断在后面追，小奇不断在前面跑。场内顿时灰尘弥漫。三足兽的力量绝对强悍，很多次顶出的尖角撞到地上，豁出很深的口子。

小奇绕着斗兽场跑来跑去，场上众人一脸茫然，但又无可指责。小奇并没有违规，同时对敢于下场斗兽的人，大家都心怀敬意。

大家突然明白，小奇根本没打算杀了这头凶兽，就是凭速度周旋。谁都没有想到小奇的速度如此之快，简直看不到他的身影！即使人群里不乏高手大能，眼力出众，也仅仅能凭着感觉捕捉到一丝残影。

果然像他说的一样，他是下去玩玩。

林啸坐不住了，本来三足兽就不是以速度见长的，这样比下去，肯定追不上也顶不上小奇。他忍不住讽刺："这么跑下去，是打算把三足兽累死吗？哈哈哈！"

防风脸上有些挂不住了，对林啸的忍耐已经到了极点。

就在这时，异变陡生。

第七十八章　阿言扬名

三足兽戛然而止，匍匐不动了。

看台上的众人非常惊奇，不知道发生了什么，也没看到小奇有任何动作。难道是三足兽累了？可是三足兽的特长就是力量和耐力，这才战斗多久啊。

只有少数几个高手感觉到了一股强大的气息。

这时场边出现几个身影，大家定神一看原来里面有头大黑熊。

凡是感知到气息的高手，无不倒吸一口冷气，失声道："八阶凶兽！"

只有斗兽场主人乔隐才一字一字吐出来："八阶上级大地之熊猎猎。"他的面色凝重起来，显然这头八阶凶兽令他也感到震惊。

防风倒是认识这头八阶凶兽，并且刚见过不久，只是不知道这家伙叫猎猎。

小奇看到来人，顿时高兴得跳脚："哈哈，云大哥、阿言，你们来了，快，帮我干掉这个大家伙！"

阿言对于小奇的惹祸能力，实在是无可奈何，他拍了拍身边的大黑熊。大黑熊刚才把气势散发出来，完全是为了压制三足兽——看到小奇被追杀，以为有很大危险。

虽然大黑熊平时没少被小奇蹂躏，但除了阿言，它和小奇关系最好，因为小奇可以陪它疯玩。阿言示意后，大黑熊把气势收回，又变成一头看似无害的萌黑熊。

斗兽场的规则是一人一兽，除此之外，不可有第二人帮忙。小奇非要下场胡来，防风吩咐卫士，按照小奇的话去找阿言和云阳过来。

本来斗兽开始，就不会让其他人进来，但众人看明白了，小奇并无意击杀凶兽，就像他说的就是下去玩玩。不过大家对小奇刚才的战斗实在无语，跑谁都会，关键是谁都没有小奇跑得快，这显然学不到什么。

在得到斗兽场主同意后，小奇下场，斗兽的活交由阿言。

下场那一刻，小奇趾高气扬，像一个大英雄一样，看台上的人也对他报以隆重的掌声。不管怎么说，小奇的勇气巨大，能力超凡。就连林啸，此时也无话可说。

小奇和云阳来到看台座位上。阿言上场之后，大家都肃静了。

只见阿言十分沉稳，沉肩坠肘，双臂下垂，专注看向三足兽。

众人动容，一看就是高手的做派，别看年纪不大，但举手投足和眉宇之间十分老辣。

三足兽此时已经从刚才的惊吓中恢复过来，晃了晃脑袋看向阿言。它发现刚才惹得自己心浮气躁的人不见了，换了个人。三足兽感觉到眼前这个人极度危险，仿佛克星一般。

对于头脑简单的三足兽来讲，行动是最好的言语。它原地加速，后蹄猛刨，冲向阿言。

阿言面色沉稳，就在凶兽临身那一刹那，急跳起来，从随身的兽皮袋中抓出一个物件，随手一扔，然后落到三足兽的身后。

三足兽前蹄一歪，栽倒在地。

众人连忙起身，惊呼起来。

"机关！"

三足兽起来后，前蹄已经受伤，卡着一物，那是一个非常精致的青铜兽夹。

兽夹的位置也是非常奇妙，没有卡在三足兽蹄子的坚硬部位，而是卡在最柔软的部位，这样一下子让三足兽行动不便了。大家只能在心中告诉自己，那是一个巧合，如果不是巧合的话，那这个计算精确得太恐怖了，所以大家宁愿认为这仅仅是一个巧合。

三足兽受伤后，迟钝的脑子终于被激怒了。它继续向阿言冲去，阿言的手就像撒花一般，不断从兽皮口袋中掏出东西，随手抛撒。看到三足兽冲来，一个侧身躲闪让过了三足兽。不过三足兽也没有跑远，而是又踩中了机关，身子一歪倒下了。

看台上有人惊呼道："十步陷！没想到还可以这样用？"

"快看，那个是金锁陷，我会布置这个。"又一人惊呼道。

"我也会，这有什么奇怪的？你看那个，那个是密罗陷，原来组合金锁陷还有这样的功效。"

每一次机关被激发都会引起惊呼，因为这种能把机关运用得如此出神入化的人，实在太少了。就连斗兽场的主人乔隐也频频地点头称赞。

突然有人惊呼道："你们有没有发现，他几乎没怎么挪动地方。"

这一提醒，大家才猛然发觉，真是如此。

顿时，大家面面相觑。这个年轻人实在太可怕了，这需要多么高超的技巧和强大的计算才能做到。正当大家震惊之时，又一个声音喊道："他把三足兽困住了，怎么回事？三足兽居然屈服了，你们快看，快看！"

大家连忙看向场内，只见三足兽的两只前腿被一个机关锁住，然后三足兽居然双膝屈地、低头伏地，嘴里发出呜呜的哀鸣，表示臣服。

大家这次真的惊呆了，感觉就像在梦里一样。

第七十九章　斗兽新解

这是一场震撼人心的技巧盛宴，所有人不禁站起来鼓掌。

阿言用全新的角度诠释了和凶兽战斗的方式。人族有能力与凶兽搏斗的人少之又少，能独自一人对付的更是凤毛麟角，因为这不仅需要强大的力量，还要有破解凶兽特殊神通的能力。所以对付凶兽，都是几个人组队，有时候因为配合不当，还会造成死伤。而利用机关这个技巧，仿佛给大家打开了一个新的思路。原来除了武力，还能以巧劲对付凶兽。如果这个方法普及开来的话，那么许多普通人也能对付凶兽。

几乎所有人都想到了这点，对阿言报以极大的敬意。林啸也不说怪话了，眼中也有赞许之色。最为激动的是斗兽场的主人，也就是那个中年男子。他站起来，目光炯炯地看着场内的阿言。这么多年以来，自己成立斗兽场，不是为了给人取乐，而是希望强者的战斗能让更多人学习到对付凶兽的通用技巧。但是长久以来，强者对付凶兽，不是凭借个人强大的武力，就是凭借敏锐的观察，了解到某个凶兽的特点，从而利用其弱点获胜。虽然观看者确实学到了一些知识和技巧，但也往往于事无补。毕竟能达到下场强者武力的人少之又少，对广大普通人来说，对付凶兽还是遥不可及。

但是今天，眼前这个年轻人，用了一个全新的、不难掌握的方式战胜了凶兽，这个技巧对个人能力的要求不是那么苛刻。

刚开始，阿言的技巧并不是那么吸引人，但大家越看眼睛越亮，斗兽场主更是感觉多年夙愿一朝成真，让他欣喜若狂。

斗兽场主用颤抖的声音喊道："年轻人，可否详细讲解一下你的技巧？"

阿言很奇怪大家为何如此激动，这种场面还是第一次遇到，不就是打败一头低级凶兽吗？

阿言不善言辞，只是简短地介绍了各个机关的配合以及针对什么类型的猎物用哪种机关。

大家专注地聆听，时而深思，时而醒悟，还有惊讶，表情不一而足。还有不懂的人，不时发问。

"大能，不少机关我也熟悉，但尺寸形状似乎变化不少，还有那个困住前蹄的机关如此精巧，我都没见过，不知道是怎么制作出来的？"一个身高九尺、肌肉饱满的彪形大汉问道。

这人是一个闲散高手，大家都认识他。他带着几个兄弟常年在外，帮助各个部落铲除害人凶兽。每一次斗兽场开启，他都会准时过来，希望多学习一些技巧，帮助他人。

阿言道："机关制作需要根据自己的习惯，并无通用准则，那个机关是一位叫星月的朋友帮我设计打造的，非常巧妙，威力确实很大。"

"星月？"壮汉有些迷茫，名字有些耳熟，但一时想不起来。场上众人也在思索。

阿言沉默半晌后，说道："星月姐姐是墨族传人。"

众人这才恍然大悟，难怪如此，墨族的能力天下皆知。

一个人突然插话道："这个星月是不是送图少女？莫非你是即将西行之人？"

大家顿时议论纷纷，西行这个事，大家茶余饭后都在谈论。

西行之事，重中之重，关乎人族生死存亡，很多人都想参加，为人族出一份力，保护亲人和族人。对于每一个西行之人，大家都非常熟知，均是大名鼎鼎的长老和高手，但对于队伍里的几个年轻人，大家就不知道了。

没想到眼前这个青年也要参加西行，大家都羡慕地看着阿言。

阿言被大家热辣的眼光看得有些不好意思了，连忙摆了摆手。

此时，斗兽场主乔隐来到防风身边，略带责怪地说："防风，有此等高手，为何不早点告诉我？"

防风挠挠头道："哈哈哈，我也不知道他居然能用这些花样对付凶兽，真的不知道啊。"

"不过，你看我这位小兄弟怎么样？"防风不忘记小奇，立即把小奇推出来。

斗兽场主点点头，赞道："这位年轻人，速度惊人，是我平生仅见。如此速度，立于不败之地，不过敌伤不到他，他也伤不到敌。"场主一针见血，指出了小奇的短板。

斗兽场主又直截了当地问："场里的年轻人叫什么名字？"

防风也忘记了阿言的名字，连忙看向小奇和云阳。

云阳看到防风求助，微微一笑，说道："阿言。"

斗兽场主点点头，说道："斗兽场设立初衷便是教会人族如何对付凶兽，没想到这么多年，终于出现一个可以让大众使用的技巧。如果有可能，我希望他能留在斗兽场，继续帮助大家寻找抗争凶兽的方法。"

防风听到后，立刻收起平日大大咧咧的样子，严肃地说："斗兽固然重要，但他暂时还不能留在斗兽场，他有更重要的事情要去做。"

"西行吗？此事当然重要。"斗兽场主自言自语地说着，然后抬起头看向防风，"你从蚌池归来，共工当真如此厉害？"

防风点点头，黯然说道："他是神。"

斗兽场主默然，挺拔的身躯似乎一下子苍老了。

"神，我人族崇拜，但在他们心中，我人族就是蝼蚁，就是蝼蚁啊。"

云阳、防风等人都默然不语，对这个话题实在没法多说什么。

斗兽场主道："防风，西行你去不去？"

"我当然不去，我和弃长老那群人不和。"防风撇了撇嘴。

斗兽场主道："你要去，你不去，谁带他们过弱水？"

"别忘了，你也是人族，小怨怎比大仇？"他看防风没反应，又加了一句。

防风微微点了点头，场主说得很有道理。

斗兽场主笑着对云阳和小奇点点头，然后说道："防风，如果可能，我希望阿言西行之后，能回到我这斗兽场，接管这里。"

防风一下子呆住了，大脑有些转不过来，刚才还说自己呢，怎么突然又转到阿言身上，并且自己和阿言不熟啊。

"你这是什么意思？"

斗兽场主微笑道："我要去蚌池，会会共工。"

"可是……"防风想劝住斗兽场主，毕竟防风见识过共工的神威，举手投足之间，那可是毁天灭地的能力啊。

斗兽场主一摆手，阻止了防风要说的话。

"有些事，总要有人去做，不能逃避，不论结果如何。"

他从身边的兽皮袋中，拿出一个黑色皮囊，交给防风："稍后把这个交给阿言，此物随我多年，我偶然得到，遇到危险或许管用。"随后，他转身往外走。

防风接过东西，看到他要走，连忙道："你为何偏偏看上他？"

他见场主乔隐如此义无反顾，颇有感慨。认识斗兽场主这么久，虽然从无交集，但也深知其为人谨慎和冷漠，全心扑在斗兽场，没想到今天却做出如此重要的决定，抛弃了斗兽场，甚至准备抛弃生命。

斗兽场主回身一笑，说道："斗兽场这么多强者高手，但他是我唯一没有从眼中看到杀气的人。杀是一把双刃剑，固然可以除凶，也会带来仇恨。驯服凶兽为人所用才是上乘，善才应该是人族立身的根本。这么多年，我们以杀除凶迷失了根本。"

说完，乔隐又环视全场，运用气力大声说道："斗兽场，今日之后将关闭，待未来场主重新开启。"

第八十章　寄人篱下

1

在九黎黑黎部落中大巫的屋子里，几个巫老坐在席上，神色恭敬。大巫像往常一样闭目养神。良久，一个巫老耐不住性子，打破了沉默："尊敬的大巫，我们为何要保护一个麻烦？"

大巫微闭的双眼睁开，展现出令人心悸的神秘。

他语调沧桑地说："有崇部落固然不值得一提，但九州山川图有天大秘密藏在其中，与其说保他，不如说是为了控制九州山川图。"

巫老们面面相觑，虽然听说过九州山川图有通天彻地的威能，但毕竟从未见过，并且很多传说的威能听起来都不太真实。所以听到大巫如此说，大家还是很不解，为了一个没见过的九州山川图就押上整个九黎的命运？

一位稍年轻一些的巫老有些激动地说："尊敬的大巫，我们部落支持您的决定，但九黎其他部落，会不会有另外的想法？要知道，虽然当年战败，但我们九黎内心一直希望重新恢复祖上荣光。与其现在这样遮遮掩掩，不如树起大旗重新争霸，还请大巫慎重考虑。"

大巫那令人心悸的双眼直视众巫老，一股强大晦涩的神秘气息不停地流转。

众巫老顿时一阵心惊，立即低下头，暗怪那位年轻的巫老多嘴，居然敢质疑大巫的决定，要知道大巫的强大是无法匹敌的，威严不可触犯。

"念你多年以来对九黎忠心耿耿，自去领虫刑三日，如有下次……"大巫没有往下说，但其态度不言自明。

众人冷汗直下，而那个被处罚的巫老也脸色灰白。虫刑乃身受万虫噬咬，异常痛苦，不过大巫网开一面，并未重罚，也算捡回来一条命。屋内的气氛凝重到极点，大巫又开口道："九黎也是人族，虽然和炎黄部落的博弈要进行下去，但蚩池已经出现了恶神共工。这些年，我们九黎各部也深受水患之苦，共工不除，我九黎休得片刻安宁。"

众巫老点点头，深以为然。

大巫又缓缓道："当年涿鹿之战过后，我九黎深受打击，在人族中的声望也大不如前，很多追随的部落都加入了炎黄部落。同时，作为战败方，也被下令不许再设立大酋长，这让我九黎各部无法形成强大的一体。多年来，我东夷九黎虽然看似声势浩大，几可和炎黄部落分庭对抗，但其实九黎各部已经不齐心了，有的部落已经逐渐靠拢炎黄部落。

"长此以往，也许不久的将来，东夷九黎将不复存在。吾保禹，是为了给九黎留一个筹码，一个可以改变我们九黎处境的引子。此子胸怀大志、手腕魄力强悍，我从他身上看到了一个备受尊敬的前辈的影子。

"同时，我们加入对抗恶神，对于舜帝也算示好。不要看舜帝年事已高，当年多少风雨都不曾难倒他，足以证明舜帝绝非庸常之辈。有时，不争才是大争……"

大巫轻轻地说了最后一句话。

众巫老低身叹服。

"先前派人不足，适当加派人手去蚌池支援，争取更多人心。"大巫目光闪烁，又补了一句。

"喏！"众巫老俯首，低声应道。

2

距离黑黎部落聚集地不远的地方，有一处山坡，可以俯视大地流水。尤其晚风徐来的时候，站在这里，别有一番风味。

这些日子，每到夕阳西下，禹都喜欢站在这里凝目远望。

自从危机暂时解除、防风和伯益走了以后，禹就常常来这里打发内心的愁苦、思索未来。

禹从小就立志成为像父亲一样伟大的人物，治理洪水、解救万民。而如今，自己深陷困境，无法施展内心的抱负，这让禹心中非常苦闷。

前阵大巫暗示若要九黎对禹保护到底的话，自己的有崇部落应该考虑迁徙至九黎的势力范围，甚至加入九黎。大巫的要价实在太狠，禹迫于情势，不得不咬牙暂时答应下来。

这对禹来说是一个无比痛苦的选择——背叛炎黄部落，会落下千古的骂名。但禹深知绝不能在目前的情况下返回洛城领罪，即使舜帝有意宽待，周围那些别有用心的人必然竭尽所能，置他于死地。

恶神共工出世，人族面临大敌，只要手握九州山川图，并非没有翻盘的机会。

禹多次展看九州山川图，已然烂熟于心。这张图解决了他心中很多的困惑。他已经形成了以疏浚为核心的治水大思路，东西中三段的处治措施都有了初步明确的想法。但除了山川地理，他暂时没有其他发现，传说中九州山川图的巨大威能也没有找到线索。

九州山川图真的有威能吗？他开始怀疑了，但他对云阳所说伯望长老血祭九州山川图的情况记忆深刻。在来到九黎之前，禹把图藏在一个隐秘的地方，以防异变。

想到此，禹不由得冷笑，九黎部落果然对九州山川图心有窥伺。当时他和大巫交谈中坦然笑言"天下皆知图在吾身，那么图必不在吾身"，这令大巫投鼠忌器，没有轻举妄动。

禹正在出神地想着，突然后面传来轻微的脚步声。

"谁？"禹厉声问道。

一个谦恭的声音回答道："禹大人，是在下。"

禹转过身来，继续问道："雨泽，你怎么知道我在这里？"

雨泽急忙道："属下知道大人喜欢散步，在部落里找不到大人。此山离部落不远，非常清静，所以属下过来看看大人是否在这里。"

禹对雨泽的感觉一直很复杂，虽然心中认为这个人应该不会害自己，但是表面顺从乖巧的他，却能主动下手盗图，让禹颇有警觉。

"找我何事？"禹展颜笑了，尽管对雨泽心存复杂之念，但是表面上，禹对待雨泽始终很温和。

"今天是一年一度的篝火祭祖活动，九黎大巫有请大人共进晚宴。"雨泽恭敬地回答。

禹挑了一下眉毛，看了一眼天色，夕阳刚刚西下，夜幕正在升起。

"走吧，既然来做客，礼当如此，祭拜一下九黎的先祖先烈。他们都是我人族大能，为人族的生存做出了卓越的贡献。"禹郑重其事地说。

雨泽跟着禹往山下走去："禹大人，我听说，大巫已经加派人手去蚌池了。"

禹的脚步顿了顿，然后又接着往下走。

第八十一章　龙子陨落

共工挥手抬足间神力纵横，脚下洪水也随之更加暴躁，洪峰夹着神力，一浪高过一浪，拍向对面，带动整个空间都扭曲了，一头赤色的头发迎风飞舞。但他神情冷漠淡然，仿佛世间万物没有任何能让他动容之处。

"恶神，我龙族誓与你不死不休！"龙八子负屃嘶吼道。

共工漠然看了一眼水面飘着的三具龙子尸体："龙族晚辈，你龙族既然想帮人族，那么就应该有这个觉悟。"

"龙卷水！"负屃是龙子当中最像龙的，看到三个哥哥嘲风、蒲牢和赑屃已经陨落，悲从心来，翻滚着龙躯使出自己最强大的神通。

"龙卷水"，顾名思义，是把水中卷到半空中再扑下来，这是龙族对水的极致操控，至强可挪移大海。共工看到负屃使出龙卷水的神通后，面带欣赏之色，只不过这还不至于让共工无法招架。龙子毕竟只是龙子，神通有限，要是应龙来了，那么这个神通将会威力大增，就连共工也会避让三分。

共工气定神闲地面对龙卷水这个神通，当巨大的水柱即将达到最高点的时候，共工一挥手，轻喝道："破。"

被负屃卷起的水柱瞬间粉碎破散开来。

负屃一下子因为神通反噬而受伤，跌落下来。

"老八，老八，你怎么样，怎么样？"看到负屃受伤，已经身有重伤的囚牛有些急了。已经战死了三个兄弟，外加先前的狴犴和消失不见的睚眦，已经不见了五个兄弟。

囚牛通红的眼睛看着共工，嘶吼道："恶神，我龙族不会放过你的！"

共工冷漠地道："那又如何？"

不顾龙子们愤怒的眼神，共工眺望远方，淡漠的眼神对世间万物都不放在心里。

心中只有一个敌人，刻骨铭心一般的存在。

他突然发出一声惊雷般的嘶吼，声震九州："祝融，你给我出来，再与我一战！"

这一刻，整个天空仿佛被撕裂开一般，大雨倾倒下来，整个天空漆黑如墨。

共工散发出凛凛神威，赤色头发迎空飞舞。手持的巨蛇不断吐着猩红的芯子四处张望，仿佛也受到共工的杀气和怒意驱使。

众龙子们一看，感受到强烈的轻视，个个愤怒不已，齐声大吼，纷纷使出绝地神通，再次杀向共工。共工也被龙子纠缠得烦了，打算一锤定音。看龙子们冲来，他心中略喜。

就在共工运转神力的时候，突然感觉到神力运转生涩。

共工大怒，知道自己被偷袭了。

"蝼蚁们，给本神滚出来。"共工勉强挡住龙子们的攻击，但是已经失去了先机。龙子们疯狂地输出神通。突然，共工心有所感，神力猛然爆发，把龙子们推开，然后极速躲开所在的位置。说时迟那时快，一支强大的利箭，从远方射过来，箭尖带着刺眼的光芒。

共工虽然对自己拥有强大的自信，认为凡间没有威胁自己的存在，但此时也被这一箭吓出了一丝冷汗。幸好没停在原地用神力挪移，因为他感觉到神力被禁锢，运转不是很流畅。外加对这股气息感觉很熟悉，虽然一时没想起来，但那股透着毁天灭地的气息让共工不寒而栗，还是躲开为妙。

等箭芒擦身而过后，共工也想起来了，为何自己如此熟悉，共工怒吼道："后羿，你敢阻我？"

"不对，你不是后羿，后羿不是陨落了吗？"共工突然想起什么来，然后失声道。

远处天空中，一个壮汉，手持巨弓，顶天踏水而立。

共工仔细看了一眼，恢复了冷漠的神色，缓缓道："原来是魂魄力量，没想到，小小人族花样还真是多，居然召唤出后羿。本神倒要看看，当年叱咤天地的后羿到底有多么强大？"

那个被称为后羿的人，眼睛不动，对共工的话也没有任何反应，面无表情。

他再次搭弓射箭，一气呵成。

共工虽然嘴上如此说，心中一直很戒备，又一次快速躲开。后羿箭威不可小觑，当年箭落九日的事迹一直是神界的禁忌事件。以凡人之躯挑战神威、射落九日，虽然后来被愤怒的众神联手诛灭，并对人族鞭挞一番，但是神的颜面已经丧失。

这个后羿是九黎部落的巫召唤的，只有燃烧生命召唤不朽之魂才能和共工抗衡，若不然等龙子消亡殆尽，那么真的无人可抗共工了。

那个被召唤出来的不朽英魂，面无表情，没有一丝情感，有的仅仅是战斗本能，只见他再次从背后拿出箭来，然后弯弓搭箭。

共工面色沉冷，在弯弓搭箭的那一刻，共工终于知道后羿为何能箭落九日了，因为实在威力可怕，尤其被箭头锁定的瞬间，共工感觉连自己的神魂都被定住了。

"好一个人族大能后羿！"共工第一次对人族刮目相待，但也仅仅是心存惊讶。

共工神情淡然道："可惜，你只是一个残魂，没有大名鼎鼎的彤弓，如何与我为敌？"

说罢，共工不退反进，神力布满全身，携带滔天洪水巨浪冲后羿而去。

光芒闪过，一支摄人心神的箭破空飞行，在巨大的洪水中划出深深的沟壑，冲着被巨浪包围的共工而去。只听一声巨响，巨浪突然爆炸，漫天的水珠，四处迸溅开来。

共工和后羿交错而立，两个人背对背换了一个位置。

共工冷傲的表情有一丝丝诧异，后羿没有任何知觉，保持着射箭的姿势。

两人就这样，谁都不动。

过了半晌，后羿的弓，突然碎裂开来。不远处传来人族的惊呼，而召唤出来的后羿身躯也突然破碎，这让在场所有人又一阵惊呼。

共工傲然看着远处躲藏在一边的人族，神情充满嘲笑，只不过在谁也没注意的时候，悄悄把手往后背了起来。一滴鲜血从共工手掌滴落，落入滔滔的洪水当中，这让洪水更加疯狂上卷起来。

"尔等蝼蚁，该死。"共工一字一字地吐出，洪水仿佛受到某种指引，直扑人族而去。

远处传来震天的鼓声，密密麻麻的人族队伍从远处赶来，旌旗招展、气势昂扬，原来是人族增援的队伍正陆续赶来。共工对人族的动向毫不在意，昂首仰望西方天际的如血残阳，嘶吼道："祝融，你给我滚出来！"

可是回答他的，只有龙子的怒吼和人族的鼓声……

转天劫

下

陈小普/著

长江出版传媒

长江文艺出版社

北京长江新世纪文化传媒有限公司
www.cjxinshiji.com
出品

目 录
CONTENTS

第八十二章　拜请祝融大神

出英山，渡漆水，虽然远处依然草树连绵、郁郁葱葱，但景物已与人族腹地渐渐不同。

一支上百人的队伍疾步向前，这正是肩负人族重任的西行队伍。离开洛城已有六七日，大家为了早日到达西昆仑，压缩休息时间、急行赶路。

防风一路上都是阴着脸，非常不高兴跟来。他不知道舜帝为什么会突然下令自己跟随。防风怀疑是斗兽场主把自己给出卖了，幸好过了弱水即可交差，然后另有任务。

大家都看得出来，防风不开心，但也没有人搭理他。大多数人都和防风不亲近，鳞羽部落更是对他不满。鳞羽的人每次看防风的眼神都是又惧又怒，生怕防风毫无原则地暴起伤人，不过此时防风内心非常烦闷，没心情搭理他们，除非他们先惹到自己。

"防风大哥，你要不要上来休息一下？"轮换休息的小奇坐在木车上，看防风阴着脸、一言不发，连忙缓和气氛。

防风听到小奇说话，表情马上由阴转晴。对于小奇和云阳他们几个，防风还是很喜欢的。此人直肠子，喜怒溢于言表。防风哈哈大笑道："不用，不用，你们几个坐着吧，这辆木车也拖不动那么多人，何况还有两个女娃呢。说来也是恼火，她们两个女娃都被命令出来了，我觉得一定是弃长老那个老叟捣鬼。"

"若不然，舜帝哪会让女娃子远行？"防风喋喋不休，对弃长老不满已久，心想走这一趟也是被他害的。

云阳说道："防风大哥，你还是上来吧，路途遥远，你又旧伤未好，我和阿言下去走一段。"

防风挥手道："无碍的，这点伤算得了什么！想当年遵帝命、平百荣、灭深海魔蛟、诛尸胡群妖，那才是让人不敢回想。"

防风的话吸引了队伍中的很多人，大家都竖起耳朵倾听。当云阳要继续问的时候，一声冷哼从后面传来。

"哼，百荣有何罪，落得防风大人如此杀戮？！"队伍后方有一个阴沉的中年汉子，死死地盯着防风。

防风大怒："不服王化、祭拜恶神、祸害边临，其罪当死！你是哪个部落的，敢替百荣说话？"

刚才那位中年汉子冷声道："我乃西岳部落的辛，百荣部落和我西岳部落是近邻，当年有幸见识到防风大人灭杀百荣部落，真是好大的威风。"

防风上前，怒不可遏地抓住辛的衣领："你敢轻辱我？今日我要让你见识一下，什么才叫威风！"

中年汉子也不甘示弱，怎奈防风实力惊人，若不然也不会成为征讨四方的战将。他使劲挣脱防风的拉拽，但没有一点儿效果。防风的手异常沉稳，就像铁箍一样牢牢地抓着他。

眼看防风扬起的巨掌就要落下，中年男子眼神中闪过一丝惶恐。

防风怒气勃发，小小的西岳部落敢如此和自己说话，今天不把他毙于掌下，颜面何在！

就在千钧一发之际，一声疾呼传来："防风长老住手！"

弃长老急匆匆赶了过来。

防风怒道："弃长老，你敢阻拦我？"

弃长老平复了一下奔跑带来的喘息，然后道："防风长老，西行要紧，此时不可内斗，刚才他失言之过，老叟替他赔罪。"

防风冷笑了一下，眼中厉芒闪过。弃长老暗道不好，刚要再次出声阻止，可是已经晚了。

只见防风挥掌拍下，虎虎生风，直接拍在了中年人的头颅上，顿时鲜血迸溅，中年汉子一下子就没了气息。众人都被惊住了，没想到防风说杀就杀、毫不拖泥带水。

防风紧接着一句话把众人惊醒，他吼道："帝命神圣不可违抗，如若谁敢质疑舜帝，要先过了我防风这一关！"

众人都沉默不语。弃长老此时气得浑身发抖，手指着防风，久久说不出话来，最后气急败坏地说："防风，你，你好大的威风！"

"此事，老叟给你记着。"说完，转身就走。

防风盯着弃长老的背影，冷笑着呸了一下。

众人此时都不由自主地和防风拉开距离，以防这个杀人魔头会对自己下手，而来自西岳部落的人，各个都对防风怒目而视。

防风不屑一顾，大步流星地来到云阳他们的车附近。

弃长老大声道："西岳留下几人安葬，尽快赶上来。启程！"

麟羽部落的族长缩了缩脖子，眼中露出一丝丝怯意和恨意。他没想到防风说杀人就杀人，那西岳部落可不是小部落，或许可以联络一下西岳部落的人……

云阳看到防风一脸不在乎的样子，皱眉道："防风大哥，何必如此？"

防风哈哈一笑，没有答话，而是和小奇闲谈起来。

众人暂时忘却了刚才的事情，专心赶路。毕竟这是西岳部落和防风氏部落的私怨，大家归属不同部落，所以虽然有人义愤于防风下手过狠，但是刚才那个中年人也是犯了极大的错误，诋毁帝命是天大的罪过，就连弃长老也不敢立即为他伸张撑腰。

木车上星月和阿薰两个女孩都心事重重。本来两人心中都不愿西行，阿薰想带着小奇回部落；而星月在舜帝赐图于禹后也失去了拿回九州山川图的理由，她记挂起托付在伯望部落的那些墨族幼儿，希望回去照看。

所以即使弃长老诚恳相邀，两人都不想改变主意。

但是前几日舜帝在弃长老的引导下突然驾临驿馆看望了她们，温言慰告，希望她们参加西行的队伍。帝命不可违，况且西行乃人族大事，两个女孩只好听从，不过一路上都不太开心。

阿言心疼地看着拉着木车的大黑熊和三足兽。三足兽自从被阿言击败之后，对阿言亦步亦趋。阿言本来有大黑熊了，但是看到三足兽对自己寸步不离的样子，只好也任其跟在身边。

大黑熊倒是没什么，照样胡吃海塞。虽然这次出来它和三足兽一起拉车，但是大多数时候都是三足兽在卖力气，大黑熊憨厚的外表下有一颗狡猾的心，出工不出力，并且大黑熊比三足兽等级高，所以自然以老大自居。

阿言并不知道，每次看到大黑熊都一副累得要死要活的样子，非常不忍。

众人穿过一大片树林，眼前开阔起来，侧面出现一座光秃秃的大山，上面巨石林立。

突然，天空中的鹦鹉哑巴发出一声怪叫。阿言直起腰来，警觉地看向远处，急声说道："有危险，大家小心！"

第八十三章　西行第一险

1

众人一听，先是一惊，然后哄然大笑。路面宽敞，远处没有任何凶兽出现，现在还是人族的活动范围，哪来的危险。

队伍中不知道是谁，调侃地笑道："最大的危险就是你带的那头大黑熊，不对，是两头。"

此话说完，大家笑得更欢了，一边看着大黑熊，一边看着防风，那意思就是把防风也比喻成大黑熊了。防风圆眼大睁就要发怒，突然地面震动，人们站立不稳。

嬉笑的众人马上就闭嘴了，个个张皇失措。

防风似乎想起什么，脸色突变，暗道不好，马上把小奇从木车中拽出来，然后又伸手去拽阿薰和星月。就在这时，最前方的人惊慌地大叫起来："啊，快跑，有危险，有危险！"

顿时后面的队伍开始散乱起来，有人开始往后跑。

"都不要乱！不要急！稳住！"弃长老一看队伍要失去控制，立刻大喊起来。

可大家哪还听得了弃长老的喊声，地面不停震动，让人感到头晕目眩。云阳他们在异动刚起的那一刻就做好了准备，纷纷跳下车围在一起，这样避免走散、互相有个照应。

人群在短暂慌乱之后，变得镇定有序。这些人都是千挑万选的人族精英，能力都不错，最初的慌乱是因为配合不够默契，毕竟是各个部落临时组队的，大家都不太熟悉。

突然，人们看见巨石飞天而来，同时伴随着沉重的脚步声。

咚！咚！咚！每一步声音都又沉又响，犹如敲打在心上。

弃长老面色很难看，似乎猜到了来者是谁。

"它怎么会出现在这里？！"他不敢相信。

"弃长老，快闪开！"一个忠心的汉子一把将弃长老拉开，躲避巨石的袭击。

云阳几人倒是处变不惊，西行路上遇险很多，他们非常沉稳。

"阿言，保护好阿薰和星月。"他沉声说道。

阿言面色凝重地点点头。

"勇士们，跟我来，围杀它。"防风一看躲着不是办法，这么多人，再怎么躲，目标也不小。防风说完马上带头向前走，本以为大家也会跟着，但没想到大家压根就无视防风的命令，而是纷纷看向弃长老。

防风大怒，急吼吼喊道："都看什么，还不赶紧跟我去诛杀它！"

弃长老这才回过神来，看到大家都看着自己，沉声道："第一队跟着防风长老去，务必小心。"一下子，二十多个勇士走出人群，跟着防风向远处跑去。

飞石不断从人们头上划过。弃长老刚才一直在沉思，因为他知道这是什么怪物，这个怪物早已沉寂多年，本不应该出现在这里。

作为西行队伍的统领，弃长老非常谨慎。西行寄托着人族最后的希望，但又凶险异常，所以他压力很大。

云阳仔细观察，找到一个可以躲避巨石的山体，赶紧过来招呼阿薰他们过去。

"小奇，小奇呢？"阿薰惊呼起来，也就这么一会儿，小奇就不见了踪影。

云阳一惊，转身寻找小奇的身影，但是没有发现，他转念一想，小奇肯定跟着防风去了。

阿薰泪眼婆娑，抓着云阳的胳膊不放。

云阳一咬牙，说道："我去找小奇，阿言，你照顾好她们两个。"

阿言说道："云大哥，我带着大黑熊去吧，你来保护阿薰姐和星月姐。"

他有些担心云阳的安全，毕竟自己有大黑熊的保护。

云阳一摆手道："不用，这里一样需要保护。"说完便往发出巨响的方向跑去。

阿薰焦急地喊道："云大哥，小心！"

可是云阳已经跑远，阿薰低下了头。星月看到阿薰如此不安，轻轻握住了阿薰的手。

2

黑黎部落里篝火通明，男女老幼都是盛装出席，一起在篝火四周载歌载舞，释放激情。九黎祭祖和其他部落不同，少了些庄严，非常热闹。九黎人相信先祖们更喜欢喜庆欢乐的气氛。

禹和雨泽赶到的时候，祭祖活动已经开始了。只见偌大的场地中间燃烧着主篝火，周围是部落的长老和前辈。主篝火之外是星罗棋布的小篝火，众人围着小篝火跳着九黎的传统舞蹈，花样繁多，嘴里还唱着族歌或者念着咒语，个个喜笑颜开。孩子们窜来窜去、嬉笑打闹，这是全族放松娱乐的日子，大人们也放任不管。

九黎族能歌善舞，众人才艺高超，让人赏心悦目。

禹走南闯北，但是这种部落内部的祭祖活动还是第一次参加。猛然见到九黎族的篝火祭祖热闹非凡，完全不同于炎黄部落，非常惊讶。不过入乡随俗，禹和雨泽也进入场内，和着众人的舞步。禹让雨泽和大家一起跳舞，自己向主篝火边上的大巫走过去。

第八十四章　禹的决心

大巫刚刚跳完一段祭祀的舞蹈，此时正坐在那里休息，看着部落里大家都非常高兴，心中也十分欣慰。

"尊敬的大巫。"禹上前打招呼。

大巫转头看到了禹，马上神情和善地说："原来是禹大人啊，快请坐。"

禹致谢后，坐在大巫左手边的兽皮上。

大巫看向嬉闹的人群，目光深邃地说："九黎先祖披荆斩棘，为后人创造了很大的生存空间。每年这个时候，我们这些后人都会用歌舞的方式来祭奠先祖，希望先祖能看到因为他们的努力，后辈们正快乐地生活下去。"

说完，他看向禹，问道："不知道禹大人的部落祭祖有什么习俗？"

禹先是恭敬地向天空行了一礼，以示对九黎先祖的敬意，然后说："禹部落乃有崇部落的分支，一个新部落，每年祭奠皆三牲供养、九叩九拜。"

大巫对禹的礼貌非常欣赏，虽然保护他首先基于利益的考量，但是不得不说，大巫对禹很是喜爱。大巫微笑地看着禹："炎黄部落联盟一向对祭祀先祖过于严肃了。"

禹微笑，但是没有说话。这涉及炎黄和九黎的风俗差异。大巫这句话，有一些试探之意，亦有调侃之感。

"不知道禹大人今后有何打算？"不愧为九黎智深如海的领袖。大巫马上调整下心情，重起了话题。

禹郑重地站起来，深鞠一躬："再次感谢大巫前辈援手，此大恩如同再造，禹铭感五内。"

大巫微笑不语，似乎猜到了禹的一些想法。

"禹深感身担重责，愿再次治水，为人族为苍生降服水患，还请大巫成全。"说完，他叩拜不起。

大巫颇为动容。禹窃走九州山川图，已经成为炎黄部落的共敌，并且治水之事凶险异常，治理成功，可以成为人族英雄；如果治理失败，恐怕会像他父亲一样，成为人族的罪人，落得身首异处的悲惨下场。然而此子不改初心，还要坚持走下去。

大巫目光炯炯盯着禹，看了许久，然后说："你可知此洪水并不简单，乃是水神共工神力驱使。"

禹抬起头，看着大巫，坚定地说："禹当然知晓。"

"那共工当年兴风作浪，洪水覆盖天地、毁田灭林。我人族孱弱，依靠祝融大神方渡此劫，但之后也是元气大伤，过了很久才恢复过来。此番恶神再度出世，你此次治水，要面对共工，可知其难？"

禹的面色平静如水，缓缓说道："禹全都知晓。洪水乃人族大敌，吾立志治水、平息水患、战胜恶神，还人族以安宁，纵然粉身碎骨，亦万死不辞。"

大巫仔细盯着禹，发现禹此言乃真心话，不由更加惊异。今日眼前的壮年男子和往日不同，往日大巫只看到一个富有野心、能力极强、善于游走各部落的他，没想到心中这股治水的信念无比强大。

"禹大人请起。如舜帝下令，我九黎自当玉成，水患也是九黎生存大敌，诸事还需从长计议。"大巫上前扶起禹。

禹大喜，再次称谢，然后郑重地对大巫说："今日幸逢贵部落祭祖，禹不避粗拙，献上有崇之舞，歌以咏志，共同祭奠九黎与炎黄之祖，聊以助兴，大巫以为如何？"

此番话说得不卑不亢、有礼有节，大巫不由得频频颔首，抬手道："那就有劳禹大人了，我等当仔细观瞻。奏乐。"

几名乐工连忙就位，摆开架势演奏了一段，然后停下动作，静候禹登场。

九黎部落的人看到贵客要表演歌舞，非常好奇，纷纷停下了舞步，围拢过来观看。

禹面色依然平静如水，眼眸里却燃烧着光芒。他缓缓地向四周拱手致意，然后走向场地中央。禹跳起来了有崇部落的舞蹈，动作简朴大气、大开大合，虽比不上九黎舞蹈的柔美繁杂，却自有一番韵味。

他边舞边唱道："思我先祖，艰辛拓土。水漫九州，苍生皆苦。伏祈天地，誓以歌舞。同心勠力，归我禾黍。"

歌调悲切激昂，歌词直指人心，九黎的众人听得眼圈湿润了。当禹唱到第二遍的时候，有的九黎人也开始学着禹的动作，边唱边跳。

此时乐工们也熟悉了曲调，奏乐助兴。越来越多的九黎人加入舞蹈，跟着大禹又唱又跳，合唱声越来越洪亮，在黑夜中传得很远很远。

熊熊篝火映照着人们激动的脸庞，很多人流下了热泪。洪水为害太久了，这是全人族心中最深的痛！篝火也照着大巫神秘的脸庞，此时他闭着双目，内心在做着激烈的斗争……

第八十五章　九阶凶兽

1

九黎农氏部落位于太山之陲，人丁兴旺。

农氏部落有两大分支：一支是炎黄部落联盟里的姜氏部落，他们居住在神农尝百草后最后的栖息地，所传医术尽在那里；另外一支就是九黎农氏部落。

神农当年尝遍百草，教化世人播种五谷，辨药治病，为人族做出卓著贡献，广受爱戴。很多人慕名追随，甘愿在神农居住的地方定居。这就是姜氏部落诞生的缘由。而农氏部落是古老的部落，能诞生神农这样的大贤，自然底蕴深厚。

九黎农氏部落的领袖为大农，以巫医著称，掌管农氏部落的一切事务。此时，大农和一群部落长老坐在一起商议政事。

"尊敬的大农，黑黎部落传来消息，大巫要求我们加派部落高手去蚌池围剿共工，您看这事如何处理？"一个稍显年轻的长老打破了屋内的沉闷，出声询问。

另一个坐在其对面的长老冷哼道："哼，大巫只是九黎的精神领袖，我们农氏部落为何要事事听从？尊敬的大农，于黎、黑黎那几个部落对我们一直打压，这次又要派部落的高手听从号令，简直是太无理了。"

"农旦长老，东夷九黎一直同心相连，话不可这么讲。"一个长老非常听不惯农旦长老的话，这要是传出去，对农氏部落的影响会很恶劣。

大家纷纷站在不同的立场争辩起来，不同意听从黑黎部落的居多。毕竟族内已经派出人手，还要再增加，这让大家非常不满；况且有传闻说九黎最核心的几个部落并没有派出多少精锐，大巫有厚此薄彼之嫌。

大农看着下面的人吵得不可开交，手抚着胡须，面色有些阴晴不定。对于此事大农想得更多，当年九黎部落同气连枝，攻伐天下，可惜时运不济，还是输给炎黄部落。

这些年，九黎各部落人心不齐，被炎黄部落死死地压着，声势一天不如一天。九黎各个部落领袖内心也非常焦急，甚至有的部落已经暗中和炎黄部落联盟示好。

农氏部落就是这样，最近和姜氏部落走动非常频繁，幸好联络比较隐晦，外人不知。两个部落虽然各在一方，但是有共同的先祖，所以两个部落非常亲近。不过大农其实内心很纠结，虽然有意靠拢炎黄部落，但是农氏部落毕竟是九黎一员，不到万不得已，自己不希望农氏部落脱离九黎。

下面已经乱成一团，好几人站起来大吵，眼看就要发生争斗。

大农厉声道："都给我坐下。"

众人马上清醒过来，连忙坐好。大农在农氏部落的权威极高，所以大家即使是长老，也不敢过于造次。

"蚩池之战，乃人族大事。放下小怨，共迎大敌，马上加派部族高手大能前往。"

"诺！"众人不管心里如何想，只好听从命令。

大农顿了一下，又说道："东夷九黎，同气连枝，血脉相承，日后不管如何，我不想听到制造不和的言辞，都听懂了吗？"

大家低下头，连声应诺。

2

防风和二十多个勇士奔到前方，被眼前的情形给吓住了。眼前的一头巨猿，身高数丈，非常强大。它浑身白毛无瑕，两颊却是黑色，上肢奇长双脚巨大，可以直立行走。它举着巨石往前砸得很远，可以看出此兽力量骇人。

"九阶凶兽！"防风脱口而出，倒吸了一口凉气。

九阶代表着凶兽的顶端，除了不显于世的十阶凶兽外，九阶凶兽乃是恐怖的存在。

防风虽然被惊住，但是作为第一战将，还是马上回过神来，对身边的人说："马上回去，再叫一些人手来。"

话没说完，后面传来小奇的声音。

"我去叫人。"说完，小奇一溜烟就往回跑。防风大惊，这小子是什么时候跟过来的！

九阶凶兽是拥有智慧的，看到眼前这群人，顿时凶性大发，巨石直接朝着防风他们扔来。

“快散开！”防风吼道。

大家都是高手，自然知晓此兽难惹，看到凶兽开始攻击，立刻闪避散开。

防风嘶吼道：“有岩石部落的人在吗？禁锢它，禁锢它！”

“大人，岩石部落的人在大队伍中，并未跟来。”

防风暗骂一声：“该死！”

突然凶兽上空出现一个巨大的网，落下把凶兽给罩住了。

防风一见，大喜：“海头部落？好，继续加网，继续！”

凶兽愤怒地不断挣扎。虽然网不断地在加，但是凶兽力大无比，外加双爪锋利，很快那些网就被撕裂开。防风刚有喜色的脸，又黑了下来。

对于九阶凶兽，防风也无能为力，甚至内心中有点儿恐惧。

“防风大哥，岩石部落的人来啦！”小奇一转眼，就跑回来了。

防风回身却只看到一缕烟尘：“人呢？”

小奇回身看了一眼，不好意思地挠挠头：“我跑得太快，他们在后面呢。”

防风想起小奇的速度奇快，点点头：“你要藏好，这里太危险了。”

小奇好奇地看着那头凶兽，兴奋地说：“防风大哥，这头凶兽长得有点儿像猿猴啊。”

防风面色严峻地盯着凶兽，没有搭理小奇的话。

“对了，防风大哥，弃长老说，在他的记忆中，这头凶兽曾经作恶多端，他当年在人族典籍中见过描述。”

防风一听，马上转头看向小奇，等待小奇继续说下去。

“然后呢？”

第八十六章　凶兽逞威

"啊，我忘记了。"小奇不好意思地挠挠头，"刚才太匆忙，没记住太多。"

防风正要说话，不远处传来一声惨呼。

人员出现了伤亡，凶兽挣脱大网以后，马上就去追杀海头部落那两个布网的人。他们俩早就准备躲避，但还是被凶兽抓到，利爪之下，没有任何反抗之力，就被切成碎块。

"快，阻挡住它！"

"怎么阻挡，这头凶兽实在太强，我们的攻击基本无效。"

"有鬼车部落的高手在吗？"

"没有，鬼车部落那帮人桀骜不驯，这次没有来。"

"该死的，它过来了，过来了，大家闪开！"

"啊，救我，救我！"又一声惨呼。

等云阳赶到的时候，场面已经失控。大家都各自奔逃了，而那头凶兽虽然体形巨大，但是身子异常灵活，跳跃腾挪，速度迅捷。

防风也受了一些轻伤，手臂被飞溅的尖石划破。

小奇倒是无碍，从始至终都被防风保护着，外加小奇无比灵活，也足够躲避危险。

"云大哥，小心！"小奇看到凶兽冲云阳去了，焦急地大喊。

云阳微眯着眼睛，从背后的兽皮袋中拿出一个精巧的器械。

当凶兽风驰电掣一般袭来的时候，云阳快速扣动机关，一支锐利的箭夹着风雷之势向凶兽射去，然后云阳迅速跳出刚才站立的位置。

说时迟，那时快，幸好云阳躲闪及时，仅仅一眨眼的工夫，云阳方才站立的大石头，就被凶兽击碎。

"嗷，嗷！"凶兽痛苦地号叫起来。

刚才那支短箭旋转着射入凶兽的胸口，所以造成的伤害异常大。凶兽受伤后急红了眼，直奔云阳而去，放弃追杀其他人，眼中只有给它造成伤害的云阳了。

小奇看到云阳拿出器械的那一刻，突然想到星月给大家做了一些符合自身特点的武器，自己背上就有。

"云大哥，我来帮你。"小奇急吼吼地要上前帮忙。

防风连忙抓住小奇的脖领子，大声喊道："你疯了！你给我老实待着！"

他对小奇是真心喜欢，若不然以他的性格，爱谁谁，哪管得了其他人，尤其是在这么危险时候。

小奇焦急地说："防风大哥，你别拉着我，我有星月姐做的武器，会注意安全的。"

"什么星月不星月，你哪里都别去！"防风心中特别烦躁。他从来没有对付过九阶凶兽。

云阳的处境已经万分凶险。凶兽太灵活了，又极威猛，尤其被激发了凶性，更加恐怖。所过之处，巨石碎裂，地上大坑深陷。云阳只能左躲右闪，不时拿着星月制作的强弩发射箭矢，但是凶兽已经有了防备，威胁有限。

高阶凶兽的可怕之处就是拥有相当的智慧。它们有强悍的身躯、特殊的技能，外加类人的智慧，这才是恐怖的结合体。

云阳感觉到自己的体力已经消耗得差不多了，速度也降了下来，心里有些苦涩。

凶兽也发现了云阳的体力状况，不顾一切地追杀云阳。云阳看到前面有一块数人高的巨石，拼命跑过去，想借巨石躲一下。

似乎猜到了云阳的打算，凶兽猛然凌空一跳，直奔巨石而去。云阳感觉上空有一股风，马上俯身就地翻滚。等他闪开的时候，才发现凶兽已经识破自己的下一步，拦在自己前面。此时凶兽狰狞地露出獠牙，被云阳射穿的伤口流着鲜血。

身为顶级凶兽，好久没有受伤了，若不是这个器械威力实在太强，根本不会伤害到凶兽。就连防风都感觉到诧异，刚才那么多人攻击凶兽，都无法造成伤害，而云阳小小的箭矢却成功了。想到马上就能把伤害自己的人撕碎，凶兽似笑非笑地龇了龇牙，挥出利爪。

云阳的力量耗尽，离得太近了，他想挪动躲开，但是浑身已经不听使唤了。

他心如死灰，唯有闭目等死，一瞬间想到很多，幼年的洪水、被洪水吞噬的父母、阿薰的笑脸……

就在利爪即将落下的时候，云阳听到身后小奇大喊："云大哥，快闪开！凶兽被禁锢了！"

云阳一激灵，奋力挣扎闪出利爪可以触及的范围。

原来是小奇搬来的救兵来了，这批人手里面有几个是岩石部落的，擅长禁锢，一到就马上开始布阵，尝试对凶兽进行禁锢。

"我们接近不了它，你们快去攻击！"一个岩石部落的人高喊道。

毕竟岩石部落也没来几个人，虽然用阵法外加部落秘术对凶兽禁锢，但是这个凶兽位阶太高了，恐怕禁锢不了多长时间。

防风一看凶兽被禁锢，顿时大喜，手一挥，吼道："上！立刻诛杀，不要让它挣脱开了！"

大家精神一振，各自施展技巧围杀凶兽。小奇从兽皮袋拔出星月给他做的小刀，也要上前猎杀。这把刀是多刃的设计，暗藏各种机关，可以让这个武器发挥更大的威力。

第八十七章　云阳，快跑

防风心头拿不准，并未立即上前攻击凶兽。他一把拉住小奇，小奇苦苦哀求道："防风大哥，你就让我去吧，不会出事的，它跑不过我。"

防风断然拒绝道："不行，太危险，你不许去！"

"防风大哥，你别拦着我，我真能帮上忙的。"

防风怒吼："闭嘴，这头凶兽绝对不是那么简单的！"

此时，场面异变突生，凶兽挣脱了禁锢、仰天长啸，不顾身上的伤口在人群中寻找云阳的身影。

云阳正在上机关，不断向凶兽发射箭矢。猛然看见凶兽面露凶光地盯着他，心中暗叫不好。凶兽双目赤红冲了过去，所过之处人仰马翻。大家对于凶兽挣脱虽然有心理准备，但过于突然，还是有些猝不及防。

云阳转身就跑，凶兽认准了云阳，不顾其他人，直奔他追去。各种攻击纷纷砸向凶兽，但是凶兽浑然不觉，就连肚子上被撕开了一道口子都不管，只是一门心思追杀云阳。

"云大哥，云大哥！"小奇在后面不停地喊。

云阳不敢有任何停留，拔腿飞奔。刚才那一幕让云阳非常胆寒。

大家望着云阳和凶兽的身影远去，面面相觑。

防风松开小奇，看到战场满目疮痍。

"小奇，赶紧回去通知弃长老，我去追他们。"防风匆匆放下一句话，就朝着云阳和凶兽的方向追去。

小奇急得跺脚。如果跟上防风，肯定会遭到防风的呵斥，但是他又非常担心云阳。如果先告诉阿薰，再去找云阳，到时候阿薰也不会说什么。小奇眼珠一转，想到了好办法。

大家扶着伤员到一边休息。刚刚的战斗虽然短暂，但还是损失了十多人，包括两个岩石部落的人，秘术遭到反噬，被直接震死。

来之前，大家意气风发，当真的遭遇到危险才知道这趟西行比想象中还要凶险。

满地鲜红的尸体碎片是被凶兽利爪抓碎的。一个勇士忍不住蹲地哭泣起来。被凶兽杀死的人中，有一个是他的同胞哥哥。他们来自姬氏部落。这次，兄弟二人一同西行，没想到此刻阴阳两隔了。

大家都沉默不语，心情非常沉重。有人看着那位勇士哭得非常伤心，拍了拍他肩膀说："兄弟，别哭了，总有一天，我们会亲手猎杀那头凶兽的。"

虽然这话有些不现实，但是他的话让那位正在哭泣的勇士内心一振："总有一天，我要亲手杀了它！"

大家望着他们两个，内心注入了一股力量。所有人心中都暗暗想道："总有一天，一定要杀了这些凶兽。"

凶兽肆虐，把人族当成口粮，每个人对凶兽都是无比仇恨，同仇敌忾让人们的心走到了一起。

"刚才那个凶兽是几阶的？"

"不知道，这个凶兽的威势是我见过的最强的。"

"在我们人族的聚集地，怎么会有如此强大的凶兽？"

"看来要发生大事了，那头凶兽一路走来，肯定会对其他部落下手。"

"我们应该向洛城汇报，派大队人马来围剿，若不然，等凶兽深入腹地，不知道有多少人会遭殃。"

有老成持重的人叹息道："谈何容易，你难道不知道我们为何要西行吗？现在人力严重不足啊。"

"难道天要亡我人族？"有人悲哀地摇头叹息。

"放肆！我人族生于天地间，多少大劫难都过来了，这算得了什么，你不要说这种丧气话！"

看到两个人有吵起来的架势，其他人赶紧劝道："好啦，都是自己人，不要吵了。我们现在等弃长老来，然后再想办法。"

一人心有不甘地说："就是不知道刚才那头凶兽到底是什么，不然我们也能有相应的对策。"就在大家也被引入这个话题的时候，一个嘶哑的声音传来。

"那是九阶凶兽，大脚雪猿——嚣！"

大家都往那个声音望去，看到来人后，一个个鞠躬施礼。

弃长老得到小奇的通知之后，马上带着大队伍来这里会合。他在路上详细问小奇刚才发生的事情。小奇本来是打算汇报完就向云阳他们的方向追去，可弃长老非常迫切地想知道详情，所以一个劲抓着小奇问。

当听到云阳用强弩射了凶兽，而后凶兽追杀云阳跑不见了，不知怎么着，弃长老突然心情放松了不少，但是没有表现出来。

他关切地询问防风做了什么，小奇毫无心机，把经过一五一十说了。

当听到防风为了保护小奇，并未出战，而是居中指挥的时候，弃长老脸色发黑，内心怒火升腾。

第八十八章　夺命追杀

1

看到眼前的一切，弃长老和大部队的人，都心有余悸。

九阶凶兽造成的破坏非常大，万幸的是一多半人员还在。能从九阶凶兽手上逃过一命，是非常幸运的。

"弃长老，防风居然贪生怕死，躲起来保护那个孩子，实在是失职啊。"

弃长老摇摇头，示意鳞羽长老不要乱说。

"防风此举必有深意，不要看他表面大大咧咧，能当一族之长，并且在人族声威赫赫，岂是简单之辈？"鱼显长老的儿子鱼木嘀咕道。

"但是勇士都在用命，他却不出手，这点实在是让人反感。"鳞羽长老愤愤说道。

弃长老也猜不透防风的想法。这次防风加入西行并不是弃长老的本意，奈何舜帝令他随行。幸好只有防风一人跟来，他部落的其他高手并未随行，否则更难驾驭。

弃长老低声道："好了，此话不要再说，静观其变。"

鳞羽长老虽然对防风意见很大，但是弃长老发话，只好点点头。

阿薰给大家包扎着伤口，伤口大部分都是被碎石击伤，并无大碍。伤者们看到阿薰，纷纷恭敬地行礼。阿薰脸色通红，连忙摆手。但大家还是坚持行礼，毕竟医者济世救人，广受爱戴。当阿薰要给一个鸟甘部落的人治疗时，那位勇士满不在乎地摆摆手："尊敬的医者，我这个伤不要紧，一会儿用清水冲一下就可以了。"

阿薰看着眼前这个面目凶恶、身体壮硕的汉子，坚定地说："不行，你这伤口必须敷药。"

那汉子平时勇猛莽撞，向来任性妄为，但此时觉得眼前这个弱弱的女子有一股莫名的力量，不由得气势被压了下来，任由阿薰冲洗伤口后，把草药敷上。

"小奇，你干吗去？"

阿言看到小奇鬼鬼祟祟、蹑手蹑脚地往外走，出声询问。

"嘘，嘘。"小奇赶紧在嘴前竖起手指，"我去找云大哥，你不要那么大声。"

阿言面无表情地说："我去，你留下来。"

小奇很气愤："凭什么你去我留下来？"

阿言毫不客气地说："因为你帮不上忙，你只会跑。"

小奇被气得够呛，一个劲儿地指着阿言："你，你……"

阿言脸色冷冰冰的，一摊手说："事实就是这样。"

小奇气得一跺脚，转身就要走。

阿言抱着肩膀，说道："你要是敢走，我就去告诉阿薰姐。"

小奇吓得一哆嗦，对阿言怒目而视。阿言面无表情地回看小奇。两人对视一阵，小奇终于败下阵来，说道："阿言，你要是去了，谁来保护我姐姐和星月姐？你别忘了，云大哥可是让你保护她们两个的。"

阿言脸色一僵，一下子也想到了这个问题。

小奇看到阿言的脸色，心中一喜，继续软语相求："阿言，我是担心云大哥。我跑得快，所以很安全。我打不过凶兽，但它也跑不过我，如果云大哥遇到危险，我可以帮忙引开凶兽。况且，咱们几个孤身在外，你本领比我高，保护我姐姐和星月姐的事情，你来最合适，并且云大哥也是交给你的，你说对吧？"

阿言犹豫了："这……"

小奇看到有戏，连忙说道："这什么这，就这么决定了。"

阿言看着小奇，说道："你真的要去？那阿薰姐知道了怎么办？"

小奇心中暗暗得意，没有留意阿言脸上的异色，而是趁热打铁："你别告诉我姐姐不就行了。我现在要出发了，要是晚了，云大哥就有危险了。"

说罢，转身就走。突然，他发出一声惨叫，响彻山谷。

大家正在聊天，被惨叫打断，看到小奇的耳朵被他姐姐揪住后，大家会心一笑，继续各聊各的。阿薰已经在小奇身后站了一会儿了。

"阿言，我跟你绝交。"小奇一边向阿薰求饶，一边埋怨阿言。

阿言的双手无奈地一摊，带着大黑熊走到一边。

2

云阳不停奔跑，不时往身后射出箭矢。

大脚雪猿在云阳后面穷追不舍，云阳感觉到双腿就像灌了铅一样，但却不敢有任何松懈。若不是他不断地走折线，早就让凶兽抓到了。即使如此，凶兽的利爪也有好几次从云阳后背划过，带走一条条肉丝。现在，云阳的后背已经鲜血淋漓。

凶兽一副不死不休的样子，每一次接近云阳都刻意放缓速度，开始戏耍猎物。

唰的一声，一棵参天大树直冲云阳奔走的方向射去。

云阳感觉到后面的风声，马上往地上一滚，堪堪躲过。

云阳惊出一身冷汗，血肉模糊的后背粘上尘土，炽热的刺痛感几乎让他昏厥。

云阳咬紧嘴唇，让自己保持清醒，继续拼命往前逃。凶兽看到云阳躲过自己的攻击后，继续追赶，不过若即若离，始终让云阳保持在自己的可见范围内。

这一追一赶，云阳也感觉到凶兽在戏弄自己，心中虽悲愤不已但却毫无办法。手中的箭矢不起作用了，凶兽已经知道怎么躲避。

云阳跑着跑着，又一座石山出现在眼前。他顿时有些绝望，这座山挡住了他的逃跑路线，而后面的凶兽似乎已经玩耍够了，打算直接把猎物撕碎。它加速冲云阳跑去，一个飞身跳跃，跃起十余丈高。

云阳不甘心束手就擒，四处寻找可以躲避的地方。

突然，他眼前一亮……

第八十九章　困兽之斗

一个半人多高的山洞被杂草掩盖，云阳常和阿言狩猎，所以一眼就认了出来。

他来不及细想，奋力往洞穴跑去。

半空中的凶兽也没想到这里会出现一个洞穴，看到云阳往那里跑去，立刻急了，加速往云阳看到的洞穴上降落。

千钧一发之间，云阳闪身扑进洞穴。

咚的一声巨响，凶兽砸在洞穴门口，顿时土石飞溅，尘埃乱舞。

"嗷！嗷！"凶兽愤怒地在洞穴外乱凿。这已经是猎物第二次从自己手上溜走，凶兽异常恼怒。

洞穴只有半人高，云阳进入非常容易，但是对于体形巨大的凶兽来说，根本就挤不进去。

云阳钻入洞穴，累得喘不过气，外加浑身疼痛，半条命都没了。

他趴在地上不断地喘着粗气，不过这个时候还不能松懈，因为凶兽在外面砸洞，希望把洞口砸大一点儿。

云阳稍微喘了一会儿，又努力往里面爬，远离洞穴口。

"咚，咚！"凶兽不断砸着洞口，洞口土石飞溅，洞内也有石块落下。好在此山很高，岩石异常坚硬，凶兽虽然富有神力，也不能轻易砸开。

云阳艰难地往前爬，由于体力已经消耗殆尽、身上又有伤，所以速度很慢。

他的眼睛已经模糊，看不清前方了，脑袋昏昏沉沉，浑身酸软得一点儿力气都没有。

云阳不知不觉停止了爬行，整个人昏迷了。

凶兽还在不断敲打洞口，企图让洞口变大。不知过了多久，云阳抬起沉重的眼皮，慢慢醒来，抬眼看着洞穴。整个洞穴大部分是天然形成的，也有斧凿的痕迹。

云阳回头看向洞口，吓出了冷汗。

原来凶兽已经把洞口扩充，钻了进来。但是凶兽没有料到的是，里面的空间狭小，它进来之后，被卡在洞口不远处。只是那个时候，云阳已经昏迷，听不到凶兽在愤怒地挣扎。

由于大半个身躯都卡住，无处借力，自然进退不得。凶兽在挣扎半天无果后，停止动作，转而看向不远处的云阳。看到猎物一动不动，凶兽刚开始以为云阳死了，可看到云阳还有呼吸的起伏，心头大喜。它把身子往洞内挤挤，然后伸出利爪，打算把云阳勾出来。

怎奈还有些距离，这让凶兽非常烦躁，猎物就在眼前，想得又得不到。

凶兽发狂，为了抓住猎物，只好继续把身子往山洞里面一点点挪动，一点点挤进去。就这样，越来越深入，离云阳越来越近，但是凶兽的身躯也被越卡越紧。洞内的空间并不大，凶兽挤进来，把整个空间填得满满的。每挪进一点儿，凶兽就伸出利爪试探自己离云阳有多远，凶兽也知道自己正在冒险。

如果出不去，恐怕就得不偿失了。就在凶兽不断努力，离云阳越来越近、马上就能勾到云阳身体的时候，云阳突然醒来了。

看到凶兽还在往洞穴里挤，云阳大惊，万没想到此兽如此执着。

凶兽看到云阳醒来，顿感那么长时间的努力要白费，气得眼珠通红，奋力往洞内挤了又挤，打算趁云阳没有反应过来之前，一把抓住。

云阳大惊，急忙往前爬，背后的鲜血已经凝固了，但挪动之间还是异常疼痛。

凶兽嘶吼着，身体拼命往洞穴里面钻……

第九十章　围剿共工

蚌池此时人潮涌动，从九州各地奔来越来越多的人族。

帝令九州，天下呼应。

共工不屑地看着越聚越多的人们，负手立于水上。除了祝融能让共工重视以外，其他任何事情都不能让他心起波澜。仅剩的四个龙子在一边戒备，防止共工突然暴起。各个部落的人族，聚集在洪水岸边，大家一边戒备，一边布置工事。

共工突然在人群中看到了共工氏部落，目光一凝。

共工氏部落被其他部落指挥着，布置离水阵，那离水阵是共工传下的，可以防止部落被洪水淹没。

"叛逆者，该死。"共工怒气爆发。

大战因为共工看到共工氏部落又开始了。

共工氏部落的人看着共工，神色非常复杂。那是自己部落供奉的神、部落的守护者，没想到今天却兵戎相见。老一辈人还回想着那口口相传的荣光——当年跟随大神争霸天下是何等威风，何等霸气。但是共工兵败被封，共工氏部落被打入罪民行列，受到其他部落的欺凌和敌视。这么多年，所有人都在赎罪，尤其是看到被洪水侵吞的部落后，这种罪孽感更深了。

当年的青壮都已衰老，成为部落的长者，火气和争霸的心思早淡了，反而希望人族重新接纳自己的部落。但是部落里的年轻人被其他部落的人鄙视和欺凌，年少气盛的他们经常忍不住奋起抗争，基本都被镇压了。

这次听闻共工出世，整个部落分成了两派：老一辈的希望跟着人族去参战赎罪，期望获得人族重新接纳；而另外一派是年轻人，他们希望重回共工麾下，向那些欺凌自己的人复仇。但无论如何，总要先来到蚌池，所以两派人暂时放弃争执，一起携手来到了蚌池，加入整个人族的阵营。当看到共工神威赫赫地站在洪水上，四周布满密密麻麻的各族高手，共工氏部落心情复杂：那是自己部落的大神，但是同时也是人族的大敌。

年轻一派也不敢贸然行事，大家压着内心的激动，按部就班地按照指挥者的命令去做。

老者一派担忧地看着他们，生怕他们做出什么不恰当的事情，让部落毁灭。

"劳长老，他们要是胡来的话，可就麻烦了。"一个老者紧张地说。

劳长老叹息道："这么多年被其他部落欺凌，我们老叟倒是无所谓，已经习惯了，但是他们这群年轻人年少气盛，哪儿忍得了？我们抓紧布置离水阵就是了。"

老者看到长老对这些人也无可奈何，叹了一口气。

共工氏年轻一派看到共工傲然挺立，一个个非常激动。

"那是我们的神，只要我们重回神的阵营，那么没有人再敢欺负我们了。"

"没错，让那些欺负我们的人后悔去吧。"

年轻一派的首领高大威猛，脸上有一道从眼到嘴的伤疤，看起来异常阴狠。

他摆手道："当前大家要冷静，要想办法接近神，同时要注意保密。我们的周围全部都是其他部落的人。"大家对这个人很信服，纷纷点头称是。

这个时候共工感觉到背叛，开始发怒了。

当年轻一派看到共工带着愤怒、神目直视自己部落，顿时心惊。

"糟糕，离水阵，是离水阵！"一个人惊呼起来。

年轻的首领突然明白共工为何会如此愤怒。这个离水阵是共工传下来、用来保护自己部落的，没想到今天会被拿来对付他本尊。

"该死，该死！"想通此环节，年轻首领大声骂起来。

肯定是部落那群长老做的，他们这么做等于把整个部落都推到了大神共工的对立面。年轻首领气急败坏，所有的计划、所有的希望一瞬间没了。共工不会听他们解释的，神是高傲的，他认准的事情就是天理。

"快看，洪水被挡开了！"密集的人群里突然有人高呼。

"离水阵！"稍微懂的人一眼就认出来，看来共工氏部落真的和共工断绝了关系。

有人变色道："不好，赶紧备战，共工绝对咽不下这口气，快！"

其他人马上醒悟过来，拿自己传下去的阵法对付自己，换成谁都受不了。

此时，洪水开始升起滔天巨浪。

第九十一章　祭天宣命

1

共工氏部落的年轻一派首领无比愤怒，无比惊慌。从远处那滔天的洪水里，他能感觉到共工的恨意，看来，部落已经无法回到神的身边了。

离水阵一出就代表了决裂的立场。

年轻首领怒气冲冲地向部落长老走去。

这时，围在他身边的人也惊醒了，立刻跟了上去。大家沉默不语，这件事毁了年轻人的希望，谁人心中不是怒气腾腾！

此时，周围所有的部落都在号令之下，按照各自分工，匆匆做着准备。

一路上，大家对这群怒气冲冲的人都好奇地看了一眼。当看到他们身上的服饰和印记，都不屑地撇了撇嘴，继续忙着自己负责的事情。

年轻首领握紧拳头，这种鄙夷的目光他早就习惯了，但他每一次遭遇到这样的目光都忍不住想出手教训。如果这次能重归共工麾下，那么以后就不会再有人敢这样看自己，可是这帮老东西布下一个离水阵让自己的所有想法都成了泡影。

他要去问个明白，为何部落长老敢如此悖逆，难道就不怕共工降罪吗？难道这么做，其他部落就不会再排斥本族吗？

"愚蠢，愚蠢！"他不断在心中大骂部落长老。

当他来到部落扎营地时，发现劳长老等人正聚集在门口。

看到他到来后，劳长老急喝道："来人，把他给我抓起来！"

他顿时明白了，长老他们是打算完全倒向人族，彻底和共工大神断绝关系。

抓自己是怕自己惹事，怕自己带着众人投靠共工。

他不顾自己双手被缚，大声道："劳长老，你这么做，不怕后辈子孙会怨恨诅咒你吗？"

劳长老看到他还在固执己见，也心生怒意。

"住嘴！我们身为人族，怎可和恶神为伍，本长老这么做就是为后代子孙做打算。"

年轻人癫狂大笑："好一个为后代子孙打算，好一个至公无私的长老！哈哈，我呸！"

"你以为你这么做，其他部落就会重新接纳共工氏部落吗？别忘了，这个部落就叫共工氏，你们年迈昏庸，会把整个部落害死的！"

劳长老气得浑身发抖，手指着他直喘粗气。

"拉下去，拉下去，族法处置。"

年轻首领和跟随的人都被拉了下去，年轻首领不甘心，骂声不断。等人被拉下、骂声彻底消失后，劳长老平复了一下心情，朝身边的一位长者拱手道："让上族大人见笑了，部落青壮年少气盛，口出狂言，老叟会严加处置的。"

那位长者正是伯益，受命急赴蚌池前线指挥，特意巡视共工氏部落。他微微一笑，摆手道："共工氏部落也是我人族部落，过往之事，各为其主，不要再谈。从今往后，我们都是人族同一阵营，理当团结一致，共御外敌。"

"劳长老深明大义，倾力贡献，贵部落必然会获得人族各部落尊敬的。"

劳长老听到后，松了一口气，顿时赔笑道："感谢大人，但有令，吾必从。"

伯益微笑着点点头，环视整个部落："各位辛苦，让我们共同抵御恶神吧。"

2

天降瑞兆，五彩祥云飘荡在蔚蓝的天空。

这一日，黑黎部落早早就忙碌起来，各家放弃手中的活计，纷纷来到祭祀广场，正是前几日篝火祭祖的地方。

广场非常大，平日是演武之所，此地乃是大酋长蚩尤所建，当年点兵就在这里。广场中矗立着一座高台，底座长宽各五丈有余、高七丈，顶台香炉焚烧着，飘出袅袅的青烟。台下是密密麻麻的人群，离高台最近的一圈是黑黎部落的巫老们，还有一些洛城及附近部落过来观礼的长老们。再外层是各个部落高层带来的随从，最外圈是九黎部落的普通人。

祭祀典礼还没开始，里圈的人都各怀心事、没有说话，但外围以及后面的人都叽叽喳喳地议论起来。

"今天到底为啥事？我们部落的祭台可是好久没有启用了啊。"

"谁知晓呢，不过看这阵势，事情小不了呢。"

"那还用说，但是百里部落怎么来了，咱们前阶段不是还和百里部落打了一架嘛。"

旁边的人双手一摊："我也奇怪呢，不过我们可以盯着他们，如果他们敢无礼，我们一定好好再教训他们一顿。"

"哈哈，没错，没错。"

这时大巫身着深色礼服陪着一群华服庄重的人走了过来。禹也在其中，其他都是须发皆白的长老，部落的人并不认识。众人纷纷让开一条通路。

大巫神情肃穆，外人看不出喜乐，其实他内心波澜起伏。前几日他早得到密报，舜帝已下令赐图，他本想逼迫禹的部落尽早明确并入九黎，后来多次斟酌还是放弃了。

他对舜帝赐图虽然有心理准备，但如此爽快还是多少出乎他的意料。禹落难之时，大巫出手相助，这份人情已经做足了，禹的承诺也还在，见好就收不失为不错的选择。如果做得过于勉强，容易适得其反，只是他的心中还是非常遗憾。

洛城的长老终于赶到九黎宣礼，大巫全力配合，启用部落神圣的祭台，这个顺水人情他必须全套奉送。

"吉时到，祭天开始。"大巫登上底层的祭台大声宣布，洛城来的长老和禹步履庄重走上了顶层的祭台。

这位长老叫彭祖，乃舜帝心腹智囊，彭氏部落的族长。其部落善于谋略，人族内声望显赫，很多大事都是出自彭氏部落谋划。

当大巫高喊一声"祭天开始"，所有人都屏住呼吸，场面一下子静了下来。

"盘古氏开天，女娲氏造人，乃有人族，上天垂青，人族大兴……"

彭祖手持黄绢庄严地念道，众人都神情肃穆。

"有崇部落禹，善于治水，人族共主舜，赐予九州山川图，令禹治水，以解水患，以安万民，天下万族皆受其令。上告诸天，伏惟尚飨！"

彭祖念完，手中的黄绢忽然像有生命一样升起，直奔高台的香炉上方而去。

禹则俯身跪拜，朗声道："禹受命治水之责，必将殚精竭虑，万死不辞，解万民水患之苦，此心苍天可鉴。"

写有祭词的黄绢飘在香炉上空，等禹说完，一下子着了起来。火焰把祭词吞没，这代表着上天已经接受了。众人看到后，先是窃窃私语，这个上前行礼的不是那天祭祖跳舞的禹大人吗？等看到香炉之火把黄绢烧了，大家也都懂了，治水的大事要放在禹的肩膀上了。众人对禹那天唱的歌谣印象极深，很受感动，不由得鼓掌喝彩起来。

内圈的人听到祭词的内容后，面色不一，有的欣喜、有的疑惑，只有洛城来的人没有太多表情，因为事情他们早就知晓。

大巫看见人们情绪激昂，欢呼雀跃的样子，心中不由暗叹："此子治水算是众望所归啊。"

第九十二章　号令天下

1

彭祖退下了，禹独自祭拜天地，施礼完毕后，俯视下面的人群，心潮澎湃。原本多日的惊慌忐忑，此时烟消云散，换却了一腔壮志豪情。

仿佛梦幻一般，生命中最大最险的一次赌博成功了，终于可以名正言顺地施展心中的抱负。他环视一圈，把目光停留在祭坛内圈的大巫、彭祖身上。

对于九黎部落，禹内心非常复杂。自己隶属炎黄部落，但是此次受庇护于九黎，大巫顶住了压力救了自己，又上书舜帝陈情，才换来今天这个完美的结局。虽然大巫也开出了惊人的价码，但并未强求自己立刻兑现，禹深怀感激。日后若九黎部落提出非分的要求，自己的处置是个难题，但那是以后的事情了，姑且走一步看一步吧。

当看到彭祖和大巫的眼神交锋，禹突然如醍醐灌顶一般，露出了微笑。

祭天完成，那么就要正式履行职责了。禹对自己的定位非常清晰，他要依据自己的治水思路行使手中的大权了。

禹朗声道："代天职，尊帝命，治洪水，天下万族各部，均出青壮，一月后部族长老集于会稽山共讨治水之事。此令即行，传遍九州。"

当禹说完，各部落的长老齐声拱手："谨遵帝命，遵大人令。"

其他部落的人们对禹在九黎深受欢迎非常吃惊和震动，一时间心里五味杂陈。

彭祖也跟着施礼，此次是彭祖自动请缨前来。一来他深知事情始末，并且位高权重，又是舜帝心腹，可以代表舜帝。二来也是想看看禹究竟如何能从一个小小的治水人变成现在让舜帝也头疼三分的人物。三来是想打探一下九黎部落是否真的如信中所言那般去做。

禹多年在外奔波，回洛城述职的时候，彭祖好几次错过，因为彭祖常年代帝巡视四方诸侯。此次亲眼所见的禹器宇轩昂，气度非凡，让彭祖心生好感。

不过同时，彭祖看到禹在异族人气大旺也心生警觉，尤其禹朗声下令那一刻，令彭祖刮目相看，若不是天纵英才，就是处心积虑，若不然不会如此条理清晰，重点明了。不管哪点都让彭祖心头有些许不安，这个不安无涉自身，而是对舜帝的考虑，不知此次赋予他这么大权柄是对是错。但是此乃多事之秋、用人之际，也顾不得瞻前顾后了。

"感谢彭祖大人不辞辛苦前来宣礼。"

彭祖一下子从沉思中惊醒过来，看到禹在自己面前含笑拱手。

彭祖回礼道："禹大人受帝垂青，当真可喜可贺。平治洪水，任重而道远，一切就拜托禹大人了。相信在禹大人带领下，我人族一定能够治理水患，廓清四海。"

禹豪迈地大笑道："哈哈，感谢彭祖大人看重，今后还望彭祖大人多多支持。"

"一定一定，老夫当竭尽全力。"彭祖笑道。

"两位大人，今日祭天礼成，实乃人族大喜之日。禹大人以后携九州之力治水，我人族有望了！"大巫不知何时出现在两个人身边。

禹连忙拱手，大巫微笑点头："彭祖大人不远千里，舟车劳顿，老叟备下薄酒，还请两位大人赏光，畅饮庆贺，不负天时。"

彭祖笑着拱手："客随主便，多有叨扰了。"

2

云阳此时浑身血污，缓缓地往山洞里面挪动，而凶兽瞪着通红的眼珠子，也拼命往前钻，眼看就要抓到的仇敌，骤然要逃脱，这让凶兽直欲疯狂。

凶兽的身体非常强悍，但是体形过于庞大，要抓云阳，只有不断往山洞内挤，就算凶兽肉体强悍，但这毕竟是一座大山。如果说把山砸开对于它来说或许不难，但是想钻进去，的确费劲。

凶兽恨意太浓，想亲手抓住云阳，不过等进来之后，不免进退两难。

云阳虽然醒转过来，但由于透支了体力，伤口剧痛，所以神志极为模糊，只是求生的本能不断驱使他往洞内爬行。

一个追，一个爬，两个人都很慢，但谁都不敢停下来，云阳怕停下来被凶兽抓到，凶兽怕失去云阳的身影。就这样，一人一兽艰难地爬行。

越深入洞穴内，凶兽越安静，往里挤太费劲了，它得节省体力。它已经感觉到自己如果不继续爬，那么退出去也不好退，山体一旦崩塌，很可能把自己埋在里面。也不知道过了多久，云阳感觉身下的石头突然变得坚硬锋利，原本已经麻木的躯体，又增添了无数的伤口。

云阳被刺痛后神志一下子清醒了一些，这石头不对劲，这是他第一感觉。回头看看凶兽，发现凶兽也停了下来，显然也遇到同样的问题。

云阳环顾四周，由于已经深入山体腹地，黑暗潮湿，看不到什么。云阳想摸一下自己的兽皮袋，发现已不知遗落在哪里。他只感觉到洞内的石块坚硬异常，无比冰凉。

凶兽天赋异禀，黑暗视物对它来说不是什么难事，要不然也不会紧随云阳。若不是身躯太过庞大，每一次爬行耗费太多时间和力气，早就把云阳抓到了。

这里的石块寒气逼人，大脚雪猿深深感觉到情况异常，刚才尝试往后退缩，但是自己挤了半天，碎石不断落下，已经把后面的路封住了。这让凶兽只能前进，无法后退。它又尝试了一下站立，但却发现这里的岩石比先前过处更加坚硬，就连翻个身都不可能。

一人一兽深感不妙，都没有乱动。不知道前面还有多远，也不知道刚才爬了多久，洞内的黑暗已经让云阳分不清过了多久。

第九十三章　防风断后

小奇还是跑了出来，他循着路上的痕迹，没多一会儿就碰到了垂头丧气、正往回走的防风。小奇紧张地问："防风大哥，你怎么回来了，云大哥呢？"

防风抬起头看了看小奇，没精打采地说："他们两个跑得太快，我跟丢了，远处又是不少山脉，很可能越山走了。不过凶兽笨重，说不定云阳已经甩开了。"

小奇急声说："那我们可以跟着痕迹走啊。"

防风摇摇头，看到小奇还是固执地看着自己，无奈之下，拉着小奇往前面走。

等到了地方，小奇一下子就知道怎么回事儿了。连绵的山脉一望无际，凌乱的痕迹到此为止。远处也没有听见什么动静，而四周又是青草遍地、绿苔盘山。

小奇觉得有些奇怪："防风大哥，云大哥他们会不会就在附近？"

防风叹了一口气："我都已经找了，并没有发现，应该是跑远了。"

小奇不甘心，四处转了一圈，最后也无奈地回到防风身边，带着哭腔问："云大哥会不会有危险啊？"

防风叹了一口气，皱眉安慰小奇："不会有事的，你云大哥那么聪明，肯定会逃脱的。"

他拉着不情愿的小奇往回赶："走吧，我们先去和大部队会合，再做计议。还有，你待会儿就跟你姐说云阳去通知其他部落有凶兽了，别让她担心。"

小奇想了想，无奈地点点头。一路上，两个人都各怀心事。小奇想得很简单，就是担心云阳的安全，毕竟是九阶凶兽。防风想得很多，他早就看出凶兽和云阳可能去的去向，但考虑到大队人马要赶路，此时不宜耽搁，所以把小奇糊弄过去了。他更忧虑的是西行不久就遇到这么强的凶兽，底下还不知道有多少危险，以前可没听说西边有这么多事。

"小奇，你给我过来！"

防风一下子被惊醒了，抬眼看到小奇被阿薰揪住耳朵，拉到一边训斥。小奇低着头，也不敢还嘴。原来他们已经不知不觉回到了刚才和凶兽战斗的地方，大部队在原地休息，并没有前进，毕竟不知道前方是否安全。

弃长老看到防风心事重重，心中也是一惊，能让防风这么粗线条的家伙出现这种表情，显然情况比较复杂。

弃长老不动声色地寒暄："防风长老，辛苦了。"

防风敷衍地点点头，一副神不守舍的样子。

弃长老拂须道："防风长老回来了，看来前面没有什么危险，大家起来收拾一下，继续赶路。"

众人本来对那头凶兽心有余悸，但看到防风长老安然回来，没有受到什么伤害，便推断凶兽大概已经走了。大家这才放下心来，纷纷起身。

督促大家都整理好行囊开始上路后，弃长老来到防风身边。

"防风大人，究竟遇到了什么情况，让你如此心事重重？"弃长老严肃地问。

防风抬头看到弃长老出现在眼前，两个人一路上一个在队伍前面、一个在队伍中间，毫无交集，这还是第一次并排赶路。

远处，小奇显然被阿薰呵斥完了，正在东拉西扯哄着阿薰，没人注意这边。

防风刚想说话，弃长老打断道："兜圈子的话就不要说了，西行太重要，容不得半点差错，我想，防风长老你懂轻重。"

防风看了一下远处的小奇他们，放缓了脚步，故意拖到队伍末端，这才缓缓说道："我追随踪迹到一处山脉，发现有一个洞穴，洞穴口非常凌乱，有很多碎石，并且有白色兽毛，可能凶兽追着云阳进了山洞。"

弃长老大惊失色："那前面岂不是还有危险？"

防风料想到了弃长老会惊慌，连忙捂住他的嘴，低声道："你小点声，你想引起队伍的动荡吗？"

对于常年带兵的防风来说，适当隐瞒、不让属下知道太多的真实情况，这才能让队伍保持信心和斗志，是他惯用的统御之术。如果一旦让大家都知道凶兽并没有走远，那么必然会带来恐慌，有的人甚至会偷偷跑掉，那么可能会带动更多的人逃跑。如果出现这个情况，再强力制止的话，十分容易引起哗变。

弃长老经过提醒，显然也想到了，心中暗自羞愧：妄自尊大，遇到事情居然连比自己年轻的防风都不如。

"那你有什么办法？"

防风低声说道："我用杂草把洞口盖住了，别人看不见。赶路要紧，你带着队伍继续前行，离开这一段。我留下去山洞看看，随后再赶上来。这个事情不要让大家知道，尤其是那几个小朋友。"

弃长老沉默片刻，紧皱眉头："不行，这样太危险了，你可能不知道，那头凶兽是九阶凶兽大脚雪猿——嚣。"

防风沉默了，显然和自己猜测的一样。虽然先前已有预料，可当得到另外一人的肯定之后，心中依然翻涌不安。九阶凶兽，那是已知凶兽中等级最高的，这种凶兽常常是霸主级别的存在，遇到就是大难。就连防风这种高手都没有丝毫把握能全身而退，更别说战而胜之。

防风沉声说道："我要留下，因为云阳还不知所踪。我答应过小奇，要保护他们。"

弃长老一副不可思议的神情，说道："你疯了？"

防风摇摇头，不愿搭理他。

弃长老急声道："遇到这种事情，谁也没办法，你要是留下来，那么前面的路线谁来引导？再说，你留下来也是送死。"

"大丈夫一诺千金，既然答应人家就要兑现。你不用再劝，是死是活，各安天命。至于路线，我早已用兽皮画好，你们照着走就可以了。"

弃长老听到防风这样说，气得手指乱颤："莽夫！愚蠢，愚蠢！我看你怎么和舜帝交代。"

防风正烦躁呢，听到弃长老动不动就拿舜帝压自己，顿时火冒三丈："你要是再聒噪，小心吃我的老拳。"

"你敢？！"弃长老本来是好心，只不过话说急了些，没想到防风又犯浑，差点儿没气得背过气去。

防风怒哼一声，不再和弃长老纠缠，向前走去。

弃长老看着防风的背影，恨得牙痒痒。

第九十四章 救命啊

冰冷潮湿的洞穴内，水珠不断滴下，云阳目不能视，只有凭借感知。幸好凶兽的双目发光，让云阳知道它在哪儿，可以保持距离，若不然很容易遭到它的偷袭。

云阳休息了一阵，感觉恢复了一些体力，身上的伤口也已经麻木。对云阳来说这反而是一件好事，麻木了也就不那么疼了。

凶兽没有动，一来它一动，云阳肯定继续爬；再者，如果继续深入，有可能深陷其中，毕竟它也是有智慧的。云阳看了看凶兽，后退的路被它堵住，唯有继续前行，若不然耗得太久，对自己来说是非常不利的。

兽皮袋早就掉了，食物也在里面，如果被长久困在这里，不用凶兽动手自己就饿死在里面了。云阳扶着身边的石头勉强站了起来，先前爬行是因为体力已经被消耗光了，现在体力恢复了一些，站起来走，比较快一些。

凶兽一看云阳站起来往前走，顿时急了。

云阳用强弩伤了它那一下，为什么就激起它如此深的仇恨？原来自从出生到纵横天地，一直以来都没有如此弱小的猎物能给它造成那么大的伤害。即使被禁锢的时候，人族一波又一波围攻它，它都没有忘记对云阳这个始作俑者的仇恨，若不然也不会挣脱开禁锢，第一个就冲云阳而去，一路追杀到这里。

虐杀，撕碎，然后吃掉，这是它给云阳安排的结果，眼看着就要擒获这个该死的猎物，没想到他居然躲进了山洞。

看到云阳往前走，犹豫了半天，凶兽硬着头皮继续往前爬，下定决心要抓住云阳，以解心头之恨。云阳一直奇怪为何这个山洞这么深，他猜测这个山洞可能是人工凿成的，并非纯天然形成。

极度的黑暗中，人丧失了感知能力。云阳没有参照物，也不知道走了多久，只知道身后的凶兽越来越远，直到回头已看不见它那双猩红色的眼睛。

脚上的兽皮靴早已磨破，浑身也被潮湿的空气包裹，湿漉漉的，异常难受。

大脚雪猿很是悲惨，每爬行一下，都要把山洞挤大，这样才能进去一些，但是每前进一点，身后的石块都落下，把后路封住。之前还是普通的山石，但是现在这段山石更加坚硬和锋利，大脚雪猿有些吃不消了。岩石虽然还没刺破身上的皮毛，但它每一次前行都要耗费很大的力气，显然，这是在和整座山较劲。

早已失去云阳的身影，但是大脚雪猿不得不继续前行，只不过速度就非常慢了。

云阳摸索着前行，累的时候就稍事歇息一下，恢复一些体力后，又开始上路。就在这一人一兽在洞内艰难挪动的时候，洞口之外，一个彪形大汉拿着火把进来了。

这正是脱离队伍的防风，他之前隐瞒小奇，是怕小奇也跟着来。他对小奇的性格相当了解，这次面对的是顶级凶兽，自保都很艰难，更别说保护小奇了。

他趁人不备悄悄脱离队伍，直奔这里而来。

进来之后，看到地上有鲜红的血迹，防风一看就知道是云阳的。但是洞内已经碎石遍地，洞深处已经多处塌陷，被石头堵住。防风一看就猜测出，这必然是凶兽尾随造成的，若不然，没谁能把山洞的石头蹭掉。

本来防风是打算用手挖的，但想了又想，他放弃了。毕竟一个人挖得再快，也难以进去，他猜测这个山洞的过道都会是这样。

防风只好从山洞出来，在山体四周翻找，看看是否有其他洞口可以进入。

云阳又累又饿，已经走不动了，浑身一点儿力气都没有。他饿得两眼昏花，瘫坐在地上，几次想起来继续走，但都站起不来。

突然听到远处好像有异响，不是凶兽挤洞穴的声音，也不是凶兽的嘶吼声。云阳晃动晃动脑袋，以为自己出现了幻觉，但是晃动之后静下来，隐约听到了声音。

云阳内心狂喜，就像快淹死的人遇到救命稻草一样。不管是什么东西在前方，这几乎是他生还的唯一希望。

"救命，救命……"云阳向深处连喊了好几声。

洞内全是云阳的回声，可是云阳喊完之后，发现那个声音消失了。

云阳无比焦急、无比失望，刚才他很确定听到了声音。显然，那个声音听到云阳的喊声后停止了。他用尽全身所有力气站起来，跌跌撞撞地向深处继续走。

他一边走，一边用嘶哑的声音喊道："救命……"

他希望能引起刚才那个声音再现，可是走了好久，嗓子都喊不出声来了，还是没有动静。云阳不由得绝望了，难道刚才真的是幻觉？可自己明明听到了，这个声音绝对不是凶兽的。

就在云阳万念俱灰的时候，一个很细微的沙沙声响起。

声音很轻，如果不仔细听，根本听不到，就连水滴落下的声音都比这个声音大。

这个声音虽然极轻，对于云阳来说，却如雷贯耳一般。

"请救救我，救救我……"云阳用尽全身力气说道。

不知名的声音多了起来，可是云阳已经虚弱到了极点，突如而来的希望带来的激动耗尽了他最后一丝气力。就在云阳昏迷前的一瞬间，隐约听到一句生涩的话："人族？"

然后他双眼一黑，就什么都不知道了。

第九十五章　山灵奇遇

　　云阳感到后背被凶兽的利爪抓到了，无比疼痛，凶兽将他的身躯肆意翻弄着，然后瞪着赤红的眼珠恶狠狠地看着他，张开大口咬了下去……

　　他一下子惊醒过来，发现自己在一个色彩斑斓的空间里，头顶和周围是各种闪烁的颜色，宛如仙境，而自己的身体泡在一个绿色的池子里。

　　"这是哪里……"云阳喃喃问道。可以确定，自己被救了，最后昏迷的时候，云阳记得有一个声音询问自己。只不过印象实在太模糊，这是云阳晕倒前唯一的记忆，后面的事情就不知道了。

　　这里好美，云阳在漆黑的山洞里被困了太久，身处此境，有种如梦似幻的感觉。

　　就在云阳转头四处打量的时候，一群光影围了过来。云阳吓了一跳，发现这群光影是人形的生物，他们通体透亮、泛着五颜六色的光芒、身上还缠绕着雾带，一时间看不清他们的面目。他们发出咿咿呀呀曼妙的声音，仿佛在歌唱一样，只不过云阳什么也听不懂。就在他不知所措的时候，一个青色的光影走到面前说话了。这声音正是云阳昏迷之前听到的那个声音。

　　"你是谁？"语调有些生涩，显然很不熟练。

　　云阳答道："启禀尊者，在下是人族，名叫云阳。我无意冒犯，不知道这是哪里。"

　　对方目光炯炯地看了云阳一会儿，用不熟练的声音继续问："人族，你，你怎么……会来这里？"

　　云阳这时才看清眼前这群人，内心的震撼无法用言语形容。说话的这个人，身体发着淡淡的青光，就连发丝也是光体构成飘浮在半空，面孔被浓雾和光芒笼罩，只有临近了才看得清。虽然云阳胆量不小，见识也不少，但心中还是有对未知的恐惧。

　　他声音颤抖地说："我被凶兽追杀，误入山洞，所以才来到这里。"

那个青色的光影对其他光影咿咿呀呀说了几句，那些光影回应后，纷纷离开了这个空间。

云阳拱手道："感谢您的救命之恩，不知这里是什么地方，你们是什么人？"

那个身影沉吟片刻，然后说道："我们不是人族，我们是山灵。"

"山灵？"云阳诧异地看着对方。

那个身影道："没错，我们是山灵，依大地山脉而生的灵。"

"那你怎么会人族的语言？"

那个身影似乎早就料到他会这么问，微笑道："我曾经在人族游历过。"

似乎不想谈论人族之事，山灵又问："凶兽？我们救你的时候，并未看到凶兽。"

"可能是它在后面被困住了吧。"云阳有些不确定地说。

他内心中对这个所谓山灵的世界充满好奇。

"不知道您怎么称呼？"云阳尝试着坐起来，但一股钻心的痛让他无力完成这个动作。

"我叫雾青。"那身影淡淡地回答。

云阳连忙忍着疼痛，拱手道："感谢前辈出手相助。"

雾青点点头，用越来越熟练的人族语言说道："救你也是偶然，无须多礼。你好好修养，灵池难得，对你有好处。"

说完，他转身就走了，准确地说是飘走了。

云阳受伤很重，要不是体魄强健再加上救助及时，恐怕难保性命。此刻，他全身感受到池水带来的生机和力量，整个人昏昏沉沉地睡去了。

雾青从岩洞中走出来后，被一个灰色的光影拦住了。

"雾青，为什么要收留那个人族？还动用灵池来救他？"

雾青看了他一眼："我自有打算，你不要问了。"

"好，我可以不问。但惹了什么麻烦可都是你的责任。别忘了，灵潮要来了。"

雾青没有说话，直接绕过他走了。那人盯了一会儿雾青的背影，又向岩洞里看了一下昏沉睡去的云阳，冷哼一声走开了。

山灵，依大地深处宝矿的灵脉而生，自有一界，超脱于众生。

山灵有灵体，灵体轻盈、不着大地、悬空飘浮，寿命较长。山灵面容姣好、身形窈窕，不管男女老幼，皆俊俏靓丽。本处灵脉衍生的山灵，栖息在灵脉的空间内，期望有一天修炼大成后，进入灵界。

等雾青他们都走后，一个曲线优美的身影怯生生地扒在岩洞口往里望了望。

她很好奇人族到底长什么样。刚才大家都来围观，她因为胆子小，一直没有机会上前看个清楚。大家都散开后，她终于还是没忍住过来看看。

她发现云阳正在闭目沉睡，就壮着胆子走进去。

她歪着头想，人族也没什么不同啊，和我们一样，只不过看起来有点儿怪，身上没有灵光。不过没有灵光遮盖的样子真的好清晰，就是不知道他们人族的世界是什么样的呢？

她专注地看着灵池里的云阳，陷入深思。

为什么他可以进入灵池呢，灵池可是我们的圣物。

云阳在沉睡中隐约觉得有些不安。经过这么多历练，他的感觉非常敏锐，突然清醒过来，马上就意识到有人在盯着自己。他转头望去，只见一个身影惊慌失措地跑了。

她转身太过匆忙，从身上掉下了一件东西都没有发现。

云阳刚要提醒她，可惜她走得实在太快，一闪就消失在岩洞外。

那个物件在地上滴溜溜地打滚，闪闪发亮，最后卡在边上的地缝里。云阳本想出了灵池把它捡起来，无奈浑身受伤太重，尝试了几次都没有成功，只好放弃。不一会儿，又沉沉睡去。

第九十六章　山灵遗珠

1

跑出岩洞后，她心跳加速，慌张极了。

"水灵儿！"背后一声大叫，把她吓了一跳，本来就心虚，经过这一吓，一下子身形飞出好远。

"是我，你别跑啊。"

她一回头，看到是自己的好姐妹，顿时娇嗔道："讨厌，你吓死我了。"

那个姐妹捂嘴笑道："你能不能不要那么胆小？"

水灵儿嘟着嘴，伸手去抓她，她轻轻一闪就躲开了。

"老实说，你到底干吗去了，这么慌张。"姐妹闪着狡黠的目光打趣道。

水灵儿一下子脸红了，灵体的体质特殊，浑身是灵气组成，白而有微光，猛然脸色红润起来，特别明显。姐妹看到水灵儿一脸羞涩，装作一副我早就知道的样子，继续刨根问底："水灵儿，说吧，你是不是看上那个人族的小伙子了？"

水灵儿连忙摆手，紧张地捂住姐妹的嘴，说道："你胡说啥呀，我只是好奇而已。"

"呦呦，瞧你脸红的，还不承认，小心我把你的事情说出去。"姐妹心中大笑，假装一脸严肃地说道。

"讨厌！别闹了，别闹了，好姐姐。"水灵儿哀求道，脸上越来越红，少女最怕在这个话题上被人揶揄。

姐妹一看她这样，笑了一下，适可而止，没有继续说下去。若不然，看水灵儿那股害羞劲儿说不定会生气。

"马上灵潮来了，你可别四处乱走，听他们说，这次灵潮提前到来，可能会有危险。"

水灵儿似懂非懂地点点头，然后说了一句话，差点儿没把姐妹噎住。

"这些都是大人们的事情，你说话和他们越来越一样了。"

姐妹气鼓鼓地白了水灵儿一眼。

2

天气火辣，刚刚又下完一场大雨，空气是潮乎乎的，湿热得让人难受。

道路泥泞，踩在上面用力拔半天才能拔出来。

本来大家就疲惫不堪，再加上天气恶劣，更加劳累。这几天，一路上虽然没再经过什么大的危险，但众人都又疲又乏，情绪低落。

"阿言。"阿薰轻声呼唤在前面走的阿言。

阿言听到后，马上放下手里推的车走过来。

"阿薰姐，怎么了？"即使面对熟悉的阿薰，阿言还是冷着一张脸，话很少。

阿薰沉思半晌，说道："我很担心云大哥，听弃长老说云大哥和防风大人去附近各个部落通知凶兽出没的消息，可这么几日都还没有回来，我怕他有什么意外……"

关切之情溢于言表，星月看到后，心里微有波动，她也走过来一起商量。

阿言点点头，僵硬的面孔也露出一丝担忧，聪慧的他早感觉到这里似有隐情。

"姐姐，我回去找找吧，我跑得快。"小奇本来无精打采的，听到阿薰和阿言的对话，立刻毛遂自荐。

阿薰瞪了小奇一眼："你给我老实待着。"

说着，阿薰又继续和阿言、星月商议这事。阿言决定马上返身去寻找云阳。

小奇没有因为阿薰的呵斥而死心，冲着阿言一个劲儿挤眉弄眼，希望阿言能把自己带上。

阿言和阿薰说完之后，对着小奇一摊手，一副爱莫能助的样子。

阿薰太了解小奇了，转身揪住小奇的耳朵："你别去添乱了，你不惹事比什么都强。"

"疼，疼。"小奇一个劲儿告饶。

3

云阳不时醒来又沉睡过去，这期间雾青过来看了云阳几次。不过上次那个身影自从来过之后，再也没有出现，也不知道她有没有发现自己丢了东西。

这日，云阳又一次醒来后，感觉浑身充满了力量。灵池非常神妙，他受了那么重的伤，浸泡几日居然能痊愈，实在让人惊叹。

他感觉自己恢复得差不多了，起身从池中跳了出来。不过出来后就尴尬了，他发现自己全身赤裸。衣服在和凶兽争斗中已经被撕得不成样子，估计被救之后，又被雾青他们给扔掉了。没衣服怎么可以，云阳非常不安，赶紧四处搜寻。可这里是空空的山洞，除了灵池，就连一片树叶都没有。幸好此时没有人来，要不然，云阳可就无地自容了。

云阳突然想到之前来的身影掉落了东西，雾青来了几次都没有看见，云阳打算捡起来，如果再次遇到那个身影，就归还原主。

那个身影应该也是山灵吧，他们没有恶意，云阳对这些山灵心存感激。

云阳俯身寻找，看到一个石缝里泛出一团微光。他伸手去捡，没想到石头的尖角很锋利，把手指拉破了，鲜血渗了出来。他好不容易才把一颗珠子取了出来，上面还沾了他的血迹。他端详着这颗珠子，吹了吹上面的浮尘。珠子不大，散发着圆润的白光。

第一次看到会发光的珠子，云阳很好奇。就在他定睛观看的时候，珠子突然发出耀眼的光芒，云阳被强光刺得闭上了双眼。

珠子挣脱开云阳的手指，飘浮在半空，停顿了片刻，突然直射云阳的眉心。云阳抵抗着强光，微眯着眼睛，看到珠子的异动，心中猛然一惊。

他立刻打算躲开，但强光干扰了他。珠子射入的速度实在太快，云阳来不及反应，珠子就已经飞进了他的眉心。

刹那间，云阳感觉识海剧痛，一股疯狂的力量涌入识海，很多幻象不断闪过，但还没来得及一一看清，后面的片段就不断覆盖前面的。最后，他什么都没记住。

冲击的力量来得太突然太强烈，让云阳一下子晕厥过去。

如果这里有其他人的话，一定会惊讶地发现，云阳像蚕茧一样被白光所包围。

第九十七章　灵潮

1

不知过了多久，云阳悠悠醒来，只记得那颗珠子进入眉心后，他的脑袋像被撕裂一样疼痛，然后看到了很多画面，但很快就昏了过去。

那颗珠子到底是什么？怎么会进入自己的眉心？他摸了摸，眉心并没有异样。

云阳沉思起来，这里是一个未知的地方，一切都很陌生，不知道刚才那颗珠子对自己有没有危险。当他看到手指上干涸的血迹后，心想会不会是那颗珠子沾到自己手上的血迹才产生突变。就在云阳忧心忡忡的时候，一个声音打断了他。

"你身体恢复过来了？"

云阳一抬头，看到雾青背着双手走了进来。

云阳脸色一红，赶紧捂住身上的要害部位。

雾青似乎了解到云阳的尴尬，伸手托着一件麻布衣，说道："这是我在人族游历的时候穿的，你拿去用吧。"说完，衣服飘浮到云阳身前。

云阳顾不得惊讶那衣服是怎么会飘过来的，抓过来便往身上穿。

穿好后，云阳羞愧地对雾青拱手道谢。

"感谢救命和赠衣之恩。"

雾青点点头："无须多礼，救你也是恰巧碰到，赠衣也只是我用不到而已。"

话语非常直白，云阳一下子不知如何作答。

缓了片刻，云阳说道："不管如何，云阳铭记恩情，如有机会，云阳赴汤蹈火，在所不辞。"雾青没有答话，转身说道："跟我来，你暂时还出不去这个灵脉，因为最近灵潮要来临，所有通道都要关闭，等灵潮过后，才能打开。"

云阳一听现在出不去，心中失落，不知道队伍走到哪里了，不知道阿薰他们知道自己失踪后又怎么样了。他忍不住问："灵潮是什么？"

雾青没有答话，开始往外走。

云阳看他不愿意多说，也不好再多问，毕竟身在别人的地界，一切不可强求，随遇而安吧。当云阳跟着雾青从岩洞出来之后，被眼前的场景震撼住了。虽然之前听雾青说过这里是灵境，但是云阳脑中没什么概念，以为是地底或者山洞深处，没想到，这里是一个完全不同的空间。

高山连绵，灵泉涌现，高大参天的不知名树木挺拔而立。树上的叶子散发着白色的微光，不断有山灵从树上飘过。一股股灵泉喷涌，色彩斑斓，好多山灵在嬉戏玩耍。

这是一个不曾想象的世界，和人间完全不同，尤其是五彩的颜色，还有沁人心脾的灵泉气息，让人深深着迷。

云阳情不自禁地感叹道："这里真的太美了。"

雾青矜持中带着自傲："因为这里就是我们独有的世界。"

"确实闻所未闻，想来仙境也不过如此。"云阳叹道。

"跟我来，我给你安排住所，你先暂住，等灵潮过后自然就可以离开。"雾青又恢复了平静的神情。

云阳点点头，刚才已经知道自己能否出去取决于灵潮，所以没再说什么。

雾青把云阳带到一处山洞，显然是临时准备的，非常简陋，连床都没有，只有一片空地。

山灵一般居住在树上，很多高大参天的古树就是他们的家，山洞只是放置储备之物。山灵不需要床，所以云阳要想休息，只能躺在地上。

云阳把洞内打扫了一下，然后去外面捡了一些发光的树叶铺在地上，休息的时候地上就不会那么凉，也不会那么硬。就这样，云阳暂时在这里安顿下来。

雾青安排好云阳就直奔一棵古树而去。这棵古树是其他古树的好几倍大，苍老而又庄严，显然是很重要的地方，只有尊者才能住在这里。

"雾青，那个人族已经安顿好了？"一个威严的声音问道。

雾青听到询问，点点头道："是的，在下已经把人族安置到里山的洞穴中。"

"灵潮快来了，要紧盯着那家伙的动向，最近我总有些不安的预感……"

雾青沉思片刻，缓缓说道："是，在下一直在关注他们的动静，每次灵潮既带来机遇又伴随风险，实在让人难料。"

"小心行事吧！"一声叹息后，那个声音就不再说话了。

雾青目光闪烁，不知道在想什么，站了许久才转身离开。

再说那水灵儿，这几日她非常着急，因为她把自己家族的宝贝弄丢了。身为家族的唯一嫡系继承者，那件宝贝是家族在灵潮到来之际特地赐给她的。

她一直都贴身携带，没想到突然就不见了。

水灵儿心急如焚，她找过所有她去玩耍过的地方，但都没有发现。那是家族多年积累、耗费无数天材地宝才凝结出的一枚灵珠，这次赐给她是为了等待灵潮来到之后，借助宝贝穿越灵潮。相传只要穿越过灵潮，就能到达灵界，那里才是灵的世界，不受天地的束缚。

几日来，水灵儿被内心的焦虑折磨得心力交瘁。

雾青在路上碰到慌慌张张的水灵儿，询问道："水灵儿，你在找什么？"

水灵儿一看是雾青叔叔，连忙摆手道："没，没什么。"

"灵潮快来了，不要贪玩，要记得修炼，你们几个年轻人是我们的希望。"

水灵儿啊的一声，眼圈发红。雾青不知道水灵儿是因为丢了东西着急得要哭，还以为自己口气太重，把这个晚辈吓到了。

雾青叹了一口气："好啦，我还有事，你这个女娃，不要在外面乱逛，早些回去用功。"说完，转身就走了。

水灵儿看雾青走了之后，一边流泪一边四处寻找，到底丢在哪里了？

2

"姐姐，我好累啊。"小奇抱怨道。

自从阿言带着大黑熊和三足兽去寻找云阳，小奇好几次试图说服阿薰也要去找，但都没有成功。本来小奇可以偷偷溜走，但是自从上次被饕餮吞了，姐姐伤心欲绝，小奇就不敢轻易造次。

"小奇，大家都没有喊累，我们也不能喊。"阿薰本来是不打算来的，但是既然来了，那么就要坚持下去。

这一路上，大家都以为那两个女孩子体弱难支，但是没想到，她们两个从不叫苦。这让很多人都感到佩服，毕竟路途险阻、天气多变，让本来难走的路更加难走。

小奇心里暗自嘀咕，也不知道阿言找没找到云大哥和防风大哥。小奇是知道真相的，自己和防风大哥曾经找了半天都没有发现云大哥，而后防风大哥也消失了，肯定是寻找云大哥去了，现在就连阿言也走了。

"不好了，快闪开，快闪开，蛇！好多蛇！"前方的人突然大喊。

小奇心情不好，听到前面的人大喊，心中烦闷道："蛇有什么好怕的，胆子也太小了。"

队伍一阵慌乱，小奇刚才一直喊累，拖在队伍的最后面，连累阿薰和星月也在后面，自然看不到前面的情况。等队伍散乱起来，小奇他们才看到前面的情形。

"怎么这么多蛇？！"他头皮发麻，一下子被震住了。

只见眼前的蛇群密密麻麻，铺地而行，覆盖了一整片大地，每次蛇群的蠕动，都像大地在蠕动一般，场面非常骇人。

蛇很常见，但他们从未见过这么多蛇同时出现，众人惊声尖叫，乱作一团。

第九十八章　蛇行大地

1

队伍最前面的几个人没有来得及躲开，顿时被淹没在蛇海当中。小奇惊恐地看着那几个人被蛇一瞬间就覆盖倒地。

"快……快跑，快跑……"小奇舌头打着结，其实不用他喊，大家早就开始往回跑。

队伍乱糟糟的，相互拥挤，幸好阿薰他们三个因为小奇偷懒而落在队伍最后，所以逃跑起来比较方便。

小奇拦腰把阿薰和星月一手一个夹起来，发足狂奔，速度惊人，很多人看到他挟带着两个人，居然还能跑那么快，十分眼红。

小奇一边跑一边乱叫："蛇，蛇，好多蛇……"

阿薰和星月也吓得花容失色，哑口无言，好久都没缓过神来。

小奇生怕被蛇追上，闷头发足狂奔，这个时候也不喊累了。其实他精力旺得很，本来就是作怪而已。过了很久，星月先清醒过来，连忙喊住小奇。

"小奇，快停下，蛇已经追不上来了。"

小奇断然道："不行，我们再跑远一点，这样才安全。"

星月着急道："我们和大部队失散了，快停下。"

小奇这才心不甘情不愿地停了下来。

"和队伍失散了，我们现在怎么办？"停下来后，阿薰首先问道。

星月迟疑了一下，然后说道："要不我们往回走，去找找队伍。"

小奇反对道："不行，那么多蛇，我们碰上肯定完蛋。"

星月也泄气了，刚才那些群蛇乱舞的场景让她也害怕得要命，对自己的提议也没底气。

"要是云大哥在就好了。"三个人同时说道。

过了一会儿，阿薰提议："我们要不就在这里等吧，也许他们有人会跑过来。"

星月点点头，没有更好的办法，也只能这样了。于是，三个人原地休息。

小奇只要不再看到蛇，怎么都行，想起刚才的情形，头皮就一阵发麻。

"为什么会有这么多蛇，会不会又有蛇类的凶兽？"阿薰担忧地问。

小奇心有余悸，不过还是安慰姐姐："可能是它们想出来晒太阳吧？"

阿薰白了小奇一眼，没有像往常一样揪住小奇的耳朵。

"你一个男子汉，居然比我们还怕蛇，有没有出息？"

小奇急了，站起来挺胸抬头地说："谁说我怕了？我只是怕你们受到伤害，那可是无数的蛇啊，看着挺恶心。"

阿薰和星月瞪着小奇，没有说话。半晌过后，小奇终于屈服在两个人的目光下，脸色通红地说："我真的没有害怕，真的。"

阿薰叹息道："我们先等等吧，总会有人经过这里的。"

就这样，他们在地上坐着休息，等着大家。

2

灵境中，水灵儿又找了一天，还是没有找到宝贝。她富有灵动的眼睛已经无神了，整个人都蔫了，距离灵潮的到来越来越近，这让水灵儿内心备受煎熬。

这时，远处传来一声呼喊，叫着她的名字。水灵儿双眼无神地看着来人，原来是她最好的姐妹。

"水灵儿，你怎么了，这些天老找不到你。"

"我……"水灵儿不知道怎么说。

好姐妹没有像往日那样调笑，看到她变得枯涸无光，失去了往日的风采，好姐妹心疼地问："告诉我，到底发生了什么事情？"

水灵儿低着头，眼睛发红，散发着微光的泪珠从脸上滑落。

"你可急死我了，到底发生什么事情了，是不是有人欺负你了？"

"不是，不是。"水灵儿一个劲儿地流泪。

"那到底怎么了，你倒是跟我说呀，急死人了！"

水灵儿哽咽着，把事情的经过说了一遍。

姐妹大惊，这丫头居然把家族的宝贝弄丢了。各个家族都为灵潮做了辛苦的准备，这要让家族知道她把宝贝弄丢了，后果简直不敢想象。

姐妹没有责怪水灵儿："别哭，你再想想，都去过什么地方？"

水灵儿掰着手指说："大泽、碧泉台、灵海花园……"她把最近去的地方都细数了一遍。

姐妹沉思道："这些地方你都找过了？"

水灵儿可怜兮兮地点点头。

"那你有没有遗漏的地方？仔细想想，别着急，千万别着急。"好姐妹的口气尽量放得舒缓，不让水灵儿有压力。

水灵儿平复了一下心情，把记忆仔细搜索了一遍，突然想到了一个地方，之前她一直没有想到，但这个地方她确实没有找过。

姐妹看水灵儿面色有异，一下子开心了，连忙问道："怎么样？是不是想到哪里没去？"

水灵儿怯生生地点点头，吞吞吐吐地说："是还……还有……一个地方没有找过。"

姐妹大喜："哪里？你赶紧说啊。"

"灵池岩洞。"

姐妹被水灵儿这吭吭哧哧的样子气得心急火燎。

"那就赶紧去找啊。"说完就拉着水灵儿冲着灵池岩洞跑去。

第九十九章　寻珠

1

到了灵池岩洞，里面空无一人，她们赶紧在岩洞内找起来。两个人找了半天，把能找的地方都找遍了，累得娇喘吁吁。

"怎么样，你那边找到了吗？"好姐妹问道。

这一问，水灵儿的眼圈又要红了。

"别哭，别哭，你再仔细想想，还有什么地方没去找。咦，有没有可能被别人捡走了，当时好多人都在这里看那个人族。"

水灵儿怯生生地说："会不会被那个人族捡走了？"

"应该不会吧，那个人族不是受伤很重，一直昏迷吗。"她虽然不想打击水灵儿，但还是否决了水灵儿的猜想。

"可是，可是……"水灵儿还想再说就被好姐妹打断了。然后，她抱着肩膀，一副老谋深算的样子说："我们应该去问问大长老，让他帮忙找出捡到宝贝的人。"

水灵儿被吓呆了，这事本来就要隐瞒，要是按照她的办法，家族肯定第一时间知道宝贝丢了。水灵儿的脑袋像拨浪鼓一样摇个不停。

"不行，不行，这样不行，会被家族知道的。"

姐妹看水灵儿拒绝，又问："你那个白光大哥知道这件事情吗？真是的，他居然一点儿都不关心你。"

水灵儿突然转移话题，大喊道："我要找到那个人族，宝贝可能被他捡到了。"

好姐妹用一种看傻瓜的眼神看着水灵儿，她认为水灵儿已经丧失心智了。

水灵儿大声解释道："我来了这里两次。"

姐妹用狐疑的目光看着她，问道："你为什么会来这里两次？那个人族是好是坏都不知道，那么危险，以你的胆子……"她知道水灵儿的胆子小，根本不信。

水灵儿低着头，扭扭捏捏地说："我……我第一次，第一次没看清那个人族是什么样子的，所以大家都走了，我又来了一次。"

好姐妹捂着额头，一副头疼的样子。对于水灵儿这种毫无心机又好奇的傻妞，她是彻底服了。她拉着水灵儿的手就往外走。

"我们去哪儿？"

"去找那个人族啊。"

水灵儿受到了惊吓，红着脸问："你，你信了？"

好姐妹没好气地回答："信，当然信！对于你的好奇心，我太了解了。"

2

云阳躺在洞口，手枕着胳膊，仰望灵境的天空。这里还真奇怪，天空挂着一轮紫色的太阳，只不过这个太阳很暗淡，没有人界的那么耀眼和炙热。看着看着，云阳打起了瞌睡。

突然，两个闪光的山灵飘在他面前。云阳一下子清醒过了，连忙坐了起来。

"水灵儿，是他吗？"

水灵儿点点头说："是他，他就是那个人族。"

"那你去问问他有没有见过那个宝贝。"

水灵儿怯生生来到云阳面前，低声问道："请问你看到过一颗珠子吗？白色的，发光的珠子。"

水灵儿上前的时候，好姐妹也十分紧张。她凝神戒备，不知道这个人族是否有敌意。

云阳呆呆地看着两个山灵说着自己听不懂的话，十分迷茫，虽然像唱歌一样好听。

这个山灵怎么这么眼熟呢，云阳凝思苦想。

水灵儿看到眼前的人族无动于衷，这才想起来，他听不懂山灵的语言。这该如何是好？水灵儿心急如焚，眼前这个人族可是她唯一的希望了。

"水灵儿，怎么办，看样子他听不懂我们说话啊。"好姐妹也发现了。

"我也不知道，怎么办啊。"水灵儿越来越着急。

"灵境只有雾青大叔懂得人族的语言，要不然……"说到这里，她突然不说话了。她也发觉不妥，水灵儿丢失宝贝本来就是一个很严重的事情，如果让大家知道宝贝被人族捡去的话，那就更加无法收拾了。

想了想，她只好又说："我们再想想其他办法，总有办法的。"

云阳看着眼前这两个美妙的身影，神思有些恍惚。片刻，他猛然想到，这个熟悉的身影会不会是那颗珠子的主人呢。想到这里，他上前拦住了两个山灵姑娘。

两个女孩见人族突然接近，立刻受了惊吓。

"水……灵儿，快跑，快跑。"好姐妹拉着水灵儿就往外跑。

水灵儿本来就没有什么主见，马上跟着跑了出去。

云阳眼睁睁看着这两个身影飘逸而去："这……"

他不会山灵的语言，根本无法沟通，这里可能唯一会人族语言的就是雾青了，可他把云阳安顿在这里后就再没过来。云阳本想出门去看看山灵生活的地方，又怕引起误会，所以没有四处走动。云阳无奈，只好继续在山洞休憩。

3

"幸好我眼光毒辣，发现那个人族有不良企图，不然我们就危险了。我听说人族都是邪恶的，他们又贪婪又残忍……"

水灵儿一脸茫然地看着好姐妹神秘兮兮地絮叨，也不知道她是从哪里听来的？

"你别这么看着我，我也是听家里长辈说的啦，要不然也不会跑这么快……"见水灵儿看着自己，好姐妹脸色通红地辩解。

"可是，我的灵珠……"水灵儿刚要说，马上又被好姐妹打断了。

"我们再想想别的办法。"

水灵儿一脸无奈，对于她来说，找灵珠是她当前的头等大事，但是好姐妹的胆子显然比自己还小。好姐妹拍拍水灵儿的肩膀："你先别急，我回去侧面问问家族长辈，咱们这里去过人族的又不只是雾青大叔一个。放心吧，你的事就是我的事。"

水灵儿感激地点点头。

第一百章　通灵

1

夕阳西下，天色已经逐渐黑了下来。夜风也微微吹起，把树叶吹得沙沙作响。走兽回窝飞鸟归林，黄昏时分难得宁静。

阿薰、星月和小奇一直没等到其他人。小奇架着火烤着刚刚抓来的野兔，兔肉在火上被烤得金黄诱人，油脂滴落在火堆里，溅起更高的火焰。

烤野味是小奇拿手的好戏，翻动的手法非常纯熟，可见没少吃。他平时在槐族部落就没少偷偷上山和阿言一起打猎。

晚上架篝火一来是为了防止野兽袭击，二来是夜晚比较冷，可以取暖。当然对于小奇来说，更重要的是可以烤肉吃。小奇一边烤野兔一边流口水。阿薰却环抱膝盖，出神地望着火焰，回想着在槐族部落那段忙碌而又安宁的时光。

"星月，你有没有想过西行后的生活？"阿薰不知怎么突然问起这话，就连她自己都不知道为何想着西行以后的事。可能是这么多天以来，对西行之事已经没有那么抵触或者说已经认命了吧。

星月坐在一边，脑海里也满满都是回忆。禹带走了九州山川图，她没能完成墨族的全部承诺，心有不甘。每当静下来，她就在回想那个雨夜，奶奶和全族把九州山川图交给她的那一刻。而每每想到此，星月的眼泪都忍不住在眼眶里打转。

听到阿薰的声音后，星月偷偷擦了一下湿润的眼角，装作若无其事地说："我也不知道未来的路应该怎么走，我想回到墨族故土，重振墨族。"

"我只想和云大哥、小奇回到槐族部落，平平淡淡地生活。"阿薰的声音有些飘忽，更像是自言自语。

星月听到这话，心里一阵酸楚，她知道阿薰对云阳的感情，可也不能否认自己对云阳所产生的感情。一路艰险，云阳在她心里越来越重。她说不清自己对云阳的感情究竟是怎样的，如果一定要描述，那就是可以依靠、可以信赖，但又超越伙伴之间的依靠和信赖。

她狠狠地甩开脑中的想法，勉强笑了笑，没有继续说话。

小奇终于把兔肉烤完了。他把两只兔后腿分别递给阿薰和星月，然后自己捧着一块兔排大快朵颐。阿薰和星月的对话，小奇听到了，对姐姐的想法，小奇不认同。

"我想当大英雄。"小奇说完以后偷偷观察阿薰的反应。

阿薰没有揪小奇的耳朵，笑着问："什么人才是大英雄？"

小奇精神一振，站起来大声说道："那还用说，当然是做大事，驱除恶神，治理洪水啦。"

阿薰不置可否，一边小口吃着兔肉一边问："那云大哥算不算英雄？"

小奇一下子被难住了，挠头不语。他一直把云阳视为偶像和大哥哥，要说他最服谁，那一定是云阳。在他心中，云阳对他最好，但他是不是英雄，小奇真不好回答。

看小奇不说话，阿薰娇笑了一下，说道："怎么不说了？"

小奇梗着脖子，憋了半天，还是答不上来。

阿薰放下兔肉，轻声道："云大哥在我心中才是真正的英雄。英雄可以分很多种，但我认为能保护身边人的才算得上英雄。"

小奇急道："可是，可是……"

说了半天"可是"，小奇还是找不到话反驳。

"好啦，快吃吧，明天还不知道怎样，吃完早点歇息。"

小奇泄气了，坐下接着吃肉，没有再说什么。

三人吃完东西都不说话，各自怀着心事躺在篝火旁边。小奇不断回想姐姐刚才说的话，也不断问自己云大哥算不算大英雄。他一边想一边不时往火堆里加着柴火，不让火灭掉。

2

水灵儿情绪低落地回到家，她家和家族的其他灵在一起，都在一棵苍天古树上。

水灵儿不敢看家族的灵，生怕大家问起灵珠的事。偏偏怕什么来什么，刚回到树屋就被家族的长辈找上了。

"水灵儿，不要总往外乱跑，马上灵潮就到了，你准备得怎么样？"

水灵儿正担心呢，听到询问，吓得惊慌失措。她结结巴巴地答道："还好……没……没往外跑。"

"灵潮是我们的大事，你是家族的希望，不要辜负大家。"这位是水灵家族的长辈。她向来以严厉著称，水灵儿很怕她。

水灵儿慌张地点头："我知道，我知道。"

"不要紧张，我只是和你说一下，灵珠要时常拿出来祭炼，这样才能心意相通。"身为长辈的她一向对晚辈严厉，即使想装作和善，还是让人感觉到紧张。

长辈走开后水灵儿才松了一口气。她很害怕长辈突然让她把珠子拿出来，幸好近期灵潮来临，准备的事情比较多，她来看了一眼水灵儿之后，又匆匆去处理其他事情。

水灵儿愁云满面，坐在树枝上拄着香腮在想怎么办。

灵境的夜是紫色的，透着神秘和安详。

如果那个人族会山灵的语言就好了，这样就可以直接问他是不是捡到了灵珠。

如果灵潮突然不来该多好，那样就不用担心灵珠丢失了。可是灵潮迟早会来的，最近大家都在议论灵潮的事情，这是灵境当前最大的事情。

大家对灵潮又是期待又是害怕。期待的是灵潮有大机缘，每次灵潮来临都会带来很多宝物。据说如果跨越灵潮，会直达灵界。但是大机缘也伴着极大的危险，灵潮来临，界限大门打开，到时候很多灵体都会跨界来到灵潮口。如果遇到心怀不轨的，那么一番厮杀在所难免，很多高手大能都可能因此陨落。

为什么大家对灵潮这么重视呢，因为这是唯一的捷径，不需要修炼就直达灵界，并且可以在灵潮中获得很大的实力提升。

灵潮来临时，界限空间是最脆弱的时候，到时候采用秘法打破界限，即可进入灵潮之中。

水灵儿从未经历过灵潮，都是听说而已，不过从未听过灵境中有人跨过灵潮进入灵界。

大家都存有一丝幻想，希望有朝一日能通过灵潮进入灵界，而不是经过无尽的修炼才能去。突然，水灵儿一下子站起来，脸上慢慢露出惊喜的神情，她想起一件事来。

通灵，没错，就是通灵！

只要开启对方的灵脉就可以和对方通灵。通灵这个秘法，山灵一生只能用一次，那是留给自己最爱的人的，因为只有通灵后才会心意相通，知道对方所想，触及对方内心最深处。同时，通灵也是最危险的，一旦失误会伤及施法者的生命。

至于如何开启灵脉，水灵儿就不会了。因为灵只有成年之后，灵脉才能生成，才能寻找一个最理想的灵进行通灵而结合在一起。但是想要给异族开启灵脉，只有灵法高深的人才能做到。想到此，水灵儿又被泼了一盆冷水。

呆呆地望着树外，水灵儿很难过，就算对方拥有灵脉又如何？自己一旦和那个人族通灵了，那么自己的白光大哥怎么办，家族的人和灵境的人会怎么看自己？

"我当是谁在这里，这不是水灵儿嘛，你在这里修炼啊。"一群山灵刚从外面嬉戏回来，其中一个高声说道，话中略带讽刺。水灵儿不用抬头就知道是其中一个表姐彩云。

另外一个赶紧拉住彩云："好啦，你小点儿声，别被长辈们听到，到时候又免不了说她。"

"哼。"彩云不高兴了，小声嘀咕道，"不就是被选中去灵潮嘛，有什么了不起的。"

"小妹别介意，你知道她爱开玩笑的。"水灵儿的大堂哥赶紧打圆场。

水灵儿脸色通红地纳了一礼："水灵儿见过各位哥哥姐姐，小妹怎么会生表姐的气呢。"

大堂哥看到水灵儿胆小害羞的样子，笑道："那就好。你灵珠祭炼得怎么样了？这些日子看你很忙碌，一定吃了不少苦。你可是家族的希望，好好努力。"

听到"家族的希望"，那群人表情不一，有的羡慕，有的嫉妒，也有的无所谓。总之彩云是不高兴的，她嫉妒得发狂，不禁冷哼一声。

大堂哥猛然转头，严厉地看着彩云，警告的意味很浓。他是家族年轻一代的头儿，所以处处以大人自居，对彩云如此不识趣，非常不满。

彩云看大堂哥那么凶地看着自己，委屈得眼泪都要掉下来了。不过生性倔强的她还是梗着脖子，没有低头。

大堂哥又勉励了水灵儿一番，留下了一句"有什么需要尽管来找我"，带着大家走了。

水灵儿看着这群刚刚玩耍回来的兄弟姐妹，心中非常不是滋味。自从被家族选中后，这些兄弟姐妹就疏远自己。如果大家知道灵珠丢了，多少人会幸灾乐祸呢。

想到此，水灵儿犹像迷茫的眼神逐渐变得坚定起来，一定要想办法找到灵珠。

第一百零一章　蛇踪

清晨的空气清新而又香甜，枝头与草尖都凝结着欲滴的露水，鸟儿清脆的鸣叫交织成一段动听的乐曲。本来后半夜应该小奇守夜，可小奇睡着了，篝火早已经熄灭，万幸的是野兽没有光顾这里，若不然几个人就危险了。

"啊！"一声痛呼，把树上的鸟儿都惊飞了。

小奇本来睡得很香，突然感觉一阵剧痛，睁开眼看到姐姐气鼓鼓地看着自己，不用想刚才肯定是被姐姐拧了耳朵。

阿薰气坏了，安排他守夜，没想到他倒是睡得死沉。

星月被小奇的惨叫惊醒，看到阿薰呵斥小奇，这才明白原来守夜的小奇睡着了。

星月哭笑不得，想想真是后怕，在野外如果没有火的保护，极容易被野兽攻击。

小奇苦着脸听阿薰训斥，毕竟男生守夜是应该做的。

"好了，阿薰，小奇昨天跑得太累了，所以才睡着。"星月劝道。

阿薰这才停止对小奇的训斥，没好气地说："还不赶紧去看看附近有没有什么踪迹，我们已经等了一晚上，还是没人逃过来，大家是不是已经遇到危险了。"

小奇连忙应声，跳起来探寻踪迹去了。

阿薰和星月开始准备早上吃的东西。清晨，阳光还不是很炙热，树叶上的露水很甜。阿薰把火堆重新架起来，打算把身上的干粮和水煮一下当早餐。

就在两个女孩子忙碌的时候，小奇慌慌张张地回来了，脸色苍白。

小奇一边跑，一边喊："快……快走，好多蛇，好多蛇又来了。"

阿薰和星月大惊，树林里的小动物也好像发现了远处的异常，纷纷逃离。

"快走，你们两个发什么呆啊。"小奇一手一个，夹着阿薰和星月逃离。他一边跑一边心有余悸地诉说刚才见到的情形。他刚才没跑出去多远就看见漫天遍野的蛇，还有好多被蛇赶着走的野兽。

兽潮远比蛇群复杂，队伍越来越庞大，奔着他们这个方向蜂拥而来。

"小奇，我们现在要去哪里？"星月问道。

"我也不知道，蛇都过来了，我们只能先跑开，能躲一时算一时吧。"

星月说道："这些蛇好像是要去某个地方，若不然不会这么成群结队。"

小奇哭丧着脸回道："那还用说？这么多蛇，我还是第一次见到，太吓人了。"

"你刚才跑了多远看到的？"星月问道。

"刚才我大概跑了几十里，就看到蛇群了。"

阿薰和星月互相看了一眼，齐声说道："停下，停下。"

蛇群离得还很远，根本没必要这么慌张。

"干吗，你们想被吃掉啊？"小奇的脚步并没有停。

阿薰严肃地说："赶紧停下。"

小奇一看姐姐是认真的，这才停下脚步。

星月说道："小奇，你确定蛇是往我们这边来的？"

小奇挠挠头说："是啊，我是看到之后就往回跑。"

星月在地上画了几下，然后说道："我记得当初我们遇到蛇的时候，蛇是从南边过来的，我们是往西走，遇到它们我们往后退，也就是往东退回。但是它们今天往我们这个方向来并无道理。所以说我们昨天可能走偏了。我们这个方向应该是北，这些蛇肯定就是去这个方向，我们只是恰巧遇到。"

阿薰点点头，赞同道："不错，我们当初逃跑的时候，确实是想往回跑，但是山林密布看不清，所以才跑到了这里。"

小奇挠挠头，为自己申辩道："不会错啊，我是往回跑的。"他在阿薰和星月的审视下，显得底气不足。

"阿薰，我们现在该怎么办？"星月没有搭理小奇，对小奇这种认不清方向的家伙，星月实在也没法儿说什么。

阿薰沉思片刻，说道："我们绝不能继续往北了，那里是蛇要去的地方，只能继续往西或者往东返回。"

现在只有两个选择，阿薰更倾向往东，这样最安全。星月有些犹豫不定。

小奇说道："云大哥在的话，肯定会往西走，我们往东走的话又回到洛城了，任务没有完成，我们怎么交代呢？"

星月反驳他："队伍都失散了，云大哥也没在这里。"

小奇一下子被噎住了，他希望继续西行，毕竟当大英雄是自己的梦想。看到姐姐和星月越来越想要往东回，小奇急了。

"星月姐，你们墨族最信守承诺了，你答应舜帝和大家要西行，这样半途而废，会给墨族抹黑的。"

星月听到小奇的话，顿时柳眉一竖、凤眼一瞪。小奇鼻孔朝天，暗自得意，总算找到了说服她们的办法。

"姐姐，云大哥和防风他们通知完各个部落后也会西行的，到时候我们就和云大哥失之交臂了。"

阿薰一听，虽然知道是小奇的说辞，但也无力反驳。

两个女生都沉默了，显然被小奇抓到了弱点。

小奇嘴里叼着草棍，望着天自言自语："逃回去要遭到唾弃，如果云大哥知道我们逃回去也会生气。全人族的希望都寄托在我们身上，这个样子回去，恐怕也是早死晚死的事情。"

星月踹了小奇一脚，厉声道："前面带路，要是再走错方向，看我不收拾你。还有，我们索性往西南走，回到原来的方向，也许还能遇见失散的人。"

星月被小奇的说辞打动了，对于承诺，她看得比生命还重。小奇转头望向姐姐，发现姐姐也在看着他。

阿薰轻叹一声，幽幽地问："小奇，你就那么想当英雄吗？"

小奇仰着脖子说："那当然，每个男人都想当英雄。以前是没有机会，这次机会来了，我一定要当人族都敬仰的大英雄。"

阿薰摇摇头，和星月并肩走了起来。

第一百零二章　小奇落难

他们背向着早晨的太阳，向西南疾行。走了大概一个时辰，听到侧面传来一阵令人寒毛直竖的沙沙声，那是蛇爬行的声音。

阿薰他们吓得脸色苍白。虽然已经避开了蛇的方向，但听到远处蛇群移动的恐怖声音，还是让人头皮发麻，谁让人族对蛇的恐惧是深入骨髓的呢。

隔了这么远都能听到，可想而知，蛇的数量是多么惊人。

三个人互相望了望，彼此发现都很紧张，于是心头更加恐慌。小奇结结巴巴地说："我们……赶紧走吧……"

阿薰和星月闻言，连忙点头。三个人腿都软了，还得继续往西南走。

"救命啊，救命啊……"

"等等，有人呼救。"阿薰似乎听到沙沙声中隐约有人声，她叫住小奇和星月。

小奇满头都是汗，闻言头也不回："没有啊，你听错了，赶紧走。"

"救命……"又一声传来，这次三个人都听见了。声音很微弱，如果不细听，根本就听不到。声音是从蛇群那边传来的，能透过蛇群把声音传这么远，一定中气非凡。

在这荒山野地，中气这么足的高手大能，只会是一起西行的人，因为这次西行选的都是人族高手。三个人同时意识到这一点，只不过大家想的不同。

星月不想管，她非常害怕蛇虫这类动物，况且她对队伍里那些人并无好感。阿薰是想救，身为医者，一颗救人的心是常有的，所以阿薰想过去看看。小奇倒是很好奇，但也害怕蛇，内心在纠结。

"我们要不过去看看吧，救救他们。"小奇最后壮着胆子说。

"不行，刚才不是说西行重要吗？不要管这些事了，去了又怎样？救不到人反而把自己都搭进去。别这么幼稚好不好！"星月没好气地说，因为小奇刚才那番话，一直让星月心里憋着一股气。

小奇的脸气得通红："可是，我们如果不救他们，就没人救他们了。"

星月看着小奇："那你告诉我，救几个人重要还是救整个人族重要。"

"当然是救整个人族重要。但也不影响救他们几个啊，他们是我们的同伴。"

星月抓住小奇的衣领，问道："那你有没有想过，怎么救？如果救不下来把自己搭进去怎么办？"

"那也要救。"小奇嘟囔道。

"怎么，想当英雄想疯了吧？"星月出言讽刺。

"你！"小奇一下子怒了，大声喊道，"我救他们不是想当英雄，我就是不能见死不救，那是胆小鬼！"

"你是莽撞鬼，惹事精！"

阿薰看两个人越吵越凶，赶紧把他们拉开。

"你们别吵了！小奇，快和星月姐姐道歉。"

"哼，我不！"

"小奇，听姐姐的话，星月姐只是担心我们的安全，以我们现在的力量确实救不了人，所以她没有说错。不过我们可以先看一下，再想办法去救。贸然行事，不但救不成，就连我们自己也会陷进去的。"

阿薰耐心地说，小奇把脑袋撇到一边。

看到小奇余气未消，阿薰只好对星月苦笑一下。

星月摇了摇头，示意自己没事，她刚才只是心头有一股气，言语有些过重。

阿薰轻声说道："那些人是我们的伙伴，如果没有看到听到反倒罢了，但遇到了，我们能帮还是要帮的。我们从侧面绕过去，慢慢靠近再说。反正，我们几个就算西行也要找到带路的人，若不然，就凭我们三个怎么能到西昆仑呢。"

星月长呼一口气，说道："我刚才也是气话，小奇弟弟别生气，刚才姐姐心情不好，向你赔不是。"

小奇一扭头，不想说话。

"好啦好啦，小奇最大度了，不要孩子气，你都是大人了。"阿薰揉了揉小奇的脑袋，小奇这才脸色转晴。

阿薰看到两人重归于好，继续说道："我们往这边走，大致就是这个方向，我觉得离得不是很远。"

小奇和星月顺着阿薰指的方向看了看，点了点头，三个人小心翼翼地走过去。期间，小奇多次去探视蛇群的方向。他不敢离得太近，都是远远地看一眼，然后根据蛇群的流向调整一下方向。

他们循着声音来到一个山谷。山谷非常大，四面环山，中间有很大一片空地，远远望去就像一口锅。三个人爬到山谷的坡顶，向下望去，顿时都不说话了。

密密麻麻的蛇在山谷内涌动，就像波浪一样起伏。它们嘶嘶吐着蛇芯子，让人不寒而栗。

这里的蛇，各个种类都有，大小不一。有色彩斑斓的毒蛇，也有普通的草蛇，有几丈长的巨蟒，也有胳膊长短的小蛇，它们掺杂在一起，居然没有互相厮杀，似乎在听从一个神秘的命令，不断起伏。

"快……快看，是弃长老……"小奇四处张望，终于在远处的蛇群当中找到了目标。

阿薰和星月定神一看，果然是弃长老他们。他们十多个人被蛇群团团缠住，动弹不得，面色苍白，嘴角有黑色的血迹，显然受了伤。

星月对蛇群看了又看，小声对阿薰和小奇说："怎么才十几个人，其他人去哪儿了？"

阿薰叹口气说："很可能遭遇不测了。当时情形非常紧急，若不是因为小奇发小孩子脾气赖在后面，还有他跑得快，恐怕我们也逃不出去。"

星月想了又想，心说也是：在西行队伍中，要说实力比小奇强的比比皆是，但如果论速度，还是小奇最快。遇到这么多蛇，就算实力再强，恐怕也难逃厄运。自己几人要不是碰巧在后面，也可能葬身蛇腹了。

星月想起刚才居然对小奇发脾气，确实有些不应该，还是小奇救了自己，要不要和小奇再赔个不是呢？

"咦，小奇呢？"星月突然发现小奇不见了。

阿薰闻声转头一看，刚才小奇在的位置空无一人。

两个人立刻慌了，赶紧四下张望。

"在那儿！在那儿！"阿薰顺着星月的指尖看去，眼前一黑，差点儿没晕厥过去。

原来小奇趁着两人说话，悄悄顺着较缓的一处山坡往下去，打算离蛇群近一点，伺机做点什么。阿薰惊慌地捂住嘴，这个小奇，实在太冒失了。

小奇此时忍着心里对蛇的恐惧，嘴里碎碎念叨："看不到我，看不到我。"尽管他非常小心，还是把一块不小的石头踩下去了。这一下小奇脸都绿了，而阿薰和星月在上面也看到了，顿时阿薰两眼一翻，晕了过去。

石头顺着山坡滑下去，扑通一声掉落到蛇群内。

这下就像水倒进热油里一样，瞬间沸腾了。这个黑色的水池剧烈涌动起来，那是无数的蛇受到了惊扰。小奇哭丧着脸，心里暗道不好，这回可要被吃掉了。

离小奇最近的蛇，已经开始往山上爬了。山谷虽然陡峭，但对于蛇来讲，这点儿障碍根本不算什么。很快就有蛇接近小奇，而小奇正返身往上爬呢。要是被蛇缠住，那么葬身蛇海是必然的。小奇在陆地上奔跑飞快，但爬山并不快。尽管小奇已经很努力了，还是被一条蛇飞起来咬住。小奇疼得直叫。

这蛇有毒！小奇瞬间就感觉到头昏眼花，但还是不敢停下来，因为下面有更多的蛇在往上爬，就像水漫山谷一样。求生的欲望驱使着小奇不断往上爬，毒劲已经漫上来了，小奇感觉四肢酸痛、口干舌燥、双眼已经模糊。

不行了，快坚持不住了。小奇费力地睁着双眼，望着近在咫尺的坡顶，力不从心。他浑身已经不听使唤，眼前越来越黑，毒气马上攻心了。

他的意识已经模糊，正在攀爬的手，不由得一松……

第一百零三章　奇花

就在这千钧一发之际，一双芊芊玉手及时拽住小奇。

星月顾不得晕倒的阿薰，恰好赶到。可小奇的重量并不轻，星月一个女孩子根本没办法把小奇拉上来。中毒的小奇彻底昏迷过去，嘴唇发黑、双眼紧闭。

星月非常吃力地拉着小奇，两个人的手臂在石头上摩擦，鲜血淋漓。此时马上接近小奇的蛇，突然全体退了下去。星月心下一松，同时大为疑惑：为何蛇会突然撤退？

不过来不及细想，把中毒的小奇救上来是当务之急。可是星月力气有限，眼看着自己也要被小奇拽下去，焦急万分。

就在这个时候，另外一只手拉住了小奇。

原来是阿薰醒了，她眼含热泪、紧抿双唇，和星月一起把小奇拉了上来。

她们把小奇平放在地上，阿薰开始救治。看到小奇的伤口和中毒现象，阿薰松了一口气，如果换成旁人看到中毒这么深，早就束手无策了。但是阿薰是医者，一看就知道小奇中的什么毒、如何救治。只见阿薰先用布带扎紧小奇的上臂，又从随身的袋子里拿出一些药粉、在地上抓了把黏土，一起敷在小奇的伤口上，动作干净利索。

星月眼睁睁地在旁边看着阿薰忙碌，也帮不上什么忙，只好把目光转向蛇群。

这一看不要紧，差点儿没让星月惊出声来。她马上捂住嘴，吃惊地望着眼前这奇特的一幕。原本拥挤的蛇群，空出了一片场地，而场地中央，有一朵缓缓绽放的鲜花正在升出地面。

那花叫不出名字，花瓣五颜六色、鲜艳夺目，在阳光照射下，释放着无法形容的动人风采。蛇都停止了蠕动，仰起头看着这朵花，嘶嘶吐着蛇芯子，仿佛这朵花对它们有致命的吸引力。

这个时候，更怪异的事情发生了。奇花边上的地面钻出了一颗金色的蛇头，蛇头慢慢升起来，一条金蛇现身在奇花边上。

那条蛇并不大，但却气势逼人。它大概手臂粗细，全身鳞片泛着金黄的光芒，仰着蛇身，看了一眼那朵花，然后对周围的蛇群吐着芯子。

显然，它和这群蛇不是同类，并且抱有很大的敌意。

每个天材地宝出世，都会有灵兽在边上守护，等待成熟以后，一举拿下。这条金蛇很有可能就是这样的灵兽。而蛇群应该是被召唤而来，争夺这朵奇花。

金蛇冲着蛇群不断吐着蛇芯子，恐吓的味道非常浓，而蛇群在金蛇的气势下不由得退散了一些。

不一会儿，一条粗壮的蛇从蛇群中游出来，它如水桶一般粗壮，巨大的蛇头仰起，直接面对金蛇，显然是过来挑战的。

这是蛇群派出来的强者。

金蛇缓慢地往前爬行，每爬行一下，蛇群就后退一下。

蓦然，金蛇冲着那条粗壮的大蛇疾射而去，顿时两条蛇厮杀在一起。蛇群不断后退，把战场留给它们。

星月看了一会儿，心中直犯恶心。蛇撕咬和战斗的方式太瘆人，让星月有些受不了。

阿薰的救治很有效，小奇幽幽醒来，脸色苍白，一副无力的样子，毕竟蛇毒剧烈，但至少活了过来。阿薰看到小奇醒来，这才松了一口气。

"姐姐，对不起。"小奇虚弱地说。

星月看到小奇醒来，也非常高兴。不过她板着脸说："英雄，你差点儿被蛇吃了。想救人，首先要让自己安全，别搞得人救不到，把自己搭进去，还把我们害了。"

小奇不好意思地笑了笑，第一次没有反驳星月的话。在他意识模糊之前，看到星月伸出手，拽住自己。

"谢谢你，星月姐。"

本来星月还打算继续挖苦一下小奇，看到小奇这样，也就没办法继续说下去。

阿薰擦了擦额头上的汗珠，然后看向星月："我们现在怎么办？"

星月苦着脸说："你自己看吧，蛇在打架呢。"

阿薰看向蛇群，一眼望去黑压压一片，然后看到了那朵鲜艳夺目的奇花。

"啊，这些蛇远道而来，似乎是为了这朵花。"

星月点点说："看来是，我们运气不好，正赶上它们出动。"

就在说话间，金蛇已把那条粗壮的蛇杀死。而被杀死的蛇，原本青色的身躯开始透着金色。星月的眼睛大睁着，看着这奇怪的现象。

"怎么还会变色？"

阿薰是医者，对于毒非常有研究，缓缓说道："看来是蛇毒的影响，非常剧烈。"

场上又出来一条粗蛇，看样子蛇群是打算轮番挑战，把金蛇杀死。金蛇虽然孤身作战，但毫无惧色，它对花是势在必得，不允许任何蛇触碰。

"我们怎么救弃长老他们？"小奇不知道何时，也过来了。

阿薰和星月同时瞪了小奇一眼。

小奇挠挠头，吐了一下舌头，心中暗道不好，刚刚好点儿就忘了姐姐还没找自己擅自跑下去的麻烦。

"哼。"阿薰神色不善地冷哼一声。

小奇赶紧指指蛇群，提醒她们这才是当务之急。两个人又把目光放到被蛇群包围的弃长老他们身上。

"咦，少了两个人。"星月惊讶地说。

阿薰也定神一看，发现确实少了两个人。原本他们都被蛇群缠绕着，逃跑是不可能的，再说也没有什么动静，唯一的可能就是被吃掉了。

她们相顾骇然，疑惑全部解开了。为什么这些蛇会裹着大家，原来是当成食物。这么多蛇，显然这几个人是不够吃的，那么能吃人的只能是这群蛇的首领。

两个人冥思苦想，目前要救下弃长老他们并不容易，几乎是不可能的。

只要敢出现在蛇群面前，后果就是自己也被蛇缠住吃掉。

"看来只能静观其变了。"星月冷静地说，"它们来此是为了那朵花，那条金蛇虽然势单力薄，但是实力强悍，很有可能转机会出现在它身上。"

阿薰点点头，这也是没有办法的办法。

小奇听到姐姐和星月在商议，虽然很虚弱地趴在地上，还是打算出主意："姐姐们，我们……"

看到阿薰和星月都神色不快地看着自己，小奇的声音越来越小。

"看来小奇恢复得不错啊。"星月抱着肩膀说。

"没错，恢复得太好了，都有精力出谋划策了，我这里有一颗可以让人精力更加旺盛的药丸呢。"阿薰微笑着对小奇说。

"姐，不要，不要。"小奇使劲挣扎，怎奈身体虚弱，又被星月按住。只见阿薰从兽皮袋中拿出一粒药丸，一下子塞到小奇嘴里。

小奇眼睁睁看着药丸进入嘴里，然后入口即化，连哭的心都有了。

把药喂进去后，阿薰和星月对视一笑，这下轻松多了，不用担心小奇再出什么幺蛾子。

药效来得很快，小奇喃喃说道："我真的有办法，真的，你们再相信我一次。"

他的眼皮非常沉，不一会儿，微微的鼾声响起了。

第一百零四章　水灵儿之殇

云阳在山洞里好生烦闷，心中牵挂西行的伙伴们，百无聊赖中，他下决心不顾忌讳出去走走。突然，洞口出现一个山灵的身影，云阳定神一看，是昨日来过的两个山灵之一。他盯着这个山灵看，她非常年轻，曲线曼妙，浑身散发着乳白色的微光，在紫色的山洞中，显得格外醒目。

水灵儿手里拿着一幅闪光的黄绢，这是打通灵脉通灵的秘籍。她最近四处打听无果，却在刚才独自躲在树下发呆时，空中飘下这幅书写着秘籍的黄绢。

她很是诧异，但来不及细想。灵珠对她很重要，她肩负着家族身携灵珠穿越灵潮、发掘一个秘密的重任。

十年一次的灵潮将至，这对灵境来说是非常大的事，也是灵境中年轻一代被山灵寄予厚望的时候。山洞的气氛微妙而紧张，水灵儿仔细观察这个人族，这几天自己所有的忧愁都和这个人族有关。虽然水灵儿并不肯定灵珠一定是被这个人族拿去了，但这是她唯一的希望。

开启灵脉，然后通灵，互相学会对方的语言、读取对方的记忆，找到灵珠的下落。

危险，那是必然的，而且这是她一生一次的通灵机会，但她别无选择。

云阳很奇怪地看着眼前这个山灵，她一直站在自己面前，可惜不能交流。他自己也着急，虽然不确定是不是她丢了珠子，但这个山灵来了两次，一脸焦虑，多半是在寻找什么东西。

云阳正要比画动作，告诉她珠子进了自己身体里。突然，水灵儿直奔云阳而来，右手指一下子点到他的眉心，而左手拿着黄绢，念起了上面的咒语。

云阳大惊，但为时已晚，他发现自己突然没有任何反抗的能力，浑身无力。

咒语时而高昂，时而低沉，富有韵律，随着声音的起伏，带来神秘而异样的气氛。瞬间，云阳感觉自己体内的脉络就像有滚烫的开水滑过一样，一股热力直冲而下。热力在不断冲击自己的各个穴位，似乎又有一个光团进入自己体内，以磅礴的气势四处游走。

此时，他只能眼睁睁地看着那个光团引导着热力冲击各个穴位。身上的穴位不断被点亮，速度之快，令人咋舌，每亮起一个穴位，就意味着此处被打通。他感觉到这些被打通的穴位，纷纷像旋涡一样旋转，不断从体外吸收着能量。

热力突然开始循着任脉的方向往下行走，终于减缓了很多，却在膻中与神阙之间迟滞不行，多次冲击都没有冲开，就像被许多层膜阻挡一样。

任督二脉又称天人之路，打通了自然是质的飞跃，打不通只能还是肉体凡胎。当任督二脉被打通，就可以连接天地，从天地中源源不断地获取更多更好的灵气。

人和灵不同，灵到了一定年龄，灵脉自成，可以自由地吸取灵气，但人族需要经过长期修炼才会激活身体的穴位和经脉。每打通激活一个穴位，实力就又强一分。但是运用灵力一次性打通全身的经脉很是困难。因为躯体需要适应外界来的灵气力量，一下子打通这么多，会造成整个身体崩溃。

水灵儿没有想到，她找到的方法不适合人族，并且她对灵脉的了解实在非常浅薄。山灵没有这么多穴位，而人族的穴位非常多，同时人族拥有任督二脉，这是灵所不具备的，如果要通灵，必然要打通。

云阳感觉自己要爆炸一样，体内不断凝聚着灵力，而水灵儿的光点正在积蓄力量，把体内其他穴位的灵力吸附过来，打算直接突破膻中穴。当各个穴位出现灵力真空后又疯狂地从外面再次吸收，这让云阳苦不堪言。

终于，灵力达到顶点，水灵儿催动灵力冲过了膻中神阙一线，又一鼓作气冲过了气海、关元直达会阴。打通的那一刹那，痛苦不堪的云阳突然觉得轻松了好多，冲击任脉耗费了很多灵力，这让云阳体内没有那么胀痛。

但好景不长，灵力聚集在海底越来越灼热，又开始沿着督脉向上行走，水灵儿冲击完任脉之后，继续输入灵力，又开始冲击督脉。督脉比任脉更难打通，尾闾、夹脊、玉枕三关，一关比一关艰难，这一场冲击拉锯好久。云阳剧烈地疼痛着，昏厥过去好几次。

水灵儿已经冲击督脉很久了，马上就要攻破玉枕，但是体内的灵力也消耗得差不多了。

眼看要前功尽弃，水灵儿非常着急。如果开启不了灵脉，那么也就无法通灵，无法得知灵珠的下落。想到灵潮那天，自己拿不到珠子，那么家族……

甩开脑中可怕的念头，水灵儿目光一凝，做了一个惊人的决定。

她把体内的灵力全部输送到云阳体内。顿时，一股庞大的灵力再次覆盖云阳体内，云阳大惊，这个山灵真是不顾后果。云阳更加苦不堪言，被这庞大的灵力差点儿撑爆。

在灵力的强力冲击下，玉枕瞬间被冲开，督脉也被打通，与任脉连接了起来。热力在脉中快速循环起来。云阳原本闭目等死，按照水灵儿的方法如此打通人族经脉，实属九死一生，没想到机缘巧合之下，云阳饱经磨难的身体居然扛住了，任督二脉真的被打通了。

一时间，云阳感觉醍醐灌顶，体内一股灵气上升到识海，一股玄妙的感觉荡漾在心间，五识更加灵敏，能全新感知着这个世界。而水灵儿却比云阳更加惊喜，因为她看到了灵珠，那珠子正飘浮在云阳的识海之内，烁烁发光。

太好了，终于找到了！

水灵儿喜极而泣，望着珠子，这些天的委屈一下子迸发了。

突然，异变突起，灵珠突然发出一股强大的吸力，水灵儿感觉整个身躯都向灵珠飘了过去。

"啊，救命，救我！"水灵儿大惊，想退回去，但灵珠的力量异常强大，瞬间把她吸了过去。水灵儿的身影变得越来越缥缈暗淡。云阳惊慌无措，怎么会这样！

就在这时，他耳边传来一声震天的怒喊："大胆异族！"

这一声，响彻整个灵境，把所有山灵都惊动了。而水灵儿最终没有抵住灵珠的吸力，身影消失，在云阳的识海内被灵珠吞噬了。

可以肯定是吞噬，因为整个灵体都不见了，水灵儿消失得无影无踪。

云阳脸色骤变，这到底是怎么了？

这时，他发现很多山灵的身影在听到那声怒吼后，都聚集了过来。

第一百零五章　问罪

云阳被山灵们紧紧围住，他们都愤怒地看着云阳。

领头的是雾青，他冷酷地看着云阳，质问道："你到底做了什么？你把水灵儿怎么了？"

云阳看到雾青，赶紧把刚才的情形解释了一通，但珠子的事情十分敏感，云阳下意识地回避，没有讲出来。

雾青打断云阳，狠狠地说："荒唐，水灵儿怎么会来找你通灵？一定是你用了妖术蛊惑她。我们好心收留你，没想到你居然敢害我族人！"

云阳还想解释，但被山灵们打断了。

"什么都不用说了，卑鄙的人族！"

云阳耐心解释了那么久，但这些山灵还是不信，便有些恼火，冷冷地说："在下刚才已经说过，事发突然，并非在下可以控制。诸位若信则好，不信的话，在下也没有办法。"情急之下，他突然用山灵的语言说话了。

听到他口吐山灵的语言，山灵们议论纷纷，而少数几个年长的山灵，脸色冷峻。

"人族，你好大的口气！来人，把这个人族给我看紧了，等灵潮来临，我要让他求生不得求死不能。"说罢，雾青等人转身就走，留下几个年轻的山灵看守云阳。

他们几个交头接耳地商议了一番，然后把云阳绑起来，打算用各种办法折磨云阳。云阳看出这几个山灵的打算。但也知道，若是反抗，必然会遭到更残忍的折磨，甚至无法脱离此处，只好咬牙忍耐。

从那个叫水灵儿的灵识中，云阳了解到整个灵境的情况。目前首要的事情就是灵潮，他们对灵潮有一种病态的认真，认为只要跨过灵潮就能到达传说中的灵界，如果真的跨过去，那么不用长期修炼就能飞升灵界。此处这个灵脉并不大，虽然历史悠久，但是能修炼飞升灵界的人屈指可数。不能飞升灵界意味着寿元用尽之时，即消散天地之间，成为一股没有意识的灵气，这是山灵们恐惧的结局。

虽然灵比人族的寿元要长，但是不入诸天之上，无法超脱生死。

一个山灵上前踏住云阳的身躯，狰狞地说："人族，我就知道你这种异族没安好心，让我好好收拾收拾你。"

其他山灵也摩拳擦掌冲云阳走过来，他们对人族先前是好奇、恐惧，后来发现人族比山灵还要孱弱，顿时暴露出本性。

而在灵境最高的古树里，最高地位的山灵们聚集在一起。气氛非常凝重，空气都要凝成水滴，谁也没有说话。有的闭目养神，有的面露冷笑，还有的沉思不语，表情不一。

半晌，终于有个淡紫色的山灵打破了沉寂。

"雾青，我们家族的水灵儿被你带回来的人族吞噬，难道你没有什么想说的吗？"

雾青沉默着。这件事让他非常被动，擅自把异族引入灵境本身就是一个忌讳，何况这个异族还伤害了这次要参与灵潮的山灵。

责问他的是灵境里最有可能修炼飞升灵界的山灵之一。

"灵潮事关重大，雾青也是尽心准备，那个人族就是为这次灵潮准备的。"另一个山灵说道。

发难的山灵转身直瞪刚才说话的山灵，毫不客气地说："每次灵潮都是失败的结果。我千辛万苦，用尽全族之力温养多年才形成的灵珠，本对此次灵潮把握十足，却被这个人族破坏，他分明是故意的。"

其实他没有说实话，灵珠是多年前他从灵潮里拿回来的，并未告知灵脉众人。虽然多年温养，但始终无法窥伺其中奥妙。把珠子赐予晚辈水灵儿也是抱着侥幸心理，希望她携珠返回当初发现它的地方，解开奥秘。如果水灵儿穿越灵潮失败，那么珠子还是要收回的。

现在水灵儿没有了，也就失去了珠子的下落，他心中无比痛惜。

"那个人族必须死，雾青必须给我一个交代，否则休怪我无情。"他冷冷地说。

此话一出，在场所有山灵心里都是一紧，纷纷看向雾青。雾青脸色非常难看，虽然水灵儿被吞噬和自己有些关系，但此言是要自己负全责。雾青声音沙哑，缓慢地说："对于贵家族晚辈的不幸，我深表痛心，那个人族也固有其责。"

"然后呢？"他没有打算放过雾青。

雾青抬起头苦笑："你想怎么样？"

紫色的山灵冷笑了一下，猛然一掌挥出，直接拍在雾青身上，一下子把雾青拍飞。

"我要你死！"

大家顿时骇然，这个想法出乎所有人预料。大家面带异色，但都没有阻拦。这是私人恩怨，现在不适合插手。雾青虽然也是山灵中的高手，但面对紫色山灵还是毫无还手之力，毕竟他是修炼有成，随时有可能突破界限飞升灵界的绝顶高手。

他继续拍击着雾青，眼看就要毙其命于此，雾青突然惨笑不止。

"住手！"一层光盾挡住了他的必经之路。

"为何阻我？"

"此事我会给你交代，雾青现在不能杀。"

他冷笑道："哈哈，你给我交代？你拿什么给我交代？"

"我有助你突破瓶颈之法。"

他脸色阴晴不定，手上的动作迟疑了一下。

"当真？"

"当然，难道你不信我？"

他顿了顿，就在大家以为他被说动的时候，又一次把雾青打飞。

"当然不信！"

雾青被重击数次，已经奄奄一息，身上的灵光已经微弱，随时都可能灭掉。

"这个给你，你先看一下。"

一块玉牌抛了过去。他伸手接住，然后按在自己额头上。

许久，他说道："暂且信你一次，雾青此次要进入灵潮替我找回宝物赔偿，方能饶过他。"

大家看到他放手，就知道那个玉牌非常重要，若不然他是不会放过雾青的。不过在没有准备的情况下，进入灵潮也相当于送死。但就目前来说，等于救了雾青一命。

雾青感激地冲着施援的山灵点点头，声音嘶哑地说："灵潮明天来临，其他事物已经准备好了。"

"好，我们明天去灵壁面前等候。"

大家点了点头，一场风波暂时停息，各自散去了。

等大家都走后，那个山灵对雾青说："此事因缘巧合，不失为最佳的结局。"

雾青低着头，拱手道："原先我们只是想拿这个人族做个试验，没想到水灵儿被他吞噬了，想来灵珠也在这个人族体内。确实出乎预料，但应该有助于我们发现灵潮中的秘密，毕竟我们没有别的办法染指灵珠。"

在雾青说完之后，那个山灵沉默着，身上泛着紫光，雾青不敢打扰他的思考。

半晌之后，他缓缓说道："嗯，本来你也要进入灵潮，确实是个机会，你相机而动吧。"

雾青拱手称是。

"这次你要跟着去灵潮，先去灵泉滋养一下吧。稍后我会赐你心法，进入灵潮运用心法即可恢复你的灵力，然后方便行事即可。"

雾青大喜过望，刚才他身受攻击，灵力残破，有些心灰意冷。话一说完，那个灵就走了，留下雾青孤零零地站在那里。

空荡荡的树洞，格外冷清，刚才的一幕就像噩梦一样。

第一百零六章 灵海

苍茫的灵境之内，有一处神秘之地，叫灵壁。此处远远看去，似乎就是一层薄膜，薄膜后面能清清楚楚看到另外一个世界，那里好似一大片飘浮之物相互凝聚在一起，形成密密麻麻就看不到尽头的飘浮之海，大家都管这里叫灵海。

紫青二色，是灵海的主要色彩，从灵壁这边望过去能感觉到灵海里的灵气异常浓密黏稠。

每隔十年，灵海便会散发出一股奇异之力，原本平静的灵海，变得波涛汹涌。在这股力量的回荡鼓应之下，会有大量的奇异之物，被此力量禁锢，吸收进入其内。而此时灵壁会变得非常薄弱，灵力弱小的可以一穿而过，灵力高强的反而会被反弹，不得入内。

这些奇异之物中，有仙草、有法宝，还有未知的凶兽，不一而足。

没有人知晓灵海是如何形成的，据说在灵境形成之前，这里便早就存在了不知多少岁月。有人传言，此地是最接近灵界的通道，只要渡过这灵海，便可抵达灵界。还有人说灵海实际上就是开天辟地之后被遗忘的混沌之地，在这里说不定可以寻找超脱天道的奥秘。

总之，种种传闻多不胜数，其中绝大部分都言之凿凿，好似有莫大的根据。

但是从这里幸存回来的山灵，更愿意相信这里是灵界通道，因为这里的灵气之浓实属罕见，如果能在这里修炼，用不了多久就可以达到灵体合一，飞渡灵界。

对于灵境的山灵来讲，在寿元将近之前飞升灵界是最好不过的了，超脱了便逍遥天地，没有超脱便化为灰末，消散天地之间。但是能飞升灵界，不仅要修炼有成，还要讲究机缘、悟性和资质，缺一不可。能顺利飞升的少之又少，大多山灵的结局都是消散天地。

死亡总是令人恐惧，世间凡是拥有智慧知生死的生灵都害怕死亡那天的到来，所以大家拼尽全力，企图超脱生死，享受无尽天光。而十年一次的灵潮来临，正是最好的捷径。这天是整个灵境的头等大事，在灵壁开启的一瞬间，灵海将会有维持数日的潮汐之象，这便是大家所说的灵潮。届时，蓬勃的灵气扩散而出，弥漫旷远，凡是在灵海之内的生物均可感受到。

同时，灵潮袭来那几天，会有无数奇珍异宝和罕见之物浮现。

所以，每当灵潮来临之时，凡是年轻一代都会被家族长辈寄予厚望，不仅希望他们能拿到天材地宝，更希望他们能真正跨过灵潮、越过灵海，到达彼岸。但是捷径中一样有巨大的风险，当灵潮平息后灵海会恢复平静，吞噬进入的山灵如无足够的能力将无法返回灵境，所以灵境选择进入灵海的年轻人总是慎之又慎。

今天灵境中凡是有身份者都早早来到灵壁前，等待灵壁最薄弱的时候，护送选中者穿越过去，去灵海之内寻找那缥缈的灵界。

这次进入灵海的共计九人，原本是八个，但是水灵儿消亡，雾青被派进来。这在别人看来是天大的好事，能接受灵海的洗礼，有可能会登到灵界，但其中的凶险和苦味，只有雾青自己知道。想当年，作为年轻一代的佼佼者，雾青进去过一次灵海，感受过灵潮的汹涌。

那个时候，他和一行二十多个山灵一起进入灵海，刚进去噩梦就开始了。用九死一生来形容一点儿也不为过，什么天材地宝都没拿到，反倒凶险万分，二十多个伙伴都死在了灵潮之中。幸运的是，他自己回来了，从那里回来以后，灵潮就是他的噩梦。

每当回想起当时的情形，雾青都不寒而栗。

想要进入灵壁之内，首先修为不能过高，修为越高，灵壁排斥越大，当达到一定程度的时候，根本无法进入。而进入灵壁还需要众多山灵输入灵力相助，才能让这些选中者进入，一旦其中有修为过高的，那么力量会遭到排斥和反噬，到时候不止选中者会遭殃，就连对灵壁输入灵力的也会跟着遭殃。

所以每次灵壁开启，只能是最新一代的年轻人进入。他们资质上佳，灵脉初成，又实力不太强，这样才能安然进去。雾青这次被封印灵脉，灵力也被解散，就是因为怕他进去时，会引起灵壁排斥。被限制的他，现在的实力就连同行晚辈都不如。

云阳原本没有灵脉，没有灵力，这也正是被雾青等人看中的原因。他们想尝试一个毫无灵脉和灵力之人进入灵海会是什么样子。但是云阳被水灵儿用特殊之法开启了灵脉，至于灵力则未成形，因为他还不懂修炼之法，所以只是靠着灵脉的穴位自动吸收天地之间游历的灵气。身为异族，云阳身上自然也被加上了封印。

大家目不转睛地盯着灵壁之内，满脸向往之色。但是有一个淡紫色的山灵却满脸阴郁，那就是打伤雾青，逼迫雾青去灵潮的水灵儿家族的首领。

那颗珠子其实是他当年进入灵潮后，在一个神秘之所得到的，这么多年一直潜心研究，耗费了无数天材地宝不得其所。眼看自己寿元将至，虽然对外，大家都以为他能够飞升灵界，但只有他自己知道还差很远。

珠子是他最大的秘密。得到这么多年，费尽全力都没有解开其中之谜，但他从未放弃，一直认为这颗珠子很不简单。后来他想到，这个珠子来源于灵海，那么会不会只有灵海那个神秘的地方才会展现出它的秘密呢？

可惜他已经无法再进入灵潮了，除非散尽浑身灵力，封印大部分灵脉，才可以进去。但是这其中凶险异常，一旦珠子不是他所想的那样，那么他此生飞升灵界再也无望。因为灵力散尽，那是需要无数时间才可以恢复的，恐怕没等灵力恢复，便寿元耗尽，早就消散了。所以他把珠子印下灵力烙印，赐予即将要进入灵潮的水灵儿，让她完成这个任务。

万万没想到，水灵儿被吞噬消亡，珠子也感应不到，这让他差点儿没愤怒得癫狂，所以才出手重击雾青，幸好被另一修炼高手拦住。在得到那个山灵的手记之后，他才渐渐冷静下来，不过他把仇恨都记到雾青和云阳身上，逼他们进入灵海寻宝赔偿。

"灵潮要来了，大家准备！"

一声大喊，把他的思绪拉了回来。灵壁光彩流动，灵壁内平静的灵海突然起了波澜。这是灵潮来临的前兆，激动人心的时刻即将到来，所有在灵壁之前的山灵都兴奋起来。

"输入灵力到灵壁，进入者准备！"

大家纷纷行动起来，山灵们排成两列向灵壁输入灵力，而选中的山灵们站到灵壁前待命，之前长辈就告诉过什么时候可以进入，只有云阳不知道，但他被雾青紧紧抓住。那几个年轻的山灵个个脸上放光，兴奋异常，马上就能一探灵潮奥秘了，幸运的话，可以直达灵界，就算到不了灵界，说不定也能捡到天材地宝。

灵壁的颜色越来越浅，灵海的样子越来越清晰了。大家都屏住呼吸，盯着灵壁，因为最关键的时刻即将到来。当灵壁接近完全透明的那一刻时机就到了。这样的时机只有一刹那。就在这一刹那，这些年轻的山灵抓住机会，纵身飞跃，一闪而过。

一瞬之后，灵壁又逐渐恢复原来的样子，颜色越来越深。

第一百零七章　老友重逢

能够进入灵海的入口很多，并不只是山灵们所在的灵境。其他的地方也有灵境，也有灵，这是云阳进入灵海后才知道的。

原本以为进来后会直入灵海，没想到首先落脚之处是一座岛，这岛并不大，但很平整，仿佛是专门用来承载从各个门路来灵海的灵物。

岛上不断有奇奇怪怪的灵物凭空出现，有像人的灵族，也有高阶凶兽，还有云阳根本叫不上名字的灵物灵兽，但是没有一个人族，这让云阳非常惊讶。

不一会儿工夫，原本冷清的岛上已经热闹起来，这些灵物显然都是因为这次灵潮而来到这里的。来自同一个地方的灵物站在一起，虽说不同来源有所交错，但基本上有明显的界限，大家并不随意走动，保持着秩序。

随着时间推移，来到岛上的灵物越来越多。每有新来的便会引起阵阵喧哗，周围的灵物都会避让一下，让后来者有落脚之地。

密密麻麻，不下数千的灵物聚集在岛上。大家来自不同入口、互不认识，都保持着警惕，但也没有发生任何争斗。显然，大家的目的相同，都是为了进来捞好处。

就在云阳四处观察的时候，一个声音让云阳又惊又喜。

"云大哥……"

这个声音，云阳太熟悉了，这是阿言的声音。

雾青看到云阳四处张望，顿时警惕起来，手上捏着云阳脉门的力度加大。

"你在看什么？"雾青冷冷说道。

云阳淡淡地笑了一下："没什么，我只是以为只有我们才会进来，没想到居然有这么多人。"

"人？哈哈，没有禀赋的人族根本进不来。"雾青不屑地冷笑。

云阳不在乎雾青的嘲笑，而是漫不经心地说："我不就进来了吗？"

"你，不过是个工具。"雾青冷冷地说。

云阳没再搭理雾青，而是继续寻找阿言的声音来自何处。可是岛很小，来这里的灵体很多，身上都散发着微光，把整个岛都点亮了，想在这么多灵体中找到阿言，确实不容易。

不过云阳很耐心，刚才能听到声音，就证明阿言是看到自己了，他们必须尽快找到对方。

终于，云阳在不远处看到一个兽灵，是一头大黑熊，浑身散发着猩红的微光。

云阳眯着眼细看，心中暗喜，可以肯定是阿言身边的大黑熊，就是不知道它是怎么来到这里的。大黑熊也看到云阳了，咧嘴笑了笑，那憨厚的样子特别讨喜。然后，大黑熊张嘴说话却没有发出声音，云阳从口型上辨认出，它似乎在说：我是阿言。

其实，阿言也不知道自己怎么进入了大黑熊的身体，又来到了这个地方。

自从和队伍分开后，阿言带着大黑熊和三足兽去过很多地方，从遇到九阶凶兽的地方开始沿途找起，一直没有发现云阳的行踪。

在路过一个曲折的山坳的时候，大黑熊变得特别激动，死活不愿意再走。阿言无奈只好由着他。半个时辰后，突然有一道白光闪过山坳，大黑熊拽着阿言就冲向白光。

阿言只觉得一阵天旋地转，等睁开眼就发现自己来到这么一个奇怪的地方。身边都是发光的灵体，更茫然的是他发现自己和大黑熊共用一个身体，而且用的是大黑熊的身体。

但阿言惊喜的是，居然看见了失踪已久的云阳。

他刚打算上前找云阳，突然停住了脚步。他感觉到情况有异，云阳好像被挟持着。因为他被一个会发光的人紧紧地抓住手腕，身边还有几个散发着微微白光的人包围着，这让阿言心生疑虑。

阿言踌躇了一下，先出声叫一下云阳，希望云阳能发现自己。

幸好云阳向这边看了过来，阿言刚想示意，发现大黑熊的神识占领了身体，然后冲着云阳憨笑。阿言又好气又好笑，没想到黑熊在关键时刻来这么一下。

云阳看到那熟悉的憨笑，心中非常高兴，虽然不知道大黑熊是怎么来到这里的，但猛然见到它还是非常亲切，又看见大黑熊的口型，云阳相信阿言一定也在这里。

看到大黑熊往这边走过来，云阳用微小的幅度摇了摇头。

如果换成小奇那个马大哈，肯定不会注意，但阿言注意到了，马上放慢脚步，悄悄地向云阳移动。突然，云阳用人族语言对雾青说："灵潮什么时候开始？"

雾青刚默念完心法，体会着灵力回到体内的感受，心中窃喜，不愿意搭理云阳。

"这里是一个死地吧，你肯定来过这里，若不然不会这么熟悉。"

听到云阳絮絮叨叨、没完没了，雾青很不耐烦，用人话喊道："闭嘴，小心我杀了你。"

阿言听到对话，心中暗道好险。看来云阳刚才是在暗示自己，那个人听得懂人族的话，从他呵斥的语言可知云阳处于被绑架胁迫之中。

来自灵境的山灵不知道发生了什么，突然听到那个可恶的人族用听不懂的语言和雾青对话，这几个年轻的山灵脸色很难看。如果说以前雾青是长辈，实力高超，让年轻的晚辈非常信服的话，那么此时的雾青是不被信任的。

大家都知道这个可恶的人族把水灵儿吞噬了，这让他们非常仇视，视云阳为洪水猛兽。憎恨他的同时，把雾青也恨上了，毕竟是雾青救起的这个人族。

能来这里的山灵，都是灵境的佼佼者。昨天的事情根本瞒不住，大家都听长辈回来说，雾青差点儿被水灵儿的家族首领杀死，并且扬言要那个人族死，要雾青进入灵潮。

雾青进入灵潮，必须要消散灵力、封印灵脉。灵脉可以解开，但灵力是需要长期修炼的。现在雾青功力已废，所以大家对他失去了往日的尊重，况且临来之前，家族长辈都嘱咐过，小心雾青狗急跳墙。所以到这里以后，他们不由自主地把雾青和那个人族围在一起，表面是看守那个人族，实际何尝不是把雾青也圈在里面。

老辣的雾青早就看出他们心中的念头，不禁心生悲愤，自己辛辛苦苦为灵境谋机会，没想到会落入如此下场。就在这时，灵海之上蓦然传出阵阵轻微的轰隆声。这声音的出现好似在平静的水面上扔下石子一般，顿时掀起阵阵涟漪。

这一刻，所有的目光全部都凝聚在灵海远处，那一大片无边无际的灵海开始沸腾起来，最大的灵潮开始了。

四周的灵体们大都是第一次见到如此震撼的场面，只有极少数此生不止一次看到十年一次的潮汐，但每次看到时那种心神震动的感觉从未降低，反而越来越剧烈。

雾青已是一生第二次，他面色释然地看着灵潮喃喃自语道："开始了。"

第一百零八章　灵海穿行

这一刻，大家都凝神定气，目光如电，死死地盯着那不断升高的浪！这青色的巨浪，就像九天流下的天幕一样屹立在灵海之中，几乎转眼间，它的高度已经达到了目力不可及之处。

云阳此刻备感震惊。但见这青色巨浪，一边不断地延长升高，一边徐徐散发出一股比之天威还要浓郁无数倍的威压。这威压立刻使云阳感到全身好似被大山压顶一般，骨痛欲裂。

云阳咬紧牙关、目露不屈之色，经过这么多苦难，他的内心早已坚硬如铁、躯体也越来越强健，不再是初出江湖的寻常小子。而四周的大量灵个个面色惨白，浑身光芒闪烁，纷纷后退，不敢上前，更有甚者开始转身寻找回去的路。

他们虽然怀有灵力的禀赋，因为各种机缘来到这里，但大多数都是向往灵界而来，不知道会有这样的危险。

就在这时，一幕让所有灵体终生难忘的画面就此展开！

只见那青色巨幕轰然破碎，凭空消失。云阳感到身上的威压立即大减，灵体们顿时活跃起来。雾青却知道，这才仅仅是开始。果然，灵海上各种巨浪此起彼伏地涌动，升到高处就破碎开来。

"快走，我们进去！"雾青招呼一声，分开众人，拉着云阳就往灵海冲。可是没人听他的，就连自己灵境的年轻山灵都没跟着。

雾青苦笑了一下，带着云阳就往灵潮冲去。但是有一个灵体跟着他，那就是大黑熊。因为阿言看到云阳被拉走了。其他灵体面面相觑，看着他们三个直奔灵潮，全都不知道应该怎么办，毕竟都是第一次来。而那几个和雾青一起来的山灵也不知道该追赶还是静观其变。

"怎么办，我们要跟过去吗？"一个山灵问道，但却没人能回答他。

眼见云阳和雾青他们的身影渐行渐远，一山灵咬牙道："跟过去，如果他敢在里面陷害我们，等回到灵境，看我们家族长辈怎么收拾他。"

其他山灵点点头，大家纷纷追去。

这灵海非常奇妙，灵气浓厚，灵体们在海面上非常轻盈，可以踏空而行。如果拥有灵脉的话，可以快速吸收灵气化为己用。

脚下的灵海白里透青，相对平静，对人没有什么影响，但掀起的灵潮相反，非常狂暴。每当靠近一个巨浪，云阳都感到快要窒息，身上的骨骼被压得咯吱作响。

相比之下，雾青倒是轻车熟路、神色如常，这让云阳不得不仔细观察。

雾青没理会云阳，拽着云阳的手不断前行。他仿佛对这里非常了解，避开灵潮的巨浪，不断调整方向，在巨浪破碎后穿行而过。

云阳心中微冷，这雾青的城府好深，看似被逼而来，谁知不是这样。

"后面那个熊灵认识你吧？"良久，雾青开口道。

云阳没有回他，反问道："前辈在寻找什么地方吧？"

雾青面色神情自若："不要管我的事。"

"哈哈，前辈，这一切都是在你的计划之中吧，看样子你预谋已久，所图甚大。"云阳目光一闪，微笑道。

雾青目光一凝、眉头一皱，仔细打量一下这个人族，内心颇为惊讶。原先救这个人族只是为了当工具，没想到他的心思颇为细腻。

"你知道些什么？"雾青问。

云阳说："这一切在别人看来再正常不过，但是太正常才反常。前辈本领高超，在灵境也位高权重，表面看上去一心一意为灵境，受此委屈非但没有辩解，反而一副认命的样子，但是任何身居高位的人，都心有傲气，宁死也不会失去尊严。如果说前辈一切为大局，委曲求全，或许也说得过去。云阳先前也不确定，但前辈带云阳独自飞奔这里，云阳心中的疑惑终于解开了。"

雾青目光炯炯地看着云阳。云阳继续说："一心为灵境着想的人肯定会留在晚辈身边保驾护航，不会扔下那些晚辈，让其自生自灭。"

雾青："人族，想得太多并不好。"

云阳微笑道："但愿我想多了。当初水灵儿出事的时候，前辈是第一个出现的，速度非常快，如果不是事先就在附近，根本就赶不到。前辈眼睁睁看着水灵儿出事却没有插手，这本身就已经说明问题了。不过，云阳还是要感谢前辈的，在水灵儿的长辈要处死云阳的时候，是前辈保住了云阳的性命。"

雾青的面色已经变了，他没有想到，自己谋划多时的计划居然被眼前这个人族看出来了。难怪说人族的崛起连众神都害怕，看来人族果然是天道的宠儿。

"哼，知道又如何！"雾青脸色冰冷。

云阳叹道："前辈对云阳有两次救命之恩，如果云阳有什么能帮得到的地方，一定会竭尽全力，前辈大可不必如此胁迫。"

"小小人族能帮我？哦，对，你能帮我的地方很多，乖乖做灵珠的炉鼎吧。"

云阳大惊，果然这一切都是为了灵珠而设计的。

雾青仿佛压抑许久的情绪终于释放出来，非常激动地说："可笑，这么多年以来他居然用灵力温养，却不知灵珠需要用人族身体做鼎炉，还想期望再次带到灵海了解奥秘，空有宝贝却不得其法，哈哈哈哈！"

云阳猛然看着他，内心冰冷。

"水灵儿那个开启灵脉的方法就是你给的吧？"

雾青哈哈大笑："没错，我一直在关注这颗灵珠。我倒想看看，这样会产生什么样的结果，没想到和我想的一样，哈哈！"

云阳双眼充满血丝，死死地盯着雾青。

"那么可爱的姑娘，被你一手给害了。"

雾青大笑着摇摇头："不，不是我害的，是你害的，是你把她吞噬了。"

云阳的内心就像被重锤猛击了一下，满脸悲伤。水灵儿只想拿回灵珠，不让家族知道而受责骂，没想到却把命都搭进去了。

第一百零九章　蛇群决战

1

雾青拉着云阳在灵海中漂荡了很久，虽然来过一次，但灵海哪有这么容易被掌握。如果没有灵潮，或许还可以一窥究竟，可现在所有灵气都随着潮汐起伏。那青白色的灵气阻碍了视线，但灵潮不起，灵海上又无法行走。

一路上，他们倒也遇到一些闪光的宝物。雾青不感兴趣，一门心思在寻找什么地方。当然他们也遇到了一些危险，被一只怪鱼状的怪物追了好久。眼下虽然摆脱了麻烦，但也迷失了方向。雾青又重新调整，继续往灵海深处走。

孤岛上的灵体们也进来了，大家在广袤的灵海上不时相遇。

这里没有任何规矩，大家又素不相识，所以尽量避免争斗。但雾青不这么想，凡是遇到的就出手击杀。这几日，死在他手里的灵已经很多了。每次把灵杀了，雾青都逼着云阳吞噬。云阳不从，雾青就想尽各种办法折磨他。

"后面那个兽灵对你还真是执着啊。"雾青面无表情地把手中控制的灵捏死。

云阳怒吼道："你怎么连自己人都能下得了手？"

雾青冷笑道："什么是自己人？什么是敌人？为我所用才是正道，哈哈！"

"卑鄙！"云阳愤怒地看着雾青。

雾青满不在乎地说："那个熊灵非常讨厌，如果它再跟着，我就连它一起杀。"他不在意云阳的眼神，补充道："我说到做到。"

对于雾青的挟持，云阳毫无办法。他处心积虑这么多年，就是为了今天，所以他不允许自己出现哪怕一丁点儿疏忽。

云阳心想：不行，要赶紧想办法挣脱，为了得到灵珠，早晚会被他杀掉的。

雾青看出了云阳的想法，漫不经心地说："不要耍花招，否则你会后悔的。"说着，他看了一眼身后，笑了起来。

在他身后的正是阿言和大黑熊。这些日子，阿言和大黑熊一直跟着云阳他们，也一直想伺机救下云阳，无奈找不到机会。

雾青的实力非常高超并且寸步不离地押着云阳，这让阿言很头痛。

2

蛇群聚集的山谷里，争斗还在继续并愈加激烈。

这几天，不知道有多少蛇被金蛇杀死。而小奇、阿薰和星月想了很多办法救弃长老他们，都没奏效。也就在这期间，又有两个人被吃掉了。

"姐姐，再这么下去我们就不用救他们了，他们会被吃光的。"小奇抱怨道。

阿薰无奈地看了小奇一眼。这些日子，她把小奇看得非常严，不让小奇离开自己的视线半步，所以小奇总是抱怨个不停。

"快看，快看，有情况！"星月喊道。

就在阿薰和小奇说话的时候，场面发生了变化。战斗停止了，那朵绚丽夺目的鲜花突然大放异彩，开始盛开。它渐渐升高，长出了花枝，花枝上又出现不少新的花骨朵。所有蛇都停住了，包括正在场上战斗的金蛇。它们盯着不断变化的奇花，昂首吐着蛇芯子。

这时，蛇群让开了一条路。一条浑身泛着亮黑色，几十丈长，水桶粗细的巨蛇缓缓游了过来。黑蛇目光冰冷，黝黑的鳞片更增添了几分肃杀之气。它和其他的蛇不一样，不止体形巨大，蛇头发青并有两个肉瘤，平添了几分怪异。

它和金蛇对视着，谁都没有先动手。金蛇从对方的气势上能感觉到是个旗鼓相当的对手，而黑色巨蛇已经观察金蛇这么久了，对它的实力也非常明了。

小奇目不转睛地趴在山上看着，喃喃自语道："争斗这么久，决战终于要开始了。"

说完，他眼珠子一转，心想这不是好机会吗，可以救人了。

"姐，姐，你之前对我用的那个让人昏睡的药还有吗？"

阿薰奇怪地看着小奇，不知道小奇要干什么。

"我觉得可以用这个药救弃长老他们。"小奇兴奋地说，"现在蛇群的首领去决战了，蛇群必然松懈，正是救弃长老的好机会。你看它们的注意力都在决战上，围着他们的蛇少了许多，如果把那些蛇迷昏了，我们就可以把弃长老他们救上来。"

阿薰听小奇说完，心想也不失为一个办法，可以试试，毕竟这么多天都没有任何进展，再等下去，弃长老就要被蛇吃了。她说："那个是药丸，对付蛇必须用粉末。我这里有药粉，应该可用，你先试试看，不要莽撞。"说着，她从兽皮袋里拿出一包药粉递给小奇。

小奇看向星月："嘿嘿，星月姐。"

星月翻了一个白眼："我知道怎么做，不就是做一根绳子，把弃长老他们拉上来嘛。"

"还是星月姐聪明。"小奇嬉皮笑脸地说。

三个人行动起来，一起帮星月制作长绳，而场上的战斗已经白热化。如果说先前那些蛇挑战金蛇是热身，那么现在就是真正的战斗。别看金蛇体形小，但实力惊人，此时谷里飞沙走石、各种神力乱飞。而那黑蛇也是修炼有成，对这朵花势在必得。

两条蛇缠斗起来，惊天动地、声响巨大，战斗的区域也在不时变化。围观的蛇群不时后退避让，以防被波及，但还是被误伤不少。那场面，简直混乱极了。

小奇趁蛇群无暇他顾，奋力把药包掷向弃长老他们几人的上空，星月则准确地射出一支箭刺破药包。药粉飘散下来，落在缠绕弃长老他们的蛇群上。

弃长老他们已经奄奄一息。这些日子不吃不喝，体力非常虚弱，自然察觉不到。药效发作得非常快，本来缠绕在弃长老几人的那些蛇，被药迷到后顿时瘫软下来。

小奇一看药物有效，差点儿没高兴得蹦起来，幸好他身边有知道轻重的阿薰和星月，连忙拉住他。

"赶紧放我下去。"小奇急不可耐地说。

阿薰和星月把编好的树藤缠在小奇身上，又给小奇备上一些树藤。这样，小奇下去后，把弃长老他们绑上就可以拉上来了。

趁着战斗还在持续，小奇悄悄地溜下去，刚把树藤绑完就被发现了。

原来大黑蛇战斗的时候，余光看到自己的食物要被救走，立刻大怒。它仰天一声嘶吼，把蛇群惊醒，顿时所有的蛇都向小奇冲了过来。

小奇一下子脸色惨白，阿薰和星月赶紧转动拉树藤的转轮，把小奇他们拉了上去。

正在此时，战场那边突然出现变故。金蛇趁大黑蛇分神，凌空而起，把大黑蛇挺立的躯干劈软了下来。这一击非常重，金蛇出手又快又狠，让大黑蛇吃了大苦头，伤口焦红、鲜血淋漓。

大黑蛇不断嘶吼翻滚着。就在金蛇要对黑蛇赶尽杀绝的时候，那朵绚丽夺目、色彩斑斓的花朵终于完全盛开，顶上最大的金黄花朵上冒出一股亮光。那光柱直冲天际，把有些阴霾的天空都捅开一个窟窿。

小奇早就趁蛇群慌乱的时候爬上山谷，把弃长老几人拉了上去，目瞪口呆地看着眼前惊人的景象。金蛇放下黑蛇，爬向花朵，而蛇群也忘记追逐小奇，纷纷往花朵涌去，仿佛那里有致命的吸引力。

黑蛇尽管身受重伤，但依然贪婪地向花朵爬去。它的目光紧盯着那朵黄花下面结出的一个果子。那果子呈赤红色，鲜艳欲滴、非常诱人，只要吞下它，就可以拥有神奇的力量，洗脱凡胎、成就神躯。

第一百一十章　破界归来

就在光芒达到最强的时候，金蛇赶到花朵旁，一口咬住那个鲜红的果子。后面的蛇群差点儿癫狂，拼命向前涌动，要把果实抢下来。

金蛇压根就没有把蛇群放在眼里，而是昂着头衔着赤果，看向天空。

天空被光柱捅开，电闪雷鸣，噼里啪啦乱响；云层搅动成一个巨大的旋涡，飞速地旋转起来。

光柱持续变粗，仿佛擎天之柱一般。金蛇踏入光柱内，身体顺着光柱缓缓上升，那赤果也被它吞进了喉咙。群蛇也疯狂地往光柱里涌，但不知为何，一进入光柱就化为乌有，只有金蛇安然无恙。就是这样也没能阻止蛇群，它们飞蛾扑火一般涌入光柱。可见那个果子对它们的吸引力有多么致命。

就在金蛇升到半空的时候，天空上泄出莫名的气息，灵力四溢而出。金蛇狂喜，扭动着身躯。等待多年，终于等来了这个时刻。

突然，天空中的光柱里落下几物，直冲地面而来。金蛇大惊，还没等看清就被狠狠地砸在身上，然后飞速下落。它好不容易才升到半空，没想到却功亏一篑。

小奇和阿薰他们目瞪口呆地看着，原以为金蛇会借此上天，万万没想到会出现这种情况。

小奇突然指着天空，结结巴巴地说："云……云大哥。"

阿薰和星月花容失色，因为她们首先看到的是一个不想看到的家伙——蛇身九首，吐口成泽，共工之属，神名相柳。

当他们坠地后，那朵奇花枯萎了，天空中的光柱也越来越淡，渐渐消失。

金蛇被压在最下面，摔得七扭八歪的，而云阳和大黑熊也被相柳的蛇身压着。大家都头昏脑涨，意识有些不清醒。

原来当日，雾青胁迫着云阳继续前行，终于在灵海深处发现了一座神殿。

这里古朴大气，透着神秘的气息，在灵海有这么一座神殿是十分非常意外的事情，但这神殿就是雾青苦苦寻找的目标。雾青仰天狂笑，带着云阳冲了进去。没想到他们不是先来到这里的，里面已经有人捷足先登。

神殿里十分空旷，中央停放着一口灵气缠绕的石棺，许多根石柱支撑着神殿。

一个蛇身九首的怪物在对这个石棺实施攻击，各种神力神迹纵横。那力量足以开山裂石、粉碎虚空，但打在石棺上却制造不出一点儿痕迹，可想这石棺一定是非凡之物，神力护体无比坚固。

雾青大怒，利令智昏的情况下，也没有琢磨对方是谁就怒吼起来，而云阳心中却是翻起惊涛骇浪，他认出怪物来了。

相柳？！他怎么会在这里？

相柳此时正狂躁不已，好不容易找到这里，但却对这石棺无可奈何，再猛然听到后面有声音，顿时怒火中烧，几颗头颅转了过来。

云阳看到相柳已经察觉，使劲想挣脱雾青的钳制，往后急退。而雾青心中正在愤恨，看到云阳要挣脱自己的控制，勃然大怒，抬手把他往大殿内的石柱上使劲甩去。云阳立刻被摔昏了。此时，大黑熊也进了殿内，连忙上前扶住云阳。

雾青还想上前格杀大黑熊，却听到背后的怪物大吼一声。他转身向石棺走去，面目狰狞，想把这个怪物先解决掉。

相柳已经停止攻击石棺，看着打扰自己的人里有一个很眼熟，但是想不起来在哪里见过。

"该死的兽灵，给我去死！"雾青双手一指，一股奇异的青芒夹带着风雷之势直冲相柳而去。相柳的身子一动未动，在青芒临身的一瞬间，身形微颤，现出一道力量，让那青芒融于虚空，消失殆尽，没有发出任何惊天动地的声响。

雾青大惊，再次准备的必杀之势也为之一缓。

相柳九首冰冷的目光射向雾青，雾青蓦然间倒飞而去，没有任何征兆。

这才一个回合就让雾青心胆俱裂，对方绝对不可匹敌，而且杀机已现。雾青二话不说，急忙向殿外加速跑。面对相柳那无情的目光，他第一次感到害怕，想开口求饶，但对方并不打算给他机会。突然，一阵黑芒闪过，雾青整个人都被神力所搅碎，散于虚空之中。

相柳又把注意力放回到石棺上，这些小角色根本不在他的眼里。他绕着石棺继续使出神力，妄图把石棺击破。只见石棺上的灵气越来越浓重，但却纹丝不动。

这时云阳醒转过来，他盯着石棺感受到一股强大的吸引力，这股莫名的力量召唤着自己上前。他挣扎着站起来，向石棺走去，阿言很惊慌，拼命拉着他，但云阳此刻仿佛被一种莫名的神力控制，根本无法拦住，反而把阿言也带了过去。

相柳此时的耐心已经到了极限，他凌空跃起，用粗壮的尾巴猛烈地向下拍打，使尽神力做最后一击。只见石棺在他的击打下瞬间冒出一个赤色光圈。光圈不断扩大，把相柳、云阳和阿言都包了进去，然后又突然缩小，把他们都吞噬掉了！

再后来，相柳和云阳他们被光圈吐了出来，砸中了金蛇。

小奇没见过相柳出世，因为那个时候他被饕餮吞掉了。小奇急着要跑下去，却被阿薰紧紧拉住。

"姐，快放开我，我去救云大哥。"不管小奇怎么挣扎，阿薰就是不松开。

云阳慢慢睁开眼，看见相柳就在旁边，九首死死盯着前方，如临大敌。顺着他的目光看去，原来是一条不大的金蛇，除了浑身透着金黄的光芒，并无特殊之处。

云阳不敢掉以轻心，他看到阿言不知何时从大黑熊身体里钻了出来，不由大喜。这时，大黑熊爬起来，晃了晃动脑袋，等看清相柳的真容，吓得一屁股坐了下去。这一下子正好坐在阿言身上，把阿言给坐醒了。

阿言满脸通红，青筋暴起，双目圆睁。

云阳赶紧把大黑熊拉开，再把阿言扶起。大黑熊眨巴着小眼睛，一脸惊慌。

相柳看到金蛇后就对别的不感兴趣了，因为他认识这条蛇，确切地说是老对手了。

蛇群失去了奇花，又感到相柳的巨大威压，随着大黑蛇迅速溃散。

云阳马上拉着阿言，和大黑熊逃上山谷。他早就看到山谷边的小奇、阿薰和星月。

小奇虽然被阿薰拉着，但不妨碍他频频挥手。其实阿薰也想跑下去，和云阳诉说这些日子来的苦楚，但她深知相柳的凶狠，不能冒险。

万幸的是，云阳和阿言到底是逃了出来，这让阿薰提到嗓子眼的心，终于缓缓落下。

相柳阴狠地盯着金蛇，九个蛇头缓缓开口："烈焰，居然是你。"

第一百一十一章 不速之客

1

金蛇吐着芯子，瞳孔一缩，张口道："相柳，你居然没有死？"他一边说话一边恢复真身，凭空长大数倍，变得和相柳一般大小。

相柳发出金属般的声音，狂笑道："桀桀，看来那个石棺和祝融有很大关系，能让你烈焰耗费无数岁月，不惜培育丹木赤果来打通界限。"

"放肆！尔敢直呼吾主神名。"金蛇暴怒，浑身气势飞涨，通体发亮，一股金白色火焰喷发出来，在体外熊熊燃烧，就连空间似乎都被扭曲了。

"哼。"相柳冷哼一声，九个蛇头高昂起来。

双方弩拔剑张，云阳和阿薰他们不敢停留，带上弃长老等人，向西逃命去了。刚跑出几百米，他们就听见身后巨大的响声，不绝于耳。

相柳和金蛇开战了，一黑一金两道身影升上半空撕斗，不一会儿便向西北方疾射而去。

大家望着远去的身影，这才松了一口气。这种级别的战斗，能躲多远就要躲多远。眼看暂时脱离了危险，云阳急忙招呼大家休息片刻。

小奇非常高兴，跑到云阳身边，连声道："云大哥，云大哥，这些日子你都去哪儿了？怎么从天上掉下来？"一连串的问题也吸引了大家的注意力，就连虚弱不堪的弃长老等人也洗耳恭听。

云阳苦笑不已。看到小奇殷切的眼神，他不忍心拒绝，但又不能说得太细，毕竟很多事情实在是不可思议。

"小奇，不要吵，先让云大哥休息休息。"阿薰含情脉脉地看着云阳。其实阿薰也有很多话想和云阳说，此时人多，她有些不好意思。

小奇垂头丧气地应了一声。

云阳微笑着看向阿薰，阿薰脸色通红，有一种吃醋被抓到的感觉。本来阿薰就非常美，再加上此时一脸红云，更是显得娇羞无限。就连星月也不得不承认，阿薰那种柔弱的美更能引起云阳的呵护之心。可是自己呢，就连上前和云阳说话的勇气都没有。

看到阿薰坐在云阳身边，抱着膝盖、仰着头和云阳低声细语，星月觉得非常烦闷，只好一个人坐到远处。

"阿言，你是怎么碰到云大哥的？"小奇一边摆弄大黑熊脑袋上的细毛一边好奇地问。

"阿言，你们怎么会从天上摔下来？"

"你说话啊，你赶紧告诉我啊。"

阿言还没来得及回答上一个问题，小奇的下一个问题又来了。阿言索性不答，小奇一个人絮絮叨叨地说了半天，根本就是自问自答。

星月听着，无可奈何地笑了。

大家休息了一会儿，继续往前走。

弃长老他们被蛇群袭击之后还剩下五六个人，鱼显长老的儿子鱼木也很幸运地活了下来。阿薰给他们检查了一下，所幸并无大碍。但是他们个个虚弱不堪，拖慢了大家的速度，无奈之下，众人只好走走停停。小奇在前面探路，遇到野兽都提前避开。

大家一边休养一边赶路，希望能早点儿到达西昆仑。

2

会稽山上，禹带着雨泽连日会见前来会盟的部落首领。对于这次会盟，禹非常重视，不管部落大小，禹都亲自迎接、以礼相待，这让他迅速赢得了各个部落的好感。

这天傍晚，禹见完当天最后一批前来会盟的部落，手下通报有来自洛城之人拜见。此人头戴面纱，不表明身份，只说是禹的旧识。

自从禹全面掌管治水之责后，威严日甚，下面的人不敢轻易做主，只好去禀报禹。

禹听后沉默片刻，请他进来。他想不起来究竟是谁如此神秘，想来必有重要之事。

不一会儿，神秘人被请了进来，但仍未除去面纱。禹觉得奇怪，但没有发问，挥手让手下退去。神秘人未打招呼就席地而坐，禹不禁眉头一皱，但依然不露声色。两个人就这样坐着，互相打量，谁也没有开口。

许久，禹轻声道："尊驾何人，有何贵干？"

神秘人哈哈大笑："禹大人果真非常人也。"说罢，神秘人也不再打哑谜，直接解开头上面纱。禹露出恍然的神色。

"您是摩长老吧，大驾光临，禹失礼了。"说罢，起身拱手赔罪。

摩长老连忙起身托起禹的手，让他无法行完礼："禹大人不必多礼，是老叟打搅了，理当老叟赔罪。"

双方客套一番后又各自落座，禹这才询问起来意。

"不知摩长老不远千里所为何事？"

摩长老抚着胡须，说道："无他，只是想看看会稽山的风采。"

禹心下一动，笑了笑说："会稽山荒凉，仅仅是治水要害而已，洛都风光更加宜人，想必摩长老不会习惯此处。"

摩长老目光一闪，笑道："此处虽然荒凉，但禹大人雄风八面，风光便会不同。"

禹微微一笑，并未言声。他知道摩长老身为洛城里的重要人物，平时与一些长老不和且很少露面，但此人神通广大，今日来此，必有深意。

看禹不动声色，摩长老暗叹，以前真是不太留意这个治水人了，若是早些相交，恐怕也不用今日之行。

"老叟此行仅代表自己而来，一直听闻禹大人仁厚，所以想和禹大人亲近亲近。"摩长老虽然想自恃身份，但看到禹沉稳的样子，也知道自己如果不做点儿什么，恐怕要白来一趟。他暗叹此子大势已成，不可阻挡。

禹目光闪烁，嘴角含笑，连忙拱手道："摩长老是前辈，禹何德何能，真是愧煞禹了。"

一番客套过后，禹问了舜帝和洛城的情况。摩长老一一谨慎作答，言语之间对舜帝多有恭敬之意。禹含笑听着。当提到蚌池的时候，摩长老带来的消息让禹非常震惊。

"蚌池大败，精锐十去三四，万幸共工被再次阻拦住，人族第二次建立防线。洛城方面也已经派出西行的队伍，去西昆仑寻找祝融，请祝融大神再次出手相助。"

这两个消息对禹来说非常重要，他本打算细问，但摩长老不愿多说。禹心里略有不满，不过转念一想，不能操之过急。

对于蚌池之事，摩长老倒是很愿意多说，言谈中还略有幸灾乐祸。尤其说到伯益惨败让舜帝震怒的时候，摩长老居然露出解气的样子，这让禹对他的为人非常不屑。

听到摩长老的描述，禹终于知道蚌池最近的战况。原来共工部落使用离水阵激怒了共工，共工凶威大发，不顾龙子的威胁悍然发动洪水冲击人族大本营，致使人族仓促开战，惨重失利。不过，共工也在龙子的攻击下受了轻伤。后来，洛城又派出一队人马，这才算暂时阻止住共工，建立了第二条防线。

"那队人带着大法器轩辕剑。"摩长老特意提醒禹。禹一下子就听出来了，两个人相视一笑，显然禹领情了。

许久，摩长老才告辞。禹亲自把他送出门外，望着他远去的背影，渐渐收起脸上的笑容，淡淡地说："旬日之后，正式祭天治水。"

"诺。"雨泽应声道。

第一百一十二章　传说中的迷雾

西行的队伍一连走了很多天。这日晚上安营后，大家吃饱东西准备早早休息，养足精神。

云阳也打算早些睡，但弃长老不知何事突然过来找他。经过这些日子的休养，弃长老他们恢复了元气，脸色也红润好多。

"云阳啊，这次多亏了你们这群年轻人，老叟真的老了。"弃长老感慨颇多，神情落寞地说。

云阳连忙温言安慰弃长老，弃长老摆手说："这次西行，虽然预见到风险巨大，但没想到居然会是这样。可能乱世来了吧，乱世多妖孽……"

云阳不解，不知道他到底想说什么。良久，弃长老缓缓问道："听说你去了一个奇异空间？"

弃长老看云阳有些惊讶，连忙解释道："老叟没有别的意思，只是想确认一下，因为这个关系到一件重要的事情。"

云阳点点头，大致说了一下灵境和灵海的情况，隐去了灵珠的事情。

弃长老一边听一边深思，直到云阳讲完，他才叹了一口气："果然是那里，应该是那里。"

不等云阳发问，他缓缓说道："我们所知的有三界——天、地、人，众神在天界、地界九幽无生灵、人界是万物之界。而三界之外，我们统称混沌，那里充满未知，也有各种先天生灵，但是人族无缘进入。相传，混沌之处有一界乃灵界，灵界向来神秘，人族只存有一些传说而已。当年大神祝融和共工大战，看似获得胜利，封印了共工，但其实也是惨胜。祝融大神身受重伤，共工神威无敌，制服他实属侥幸啊。按照约定，祝融可借用人族百年气运来进行突破。大战之后，我人族信守承诺，任由祝融大神取走。"

弃长老叹了一口气，心中暗想，就算不按约定又如何，祝融是神，共工能带来灾难，祝融同样也可以。云阳正在等弃长老说正题呢，发现他又陷入了沉思。

云阳不得不叫了他一声，弃长老一下子回过神来，歉然笑道："年纪大了，精气神也不稳定了。祝融大神带着人族气运在绝密之地闭关修炼，以求恢复突破。据来自祝融氏部落一些隐约的说法，大神似乎就在灵界闭关。自那之后，祝融大神再无消息流传人间。更离奇的是，祝融氏部落后来突然迁徙，去了遥远的西昆仑。目前看来，你说的神殿石棺可能跟祝融大神的修炼有关，只是不知道出了什么变故。"

弃长老露出了深深的忧虑之色，内心深处非常担忧即使到了西昆仑也未必能顺利请出祝融大神。云阳心中也布满疑团，雾青挟持着他和灵珠去灵海，目的非常明确，就是寻找神殿石棺。然而，他们居然在那里遇见了相柳，再联系到弃长老谈的这些背景，可见这其中隐藏着天大的秘密。

两人又谈论了半天，还是理不出太多头绪。弃长老叮嘱云阳不可把谈话内容外传，以免人心动荡。弃长老站起来，长叹了一口气，走了几步，背对着云阳说："但尽人事，无论天意啊。"

云阳陷入了深思，特别是对于灵珠的疑惑。按雾青的只言片语，灵珠似乎是从灵海得到的，那他被石棺吸引过去是不是因为灵珠的作用呢……许多问题一直萦绕在云阳的脑海，不知不觉，东方欲晓，云阳发现自己居然想了一夜。

大家纷纷醒来，开始做上路前的准备。从百十人的队伍，到现在的十来人，西行之路困难重重。众人匆忙收拾好东西，出发了。现在，他们分秒必争，因为已经耽误了太久，这些被耽误的时间都要赶回来。

小奇又开始要赖，一边走一边央求着阿言让自己坐一会儿大黑熊。阿言始终不答应，小奇无奈，只好逗着鹦鹉哑巴解闷。哑巴在大黑熊和阿言消失后流浪了好多天，终于赶回来跟大家会合了。哑巴兴奋之余，话还特别多，和小奇也聊得很开心。不过，三足兽自那之后再无踪影。

"前面就是三危山，过了三危山就是弱水，再以后我们就正式出了人族地界。"弃长老提醒大家。此刻，弃长老的心情不错，把事情和云阳说完之后，一身轻松。

三危山，山势奇绝，延绵百里，景致迥异于中土。正当大家准备过山的时候，最精通狩猎的阿言一眼就认出崎岖的山路上安置有陷阱，便提醒大家："这条上山的路被人布置了机关陷阱，大家要小心不要触碰到。"

大家面面相觑，究竟是谁在此设置陷阱呢？

弃长老一点儿也没有感到意外。

他微笑道："这里是三苗部落的地界。三苗部落是最边缘的部落，大家凡事都非常小心。当年我和这个部落的族长有一些交情，看来这次少不得要麻烦他们了。"

众人恍然大悟。阿言仔细围绕陷阱观察了一番，然后把陷阱边上的树藤拽了一下，只见机关被激发，发出连连声响。

大家疑惑地看着阿言，想阻止也晚了。谁都没有想到阿言会如此莽撞，只有云阳知道阿言这么做一定有他的道理。只见一个接一个的机关被激发，各种匪夷所思的困人方法让大家看得心惊胆战。

最后，一棵高大的树上飞出一物，不断鸣响，显然是通知设置陷阱的人。那声音响彻四方，让大家不得不捂上耳朵。过了好一会儿，声音才渐渐消散。有的人已经想到了，暗叹别看这个年轻人平时不说话，关键时刻却显出他过人的机敏。

阿言面无表情地说："陷阱没有恶意，全是为了困人，并无伤害作用，只是为了预警而已。"

弃长老抚须笑道："三苗部落就是这样谨小慎微，好久没有见到他们了，哈哈。"

不一会儿，远处传来阵阵脚步声。

"小奇！"一个令人惊喜的声音传来。

小奇一路上说话也说累了，此时正在发呆，听到叫声，一脸迷茫，四下张望。

"哈哈！你这臭小子，什么眼神？"豪爽的声音里透着兴奋。

小奇惊讶地叫起来："防风大哥！怎么是你，你怎么在这里？"

"哈哈，我在这里等了好久。和队伍失散后，我抄近路来这里等你们。"防风一脸欣喜但也透着疲惫，显然这段时间他也非常辛苦。

"云阳，你逃出来了？太好了！哈哈，我还以为……"剩下的话，防风没有说下去。

云阳面带笑意点点头，心里涌起一阵暖意。他听小奇说过，防风脱离队伍一个人去寻找他。这份担当，云阳非常感动。以前，他觉得防风比较自傲、为人跋扈，但经过这件事，他对防风的观感彻底变了。一个人冒死履行承诺，真可谓大丈夫。

第一百一十三章　三危山重逢

"弃长老，你们这是……"防风此时才注意到西行人马只剩下十几人。

弃长老经历过这次磨难，权斗之心也淡了，故人重逢，心中五味杂陈。想当初，他对防风的意见是那么大，此刻，竟是那么亲切。

"防风长老，没想到我们还会见面。"弃长老唏嘘道，"走吧，边走边说。"

弃长老把遭遇的一切都和防风说了，而防风也把自己离开队伍后的经历告诉了大家。

那天，他返回去找大脚雪猿——嚣追杀云阳的山洞，发现山洞被碎石堵住，于是绕着山体寻找其他入口，试图进去营救云阳。可惜，他连续找了好多天也未果，接着又在几处地方连续听到嚣的哀吼。他想，这凶兽大概是被困在山里了，这才稍稍安心。很快，他又发现这座山脉甚为神秘——白天并无异样，夜晚隐约有白光不时飘过。

这天，他还在围着山转悠，突然看见一个蛇身九首的怪物从天上飘了过来，便急忙躲在山坳里察看。怪物落在山上四处张望，似乎在寻找什么。不一会儿，怪物听到了嚣的动静，于是腾空而起，用巨尾击打山体，打出一个大窟窿，这才让嚣爬了出来。

那怪物吐着芯子，嘶嘶作响，仿佛在命令嚣臣服。可嚣是九阶凶兽，凶名昭著，非常狂傲，不仅不肯就范，而且还试图逃跑。怪物大怒，疯狂攻击嚣。嚣面对那个怪物，根本没有任何还手之力，被那怪物一顿吊打。几个回合下来，嚣就一命呜呼了。

远处观看的防风心中大为震惊，不敢有任何动作，生怕被那个怪物发现。而那个怪物杀死大脚雪猿之后又吞而食之，一直没走，而是在等待着什么。

突然，那怪物的九颗蛇头同时立了起来，冲山上吐出光芒。

防风大惊，难道它要毁山？正要逃跑的时候，令他震惊的一幕发生了。

光芒冲石壁而去，在石壁上撕开一道大口子，望进去里面是浩瀚无垠的青白色大海，仿若另外一个世界。那个怪物纵身冲了进去，消失得无影无踪。防风突然想起来，这是在典籍中看过的界限壁垒。据说有时候会有非常薄弱的界限壁垒出现，通过它能达到混沌之内，但是如果没有神力的话，会迷失在混沌之内再也回不来。很显然，这个怪物的实力非常强大，有能力打开界限壁垒，还敢闯进去，绝不是一般的怪物。防风犹豫了一下，最后下定决心也要跟过去看看，当他跑向那个口子的时候，口子突然闭合了。

这让防风很失望，无奈之下只好抄近路赶到三危山，等待西行的队伍，准备领他们渡过神秘的弱水。

大家听完防风的描述，面面相觑，那九首怪物正是相柳。

云阳心中咯噔一下，嚣居然被相柳杀死了。他对嚣还心有余悸，当初被它在洞里洞外疯狂追逐，那惨痛的经历至今还让他不寒而栗。看来相柳跑去那里就是为了进入灵海，寻找那口石棺。众人边走边聊，来到了三苗部落的聚居地，部落外一大群人在等着大家。

"哈哈！弃长老，久违了。一别七年，山高水阔，没想到今日还能重逢啊。"站在队伍最前方的一位精神矍铄的老者，正是三苗部落的族长。他张开双手上前搂住弃长老。

"是啊，光阴似箭啊，哈哈哈！"弃长老笑得银须乱颤，显然二人交情不浅。

原来三苗部落多年前与炎黄部落不睦，曾兵戈相见。三苗战败后，洛城人士多主张严厉惩处，离散其族于九州。弃长老力排众议，劝说舜帝怀柔处之，迁三苗于三危山。所以三苗首领感念弃长老之德，非常热情。

族长拉着弃长老的手往部落里走，一边走一边说："来来来，大家快请进。"

大家跟着弃长老进了部落，部落里的人载歌载舞，夹道欢迎远方的贵客。这个部落善舞，以芦笙为乐器，音色优美洪亮。男人着麻，女人身穿艳丽多彩的裙子，男女老少都赤着脚。

宴请是在族长家里安排的，陪坐的都是部落里的长老。宾主落座之后，大家举杯畅饮。众人一路奔波辛劳，受到热情款待，心里十分温暖。

族长与弃长老寒暄半天，畅叙别后离情。二人都上了年龄，说起往事不胜唏嘘。

族长转向防风，说道："防风长老到部落后，每日都去查看大家是否到来。老叟曾劝阻过他，可是防风长老依然如故，今日终于等到诸位。"

大家纷纷对防风投去感激的目光。防风豪爽地大笑："族长过誉了，还要感谢族长援手，派人多方协助，自己也多次外出寻找，您才是长者风范呢。我提议敬三苗众长老一杯！"众人轰然响应。

众人不断举杯畅饮，气氛非常融洽。

突然，族长想起一事，问道："防风大人，治水招募令已经发来多日。听闻有崇部落的禹是这次治水的主导者,特地点名要防风大人参加,不知你打算如何？"

防风冷笑道："当初禹窃走九州山川图，我曾怒骂过他，这次召集我，必不怀好意。"

族长皱了一下眉，显然不知道这其中的恩怨。

"舜帝命天下各族皆听调遣，恐怕你不去的话……"

防风徐徐说道："帝命必当遵从。我防风乃大丈夫，岂能畏首畏尾。我不久就过去，看看他想干什么。"

弃长老心有不忍，深谙权谋的他知道禹的心思深沉，防风若去，多半没有好果子吃。如果先前防风要去，弃长老高兴还来不及。经历一番凶险后，弃长老有了很大变化。他深感人族身处危局之中，实在不能再内斗了。

"防风长老，此次西行还需多多依仗于你，老叟这就向洛城请示，免去治水之行吧。"弃长老盯着防风说道。

防风哈哈大笑："何必多此一举？我防风不惧任何打击，待你们安然无恙渡过弱水，我就奔赴会稽山治水去了。"

大家听不懂他们说的话，只有弃长老多少知道防风和禹的矛盾，恐怕难以化解，此去前途莫测。防风决心已定，弃长老暗叹一声，没再说什么。他深知防风为人勇武，绝不愿退缩。

第一百一十四章　弱水

1

第二天，大家收拾好行囊准备出发。

族长依依不舍地说："若不然再留一些时日，也好让我多尽地主之谊。"

弃长老哈哈大笑："老朋友，西行紧迫，等老叟西行归来，一定多盘桓几日，再叙当年。"

防风领着众人翻过了三危山，走了两日到达一条黑雾弥漫的河水边。这条河就是人族望而却步的弱水，只有极少数人去过对岸，而防风就是其中之一。

众人站在河边，望着河面面相觑。河水黝黑无光，几乎看不出在流动；而河面上黑雾浓重，来回翻滚，根本无法看清状况。

防风抓了一把草叶扔进河里，却见草叶不浮，沉入水里。众人不知如何渡河，都望向防风。防风却面带得色，卖起了关子。

小奇耐不住性子，急吼吼地说："防风大哥，你再当哑葫芦，我就游过去了！"说罢作势要下去。

防风慌忙拉住他："小兔崽子别急！还没到时候呢！"

小奇要挣脱他："我不管，我就要试试！"

防风吼道："你敢下去，马上就丢小命！"

阿薰马上制止小奇胡闹。防风这才解释道："要过这条河，其实并不难。所谓难者不会，会者不难嘛。无外乎是把握时辰和路线。现在时辰未到，时辰一到，马上就可以过河。我们要在阳气最盛的午时才能过河，到时候紧跟我的步伐就好了。"

众人这才恍然大悟，原来弱水看上去不浮一物，但渡河竟如此简单，并不需要工具。说来简单，也必是前人做了无数牺牲才摸索出来的路径。

眼见太阳爬升高空，热气开始蒸腾，防风刚要开口，却被星月抢先说了："午时到！"

防风觉得被抢了风头，哼哼两声，走到河边仔细看着河面。不一会儿，他就确定了入河的位置，大手一挥，说道："排成一列纵队，跟着我，千万别拉开距离，马上渡河！"

众人赶紧排队，小奇非要跟着防风，弃长老和女孩子在中间，云阳断后。

防风纵身跳入河中，众人紧紧跟随。说来奇怪，河里似乎有什么东西支撑着他们，他们的身体没有下沉，只是打湿了鞋而已。

防风带着众人在黑雾中穿行，忽左忽右，不消半个时辰就过了河，确切地说是跑过了河。

小奇过河后哈哈大笑，没想到过弱水这么有趣。

防风拍拍他的肩膀，拱手向弃长老和众人道别："防风就送到这里了，祝各位一路顺风。防风要去治水了，趁着午时未过，这就得走。"

弃长老等人纷纷还礼告别，气氛有些伤感。

"防风大哥，你一定要注意安全啊。等忙完了，我去找你。"小奇不舍地说。

防风哈哈大笑，伸手揉了揉小奇的脑袋："臭小子，等我忙完，一定会过来找你们的。路上要听你云大哥的话，不要再调皮了。"

"哎呀，我都是大人了，不要啰唆。"小奇气鼓鼓地说。

云阳和防风同时大笑。

"防风大哥，上次你留下救我，真是要谢……"

防风打断云阳："什么谢不谢的，我防风把你当朋友，就不要这么客套。"

看防风如此豪迈，云阳也不好继续扭捏，抱拳道："山水有相逢，防风大哥后会有期。"

"哈哈，这才对嘛。"防风向众人摆摆手，转身又进了弱水。众人也转身上路。这里荒无人烟，尽是大片大片的焦土和乱石，不时还有黑烟飘过。想来曾经是古战场，因为当年不知有多少高手大能和众神在这里陨落，死后神念不灭，形成了绝地。

数日后他们才走出绝地，来到了流沙河。之所以叫流沙河，是因为这条河的表面覆盖了一层银沙，飘逸流动、粼光闪闪，把光线都反射在外，特别梦幻。河面无比宽阔，再加上反光，众人根本看不清河对面的任何景物。但是，如果被这条河美丽的表象所迷惑，那就大错特错了。越是光鲜的外表越是杀机四伏。

云阳和小奇他们伐木做舟，打算渡河。幸好河边有足够的树木可供使用。

阿薰和星月被眼前梦幻般的景色打动，双眼冒光。

"真是太美了。"阿薰感叹道，星月连连点头认同。

"如果在河边搭个木屋生活，每天看这银色的河水，那该有多惬意……"阿薰和星月畅想着。因为伐木是重活，没有两个女孩子什么事，所以她们特别清闲。

"小奇，快点儿捆树藤。"云阳催促道。

"知道，别催，我正捆着呢。"小奇嘟着嘴，眼睛不时瞟向河面。

"云大哥，我们做完舟是不是可以下河洗个澡。"小奇眼馋地说。

"不行！情况不明，绝不能下水。"云阳断然拒绝。

小奇翻了个白眼，顿时垂头丧气起来。

十个人乘坐的木舟不能太小，等大家造完，暮色已经升起。

晚上渡河太危险了，云阳看了看天色，又跟弃长老商议后，说道："大家好好休息，明天一早再上路。"

2

白雪皑皑的申首雪山原本无比寂静，此时却异常嘈杂，因为有两个实力超群的巨型怪物在此大战。

"相柳，没想到你这么短时间就恢复了，当年你临阵脱逃实在可耻。"一条巨大的金蛇口吐人言。

"哼！"相柳高昂着九颗头，吐着蛇芯子，"本神从不退缩，永不陨落，倒是你，怎么如此落魄，千辛万苦地培育丹木赤果想做什么？"

金蛇一边和相柳厮杀一边回道："不陨落？那么今天我就让你彻底陨落。"

"让我陨落？哈哈，小小坐骑还真把自己当回事。"相柳毫不留情地回击。

此话顿时把金蛇惹怒了。虽然相柳凶名赫赫，但金蛇也绝非凡物，乃是祝融大神的坐骑，当年随祝融大神征战天地，功勋卓著。

相柳内心阴郁，奉主上共工之命在人间查找祝融的下落但却毫无线索，情急之下打算进入混沌之内寻找。他找到一处山脉，只觉此处界限薄弱，就停下来察看。恰好听见大脚雪猿的哀鸣，便出手相救。他本来打算将大脚雪猿收为己用，可没想到那个不识抬举的家伙居然拒绝了，这才惹得相柳凶性大发，痛下杀手。然后他又一怒之下破开界限，进入混沌，在灵海游荡。许久之后，他误打误撞发现了一座神殿，感知到一股火热的气息，非常浩大纯正。他被三昧真火烧过，所以很熟悉这股热力，因此欣喜若狂。他很谨慎，一直小心翼翼地接近那座神殿。他知道，如果真的碰到祝融，打是肯定打不过的，逃也肯定是逃不了的，最后的结局只有一个——神魂消散。

火神祝融可是和主人共工齐名的先天神祇，神力绝伦。相柳小心试探后发现，神殿里虽然神力充沛但并不活跃，这才大着胆子进去。果然，祝融大神不在，只有一口石棺散发着神力。他迫切地想要知道石棺里是什么，也好向共工复命，可又不敢过于用力，因此耗时很久也没能打开石棺，直到被雾青和云阳撞见。相柳一怒之下奋力发威，试图击破石棺，没想到却被石棺迸发出的真火逐出混沌，导致此行毫无所获。

在击打石棺的最后时刻，他感觉到那个靠近的人族有一股似曾相识的气息，可是还没等他细究便陡然生变。接着，他就被这该死的金蛇死死纠缠，这让他狂躁不已。

第一百一十五章　流沙风波

1

此时，金蛇的内心无比愤怒。他好不容易培育赤果，就是为了在成熟那一刻利用果实的魔力打开界限空间，同时恢复自己的神力，可没想到刚刚升空就被打断了。

无数岁月的心血白费，本就令他发狂，偏偏这个时候又碰上百般讥讽的相柳。

"相柳，今日与你不死不休！"金蛇叫嚣。

相柳阴冷地笑了笑，浑身直冒黑光，连皑皑白雪都被染黑。

惊天大战又一次升级，风火水电四起，古老的雪山摇摇欲坠。

2

清晨的太阳照在流沙河上，河面银光闪闪，美轮美奂。飞鸟叽叽喳喳地鸣叫着，把大家从梦中唤醒。小奇伸着懒腰、哈欠不断，身为最后一班守夜人，他根本就没怎么睡。

云阳看了看天色，振奋地拍了拍手："大家赶紧收拾，准备出发啦！"

由于弃长老的身体还很虚弱，西行队伍的日常指挥权便交到云阳手里。弃长老终于有了休养的时间，大家也都服从这样的安排。

听到云阳的话，大家各自开始准备。上了木舟后，大家轮流划桨，不一会儿就划出很远。河面非常宽阔，因为反光很强，既看不清河有多宽和也不知道对岸的情况。小奇一直惦记着下水游泳，可阿薰把他看得实在太严实。

河面上只有整齐划一的划桨声，坐在船尾轮休的部落高手一时高兴，伸手去试探河水，可刚一碰到水面便突然惨叫一声，掉进河里，再也没有冒头。

云阳见状，大喊道："快，快点儿划！水里有东西！"

此时，水里不断泛起泡泡，越来越大，原本平静的河面鼓噪一时。云阳焦急万分，被困在水上最为凶险。他不断招呼大家奋力划桨。大家争分夺秒地向前划，阿薰和星月也和大家一起使劲，希望尽早脱险。

水面的气泡一直追随着船尾，显然水里的东西不想放过大家。

星月拿出兽皮袋里的短弩，扔给阿言。阿言眼睛一亮，接过短弩，站在船尾瞄准船尾鼓噪的水面，随时保持攻击的状态。

划了一阵，大家的体力迅速下降，有些吃不消了，木舟的速度随之慢了下来。

大家顿感不妙，穷追不舍的水泡越来越近。突然，一条浑身乌黑的巨型怪鱼跃出水面，它背生双翼、宽阔的鱼嘴里布满惨白的牙齿、两排牙齿参差交错，异常瘆人。

阿言扳动机括，一支箭矢飞射而出，直奔鱼头。

云阳大吼一声"快闪开"，随即把阿薰和星月推倒在小舟里。

大家有些不解，却见阿言的箭头射在鱼头上又弹了回来，同时一道绿芒从怪鱼嘴中吐出，射向小舟。原来，阿言射出箭矢的时候，云阳就看到怪鱼口中那闪烁的光芒正在蓄势，所以才让大家闪避，可还是晚了。说时迟，那时快，绿芒直接打在木舟上，木舟立刻断成两截。

幸亏舟里做了横板隔断，前面较长的一段仍然漂在水上，后面那段翻了过去，舟上的人纷纷落水。大黑熊怕水，吓得直喘气，什么忙也帮不上。

云阳手持木矛，冷冷地盯着水里游来的怪物，突然挥臂，将木矛掷进水里。木矛正好捅在怪物的一只眼睛里。果然，一击奏效，但也彻底把怪物激怒了。刹那间，怪物在水里剧烈挣扎，水面像开水一样翻滚。

与此同时，落在水里的人也慌忙爬到前半截木舟上，但又有一个人没爬上来。

阿言把手中的短弩再次上好箭矢，严阵以待。这一次，他已经知道了怪物的要害所在。

怪鱼又一次跃出水面，阿言的短箭和怪鱼的绿芒同时射出。短箭射入了怪鱼的另一只眼睛，而那道绿芒直奔云阳而去。云阳正弯腰帮弃长老上船，根本来不及躲闪。

就在这千钧一发之际，一个身影扑过去挡住绿芒。

是阿薰，她飞身护住了云阳。

砰的一声，绿芒结结实实地击中阿薰，把她击倒在云阳身上。

阿薰嘴角流出血来，瞬间昏迷了。云阳连忙把阿薰平放到木舟上，焦急地呼唤："小薰，小薰……"

怪鱼的两只眼睛都被打瞎了，这让它更加疯狂地扑腾，水面也被搅得波涛四起。木舟在水面上剧烈摇摆，随时都有可能倾覆。

云阳一手抓紧木舟，一手搂住昏迷的阿薰。突然，怪鱼疯狂地撞向木舟。众人协力调整方向，堪堪躲开。见此情形，云阳非常焦急。他知道，这样下去肯定是不行的。虽然怪鱼的眼睛已经被捅瞎了，但木舟也随时有可能被怪鱼胡乱撞翻。

虽身处危险关头，云阳仍没有忘记阿薰："小薰怎么样？"

"云大哥，姐姐还有气息。"小奇说着，怒视水里的怪鱼，"该死的怪物！"

云阳紧盯着水里，大脑飞速转动，神识中突然闪现出灵珠。他灵机一动，当初这颗珠子是被水灵儿的灵力刺激才再次出现的，如果能用到体内那些灵力，事情或许会有转机。

想到这里，他尝试照水灵儿游走自己体内各大穴位的方式，把体内的灵力调动出来。

渐渐地，云阳脸上露出喜色，本来只想尝试一下，没想到真的有效。云阳体内的灵力犹如一股热浪游走在各个穴位，把穴位里的灵力都带了出来，使这股力量变得越来越雄厚。

当灵力游走到海底的时候，突然顺着督脉向上游走，过尾闾、夹脊、玉枕三关又沿着任脉下行，越来越快，而其他穴位的灵力也都涌向任督二脉。

云阳禁不住苦笑，灵力越涌越多，他根本没有办法全力控制。

突然，小奇呆呆地说："云大哥成太阳了……"

第一百一十六章　灵珠初试

众人忙于应付怪鱼，这才惊讶地发现云阳的变化，而云阳浑身像被抽干了，所有灵力都疯狂涌入任督二脉，飞速流转。

怪鱼还在不时冲撞小舟，众人顾不得看云阳，忙于划桨避开怪鱼。小舟好几次都差点儿被掀翻，险象环生。

半炷香的工夫，那神秘的珠子再一次在云阳的识海清晰地浮现出来。云阳一怔，这颗珠子比以前又大了很多。珠子散发着圆润的光芒，缓缓转动着。但是如何运用这颗珠子呢，云阳一时不知如何是好。

这时，众人又是一阵惊呼，怪鱼又险些撞翻小舟。云阳心念一动，灵珠突然急速转动，飞了起来。

云阳浑身的光芒忽然消失，大家正好奇发生了什么，一颗散发着白光的珠子就从云阳眉间冒了出来。众人目瞪口呆。云阳看到珠子从体内出来，也暗自松了一口气。当初只想捡起来物归原主，没想到后面发生了那么多事，尤其是水灵儿被吞噬，这让云阳的内心始终忐忑不安，珠子也就成了他心底最大的隐患。

珠子飞在空中，稍作停留，仿佛有灵智一般，急速冲向水中的怪鱼。

珠子散发着幽光，在水面激起很大的浪花，直接命中怪鱼的头颅。

怪鱼发出一声痛苦的嘶吼，头颅应声被珠子洞穿。虽然它一时半会还死不了，但这一击已经让它奄奄一息了。

洞穿怪鱼的脑袋后，珠子飘浮在空中，散发着无尽的光彩。那青幽的光彩撒向这片水域，旋即产生莫名的吸力，把挣扎的怪鱼慢慢吸到空中。一阵耀眼的光华闪过，怪鱼凭空消失了。

大家都呆呆地看着那颗珠子，全然不知道发生了什么。只有云阳知道，怪鱼被灵珠吞噬了——这种事已经发生了很多次。

珠子吞噬完怪物又冲向云阳。云阳顿时慌了，好不容易才把它弄出体外，要是再让它进入体内，该如何是好。

　　所幸珠子只是飘浮在云阳面前，并不像云阳想的那样再次进入他的身体。云阳试探着伸出左手，珠子一下就落到他的手心里。当他握住的时候，云阳有一种血脉相连的感觉，好像这颗珠子本身就是他身体的一部分。

　　"姐姐，姐姐，你醒醒啊。"危险过后，小奇焦急地呼唤阿薰。

　　"姐姐，你别吓我，赶紧醒醒啊。"看阿薰没有任何动静，小奇哭了。

　　云阳赶紧上前察看，发现阿薰的情况非常不妙。她双眼紧闭、脸色蜡黄、嘴角还有血迹，气若游丝。

　　大家束手无策，这里唯一能治人的就是阿薰自己。

　　"或许，可以尝试用灵力为她治疗。"坐在弃长老旁边的鱼木突然说道。

　　云阳猛然抬头看向他，鱼木继续说道："天地万物离不开灵气，有的生灵善于利用灵气，借用天地之间的灵气来修炼灵力、打通体内玄关，从而拥有排山倒海的能力，刚才那个水怪的攻击就是灵力的外放攻击。"

　　"你的意思是，水怪攻击阿薰的灵力滞留在阿薰体内了？"云阳问道。

　　鱼木沉吟片刻，推测说："每个生灵修炼出的灵力都是具有个人印记，不像天地间游离的灵气。或许，把阿薰体内属于水怪的灵力化解掉，她就能醒过来。"

　　小奇马上说道："赶紧用灵力救救我姐姐吧。"

　　云阳体内虽然有灵力，但他不会用，只得向鱼木投以恳切的目光。鱼木看向弃长老，弃长老点点头。云阳和小奇他们几个来自小地方的人并不知道，鱼木之流也算是人族精锐，自然得传灵力的修炼和使用法门。

　　"我刚打开二十个穴位，对灵力的运用不够纯熟，只能试试。"说罢，鱼木双手抵住阿薰后背，运起灵力。

　　阿薰面露痛苦之色，而鱼木满头是汗，显然消耗非常大。这段时间，鱼木一直很消沉，没想到今天的表现会如此积极。

　　一炷香的时间过后，鱼木浑身都被汗水浸透了，可阿薰仍旧没有起色。大家不由得有些失望。小奇更是难过，连忙扶起阿薰："姐姐……"

　　云阳神情黯然，阿薰是为了救他才受伤的。念及此，他感觉手心一热，握住珠子的左手不由得松了一下。他想，既然这颗珠子可以吞噬灵力，为何不用它来吸掉阿薰体内的灵力呢？可转念一想，还是不能贸然行事，这颗珠子不仅吸收了灵力，水灵儿、水怪等也被吞噬了。它会不会把阿薰也吞噬呢？云阳犹豫了。

　　珠子就像有灵智，突然脱离云阳的手，向阿薰缓缓飘去。

这颗珠子的威力大家都见识过，此时见它再动，所有人都不敢轻举妄动。

珠子飞到阿薰身前，缓缓转动，同时散发出柔和的光芒。

云阳大惊，想上前把珠子拿下来，但在迈开脚步的一瞬间又突然停住了，因为他有种直感——珠子没有恶意，它在帮助阿薰。

这种直觉让云阳非常震惊，似乎有另外一种力量在影响他。

不一会儿，阿薰的身体里似乎有淡淡的绿色细芒飘了出来，被珠子吸走。如果不仔细看，根本就看不到，因为那丝细芒实在太淡了。

此时，珠子的转动由慢变急，越来越快，散发的光芒也越来越盛，并把阿薰包裹起来，让人无法看清她。

数十息后，光芒逐渐变淡，等到完全消散的时候，珠子重新飞回到云阳身前。

云阳犹豫了，他不敢做任何动作。

"姐姐好了！"小奇第一时间查看了阿薰的情况，发现她的面色逐渐红润，气息也变得平稳有力。

听到小奇的叫声，云阳这才松了一口气，紧绷的面庞终于缓了过来。

突然，这颗珠子又钻回云阳的眉心，速度之快让云阳来不及做出任何反应。

这颗珠子真有灵智？云阳的脑海里顿时闪过一个念头，难道是水灵儿被吞噬后，和珠子融为一体了？

第一百一十七章　会稽山冲突

清晨，山雾轻纱般缠绕着会稽山，金色阳光洒在薄雾上，宛如仙境。

天色尚早，但山上已是人潮涌动。高高的祭坛耸立在半山，迎着朝阳。

今日是会盟之日，也是禹正式发布治水令的日子。

禹一袭青衣、外罩青色的披风，早早就来到祭坛。祭坛下是一片宽阔的平地，站着各个部落的人，摩肩接踵，不下万人，热闹非凡。

雨泽看了看时辰，走到禹身后，轻声说了几句。禹微微点了点头。随后雨泽躬身退下，走到祭坛边大声宣布："吉时到！请升坛！"顿时，现场鸦雀无声。

禹在万众瞩目下缓步走上祭坛并展开一卷黄绢，朗声宣读舜帝之令。

"有崇部落禹，善于治水……"

众人屏住呼吸，仔细聆听舜帝命令，不敢有丝毫懈怠。

帝令很短，禹宣读完毕，从怀中取出一物，高举过头，大声道："九州山川图在此，望天下各部落齐心合力，共同治水。"

台下众人齐声应诺，声震云天。

"谨遵舜帝旨意，愿随禹大人治水，解我人族大患。"

声音落去复归平静，禹看着下面密密麻麻的人，个个神色恭敬，一种大权在握、舍我其谁的感觉油然而生，脸上也渐渐露出了笑容。

少顷，雨泽又大声宣布："祭天……"

众人更加专注，祭天乃是神圣而庄严的事，不容亵渎。

就在此时，人群外传来一阵骚动，有人大声传报。

"防风氏部落族长防风大人到。"

这一声通报犹如在平静的水面扔下一枚石子，泛起阵阵涟漪。

防风之名谁人不知，人族顶尖高手大能，常年领帝命征伐各个异族，威名广为流传；同时，他也是治水的能人，广孚众望。众人不由得窃窃私语，脸上露出各种敬畏、崇拜之色，同时让出一条路来，让防风通过。

禹看到众人的反应，内心一片阴冷，但面上却不动声色，只是静静地看着防风大步而来。

防风虽然行色匆匆、疲惫不堪，但是依旧英气勃发、神采斐然。他昂首挺胸来到禹面前："防风氏遵舜帝之命，来会稽山会盟共商治水之事。"

寥寥几句却暗含机锋，言下之意就是我乃遵帝命来此，不是遵你禹的命令。并且，我来是与你商议治水的，不是听你吆喝的，大家平起平坐。

禹面色沉静地说："尔来迟了，征召之日已然结束。今日乃祭天治水之日，尔姗姗来迟，置法度尊严、天下各部于何处？"

防风大大咧咧地说："吾有任务在身，所以来迟，不过并不影响治水大计。"

看防风如此应付，禹不轻不重地说："既然来迟，尔当自罚。"这话可进可退，如果防风服软自罚，禹就挫了他的威风，确立自己的绝对权威；如果防风硬顶，禹可趁机借题发挥，施以重手。

防风果然不肯服软，大声道："自罚？我防风光明磊落，敢做敢当，从不自罚！"

"防风，你太放肆了！来人，给我拿下！"禹勃然大怒。

防风神色如常，不屑地说："谁敢拿我？"

禹冷笑："看看你的本事！"手一挥，几个武士站了出来，把防风围住。

众人都看呆了，不知道为何会这样。防风威信甚高，并且也善于治水，如果有他参与，治水会更加顺利。禹拿他迟到说事、针锋相对，这让大家非常不解。可防风也是脾气火暴，毫不退让。众人的脑筋还没转过弯来，场上已经打了起来。

尽管对方人多，但防风一直处于上风，不出几回合就打伤好几个。

禹怒火升腾，对防风的恨意也越来越深。他忍不住冲着几个部落首领又挥一挥手，顿时又出来一些人，加入战团。

防风看到后，哈哈大笑。

禹冷冷地盯着防风，这次加入战团的不仅有善于禁锢的岩石部落高手，还有力量非凡的四海部落高手。防风不断运用娴熟的技巧和庞大的灵力，纵横整个战团，猛然遇到一丝阻碍，想到这是岩石部落的禁锢秘技。但是防风艺高人胆大，况且这个使用秘籍禁锢的人，实力远远比不上他，他要更注意四海部落的人，毕竟对方出手力大势沉，被打中可是够受的。

对方人多势众，防风出手比刚才重了许多，那些围攻的人也非常勇敢，毫不退缩。为了摆脱纠缠，防风连连重击好几个高手。那几个人倒在地上，口吐鲜血，眼见进的气比出的气少了。禹看到自己辛辛苦苦拉拢的人族高手被防风击杀，心痛不已，暗下决心今日要解决这个防风。

禹不得不承认，防风是一个杰出的人物，拥有高超的实力、过人的胆识，如果不是因为他桀骜不驯以及先前在九黎部落辱及父亲，他也不会大动干戈。但是箭在弦上，那么就不得不发了。

场下众人看着这场战斗，心动神驰。防风如猛虎下山，翻转腾挪、跳跃扑击，每一个动作都非常凌厉、虎虎生威。

有人小声说："不愧是顶尖高手，果然实力惊人。"

"那还用说，当年讨伐鬼方之战，防风大人一人勇对八大高手，并且手撕猛虎。"

"手撕猛虎之事，我也听过，真乃大勇士也！"

"哎，你看他真是游刃有余啊。"

……

谈论的声音虽然小，但还是被禹听到了一些，他内心已经愤怒到极点。时间越长，他越处于劣势，必须要速战速决，绝不能让事情失去控制。

想到这里，禹在人群中搜寻一个人，那人的目光也同时看向禹。禹对他点了一下头。那人即刻会意，迅速带着一群人加入战团中。

防风没太在意，不过人数众多，他的神情也变得严肃了，等他看清楚一个人的面目后，不由得怒吼："你这小人，安敢如此！"

第一百一十八章　杀防风

那一声怒吼，夹杂着震惊和愤怒。

一开始，防风以为不过是增加了几个人围攻而已，当他看清摩长老居然出现在战团中的时候，内心非常惊怒。因为摩长老是长老级的人物，这么快就投靠禹的阵营、围杀自己，无异于对舜帝的背叛。

"你敢背叛舜帝，我要杀了你！"防风发狂地乱吼，全然不顾其他人的攻击，直奔摩长老而去。

摩长老面色冷峻，嘴角挂着冷笑：这个防风一直嚣张跋扈，仗着受舜帝宠信，对其他人傲慢无礼，屡次与自己结仇。刚才看到禹对他非常敌视，摩长老心中暗喜，如果是自己要对付防风，名不正言不顺，既然禹愿意出这个头，那么自己倒乐得顺水推舟。

看防风袭来，摩长老丝毫不敢大意。防风的实力绝非浪得虚名，即使自己有信心，但也不敢有丝毫懈怠。摩长老双手一挥，灵力呼啸而出，弥漫身前的同时，黑芒隐现。他眼中杀机闪过，双手向防风一推，暴喝道："灭！"

黑芒直奔防风而去，气势呼啸，锐利非常。

防风神色未动，冷哼道："这点实力也敢抓我？"他大手一挥，一道强烈的光芒拦住黑芒，两者相撞，一声震天巨响传来。与此同时，防风大喝一声，不退反进，欺身而上，另一手立即推动灵力，向摩长老攻去。

摩长老心中大惊，没想到防风居然这么迅速，仓促之下只好运转灵力来硬抗这一击。

禹在旁边看着两个人的战斗，眼中闪过异样的光彩，口中自言自语："灵力？"

砰的一声，摩长老"蹬蹬蹬"退后数步，喷出一口鲜血，右半身衣服刺啦一声破碎，化为飞灰。摩长老此时顾不得疼痛，右手做结，立刻祭出晦涩的咒语。只见他右手上出现许多残影分支，乍一看好似变成了上百只手。这些残影晃动不已，迅速在其身前横向铺展开来。

最终，这些残影随着摩长老右手的挥动，渐渐连成一个圆圈。摩长老向前一拍，这残影之圈离手而出，打向防风。

防风神色肃穆，冷静对待。只见他调动灵力准备全力抵抗这波攻击。可就在他全神贯注应对摩长老的时候，背后传来一阵疾风。防风意识到有人偷袭，下意识地侧身挪动，一只飞镖擦着后背飞过，这一分神，手上慢了半拍，错过了最好的迎击时点。摩长老抓住机会，又从袖中射出一根蓝色钢针，其幽蓝之光一闪而过——这是摩长老的撒手锏，一直以来只用来防身，这次也是下了狠心。

防风心中一惊，那根钢针已经到了面前，他只好躲避，可摩长老的残影攻击也到了。瞬间，防风被击飞出去，倒地后口吐鲜血。

背后之人并未伤着防风，偷袭的目的是让防风分神，看到防风被击中后，转身面带微笑，退回原位。那人正是雨泽。

底下各个部落的人目睹整个经过。终于，有人忍不住说话了："纵然防风大人有错，也不该以多欺少，勇士之战是神圣的。"

看到有人出声，又有人说："没错，靠不光彩的手段伤人，非人族正道。"

更有甚者，大声叫道："这样的会盟，非我部落所能认同，我部落退出此次会盟。"

眼看情形快要失控，禹的脸色变得很阴郁，心中对摩长老的实力有些不满，不过他也知道防风声名赫赫，实力超群。

"治水之事乃舜帝所命，祭告于天地，造福我人族千秋万代，所有人族当遵其令，以治水为重。"禹大声说道。

"祭天之日打断祭祀，该罚。"

"罔顾帝命会盟来迟，该罚。"

"不服管制暴力杀人，该罚。"

"此非勇士决斗，而是防风抗命，若有人同情他，视为同罪。"

禹目光冷厉地看着众人，一字一句地说。

台下一下子静了下来。

禹再次把九州山川图高举过头，虎视四方："今日会盟，乃人族大事，罪人防风不顾帝命，不顾人族安危，会盟之日来迟，是无视我人族，本乃重罪，今又抗命杀人，实不可恕。今日当以其性命祭天，整肃纲纪，祈上天宽恕人族之过，助我治水大业。"

大家被禹的气势和言语震慑住了，尤其听到要拿防风祭天，更加震惊，纷纷骇然相顾。

防风大怒，刚才这一击让他受了内伤，但是听到禹如此说，又一跃而起。

"有崇小辈，痴心妄想！"

禹冷冷一笑，摩长老和禹拉拢的一众高手，又欺身上前擒拿防风。

下面的人被禹彻底镇住了，虽然仍有些人心有不甘，内心替防风抱不平，但也不敢再替他出头，毕竟防风有错在先，禹也放了狠话。

摩长老带着众多高手继续围剿防风。刚才那一击虽然让他受了伤，攻防之间不再那么灵活，但众人依然拿他没有什么办法，很难制服。

禹目光闪烁地看着场中，心中暗忖这样下去可不行，一旦让防风挣脱围堵逃了出去，必定后患无穷。对台下那帮人的恐吓只是暂时的，拖延过久极易生变，真要那样，所有的努力就前功尽弃了。

此时，场面依旧是旗鼓相当，可见防风的实力是多么惊人。

大禹把手中的九州山川图展开，咬破手指，用鲜血涂抹起来。九州山川图立即散发出光芒。禹一边涂抹，一边念动图上的口诀。禹早就把云阳和星月告诉他的九州山川图出世后的细节记得清清楚楚。

九州山川图无风而动，慢慢飘浮起来，光芒越来越盛，即使在白日，依然刺眼夺目。

禹带着鲜血的手一挥，指向防风，从图中立即爆出一阵气息，气势如虹地冲向防风。

防风正在大战，已经毙了几个高手，摩长老也受了伤。就在防风打算扩大战果的时候，身子不由得一震，一股极为强大的气息冲击着他，将他紧紧束缚住，让他手脚不得动弹，就连心神都被慑住。

九州山川图，承载着人族大信念，是墨族一代又一代人秘法绘制，乃是牵引人族气运和命脉的至宝，威力神妙。

防风呆呆地望着骤然失去灵力的右手，实在不能相信。他的勇气、他的心神、他的战意在这一刻全被击得粉碎，身经百战、九死一生的他从来没有如此虚弱，他甚至觉得自己的身躯像风中的落叶一样飘零。他的内心无比震撼：九州山川图，以前一直只闻其名、未见其威力，今日终于见到了，但绝没想到是用到自己身上。

痛，身体剧痛，然后是脑中一片空白。

防风面色苍白，没有任何血色，山一样的身躯轰然倒下！

第一百一十九章　祭天治水

摩长老等人马上把防风围住，捆了起来，推到祭坛下。

众人倒吸一口凉气，看向禹的眼神也变得敬畏起来。一张九州山川图就把防风这等厉害的人物彻底制服，这怎能让人不恐惧！

禹第一次感到被万族敬畏，这种美妙的感觉让他无法自拔。

"防风不尊法度、狂暴杀人、祸乱治水大业，今日当以其鲜血洗刷其罪孽。"禹掷地有声地说。

"禹，你这小人公报私仇！"防风双眼通红，愤恨异常，嘶吼声好似洞穿天地，令人心神具颤。

禹冷笑一声，拂手一挥。摩长老顿时会意。

防风见禹杀机毕现，明白难逃此劫。想自己英雄一世，征战南北，忠心耿耿，为人族立下赫赫战功，竟落得如此下场。防风不由得仰天大笑："哈哈哈，卑鄙小人，若不是九州山川图，尔等鼠辈能奈我何！"

禹冷冷地看着防风，缓缓走近，用两个人才能听到的声音说："防风，吾不负当日之言。"说完转身走向祭坛。摩长老上前手起刀落，斩下防风的头颅。

防风的头颅骨碌碌滚在地上，热血冲天而起，又飘洒开去，染红了一片大地。

一代英豪，就此陨落！

禹松了一口气，压在心底的紧张、愤恨全都消失殆尽。

摩长老看着手中的利刃，鲜血滴答滴答往下落，继而又看着防风的脑袋。即便如此，他还是有些不敢相信——防风，武功盖世、威震天下的大英雄，竟然真的被他斩杀了。

禹站在祭坛上虎视四方。众人感到巨大的威压，全都屏气凝声。广场上安静极了，连鸟儿都吓得不见了踪影。

雨泽高声宣告："祭天行礼！"

禹率众人行三拜大礼，场内的气氛立刻变得庄严肃穆。

礼成，禹手持白绢朗声念道："天地玄黄，万水泱泱。生民倒悬，风雨仓皇。伏惟神明，安靖人邦。以诚以血，引水归洋。矢志不渝，保我族疆。祈告上天，永赐吉祥。尚飨！"

念完祭词，禹再次鞠躬行礼，然后双手一托，手中的白绢轻悠悠地飘了起来，向上飞升。忽而一阵天火燃起，白绢上冒出火苗，转瞬便化为青烟，消于无形。

众人听了禹的祭天词，看到祭词飞天，不禁心潮澎湃，不少人眼眶湿润了。这是人族的重要时刻，集万众之力平治水患是全人族的共同心愿。悠悠万事，唯此为大。

禹再次虎视全场，铿锵有力地说："吾勘察天下山川地物十数载，仍不得其全貌。今幸得墨族呕心沥血之作，人族至宝九州山川图，夙夜研读，豁然开朗。治水之道，重在于疏，万流入海，方为正途。而九州辽阔，山川纵横，必以万邦之力、全局之眼方能廓清宇内、平治水患。"

众人频频点头，禹继续说道："以疏为纲，九州东中西三部各有侧重。东部当拓宽河道与入海口，排放积水；中部当贯通水系，北接海河，南通淮水；西部当择险要处筑防，择积水处开山，改道引流。其东其中为先，众部各司其地，协调分责，早日疏通。其西则需万族勠力，共赴艰阻，通力合作，方可毕其功于一役。"

寥寥数句，已将宏大的治水方略描绘得清晰明了。众人不由得叹服，对禹的畏惧之中又多了一层敬重之意。

禹见众人的神情变化，心中暗自欣喜——看来已经彻底掌控了局面和人心。他终于抓住了毕生想要的东西。

禹收敛心神，目光炯炯地说："我人族饱经沧桑，列祖列宗创业艰难，筚路蓝缕，开拓疆土，才有今日之九州。当此生死存亡之际，我等必承先祖遗志，坚韧不拔，奋斗不息，不达目的，誓不罢休！"

广场上立刻爆出雷鸣般的欢呼与掌声，许多人流下了激动的泪水。人们似乎已经遗忘了防风所遭受的不公。

面对这群情激昂扬的场面，禹的脸上渐渐露出了笑容。他示意大家安静下来，用亲切的语调说："治水大业需要我人族振奋精神，精诚团结。禹不才，特制治水歌以鼓舞人心，沟通四方。希望诸位传唱天下，让人族团结起来，众志成城！"

这时，雨泽领着几十个孩子走上祭坛，站成两排。孩子们个个身着彩衣，一派天真。禹将手一挥，天籁般的童声响彻天际：

"思我先祖，艰辛拓土。水漫九州，苍生皆苦。伏祈天地，誓以歌舞。同心勠力，归我禾黍。"

曲调优美悲怆，孩子们美妙的歌声仿佛有巨大的魔力，穿透人心。人们先是静静地听着，后来开始跟孩子们一遍遍地唱了起来。

合唱声越来越大，响彻云霄。热泪在人们的脸上流淌。

禹站在祭坛上大手一挥，歌声戛然而止。他双手托起九州山川图，大声喊道："丈量天地，团结治水！"

"丈量天地，团结治水！"众人齐声呼应，高举的手臂像森林般茂密。人们的情绪到达了沸点，连大地都仿佛在震动。

此时此刻，会稽山的迷雾早已散去，一轮红日又高悬在东方。

第一百二十章　震海兽

自阿薰受伤算起，已经过去好几天了。她的伤势虽已无大碍，但身体还是很虚弱。

这些日子，大家都在流沙河漂着，所幸再没遇到什么危险，这让众人轻松了不少。不过食物已经不多了，而流沙河又一望无际，众人只好省着吃。

弃长老这几日的情绪异常低沉，毕竟被大鱼怪吃掉的那个人是他的子侄。大家不知道如何安慰，只好缄默不语。

现在，弃长老身边就剩下两个汉子，一个是栗陆氏部落的高手，另一个是鱼显长老的儿子——鱼木。西行之路未及一半，整整齐齐的百人之伍就剩眼下这几个人，实在让人伤神。

云阳顾不得感慨，一直在潜心研究那颗珠子。他也请教过弃长老，但仍不得解。不知道是不是错觉，云阳总感觉它拥有灵智，仿佛和自己心意相通，不过他也没什么办法与珠子互动，不免有些失望。

突然，小奇站起来大叫："陆地，陆地，那里有陆地！"

大黑熊就趴在小奇身边晒太阳，被小奇这么一喊，吓得打了个激灵，扑通一声掉到水里。本来在打盹的哑巴一听，扑棱着翅膀飞了出去。

众人顾不上在水里扑腾的大黑熊，纷纷看向小奇所指的方向。

果然，远处有一个黑点，而且越来越大。众人一下子高兴起来，就连阿薰也感觉精神大好，激动之余又咳嗽不止。

这些日子，都是星月在照顾阿薰。看到阿薰咳嗽，星月马上轻抚她的后背。

"赶紧划过去，赶紧划！"在河上飘了这么久，小奇难受极了。

大家又谨慎又兴奋地往前划，黑点也越来越清晰——远远望去，足有数十丈大小。

大家都很高兴，只有两个人的脸色越来越凝重——弃长老和云阳。

云阳觉得这座岛屿的突然出现实在蹊跷，看起来还有些眼熟。弃长老则是惊惧万分，再三确认后，失声大喊："震海兽！"

他声音颤抖，似乎这震海兽比先前的大鱼怪还要可怕得多。

哑巴此时飞了回来，惊恐地呱呱乱叫。

"不，不，不要往前划！"弃长老大声阻止。

想起来了，云阳脑海里的画面越来越清晰了：那是一个暴雨如注的夜晚，一个白衣如雪的女子驾着怪兽，挥手之间卷起洪峰，吞没了整个部落。他父母以及部落同胞都在那次洪水中遇难。

云阳永远也忘不掉那一人一兽，是他们让自己失去了亲人。远处的黑点像极了那头怪兽的身躯。

"快，再快！"齐长老的声音更大了，只是这一次是让大家向后划。

大家奋力划水，但震海兽已经感知到了动静，一只长有宽颚的怪头露出了水面。随着一声轰隆巨响，原本平缓的水面顿时湍急起来。河水流向震海兽的方向，即使大家使劲划水，木舟还是被巨大的吸力牵引着向震海兽漂去。

弃长老瘫软坐倒，浑身止不住地颤抖。

"怎么会碰上它，怎么会碰上它。"弃长老喃喃自语。

小奇有些急了，他连忙问道："弃长老，您到底在说什么，不就是一头海兽嘛，虽然很大，但是我们什么危险没见过。"

其他人都没有说话。弃长老脸色灰白，勉强镇定一些，叹口气说："震海兽是传说中的神物——虎蛟的变种，传闻其嗜血无比，常常兴风作浪。在这四海之中只有四头，没想到居然在这里会遇见它……"

小奇哈哈大笑："可能是走丢了吧。"

弃长老惊慌之余瞪了小奇一眼："这可不是闹着玩，太过异常，太过异常啊。"

怪兽露头的那一刻，云阳就确认是害死父母同胞的那种怪物。他满腔怒火，一点儿都没听小奇和弃长老说话，而是暗自运气，把灵珠从口中吐了出来。

这些日子，云阳一直在尝试调动灵珠，经过多日摸索，终于找到了法门。

灵珠飘浮在云阳身前，散发着青白色光芒。众人这才注意到，云阳双眼通红，青筋暴起，一时也不知道他要干什么。

突然，灵珠携万钧之势向远处的震海兽飞去。

众人望着远处的青白色光芒，非常惊讶。弃长老差点儿没晕厥过去。他万万没想到云阳会主动出手，就连那两个汉子也吃惊不已。他们觉得云阳虽然年龄小，但是少年老成，不是莽撞之人，此刻怎么如此冲动。

灵珠飞快地接近那头震海兽。突然，一声震天的咆哮传来，河面随即被震得波澜翻卷、巨浪滚滚。

弃长老闭上眼睛，心里悲呼：完了，完了，这下可完了。

震海兽原本因为某种原因无法离开，所以才搅动河水，想把云阳和弃长老他们卷过去，可灵珠的出现，打乱了它所有的计划。

震海兽也算是一方巨霸，起初并不在意这小小的灵珠。可当珠子临近的时候，它发现自己错了。那令人心悸的气息让它无法抵抗，甚至连体内的力量也无法调动，身躯更是无法移动。灵珠的气息浩大而纯正，直摄它的心神。

震海兽慌了，这种事情还从来没有发生过，它感到无比惶恐。

灵珠携天劫之威直接击中震海兽，震海兽痛得疯狂嘶吼，又掀起一阵巨浪。

震海兽被击中后，身上出现了一个碗口大的伤洞，并且有股奇怪的力量阻止它的伤口愈合。鲜血瞬间染红了这一片河水，而灵珠仿若拥有灵智一般，不仅没有离开震海兽的身体，反而盘旋回来，再次攻击。

震海兽心胆俱裂，小小的珠子怎么会有如此大的威力！惊惧之余，它连忙躲闪，但却于事无补。不一会儿，巨大的震海兽伤痕累累，眼见停止了动作，灵珠这才飞回云阳身前。

大家都觉得不可思议，尤其是弃长老，眼睛都快凸出来了。

"这……这就解决了？"弃长难以置信地看着云阳。

第一百二十一章　迷阵

1

弃长老镇定了很多，思维也不再凌乱。

"震海兽出现在这里，必然有因，若不然不会远离四海。"弃长老说道。

云阳全然不顾弃长老说的话，因为他的内心被仇恨所充斥。每每想起那一日的惨剧，云阳都心如刀割。

木舟向震海兽缓缓驶近，但大家都轻松了许多。小奇更是兴奋异常，他昂着头，鼻孔朝天，仿佛刚才打败震海兽的是他一样。

"弃长老，不要怕，我就说不就是一只海兽嘛。"小奇哈哈大笑。

弃长老大度，没有同小奇一般见识，只是忧虑地看着远方那头受伤的震海兽。它已经奄奄一息，在远处低声痛呼。

云阳平复了内心的情绪，深呼一口气，歉意地向大家笑了笑。随后，他又平复了一下气息，问道："弃长老，你认识这头怪兽？"

弃长老点点头，缓声道："我年少之时，见过一次震海兽。那次，我的父辈带着部落高手围剿一头兴风作浪的幼年震海兽。当时震海兽暴起，搅动东海，战斗整整持续了二十多天，部落高手消亡殆尽，最后我父亲强行带着我们这些晚辈逃离。长大以后，我继承了部落，翻阅了人族典籍，这才知道震海兽的厉害，即便是在上古时期也少逢敌手。"

良久，弃长老才从回忆中慢慢清醒过来。看大家都专心致志地听着，他又说："传闻震海兽不能出海，否则将会制造祸乱，不知今日这头震海兽为何在这里？"

说完，弃长老不由得打了一个冷战，寒意席卷全身。

"啊，那是什么？"又是小奇，他发现震海兽旁边有一个小旋涡。旋涡越来越大，小舟也被牵引着加速漂去。云阳等人暗道不好，本来以为震海兽无力反击了，这才任由木舟顺流前行。

他们已经无法控制小舟了，眼看要掉进旋涡，那看似奄奄一息的震海兽突然暴起，水面顿时卷起滔天巨浪，把木舟瞬间掀翻。

大家还没反应过来，就被巨浪震晕，然后被旋涡吸了进去。

2

"云阳，云阳，赶紧醒醒，醒醒。"

云阳不知道昏迷了多久，听到呼喊声，他虽然很想睁开眼睛，但是眼皮始终不听使唤。

他突然记起木舟被巨浪打翻，然后一阵眩晕就什么都不记得了。想到这里，云阳心中一惊，这才意识到大家都落水了。云阳蓦地睁开眼睛，看到摇醒自己的鱼木。

"你终于醒了，这里非常奇怪。"鱼木终于松了一口气。

"鱼木大哥，这是哪里？"云阳看到两边是漆黑的石壁，四周巨石林立。巨石上，每隔一段距离就有一束火把，把这里照得通亮。

鱼木摇了摇头，又去摇醒其他人。

云阳看到其他人都在自己周围昏睡，也就放心了——还好没有失散，就是不知道大家怎么到了这里，这里又是什么地方。

灵珠一直跟随云阳，感应到云阳后，自动飘浮在他身前。云阳伸出手，摸了一下灵珠。灵珠没有躲闪，仍由云阳抚摸。有这颗灵珠，云阳心里也有了一些安全感。

"这是一个法阵，但不知道是什么法阵，唯一能确定的是，整座建筑就是一座阵。"星月醒来后，仔细观察石壁和巨石，感觉这里的设计有些眼熟，非常巧妙。

鱼木正在搀扶弃长老，听到星月的话，随即说道："法阵？我醒来的时候，似乎看到石头在动呢。"

"云大哥，你那颗珠子可以给我看看吗？"小奇不关心身陷何处，反而对云阳的灵珠很感兴趣。

灵珠在这个昏暗的地方显得格外的明亮，就像夜明珠一样。

鱼木笑道："说起来，这颗珠子也真是神奇，一直在云小哥那里盘旋，就好像有灵智一般，稍微走近一点儿，它就飞舞，想叫醒云小哥还真是不容易。"

云阳看大家都没有受伤，心里踏实了一些，于是拍拍手说："我们想办法出去吧，这里不可久留。"

大家点点头，互相搀扶着站起来。

星月刚要起身，突然一声娇呼，瘫坐在地。

大家赶紧围过去，问道："怎么了？"

星月连忙说道："没事，只是脚扭了一下。"

云阳伸手要扶，星月却装作没看见，强撑着站了起来，和大家一同上路。

这里非常大，石壁的通道有很多岔路口，每到一个路口大家都要商量怎么走，随后云阳先进，确定安全大家才进。即便如此，他们还是碰上很多死路，只好又往回走，再从别的路口进入。

最有意思的是，每走几十步，石壁上就有火把自动燃起，好像知道有人来一样。这让大家非常紧张，丝毫不敢放松戒备，就连博学的弃长老也没了主意，只能凭感觉走。

当大家又走入一个岔路的时候，不由得慢慢停下了脚步。因为走了这么久，大家发现好像又回到了一开始在的地方。众人面面相觑，非常沮丧。

小奇紧张地问："云大哥，我们怎么办？"

云阳沉思片刻，说道："不然，我先去探路，大家在原地休息。"

弃长老摇摇头说："不行。这里太奇怪了，你一个人去，出了意外怎么办？"

云阳道："放心吧，我有灵珠保护，会没事的。"

弃长老想了想，也没有太好的办法，只好点头："那你多加小心。"

云阳走后，小奇又闲不住了，开始四处胡乱摸索。

鱼木注意到小奇，笑道："小奇小弟，这里很危险，说不上有什么机关陷阱，不要乱动。"

小奇满不在乎地说："没事，阿言是陷阱高手、星月姐是机关高手，有他们在，不会有什么问题的。"

鱼木笑着摇摇头："这里毕竟危机四伏，还是不要乱动为好，说不上碰到哪里就会触发机关。"

正巧小奇走到石壁上的火把边上，听到鱼木的话，抬头看了看四周，刚想说没什么，突然发现火把之处有个物件是凸起的。

"咦，这是什么？"小奇一边好奇地问，一边伸手去摸。

先是咚隆一声，然后一阵咯吱声传来，一下子把所有人都惊住了。小奇更是吓得差点儿哭出来："不……不会这么倒霉吧。"

周围的石壁飞快地移动，一侧墙壁突然打开一个大洞。所有变化都是在一瞬间发生的，大家来不及做出任何反应就被一股强大的吸力吸进洞里。

第一百二十二章　神秘石像

不知道走了多久，云阳来到一个陌生的地方，两侧矗立着很多石像，都是各种奇形怪状的人或兽，石像的尽头隐约可见一道大门。云阳有些迟疑。

是进还是不进？

云阳咬咬牙往前走，但是离他最近的石像马上动了起来，只见它面孔狰狞、拿着利叉，凶神恶煞般盯着云阳。

云阳心中大惊，紧张地看着那尊石像，一动也不敢动。

雕像似人非人、似兽非兽，长相极为怪异，人首兽身、利爪锋利、手握石叉、咯吱咯吱地扭动着头部，阴冷的目光一直盯着云阳。

这里距离大门最起码有上百尊雕像。现在仅仅是最外面的一尊雕像复活了，如果全部复活的话，可能麻烦就大了。

很突兀，也在预想之内，雕像出手攻击了，从静到动，转变非常快，让云阳措手不及。

石叉风驰电掣般刺了过来，空气和沉重的石叉摩擦，发出刺耳的呼啸声，可见速度之快。

云阳一直小心翼翼地盯着它，虽然雕像的攻击在他预料之中，但却没想到会如此之快。云阳有些慌乱，所幸躲了过去。

轰隆……雕像一下子从石头座上下来，敏捷地对云阳发起攻击。尽管它只是挥舞石叉，那也是非常危险的。雕像高大，石叉沉重，舞动起来，凌厉非常，杀伤面积很大。

云阳只能狼狈地躲避，他没有想到这么大的雕像居然如此敏捷，犹如猎豹一般。石叉被它舞得虎虎生风，攻击一浪快过一浪，密不透风。

云阳全力躲闪，还是受伤了，一条胳膊被石叉击中，一下子失去了知觉，这让他的身形稍显凝滞，凶险万分。

雕像把云阳堵在石壁的角落，眼看石叉就要刺过来，云阳心中一片冰凉，已经没有地方躲闪了。突然，一直没被云阳调动的珠子一下子爆发出耀眼的光芒，然后云阳就消失了。消失前的一刹那，云阳看到石叉冲自己刺了过来，险些就被石叉给刺死了。

云阳吓出一身冷汗，灵珠又救自己一命。

不过这里是什么地方？他的眼前白雾茫茫，什么也看不清。

不会是在灵珠里面吧？云阳被自己的猜想吓了一跳。

珠子的吞噬能力云阳是见过的，当初水灵儿、灵海里被雾青杀死的灵体以及流沙河里的怪物，都是被灵珠吞噬的。

云阳看了看四周，发现自己根本就分辨不出方向，只好硬着头皮，尝试着往前走。不知道走了多久，还是白茫茫一片。云阳有些急了，阿薰他们还等着自己呢。

"喂，有没有人，有没有人？"他尝试着大喊，但除了他自己的声音，没有任何回应。

喊累了，云阳不得不坐下休息，心里盘算着怎么才能出去。他渐渐平静下来，突然又猛地站了起来。他听到了声音，一个非常细微的声音，如果不是他刚才的精神很集中，几乎不会注意到。

屏住呼吸，云阳仔细倾听起来。

"万物有灵，刹那永存，灵本起源，诸天之外，不入天道，无形大道……"

云阳眼中开始有些迷茫，听着听着，不由自主地跟着念了起来："万物有灵，刹那永存……"

起初他的声音很小，后来越来越大，越来越清晰。

周遭本来平淡的白雾开始搅动起来，他的身体也冒起微光，逐渐虚化、变淡，最后整个人不由自主地往上升起。

这一切，云阳都不知道。现在，他的意识已经完全模糊，只是像提线木偶一般跟随那个有魔力的声音不断诵读。

"灵界之门，彼岸之花……"

当那个声音说到这句的时候，云阳突然迟疑了，想起了什么。

"灵界之门，灵界之门？难道这里是？"他那原本迷茫涣散的眼神逐渐集中起来。

"灵界"这词云阳实在是记忆深刻，所以念到这里的时候，他一下子醒了。他睁眼看到自己飘浮在半空，周围的白雾翻滚游走，不由得心中大惊。

这里不会就是灵界之门吧？

耳边的声音还在不停地咏唱，虽然这个声音还是那么细小，但是云阳却觉得如雷贯耳，如果继续被这个声音影响，那么后果难料。

怎样才能离开这里？云阳一边守住心神，不被那个声音影响；一边焦急地想办法。

四周围绕的白雾还在翻涌变化，这让云阳有些惊惧。显然，这是一个非常危险的信号，如果继续待下去，真不知道会怎么样。

那个细微的声音依然在反复咏唱、无止无休，云阳一个字都不敢再听，如果再次迷失的话，恐怕真的会化为虚无、飞升灵界了。

这是云阳根本不敢想的，他还有朋友，还有那么多人族等着他去西昆仑请祝融大神帮助。

怎么办？怎么办？云阳有些慌了，他还从未遇到过这样的事情，根本不知道敌人是谁。

对了！云阳突然想到，灵珠一开始是在他的识海里，他只要开启所有灵穴，运转任督二脉就会让灵珠出现，然后用意念就可以控制灵珠。

不知道这次是否还能奏效？他只有一次机会，一旦发生变故，根本没能力应对。

云阳的脸色阴晴不定，眼睛充满血丝，露出疯狂之色。

"不能被困死在这里，只要有机会都要尝试！"云阳性格中蕴含着坚毅和拼搏的精神，更有一股不甘的火焰在他心中熊熊燃烧。

"拼了！"

云阳调动全身穴位，疯狂地运转灵力。这一次，灵力在穴位中冲撞，让他非常痛苦。他在痛苦中长笑，神色越加疯狂，索性封锁全身一切毛孔，锁住七窍，使身体彻底封闭，任由体内的灵力快速攀升，丝毫不让其散出半丝。

这是巨大的勇气，看似简单，实际上凶险万分！

随着云阳封锁全身，他体内的灵力骤然间达到了可怕的强度。灵力不停地冲撞、运转，他的身体就像立刻要散架一般，实在是痛苦，但这一切，他只能死死扛住。

时间缓缓过去，他体内的灵力运转得越来越快，整个身体也已经是一片青白之色，四周的白雾更是围绕他形成一个旋涡，且越转越快，就连整个空间都开始不稳定起来。就在这一瞬间，云阳体内的灵力达到了巅峰，他忍着剧痛把它送入任督二脉！

砰的一声，云阳被震得魂飞魄散，昏了过去。

第一百二十三章　失散

1

云阳睁开眼，全身的经络穴位一阵剧痛，身体像散架一样。

他终于从灵珠里出来了，而灵珠又一次不见了，不知道是回到了他的识海还是已经彻底消失了。

云阳看了看四周，发现自己又一次回到了石壁通道，而不远处那尊雕像也已经回到原来石座上。看来刚才是因为离得太近，所以触发了它。

云阳再不敢招惹它了，他知道，以一己之力根本无法抵挡。

他躺在地上重重地喘着粗气，恢复着体力，许久才艰难地站了起来。他扭头看了看那两排石像，不禁心有余悸，想来还是先返回去，找大家商量一下再说。

云阳凭着记忆原路返回。他一边走一边回想刚才的事情，实在是太凶险了。可话说回来，那两排石像守卫的地方到底是不是通往灵界的入口呢？云阳很疑惑，一切只是凭着那个声音猜测的，可那个声音又是谁的声音，怎么会有如此迷惑心神的力量？如果他没在最后一刻警醒过来，可能就真的迷失了。而且，如果灵珠可以通往灵界，那么灵境中那些山灵为何还要等灵潮来了才能去灵海寻找灵界？

疑惑太多了，云阳怎么也想不透，想来，灵珠身上一定隐藏着惊天的秘密。可惜他现在不知道灵珠去了哪里，眼下也只能等体力恢复后再尝试着去识海中寻找，看看它是否已经回到识海。

现在，他不敢再动用任何灵力。因为自己浑身内伤，倘若再贸然动用灵力，恐怕他还没找到灵珠，灵力就已经把他的身体撕碎了。

回到了原点，云阳终于松了一口气，可刚要张嘴招呼大家，整个人一下子怔住了，人呢？

"阿薰！弃长老！"云阳大声喊起来，一边喊一边四处寻找。

云阳相信大家不会把他丢下不管，因为阿薰、星月、小奇和阿言他们绝不会这么做，看来是遭遇了什么不测。

云阳最不愿看到的终于还是发生了，他宁愿大家抛弃他，也不希望他们遭遇任何危险。

2

"你们不要这么看着我，我也不是故意的。"小奇不好意思地低头辩解，"我只是为了给大家找到出路而已。真的，我保证是真的，绝对不是故意要胡来的。"

对于小奇惹祸的能力，大家算是完完全全见识了。不管走到哪里，只要稍不留神，他就能捅一个娄子。

弃长老毕竟老成持重，看大家都对小奇十分不满，赶紧出来打圆场："好啦，小奇也是一片好心，我们就不要责怪他了。再说也没人因此受伤，当务之急还是找到出路。"

看到弃长老帮小奇开脱，阿薰终于松了一口气，狠狠地对小奇说："看我出去以后怎么收拾你。"

小奇嘿嘿一笑，没有再继续说什么。

"我们往前找找出路吧，总困在这里也不是办法，或许能碰上云阳。"鱼木看了看周围，又是令人讨厌的石壁通道。

弃长老点点头，语调温和地说："鱼木，你在前面探探路，我们在后面跟着，多加小心。"

鱼木点点头，看到弃长老温和的眼神，不免有些激动。自从在父亲的强迫下西行以来，鱼木一直振作不起来，平时虽然总跟着弃长老，但很少言语。

大家彼此跟随，小心翼翼地走着。阿言和大黑熊分别走在队伍前后，以防不测。小奇也没了自由，被阿薰牢牢看住。这让他非常郁闷，一路垂头丧气、无精打采。

大家走走停停，一个多时辰后在通道尽头发现了一处石室。石室很宽阔，地上是排列整齐的石块，石块上刻有神秘的符号。

弃长老看到那符号，脸色骤变，惊呼道："神文！"

"大家不要走，地上是神文，拥有莫大威能，如果踩上去，威能可能会被立刻激发，我们也可能会被杀死。"

星月会意地向大家点点头。墨族人博学广闻，她在部落的时候也听说过神文——神的文字，只有神才能驾驭。

小奇和阿言面面相觑，小奇还是忍不住问道："这个神文真有那么厉害吗？"

星月白了小奇一眼，没有说话。弃长老面色凝重地说："神文是用神力书写的，万劫不灭，任何非神祇之物触碰，都会被神力攻击。"

小奇歪着头："我们不触碰不就好了。"

阿薰低声呵斥："小奇，别闹。"

小奇刚想再说什么，被阿薰这么一呵斥，立刻憋了回去。倒是鱼木对小奇的话挺上心，问道："小奇小弟，你有办法？"

弃长老连忙摆手，阻止鱼木不切合实际的想法："小奇还小，我们再想想办法，再想想办法。"

小奇非常不忿，但也只好无奈地低下头，小声嘀咕："都不信我，都不信我。"

3

云阳四下寻找无果，又回到石像守护的地方。这一次，他远远地站着，不去触发石像。

他想，大家可能被抓走或者中了机关被困在某处，只有通过这里打开那扇大门才能找到新的线索。这里虽然离石门不远，但过道两侧有上百尊随时可能苏醒的石像。

云阳冥思苦想，终于想到了一个打开石门的办法。他屏住呼吸，仔细琢磨。这个办法虽然危险，但总好过被困原地，无所作为。

第一百二十四章　灵珠的新威能

1

弃长老等人不敢轻举妄动，地上的神文不时闪烁，散发出摄人魂魄的力量，让人心神不定。弃长老专心致志地查看神文，越看越严肃，额头上甚至冒出了汗珠。他虽然知识渊博，但也只认识寥寥几个神文，神文一直是神的禁脔，不传于人间。

小奇一直左顾右看，想找机会干点啥。

阿薰不懂这些，没有感觉到什么；星月则眉头紧锁，盯着那片被神文覆盖的平地。她虽然不懂神文，但是懂法阵。墨族以博学著称，从神文的排列以及散发的气势中，她感觉到一阵强大的威压，直让人想后退。星月倒是有一个灵感，就不知可不可行。如果云阳在就好了，星月幽幽地叹了一口气。

弃长老看久了，感觉一阵头晕目眩，开始摇摇晃晃。阿薰赶紧上前扶他后撤坐下，查看是否有恙。就在这个当口，小奇溜到鱼木身旁。

"鱼木大哥，找到什么没？"

"还没发现什么。"鱼木敷衍道。

小奇低声说道："我有个办法可以过去，你要不要试试。"说完，满怀期待地看着鱼木。

鱼木无奈地笑了笑，说："你能有什么办法？好了，不要胡闹了。"说着，甩开小奇就要走。

小奇急了，抓住鱼木的胳膊，急声道："真的，你看头顶，我们从上方通过不就行了？"

鱼木抬头看，头顶一片乌黑，仔细辨认似乎是许多藤条纠缠在一起。他有些惊讶，如果不是小奇提醒，他根本就没有注意到。

小奇接着说："我们可以抓住藤条慢慢过去。"

这时，栗陆部落的高手也走了过来。听到小奇的提议，他很兴奋。此人平时沉默寡言，现在却很焦虑，很想快点儿离开这里。

鱼木有些迟疑："我们去报告弃长老，让他决定吧。"

小奇赶忙说道："你去跟他说，他要是不同意不就白瞎了。不如你们先扶我上去试试，看看能不能往前走，然后再报告也不迟。"

栗陆部落的高手说道："还是我先试试吧，你太毛躁了。"

2

跳动的火焰、坚硬的石板、幽长的走廊，还有那百余尊雕像，就像森罗地狱一般让人不敢轻易踏足。云阳把心一横，盘腿坐下。他觉得凭自己的能力是无法通过的，还是要从灵珠身上找办法。

他稳定心神，小心翼翼地调动灵力往任督二脉冲去。

灵力涌入任督二脉后，灵珠果然再次出现。云阳又惊又喜，这颗灵珠居然不离不弃，一直跟随着。

灵力缓缓流转，一层一层包裹着灵珠。云阳用神念缓缓控制灵珠，终于把灵珠从口中吐了出来。奇怪的是，灵珠好像发生了变化。刚开始，云阳也没有留意，只等灵珠缓缓飘浮在他身前，才发现灵珠的变化实在太大了。不仅尺寸变大了数倍，从原先眼珠大小变成现在的拳头大小；而且还被青白色雾光所包围，依稀可以看到灵珠表面不时浮现出景物。

云阳心中诧异，这到底是怎么回事，怎么会有如此大的变化？

不过这正合他的心意。他想到的办法就是把珠子弄大，然后躲在里面，借此通过这群石像把守的通道。

他伸出双掌护住灵珠，凝神闭目，以意念催动灵珠扩张空间。少顷，他睁开眼一看，灵珠好像真的大了一些。

云阳惊喜万分，又要继续催动灵珠变大，可还没等他行动，灵珠仿佛明白了他的心思，突然绽放光芒，一下子长大许多，把云阳笼罩起来。

一阵惊慌之后，他逐渐冷静下来，发现自己并没有进入那个白茫茫的世界，只是进入了灵珠形成的透明护罩里。

这个灵珠实在太神奇了，让云阳不知接下来该如何处理。

他尝试用灵力与它沟通，还没等用，灵珠就开始飞行，带着云阳直奔大门而去。

当接近第一尊石像的时候，石像再次苏醒，一根石叉飞射而来。

云阳面带苦笑，逃无可逃，闭目等待攻击的降临，但却没有听到动静。他惊异地睁开双眼，眼前的一切让他彻底地震惊了。只见灵珠平稳地飞行，所过之处石像全部苏醒，纷纷对灵珠展开迅如风雷的攻击。只可惜，这些攻击落在灵珠上就如同落进空气里，不仅引不起灵珠的任何变化，而且连响声都没有——所有力量都被化解了。

云阳看到一尊石像对着灵珠吐火，熊熊烈火瞬间烧红了空气，可自己在灵珠内却感觉不到丝毫炙热，相反倒还有阵阵清凉。他试探着伸出手去触摸这个透明罩壁，一不小心手竟伸了出去。瞬间，一股被烈火灼伤的疼痛传遍全身。

云阳马上将手缩了回来，痛得满头大汗，手也被烧得通红，起了很多火泡。

原来从灵珠里可以触碰到外界，而外界却触碰不到里面。

灵珠平缓地往前飞，无视石像们惊心动魄的攻击。云阳一边揾着手一边看着外面，心想，要是没有灵珠的保护，自己早就没命了。

越往里走，苏醒的石像就越强，攻击也越猛烈。云阳不禁有些担心。

果然，灵珠被门口最后一尊雕像挡住了。

第一百二十五章　神文大阵

1

小奇听栗陆部落高手说自己毛躁，有些不高兴，翻了翻白眼。

鱼木对栗陆部落的高手说："还是待我报告弃长老再定吧。"

小奇在边上嘟嘟囔囔："你们这样磨磨叽叽，到时候功劳算谁头上还说不准呢。"

鱼木和栗陆部落的高手对视一眼，小奇这话说得二人心里有些别扭。

栗陆部落的高手想了想说："小奇虽然老惹事，但这个主意还是不错的。你我二人共同来验证一下是否可行，若真能通过，固然是好；若是有危险，你我二人也可以互相照应。"

鱼木点点头道："吾正有此意，小奇确实不适合。"

小奇一听，立刻笑逐颜开。

三人来到石壁边，只见上方枯藤缠绕，密密麻麻。他们简单商议了一下，鱼木和栗陆部落的高手几个纵跳便攀上枯藤。二人在没有惊动任何人的情况下不断向前攀爬。枯藤不知存在了多久，但是很结实，这让二人心里踏实了许多。

其实栗陆部落这位汉子一直在忧虑，如果逃不出去就会困死在这里，所以当听到小奇的主意后就像抓到了一根救命稻草，无论如何都想试一试。即使这么想，他也很小心，生怕遇到什么危险。

二人不停地向前攀行，本来鱼木在前，可是爬着爬着变成了栗陆部落的高手在前。

栗陆部落的高手以为鱼木体力不行了，还在暗中高兴——还是自己的实力更强一些。可就在他心情愉悦的时候，异变突生，上方布满枯藤的地方突然裂开，然后前方的树藤都开始活了，不断伸缩扭动起来。

栗陆部落的高手心中大惊，马上往回撤，企图躲开活动的树藤。眼看就要被树藤缠住，他身在半空，根本无处借力，后撤起来非常迟缓。

很快，他手里抓住的枯藤也开始动了起来。栗陆部落的高手大惊，刚要呼救就被树藤紧紧缠住。

小奇吓得目瞪口呆，不知所措。

弃长老在阿薰的照料下刚刚缓过神来，突然看见神文快速闪烁，威压爆发，一阵阵嗡音带着神秘奥妙传来，似低声咏唱，似庄严教化，各种声部交织在一起。

大黑熊跌进旋涡后一直萎靡不振。阿言抱着大黑熊，正在给它梳理毛发，星月则在苦苦思索，但眼前这一幕瞬间将他们惊醒。

星月失声道："神文大阵？"

"什么，你说什么？"弃长老一听连忙抓住星月的肩膀，胡须怒张地大喊。

星月顾不得弃长老的唐突，连忙道："这是神文大阵的启动，是谁把法阵激活了，是谁？"

弃长老怒道："知道是法阵，你为何不早说？"

还没等星月回答，大阵已经被全部激活，整个空间都被亮光覆盖。各种流光溢彩开始闪烁，但是没人有心情欣赏，因为大家都感觉到巨大的危险正在来临。

大阵继续运转，强大而无形的拉力撕扯得众人东倒西歪。

"好疼，好疼！"小奇忍不住大叫起来。

"吼吼！"大黑熊也跟着小奇乱叫。

其他人咬紧牙关，忍着剧痛。这种痛不只是肌肤骨骼之痛，更有一股灵魂之痛，其痛感难以描述。

空间在不断扭曲，就连光线都变得不正常。

2

与此同时，云阳也遭遇到巨大的危险。

当灵珠形成的保护罩一直护着云阳临近大门的时候，最后一尊石像苏醒了。这尊石像苏醒后，其他石像纷纷停住，就像士兵看见统帅，俯首听命。

最后一尊石像并不高大，看上去也不威猛，是一尊似龙非龙、似鱼非鱼的怪物。它苏醒后并没有立即动手，而是仿佛有灵智一般，口吐人言："擅闯困龙之地者，死——"

它说"死"的时候，声音拖得很长，音调不断上扬，威严之极。

云阳神色未动，心中已起波澜。

"困龙之地？！"

谁都知道龙族一直是人族的保护神，每当人族遇到大难，龙族都毫无保留地伸手援助、不惜血洒天地。这也是为何人族对龙族无比敬重的原因。

眼前这尊石像居然说这里是困龙之地，不免让云阳陡生敌意。

石像话毕，张开双爪，一股光芒疾速打向云阳的灵珠。

云阳不知道它实力如何，但见其他石像停止了所有行动，他就心知不妙。

眼见光芒冲自己而来，云阳立刻调动体内灵力，往灵珠上输出。

耀眼的光芒闪过，灵珠和云阳刚才待的地方出现了一个巨大的坑，而云阳也被这一击震得五脏六腑都要碎了，剧痛无比。此时，灵珠变化的光罩已经消失不见，灵珠也暗淡无光地飘浮在他身前。

云阳口吐鲜血，双眼模糊地看着那尊石像，摇摇欲坠。

就在他万念俱灰的时候，石像却停止了攻击。

所有石像都冲着一个方向看去……

第一百二十六章　破阵

只听一阵喃音的咏唱隐约传来，石像们如临大敌，那尊口吐人言的石像怒道："擅闯神文阵者，死——"

话毕，它将手一挥，石壁轰隆隆打开一条通道。它撇下云阳，带着所有石像朝喃音来处奔去。

云阳目瞪口呆，有种死里逃生的庆幸，但石像的行动同样让他担忧不已。他可以肯定，那声喝令是阿薰他们触发的。

"擅闯神文阵者，死——"

云阳来不及多想，马上起身，紧随石像而去。

石像们行进中位阶分明，迅速敏捷，云阳咬牙紧跟。

神文大阵正在急速运转，众人已经被大阵的力量拉扯到半空，徒劳地挣扎着。

石像们迅速赶到，它们的意志就是保护大阵，看到果真有人在触碰大阵，手中的武器立刻射向阿薰他们，誓要击杀这些擅入大阵者。

阿薰他们本来就被大阵的力量吸附在半空，也在忍受撕扯的剧痛，猛然看到这种级别的攻击，只能勉强躲闪。

云阳匆忙赶到，马上把灵珠扔向阿薰他们，同时催动灵力尝试把灵珠变成刚才那个保护罩的样子。灵珠疾速飞出，越飞越大。突然，云阳也凌空飞起。他感觉到一股力量把他也拉向神文大阵。

灵珠飞到大阵上方，突然散发出万丈光芒，把云阳等人以及整座大阵都覆盖了。光芒非常刺眼，晃得众人的眼睛一下子失明了。

云阳不得不闭上双眼，但却听见喃音的咏唱停止了，内心更是感到一片宁静、祥和，整个人好像和大阵融为一体。等光芒散尽，云阳睁开眼，这才看到那些攻击的武器都被一股无形的力量止住，停在了半空，而石像们也都静止不动了。

灵珠安静地飘浮在云阳眼前。

众人落回地面，只有那位栗陆部落的高手被枯藤缠绕吞没。此时，大阵拉扯的力量也消失了，取而代之的是一种暖洋洋的舒适感。

看到阿薰他们无恙，云阳这才放下心来。此时，他在识海深处感知到此处的由来。

原来这个地方是龙族专门为惩罚犯错的龙子而建立的，这里的建筑是由特殊法术打造，龙子在这里的能力受到钳制，也不能外逃。而这座神文阵是建筑的核心，它的神力既保证这里自成空间、不被流沙河淹没，也限制龙子和入侵者的能力。一旦运转就证明有外敌侵入。虽然这里是困龙之地，但是龙族也不希望龙子被外敌伤害，所以用这大阵来保护龙子。只要大阵被激活，守卫的石像也会出来迎击，共同围剿外敌。那些守卫既能防止龙子外逃，又能帮助龙子抵御外敌。

云阳想不通的是，为何他会觉得这个大阵无比亲和，甚至觉得他能控制这个大阵。

"云大哥！"阿薰回过神来，猛然扑入云阳怀中。刚才惊心动魄的一幕着实把阿薰吓坏了。她埋头哭泣，让云阳有些不知所措，只能轻抚她的秀发，以示安慰。

星月也是惊魂未定，看到云阳回来，心中欢喜不已，刚想走近又停住了脚步，俏脸如霜。

"咦，这些石像是什么鬼？看起来好凶啊！"危险暂时解除，小奇又恢复了活泼的个性。

云阳简单介绍了一下这里，大家都惊叹不已。

弃长老沉思片刻，看着石像说："没想到这里居然是一座囚狱，也没想到龙族虽然惩罚犯错的龙子，但还是布下法阵和机关保护他们。"

说到此处，弃长老似乎想起了人族的命运，不由得叹了一口气。

"我们走吧，尽快离开这里。"星月拍了拍手说。

小奇还在研究石像，指着石像说："这些家伙会捣乱的！"

云阳也不知道如何是好，控制大阵只能说暂时不会引起石像的攻击，但并不代表就能控制这些石像。他沉吟片刻，说道："那边有间石室，或许可以找到出口的线索。你们先过去，我来控制大阵，以防石像再次攻击。"

阿薰连声问道："那你怎么办？"

云阳微微一笑："你们走后，我会让灵珠带我过去。你们顺着石像来的方向一直走就会看到一扇大门，石室就在那边。"

大家迟疑着，没有行动。

云阳眉头一皱："大家不要犹豫了，这个大阵我不知道还能控制多久，迟则生变。"

"云大哥，你要小心。"阿薰担忧地说。

星月和阿言也皱眉看着云阳。弃长老一直魂不守舍的，不过听云阳这么一说，也强打起精神来："就这么办，我们走！"

"对！对！我们赶紧去那里吧。"鱼木连声附和。

小奇倒是对石像更感兴趣一些，不过他向来对云阳言听计从，虽然未必执行到底。

"这里走！"云阳低喝一声，在识海中把法阵打开一个缺口，将手一指。

大家看到后鱼贯而出，按云阳说的绕过石像，向石室奔去。

众人低头向前，只有阿薰和星月二人不时回头看看云阳，非常担忧。她们发现对方也在看，一下子怔住了，马上转回头，各怀心事。

云阳倒没察觉出什么，而是专心致志地控制大阵。他知道，一旦自己离开，大阵就会失去控制，石像也会恢复原位，阻挡大家。如此一来，众人将无法进入石室。

众人穿过石像群，而石像仍保持着原来的姿势，并无动静。云阳稍稍松了一口气，但却不敢松懈，依然集中精力控制着大阵。突然，云阳的余光发现那尊最强大的石像开始移动，并向大家行进的方向跑去。

那尊石像让云阳心有余悸，因为它的攻击是灵珠无法抵挡的，实力超强。

云阳心急如焚。他咬了咬牙，一边控制大阵一边往外挪动。当他出了神文石块的范围后，突然和大阵失去了联系。他马上头也不回地往前跑，而身边随即传来一阵乱响。石像们纷纷苏醒并开始攻击他。

灵珠迅速形成了跟先前一样的保护罩，带着云阳向前快速飞去。

火焰、惊雷、各种武器和不知名的法术都在他身后疯狂袭来，气势惊天动地。幸好灵珠非常神妙，没有因为攻击过强而破碎。就这样，一路上风雷火电交织着，云阳飞到先前的石门前。门前有血迹，云阳远远就看到了。他顾不上门内是否安全，任由灵珠带着他飞入门内。

门内的情形让云阳大吃一惊。

第一百二十七章　叛徒

短短一会儿的工夫，场面已十分惨烈。阿言和弃长老已经受伤倒地，弃长老嘴里溢满鲜血，阿薰和星月则正焦急地搀扶着他们。

大黑熊身形暴起，正和那最后一尊石像缠斗，不过战况不容乐观，局面几乎是一边倒。黑熊疲于防守，只能用巨大的身躯挡住石像的去路，不让石像去伤害别人。小奇充分发挥了他的速度优势，从旁袭击，让石像不能集中精力攻击大黑熊。

令人意外的是，鱼木那家伙竟然躲在一边袖手旁观。

云阳再看，最令人惊异的一幕出现了。不远处，一个身形曼妙的白衣人背身而立，他的手脚被巨大的石链束缚着，整个人一动不动，仿佛对身后发生的事情毫不关心。云阳仔细打量，在他身边立着一座细长的灯台，顶上的圆盘里有颗珠子，晶莹剔透，将偌大的空间照得透亮。

云阳立在门口，没有立即进去。他虽然知道情况危急，但身后的石像群已经追了上来，如果他不堵住门口，放石像群涌进石室，局面将会更加糟糕。

云阳站定，让身后的石像肆意攻击保护自己的灵珠。只听见噼里啪啦的攻击声此起彼伏，喧闹异常。

这时，一个慵懒、阴柔的声音传来："够了，够了，不就是几个小小的人族吗？值得你们这样大惊小怪吗？"

被石链紧锁的白衣人转过身来，原来是他在说话，众人这才看清他的模样。

他面色苍白，显得虚弱无力，但是双眼依旧有神，容颜绝美，白衣胜雪，乍一看，比阿薰更多一分娇贵，比星月多一分冷艳。只见他朱唇微启，轻啸一声，云阳背后的攻击声立刻停住了。那最威猛的一尊石像也停止了攻击，迈步向门外走去。

云阳在看清白衣人那容颜的一瞬间就被惊住了，直到最威猛的那尊石像走到他面前，才恍过神，侧身让它离开。

这时，鱼木突然纵身向前，一把将灯台上那颗珠子抢到手里，狂笑着说："我终于拿到了！拿到了！"

白衣人眉头一皱，轻叹一声。那声音充满魅惑，迷乱心神。众人心头也莫名其妙地都跟着叹息起来。

"我从你身上感觉到震海兽的气息，它还好吗？"白衣人说道。

鱼木此时面容躁狂，完全是另外一个人的样子。他听到白衣人的话，仰天大笑："它很好，它一直想来看你，看看原来的主人如何了，所以才委托我前来探望。"

大家听后，全都目瞪口呆。弃长老吐了一口鲜血，手上乱颤，指着鱼木说："你居然敢和妖魔勾结，全人族都会追杀你。"

鱼木讥笑道："今天，你们都要死在这里，还会有谁知道呢？"鱼木说着，斜了白衣人一眼："连睚眦都不能离开这里，何况你们？哈哈哈！"

"睚眦？"弃长老瞪大眼睛，看着那个虚弱的白衣人。

白衣人沉默不语，脸上露出神秘的微笑，似乎默认了。

云阳开口道："怪不得你第一个醒了，原来你是被震海兽控制了。"

鱼木厌恶地看着云阳："你真是命大，看来本事还挺多啊，居然能控制住大阵。"

"枉我居然把你当好人，告诉你怎么过大阵。"小奇气鼓鼓地大喊。

鱼木狂笑道："没错，不过那不是破阵之法，而是开阵之法，阵眼就在上空，哈哈……只不过建造这里的主人没想到会有孱弱的人族进来，因为能来这里的，一定是实力惊人的神物，可以御空飞行。"

鱼木略带惊奇地看了小奇一眼，缓缓说道："没想到，你这么一个爱胡闹的小屁孩儿，居然观察得这么仔细，可惜你想错了。"

星月恨声道："这么说，是你故意让同伴去触发大阵的。"

鱼木看样子是憋屈了太久，此时心态张狂，想必是胜券在握，也就不介意回答这些问题："是他自己笨，一心想出去，哈哈……对了，你们墨族不是博学吗，总比那个老叟强吧，居然也没看出这是一个法阵，还找不到阵眼，是墨族名不副实还是你自己实力不行啊？哈哈哈！"

星月的逆鳞就是墨族，对方羞辱自己不要紧，但羞辱墨族，这是绝不可以的。星月顿时怒气上涌，直欲上前。阿薰赶紧拉住她。

鱼木看见阿薰，顿时狂态尽消。他温情脉脉地看着阿薰，轻声道："小薰，和我一起走吧。西行之路本身就是垂死挣扎，你看我们才走了一半，人都快死光了。这样下去，我们只会白白送命，毫无意义。我们是战胜不了恶神的，认命吧。我和震海兽订下了契约，我给它珠子，它帮我离开这里，我们去过安稳日子好不好？"

小奇立刻挡在阿薰身前，恶狠狠地瞪着鱼木。

阿薰拍了拍小奇的肩膀，示意他不要莽撞，然后一脸平静地说："你背叛人族、背叛部落，我死在这里也不会跟你走的。"

鱼木听到这毅然决然的回答，顿时心碎，心中生出无尽的怨毒："当日为了救你，我不惜耗尽体内灵力，没想到你居然如此无情！"

"呸！"阿薰一脸鄙夷地看着鱼木。

"既然如此，那就一起去死吧，哈哈哈！"鱼木癫狂大笑。

白衣人看了许久，一直没有出声，此时轻描淡写地说："震海兽就是让你来取回它的本命珠的？"

"正是！现在只要我念出咒语就可以和珠子逃离此地。哈哈哈哈！"鱼木很是得意。

此行，鱼木是被父亲逼迫、无奈之下的选择。从一开始，他心中就充满了愤懑的情绪。一路上，为了活下来，他无时无刻不跟在弃长老身边，对他俯首帖耳、对大家毕恭毕敬。要说唯一让他坚持下来的，只有阿薰。他无数次在心底感慨，世间居然有如此漂亮的女子，而他做梦都想据为己有。可是啊，阿薰心中只有云阳，这让鱼木嫉恨不已。

阿薰受伤后，他终于可以表现自己，奈何实力不济，最后还是云阳力挽狂澜，救了大家伙。从那以后，他便更加自卑，也更加沉默。

掉进旋涡的时候，他的情绪被震海兽感知到了。震海兽本打算把这几个人族吃掉，但突然想到可以利用人族取回本命珠，离开此地，于是便利用了鱼木的情绪。

就这样，它把鱼木唤醒，告诉他困龙阵的情况并和他订了一道利益交换的契约。

白衣人感叹道："没想到震海兽居然也有了如此智慧，当年真是小看它了，看来它是真的想离我而去，远走高飞了。"

不过，鱼木没有按照震海兽的嘱托行事，迅速催动了口诀。阿薰刚才的回答让他心念癫狂，他心一横，要把这颗珠子据为己有。只见他眼露精光、面目狰狞，毫不犹豫地把珠子吞了下去，然后催动灵力去打上印记。只可惜哪有那么容易，鱼木在炼化珠子的时候才发现自己根本就无法掌控它。珠子在他体内不断游走，一股强劲的力量将他的经脉和穴位逐一摧毁。顿时，他面目扭曲，痛苦异常。

白衣人被石链束缚的双手，轻动一下，石链自动打开了。

这让鱼木更加震惊。

"你……你不是被困住了吗？"

第一百二十八章 家仇

白衣人满目忧郁地看着鱼木："我睚眦是自我囚禁。龙族虽然囚禁了我，但并不限制我在这方寸之地的自由。"

鱼木不由得慌了，既然睚眦在这屋里的行动自由，又怎么会让他轻松拿到这颗珠子呢？

白衣人道："你的贪心害了你。震海兽的本命珠可不是那么好吞的，它本身就是洪荒异种，当年我能制服它也是偶然。我本以为我们主仆已经同生共死了呢，没想到它还是要走，一直都想拿回它的本命珠。唉，可怜的人族啊，无须我动手，你自己马上就会看到恶果。"

话音刚落，鱼木就发现那本命珠已经完全失控。现在他的经脉、穴位灼痛无比，令他不由得发出一声声惨叫。稍倾，只见他体内透出光芒，整个人被光芒笼住，像颗球一样膨胀。

砰的一声，鱼木活生生被炸得粉碎，了无痕迹。震海兽的本命珠飘浮在半空，依然闪烁着光辉。

白衣人摇摇头，没有说什么。这一切都在他预料之中。

云阳大步走到白衣人面前，眼珠迸发着血丝，怒气磅礴地盯着白衣人，说道："果然是你！当年你为何要灭我的部落？为何要害我亲人？"

原来云阳早就认出了睚眦，只是不知其名罢了。睚眦就是他父母遇难那个夜晚，骑着怪物的白衣女子，而那头怪物就是先前遇到的震海兽。

白衣人感受到云阳的怒意和杀气，锐不可当，同时还意识到他身前飘浮的灵珠也是不凡，不由得严肃起来。

"你难道想不起来了？东淮河岸，你举手掀起滔天巨浪，冲垮堤坝，淹没部落，除了我，所有人都被你害死了！"

白衣人本来要发怒，但听到云阳这话，突然垂首不语，面露惭色。

"我睚眦向来是恩仇必报，当年刚收服震海兽，一时兴起，带着它追击仇人，误伤东淮，此事过后我就被长辈囚禁于此，我也常常感到愧疚。"

云阳怒道："一句愧疚就完了吗？你知道你害死了多少人吗？"

阿薰怕云阳太过激动，赶紧上前拉住他。

从来没有一个人敢和睚眦如此说话。云阳刚才的话非常尖锐，让睚眦颜面扫地。

从本心来讲，龙族和人族是非常亲近的，如果不是误伤了人族，龙族也不会惩罚睚眦。从睚眦一直以人族躯体出现这一点，就可以看出龙族和人族的亲密关系。

沉默许久，睚眦抬头道："你要如何？"

此时，他心中已经怒气升腾。于他而言，云阳这些话并不是简单的质问，而是一场审判，他的命运全看云阳如何断。此时此刻，云阳一句话就能决定他的生死，不由得动了杀意。

云阳没有任何惧色，目光坚定地面对睚眦，从内心深处就无视他的杀意。这大概就是所谓的凛然正气。

"血债血偿！"云阳一语惊人。

"哈哈哈，哈哈哈……"睚眦就像听到笑话一样，大笑不止。他看起来就是一个风华正茂的女孩，一颦一笑都带着无尽风采，一袭白衣更让他添了几分仙气，让人觉得他分明就是一位仙子，可一张嘴却是一个阴柔的男子之声，好不诡异。而这正是东方所独有的阴柔神秘之美。

睚眦突然收住笑声，说道："居然有人敢这么和我说话，你果然很有胆量。"

弃长老身受重伤，仍旧强打起精神，劝说云阳："云阳，往事以后再说，休要耽误大事。"

弃长老怕极了，一旦睚眦暴起，谁还能阻止呢？毕竟龙子的性格各有不同，而睚眦的名声又毁誉参半。

阿薰担忧地看着云阳，云阳却冰冷地说："杀亲之仇，不共戴天。"

睚眦的眼神如霜，说道："你不怕我杀了你吗？"

气氛越来越僵，二人针尖对麦芒。云阳是仇恨滔天，而睚眦本身是龙子，天生自傲，外加性格特立独行，见云阳这么说，自然是怒气磅礴。

空气似乎凝固了，睚眦白衣如雪，无风自动，显然怒气已经起来了。在他看来，小小的人族竟敢如此冒犯自己，完全是自寻死路。

大家被睚眦的气势逼退了两步，唯独云阳坚如磐石。他调动灵珠浮到头顶，随时准备发起对睚眦的攻击。

睚眦也不得不谨慎对待。天材地宝他不是没有见过，但直觉告诉他，如果轻视眼前这颗珠子，可能就会吃大亏。此物气势内敛，绝非凡品，更有慑人的光华微微闪烁，所谓神物藏拙就是这个意思。更重要的是，这颗珠子让睚眦有一种莫名的亲切感。

没想到小小的人族居然有如此宝物，这让睚眦不由得动容。如此宝物，怎可让弱小的人族掌握呢。随即，睚眦羞愧不已，身为龙族，什么宝物没见过，居然因为这么一件东西起了贪念，这让高傲的他无法接受。

"你若愿意收回刚才那番裁决，一切作罢，否则别怪我手下无情。"睚眦最后提醒云阳。

云阳没有说话，直接调动灵珠向前冲击，用行动答复了睚眦。

"哼，好大胆！"睚眦冷哼一声，绝美的容颜变得冷傲无比。他伸出玉手，顿时光芒大作，直冲向灵珠和云阳。

灵珠自动形成一个光罩，挡住这蕴含着极强威力的一击。

攻击未果并没有让睚眦失落，这只是他对灵珠的试探而已。

"哼，不过尔尔。"睚眦面露不屑。

其实，睚眦的内心还是非常惊讶的。刚才那一击虽然未用全力，但也足以开山裂石，没想到竟然被灵珠轻易化解。想来这小小的人族，实在是机缘不浅，居然能得到如此宝贝。想到此，他的贪念又起，这等宝物实在不该蒙尘，何不在自己手上大放异彩呢？这个念头一起就再也压不住了。他随即探身向前，直奔灵珠而去。

就在此时，谁都没有想到，震海兽的本命珠竟然散发着幽幽的光芒，无声地飘浮起来，往门外飞去。

第一百二十九章　真相

当震海兽的本命珠刚要飞出石室大门的时候，睚眦心生感应，大怒道："哪里走？"

睚眦的心性就是如此，极为敏感、易于冲动、凡事必较真。他轻啸一声，门口的石像立刻苏醒，纷纷阻拦逃逸出去的本命珠。睚眦也暂时放下云阳，飞身去追那颗珠子，可他显然忘记了，他虽然在石室内行动自由，但却不能跨过石门半步。

只见他刚刚跨出石室，石像们便马上转头把他围住。困龙阵立即启动，对睚眦造成无上威压。

一盏红光罩住睚眦，大阵攻击急骤而至。睚眦根本没有还手之力，因为龙族布置的大阵将他完全锁住，就算他用龙力撑起屏障，也会被马上击穿。龙族前辈早就算尽了变化。

他一时冲动，居然忘记了自己不能出石室半步。

这时，震海兽的本命珠趁机逃逸而去，显然震海兽在鱼木体内下了术法，一旦拿到本命珠就可以伺机召唤。没有本命珠，它就失去很多神通，也无法返回大海。阴差阳错，居然被它搏中了。震海兽只是无奈一试，并不知睚眦可以自由行动，也不知鱼木能否得到本命珠，没想到居然成功了。

困龙阵名副其实，一旦启动，睚眦就被法阵禁锢，根本动弹不得，没一会儿就被石像们击伤倒地，然后被抬回石室。

当睚眦撇下云阳飞出石室那一刻，大家都松了一口气。这么强大的对手离开，云阳也就暂时脱离了危险。尤其是阿薰，提到嗓子眼儿的心终于落了回去。

云阳看睚眦往外跑，身子一动，跟了出去，好在阿薰突然现身，将他死死抱住，一阵哭求："云大哥，不要去，不要去！"

"阿薰，放开！"云阳心中已被仇恨填满，声嘶力竭地喊道。

"不放，不放！求你了，云大哥。"阿薰苦苦哀求。

云阳寒着脸，满眼怒火："你再不放，别怪我不客气！"云阳实在是被仇恨冲昏了头脑，失去了理智。

星月看云阳如此执迷不悟，顿时大怒。她柳眉倒竖，走上前一巴掌扇在云阳脸上，那声音十分响亮。星月对着云阳大喊："亏你还是个男人！大难当前，不为众人安危，只为自己私怨而罔顾大义。你知不知道，多少人族还饱受洪水困扰，流离失所；你知不知道大家多么期盼西行成功，制住恶神共工，消灭洪水？枉我高看你一眼！"

嘴上不饶人，可谁又知道她心里有多疼。言语间，她的眼角已噙满了泪水。

云阳一时愣在那里。

此时睚眦受伤，刚被石像抬回室内。白衣如雪的他脸色苍白、浑身无力，刚进石室就听到星月这番话。

"水神共工？"他诧异地问。

共工之名如雷贯耳，当年水火大战，睚眦也跟随龙族参与了战斗。那一战，惊天动地、山河倒灌、日月无光。每当回想起来，睚眦都不由得心动神驰。战场神力四射，双方你争我抢，死伤无数。而共工之强大，世所罕见。

"难道共工复活了？"睚眦嘶哑着嗓子又问。

大家看睚眦被抬了回来，心中也是一惊，怎么才出去没多久，就变成这个样子？

"快告诉我，快告诉我到底怎么回事？"睚眦没了高傲之气，显然共工复活的消息对他的刺激很大。

云阳仇视着他说："共工复活与否与你何干？你不是一样作恶，一样祸害人族吗？"

睚眦没有理会云阳的话，而是低下头不停地喃喃自语："怎么会复活呢，怎么会呢？我们龙族阵容不整，你们人族怎么抵抗？我的兄弟们呢？"

他深知共工的神力，一旦共工复活，必将引起滔天大难。

云阳本来还想讽刺，但听睚眦说到人族和他龙族兄弟的时候，不知道怎么，溢满仇恨的目光突然清醒了一些。虽然睚眦是当年毁灭自己部落的元凶，但此时已经被困多年，受到了应有的惩罚，况且其他龙子也在前线为保护人族而浴血奋战。

星月刚才那番话，云阳终于听进去了。杀亲之仇固然大如天，但又怎能与整个人族的命运相提并论呢？云阳慢慢冷静了下来，只不过胸中仇恨的火焰依然在燃烧。

睚眦抬起迷茫的双眼，问道："我的兄弟怎么样了？他们有守土之责。"

这一问，无人应答。

"啊，他们到底怎么样了？"睚眦的声音越发急迫。

弃长老拖着伤躯，向前走了两步。他看了一看云阳，云阳却扭过头不愿回答。弃长老摇摇头，说道："龙子们已经去了蚌池，去阻挡共工，为人族再次战斗。"

睚眦惊叫一声，面色惨白，再次喃喃自语："他们打不过的，打不过的，为什么这么傻，为什么要去送死啊？"

云阳本来不愿意搭话，但是听到睚眦如此说，压抑的怒火再次燃起："送死？他们是为了保护人族，所以才去战斗。他们是我们人族的守护神，我们人族永远敬仰他们，永世感恩，而你却只会作恶，有什么资格这么说？"

睚眦大怒，挣脱开石像，硬撑着站了起来："小小人族，给我闭嘴！你懂什么，你懂什么？！没有九龙阵，无法通九天，他们八个前去，实力根本无法发挥，会被共工杀死的。"

说完，睚眦一脸颓然。是啊，只有八位龙子。他睚眦因为犯错而被囚，这才导致八位兄弟硬着头皮去对付上古大神。

睚眦傲气尽去，黯然说道："当年水火大战之后，我被安排在东部镇守。突然有一天，我发现共工臣属浮游的踪迹，非常震惊。共工有两大臣属，浮游和相柳。相柳在大战中就被斩头，而浮游被火神重创神力崩溃而亡，当时所有参战者都看到了，但是没想到浮游居然还有残魂逃逸。我发现踪迹后，骑着震海兽四处追击，想把浮游的残魂彻底消灭掉，可惜浮游阴险狡诈，不断游窜。我历尽千辛万苦，终于将他堵住，随后引动洪水试图毕其功于一役，可惜不小心连累了不少人族部落。"

睚眦斜眼看了一下云阳，缓缓说道："此事过后，我就因为擅自带领震海兽登陆、发动洪水，被龙族囚禁于此。"

云阳终于知道睚眦当初为什么会引动洪水祸害人族了，可即使事出有因，也无法弥补他失去亲人的伤痛。他还是恶狠狠地看着睚眦。

睚眦感受到云阳的目光，神色未动，沉吟片刻后道出了惊天一语。

第一百三十章　生命的代价

"我要出去，你们助我。我去和兄弟们会合，对付共工。没有我，他们无法布下九龙阵，不能战胜共工。"

大家互相看了看，然后又齐齐看向云阳，谁都没有说话。

睚眦见众人都在沉默，急声道："只要助我出去，我必回报。我若出不去，其他龙子危矣，你们人族也会损伤惨重。再说你们也要尽早离开这里。"

弃长老知道睚眦说得没错。他看到云阳还在怒火当中，便走近云阳，劝道："云大人，大局为重，万不可再意气用事。"

云阳虽然怒气未消，但也知道星月和弃长老说得有道理。现在，睚眦固然受罚囚禁，但是龙子残缺，前线必然吃紧，如今自己等人也被困在这里，西行之事刻不容缓。

沉吟许久，云阳冷冷地开口道："你要怎么出去？"

睚眦听到云阳愿意帮助自己，不由得多看了他一眼，然后说道："这里乃困龙之地，无法出这石室，一旦出去，外面的石像会秉承设计者的意志攻击我，而且不光是石像，就连神文大阵也会攻击我。但是，凡事都有例外，只要有外人闯神文大阵，那么所有石像都会冲过去，共同对付外敌。"

云阳冷冷地看着他，说道："然后呢？"

睚眦没有在意云阳的态度，他知道，如果想出去就必须要依靠这些人族。想到自己的兄弟们正与那共工浴血鏖战，睚眦把所有的高傲都抛在了一边。他面色如水，缓缓说道："只要去大阵那个人能坚持住一段时间，不让石像回来阻挡我，我就可以逃出困龙阵。"

众人面面相觑，弃长老微微颔首。

"时间很短，我只需要十息即可。"睚眦一脸正色道。

云阳猛然发现其中的问题，如果真的这么做，前去大阵吸引火力的人肯定就没有活路，即便不是被大阵杀死也会被石像群杀死。

云阳怒道："那岂不是要牺牲别人？"

弃长老喝道："云阳，少安毋躁！"

弃长老虽然很多事都征询云阳的意见，但毕竟是人族长老，又是部落首领，虎威还在。云阳现在无法冷静下来，弃长老也能理解，但是不能放任他胡来。

看到弃长老一脸怒色，云阳安静了下来。

"如何才能摆脱石像到达大阵？"弃长老问道。

睚眦看了弃长老一眼，说道："我可以暂时控制石像，但是我一旦迈出石室大门，石像就会被建造者的意志控制，返身阻止我。所以需要你们其中一人去大阵，在那里坚持一会儿。"

弃长老点点头，沉默了片刻，说道："老叟去引发大阵，你带着他们出去。"

众人大惊，纷纷劝阻弃长老。

弃长老摆手止住，慈祥地笑着说："老叟知道你们的心意，你们也无须争抢，这种事情还是让老叟去吧。老叟年纪大了，帮不上忙不说，还总拖累队伍。总要有人牺牲的，你们还年轻，人生的路还长，人族的希望就寄托在你们身上了。"

云阳激动地说："弃长老，你如此信他？还请你三思。"

弃长老哈哈大笑。跟这群年轻人相处久了，他不免越来越喜欢他们。他们善良、优秀，更难能可贵的是他们有种永不放弃的精神。人族的未来只能是靠他们。弃长老按着云阳的肩膀，凝视着云阳的眼睛，说道："我们应该相信睚眦大人，应该相信龙族。我们别无选择。"说着，他又转身看向睚眦，"睚眦大人，老叟去大阵，助你脱困。"

睚眦心中很是感慨，从未想到这些一直被龙族保护的人族居然如此勇敢，这让高傲的睚眦也不由得心生敬佩。

"你有何愿望？我睚眦愿意为你实现。"睚眦缓缓说道。

弃长老淡然一笑："老叟唯愿睚眦大人帮助人族，诛神治水。"

睚眦沉默了，"诛神治水"这四个字实在太过沉重。

半晌后，睚眦点点头："我应你。"

"哈哈，好，好！"弃长老开怀大笑，"请吧。"

睚眦冲弃长老点了点头。弃长老回头冲云阳和小伙伴们微笑诀别，随后大步向门外走去。众人哽咽地望着他蹒跚的背影。

弃长老刚出石门，石像就动了起来，睚眦马上加大神力控制，额头上立刻汗珠直下。

大约有半炷香的时间，外面传来巨响，整座建筑顿时光彩斑斓，神力也晃动起来。石像们的意志一下子变强，直接挣脱睚眦的控制，向神文阵跑去。

睚眦大喊："快，随我走！"话音刚落，睚眦飞射而去。

大家虽然心怀悲伤，但木已成舟。弃长老用生命为大家创造的逃生机会不能错过，若不然岂不是辜负了弃长老。看睚眦跑了出去，大家也紧跟着往外跑。

走廊幽长，十息过半。弃长老虽然努力坚持，但当大家快要走出走廊的时候，流光逐渐消逝，预示着大阵即将平复。

糟糕！还差一点点。众人心中惊慌，而睚眦更是双目赤红，不断加速飞去。

"西行，治水，诛神！"一声忍着极大痛苦而发出的呐喊传遍整座建筑，然后砰的一声，声音戛然而止。

"弃长老！"大家顿时心中猛颤，泪水奔流。

睚眦也不由得侧目。他没想到人族的意志竟如此强大，明明孱弱不堪，居然能撑这么久，这让他心中非常震撼。

此时，众人终于在大阵灭杀弃长老之前冲出长廊。若不然，灭杀弃长老之后，大阵的神力会直接降临在睚眦头上，那么必然前功尽弃。

大家站在走廊外，看向里面，全都沉默着。小奇忍不住哭了起来，就连睚眦也神情肃穆地看着里面，许久之后才轻吐了一口气，说道："必偿汝愿。"

睚眦带着大家转来转去，终于走出了困龙阵。然后他化出真身，让大家坐在背上，驮着大家游过了流沙河。震海兽已经不见了踪影，想来是返回了大海。

到了岸边，众人上了岸，睚眦又化为人身。鹦鹉哑巴又飞了回来，落在大黑熊的脑袋上，呱呱欢叫。

"你们此向走，可达西昆仑，我将去与兄弟们会合。"睚眦言简意赅，为大家指明方向。

云阳目不转睛地盯着睚眦，睚眦也感受到了他的目光，沉声道："我等你回来，找我复仇。"

云阳闻言，握紧了拳头。睚眦哈哈大笑，纵身向远处飞去。

云阳看着睚眦的背影，许久之后才挥手道："走吧，我们继续西行。"

第一百三十一章　黄金之海

这段时间，蚌池前线的情况非常不乐观，人族建立的第二道防线也岌岌可危，随时都有可能崩溃。若不是舜帝把人族宝库打开，把很多法宝利器带入前线，他们根本坚持不了这么久。另一方面，参加会稽山会盟的天下部族大多奔赴九州中东部执行禹"疏浚为主"的治水大思路。疏九河，沦济、漯而注诸海，决汝、汉，排淮、泗而注之江。人族集中力量统一行动，实施的工程进展较快，人族治水的热情十分高涨。

当初在洛城进宫献图前，伯益将研究多年才成功的掘井之法告诉了禹，当时禹非常认可，也极为振奋。伯益发现在艾草生长茂盛的地方，一般垂直下挖三五丈就能发现地下水脉，再以土制陶或者用石头砌牢井壁，平时用水则以木桶系绳取之。有了这掘井之法，人族就可搬离河岸，居于半坡，洪水对村落的直接危害将大为减少。

禹在会盟之时将伯益的掘井法传授给天下部族，许多部落迁徙到平原半坡居住，安全了很多。再说到云阳那边，他率领众人从流沙河出来已经月余，越往西走，景物越荒凉，大异于九州，同时也越来越危险。

这里离西昆仑越来越近，是神的禁区。相传当年众神大战，争夺西昆仑，陨落了无数上古大神，这让临近西昆仑的地方成了禁忌之地，因为时常有战败的大神残留的意念神识肆虐咆哮，更有无匹神力造成的各种幻境险地。普通的生灵进入这里，几乎是有死无生。

这一日，晴空无云。云阳他们走在黑色的荒土上。前方，在高坡上瞭望的小奇突然兴奋地大喊："快来看！前面是金色的海洋啊。"

众人登上高坡张望，只见远处无边无际的黄沙在阳光的照射下熠熠反光，就像一片黄金海洋，十分耀眼。不时有风吹过，沙浪滚滚，一眼望不到尽头。这片荒漠，初见时异常美丽，颇具异域风光，但不知道里面蕴藏着什么。

远处的金黄和脚下的黝黑形成了鲜明的对比，众人仿如置身两个不同的世界中间。

云阳站在高处，望着远处的黄沙，微风吹动他的发丝，露出他那刚毅俊朗的面庞。他蹙眉思索的样子，让阿薰和星月看得出神。这段时间，因为他，两个女孩子之间再没有以前那么亲密了。倒不是起了争执，而是两个人同时爱上了一个人，又怎能继续装作毫不知情？

小奇虽然成熟了很多，好奇心还是一点儿没变。看到姐姐和星月在偷看云阳，心中不由得好笑。

阿言走到云阳身旁，看了看远处，皱眉道："云大哥，前方虽然看起来平静，但是不知为何，我心中总有一些不好的预感，像是有什么在等着我们。"

云阳目光闪动，沉声说道："原来你也有这种感觉。"

"小奇，周围可有其他路？"云阳扭头问道。

小奇回答道："黄沙之地极广，看上去没有别的出路。"

云阳的心情略有些沉重，没有说话。

"云大哥，若不然，我去黄沙深处探探路吧。"小奇说着就要走。

云阳摆手道："不行，前方一切未知，如果遇到什么危险，你也无法全身而退。"

小奇默然不语，虽有不甘，但他也知道云阳是为自己的安全着想。

云阳沉吟片刻，说道："等大家补给充足了就启程吧，即使真的有危险，我们也不得不去，大家多加小心就是了。"

沙海之中，除了一望无际的黄沙还是一望无际的黄沙。此处的黄沙确实迥异于别处，明亮耀目，闪着黄灿灿的金光，置身其中有种梦幻般的错觉。

这里原本水草丰盛、鸟语花香，是在众神大战之后才变成一片荒漠的。这里并非古战场的核心地域，只是外围，即便如此也成了万灵禁地，危险随时都会降临。

云阳带领大家进入这荒漠已经十余天了，虽然没遇到想象中的危险，但大家心知肚明，谁也不敢放松警惕。

荒漠里气候无常，刚才还阳光妩媚，转眼就风声四起，沙子被吹得凌空乱舞。

大家井然有序地躲到沙堆后面，早已习以为常。果然，不大一会儿，风沙越来越大，仿佛要把整个沙海卷上天，遮天蔽日，亦如末日一般。半个时辰左右，风沙逐渐小了下来，大家这才把头抬起，眉眼和身上早被满满的金沙覆盖。

小奇一边拍掉身上的金沙一边嘀咕："这该死的荒漠，走了十多天了，还是看不见尽头，真让人烦心。"

大家深有同感，这些日子每日承受着多变的气候，前一刻还阳光明媚，后一刻就狂风暴起，苦不堪言。

"快看，那是什么？"小奇又有了新的发现。

大家顺着小奇指的地方看去。远处，有一个形似沙堆的凸起，但棱角分明，仔细看来，显然不是沙堆。

小奇没有像以往那样毛躁，而是用征询的目光看着云阳。

云阳沉声道："我们慢慢过去看看。大家注意保持距离，一切小心行事。"

大家早就受够了这漫无边际的荒漠，迫不及待地点了点头。

看山跑死马，大家走了一个多时辰，才靠近那个凸点，这才看清是石头垒成的建筑，不由得面面相觑。

建筑的最前面是一根拱形的门柱，门柱内有块高耸的石碑，后面是许多石阵。因为年代久远，石头都已经风化。在一望无际的荒漠里居然有这么一座建筑，实在是显得不正常。

小奇低声问道："云大哥，我们怎么办？"

云阳仔细打量这建筑，正色道："先四周看看有没有危险，然后再做打算。"

大家转了半天，没发现任何动静，又回到拱门处，往里面打量。星月突然大喊："你们快来看，这块石碑上面有字！"

大家纷纷上前，顿时脸色都很难看。这些文字实在太熟悉了，出现在困龙大阵里的就是这样的神文。

星月脸色苍白地说："我们墨族的古籍曾有记载，上古时候，神祇带领各自归属的人族大战，为了让手下的人族能跟上自己的步伐，神祇建造了很多法阵，可以缩地成寸。这些法阵均呈圆形，有铭刻缩地成寸之法的神文。大家再想，此地乃古战场，那么这座建筑应该是当年遗留下来的法阵。"

大家面色严峻，显然这个法阵让大家有些害怕。

阿薰往后退了退："云大哥，我们绕开这里走吧。"

星月也是这个意思，这里风险莫测，随时都可能遇到危险。

大家还没拿定什么主意，法阵内的光线突然开始闪烁。

云阳低声喝道："快离开法阵大门！"

众人刚跳出拱门，就听得背后一阵轰隆隆的巨响，霎时间，光芒大作。

第一百三十二章　穷奇

大家回身看去，只见石阵剧烈晃动着，一道耀眼的光芒闪过，一只浑身火红、面目狰狞、肋生双翅的巨虎在法阵上空悄然现身。

众人大惊失色，不知此为何物。

插翅老虎看到云阳等人，顿时目露得意之色。

"桀桀，没想到在这里还能遇到美味的人族。"

云阳二话不说，把灵珠从体内调出来，做好了随时出手的准备。

那怪物压根就不在乎，对于自己的实力，它是非常有信心的，若不是共工实在太强，以它穷奇的性格，绝对不会听其使唤。

共工指派它们三凶出来寻找祝融的下落，可穷奇也不傻，祝融乃先天大神，它若去了，纯属送死，奈何它身上被共工种下了神念，一举一动都在共工的监视之下，倘若敷衍了事是绝讨不了关的，这让穷奇非常苦恼。

路途遥远，外加时间有限，穷奇不得不启动法阵，打算去西昆仑看看，但它内心非常不情愿，西昆仑实在不是个可以撒野的地方。所以它先到昆仑之墟古战场的外围消磨一下，没想到运气这么好，一出法阵就遇见几个人族。

"先把这些家伙吃掉，再忙别的吧。"想到此，穷奇不由得桀桀大笑——已经很久没有吃到人族的脑子了。这是穷奇最爱的美味。它利爪如勾，散发着幽幽的光芒，阴狠的眼神死死盯着云阳等人。突然，它纵身飞跃，直奔众人而来。

众人快速撤步，只留云阳一人在前抵抗。但见灵珠在云阳上空不停旋转，越转越快，显然是他在操控。生死一刹那，不能有丝毫闪失，云阳高度集中精力。

穷奇落地的一瞬间，一张嘴，喷出大片火焰。火焰里，一条火蛇隐现其中，蛇身巨大，蛇眼阴毒地盯着众人，一股无形的威压和炽热的火力顿时弥漫开来。

火蛇凝望着云阳，让云阳心神一震，但却没有低头，而是坚定地挡在众人身前。

穷奇狂虐地大笑，很是得意。突然，火蛇探头出击，带着烈焰直奔云阳等人而来，声势迫人，就连金沙都被高温烤得通红。

云阳面色沉稳，迅速调动灵珠形成护罩。

"砰砰砰"三声过后，穷奇一下子怔住了。本来它对自己的实力非常自信，可小小的人族居然安然无恙。

"怎会如此……"它忽然似有所悟。原来这个人族的珠子特别强大，居然能挡住自己的攻击，这让穷奇惊喜交加，贪婪之心顿起。

"可怜的人族，交出宝物我就放你们离开，若不然我把你们生吞喽！"穷奇大叫道，眼神中的贪婪越来越浓。

云阳淡淡地说："你若有本事，就来抢，无须废话。"

此言一出，立刻让穷奇非常恼火。它昂首一吼，立刻就有一股黑色的火焰博然喷出，浮在半空熊熊燃烧，并向四周快速扩散。这次是穷奇全力发出的一次攻击，热力顿时充斥了大地。这黑色火焰不仅温度极高，而且蕴含着穷奇的法力，可以焚烧一切，更厉害的是能使被攻击者神识崩溃。

一时间，天空被黑火覆盖，非常骇人。

穷奇的嘴角露出冷笑，抬起右爪一通乱舞，只见一道道黑色火焰立刻从天空中呼啸而下，宛如一道道流星雨，煞是壮观。

众人一片惊呼，云阳则专心致志地把灵力灌输到灵珠形成的保护罩上。

"别再徒劳挣扎了，哈哈哈！"穷奇得意地大笑，想到这些人族将葬身火海，变成焦土，它不免觉得有些可惜——这到嘴的美味呀。

黑色火焰把地面的金沙烧得通红，甚至开始流淌，而云阳他们完全被黑色火焰覆盖。

过了许久，穷奇觉得不对劲，火焰没有衰减，但这群人族依旧安然无恙。

"如果杀不死这群人族，那该如何是好？要是被那两个浑蛋知道了，可就太没面子了。"穷奇暗忖。它再次加强法力，催动黑火，誓要把这群人族灭了。可它刚调动法力就惨叫一声，突然停住了动作。它心中暴怒不已，狂骂道："该死的共工，该死！"

原来共工在它们三凶身上下了禁制，如果调动太多的法力就会痛彻识海。

穷奇气得发狂，一通乱吼乱跳，把金沙砸出了好多大坑。

众人躲在保护罩里，看它发狂，不明所以。

穷奇发泄了一会儿，稍稍冷静了一些。现在，它看着众人，吃也吃不着，灭也灭不了，顿时有些尴尬，但依旧嘴硬，闷声道："人族，休要得意，我虽然暂时杀不死你们，但你们也休想走脱，哼哼。"

突然，穷奇一怔，呆在原地，好半天才盯着云阳嘟嘟囔囔地说："算你们几个小东西走运。"

原来混沌、穷奇、梼杌三凶被解除封印后，受共工之命寻找祝融的踪迹。它们先是打听到祝融在西昆仑，而它们一直想去的古战场恰好靠近西昆仑。很久以前，三凶加上已经死去的饕餮就打算联手探秘古战场，期望在那里找到突破的机遇。可惜，当年还没来得及去就被封印了。所以，三凶商议后决定先分头四处乱走，消磨一下共工种在大家身上的禁制，然后在古战场汇合，各自寻找进入古战场核心的通道。

刚才穷奇那一怔，正是混沌传音过来了。混沌和梼杌乱撞了好久，发现很难通过神的通道进入古战场的核心，因为禁制太强，过于危险。所以，混沌让穷奇去找几个人族，帮它们找到人族通道，从那里进去。因为那里的禁制最少，简单得多。

当年，人族是神的附属，跟随各自阵营的神祇去战斗。神祇为他们专门开辟了一条通道，让他们能进入古战场的核心。

穷奇心中觉得这不失为一个解决办法，总比僵在这里无法下台要强。它太爱面子了。

第一百三十三章　誓约

穷奇念动口诀，摄着云阳等人离开沙海，从另一个法阵里出来。

这里乱石嶙峋，寸草不生。青灰色的天空让人有种阴森压抑的感觉。这是古战场的外围，已经属于昆仑之墟，黄金沙海只能算是外围的边缘，凶险不及这里的十分之一。

此处充满了罡风和空间裂缝，如果一不小心走进空间裂缝，很可能会迷失在诸天混沌当中。更加可怕的是，有的空间裂缝会移动，如果不小心撞在身上，直接就会被空间裂缝吞没。还有更加棘手的，四处都是哀号游荡的意志和神识，都是战死者不甘心的残念。这些意志和神识没有什么智慧，只能按照本能行事，要把每一个进入此间的生物，都同化或杀死。

穷奇把云阳他们放下来，和颜悦色地说："人族，我们休战吧。这里非常危险，就连我都没有把握，你们要想活命，就必须跟我合作。要不然，我可不放过你们。"

穷奇想把云阳他们稳住，又是安抚又是威胁，只不过它实在不擅长这个。云阳等人还是非常戒备地看着它。

鹦鹉哑巴站在小奇的肩膀上，尖声说道："谁要你管？"

穷奇看到一个扁毛畜生都敢反驳自己，顿时有些恼羞成怒。它刚要发火，一条空间裂缝突然出现在法阵周围，裂缝越来越大，颜色由浅变深。

穷奇吓了一跳，立刻跳到一边。云阳也不敢怠慢，生怕灵珠也对付不了，赶紧收起保护罩，和大家一起躲闪。

这时，一群五颜六色的神识也不知从哪里冒了出来，并向众人扑了过来。

穷奇马上闪电般建立起保护罩，把自己保护起来，同时吐出烈火去烧那些神识。

云阳带着大家刚刚躲开空间裂缝，一股赤红色的神识从云阳侧面袭来。

"小心，云大哥！"阿言大声呼喊。

云阳刚刚察觉，面容失色，已经来不及启动灵珠，就在那股赤红色的神识刚要贴近他的时候，他突然被撞到了一边。可还没等他回过神儿来，就听到阿薰一声惨呼："小奇！"

原来是小奇冲过来把他撞开了。

小奇速度惊人，刚好把云阳救了下来。但是那股赤红色的神识飘进了小奇的身体，当即令他面色惨白，倒在地上。

穷奇刚把飘浮在自己周边的神识收拾干净，突然看到小奇那边发生的情况，连忙说道："快，把神识驱赶出去！"

这不是穷奇心善，而是它担心这个人族被神识附体后夺舍。如果碰到一个生前极强的厉害角色，此时真的苏醒，局面就完全不可控制。可是，云阳他们也束手无策，根本不知道如何处理。

小奇已经疼晕了，浑身冒出莫名的气息，并且越来越强。

穷奇大惊，也不管会不会误会，跳到小奇身前，张开大口对着小奇的嘴巴一阵猛吸。

小奇的身体顿时战栗起来，似乎体内的神识已经知道穷奇在做什么，努力抗拒着。

"快按住他！"穷奇闷声道。

云阳和阿言马上按住小奇，不让他乱动。

时间一点点过去，一股赤红色的神识终于从小奇的嘴里被吸了出来。那股赤红色的神识看似鲜艳，却透着仿佛千年冰山一般的寒冷气息。

大家纷纷后退。云阳抱着小奇躲闪开，仔细观察穷奇要如何对付这股神识。那赤红色的神识出来后，马上缠住最近的穷奇，本能地希望再次进入识海去夺舍同化。穷奇虽然简单粗暴，脑子时常不够用，但凶名赫赫，自然实力非凡。只听一声低吼，穷奇身上立刻泛起一抹光华，光华缠绕形成一个巨大的旋涡，缓缓旋转着罩向那股神识。

那股赤红色的神识虽然没有灵智，但或多或少知晓利害，见到这个法术，立马生生刹住，急忙往其他方向飞走。

穷奇冷哼一声："想走？给我灭！"

嗡的一声，旋涡飞速扑上神识，然后迅速旋转起来，把神识搅得粉碎。

穷奇看到众人一脸惊惶的样子，不禁得意扬扬，炫耀着说："我说什么来着，如果没有老子，你们这几个小东西寸步难行！"

"咦？"穷奇突然感知到了什么，"怎么会有如此熟悉的气息？"

穷奇心里嘀咕起来，它仔细体会后，目光炯炯地看向昏迷的小奇。难道是故人的传人？对于这股气息，穷奇深感亲切，虽然一时想不起来是谁的，但并不妨碍穷奇心中的杀气淡了下来。这时，又一个空间裂缝出现在大家周围，穷奇和众人又慌忙躲闪。

　　"人族，只要你们配合我，帮我找到这里的人族通路，我能救活这个小家伙！"穷奇知道自己来硬的不行，对小奇又心生好感，刚站稳就开始劝说众人。

第一百三十四章　人族通道

众人看着昏迷的小奇，一时不知该如何是好。

"云大哥，我们暂时无法逃脱，也没有能力抵抗。"阿言沉思了一会儿，说道。

星月也点头说道："反正我们也要走这条路，有它在前面撑着，我们会好走一些。先暂且听它的，路上再想办法逃脱。这凶兽呆头呆脑的，除了暴躁一点儿，灵智应该不高。"

云阳沉吟片刻，缓缓说道："小奇性命攸关，先答应它，大家多注意安全。"

商议之后，云阳对穷奇说："我们答应你，跟你合作，不过为了表示诚意，你我要共同起誓。"

穷奇不耐烦，说道："起誓？少来婆婆妈妈这一套！"

"若不起誓，怎么可信？看你的样子也是盛名之辈，如此害怕誓言，难道是轻易食言的无耻之徒吗？"云阳淡淡地说。

穷奇勃然大怒，气得摇头摆尾。它好歹也是四凶之一，当年纵横天地，现在居然被小小的人族要挟，不禁大吼道："好！我穷齐就同你起誓，如果你们敢要花样，老子定把你们吃了。"

众人这才知道它是上古四大凶兽之穷奇，不由得面面相觑。

云阳和穷奇指天发誓，相互扶助，若有违背，甘受天道惩罚。

起誓后，穷奇吐出一颗丹药，有些不舍地说："这是万灵丹，我用来修炼突破的，蕴含着极强的灵力，可以修补他识海的创伤，两颗必好！"

云阳接过来递给阿薰查看。穷奇的心在滴血，若不是小奇身上有它熟悉的气息，它也不会下血本。

阿薰鉴定完药性，喂小奇服下丹药。小奇的面色立刻红润了一些，呼吸也渐渐平稳下来。大家这才松了一口气。

"走吧，走吧！你们赶紧四处感应一下，看看是不是有被召唤的感觉，尽快找出人族通道。这个鬼地方，老子一刻都不想待。"穷奇不耐烦地说。因为就在刚才，又一波神识攻击过来，这让穷奇不胜其烦。

就这样，众人一边护着小奇，一边跟随着穷奇走。这期间险象环生，尤其是不时出现的空间裂痕，让人防不胜防。好几次，要不是穷奇及时出手，恐怕众人早就被空间裂痕吞没、撕碎了。

穷奇累坏了，好几次都想反悔，可一想到自己用天道发了誓，顿时泄气了，只好疲于奔命，保护这群人族。

众人在乱石中搜寻了很久，隐约听到远方有一阵阵呼唤，顿时又惊又喜。穷奇听说后，这才高兴起来，告诉云阳那应该就是人族通道。

大家立即向传来召唤声的方向行进，不知道走了多久，终于找到两排石柱，石柱上雕刻着古朴的花纹，烁烁发光。

穷奇乐得大笑不已："哈哈哈！看来这里就是人族通道的入口了。"它没有急于进去，而是开始布置法阵："我得把伙伴们召唤过来，你们在这里不要乱动，我朋友的脾气可没我这么好！"

小奇虽然还很虚弱，但勉强算是保住了性命。这段时间都是大黑熊在驮着小奇，哑巴站在小奇肩膀上，非常温顺，不吵也不闹。

布置法阵非常耗时，一刻都不能马虎，穷奇费了半天劲才完成。只见它催动口诀，轰隆一声，光华一闪，两个庞然大物被传送过来，一个六足四翼赤如丹火，没有面目；另一个人面虎身，满脸凶狠，它们正是混沌和梼杌。

三凶聚首，大看上去并不是很融洽。云阳发现，穷奇并不喜欢混沌和梼杌，它们只是合作关系。

"这里就是古道入口，进去就可以到达古战场。千年前就听闻里面有大机缘，这次，一定要破除禁制，一探究竟！即使有危险也在所不惜！"混沌的前翼一张一合，瓮声瓮气地说着。它拍动前翼，两道光束飞出，瞬间射中两排石柱，石柱陡然变亮，开始缓缓旋转。

混沌兴奋地低喝："快进来！"说完踏步走入两排石柱之间，梼杌紧跟了进去。其后是穷奇，而云阳等人沉默片刻后，也跟了进去。

混沌一声低喝，石柱围成的通道开始旋转起来，并且越转越快。巨大的力量疯狂地向四周涌去，乱石纷纷化作飞灰，转眼之间已经看不清周围的情况。

突然，众人站在一片开阔的平原上。这里阴暗空旷，不见阳光，显然存在强大的禁制。半空中飘浮着一个圆形的光圈，光圈内一片漆黑，看不清详貌。

混沌一跃而起，瞬间出现在光圈下，绕着转了几圈后，沉声说道："这一千年以来，应该没人来此，我们是第一批进来的！"说完它伸开前翼，在光圈下连续挥动，不时有一道黑丝从其内散出，钻入它的翼下消失不见。

穷奇和梼杌听后很是高兴，手舞足蹈。

三凶虽然都是凶神恶煞的样子，但是喜悦之情无以复加。之所以这里宝物无数，是因为大神即便死亡，神识也是不灭的，只会进入一种沉睡的状态。若能找到他的身躯或者捕获他的神识，获得他的记忆，记忆中储存的修炼之法以及一些大道奥妙，就足以帮助三凶修成了不得的大神通。至于法宝，更是不知凡几。虽然神器会因为战斗而残损，但神器就是神器，再破损也是非常厉害的。当然还有丹药，当年西王母也参加了那场大战，如此想来，必然有散落的各种神丹妙药。

穷奇晃着脑袋，沙哑着嗓子说："饕餮要是在这里就好了，可惜被人族给杀死了。"说完有些黯然神伤，显然它和饕餮的关系非同寻常。

梼杌看了穷奇一眼，冷冰冰地说："别提那个蠢货，自己势单力薄，居然也想去抢夺九州山川图？那可是众神都盯着的宝物。"

"你说什么？你才是蠢货！"穷奇目露凶光，瞪着梼杌。

梼杌立刻戒备起来，话一出口，心中便不由得后悔——没事惹这个浑蛋干什么呢？

混沌听到二凶吵起来，赶紧打圆场："都是同甘共苦的兄弟，不要吵了，先把古战场探寻完再说。"

穷奇和梼杌互相看了一眼，双双冷哼一声，阴毒的目光一闪而过。

混沌没有继续理会它们，前翼挥动得越来越快，黑丝如细雨般出现，最后双翼一合，向前一推，无数道黑丝从光圈内蓦然散出，化作黑烟消失不见。

"可以了，禁制解除了，进去吧。"混沌随后迈入光圈，身影立刻消失。

梼杌双眼一眯，一跃而起，冲入光圈内消失不见。穷奇刚要进去，云阳伸手拦住了它。穷奇刚和梼杌吵完架，心气非常不顺，它梗着脖子，粗声道："看什么？赶紧进去，再不听话，就把你们吃了。"

"云大哥。"阿薰小声叫了一下云阳。

云阳沉声道："还差一颗丹药，谅你大名鼎鼎，不至于反悔吧。"

穷奇晃了晃脑袋，眨巴眨巴眼睛，然后不耐烦地说："我穷奇自然信守承诺，这是万灵丹，拿去吧。"

云阳接过来仔细地查看，又把药交给阿薰检查。阿薰检查后给小奇服下，果然立竿见影，小奇的精神立刻好了不少。

　　大家都不由得松了一口气。云阳二话不说，带着大家跟随穷奇进入光圈。就在进入的一瞬间，众人忽然有种穿透薄膜的感觉。

　　穿越后，眼前之景，让大家倒吸了口冷气。

第一百三十五章　荒神陆吾

此处是一片无边无际的黑色虚无之地，无数圆锥形的巨石被一股神奇的力量托起，悬在半空，缓缓地向前移动。石块的上下，则是无尽的黑暗虚空。

云阳等人脚下之地正是其中一块圆锥石块，这石块长宽约有几十丈。

混沌和梼杌见到穷奇、云阳等人进来，从前面的大石块跳了过来，神色如常，没有半点儿慌乱。别看它们很粗暴，但能成为上古四凶也并非头脑简单之辈，显然对这里的情况也知晓一二。

阿薰和星月呆呆地看着四周，震撼不已。大黑熊呆立着，一声不吭，它很怕这几头凶兽。

此时，混沌的声音徐徐传来："此地应该没有危险，只是古战场的最后入口，只需在石上端坐即可。"

云阳等人听完，盘膝坐地，看着石块慢慢向前移动。

四周寂静、幽暗无光，黑得骇人。蓦然间，一直站在石块边缘向下望的阿言惊声喊道："那是什么？"

大家循声望去，只见在下方万丈虚空之中忽然亮起两盏明灯。云阳马上看过去，立刻内心一凉，这哪里是什么明灯，分明就是一双眼睛。紧接着，那双眼睛蓦然消失，但很快又再次出现，只不过变得更大。

此时，梼杌来到石块边缘，阴沉着脸向下望去。它双眼光芒闪过，面色立刻变得极为难看，沉默片刻，长吐出一口气，说道："荒神陆吾。"

混沌和穷奇听到后，脸色大变。

混沌恨恨地说："难怪多年以来没有人进来探寻，就连众神都没有过来打扫这古战场，原来这里居然隐居着荒神。"

"看来他沉睡已久，若不然我们刚进来就会被杀死！"梼杌沉默少许，缓缓说道。

"不要招惹它，我们快走！"混沌沉声说道。可它话音刚落，下方突然传出一声低沉的咆哮，紧接着那双巨大的眼睛越来越大，一股腥风从下方突然袭来。

众人马上紧张起来。云阳遇到过荒神，当年为了躲避饕餮追击逃进雷泽，对荒神之威，记忆犹新，况且还听巫讲了那许多。

穷奇身子一跃，直接把云阳等人摄起，带着他们飞驰向前。与此同时，混沌和梼杌飞身而起。混沌沉声道："跟着我！"随后快速向远处飞去。

下方传来的咆哮声越来越强烈，四周的石块隐约出现震动的迹象。

砰的一声，他们身后不远处的石块突然粉碎，一颗硕大的头颅撞击在上面，石块粉碎的同时那颗头颅上的双眼露出冰冷的寒光。

强大的杀意让大家感觉到透体的冰凉。三凶脸色极为难看，怎么说，它们也是凶名赫赫之辈，况且人多势众，居然被陆吾吓得落荒而逃。这要传出去，岂不是让人笑掉大牙。不过荒神是无比强大的存在，它们实在不敢当其锋芒。

云阳非常想回头看看荒神，但还是忍住了。穷奇带着大家飞行的速度委实太快，风打得人都睁不开眼睛。

不知道过了多久，大家终于飞到了尽头。那是一个异常明亮的巨大圆环，在这漆黑的虚空里烁烁发光。然而身后的咆哮声却越来越大，偏偏进这个入口又需要时间清除禁制。混沌头也不回地说："给我争取时间，我来打开它。"

穷奇和梼杌互相看了看，没有行动，谁都知道荒神不好惹。

"穷奇，你实力高强，去缠住荒神，等混沌打开入口，我们再去接你。"梼杌阴森森地说道。

别看穷奇愣头愣脑的，但也不傻，它若真去了，恐怕就没命回来。它晃动一下脑袋，说道："我还要看着这群人族，你去缠住它，我帮你掠阵。"

混沌不耐烦了："你们两个一起去，还想不想进古战场了？"

梼杌和穷奇对视一眼，只好往荒神追来的方向飞去。

走的时候，穷奇悄悄传声给云阳："我知道你恨我，但我如果出现意外，你们恐怕也活不了多久。你是一个聪明人，应该知道怎么做。"

云阳的目光闪烁了一下，感觉到穷奇是真的害怕了，若不然也不会说这样的话。它虽然看似粗枝大叶，但很明白阻拦荒神凶多吉少，不免寄望身后的人族能帮助它。云阳也觉得要尽可能帮助穷奇，混沌和梼杌比它还坏，很难合作。

穷奇打定主意不能单独前进，它仔细瞄着梼杌的身位。梼杌内心阴毒，正盘算着如何暗算穷奇，发现穷奇看向自己后不禁冷哼一声，架起身形，朝荒神飞去。穷奇这才跟上。

混沌专心打开禁制，对禁制进行攻击，每撞击一下，光圈都会黯淡一些。它不停地撞着，光圈陡然变成红色，禁制终于被打破。

混沌心中大喜，张嘴发出厉啸声，然后飞身跳进光圈之内。

云阳一看，马上让大家进去，因为他发现这光圈并不稳定，随时都有可能关闭。

远处，穷奇和梼杌并未真的和荒神战斗，而是利用灵活的优势不断游走，始终不敢接触荒神，这才拖延了一些时间。虽然它们离得远，但也十分狼狈，荒神陆吾身躯巨大、虎身九尾，九尾又十分灵活，不停地袭击它们。

听到混沌已经打开禁制，它们马上就想办法脱离战斗。可哪有那么容易，荒神可是连大神都很忌惮的存在，实力惊天。穷奇和梼杌心急如焚，不得不暂时放下仇恨，联手对敌。

穷奇朝荒神喷出黑火，然后运用法力凝聚大量的小穷奇，纷纷向荒神冲去。梼杌也发力射出一道道闪电，对着荒神火力全开。它们放出大量的攻击后立刻头也不回地往光圈奔去。

云阳还等在入口处，看着远处飞射而来的穷奇和梼杌，一眨眼就快到了。

荒神陆吾并没有被这两波攻击影响到多少，仅仅是一刹那的停顿，就带着恐怖的气息追来。这让前方逃奔的二凶非常惊恐。

云阳目光平静，没有丝毫慌乱，此时他随时可以跳进光圈。他目光一闪，不假思索地运用灵力外放，对着梼杌远远攻去，然后身子如同离弦之箭，果断冲进光圈。

本来梼杌和穷奇并驾齐驱，如果不拖延都有可能进入光圈，谁都没想到这个弱小的人族，居然在关键时刻做出如此阴险之事。

梼杌简直要疯了，它狠厉暴虐，从来都是它对别人使坏、发狠，没想到今日居然被人族坑了。虽然云阳的灵力攻击无异于挠痒痒，给梼杌带不来什么实质性伤害，但打在梼杌身上也让它的身形稍稍停顿了一下。

正是这一停顿让梼杌失去了逃生的机会，而穷奇则以最快的速度直奔光圈。

梼杌落后了半个身位，它张嘴求救，可穷奇巴不得它死呢。梼杌死了还能为穷奇争取一点点时间，穷奇自然不会管它。

"穷奇！"梼杌狰狞地怒喊，可一切都太迟了，荒神已经出现在它身后，呼吸可闻。

梼杌简直要发狂，内心又惊又怒："我绝对不会放过你们的！"

穷奇在进入光圈的一刹那听到一声震天的惨叫。它想回头看一眼，但终究忍住了。

第一百三十六章　古战场

这是一片逼仄压抑的天地，到处是暗红色的，空气里像蒙了一层血雾，让人看不清远方，不时还有罡风扫过。天空很低，压在大家头顶，似乎伸手就可以够着。

穷奇目露笑意看着云阳，心中颇为畅快，同时又蕴含着警惕，小小人族竟如此狡诈阴狠，令它有些不安。

看到云阳和穷奇进来，混沌扇动双翼，阴森森地问："梼杌呢？"它非常恼怒，梼杌是它的死党，没进来必然凶多吉少。

穷奇闷声回道："出现了意外，梼杌慢了半拍，被荒神追到了。"

"哼！它的功力不比你差，怎会落后于你？是不是你暗算了它？"混沌不知道事情的原委，但直觉告诉它穷奇动了手脚。既然穷奇完好无损地回来了，梼杌怎么会回不来呢？它可不相信梼杌大公无私，让穷奇先走。

"呸！少放屁，老子都懒得害它！"穷奇勃然大怒，这个讨厌的混沌平时老压它半个头，它心中早就不爽。现在，梼杌不在了，它又何惧之有？况且那个蠢货被荒神干掉，确实与它无关，它岂能忍受这无端的指责，"你废话连篇，这里不是古战场的核心吗？连个鸟毛都没有。你整天吹的宝物、机缘在哪里？你就是个废物！"

混沌心中也正恼火于一无所获，刚才指责穷奇多少有些借题发挥。现在，穷奇质问这个问题，它顿时恼羞成怒，两对翅膀都张了起来，怒声道："不是你就是那个人族小子，他迟迟不进来，在捣什么鬼？老子先灭了他！"

"你敢！"穷奇怒喝一声，挡在混沌和人族之间，一来它起过誓要保护人族，二来混沌要直接处置这几个人族，简直是对它的冒犯和侮辱，毕竟这几人是它的俘虏。

"你果然跟人族有勾结！居然护着他们，老子弄死你！"混沌已经疯了，彻底失去了理智。它猛扇翅膀就要向前扑，而穷奇也毫不示弱，身子一拱准备迎击。

云阳他们早就远远地躲开，观望着这场突如其来的恶斗。

只见两大凶兽同时怒吼着扑在一起，然后又倒地翻滚分开，半斤八两。穷齐挨了混沌一翅膀，混沌挨了穷奇一爪子。显然力道都不轻，两大凶兽都受伤了，心中也更加愤怒，都在低吼着聚集力量。

突然，混沌立起身子扇动前翼，两道闪电陡地射出。穷齐大口一张，一团黑火喷了出去。闪电和黑火瞬间撞到一起，传出震天的响声。空气里硝烟弥漫，两大凶兽头顶低矮的天空突然出现一个旋涡。那旋涡越转越大，而且在快速下沉。

穷奇和混沌都意识到不妙，想纵身跳开，但已经来不及了，双双被旋涡吸了进去！

云阳他们赶紧跑得更远，看着这惊人的一幕。那旋涡疯狂地转着，居然把混沌和穷奇搅得粉碎，然后又缓缓向上升起。就在旋涡升到最高处，眼看快要消失的时候，突然传来一声震耳欲聋的巨响，似乎整个天空都被炸开了！

暗红色的天幕不见了，取而代之的是无比辽阔、无比高远的蓝天。众人的视野顿时也变得十分开阔。云阳他们惊魂未定地爬了起来，听到号角声四起，然后是战鼓雷动，那鼓声震得人血脉贲张。

云飞舞，风怒吼，远处的天空一片火红，鹦鹉哑巴嘎的一声，展翅飞了过去。

"喂，你们是哪个部落的？"一个声音突然传来。

大家被吓了一跳，这里还有其他人？

只见一队人突然出现在大家视野内，他们各个身材高大、肌肉隆起、围着兽皮、手持木戈等武器，正盯着云阳他们看。

云阳目光闪动，蓦然想起在毕泣部落经历的幻境。这里的一切不像真的，但又跟那次不一样，他一时也说不清到底哪里不一样。

看云阳他们不吭声，那队人马上警惕起来，将手中的木矛对准他们。

领头的中年汉子警惕地问："难道你们是对面的？说，来这里是什么目的？"

云阳赶紧摆手，上前道："我们是洛城来的，误入此地。请问这是哪里？"

中年汉子回头和自己人面面相觑，不解洛城是何地。

那汉子刚想再次询问，突然战鼓声再次响起。他看了看远方，沉吟片刻后对云阳他们说："跟我来吧。"说完，转身带着队伍向远处走去。

大家互相看了看，阿薰柔声问道："怎么办，云大哥？"

云阳沉思片刻，沉声道："跟着他们，搞清楚这里的状况再说。"

大家跟着那队人往前走。

"嘎——好疼，好疼。"从远处飞过来一个黑影，一头跌到骑在大黑熊身上的小奇怀里。

是哑巴，只见它浑身焦黑，像是被火烧烟熏了一通。

"嘎——好大的火鸟，好热，好疼……"哑巴一通乱叫。

这时，一声清越的鸟鸣从远方传来。大家抬头望去，只见不远处的天空赤红，云朵似乎在燃烧。星月急声道："莫非是凤凰？"

凤凰，百鸟之王，上古时期称霸天地的圣鸟，清越的鸣声穿透四方。

云阳心中一沉，显然这是上古神战时的幻境，只不过这个幻境蕴含着真实与危险，必须十分小心。

走了许久，他们跟着那队人来到了一处人族聚集之地。

领头的中年汉子和一个威严的黑面男子低声说了几句，又冲云阳等人指指点点，那黑面男随后子点了点头。

"女人去后面的营帐，男人去建造祭坛。"黑面男子挥了挥手。

云阳心中一惊，刚要出声阻止就被阿薰和星月拦住。因为那黑面男子一脸的煞气，正目带寒光盯着他们。

星月低声道："云大哥，别冲动，我们先了解一下这里的情况。"

云阳想了想，压住心中的怒火，说道："你们千万要小心，保护好自己。"

阿薰和星月点点头，被黑面男子身边的一个男孩带走了。云阳、小奇和阿言被分配到不同的小组去搭造祭坛，大黑熊也被逼着干苦力。

这座祭坛的底座宽几十丈，外观透着古朴和威严，很是壮观。现在，祭坛已经建了一半。众人忙忙碌碌，努力施工。这里有专门负责监督的勇士，以防有人消极怠工。

"快快！马上就要出战了，抓紧把神坛造起来！"鞭子声不时响起，抽打着那些动作慢的人。

第一百三十七章　神战

建造这个宏伟的祭坛用了很多天，建好的祭坛高百丈，蔚为壮观。

云阳期间多次打听之后才知道，造坛是神的旨意，因为祭坛可以加持神的力量，所以耗费巨大的人力在此修建。

他对这里深感困惑，明明是幻境，却又无比真实，就好像置身于当年的战场，每一个人都有独立的思想。如果一切都是真实的，那么危险也是真实的，穷奇和混沌也真的就被大旋涡活活粉碎了。云阳不知道如何脱离此境，所以不能轻举妄动。

这些日子，他逐渐和这里的人熟络起来。他干活麻利，这个部落的人开始喜欢他；又因为他做事不惜力，深得大家信任。他借机把小奇和阿言也调到身边，还悄悄探望过阿薰和星月，得知她们女人在后面的营帐每日做饭、浆洗，虽然辛苦但很安全，也就松了一口气。

祭坛建成后，战事越来越频繁。每次大战都是地动山摇，法术、神通以及只曾出现在传说中的上古大神都隐现出来。

云阳他们落脚的部落是被一个叫雷兽夔牛的大神掌控，雷兽乃混沌初开之际惊雷所化，掌控雷的规则，为了追求更高的境界和能力，和一些神祇结成联盟，攻打西昆仑。

他听弃长老讲过此事：上古时期，诸神为了控制天道，展开惨烈大战，打得三界破碎，天柱倒塌，无数生灵化为灰烬。

每次战斗都会有大量的人族丧命，而云阳他们若不是有灵珠保护，恐怕早已丧生。身边的人逐渐减少，但是战争还在持续，惨烈无比。

小奇的脸色还是十分苍白，毕竟识海受伤不会轻易痊愈，他心有余悸地说："云大哥，我们会不会死在这里？"

不是小奇胆小怕事，而是最近目睹了太多人牺牲，尤其是在神力的攻击之下，很多人瞬间就一命呜呼。

大家一直在商议，这里实在不是长留之地，幻境里的危险如此真实，怪不得从来没有听说过谁能从西昆仑归来，但他们根本找不到脱离的办法。伙伴们心急如焚，度日如年，表面上还要应付这个部落的人。

这一日，战事又开，战鼓在咆哮，人族在地面厮杀，每个人都眼冒嗜血的凶光，手中的武器不断地攻向对手；天上大神对战，巨响不止，不断有法力溢出，每一次都在大地上砸出巨坑，而巨坑周围方圆百余米的人直接被气化消亡。

云阳带着小奇和阿言躲在灵珠的保护罩里，无奈地看着外面拼杀的人。他们被迫参战，可这场战争的本质和结局，当初在毕泣部落时他们也有所了解。而今亲身经历这场上古大战，还是有些热血沸腾，但是看到无数人在战斗中互相杀害或者死在神力之下，又让他们刚刚燃起的热血骤然变冷。

"快看，那是共工！"小奇颤抖着指向天空。当初在蚌池，他曾见过共工一面，很清晰地记得共工的面目。

云阳和阿言听到后，心中大惊，马上顺着小奇手指的方向望去——神躯庞然、傲视万物、赤红色的头发迎风飘荡、两条巨蛇盘在手臂上，举手之间，九天之水从天而降，卷起万丈洪浪。

突然，一杆巨大的光矛从云阳后方破空而来，好似九天奔雷，呼啸间响动天地，疾速刺向那远处的共工。天地万物，仿佛都被这根光矛的气势盖住，呐喊声顿时消失，光矛仿佛带着灭世一般的威能，破空飞行。眨眼间，光矛就到了共工身前，但是那里突然浮现出大团的赤红色火光，抵挡住长矛的穿刺。不等共工出手还击，又一杆光矛划破天际，带着呼啸声疾飞而来。其速极快，带起罡风，冲击在那赤红色的火幕之上。在这一瞬间，那火幕居然被罡风一吹即散！那些飘在半空、好似云朵一般的火光也瞬间暗淡下去！

"阵起！"

一声庄严且透着无尽威仪的声音响起，好似天地法则一般。顿时，散落的火焰重新凝聚，形成非常玄妙的阵形，呈现在空中，让再次攻击的光矛停滞不前。

"哼，祝融，多管闲事！"空中传来共工的声音，愤怒、不满充斥天际。显然，那火焰阵就是祝融大神操控的。

"天吴，休得猖狂，吾今日定要让你陨落于此！"共工恼羞成怒，刚刚若不是祝融及时出手，很可能就被天吴的光矛偷袭得逞了。

云阳他们听到后心中一惊，天吴之名早有耳闻。据传，他人面八首，虎身八足八尾，善吐云雾，有控水之神能，亦称水伯。难怪他不惜偷袭也要杀死共工。

对于同样操纵大水的大神来说，彼此嫉恨，势不两立。不过祝融怎么会和共工在一个阵营，这让云阳非常不解，不过这个时候，他们也无法搞清楚究竟是怎么回事。

"吾也正有此意，你我今日定要分出高下。"天吴的声音非常尖利刺耳。

"祝融，散阵。"共工战意十足，高傲地说道。对于祝融刚才的援手，他心里很不是滋味。天吴和自己一样，都能掌控水之规则，所以定要决一生死，如此，又岂能让他人援手？

空中的火焰瞬间散开，消失于天地之间。

共工踏浪而出，洪水不断从九天落下，声势惊人。他高傲的神情，俾倪万物。

只见共工俯视了一眼下面的人族，傲声道："你我二人争斗，让这些人族散去，难不成你想让这些人族相助？"

"没想到你共工如此偏爱这些蝼蚁，那好，就让他们退下吧。"天吴从远方飞来，双方遥遥相对。

只见天吴巨大无比，背上八尾缓缓地拍打着，张嘴说话之间，无穷无尽的大水从他身边涌出。

此时实在危险，云阳、阿言和小奇跟随人族急忙退去。刚一回营，他们就听到远处爆发出惊天之雷，洪水也应声铺天盖地而来，席卷一切。幸好，营地有其他神力笼罩，若不然大水瞬间便会将这里覆灭。

刚才的一幕让云阳很迷惑。共工主动提出让人族退去，并非是嫌弃人族碍手碍脚，对于他来说，消灭这些人族不过举手之劳。看来，那时的共工对人族并不那么凶恶。还有，这场大战中，祝融和共工居然是一个阵营的，这也让云阳始料未及。

第一百三十八章　雷兽夔牛

共工和天吴的战斗非常激烈，惊天动地。

云阳心中很是不安，他立即让小奇去找阿薰和星月，万一有变，聚在一起也好照看。现在雷兽阵营的人族非常少，估计后面的营帐也不安全。

小奇刚走，天空就传来一阵惊雷，随即一个巨大的身影从天而降。只见它高不知多少丈，形似牛而单足，头顶不时有闪电冒起，噼啪作响。再看，它全身颜色深绿，布满神秘的花纹。

云阳双眼一凝，神情顿时严肃起来，想必这就是电闪族部落崇拜的大神雷兽夔牛。来这里这么久，还是第一次见到雷兽。

雷兽并未正眼看这些人族，而是盘旋在人族给自己搭建的祭坛之上，聚集神力。

祭坛之下气氛非常凝重，电闪族部落的男丁都在空地上集合，而那位黑面男子正站在高台上训话："吾神已经降临，吾等顺从神意，追随神的脚步，誓同敌人血战到底……"

雷兽，掌控雷电规则，这次是为了争夺雷池，以求随心化雷，获得大道奥秘。雷池乃开天闪电惊雷所衍化，自然引来雷兽窥伺，可是偏偏雷池在西昆仑之地。

这次征战，电闪族全部落都来了，目前伤亡惨重，人员凋零。

听着黑面男子在动员，云阳内心充满同情和无奈。这场战争，人族根本就是炮灰。

小奇跑回到云阳身边，低声道："云大哥，姐姐她们在后面的营帐，刚才我过去被守卫拦住了，怎么办？"

云阳沉思片刻，说道："我想办法把他们引开，你和阿言务必把你姐姐和星月带出来。"

小奇点点头，和阿言悄悄走了。

黑面男子还在拼命鼓舞士气，声音高亢而激愤，而底下的人却情绪萎靡。

云阳突然出声："死伤这么多人，就为了神的一己私利，值得吗？"

云阳这番话犹如惊雷，字字震耳，顿时让麻木的人群有了反应，纷纷转头看向他。

黑面男子的脸色顿时阴沉下来，脑门更是青筋暴跳："大胆，你敢渎神？！"他怒声呵斥云阳，眼中杀机隐现。

云阳淡淡一笑，高声道："自开战以来，每天都有大量人死去，这种惨烈的神战，根本不是人族应该参与的。你们膜拜的雷兽根本就没把人族当回事，只是随意利用而已。"

下面的人有些躁动，纷纷看向黑面男子。最近死伤实在太大，很多亲朋好友都战死了，众人都很悲伤、迷茫，所以云阳的话触动了他们心底的痛。云阳虽然是外来的，可大家看他忠厚诚恳，任劳任怨，都很喜欢他。

"妖言惑众！来人，把他给我抓起来！"黑面男子大怒，连忙招呼守卫。

"大人，这位小兄弟说得对，我们部落自从来到这里，每天都在死人，我儿子也在前日战死，尸骨无存。我们这么拼命究竟是为了什么？"一位老者哽咽着说。他想起自己战死的孩子，不由得老泪纵横。

老者这一出声不要紧，立刻把众人的情绪都感染了，纷纷露出悲戚的神情。最近的战斗实在太惨烈了，大家的丧亲之痛尽涌心头。

守卫本来要上前抓云阳，但立刻被人群堵住了。黑面男子的目光有些松动，狂热的眼神刚有些清醒就被祭坛上空一股强大的威压控制住。他随即神色一冷，恢复冷峻的神态，厉声道："神恩如海，神威如狱，你敢同情渎神者，来人，把他们两个都给我抓起来！"

人群顿时躁动起来，纷纷挺身拦住守卫。守卫刚才也听到云阳的话，心头也被触动。其实，大家的心情都一样。

黑面男子大怒，守卫都是自己的嫡系，居然也在犹豫，这让他顿感颜面无存。

"立刻给我抓起来，抓起来！"

守卫硬着头皮又要上前，但是人群把守卫团团围住，一句话都不说，只是死死地盯着他们。气氛压抑而紧张，矛盾一触即发。

黑面男子脸色阴沉如墨，身边的亲信看情况不对，马上出去找其他守卫增援。

时间就像凝固了一样，要抓云阳的守卫此时也非常尴尬。被自己人围住，他们也不敢轻举妄动，因为都是自己部落的手足同胞。

不一会儿，后面营帐的守卫都跑了过来。黑面男子松了口气，将手一挥，守卫们又要强行抓人。众人开始推搡，场面混乱了起来。

就在此时，远处传来一阵女人们撕心裂肺的痛哭，正在撕扯的人们不由得停止了动作，全然不知发生了什么。

痛哭声越来越近，只见部落的女人们抱着孩子冲了过来。那些孩子面色惨白，眼见没有一丝活气。

原来小奇和阿言趁守卫跑开的时候，四处寻找阿薰和星月在哪个营帐。他们无意中发现了一个偏僻的营帐里满地都是小孩的尸体，这些小孩个个面容扭曲，像是受了极大的痛苦。

尸体上没有任何伤痕，但是非常瘦弱、干瘪，显然是被吸走了灵气，要么是被恶魔吸食，要么就是被献祭了。

小奇和阿言终于找到了阿薰和星月，她们和部落里的女人们关在一起。看到她们两个没有受伤，小奇和阿言都松了一口气。随后，他们把女人们带到满地尸体的营帐，女人们顿时就崩溃了，因为都是她们自己的孩子。

有的女人抱住自己的孩子，呆呆地看着，无声地哭泣，也有的直接晕倒在地，更多的女人号啕大哭，原以为自己的孩子被选中去服侍神，没想到却如此惨死。

"我的孩子，为何会这样，为何会这样？"

"还我的孩子，还我的孩子……"

众妇人哀声一片。

阿薰和星月露出惊骇的目光，愣愣地看着满地的小孩尸体，完全惊呆了。

"别哭了，我带你们去找他们算账，让他们血债血偿！"小奇大吼道。

女人们像疯了一样，抱起自己的孩子跟着小奇和阿言冲了过来。

可以看得出来，这些小孩是因祭祀而死，被雷兽吸食了灵气。其实，雷兽压根就没指望人族能帮上什么大忙，只不过带一些口粮罢了。

众人看到女人们怀中死去的孩子，顿时哭声一片，有的人要过去抓黑面男子。黑面男子脸色大变，目光闪烁不已，不由得往后退了退。

这时，一队行色匆匆的异族人来到祭坛下，又引起一阵骚动。

第一百三十九章　千年预言

这队人一水的玄青色长袍、宽衣博带、仙风飘飘，为首的是一位老者，须发皆白，双目炯炯有神，气度超凡。

黑面男子好像溺水之人看见救命稻草一般，大喝一声："你们卜族来这里作甚？快赶他们出去！"

"卜族？"云阳心中一惊，马上想起这是雪微的家族。

众人的喧闹声稍稍低了下来，原来电闪族与卜族并不和睦，前阵子还因为营地的水源有所争执。但人们没有上前阻挡他们，众人都沉浸在巨大的悲痛之中。

卜族为首的老者悲悯地看着抱着孩子尸体的女人们，叹了一口气，说道："老叟过来并非要为难贵部落，而是关系到全人族的大事，要找一位叫云阳的外来人。"

众人把目光盯向人群中的云阳，自动闪开一条道路。

白发老者点了点头，然后看着那些抱着孩子哭泣的女人，脸色悲悯地说："这些孩子都是被祭祀了，各个部落都如此，尔等节哀。" 说完，他看向云阳，目光中露出激动和期待的神情："请云阳小哥跟我来，事甚急！"

云阳非常不解，在这个远古战场居然还有人要找自己，而且还是雪微的族中前辈。他不知道这究竟是怎么回事，但直觉告诉他，这是一个非常重要的时刻，便毫不犹豫地向外走。

黑面男子声嘶力竭地喊道："别让那小子离开！抓住他！"

喊声虽大，但却没人阻挡云阳，就连守卫也毫无动作。电闪族的人已经不愿再听他的指挥，他们对云阳很有好感。

云阳等人带着大黑熊随卜族走出电闪族的营地，听到后面乱成一团，回头望去，看见人群已经开始冲击祭坛，围殴黑面男子，而女人们则是哭声震天。

白发老者又说道："事情紧急！快随我来！"

众人这才加快脚步，随卜族的人离开了。他们左转右转，来到一顶非常大的营帐。看到云阳等人来了，里面坐着的人纷纷起身，激动地看着他们。这些人衣装整洁、气宇轩昂，一看就是人族中的佼佼者。

云阳等人被人们炙热的眼神看得一惊，不明所以。

卜族的白发老者微微一笑，说道："这里都是人族各部落的领袖，尔等无须迟疑。"

云阳目光闪动，非常不解地看向白发老者。

白发老者道："你们可知前面那座高不见顶的山是什么山？"

云阳还没答话，小奇口快，答道："那边不是西昆仑吗？那就是我们要去的地方。"小奇面色苍白，精神却很好。

老者点了点头，长叹了一口气："那只是西昆仑的一部分，叫不周山，是盘古大神的脊梁所化，乃天地间最高的山。"

"不周山？"此言一出，云阳和伙伴们都齐齐变色。

这不周山之名实在如雷贯耳。上古时期，共工和祝融争斗，怒触不周山，折天柱；绝地维，故天倾西北，日月星辰移焉，大水淹没三界，无数生灵遭难，化为灰烬。后来女娲娘娘炼五彩石补天，杀北海玄龟，斩四足做天柱，这才化解天地大难。

白发老者叹息道："我想你们已经知道后面发生的事情了。没错，共工生性无比高傲，和天吴争斗，不满祝融相助，和祝融争执起来，随后怒触不周山，天水泛滥导致大战结束。我们就是在昆仑之墟这场神战中阵亡的。这里是当年陨落的众神的神力所化的幻境幻阵。他们迷失了本心和神性，不甘当年战败于此，所以，陨落后自身执念经年不散，幻化出当年大战的场景，依然渴望获胜。"

白发老者停下来喘了一口气，然后继续说道："大阵仅仅是幻阵，若无外力勾连，此大阵永远不会开启。可是前阵混沌与穷奇以神力相搏，唤醒了尘封已久的大神执念，触发了大阵，并且因为大神执念的神力余威尚在，幻阵为虚亦为实。"

原来幻阵本不会开启，是因为两凶搏杀才引发的，真是不可思议的机缘。云阳等人不禁目瞪口呆。

"若是此阵不停息，共工再次怒触不周山，那么还会重演当年水漫三界那一幕，届时人间惨剧仍会再生。这天外之水无限重，已经没有五彩石能够再次补天了，到时候诸天三界真的会被天水吞噬，无异于末日降临。"

星月急声道："这个不是幻境吗？"

老者看了星月一眼，微笑道："小姑娘是墨族的吧？神力本来即可无中生有，何况是最深的执念。其实，人间又何曾不是幻境……"

云阳懂了他的意思，也就是说这个幻境有可能由虚变实，重演当年不周山倒塌之事。

众人被这事震撼住，顿时沉默了。良久，云阳才问道："前辈，我们该当如何才能化解大难？"

白发老者正色道："天道大衍之数五十，其用四十九，尚有一线生机。当年天吴败于共工陨落于此，其皮化作一面鼓，经天道衍化，具有震天之威。没有神之烙印者，方可敲响。一旦敲响，所有陷入幻阵的神识皆被惊醒，那么幻阵即可破除，消失于天地之间，所有不甘意志，都将烟消云散。"

小奇好奇地问："为何没有神的烙印者才可以敲响？"

白发老者说道："万灵皆被神烙下印记，仅有少部分因为机缘巧合，神印被抹去，超脱天道。那些拥有神的烙印者，未经感悟，不可触碰大道。震天之鼓，乃神祇体肤所化，同脉不响，希望你们之中有人没有神的烙印，可以解此大难。"

星月一直在苦苦思索，突然冒出了一句："前辈，既然您也在幻阵之中，为何能出离幻境，告诉我们这些原委呢？"

白发老者哈哈一笑，非常欣慰地说："不愧是墨族的俊才，问得好！"

"千年之前，我卜族就在族神烛九阴的神力启发下预知此天劫，并且占卜出解困人的名字，就是云阳。当年我们布下法阵将几个优秀的后生和能够唤醒我们神识的秘籍送回了卜族，传承于后世。只要我族的后人依天时秘籍行事，我等自然醒转，脱离迷识，通晓前因后果。今晨老叟突然灵光一现，忆及前尘往事，想来是我卜族的后人已然按照秘籍祭祖通灵。吾族后续有人，吾心甚慰啊！"白发老者娓娓道来，"老叟仅仅唤醒了在座这些人族领袖，其他人都在迷失之中，还以为身处当年的大战，需要外力才能唤醒。我等身在局中无能为力，还望你们这些人族俊彦出手，帮助人族逃此大劫。"

营帐内的众人都把热切的目光投向云阳。他们忧心忡忡，生怕人族再遭大难。

云阳看了看伙伴们，大家也神色坚定地看着他。云阳明白了大家的心意，以幻阵目前的情形来看，若是共工再次撞山，那么天地倾塌，断无生机，并且还会连累三界生灵。卜族老前辈的话已经说得很明白了。他躬身长揖道："前辈，我等责无旁贷，请前辈吩咐吧。"

老者欣慰地点点头，又严肃地说："若是震天鼓被敲响，那么幻阵必然消散，但你们却可能会有未知的危险。老叟当年秘密建造的法阵就在鼓边，可以帮助你们脱离此处。届时鼓响之后，你们就进法阵，老叟将驱动法阵，送你们出去。"

突然，外面传来一声震天巨响，白发老者脸色一变："天吴已经战败，我们要尽快！"

第一百四十章　神鼓震天

人族的领袖们依依不舍地围着云阳他们，热切的目光紧紧包围着这群年轻人，像是想把他们的样子刻进自己的心里。他们拉着云阳等人的手不愿放开，热泪纵横——看到人族有这么优秀俊朗的少男少女，异常激动。

云阳他们也是热泪盈眶，虽然这些前辈跟自己没有直接的血缘关系，他们却深刻地感受到人族血脉相连的传承，感受到这些前辈深沉的爱意和嘱托。可是转眼就是生离死别。

白发老者拭去眼角的泪水，说道："咱们走！"

众人这才依依不舍地分开。白发老者和卜族的人带着云阳他们来到不周山半山腰的一处山崖上。只见山崖陡峭险峻，俯视而去，战场一览无余，一块块人族的营地星罗棋布。山崖的石壁上有一面黝黑的小鼓，上有神秘的花纹，很不起眼，如果不细看，根本就注意不到。

神物自晦。

白发老者撮土为香，祷告天地，然后从怀中掏出一柄玉槌，说道："这是我卜族的传家法器，久受供奉，凝聚天地精华与人族心血，当能助你们敲响此鼓。"

"你等去试试吧，若是你们都有神的烙印，恐怕是敲不响的。"老者有些忧虑。

云阳首先接过玉槌，心中暗祷，然后走过去往鼓面上敲打，结果发现不管或轻或重，总是敲不响，不禁嗟叹。

"云大哥，让我来！让我来！"小奇跃跃欲试。

"你大病未愈，还是不要了！"阿薰急忙拦住他。小奇气鼓鼓地不说话了。

星月也勇敢地上前尝试，但依然不能敲响。

卜族老者有些失望，悲叹了一口气，身边同行人的情绪也都有些低落。

阿言，阿薰，就连大黑熊都试了，发现根本就无法敲响这面小鼓。

云阳不由得怀疑，这面鼓是否真的会响。

“哈哈哈，还是要我来吧，只有我能行！”小奇看大家都不能成功敲响小鼓，又变得兴高采烈起来。

“你身体还没好，不要去试了。”阿薰柔声说着，怜惜地摸了摸小奇的头。她的内心突然极其担忧，万分不愿小奇前去尝试。

小奇微笑道：“姐姐，我可是大丈夫，哪能不去敲？”

阿薰一时语塞，不知说什么好。

云阳对白发老者说道：“前辈，是此鼓无法敲响还是我等都有神的烙印？”

老者脸色灰白，刚要答话，见小奇已经从大黑熊手里抓过玉槌。他停下来看着小奇，只见小奇举起玉槌轻轻地敲在鼓面上，那漆黑的鼓面凹了下去，只不过幅度很小，在凹下的一瞬间又迅猛回弹。

“咚！”低沉的鼓声回荡空间，传遍天地，覆盖了整个战场。

在这鼓声响起的一刹那，小奇立刻感觉到一股莫名疯狂的力量从妖鼓内传来，随后在他体内势如破竹地冲击着。

“鼓声不能停！继续敲，若不然大家会遭到反噬！”老者紧张地大喊。原本他已经灰心了，猛然听到鼓声真的响起来，顿时惊喜交加。

阿薰看到小奇的脸色有异，不免大惊失色，连忙大喊：“小奇，小奇，不要敲，不要……”

“咚！咚！”小奇又敲了两下，鼓鸣似乎追上了之前的第一声，三声合一，居然形成了一场声之风暴，疯狂地向四周冲击而去。

山崖下的大地寸寸断裂，好似有一条环形的地龙在翻滚一般，疯狂地裂开。天空中，这鼓鸣引来雷声，轰隆作响。

一鼓震心神，二鼓惊天地，三鼓风雷起……

众人被鼓声逼退了好多步，小奇的衣服已经被鼓声震成碎条。

鹦鹉哑巴飞过去，站在小奇肩头，用嘶哑的嗓音说道：“傻小奇，不敲……”

“咚！”第四声鼓鸣响起，回荡不已。这一声鼓鸣，好似敲在了所有人心头，使众人的心脏狂跳不已，神识一惊。

这时，一股刚猛的反震之力从鼓上轰然爆发，好似狂风扫过，连带着小奇的头发都飘扬起来。碎裂的大地再次掀动，好似有龙蛇在其内游走，又如波浪翻滚。

小奇笑了笑，面色已经惨白，可击鼓的手又举了起来。他刚听老者说过不能停，自己能敲响这面鼓，恐怕跟在饕餮体中产生的剧变和神识受伤有关。

“咚！”第五声鼓鸣，响彻天地，就连在争斗的众神都停下来，张望远处的山崖。

时间似乎也被这鼓声凝固了。

"咚！咚！咚！"第六、七、八声鼓鸣在整个天地回荡，仿若混沌初开，大道衍化成形，又似末日来临，山河破碎。

所有人都停下来观望着。这一刻，鼓声回荡，环绕四周。这鼓声中蕴含了一股悲，酝酿了一种伤，泌入众人之心，勾起了无尽的追忆与回味。甚至包括那些神祇都陷入沉默。

一种宁静安详的意境在这回荡耳边的鼓声中，如涓涓细流淌入人心，触及灵魂深处。

小奇的手始终举着，刹那间他已经明了一切，他要以身殉道，来唤醒众神，解开幻境。这是天意，也是他的使命。

与姐姐阿薰童年的嬉戏……跟随云大哥出槐族部落历险……被饕餮吞下去……一幕幕过往的场景在小奇的脑海里回荡不止！

小奇泪流满面，但惨白的脸上依然挂着笑意。他回头看着姐姐和云阳他们，轻声说道："云大哥，帮我照顾好姐姐。姐姐，不要哭。我终于成了大英雄，我能救无数的人，我是不是很厉害？"

"小奇，小奇……"阿薰哭得不能自已。云阳拉住她，不让她上前，因为此时震天鼓声已经形成激烈的罡风。

鼓声，在这天地中回旋，众神的执念已经共鸣。而古战场的人族在沉默中跪下，流下了泪水，他们被这鼓鸣引动，明白了一切。唯独一位大神除外，那便是共工。他的神色异常平淡。这种平淡，在这一刻甚至可以说是冷漠。这鼓声中的悲念，对他来说，没有引起任何共鸣，因为他知道了他将在未来做出的那些事。

就在鼓声响起的那一刻，在蚌池战斗的共工，神念一下子恍惚起来，立刻分出一道残念来到古战场，占据了幻境中的自己。

第一百四十一章　小奇殉道

共工回想起当年自己一时冲动，闯下惊天大祸，被众神驱逐，被天地唾弃，这让生性高傲的他内心逐渐扭曲，刻意与一切作对，变成恶神。若一切可以重来，他一定不会去撞那不周山。但事已至此，何不再撞一次不周山，让众生彻底知道我共工的厉害？！

他聚集神力，纵身飞驰而来。

小奇口吐鲜血，面色惨白，被震天鼓反震之力几乎震碎识海。他虚弱地看着站在肩膀上的哑巴："哑巴，我是英雄……"

哑巴冠上漂亮的羽毛早就被鼓声震没了，它嘎嘎道："傻小奇，不要当英雄，不要当英雄。"

小奇微笑着，目光坚定地看着那面震天鼓。

还差一下，还差一下就可以敲破幻境了。九为极数，敲了第九下，自己也将身殒于此，永远离开这个世界。

共工越来越近，山崖上的众人发现了，顿时一阵惊呼。共工突然怒喝一声，催动法力攻击，一声巨雷随之响起。

小奇抬起头，望着天空，轻声道："我是英雄，我是大丈夫，死何足惜……"

在雷霆声中，小奇敲响了第九下！

天道降临！

天雷地火齐动，山下所有的人族和众神的眼神一片清澈，全都平静地对着小奇施了一礼，感谢小奇舍身求道，解救众生。这一刻，所有人和神的脸上都露出了解脱之色。

幻境开始破灭，从远处一点点成为碎片。小奇和哑巴被鼓声震飞，同时也被共工的巨雷击中，跌落山崖，化为碎片。

卜族老者马上把云阳他们推开，连声催促道："快走，快进法阵！"

"不！不！小奇！"阿薰悲痛欲绝，眼睁睁地看着小奇化为碎片。

云阳强忍着悲伤，不能让小奇白牺牲，拉着阿薰往法阵奔去。

共工越飞越近，马上就要到了山崖。老者赶紧念动咒语，法阵蓦然一亮，已然启动。

紧接着，共工的法术已经再次袭来，说时迟那时快，一个人影突然出现，挡在了刚进法阵的众人身后。

砰的一声，虽然那身影有华光护体，但光华瞬间就被法术击碎。倒下了，那人歪头倒进了法阵。

这时，幻境失去了众神的执念，已经全面崩塌，共工的身影也开始破碎。

法阵大放华彩，众人蓦地消失了！

伙伴们醒来的时候，发现身处一个山谷入口，身后是一条大河，涛声阵阵。不周山已经不见了，而远方有一群高耸入云的大山。

云阳马上想起刚才帮自己挡住共工攻击的人，连忙看向身后。

"雪微？！"这一看不要紧，云阳又惊又喜，居然是许久未见的雪微。

雪微面色苍白地睁开眼，刚才共工那一击可非同小可。

"怎么是你？"

"你怎么来了？"

星月和阿言也是一阵惊讶。

雪微翻着白眼，心中无比郁闷，没想到一出场就这么狼狈。他在家族里可是非常风光的，是后生崇拜、美女钦慕的偶像，可刚跟分别好久的伙伴们碰头就狠狠地挨了一下，真是倒霉透顶。

自从他回到卜族部落，便跟随族中长老钻研卜术，日夜精进，深得前辈们的赏识，遂得倾囊相授。雪微进步神速。本来他就是族中青年里的佼佼者，出门历练后悟性大开，归来又如此勤奋，自然突飞猛进。他全面掌握了家族的伏羲易、连山归藏、星相风水术以及各类法阵，俨然成了部落第一高手。

平时，他身边围着族里的青年男女，大家一起嬉戏玩耍，他总是核心人物，风光无限，心中得意得很。他也时时惦记着出来找云阳和星月他们，尤其是共工出世后，他更是忧心忡忡。但是他几次占卜出行吉日，总是得不出结果，让他非常奇怪。

这一日，族长老爸和长老们召见了他。

长辈们神情严肃，弄得雪微也有些紧张。族长老爸代表长老们宣布了一个卜族的最高决定：授予雪微可以翻阅卜族历代先辈留下的秘籍的权力。

这可是卜族的最高荣誉，每代人中只有一人才能获得这个资格。

雪微非常高兴，更加用功了，平时也不出去跟美女妹妹们玩，把时间全花在研究历代祖传的秘籍上。

卜族历史悠久，历代高人留下的典藏秘籍汗牛充栋，雪微整天耗在部落的密室里废寝忘食地研读，大有心得。

这天，他又早早地来到密室，翻找没有看过的秘籍，突然在一个角落里发现一个尘封已久的皮袋子。他打开一看，里面果然有一卷写满字迹的兽皮卷，但是奇怪的是袋子里还有一束白发。

雪微很好奇，不由得仔细研读这块兽皮上的字。

这一看不要紧，雪微立时大吃一惊。

兽皮上开始的几个字这样写着：甲申氏宿，神力不散。天柱再倾，云阳解难。

自己家族的秘籍上居然写着云阳的名字，而且今年正是甲申年，难道人间又有新的大祸降临吗？他赶紧研读下去，却发现底下并没有详解这几句话，而是记述了一个法阵的布置方法，并且叮嘱后人务必在这个年份的某个月份布置启动这个法阵。

雪微依令行事，在一个依山傍水的隐秘之处按秘籍的指导布置了法阵，沐浴斋戒了七七四十九日。这期间，他神神秘秘，好像人间蒸发了一般，得罪了部落里美女妹妹们。

最后一日，他身着白衣，将那束白发缠绕在香上，焚香祷告天地，启动了法阵。

法阵华光四射，雪微端坐其中，神思恍惚。三刻之后，雪微突然感到自己被法阵传送到一个陌生的地方，刚出来就看到云阳等人被攻击，他紧急开动护身之法，替伙伴们挡了一下。

哪承想，差点儿被打得魂飞魄散。共工之强，难以想象。

"这是哪里？"雪微刚缓过一口气，连忙问道。

云阳深呼了一口气，指着远处的高山说道："想必那就是西昆仑，我们可能已经到了。"

第一百四十二章　迷魂谷

雪微挣扎着想站起来，双眼一黑，没有成功。他伤得不轻，面色极为苍白，阿言连忙过去扶住他。大黑熊看见雪微倒是蛮开心，不停地对雪微龇牙微笑，不过雪微根本没心情理它。

云阳和星月此时顾不上雪微，奔到阿薰身边。

阿薰双眼无神，目光没有任何焦点，也不回答伙伴们的话，仿佛行尸走肉，没了灵魂。

小奇的死，对她的打击实在太大了。

大家都束手无策，不知道怎么安慰阿薰。

雪微好不容易站了起来，望见身后的大河惊叹道："果然快到了，这是传说中昆仑山前的赤水啊！"

众人这才注意到这条河，河面宽广，河水如赤红的鲜血，怒涛翻滚，震人心魄。若非卜族千年的法阵传送，还不知如何渡过这条神秘的赤水。

他们休息了好一阵，整理悲痛的心情，然后扶着阿薰和雪微，继续深一脚、浅一脚地从山谷往远处的高山走去。一走就是数日。

阿薰终于从小奇死亡的打击中恢复了一些，眼珠也活泛了。只不过她的神情变了，整个人都变了，那种哀莫大于心死的样子，着实让人担忧和心疼。阿薰几乎一言不发，大家也尽量不提小奇，生怕再触痛她。

雪微也终于从重伤之中恢复过来，脸色虽然还很苍白，但精神已经好了很多。奇怪的是，大家觉得他的面容有了一些变化，可一时也说不清哪里变了。

众人听了他回部落后的事情，不禁啧啧称奇，若不是卜族的前辈千年前的安排，人间很难逃过这次劫难。如今，这一难躲过去了，可眼前的难题着实难解。这个山谷两边都是亮晶晶的玉石，景物非常单调。大家走了很久，明明看到了西昆仑，但就是走不出去。

山谷中不时有薄雾升起，透着神秘的气息，而且天气时冷时热，让人更加摸不着头脑。

阿言迷惑地说："我总觉得有些路很熟悉，好像前几天走过，莫非我们在兜圈子吗？"

云阳问道："雪微，你知道怎么回事吗？我也觉得好奇怪啊。"

雪微喘着气说："这里可能是传说中的迷魂谷，亦是去往西昆仑的入口。"话音刚落，他自己也吓了一跳。受伤之后，他觉得自己有些变化，但具体是什么变化，他也说不清，但是云阳这一问，那个答案就跳到自己脑海里，好像自己本来就知道一样。

众人一下子怔住了：迷魂谷？

阿蕙虽然给雪微医治了，也给他吃了药，但还是难解他的伤痛之苦。这种伤是神力所致，很难祛除。

雪微活动了一下身体，稍微缓解了一下疼痛，然后轻声说道："西昆仑乃众神之地，万灵向往的理想之乡，除了你们以前遇到那些困难险阻之外，就是这一地，传说无福缘者，过不了此地，见不到真神。"

他说着说着突然住嘴了，面色更是凝重，让人不解其意。

雪微心中大惊，他有一种被窥视感，这种感觉很玄妙。这里离西昆仑如此之近，能窥视自己的人，必然是……

此时，谷中的迷雾越来越浓，众人完全看不清前面的道路。

俄而，只见漫天光点不断落下，驱散了浓雾，前方高石上端坐着一位白衣老者。这老者慈眉善目，须发雪白，嘴角还带着一丝笑意。看见众人，他一点儿也不惊讶。

伙伴们看见老者倒是非常吃惊，齐齐向老者施礼。

那老者扫了大黑熊一眼，抬起手中的拂尘，虚空一点，笑道："好一头黑熊猎猎！"

阿言背后的大黑熊猛地停住，盯着老者，口中发出阵阵咆哮，但眼中却露出恐惧之色。

只见那老者微微点头，拂尘一抖，大黑熊立刻呜咽一声，庞大的身子瞬间变得极小，向老者飞去。老者笑骂道："你这粗蠢的家伙，这里也是你能来的？不怕五雷轰顶吗？"随即飘然而下，把变小的大黑熊随手塞入袖中。

众人目瞪口呆，阿言甚至来不及做什么，也不知老者是何方神圣。

做完这些，老者的目光才落在众人身上，问道："你们从何处来？要到何处去？"

云阳尚未答话，雪微感知老者大气中和，道法自然，和天地相融一体，心中震撼。他抬头望着老者，撑着受伤的身体，恭敬地说："晚辈们从九州洛城而来，特地拜访祝融大神。"

老者饱含睿智的眼光，颇有深意地看向雪微："知天者，既知天意，何必苦求？"

雪微闻之色变，内心极为震撼。他确实测算过天道，也模糊地看到过未来，但也苦于天机不可泄露。虽然异常绝望迷茫，不知所措，但他还是希望寻求那一线生机。看到老者一下子点透，他便垂头不语了。

老者笑看着眼前这群孩子，这么久以来，他还是第一次看到普通的凡人来到西昆仑，而且还是一群稚气未脱的年轻人，一个隐约的念头立刻闪过他的心头。

云阳看雪微不说话，不解其意，而眼前的老者一看就是不凡之人，遂上前抱拳施礼道："前辈，人族惨遭大难，我等来西昆仑，恭请祝融大神出手相救。"

"祝融？"老者淡然一问，仿佛祝融之名无法让其惊讶，不过听云阳说起人族来，老者那颗古井无波的心突然有些涟漪。多年的向道清修，已经让他忘却了自己人族的身份。

老者随手一挥，青光从空中星星点点洒落，雨滴一般，不过落在肌肤上又骤然消失，就好像未曾出现过。

这一手法术令云阳他们不解，但雪微知道这是屏蔽神识窥视的法阵，可像老者这样轻描淡写，瞬间而成，实在是妙不可言。

"你们不该来，此地不是你等凡夫俗子能进入的。"老者淡淡地说道。

云阳和伙伴们面面相觑，不知老者是什么意思，不过这老者看上去并无恶意。云阳神色肃穆，再次抱拳施礼，随后朗声道："晚辈等肩负人族万民的期望，夙夜忧叹，不敢有丝毫懈怠，亦不因困难险阻而退缩。此志坚固，还望前辈指点。"

老者不置可否，微笑着看向雪微，缓缓说道："以凡人之躯去窥视天意，岂不知大道无形，天意如刀？即使你不受此重伤，亦是命不久远，自有天劫降下，永世不得超脱，化为烟灰。"

雪微此时已经面无血色，显然老者说的是真的，他自己也知道。他心忧人族命运，瞒着家族偷窥天机，以至于被天所谴。

"晚辈心忧，不曾后悔以身犯险，还请前辈垂怜人族。"

老者叹息了一声，温和地看了雪微一眼，然后对大家缓缓说道："祝融并不在此山，尔等还是回去吧。"

云阳目光闪动，这老者并无恶意，若不然以他的实力，也不用多费口舌。但是祝融在不在，还需一探，不能因为他的话而退却。为了来这里，人族已经做出了巨大的牺牲，西行的路上已经铺满了尸骨和鲜血。

他突然双膝跪地，冲老者叩拜道："还请前辈垂怜人族，出手相救。"

对于云阳的动作，大家都没有心理准备，全都哑然，这是他们第一次见云阳如此谦卑恭敬。倒是老者，依旧神色淡然，没有多大反应。

其实，老者心中也略微有些惊讶。他先前没有在意，此刻已感觉到这群孩子颇有异象，心生欢喜。

"祝融不在此山，人族当有大劫。此劫天定，非人力可改变。"老者微闭了一下双眼，缓缓说道。

"劫虽天定，事在人为，人可胜天。"云阳还是跪在地上，目光透着难以撼动的坚定。

老者被云阳这番话打动，目露异色，望着云阳，许久过后才叹息道："好一个事在人为，人定胜天。罢了，你等能过万千苦难来到这里，也算是福泽深厚之辈，若是过了此谷，老夫悟心愿意指点一二。"

众人一听，大喜。

老者一把托住雪微，对雪微道："你寿元将尽，不适合过谷，与我亦无缘。老夫念你精诚，带你入山，等你寿元尽时。"说完，他和雪微的身影齐齐消失，而雪微连回头说句话的时间都没有。

与此同时，众人眼前又升起了迷雾。

第一百四十三章　三灾利害

西海之南，流沙之滨，弱水之后，黑水之前，有大山，名曰昆仑之丘。方八百里，高万仞。上有木禾，长五寻，大五围。而有九井，以玉为槛。面有九门，门有开明兽守之，百神之所在。

昆仑山亦称西昆仑，洞天福地，神妙之地。在万丈耸立的西昆仑山脉中有一座大山，大山之上，有一棵古树。此树参天而立，树冠极大，远远看去好似一把遮天大伞，让人望之便心生膜拜。

此刻，在这大树之下站着三人，长相竟然一模一样，唯一能区别的就是衣着和神态。

一者身着白衣，慈眉善目，和蔼可亲；

一者身着黑衣，面容冷峻，浑身透着冰冷和杀气；

另一者身着淡黄色麻衣，面色平和，出尘缥缈，眼神明亮异常，透着睿智与通达。

带雪微来的就是身着白衣的老者。当雪微看到眼前三个长得一模一样的人，顿时吃惊不已，不禁问道："悟心前辈，请问……"

三位老者一起看向雪微，雪微突然不知道该如何往下说，转而左顾右看，不知该问谁好。

那身着麻衣的老者微笑道："我们三人都是悟心，先前带你来的叫善哉，而这位身着黑衣的叫恶矣，至于老夫，叫本我——善恶源一体，本我自逍遥。"

"这……"雪微一下子说不出来话，眼前这一切已经超越了他的认知。

黑衣老者脸色一冷，瞪了雪微一眼，对麻衣老者冷声道："本我，不该让善哉去，为几个人族扰乱清修，麻烦上身。"

白衣老者和善地笑了笑，回道："我与人族息息相关，不可见人族有难而不助。"

麻衣老者司空见惯，遥望虚无，少顷之后，徐徐说道："他们已经入谷了，不知能否安然度过三灾利害，悟本心，窥天道。"

雪微心中猛然一跳，时常从家族长辈处闻听三灾，但不知详情，每听长辈们说起此事，表情都非常凝重，想必甚是严重。

"前辈，何为三灾？"雪微看了看三位老者，那位黑衣老者不好打交道，而麻衣老者又太过出尘淡然，只有那位白衣老者看着比较和善一些。

果然，只有白衣老者注意到雪微的问话。他拂须道："不悟本心，不闻大道，则有三灾，来相侵蚀。若是不悟，成功尽废。三灾为何？

"一曰五雷，各率所部，环相攻击。道未闻时，一瞬息间，精神四散，永不凝聚，必须要见性明心，预先躲避。躲得过，寿与天齐，躲不过，就此绝命。

"二曰阴火，从下而上，透入顶门，还攻脏腑，旁灼四肢，毛孔发际，一瞬息间，化为灰烬。这火不是天火，亦不是凡火。自本身涌泉穴下烧起，直透泥垣宫，五脏成灰，四肢皆朽，把千年苦行，俱为虚幻。

"三曰罡风，如是罡风，其利如刀，其锐如锥，透入门，一时三刻，穿音串诸骨节，直至涌泉，肢体发毛，过丹田，穿九窍，骨肉消疏。"

麻衣老者接着白衣老者的话，说道："故知大道，不可不究，不究大道，难脱三灾！所有三宝，俱为乌有。唯彼达士，知此言故，瓢笠相随，跋涉山川，访求高真，为说大道，永离三灾。"

雪微心中一颤，原来这就是三灾利害，凡夫俗子绝难承受。

"知天者，你不畏天道，必然已经身受天谴。待天谴爆发之时，将是你化为烟灰之刻。"麻衣老者一边说一边遥指手中的拂尘，竟临空浮现一道光幕。

雪微惨然一笑，没有答话，而是望向老者布置的光幕。那里可以看到云阳他们已经走入雾中，刚一进入迷雾，一道红芒就奔袭而来，瞬间而至。红芒来自虚无，没有人知晓起始点所在。这红芒浩渺降临之际，一股令万千生灵、宇宙洪荒为之颤抖的气息，瞬间蔓延开来。

白衣老者皱着眉头，喃喃道："雷劫降临如此之快，有凝结雷云之兆，怎会如此？难道是进入的人太多了吗？"

放眼望去，天空的红芒，无边无际。

云阳本就挡在大家身前，红色闪电直接打在他身上。一瞬间，他有一种空灵之感，转眼神识激烈疼痛，直欲破碎。他遥望着天空中的红色雷光，目光平静而坚定。

天空中的红云突然翻滚聚集，整个天空仿佛是一片红色的海洋，阵阵波浪涌向中心。转眼间，红云中心那红色雷光，光芒闪耀天地！紧接着，一声声好似来自远古的咆哮从红云内散出。大地传来震动之声，与天空的咆哮相互呼应。刹那间，红雷再次从天而降!

它,好似一道流星,从天空蓦然落下,直奔云阳而去。一股肃杀之气弥漫天地!

天道不愿意被触碰,所以降下三灾,势必轰杀一切胆敢窥天者。

云阳眼中开阖间,爆出一道精芒。他吐出灵珠,让其悬浮在上,身体四周顿时出现大量青光。这青光护住了他和伙伴们。

他头发飞扬,身上的衣服被吹动着,双眼露出不屈之色。这一刻,他是一个顶天立地的汉子!只听他长啸一声,右手蓦然指向天空咆哮而来的红雷。这一指,飘浮的灵珠冲天而起,其内蕴含的无数玄奥,瞬间化作一股巨大的青芒,迎击天雷!

红雷落下,与那青芒碰在一起,刹那间,巨响在天地之间回荡。

巨树之下的黑衣老者,眼露异色,第一次看到有人和天雷劫对抗。

天雷由红转黑,一击胜过一击,挟灭世之威,仿佛天道的怒吼,势要把云阳灭杀。天雷从青芒中穿过,宛如一把利剑,生生把灵珠化作的青芒劈碎。青芒化为虚无,天雷直接劈下。

"天要阻我,我必逆天!"云阳大吼,整个人爆发出一股惊人的气势。这一刻,他的血液中仿佛有一种神奇的力量被唤醒,只见他双眼青光大显。

天空中,蓦然响起更大的雷声,好似在回答云阳的话。

黑衣老者冰冷面庞上露出欣赏之色——此子甚合他的胃口,年纪轻轻如此坚韧不拔,将来必成大器。

一声比之刚才更为剧烈的天之怒吼瞬间回荡开,就连天空都为之一颤,好似日月颠倒一般。

一阵阵雷鸣不断地从大地深处震出,好似有无数奔雷在地底炸响一般。

无数道如倾盆大雨般密集的天雷,红黑交织,纷纷落下,直冲云阳而去,而他体内那股力量似乎也被这天雷唤醒,散发出强大的青芒不断抵挡。

不知道过了多久,天雷慢慢消散,天空雷云凝固,大地不再震动。

伙伴们稍稍松了一口气,雪微的神色也缓和了许多。黑衣老者抚须,点头不已。云阳这股不服输的劲头,让他特别欣赏。

云阳面色苍白,没有丝毫松,眼中反倒露出凝重之色,抬头看向天空。

大树之下的白衣老者同样神色凝重,遥遥望着天空。

天空中雷云并未开始消散,但也没有翻滚,一切都静了下来。但这静中正酝酿着一股压力,笼罩天地。

"这……这是……"白衣老者脸色大变。他再也无法保持从容的神色。

果然，天空骤变，雷云从四周迅速凝集，再次聚拢起来。

白衣老者摇了摇头，苦笑不已。这几个小家伙的执念太强，导致雷劫不散。

云阳望着天空，眼中不屈的目光没有半点改变。

雷劫，第二次降临！

第一百四十四章　阴火罡风

天空中巨大的雷云蓦然间齐齐下降，一股强大的威压陡然而生。云阳和伙伴们有一种窒息的感觉。紧接着，阵阵闷雷声传出，雷云加速下降。这一刻，好似天塌了！

云阳怒目而视。这一刻，他感受到了天道威压要把大家碾碎。在他耳边，仿佛有一个声音不断地告诉他——只要退出迷雾就可以安然无恙。

不！云阳马上甩开动摇的念头，死顶住压力。

终于，雷云散发出无尽的威压后，乌黑的奔雷冲出，直奔云阳而去。那奔雷瞬息而至，直接劈在了云阳身上。只见云阳的眼睛突然圆睁，口中喷血，显然受了重伤。

还未等云阳有任何喘息之机，接二连三的雷声又响了起来，惊雷阵阵，直奔云阳而去。黑雾，一下子就把云阳等人的身形给淹没了。

黑衣老者的面容再现冰冷，心中叹息不止。不过，对他来说，云阳的生死无关紧要，仅仅是觉得有些可惜。白衣老者却是于心不忍，好几次欲张嘴，最后还是缄默不语。

"知天者，想必你在天道中看到了什么？"麻衣老者笑看着雪微。

雪微摇了摇头，说道："知天易，逆天难……"

麻衣老者的眼中流光转动，似乎对雪微能有如此感悟，非常意外。就在这时，一声龙吟传来。那声音古朴但却蕴含着勃勃生机，清越激昂，一下子就把天上的雷云惊散了。

黑衣老者本来在闭目清心，在他看来云阳必死无疑。每道雷劫七七四十九个惊雷，接连五道雷劫，不是身怀大毅力、大感悟者是无法渡过的。但是这声龙吟竟直接把雷云震散了。黑衣老者冷厉的眼中第一次露出了惊异之色。

只见云阳上空青芒闪烁，隐约有龙影盘旋其中，但很快就消散了。

"什么龙族如此强大，龙吟就可震碎雷劫？"黑衣老者喃喃自语。

云阳本打算闭目等死，因为雷劫直接劈中了他的识海。现如今，他的识海里到处都是雷痕，眼看就要崩碎，可没承想，突然之间雷去云消。

他睁开眼看看身后，所幸阿薰他们在灵珠布下的光罩里没有伤亡。他们虽然也被天雷波及，但大部分伤害都被他和灵珠吸收了。而他自己，除了疼痛外，倒也没有性命之忧。

"云大哥，你没事吧？"阿薰死灰般的眼睛突然悸动了。这么多天以来，她还是第一次关心云阳。

"没……没事。"云阳心中很是欣喜。

看到星月和阿言都看向自己，云阳问道："你们还好吧？"

众人刚想答话，突然感觉一股热浪从脚底升起。众人一惊，还没等反应过来，体内已经充斥着火热之感。一瞬间，大家就成了火人，被大火覆盖。这火从体内而起，炙热异常，燃烧体内一切可燃尽的东西。

"啊！啊！"大家忍不住发出痛苦的喊声。

星月突然想到什么，大喊道："大家抱元守一，心无杂念！这是心火，可燃尽世间万物，包括任何念想。所以不要有任何想法，清空心念！"

大家虽然听到了星月的话，也尽量去不想任何事，但火还是炙热地烧着，每个人或多或少都无法彻底进入空灵之态。

"啊！"云阳身上的火焰最大，因为他的执念最大，所以引发的心火也最强，就连灵魂都在燃烧着。其次是阿薰和阿言，阿薰是因为小奇的死，根本无法放下心中最大的苦痛执念。而阿言本该心无杂念，只因他把所有的事都藏在心里，又加上大黑熊被老者收走，无法静心。反倒是星月，闭目之后，身上的火焰越来越少。其实，墨族本身有修心之学的传承，星月平时也有濡染。

雪微握紧双拳，浑身颤抖。云阳他们的喊叫声撕心裂肺，那种痛彻灵魂的感觉即使隔着光幕也能感受得到，真让人抓狂。

这时，星月身上的火焰已经熄灭。这出乎所有人的意料。只见星月依次走到云阳、阿薰和阿言身边，手掌成刀，把三个人都打晕了。三人虽然倒地，但身上的火焰并没有熄灭，只不过没有刚才那么旺了。

星月又把三人扶起，和自己围坐在一起，手手相连。她启动心念把所有火焰都引到自己身上。顿时，星月痛呼出声，赶紧照刚才的方法，心无杂念，抱元守一。

她身上的火焰由大逐渐变小，并在她的精力耗尽之前熄灭了。星月无力地笑了一下，双眼一翻，晕了过去。

雪微在光幕这头看到后，终于松了一口气。这火灾算是通过了，看到云阳他们呼吸平稳，雪微放心了不少。可突然，谷中风起，初始并不大。雪微刚开始并未注意，直到云阳他们的衣服开始飘动，他才察觉到不妙。

"天雷勾地火，罡风飘然至。"

雪微闻言，马上转身看向三位老者，但不知道是哪位说的。

"怎会如此之快？"雪微大惊，"眼下大家可都还在昏迷当中，这该如何是好？该如何是好？！"他急得团团乱转，惹得三位老者的注意力都放在他身上。

此时，阿言醒了，因为他的执念没有那么重，都是小杂念，阴火较小，而且他常年狩猎养成的警觉，让他在被星月击晕的刹那，下意识躲开了一些，这才醒得比较早。

他睁眼之后，发现这风很是古怪，有一种要把灵魂吹出体内的感觉。他大吃一惊，赶紧把云阳、阿薰和星月三人排成一排坐着，自己跪在前面，挡住这阵怪风。

风，初始轻微，随后越来越烈，呼啸之声渐起，带来刮骨噬魂一般的疼痛。这风为罡风，可以吹散神魂，吹灭三火。

"云大哥，云大哥，快醒醒，快醒醒啊！"阿言不断地呼唤。可惜云阳他们受伤太重，难以醒转。到最后，风声已经盖过阿言的呼喊声。

风在呼啸，阿言感觉到自己的肌肤被吹开了。

先是手臂，因为他张开手臂，帮云阳他们挡着罡风。他能清晰地感觉到手臂上的肉被吹散开，风穿过骨头，带着声响。

然后是整个身体的血肉，一点点被吹散开。

风继续吹着，阿言一动不动地跪在三人身前，就像一堵墙。

三位老者和雪微都目不转睛地看着那在狂风中跪立的阿言。

良久，白衣老者感叹道："每个人都愿意舍己为人，在最危难的时候，毫不犹豫地站出来担当，这是人族的宝贵精神。怪不得人族是受天地眷顾的宠儿，引起众神的惧怕。"

黑衣老者这次没有反驳，而是冷冷地点点头。

雪微的眼泪不知不觉流了下来，他看到阿言浑身的血肉都已经被吹没了，全身就只剩下一副骨架。

风不知何时已经消散，云阳幽幽地醒来，猛一看眼前的情形，顿时吓了一跳。只见一具骷髅跪在他身前，而他自己的肩膀上也有血肉不见了。

这是怎么回事？到底发生了什么？

骷髅感觉到云阳醒来，这才咔嚓一声，倒下了，接着其头颅内那盏亮光摇摇欲灭。

"阿言？"云阳大惊！

突然，一个声音从迷雾上空传来，徐徐说道："三灾已过，体悟本心即可来见我。这两味药，一味涂抹伤处，可白骨生肌，体肉复生；一味内服，可稳固神魂，修复识海。"

话音刚落，两只小葫芦从迷雾中飘然落下。

第一百四十五章　体悟本心

云阳马上抓起一只葫芦，倒出药膏给阿言涂抹起来。果然，阿言的皮肉以肉眼可见的速度复原着。云阳大喜，便加快涂抹，等全部涂抹完，阿言也体肉复生了。只不过，他受伤过重，还没有苏醒。幸好，他的神魂未灭，识海尚存，要不然，即使有这神奇的药膏，也是救不活的。

给大家服用完另一只葫芦里的药丸后，云阳自己也擦药、服药。

白衣老者回来后，黑衣老者冷声道："你如此做，不合西昆仑的规矩。"

白衣老者淡然笑道："能以凡人之躯历经三灾而不死，已是难能可贵。虽然是众人合力完成，但世间又有多少人能舍己为人，甘愿付出呢？再者，亦是天选之人，福缘深厚之辈，若不然早就三灾之内化为烟灰了。"

黑衣老者默然。

突然，山谷里鲜花盛开，各种奇异的花朵竞相绽放，五颜六色，美不胜收。一股异香飘荡在山谷中，闻之使人心神迷醉，飘飘欲仙。

云阳陶醉在这异香里，忘记了身处何地。

他看见远处有一道光圈，便不由自主地走了过去。他迈步走进光圈，眼前豁然开朗，是一处世外桃源般的所在。这里鸟语花香，绿树成荫，偶尔几声犬吠，不仅没有打破这里的宁静，反倒和着阵阵人语，更增添了几分祥和之气。

这是一处部落，房屋错落有致，彼此都是近邻。

云阳信步走去，这里的一切都似曾相识。他呼吸着清新的空气，身心似乎都融化在周遭的景致里。不知不觉中，他来到一处不大的院落前。柴扉半掩，他停下来，推门走了进去。

院子干净整洁，一根根整齐的木柴堆成了小山，几件刚漂洗干净的衣服搭晒在绳子上，一看就是个会持家的人家。一位美妇人拉平晾晒的衣物，转过身来。云阳看过去，忍不住热泪盈眶，正是他日思夜想的亲人。

"妈！妈！"

妇人甩着手上的水珠，笑容灿烂地看着云阳，云阳的心都被融化了。

"儿子回来了。赶紧洗洗手吃饭，今天烧了你最喜欢吃的野猪肉，这可是你爹上午刚打的。"妇人喜笑盈盈地说道。

屋内，一个壮汉迎了出来，看到云阳，不禁露出憨厚的笑容。

"阳阳，先去洗手，来看看我从山上给你带了什么好东西回来。"说着径自转身进屋。

此时，云阳已经泪流满面。这是他日思夜想的阿爹阿娘。当初大水淹没部落的时候，他经历了生离死别的一刻，没想到今天又见面了。

"这孩子，哭什么？"妇人摸摸云阳的脸蛋，然后拉着他去洗手。

显然，云阳是生了幻觉。同样，阿薰、星月和阿言也在令人陶醉的异香中醒来，并进入了各自的幻境，各自在不同的空间里，活在不同的场景中。就连观看的雪微也不知不觉被影响到了。

阿薰又看见了小奇，在槐族部落和小奇从小相依为命，一起生活。阿言是在山林里和百兽为伍，带着大黑熊和哑巴四处游荡狩猎。星月又经历了墨族部落被洪水淹没的前一刻。而雪微则在部落里反复推算治水大业，窥视天道，犯了卜族卜不强演的大忌。这些都是他们各自内心中最深刻的记忆。

白衣老者和黑衣老者也多多少少被影响到了，只有麻衣老者淡然地望着大家，默然微笑。

"执念强大，难悟本心啊。"他喃喃说道。

流年似水，云阳沉浸在温馨和睦的家庭氛围当中，享受着久违的亲情，逐渐迷失了自己。而阿薰、星月和阿言等人都在感悟本心之后醒来。他们再一次经历了痛苦和抉择，依然选择了这条苦难之路。

阿薰是最痛苦的，她又一次经历了小奇的死亡。她曾经有机会阻止小奇，但在小奇坚定眼神中，她感受到了小奇内心的激情与渴望，她选择尊重小奇的决定，把他看成一个长大了的、应该平等对待的弟弟。

阿薰、星月和阿言三人走出了光圈，发现已经离开了山谷，来到了大树之下。麻衣老者扫视了他们三个一眼，徐徐说道："尔等感悟完本心，没有迷失，如此甚好，且一旁歇息吧。"

阿薰看了看周围，发现只有云阳没有出来，顿时焦急地问："云大哥呢？为何云大哥没有出来？"

没人回答她，此刻，大家的目光都看向了光幕。

光幕内，云阳已经陪伴家人度过很多岁月，鱼尾纹悄然爬上了他母亲的眼角，而他原本健硕的父亲也已经双鬓发白，笔直的腰开始有点儿弯了。

每天，云阳都陪着父母过日子，一家三口无忧无虑，其乐融融。

这日清晨，阳光透过薄雾照下来，时光显得静谧而安详。突然，一个中年汉子急急忙忙跑到院门口，大声喊道："大哥大嫂！大事不好了，淮水东岸发大水了，族长让我们马上迁走，你们快些收拾！"

云阳的父亲皱着眉，咳嗽了一声，说道："其他人呢？我们后面的部落人也不少啊。"

"哎呀！哪还管得了那么多，我们自己能逃走就不错了，洪水已经到东岸了！"那个汉子说完就急匆匆地跑了。

云阳的父亲苍老的面孔显得有些迟疑，不禁叹了一口气。

云阳的母亲从屋里跑出来，看到他在那里摇头，便拧了一把他的胳膊，催促道："还不赶紧收拾，这大水可了不得！"

云阳的母亲转头看到云阳还在一边呆呆地站着，急声道："这孩子，你还傻站着干什么，赶紧去收拾东西啊！"

母亲一边叹气一边转身进屋，嘴里念叨着"这大水来得真是太突然……"

云阳被发大水的消息震住了，立在那里神思恍惚，内心深处像是什么东西被猛然触动。他一直沉迷在家庭幸福的小确幸里，早已经忘了自己要做什么。现在，尘封的心事突然被打开，他的内心波涛汹涌。云阳心中不由得苦笑：洪水一直是我心中的执念。我无法介怀，也无法感悟释然，所以无法超脱淡然。

云阳的父亲脸色一变，严肃地说："你这孩子，还愣着干什么，还不赶紧去收拾？"

"爸，当年您为保护族人日夜抗击洪水，是您告诉我，如果一味地逃避便没人去抵抗洪水，洪水就会永远泛滥下去，永无宁日。可是这次，您为什么选择逃避，选择抛弃自己的家园？其他部落的人怎么办？"云阳眼含热泪地说。

云阳的父亲喝道："不逃跑能咋样？先顾自己再管别人。"

云阳喃喃道："命如蝼蚁，生亦何欢？人转于沟壑，我岂能独安？视苍生如刍狗，天地何仁？"

第一百四十六章　收徒

云阳每说一句，山谷里的迷雾就淡去一分，他眼中的幻境也随之变得飘忽不定。

"问心？"麻衣老者不禁动容，频频颔首，失去了往常的淡定。他万万没想到，一个普通的凡人竟会有如此智慧和心胸。他聚精会神看着云阳在不断地叩问本心。

"好一个生亦何欢！哈哈，好一个天地何仁！"麻衣老者不断重复着云阳扪心自问的话，颇为感慨，"护念众生即是道啊。"

大家纷纷看向麻衣老者，似乎对麻衣老者失去淡定非常不解，但大家都不知道，云阳已经进入了一个全新的境界。

执念越大，越难参悟本心。执念代表着人心中那份执着，谁能参透自己那份执着呢？而云阳却以自己的执念出发，探问人生与天地之道。

麻衣老者觉得自己见到了一片新的天地，看见了一个具有大智慧、大悟性的奇才。看着雾气越来越淡，他吐了一口气，平复一下内心的激动，淡然一笑，缓缓说道："此子逆意太强，心智之坚，执念实在过于强大。"

大家都知道麻衣老者是故作平静。大家刚才也深受感触，因为云阳问心的话他们都听得到，同时也都在问自己，实在是感悟颇多。

云阳看到父母的面容和身形开始变得模糊，突然明白了。他热泪盈眶，但却没有伸手挽留。因为他的内心深处已经做了属于自己的选择。

麻衣老者直接运用神通，一挥手就把云阳拉出幻境，拽到眼前。

云阳正在恍惚体味其中，突然就出现在大家面前，一时不明所以。

只见身前立着一位身着麻衣的老者，他慈眉善目，一头白发飘散，不仅不显老态，反倒有一股出尘之感。他的双目明亮清澈，时有精光闪过。最醒目的是他的眉毛，好似两条白龙从眉角垂下，微风吹过，缓缓飘动。

在他身后还站着俩人，面相和麻衣老者一模一样。其中一人面容带笑，看起来极为和善，另一人则是表情严肃，目光寒冷，站在那里一动不动。

"很好，资质、悟性上佳，可入我门墙。"

还没等云阳开口，那位表情严肃、目光寒冷的黑衣老者又对阿薰说道："你身具五行金，杀戮之气内敛，亦可入我门墙，学习大杀之道。"

大家愣住了，阿薰性格温柔，怎么会有杀戮之气？

黑衣老者冷笑道："老夫说有杀戮之气，就是有杀戮之气，不会错的。杀气虽晦暗，一旦被触发，杀气将冲荡三界。"

看到大家还是不解，黑衣老者懒得啰唆，直截了当地说："她内心中有一至亲，这亲人已亡，内心的杀戮不断在膨胀，哼！老夫还能看错？"

白衣老者摇摇头，显然对黑衣老者说话的语气颇为无奈。倒也是，他和黑衣老者本来就是悟心的善恶之体，自然是互相排斥。他微笑着看向星月和阿言，温声征询道："水火双属，你们二位可愿入我门墙？"

阿言忍不住问道："前辈能否把大黑熊还我？"

白衣老者哈哈大笑，非常开心。他选中星月和阿言就是看中这一点。此二人都愿为他人舍弃性命，心中怀着善良与至诚。

大家不明所以，互相看了看，突然发现雪微面色苍白，浑身布满衰败之气，仿佛行将就木的老人，不由得大吃一惊。

雪微轻声道："老前辈是绝世高人，可以帮助我们。"

云阳摇了摇头，对麻衣老者拱手道："前辈厚爱，晚辈感激不尽，只是晚辈等人还肩负重任，需要重请火神祝融大神，还请前辈成全。"

麻衣老者微微一笑，对云阳的婉言相拒丝毫没有在意。因为他深知云阳的执念之强，世所罕见，不会那么轻易动摇，若不然也不会在迷境中叩问本心。

"善哉已经说过，祝融不在此山之中，多年未闻消息了。当年大神带着人族气运参悟，或者陨落或者已经超脱。"

"什么？！"伙伴们大吃一惊，相顾失色，如闻惊雷。这个消息实在让大家难以接受，千辛万苦，不知道死伤多少人才来到这里，突然听到这个说法，大家的内心怎会不崩溃！

看大家有些慌乱，麻衣老者不慌不忙地说："知天者，你说呢？"随后转头看向雪微。

"雪微，你的头发，怎么白了？"星月惊道。大家这才发现雪微的头发已经灰白，面容非常憔悴。

雪微苦笑，老者果然是问到自己身上了。看他那虚无缥缈的眼神，雪微心中不由得叹息：反正我已经受了天谴，泄不泄露天机，结局都已经是注定的了。

"我看到了四灵出世，人族大兴；也看到了洪泽成国，人族泯灭。无数命运分支有不同的结局，每一条都有无限的可能，但众多分支中，我并未看到祝融的身影。"雪微刚说完，天空中响起一声惊雷。他一个趔趄，倒在地上，口吐鲜血，不止……

大家连忙扶起他，大喊："雪微，雪微，你怎么了？"

雪微的面色更加苍白，好像生命之火随时可能熄灭。他睁开艰涩的双眼，一边吐血一边惨笑，然后深深地叹息道："我没事，我的结局已经是注定的。知天易，逆天难……"

麻衣老者止住了雪微要说的话，摇头看着他，淡然道："天意不让讲，就不必再细说。"

雪微知道老者的意思，天意难违难测，也随时会变，因为有无限可能和结局。如果天机被全部讲了出来，事情可能会变得更糟。他伸出自己瘦骨嶙峋的双手，握住云阳的手，虚弱地说："云阳，你刚才不是说过事在人为吗，答应我，坚持走下去。"

云阳重重地点头，紧握着他的手。

雪微的容颜已经变得非常苍老，两行浊泪潸然落下。

"山中修行七七四十九日，学习神通、术法以及大道至理，开启自身印记，随后我带你等重返九州，转动天劫。"麻衣老者扔下这句话，飘然消逝，只剩下白衣老者和黑衣老者。

第一百四十七章　禹之顿悟

蔚蓝色的天空，一尘不染，晶莹透明。

秋天带着落叶的声音来了，沙沙作响。早晨像露珠一样新鲜，天空透着柔和的光辉，澄清又缥缈；而那晨风，百般温柔，吹来秋日的气息。青山耸立，漫山遍野开着一种不知名的小黄花，金光灿灿，映入眼帘。

村落里升起袅袅炊烟，家家户户都已经起来做饭，预示着一天劳作的开始。劈柴声、吵闹声，还有孩子赖床的撒娇声，响成一片。

虽然洪水肆虐，但这太行山东麓的部落里，人们依然快乐地生活着。老百姓每天去堤坝附近整修加高堤坝，然后去打猎采摘。而山上的小黄花不时被勤劳的妇女采摘回来，晒干泡水而食，所以走在部落里的小路上，总能闻到那股淡淡的清香，不幽不浓，令人清爽宁静。

到了午后，秋雨如期而至，淅淅沥沥的小雨夹带着丝丝缕缕的寒气，让这秋日的燥气散尽。外出打猎的男人们陆续回来，由族长分配着一天的收获；孩童们围着食物乱转，闹着笑着，急不可耐。

就在这时，一队人翻山越岭，拖着疲惫的身躯，从远处走来。

为首之人身材高大，面孔黢黑消瘦、胡须浓密，显然是多日未打理，乱糟糟的，但他的双目炯炯有神，浑身透着不同寻常的气势。此人，是禹。

禹抽调了一部分会盟部落的人员分为百队，分散天下，四处勘察形势，依据禹的治水方略监督东线、中线的进展。他则亲自带一队，巡视多地。虽然东线和中线的水势愈加严峻，但疏浚的思路已初见成效，洪水造成的灾害并未明显扩大。于是他又率队风餐露宿、日夜兼程，直奔西线而来。这其中的艰难险阻，自不必细说，因为对禹来说，微不足道。让他心焦的，是西线上游的洪水依然给下游持续加压，但目前并没有明确的解决办法。外加蚌池那边战况不利，人族死伤惨重，也让禹焦灼不安。

"前方有部落，我等歇息一下，补给食物和水，然后再出发。"禹擦了一把脸上的雨水，中气十足地说。

"诺。"众人齐声应道。

这些日子，这些人已经被禹深深地折服。遇到困难，禹总是身先士卒，任何困难都迎刃而解，仿佛天下没有难得住他的事情。大家看待禹的眼神越来越崇敬和狂热。他们坚信，禹一定能带领人族治好洪水。

刚走到部落入口，眼尖的孩子们就发现了他们，纷纷欢叫着跑了出来。一些部落青壮也赶了过来，把孩子们拦在后面。

禹淡然一笑，拱手道："我等是治水之人，跋山涉水，甚是疲惫，休息一下就走。"

部落族长刚好赶到，他听了禹的话，又望了望眼前这位昂首阔步、英气勃发的领头人，稍作迟疑，问道："治水之人，可是大禹部属？"

禹笑了，朗声道："在下正是禹。"

禹的回话让所有部落百姓都震动不已。大家早闻禹的大名，未曾想今日得见尊容。

自从禹治水以来，声名远播。他在各地指导各个部族治水，常常帮助被洪水围困的部落解决各种困难。一传十，十传百，天下皆知禹之贤能，闻者无不心悦诚服。时间久了，众口尊其为大禹，以示推崇。

"原来是禹大人，在下是本部落的族长，拜见禹大人。"族长怀着激动的心情拱手施礼，"快请进部落休息。"族长连忙把禹让进部落广场。

广场围满了百姓。听闻大名远播的大禹来到部落，全都赶来，一睹尊容。

禹镇定自若，显然对这种情形已经极为熟稔了。

"禹大人，你们远途奔波，一定还没吃东西，我们刚好正在分配食物，请先品尝一下吧。"族长看到来人劳累疲惫，赶紧礼让。

禹看了一眼摆在地上的食物，摆手道："这怎么使得，这是大家今天的口粮。我们歇息一下就走，千万使不得。"

"禹大人为大家治水，区区一点儿吃食，何足挂齿，还请收下我们这片心意。"族长看到禹推辞，有些急了。

"是啊，是啊，还请禹大人不要推辞。"

"禹大人辛苦了，这点儿食物不算什么。"

……

族中的男人们很淳朴，都在劝说禹收下食物，更有甚者弯腰鞠躬相请。妇女们则是愁眉不展，因为广场上那点儿食物并不多，分配下来只够大家果腹，如果再送给这群人，孩子们就没有吃的了，晚上又要饿肚子。

孩子们眼巴巴地望着食物，有的偷偷擦口水。

禹了然于心，坚定地说："族长不要再劝，食物不多，还是给大家分了吧。肚里有食，明天才有力气去干活嘛。"

族长心中感慨不已，暗道禹果然是大贤，时时念着百姓。

"禹大人，无论如何不要再推辞了，这是我们唯一能做的。"族长含泪道。

禹虽然平时喜怒不形于色，此时也非常感慨，心中一根弦似乎被触动了。他叹了一口气，转身看看自己的队伍，他们都用期待的眼神看着他，有的人喉结在动，显然在往下咽口水，但是他们会拥护禹的任何决定。

"族长拳拳之心，禹十分感激。这样，我们稍取一些，剩下的给族民们分了吧，毕竟大家都要吃东西，可好？"禹柔声说道。

"那就按您的意思办吧，大禹真是贤良厚德啊。"老族长听到禹总算愿意接受，心中又是高兴又是敬佩。族民们也非常高兴，有的是因为大禹肯收下食物，有的是因为还有食物可吃，心态不一而足。

傍晚，禹正打算带着队伍再赶一程的时候，突然大雨倾盆，不得不暂时停留，等雨稍微小一些再继续上路。可是雨越发急骤，天就像破了一个窟窿，地上很快就积满了雨水。

族民们都各自回家了，禹等人被安排在部落的空房子里歇息。

禹独处一室，望着外面急骤的大雨，心中焦虑，说不上又有多少地方因为这场大雨而洪泽遍地。他刚刚送走族长，特地详问了此地治水的情况。因为禹来的时候，观察到此地堤坝的走势与别处不同，大水从西边涌来，却沿着东北向的堤坝向北奔去，可奇怪的是，北方的地势并不低。族长告诉他以前族里也是向东引流，但积水总不见少，后来改了堤坝才大有好转。至于原因，他们也不明白。

禹盘腿而坐，思索着族长的话，似有所感。他眼前的案几上展着九州山川图，每晚他都静坐观想。尽管闭着眼睛，但他记得图中的每一处脉络。即便如此，每一次将图打开，他都觉得有新的收获。尤其是观察的时间长了，能进入到九州山川图浩瀚的境界，能感到九州名山大川栩栩如生、星辰日月流转、季节更替、风拂大地、百兽咆哮……

只有观想九州山川图的时候，禹才能静下心来。时间悄悄流逝着，外面的雨还在下着。他越坐越静，已进入物我两忘的境地。

突然，一颗水珠渗透屋顶，滴落在九州山川图上。

禹心中一动，却见九州山川图有光芒闪烁，时而大山凸出，时而江河奔流，时而星辰闪烁，神妙非常！犹如雷击一般，禹紧盯着九州山川图，心情越来越激动，浑身僵硬着，整个人有一种大喜若狂的感觉。

"这是，这是……"禹喃喃自语着。

此刻，洪水在九州山川图上奔涌不已，时而一泻千里，时而遇阻咆哮。禹注意到，西线有一处宏大水泽东行，被大山阻挡，遂转头南下，势不可当。

禹怔住了，电光石火之际，一个念头闪进了他的脑海。他死死盯着那座大山，如同入魔。突然，他跳了起来！

"找到了！找到了！"禹像疯了一样，又跳又叫。

这时，门外传来一阵急促的脚步声，原来属下们都被他的动静惊醒了……

第一百四十八章　三过家门而不入

1

洛城，一如既往的熙熙攘攘。人们自城门进进出出，忙着生计。街边郁郁葱葱的树荫下，有小贩高声叫卖，煞是热闹。

洛城的中心，那是人族的最高圣地，也是万民敬仰的所在，住着人族共主舜帝。

白玉铺造的地面闪耀着温润的光芒，似有袅袅雾气笼罩着宫殿。一条笔直的大路尽头是一个巨大的广场，广场随着玉石台阶缓缓下沉。大路两边是檀香木雕刻而成的人族历史，栩栩如生。广场中央，巨大的祭台上伫立着一个气势不凡的祭塔，与那宫殿遥遥相对。

舜帝站在祭塔上，望着寂寥天空下远方的山河，不由得叹了一口气，眼中流露出一丝忧虑和落寞。他的身躯依旧挺拔，但是鬓发如霜，皱纹如同水沟，深邃又清晰。阳光打在他泛黄的皮肤上，悄悄地诉说着岁月的沧桑。他曾经见证了多少光辉岁月，经历了几多似水年华……

蚌池局势危急，只有他知道人族虽有龙子相助，但精锐尽失，已经支撑不了多久。西行求助火神的队伍，杳无音信。禹主持的治水虽已见些许成效，但天下积水依然高危，众多人族流离失所。风雨如晦，而他已是暮年，有心无力。

人族已到了最危急的时刻。

"帝尊，近来有崇部落的禹声名鹊起，天下传唱其贤德，谓之大禹，以示尊敬。此事蹊跷，似有人推波助澜……"舜帝身后上来一位老者，脸色疲惫不堪，心事重重，正是那皋陶。

"此人心忧天下，吾闻三过家门而不入，一心治水，解万民苦难，确为大贤之举。"舜缓缓说道。

皋陶提醒道："治水固然是人族大业，但三过家门而不入实难想象。天下怎么会有如此无私之人，看来此人所图甚大啊。"

舜帝笑而不语，看着同样垂垂老矣的皋陶，眼中真情流露："汝事吾以至诚，我们相伴多年，如今都已老去。你还这么操心劳命，为吾筹计，也是辛苦你了……"

望着舜帝那落寞的样子，皋陶忍不住老泪纵横。前阵子，禹在会稽山斩防风的消息传来，洛城震动不已；这些日子，天下都在传大禹之名，禹的威势渐起，直接动摇舜帝的权威。

"皋陶，既然有如此贤德之人，实为我人族大幸，应该广为人知。传我令，准其以大禹之名传天下！"舜帝目光威严，言辞铿锵有力。

皋陶低声应诺，心中暗叹，蹒跚离去。舜帝依旧遥望着远方，久久伫立着……

2

云绵绵，雾漫漫，重峦叠嶂高耸入云，时隐时现。不知名的野花开满峡谷，峡谷里到处是凸出的岩石和陡立的悬崖。虽然洪水漫天，也不妨龙门山的美景和气概，咆哮的洪水在这巍巍的大山面前也变得低沉徘徊。

一行人缓缓行来，由远至近，就像蚂蚁在广阔的天地里爬行。

领头的汉子神采飞扬，口中滔滔不绝，和身边人吹牛神侃，此人就是雨泽。前日，他接到了禹的传召会聚龙门山治水，所以带着自己的队伍星夜赶来。

在他身边的一个人一直在唱和吹捧。此人外表憨厚淳朴、面色黝黑发亮，显然是经历过长期劳作，并非养尊处优之辈。此人眼界不宽，对外界事物了解很少，雨泽随便说什么都让他大呼小叫、啧啧称奇。

当初禹把队伍分成百组，分布天下勘察监督。雨泽自领一队外出，偶然在路上遇到一群衣衫褴褛的人。细问之下才知他们来自偏僻的槐族部落，是响应禹传遍天下的治水号召而来，由于道路受阻，所以姗姗来迟。

本来，雨泽不打算带着他们行动，因为他隐约记得云阳他们好像就是这个部落的。但是交谈中，雨泽发现为首的这个人提起云阳就咬牙切齿，显然是有旧仇。这一点，不禁让雨泽安然一笑，遂收留了这队人。

在路上，这汉子对雨泽很是顺从。这让雨泽非常舒心、受用。当雨泽表明自己是禹的得力助手时，这汉子迸发出巨大的热情与恭敬，让雨泽刚开始很不适应。

雨泽以前从来都没想过自己也有被别人尊敬、服侍的一天。他带的队伍混合了几个部落的人，这些人虽然对他很是恭顺，但也因为他的身份而保持一定距离，让他心里空落落的。

这个叫木成的汉子的出现让雨泽的心情甚为舒畅，况且他还是槐族部落最新的族长。槐族部落虽然不大，但族长就是族长，身份摆在那里。如此有身份的人围着他团团转，服侍他，他如何不高兴，又如何不得意！

"前方就是龙门山，一会儿见到禹大人，你要注意自己的言谈举止，要对禹大人保持万分的恭敬。"提起禹，雨泽仿佛是找到主心骨，面色崇敬地说道。

"雨泽大人请放心，在下仰慕禹大人很久了。这次得幸相见，一定倍加珍惜。"木成说话间，头都快低到膝盖了。

"哈哈，哈哈！"雨泽满意地笑着。

3

这些日子陆续有队伍赶到龙门山，禹很高兴。自从那个雨夜之后，禹稍有空闲就参详九州山川图，收获良多。

果然是人族至宝，这是禹最近常常暗叹的心里话。

更为神奇的是，禹还发现九州山川图里蕴藏着一个更大的秘密。这个发现让禹心惊不已，同时也被深深地震撼住了。

"难怪众神所忌，原来还有如此大的威能。"他心中暗想。

禹传令收集九州大地之铜，以备大用。

这个命令让许多部族不知所措。铜可以冶炼武器，太过敏感，而大家是受命治水，所以接到命令后都迟疑未行。恰巧这个时候，舜帝的命令传遍天下：禹无私治水，顺应民意，以"大"冠名于前，以彰其功、慰其劳。

这道命令坐实了禹的地位和名声，没有人名前能冠"大"字，这个"大"字可是至高的评价和嘉奖。天下部族这才纷纷执行大禹的命令。

大禹本以为自己披荆斩棘，不畏艰辛，民望足够了，却没想到他下达的一道命令，执行起来竟如此艰难，还要舜帝认可方能推动。念及此，大禹心中不免嗟叹。

第一百四十九章　开山大计

1

雨泽率领队伍来到了龙门山脚下，发现各部落已经到了很多人。这些人都是部落的青壮，收到大禹的传召而来。大家彼此寒暄之余都在打探，为何会选在龙门山治水，但打听来打听去，谁都没有确切的消息。

雨泽稍作整理，赶紧来到大禹驻扎的营地求见。

"大人，雨泽回来了。"一个洪亮且带着欣喜的声音把大禹从沉思中拉了回来。

大禹抬头一看，雨泽就站在帐外，风尘仆仆。

"哈哈！好，快进来，回来就好。"大禹发出爽朗的笑声。这笑声，在威严愈来愈重的大禹身上，已经很少见了。

对于雨泽来讲，大禹既是他的偶像，也是他的主人，更是他的亲人。所以，此番重逢令他非常激动，一进门就行叩首大礼。大禹含笑扶起了他。

寒暄过后，大禹详问了雨泽这一路上各地治水的情况以及其他见闻。这是大禹日常要做的事情，每队的负责人都要向大禹汇报这些情况，以便大禹来做全局安排。

雨泽汇报起来事无巨细，大禹频频颔首，不时发问，对雨泽表现出来的成长和进步很是满意。雨泽该说的都说完了，疑惑地问："大人，为何让大家聚集到龙门山？莫非是找到治水之法了？"

大禹仰天大笑，显见心情极为舒爽。他对雨泽没有保留，回答道："没错，东线、中线的情况你也看到了，疏浚的方针已见成效，只是西线上游的积水并无良策解决。我精研九州山川图，终于发现，如果将西线的积水分流改道，那么天下的洪水将终归大海，九州无虞矣！这个最佳的分流点就在这里，龙门山！"

看雨泽还是有些不解，大禹耐心地解释道："大水遇龙门而南再东，若能开山凿通龙门，将有一半积水东行而北上，九州水患必解啊！"

雨泽恍然大悟。他崇敬地看着大禹，深鞠一躬："大人英明神武、洞彻天地，属下深感敬佩。此举亘古未见，实乃天功也！"

"哈哈哈！"大禹开心地大笑。他难得说出了自己内心的计划，也是非常畅快。

"此事机密，绝不可外传。开山分流工程浩大，万族聚集之前，绝不可走漏风声，恐引起蚌池那边恶神阻挠。"大禹收住了笑声，随即叮嘱雨泽。

雨泽也知道此事至为重要，连声应诺。大禹如此信任他，把这么绝密的事情都告诉他，雨泽感到非常开心，非常激动。

"大人，我们下一步该如何去做，还请大人示下。"雨泽又问。

"开山分洪，需要开山之宝物。我听闻蚩尤当年威震天下，传为战神，他流传下一神器，名为开山斧，现存于九黎部落。此番你须带人去借开山斧来，只许成功，不许失败！"大禹眼中精光闪过。

雨泽连声应诺。

2

龙门山下聚集的人越来越多，听闻此次治水要有大动作，饱受苦难的人族都摩拳擦掌、欢喜不已。天下都在传唱大禹之能，无数仰慕者纷沓而至，这让龙门山异常热闹。

大禹进一步下发了九州各处还需要打通的节点。众人均不知是何意，但出于对大禹的拜服，纷纷遵令而行。龙门山愈发热闹，不断有人应召而来，又不断有人领命离开。

其实，这些节点都是大禹根据九州山川图计算出来的，只有把这些节点全部打开，方可在分洪之后，用最小的损失将各地泄洪的通道贯通，最终万流归海。

雨泽只休整了一天就急急忙忙赶往九黎部落寻找那开山斧。

这段时间，雨泽对木成愈加看重，木成带着真心的奉承和赞誉让他非常受用，再加上他确实吃苦能干，很让人信赖。这要是别人，雨泽一定会有所警惕，但对于木成，雨泽放下了戒备，全因木成那一张忠厚老实的脸。所以，雨泽去哪里都带着他。当然，木成把雨泽伺候得也非常舒心，几乎是但有所命，无所不从。

"大人，我们为什么刚到龙门又要去九黎呢？"木成一边傻傻地问一边给雨泽捶背。

雨泽得意地大笑："那是因为禹大人找到了绝妙的治水方法，吩咐我去办一件无比重要的事。"

"哦？"木成憨厚木讷的眼中不经意间闪过精光，"想来一定是无比神奇的方法，能治了这洪水。属下来自穷乡僻壤，没有见识，实在难以想象。"

雨泽正要开口胡吹，陡然想起大禹的吩咐，马上收住话头，将话题转移到其他事情上了。

木成见雨泽的心生警觉，有些不甘。不过，他还是耐着性子，顺着雨泽的话，一门心思琢磨着如何套出的雨泽话。

一番东拉西扯，木成直逗得雨泽哈哈大笑。不经意间，木成敬仰地看着雨泽，奉承道："雨泽大人真是博学广闻，属下能跟在大人身边，实在是幸运之至。"

雨泽矜持地笑了一下，颇为心安理得。

"禹大人对雨泽大人的信任真是让人羡慕，刚刚听闻大人说到治水已经有了办法，这让小人不由得热泪盈眶。只可惜这次匆忙，没能拜见禹大人。"木成动情地说，"小人自幼饱受水患困扰，亲人也被洪水吞噬，心中无比痛恨。走遍天下，现在终于跟对人了，还能为治水出力，实在是上天眷顾。真是恨不能早一天用这神奇的法子把天下的洪水治了！"

望着木成那期待的眼神，雨泽心中一动，没有说话。可木成的眼光逐渐流露出些许失望，雨泽不禁有些失落。自从他自作主张盗图，虽小有磨难，但舜帝赐图于禹之后，他也跟着处处受人恭敬，原本的自卑和谨慎之心早已淡去，变得有些骄纵。

他也想到了，他带着木成到九黎部落取那神物，归去的一路上自然也瞒不过。况且木成这人如此憨厚老实，对他也是敬畏有加，早已是他的心腹了，告诉他也无妨。他也要收买人心，培养几个死党嘛。

第一百五十章　借斧风波

"掘开龙门山，分洪治水，九州水患可解。"雨泽故作深沉地说，只不过他那高深莫测的样子显得有些做作。

木成一惊，没想到居然还有如此异想天开的办法，不过他细细一琢磨，隐约觉得此法大有可为，心中愈加震惊。

看着木成那被惊呆的样子，雨泽别提心中有多骄傲和得意了。

"此法真是神鬼未料啊！"木成感叹着，深深地拱手。

"此行正是与开山有关，我们要取一宝物……"雨泽又压低声音说道。

知道了这等惊天机密，木成对雨泽更加恭敬了。不日，他们到了九黎部落，仅等待了半天雨泽就接到通知——大巫要立即接见。

雨泽带着木成等人连忙出来，跟随九黎人向着大巫的住处走去。

一路上，雨泽心中很是得意，想当初他跟随大禹来到九黎避难，那时的九黎人傲慢无比，害得他整天低着头，不敢多说一句，天天看人脸色，艰难度日。

没想到如今，他代表大禹前来，竟受到隆重接待。身份显赫的大巫很快接见，让雨泽有一种扬眉吐气的感觉。

不一会儿就到了大巫的住处。通报之后，雨泽把其他人留下，带着木成进入屋内。

宽敞的屋子内坐满了人，一个个都神色肃穆地看着雨泽。

对于这里，雨泽过去从未敢放眼细看。此时，他底气十足，很随意地打量了一下屋内的布置。屋内装饰极为特殊，各种神秘的符文、野兽的牙齿以及颜色各异的布条挂在各处，显得格外神秘玄奥。屋内的座位分列而排，但是又不整齐，似乎暗合某种规律，让人捉摸不透。远处的墙上，挂着一张巨大的兽皮，也不知是什么兽的，显得狰狞而又富有韵味。

他心中暗道这九黎果然处处不凡，骄纵之心略有收敛。

这时，一个苍老的声音传来："许久未见，不知如今禹大人可好？"

这声音虽然微弱，但是极为清晰。

雨泽心神凝聚，马上看过去，只见一个面容苍老、浑身衣服刺有神秘符文的老者正看着他。老者眼中玄奥神秘，带着某种魔力。他赶紧低下头，拱手道："回大巫的话，禹大人一切安好，时常挂念大巫和九黎之恩，但一直奔波治水，脱不开身，所以遣在下前来问候。"

本来，以他现在的秉性不会对大禹之外的人如此谦卑，但是不知道怎么了，看到不怒自威的大巫，他内心的气势一松，变得恭敬起来。

大巫点点头，似乎对雨泽的话，没太在意。他转而看向木成，问雨泽："此人是谁？"

雨泽不知道大巫为何会对木成感兴趣，生怕是他不知礼节，惹了大巫不高兴，赶紧示意木成恭敬些。

"回大巫，他是在下的下属……"雨泽回道。

大巫眼中迸发出一丝精芒，淡淡道："禹可知此人？"

雨泽心中一惊——这话是何意？为何大巫突然称禹大人为禹呢？

他不知道木成到底哪里惹到了大巫，如果说大禹不知此人的话，看样子难以善罢甘休，因为他发现屋内所有人都露出敌意，全站了起来。于是，他撒了一个谎，连忙说道："禹大人当然知道此人。"

听到大禹知道此人，大巫的神色这才稍稍缓和一些，但目光还是一动不动地盯着木成。

九黎的巫可招先祖的不朽英魂，所以对魂魄异常敏感，刚才雨泽和木成一进来的时候，大巫就盯上了木成。因为他从木成身上感受到了有奇异魂魄的存在，并且极其强大，有一种说不清道不明的敌意，这才有了刚才这一幕。

雨泽吓坏了，不敢轻易说话，屋里一时非常安静。

"把此人拿下，关押起来。"大巫突然闭上眼睛，缓缓说道。

雨泽冷汗直流，看大巫突然发难，他嘴皮动弹了一下，终究没敢多说什么。屋里凝重的气氛把他压得畏缩起来。

几个九黎人上来，不由分说，把木成押了下去。

"此事，我会和禹大人说的。"大巫似乎知道雨泽在想什么。

雨泽不敢有任何异议，连连点头。

"你此行为何而来？"大巫问道。

雨泽擦了一下额头上的冷汗，深吸一口气，仍旧紧张地回答："禹大人听闻贵部落有神物开山斧，想借来一用。"

大巫眉头一皱——这个禹，不好好治水，用开山斧做什么？

时间似乎凝固了，屋内的气氛非常压抑。大巫紧闭双眼，始终沉默着。猛一看，大巫似乎睡着了。他本就年迈，精神自然不济，可屋内没有人敢这么想。

许久，大巫徐徐说道："开山斧乃我九黎镇族之宝，不可轻易外借。"

雨泽连忙说道："禹大人说约定尚在，有朝一日，一定会履行承诺。"

"哦？"大巫缓缓睁开双眼，语带讥讽，似笑非笑地说，"大禹果然名不虚传，不过这和借斧有何关系？难不成，我不借，大禹就准备不兑现承诺了吗？"

声音到最后渐冷，显然雨泽的话让大巫很不高兴。

雨泽连忙躬身行礼，冷汗再一次冒了出来。他支支吾吾，不知如何作答。就在气氛越发凝重的时候，一个九黎人从屋外慌慌张张地跑了进来。

"大巫，刚才抓走之人，打伤看押人员，跑了！"

雨泽一下瘫软在地，怎么会连连出现如此突兀之事？这让本来就不知如何是好的雨泽，更加惊慌失措。

大巫冷声道："派人去抓回来，生死不论。"说完又陷入了沉思。

最近的大禹声名鹊起，实在惊人，远超大巫所想。大巫还没想到控制大禹的办法，大禹就已经席卷天下。大巫有一种自食恶果的苦涩。

不过现在还不能和大禹撕破脸皮，反而应予助力，毕竟当初是九黎力保的他，并且大巫还在想办法去操控大禹。

大巫最终打破了屋内的沉默，再次睁开双眼，对下面坐着的一个九黎人说："獠夫，你带部属，携带开山斧，交给大禹，然后留下协助大禹治水。"说完，起身走了。

那个叫獠夫的九黎人大声应诺。

第一百五十一章　睢眦归战

大营百里，营帐密布，就像云朵飘落大地，相邻的几个营帐围成梅花状，井然有序，不时有执戈之士来回巡视。

大战的气氛一直未有松懈，虽然人族持续落败，但是为了守护家园，他们同仇敌忾，人人身上都散发着阵阵杀气。这是经过战场洗礼之后蜕变而出的气质。所有经历过多年前水火之战的老人们，都联想起当年那恢宏浩大的战场。

蚌池中，血战还在继续，到处都是波涛汹涌的洪水，溢满整个蚌池，让这里成了汪洋之地。而人族一退再退，一败再败，已经死伤无数。幸好不知何处归来的睢眦与龙族合力，加上从洛城送来的人族先祖法器"轩辕剑"，这才勉强守住局面。但是局面依然岌岌可危，随时都有全盘覆灭的危险。

这期间，龙子们也伤亡惨重，已经最大限度地牵制了共工的凶威。众多在前线指挥战斗的长老们夙夜忧叹，苦思对策。

"报！无怀部落全部阵亡，东部防线已经被恶神冲开！"一位勇士首领喘着粗气，从远处奔到指挥大帐内。帐内的长老们无不变色。这些日子噩耗连连，已经让长老们心力交瘁。为首的伯益，面色有些苍白，闻言急忙起身惊问："无怀氏乃上古部族，高手如云，怎么会如此快就溃败？"

"对啊，东部还有太昊部落，怎会如此？"鱼显长老在一旁急声问道。

这位勇士首领正是洛城的斗兽场主——乔隐。他有些犹豫，不知如何作答。伯益看乔隐一闪而过的表情，厉声喝问："是不是还有什么事隐瞒？太昊部落现在何处？"

乔隐咽了口唾沫，再次抱拳禀告："太昊部落接到大禹的命令，已赶往龙门山。"

"什么？该死的东夷部落，难怪无怀氏部落会溃败！"鱼显长老恨得咬牙切齿。

伯益和众长老缄默不语。最近，大禹的风头实在太盛，他寻访各处治水之时声名鹊起，舜帝嘉奖可名之为大禹。目前大禹发布的治水政令与前线战事渐起冲突。

毕竟，天下人力就只有这么多，此消彼长是必然的。

这里的人族首领大多忠于舜帝，所以近来大禹的名声权威如此浩大，让大家心里多多少少都有些担忧。一位长老不解地问："太昊部落是何时接到的命令？我们怎么不知道？"

另一位长老叹息道："这道命令早有，只不过我们一直压着，就是怕引起防线松动。在这里的都是各部落精英，若是让他们知道部落有调动命令，蚌池就危险了。"

"太昊部落究竟是怎么得知这道命令的？"一位长着络腮胡子的长老想到了其中的关键。因为大营封锁消息，外加蚌池危险，一般很少有人来。除非是部落特地派人通知，否则谁敢在这个时候把人撤走。

大家纷纷猜测起来。伯益摆摆手说："现在还是先说东部战线如何处置，其他事情稍后再议。"现在不宜追究谁的责任，把东部战线稳住才是当务之急。

这时，外面又来一位勇士首领来奏报。此人一脸疤痕，原来是林木部落的林啸。

"报！巡视发现一个陌生部落的人要进战场，被我们抓住，特来请示。"

长老们的心思都在东部战线的防务上，无心理会这等小事。一位长老不耐烦地挥挥手，说道："先看押起来，明日再拷问。"

"诺。"林啸拱手退下。

这时，远处传来震天的雷声和嘶吼声。众人连忙跑出营帐观望，只见东方天际，睚眦的身影与共工缠斗在一起，战况异常惨烈。

伯益赶紧派人族高手持法器助战。没过多久，共工退出了战斗，众人这才松了一口气。大家暗中庆幸有龙子，若不然防线早就被攻破了。

不过对于龙子，长老们有些纠结，既仰仗又提防，人族法器始终没有给予龙族使用，这才造成今日之局面，勉强维持守势。

睚眦的本体伤痕累累，大战下来又化为人形。他拖着疲惫的身子，环顾那些重新布置战场的人族充满敬畏的眼神，默默地向休息地走去。

龙子守护九州大地，乃龙族的铁律，任何龙族之子都不得违背。若不是如此，生性高傲的睚眦一定会袖手旁观。

从困龙之地赶到蚌池，听闻自己的兄弟被共工杀死，睚眦差点儿发狂。此等仇恨，不共戴天。所以睚眦每次都带着巨大的仇恨攻击共工。双方虽然实力悬殊，但他那拼命的样子，着实让共工有些头痛。

睚眦原本实力平平，经过困龙之地的潜修，提升很多，而且他出手之际不顾生死。这等同归于尽的打法，刚开始确实占了一些上风，但等共工适应过来以后，睚眦就占不到什么便宜了。他每次都是伤痕累累地归来。若不是共工顾忌那人族法器未尽全力，睚眦可能早就被杀死了。

人族重新布置着防线，睚眦没有管。刚才，他感觉到一种自己熟悉并且憎恶的气息，虽然微弱，但敏感的睚眦还是捕捉到了。如果换作其他人，早就不在意了，但睚眦的性格非常特别，对和自己有仇的人和事，记忆非常深刻。

一闪而逝的气息，这气息是谁的……睚眦冥思苦想，怎奈刚才和恶神战斗，没有办法分神去探查。

睚眦的休息之处是一个山洞，直对着人族指挥营帐。长老们在外面热烈欢迎他归来。睚眦援助的时机实在太及时了，若是再晚片刻，让共工杀了过来，后果不堪设想。

"我很累，若非要事，休要扰我。"他冷冷地扔下一句话，冷艳的脸上挂起冰霜，看也不看长老们一眼，径直往住处走去。

长老们面面相觑，非常尴尬。大家感激龙子相助，一直尊敬有加，这次主动迎接只想表示感谢，没想到睚眦丝毫不给面子。

一位脾气暴躁的长老冷哼道："龙族太过傲慢无礼，我等也是好心，实在气煞人也。"

"伯益，非我人族，其心必异，我们不得不防。自从我族法器到来以后，我总觉得龙族有些消极怠战。"鱼显长老在一旁缓缓说道。

此话一出，一些长老纷纷点头。

伯益被这些愚蠢的人气得半死："龙族相助，我等本应感激，现在外敌未除，只应同心同德，岂能猜忌龙族？此等话语，以后休要说出！"

伯益这番话口气很重，让一些长老非常不悦。其中，鱼显长老尤其不忿。

第一百五十二章　残魂蛊惑

木成被一队勇士推搡着关进一间小木屋。

一路上，木成几次想申辩，都被林啸粗暴地打断。现在，人族陷入了危险的境地，像他这样只身游荡，又来历不明，还试图闯入前方阵线的人，着实可疑。

这段时间，畏死叛逃的不少，生性耿直的勇士最讨厌懦弱之人，没人给他好脸色。

木成从九黎逃出来后，翻山越岭，一路上躲避追兵，刚到蚌池就被林啸带队巡逻的勇士抓到。以他现在的能力，本打算出手击杀这些勇士，可这个时候，他突然看到了曾经的仇人，因而不敢轻举妄动，生怕惊动这位仇家。

他不得不放弃抵抗，任人族勇士将其带走。

林啸简单和守卫交代了几句，把木成关押到木屋后，扬长而去。木成趴在木屋的墙缝后面，张望着外面，苦苦思索脱身之策。与此同时，长老们不欢而散，各自回到部族中歇息。鱼显长老和一位驻地相邻的长老一起往回走。

"哼，伯益实在是被吓破了胆，难道不知我人族还有法器吗，居然如此敬畏龙族。"鱼显长老心中这口气不能平复，忍不住挑起话头。

另一位长老看到他如此愤愤不已，心里虽然也这么想，但还是出言劝慰："算了，鱼显长老，小心风中有耳。龙族和恶神之事，不要多说，想必洛城自有办法。等此事罢了，老叟辞去长老之位，回部落颐养天年，免生闲气。"

鱼显长老冷笑道："风中有耳又如何？在场众人谁不火大？虽然龙族于我等人族有恩，但人族对龙族也是善待有加，四时祭祀，从未少缺。依我看，咱们也不用想洛城了。洛城若是有办法，也不会等到现在。据闻，西行之人没有任何回信，恐怕凶多吉少。"鱼显长老心中还牵挂着西行的儿子，这也是他愤懑焦虑的原因之一。

听鱼显长老如此一说，那长老垂头不语。许久，鱼显长老打破了沉默。他又想起一事，不吐不快："你对声名鹊起的那个治水之人怎么看？"

"治水的大禹，人杰也，三过家门而不入，实乃人族楷模，不畏艰险，跋山涉水，亦是英雄所为。"

鱼显长老听后非常不快，随即抑制住怒气，冷声道："近闻，很多人都接到了禹的邀请，心思活动。"

"哈哈！鱼显长老，老叟老了，亦无雄心壮志，只想此事过后，归隐养老。况且，舜帝待我有知遇之恩，老叟此行带着部族青壮而来，就是想报舜帝大恩。"

鱼显长老闻言，神色这才缓和下来。他沉重地点点头，说道："在下虽无堪用之才，亦无缚虎之勇，但是一心忠于舜帝，忠于人族。那治水的大禹，邀买人心，借治水之名笼络各部落。依我看，三过家门而不入，委实过于做作！"

"哦？"那位长老很惊讶。以鱼显长老的性格，在洛城并不受欢迎，也不受重用，长期被上面压制。他本以为鱼显长老会对舜帝有所怨言，没想到其性情如此赤诚。

他定神看着鱼显长老坦荡的眼神以及嘴角露出的对大禹的不屑，这才确定是真的。

此时，二人正路过一排小木屋，突然听到有人大喊："大人！大人！小人有要事禀告！"

二人不由得停下了脚步，原来是木屋里有人喊叫。

鱼显长老想起林啸之前禀报之事，又见这叫喊之人是一位陌生部族之人，遂命令守卫开门。

门刚一被打开，木成就跪拜道："大人，在下乃槐族部落现任族长，惊闻恶神出世，前来相助，希望为人族出一分力，不知触犯何事，刚到此地就被擒住。"

"槐族部落？在什么地方？"鱼显长老询问道。他从未听闻过这个部落，想必是太小，若不然怎会没有听过。

木成拱手道："槐族部落偏居北方，部落千余人，耕作打猎为生。"

"你从北方来？想必是经过龙门山了？"鱼显长老目露异色，双眼紧盯着木成。

木成的大脑飞速转动，刚才他隐约听到二位长老提及"三过家门不入"，因此料定他们的谈话与大禹有关，只是不确定他们对大禹什么态度。他小心翼翼地说："是的，经过龙门山了，只是远远地见到过禹大人。众人都说禹大人贤明，有英雄气概……"他边说边打量二位长老的神情变化。

鱼显长老冷哼一声，说道："英雄气概？他有什么气概！"

另一位长老突然咳嗽一声。鱼显长老意识到自己失言了，只好闭口不言。

"你刚才说有要事禀告，快快说来。"那位长老说道。

木成发现他们对大禹并无好感，甚至充满了敌意，因而试探着回道："在下跟随禹大人的部属雨泽前往九黎部落去借取一物，用来治水。但私下里，雨泽告诉在下，禹大人名为治水，实乃打算决堤，逼迫各族臣服于他。据在下所知，禹大人愿加入九黎，并打算借九黎之力称霸九州。在下不顾安危，出声反对，得罪了雨泽和九黎。他们要把在下关押处死。在下身为槐族部落的族长，黄帝的子孙，一心为我人族，怎可与他们同流合污？即便死也要死在战场上。于是，在下设法逃离，到了此地，想为我人族抗击恶神，不承想……"

看木成一脸正气，憨厚中还透着坚定，加上这番慷慨陈词，鱼显长老深感震惊，也很欣慰，连连点头赞赏。

"好大胆！居然敢决堤，这个禹简直是疯了。他这么做会让多少人惨死。此事甚大，我定要禀告舜帝！"鱼显长老怒道。在他看来，大禹此举与那恶神没什么区别。

鱼显长老大骂数声，发泄了怒气，大声道："没错，你身为一族之长，他九黎岂有权力杀你？你刚才所说之事，可是真的？"

木成连忙点头，断然说道："在下愿以先祖之名起誓，若有任何虚言，甘受天谴！"

人族重誓信诺，木成如此起誓，鱼显长老竟也信了。

鱼显长老紧握双拳，怒气磅礴，眼看就要暴跳如雷。

他身边那位长老连忙按住他的臂膀："鱼显长老，此事舜帝自有定夺，你不必着急。"

鱼显长老已经快失去理智了，努力挣脱被按住的双手，可那位长老的双手坚如磐石，他几次尝试都没有挣脱开。良久，鱼显长老深呼一口气，把心中的暴怒排解出去，对木成说道："今日已晚，你跟我来，暂居我部落。明日随我去指挥营帐，把你今日之言告诉众长老。"

二位长老带着木成往回走，联想到太昊部落受大禹之命突然撤退，他们心里都沉甸甸的。只不过二人都没有注意到木成脸上闪过一丝诡异的笑容。

第一百五十三章　昆仑论道

"昆仑之虚，方八百里，高万仞。上有木禾，长五寻，大五围。百神之所在。"

西昆仑高耸在云海之上，蓝天仿佛触手可及。山体是温润的白玉和翠绿的碧玉，晶莹剔透，华美梦幻。山上的神木林立，粗壮挺拔，亭亭如盖。枝叶中长着红色的浆果，食之清爽通泰，精神饱满。日出日落的时候，太阳透过翻滚的云海，射出万道霞光，令人心醉神迷。到了夜晚，头顶上璀璨的银河格外明朗。群星像一双双会说话的眼睛，闪动着，述说着人间不知道的无穷无尽的秘密。

云阳等人猛然从颠沛流离中停歇下来，恍若隔世。阿薰渐渐从失去小奇的悲痛中恢复过来，不过比以前话少了，经常默默地注视着远方。

这些日子，他们分别由各自的悟心师父带领修习。师父本为一人，但善恶本我有别，秉性不一。正所谓法不外传，大家虽然都在修习，但第一天就都被告诫，不可相互沟通，并让大家立下誓言。

他们住的山并没有神踪人迹，很是空旷。到了西昆仑却没有找到祝融大神的下落，他们放心不下。云阳跟悟心提了好几次要拜访祝融部落探个究竟，可悟心总是笑着说机缘未到。他们也很好奇悟心的来历，悟心更是笑而不语。

这日，大家修习过后聚在一起，前来探望雪微。

雪微的外貌已然十分衰老，气若游丝，但双目却炯炯有神，仿佛能看穿天地中的一切迷雾。大家虽然见惯了生死，但见到雪微此际生不如死，十分黯然。

雪微自觉精神很好，轻声安慰大家："你们不要悲伤，我窥伺天道，泄漏天机，必遭天谴，吾心无悔。我只希望能见到你们打败恶神，还人族安宁的那一刻，这样就算我灰飞天地也没有遗憾了。况且这里乃神界仙境，能来此一趟也不负此生。你们看，天上的紫微星多美……"

伙伴们顺着他手指的方向望去，中天紫微垣里，紫微星烁烁发光，像雪微的眼睛一样明亮。星月惊呼道："这里白天也能看见紫微星啊！"

"太美了，以前没有见过……"雪微喃喃自语着，满眼笑意，手指不自觉地动着。

伙伴们看到雪微的笑容，心中稍稍释然。云阳叹了一口气，说道："还有十日就到了悟心前辈说的四九约定之日。我近来修习所得甚大，已然领悟很多运转灵力之法，不知能不能打败恶神，还人族安宁。"

雪微脸色苍白，笑了笑，轻声说道："不，你们还没领悟大道。我想悟心前辈快要和你们论道了。你们不要急，悟心前辈自然有他的打算。"

"什么？我们还没领悟到？这怎么可能，我们这些天学习很用功。你快说清楚，我们还需要学习什么？怎样才能领悟？"星月有些急了。这些日子，她每天都感觉到自己的变化。现在，她信心满满，恨不得马上就去找恶神报仇。

雪微刚要答话就被云阳拦住了。他说："星月，别让雪微说了，他已经泄露太多天机了。"

星月这才意识到自己的错误，连忙摆手。

"我们是修了吐纳、观心和术法，但前辈确实未谈及天地玄理大道。"阿言冷不丁地冒出一句。

雪微点了点头。他也期待悟心开示，只有这样的世外高人才能参透天地玄机、大道至理。

众人一时沉默了，兀自思量着阿言的话，心头皆是疑云丛生，却不知从何问起。

"哈哈哈！看来今日法缘已至，不疑不悟，不问不解，不死不生。"不知什么时候，麻衣悟心已经站在他们身后。众人赶紧施礼。

"看这寂寂寥寥、澄澄明明的天地，变化万千，孕育其中的大道却至简极易。"麻衣悟心指着远方的天际，感叹道。忽而，他又转过身来，看着大家，"为何？天地本无极。无极者，无形也，无名也，无量无边。至虚至灵，神妙混然，静极理天，至无生有，至虚育实。视之无形而能形形，听之无声而能声声。虽不离气，亦不杂于气，贯乎太极之中，包乎太极之外。寂兮寥兮，独立而不改，杳兮冥兮，万劫而不坏，化之定之于无定极，乃天地之中，宇宙万物之本体。道，以一为本，衍之为万千，以气为用，阴阳运化，于形越形，似器非器，生化万物成太极，复归于无极。道心不二，本自具足，道体不腐，齐物为心。其精，盈而不溢，包容涵茹。其气，混元无边，虚实相合。其神，清净圆明，独立往返。其功，败而不馁，胜而不骄。资德众生，止于至善。大道无极，生生不息。"

众人听得似懂非懂，只有雪微含笑颔首。

悟心也满眼笑意，看着雪微，指了指天上的紫微星："雪微小友，道中有术，术中有数，汝自可推之。"

雪微的眼睛更亮了。

星月立在那里，神思恍惚。她家学渊博，却从未听到如此透彻的天地至理，一时间明白了许多，但又有更深的疑问涌上心头。她缓缓说道："前辈所言总揽天地，贯穿千古，可是情呢？情在何处？情为何物？我们千辛万苦来到这里，总为一个情字驱使……"说到这里，她看了看云阳和阿薰。

悟心手抚白须，微微颔首："情，人间之道，离天地之道亦远亦近。情乃心之用，无情亦无心。以情乱心，庸人自扰。然绝情向道，则入枯冷之境；若以情路修心道，虽险岐而上乘，大根器可为。至情至爱，即为大道。"

星月眼中噙着泪水，往事和心事都在心头翻滚。悟心走过去拍了拍星月的肩头，含笑不语。众人一时默然，各怀心事，低下了头。

阿言正在体味悟心的这番话，突然感觉到有双眼睛在看自己。

他转身查看，并没发现任何情况。

第一百五十四章　旧仇隐现

"木成，你把去九黎之事原原本本道来，不可遗漏。"鱼显长老一大早就把木成带到指挥大帐，在众长老面前简单介绍了木成的来历，而后命他详述。

昨晚回到宿营地，他又详细追问了木成，写了一封书信传回洛城。

木成一心想跑，怎奈鱼显长老看得非常紧。他倒是没有想到木成会走，而此事非常重大，不容闪失。如果木成说的话是真的，那么这道防线还会有部落被大禹调走，那时，蚌池就危在旦夕了。

木成知道若想脱身，必须趁乱接近防线。防线一直有人把守，他只有先骗到长老们的信任才有希望。他期期艾艾地把谎言复述了一遍。长老们逐一询问，他也一一作答。

指挥营帐里的气氛非常凝重，事情远超出大多数人的想象。大家表情不一，有人愤懑，有人震惊，还有的人努力保持平静的样子。

"槐族部落？这个名字怎么有些熟悉？"伯益看着木成那憨厚的样子，沉思许久。

木成心中咯噔一下，暗道不好。他只能先不动声色，因为他还不知道伯益是什么意思和立场。若是贸然说错，他的谋划可能会出现波折。

伯益终于想起来了："是不是和西行那几位年轻人是一个部落？"

他这么一说，马上有人道："好像还真是。"

鱼显长老也想了起来，云阳就是那里的。

木成一听这些人对云阳抱有好感，就不能说出和云阳有仇了。

"没错，各位大人，在下和云阳、阿薰等人是一个部落的，我们情同手足……"木成忍着心中的恨意，诉说着和云阳等人的情谊如何如何好。他感受到周围的人的善意，这才稍稍松了一口气。但是，一把阿薰和云阳的名字联系在一起，他就心如刀割："阿薰啊阿薰，云阳有什么好，竟值得你死心塌地跟着他！"

木成的神念刚有一些浮动，识海深处就传来一股剧痛，脑海里也响起了阴险的笑声："事成之后，阿薰就是你的。交代你的事抓紧去办，一定要把这个消息带给主上。否则，哼哼……"

木成听到这个声音，心中骇然，在脑海中说道："主人，人族看守甚紧，小人正在想办法接近……"

"闭嘴，你这个无能的废物！这点小事都办不好，怪不得你喜欢的女人跟别人跑了。要不是我神力衰竭，神魂不全，无法长时间清醒，还用得着你这个蠢货！"

木成被戳中心底最深的伤痛，面色异常难看，连嘴唇都被他咬出了血。但是，他心中不敢有任何怨恨，因为他心中的任何念头都可能会被这个恶魔察觉。现在，他只有隐忍。这个恶魔出现的时间越来越短，说这么几句话之后，似乎又要沉睡过去，看样子，他的神魂之力快消耗光了。这个发现让木成有些窃喜。

"喂，你怎么了？"鱼显长老发现木成痴痴呆呆的，于是拉扯了他一下。

木成这才回过神来，看到屋内所有人都看着他。显然是他刚才太过出神儿，立时不好意思地挠挠头。

"你刚才想什么呢？这么重要的场合，怎可胡思乱想？"鱼显长老不满地瞪了木成一眼。

木成慌忙解释："在下刚才回忆和云阳兄弟在一起抗击洪水的时光，所以有些走神，还请大人见谅。"

伯益正色道："此事重大，诸位切不可外传。"说着，又转身看向木成："你既然是云阳部落的族长，我等应以礼相待。云阳等人先是送图后又西行，对我人族有大功。稍后，还有一些事情需要问你，你先退下休息吧。"

木成赶紧施礼称谢，心中窃喜，看来此事算是糊弄过去了。他转身走到营帐大门口，突然就碰到一股冷厉的气息扑面而来。那气息锋芒刺骨，含着澎湃的怒意和杀气，有排山倒海之势，令他完全无力抵抗。木成大惊，来不及细想，连连后退，踉跄着跌回营帐之内。

屋内众长老正在商讨，看木成又退回并跌倒在地，十分不解。

"哼！"一声高傲而冰冷的声音从外面传来，"你和我一战。"

先不说木成呆若木鸡，就连帐内的人也傻眼了。

伯益皱着眉。他已听出来这个声音的主人是谁。此人如此肆无忌惮，让重礼数讲规矩的他心生不快。

木成不知道自己是如何惹到这种强人，心中连忙呼唤藏在身体里的恶神，可不管他怎么呼唤都得不到丝毫回应。木成哪里知道，就算他身体里的残魂清醒，也不敢轻易出来。当年一战，他记忆犹新，虽说不是他全盛的状态，但他也知道对手极为难缠，难以敌手，更何况他现在仅仅是一缕残魂呢。

木成最大的依仗就是身体内的恶神残魂。以前遇到危险，木成能解决的绝不轻易麻烦他，因为每求他一次，事后都备受折磨。但是这次，木成感觉到生命受到了巨大的威胁，根本就是大难临头。

"睚眦大人，究竟因何事要伤我人族？"鱼显长老压抑着怒气，朗声道。

"哼。"人随声至，只见睚眦满身征尘，俊美的脸庞异常冷峻，浑身带着浓郁的杀气走了进来。那杀气吹得帷帐呼呼抖动，令人毛骨悚然。显然，他刚从战场归来，进来后双眼始终紧盯着木成，嘴角还挂着冷笑。

帐内所有人都盯着睚眦。这里是人族的指挥营帐，龙子虽然尊贵，但也仅仅是盟友，未经允许就贸然闯入是一件极为失礼的事情。更何况，睚眦不言不语，只盯着木成，对其他人视而不见。

第一百五十五章　人龙反目

"睚眦大人辛苦了！您刚从战场上回来，应当好好休息才是。不知来此处有何吩咐？"伯益看场面很僵，从中调和道。他虽然也有一些不悦，但想到此时需要团结，不能激化矛盾，便试图缓和气氛。

听伯益这么一说，有些人非常不屑，认为伯益有失身份。再怎么说，身为总管前线事务的人族长老，何必对一个龙子如此谦卑客套。只有少数人能体谅伯益。他们也想到龙族对人族有大恩，做人不能忘恩，更何况此时大敌当前，还应保持团结。

睚眦环顾营帐，对众人的不满毫不在乎。他生性孤傲，气势凌人，对周围的人和事从来都是漠不关心。若不是龙族命令，他是不愿意到这里来的。

当然他和共工搏杀不仅仅是因为龙族守护人族的契约，更有杀兄杀弟的大仇。

"此人与我有仇，我睚眦有仇必报。"睚眦环视四周，眼神冷厉。

众人面面相觑。这个睚眦实在是无礼，木成怎么会和他有仇呢？他不过是个普通人，恐怕连睚眦的身都近不了，哪有本事能得罪他？睚眦要杀他简直易如反掌。

此时，木成被吓得瘫坐在地。大家更觉得睚眦的话荒唐可笑。

伯益上前道："睚眦大人会不会看错？这个年轻人怎么会和大人有仇呢，怎么看都不像是大人的对手啊。对了，他来自槐族部落，是槐族部落的族长，和您相识的云阳等人是好兄弟。"

木成一听，赶紧说道："大人，大人，我是云阳的兄弟，咱们之前并未相识，我怎么会是大人的仇人呢？"

睚眦面色冰冷，心头也有些迟疑。刚才在战场上搏杀的时候，一股令他厌恶的气息又一闪而过，这让他心中杀机顿起。在共工退却之后，他匆匆寻着先前的感知盘查而来，锁定了木成。木成并不知道自己身体里的恶神曾和睚眦战斗过，更想不到那恶神刚才苏醒的时候气息外泄，被睚眦觉察到了。当然这个时间极为短暂，睚眦也不知道那股气息的主人到底是谁，只知道这个气息令他非常厌恶。

伯益善于观察，发现木成一脸茫然，而睚眦的眼神里也闪过一丝迷茫，便继续问道："不知道大人为何断定他是大人的敌人？"

睚眦恢复冰冷之色，不愿多解释："他身上有我厌恶的气息，这个人我要带走。"说完，他伸手就要抓住木成。

"大人，且慢！"鱼显长老拦住睚眦。

睚眦杀气腾腾，冷声道："你敢挡我？"

"你……"鱼显长老被气得够呛。他本来就性如烈火，但睚眦的性子比他还急。他刚要发作，伯益马上示意他冷静下来。

鱼显长老知道伯益的意思，看着睚眦那冷酷的眼神死死地盯着他，他只得强忍怒火。

"睚眦大人，此人带来一个重要的信息，我们还未商议完……"鱼显长老尽量放缓说话的语调。不过他的话还没说完，就被睚眦傲然打断："你是何人？我说的话你没听清吗？"

"你！"鱼显长老气得满脸通红，手指颤抖地指着睚眦，说不出话来。他如此低声细语，居然遭到如此无礼的呵斥，真是奇耻大辱。

伯益不得不上前，对睚眦说道："睚眦大人，仅凭身上的气息，就要把一族的族长带走，恐怕不合事理。我们人龙两族还需要同舟共济，团结对付恶神才好啊。如果此人有什么地方得罪了睚眦大人，在下替他给您赔罪，还请睚眦大人念在两族交好，大局为重，息怒息怒。"

睚眦本来也不确定那股令人厌恶的气息是不是在木成身上，并且由于气息出现的时间短暂，他无法判别到底是谁的气息。现在，生性孤傲的他有些骑虎难下，他本来打算把这个人带回去，然后细细盘查，没想到平时非常孱弱，只是依靠人多势众和法器才能对付恶神的人族，居然如此倔强地阻拦他，这不由得让睚眦有些恼怒。

木成见大家都在保自己，马上高声呼道："大人，在下乃云阳的兄长，闻大人和云阳兄弟有旧，还请大人息怒，放过在下……"

睚眦脸上的杀气逐渐汇集，一字一句地说道："恩仇不相抵，有仇必报。"

然后，他环顾众人，说道："今日谁敢阻挡，谁就是我睚眦的仇人。"

"大胆睚眦！我等忍你很久了。你居功自傲，视我人族如若无物，今日又强行夺人，难不成我人族好惹？"终于有人爆发了，但这正和睚眦之意。

睚眦露出白牙，哈哈大笑："好，好！人族果然有勇气。既如此，我睚眦就赐你等与我一战。"说完，他猛然变身，飞天而起，气势全然爆发。脆弱的指挥营帐顶部猛然被冲开，随之散架，七扭八歪地倒在地上。

蚌池内所有人族都听到巨响，然后看到一个龙首豹身、浑身充满杀气的巨物现于空中，嘶天而吼。

众长老虽然老迈孱弱，但好歹也是久经战场。虽然睚眦翻脸出乎意料，但是短暂的慌乱之后，他们马上镇定下来。

"睚眦，你不顾龙族和人族的约定，傲慢无礼，羞辱我人族日久，今日定要你好看。"

伯益看到情况恶化，而刚才那位怒喝的长老还在不断挑起双方的火气，脸色顿时非常晦暗。鱼显长老刚才虽然被睚眦气得够呛，但也深知外有强敌，实在不应该翻脸。

睚眦不断地嘶吼，嗜血的目光已经掩盖了原本的理智。他怒火中烧，兄弟为人族已命丧恶神之手，自己也在为人族抗争，没想到人族竟出言不逊，让他如何不怒？

他不断在空中盘旋，心中的怒气越来越盛，直欲发狂。

第一百五十六章　浮游告主

共工正在远方闭目养神。他一直未用全力，只是在戏耍。他把握着对人族的攻杀节奏，既不能全灭，也不能让人族有半点儿喘息的时间。他在等祝融出来，他要在祝融面前把人族毁灭，然后再和祝融了断恩怨。

多年以前，他和许多众神还能和平相处，包括祝融。但在不周山神战中，他和天吴相争的时候，祝融擅自行动把一切都改变了。他一直自许为独步天地之神，从不把其他的神放在眼里，除了祝融。

正所谓水火不相容，他知道祝融是自己一生之敌，是个配得上他的对手。所以，祝融援手对他是莫大的侮辱。或许那正是祝融的本意，貌似不经意，实则是羞辱。因此他暴跳如雷，失去了理智，怒触不周山，引发九天之水倾倒，犯了众怒，与众神决裂。多年之后，祝融竟然又联合人族将他封印，这更是他的奇耻大辱。

现在他终于有了一雪前耻的机会，但祝融却消失了。他不急，他已经知道人族正在组织人寻找祝融。他只需要等待。倒是他派出的那四个蠢货凶兽，竟然杳无音信，仿佛人间蒸发，让他有些困惑。

复仇是他心中最大的执念，有时候他会感到一丝空虚——这样执着值得吗？但恨意旋即涌上心头，吞没了一切。

"祝融，我共工定要重新攻破你的光明殿，淹没你的不灭神火，让你尝尝被囚禁的滋味。"

突然，远方风雷大作。他睁开了双眼，那股威势极为熟悉，正是龙二子——睚眦。他性格刚烈、好勇擅斗、嗜杀，是龙子中战斗力最强的。共工对他非常欣赏，若是有机会还想收至麾下，为己所用。不过共工也知道，他已经杀了六个龙子，只剩下一个重伤的狻猊和这后来的睚眦。大仇，已经深深结下，想化解是不可能的了。换作以前，共工并不愿惹龙族，毕竟龙族乃上古霸主，虽然经历多次大劫，有些势微，但依然不可小窥。但是现在，共工一心想找祝融报仇，所以什么也不顾忌了。

远处大乱，共工神目一闪，嘴角勾起笑意："人龙内乱，或许睢眦可用！"

他手持双蛇，闲步踏浪而去。

此时，人龙之间已经剑拔弩张，一阵嘹亮劲急的号角，人族军营里的大军随之出动。

蠹旗在风中猎猎招展，各部落迈着整齐的步伐、手持兵戈向预定方向集合。他们每跨三步就大喊一声"杀"。那杀声直冲云霄，云朵都被震散开来。

凄厉的号角震山退海，这是迎接共工进攻才有的，如今这杀阵却是直冲睢眦。

睢眦以前从未看得起人族的杀阵，如今身临其境才发觉杀阵如此骇人。那凝聚起来的杀气犹如利剑，直入识海，让人不敢挡其锋芒。

杀气如万顷怒涛扑击群山，又似惊雷入海，势不可当。

伯益手捧轩辕剑，英姿挺拔立于阵前，平静地目视着天空中嘶吼的睢眦。

大战一触即发！

木成早就趁乱脱离了众人的视线。他知道，这是他唯一能进入防线的机会，也是他唯一能活命的机会。他不敢指望人族能救他。他撒下弥天大谎，不管龙族还是人族，谁胜谁败都没他的好果子吃。

此时，防守共工的防线也在调动。木成混在人群里，躲躲闪闪，趁机钻了出去。

伯益依然不愿意和睢眦为敌，毕竟睢眦有恩于人族，不顾生死，为人族抗争恶神，今日之事全因口角而起，双方有些误会而已。他手持轩辕剑，久久不愿意拔出。

看到他迟疑不决，身后的人劝道："伯益，快拔剑吧，那睢眦马上要杀过来了。"

睢眦看到伯益的轩辕剑，眼神一凝，身形不由一滞。他早闻人族轩辕剑大名，那是人族上古时期，黄帝持有的神器，乃人族至宝。睢眦对他刚才的懦弱有些恼火。他收敛心神，心中傲气涌起，浑身气势不断攀升。

"今日定要见识这轩辕剑之威！"

"伯益，别犹豫了，箭在弦上不得不发，睢眦已经和我们撕破脸了，此事不能善罢甘休。"

"是啊，伯益，事已如此，不能犹豫了，若不然此间动静被远处恶神知道，趁机来攻，我等都要葬身于此，还请速战速决。"

身边的人纷纷在劝，大家都知道现在已经到了生死攸关的时刻。看睢眦的样子，出手必然雷霆霹雳一般，不会留情。

伯益重重地叹了一口气，握了握剑柄，正待拔出。而睢眦的气势也凝聚到了顶点，双目冷光一闪，随即张嘴就欲发出神力。这神力蓄势已久，要落在地上，必然地动山摇，碎山破海。就在一触即发之间，远处传来巨大神光，随即洪水惊天而起，水浪如山一般压了过来。

睚眦之前感受的那股气息又一次出现，而且渐浓。先前出现时短暂微弱，睚眦来不及细细感应，但是现在，睚眦终于知道这是谁了。

他停止准备攻击人族的招数，转而震天怒吼，目眦欲裂。

"浮游！"

睚眦扔下人族，夹带着风雷之势，直奔远处而去。

人族也停下动作，望着远远而来的洪峰惊慌失措。更让人惊讶的是，水浪之上似乎有个人族的身影。木成跪在水浪之上，对共工行礼，并把大禹要开掘龙门山，把洪水分流入海的计划告知共工。

共工骤然见到木成就感受到他身体内的浮游气息。他用神力把浮游唤醒，刚开始听浮游说到大禹，还不以为然，但听说人族要开山放洪入海，才意识到问题的严重性。他本来没在意大禹，但如果大禹真的在上游把洪水放走，那么他的实力定然大损。虽然他是水神，能招天下之水，可一旦离开了水势，他很多招数都用不了，很难对付祝融。所以，共工很是震怒。他要直奔龙门山，把那些要放水的人族全部杀死。

由于木成站在水浪之上，浮游以神力叙述，所以声音很大，在场的人族也听到了。大家看到共工怒气冲天，虽然不解其意，但也深知此事对共工不利。

共工神色凛然地望着西北方，声音清冷问："此事可真？"

木成跪伏，大声道："臣属听闻那大禹亲信雨泽所言，句句属实。现在龙门山已经聚集了不少人族，开山斧送到即可开山放水，还请主上定夺，臣属定当鞍前马后，竭尽所能。"

大家见木成一口一个臣属，纷纷大怒。

"叛徒！叛徒该死！"

鱼显长老口吐鲜血，后悔不已。他厉声道："叛徒，我必斩你！"

共工将手一挥，洪峰加速袭来，防线上的人族因为刚才的调度，大部分都已经来到指挥营帐附近。防线上人少，力量薄弱，对袭来的洪峰没有多少抵挡之力，还没等有所准备，就已经沉没在洪水当中。而远处的人族拼命地往回赶，却也只能远远地看着他们被洪水拍死。

这水势浩大异常，不同以往，简直是灭天之威，高达百丈，并且还在不断攀升。

这次，共工真的下了狠手，他已经不打算利用人族引来祝融了。若是任由大禹分流洪水，就算祝融来了，他的胜算也不高。

"祝融，既然你不出来，我就杀光你庇护的人族，再与你了断！"

第一百五十七章　睚眦必报

睚眦赶到木成身后，伸出龙爪就要把木成抓走。他过于冲动，靠得太近，丝毫没有顾及共工。共工冷哼一声，将手一挥，一道闪电劈向睚眦。

间不容发，一个火红色的身影飞速撞开睚眦，被闪电劈在了身上。那身影立刻僵硬了。共工运用神力将他抓了过来。

这是一头火红色的巨狮，浑身冒着烟气，此时受了重伤，双目半合，奄奄一息。

原来是龙子狻猊赶了过来，他本就受了重伤，一直在防线附近休养。昏沉之际看到睚眦升空与人族对战，慌忙打起精神过来阻止。这时，又不顾危险冲向共工，替睚眦挨了这重重的一击。

共工举起手，冲着狻猊的头颅直欲拍下。

"不！"睚眦在远处大喊。

共工冷冷一笑，一掌击在狻猊头顶。狻猊全身瘫软，神魂已被震散，随即往下落去。

高耸入云的洪峰越过防线扑向人族阵营，众人惊骇无比，呆呆地望着这滔天巨浪，不知所措。就在这千钧一发之际，伯益拔出轩辕剑，一字横天，高喊道："都别慌！排列阵形，准备迎敌！"

轩辕剑乃人族至宝，具有极大的威能和莫测的玄机，又经过人族多年供奉和给养，威力更加厚重凝实。只见轩辕剑放出万道金光，巨浪就像被一只无形的巨掌挡住一样，迟迟不能落下，悬在半空，形成一幕水帘。

众人死里逃生，愣愣地看着巨浪，心神恍惚。伯益见形势危急，顿时怒道："愣着干什么，还不去布阵！"众人这才缓过神，纷纷行动起来。

共工嘴角浮出一丝冷笑，这些人族真以为区区一把轩辕剑就能挡住本尊！他抬手打算把洪峰压下去，却听睚眦一声怒吼："共工！浮游！今日不是你们死，就是我睚眦亡！"

天上，睚眦真身暴长，目光赤红，挟带风雷扑了过来。

站在共工边上的木成满脸惊恐。此时，浮游的残魂在共工的神力接济下有些还阳，木成隐隐约约变成一头红熊。那是浮游的本形，不过这本形显现得很不稳定，时有时无。

浮游心里一寒。当年被睚眦追杀的时候，若不是他用计欺骗睚眦水淹大地，造成无数生灵涂炭，而他趁乱分出一缕残魂逃逸，恐怕早就灰飞天地之间了。

共工将手轻轻一挥，瞬间漫天尽是银芒，洒向睚眦。

睚眦仰天怒吼，吐出一颗雷球。这雷球直冲共工而来，就在快要接近的时候，睚眦一声低喝："爆！"

雷球应声轰然炸开，化作道道雷电，与那些银光交错在一起，直叫那银光减弱了许多。睚眦立刻腾转，直奔浮游而去。

共工眉头微皱，冷冷看向睚眦，双掌推出，一把银色的水矛疾驰而出。这水矛充斥着磅礴的神力，在他穿梭前行时，四周居然隐隐出现无数水纹，同时下方的洪水也被搅动，掀起巨浪，直冲睚眦而去。

睚眦身体一抖，四周立刻弥漫红芒，与此同时一道道神力从红芒中咆哮而出，化作一条龙形之物，冲向水矛。随后，睚眦的身体立刻消失，又突然出现在浮游身后数十丈的地方。他的双爪合拢，顿时一丝丝灵力从体内溢出，在他身前形成一个黑白二气组成的旋涡。

睚眦将旋涡缓缓推出。浮游顿时心胆俱裂，他没想到睚眦不去和共工战斗，反而耍了一个花枪，从他身后袭击。

共工眉头再皱，冷哼道："不知死活！"说着，他右手张开，五道水气从其指尖疾驰而出，在空中迎风见长，化为连接水面的巨大水柱。

睚眦凝气聚神，黑白旋涡立刻变大，快速旋转着迎击水柱。

"砰！"一声轰然巨响过后，水柱被撞得粉碎，旋涡也化为乌有。但是水柱与旋涡碰在一起的瞬间，一丝神力轰然攻入睚眦体内。睚眦喷出一口鲜血。

此时，睚眦方知共工神力如此强大。以前一直未出全力，不禁心中一凛。

生死之间，睚眦想起他因洪水误伤人族而被惩罚，来到蚌池又见兄弟被杀的一幕幕，顿时悲痛欲绝，仇恨也在这一瞬间盖过恐惧，让他心中顿时清明。借着这一瞬间的清明，睚眦大喝道："我睚眦生于洪荒，威于天地，历经百难而得道，向来仇怨必报，杀兄屠弟之仇，被困之恨，今日定要做个了断。"

共工神色如常，嘴角挂着不屑的笑容。睚眦的怒吼并未让他的情绪有任何波动。

于他来说，睚眦的实力还不足以产生威胁。不过睚眦桀骜不驯的性格，倒让他更为欣赏。他又何尝不是如此呢。

"祝融，你在哪里？当日之仇，我共工也要和你做个了断。"共工说着，猛地看向睚眦，"你若是降服于我，我愿意让你当我的臣属。"

睚眦神色一凛："恶神，休想！"

共工冷笑道："那就去死吧。"

他向天一指，洪水暴起，在空中凝成一个巨大的手掌，向着睚眦，猛然拍下。

睚眦面色大变，想要后退，但这掌印极大，很难躲开。手掌瞬间落下，从睚眦身上穿过。只见睚眦被一片金光所覆盖。共工大怒，扭头一看，竟是那伯益。

刚才是伯益激发了轩辕剑。轩辕剑化作金光，护住了睚眦。尽管有轩辕剑守护，但是睚眦还是受了伤，又吐出一口鲜血。

此时此刻，睚眦看向人族的神色愈加复杂。

刚才那一击来得太突然，睚眦没有任何防备，若不是人族来救，恐怕已经被灭杀了。

伯益高声疾呼："恶神，休要猖狂！"

共工冷哼一声，正待再次攻击。他倒想看看人族还有什么招数。

"人族，此乃我和恶神之仇，你等还是尽快散去吧。之前我等都错判了，恶神并未出全力。"睚眦想了想，出声道。他打算和恶神同归于尽，不愿人族被连累。

伯益高声道："睚眦大人，先前是我人族不对，放任叛徒而铸成大错，今日我等愿意将功补过。"

明白始末的众长老羞恨不已，谁也没想到木成居然被恶魂附体，出卖人族。

"走，走！休要管我！"睚眦的内心被人族触动了。他没想到人族居然有如此勇气。但今日是必死之局，人族留在这里阻挡不了恶神。

伯益没有答话，而是控制轩辕剑，向共工疾射而去。与此同时，人族大军已经组成大阵，纷纷使出各族秘法，风暴一般向共工攻去。

共工不敢掠其锋，连忙躲避。虽说他神体不惧，但是同时面对这么多攻击，稍有差池就会受伤。若是受了伤，一旦祝融出现，他共工必败无疑。

睚眦看共工暂时分神，心中大喜，带着滚滚杀气，直冲浮游而去。

浮游魂不附体，一边急退一边大喊："主上救命，救命！"

共工正在躲避人族的攻击，听闻浮游大喊，转头一看，不由得大怒。他把臂上的红蛇扯下，喝道："去！"红蛇利剑一般飞射而去，直奔睚眦。

这蛇乃共工本命兽，剧毒无比，外加修炼多年，已成凶兽，实力非凡。

睚眦眼看就要接近浮游，忽闻一股腥臭味从侧面传来，立时用神识一看，是恶神臂上的红蛇。

现在，睚眦陷入了两难之地，要么转身与那红蛇缠斗，要么以被红色击伤为代价，一举将那浮游击杀。

电光石火之间，睚眦咬牙加速向浮游冲去。浮游残魂的实力太弱，根本不是睚眦的对手，见睚眦不顾红蛇的攻击，执意要杀，顿时无比惊恐。

"睚眦，我与你的事已经过去，为何你如此执着？"浮游不由得问道。

睚眦杀气腾腾地说："我睚眦有仇必报，你以为过去，于我则从未过去。今日，我定要杀了你。"

"别以为我怕你，我浮游也不是好惹的！"浮游色厉内荏地喊道。他拼命往共工靠去，希望主上能施以援手。

睚眦不顾一切，吐出灵力，攻向浮游。是时，睚眦侧翼的红蛇也已飞到。

两声巨响，睚眦和浮游同时被击中。浮游残魂被震散，红熊的身子又变成木成，向下跌落。木成不甘地悲呼："阿薰……"

木成也随着那浮游魂飞魄散了。

共工的行动瞬间僵滞了，臣属在自己眼皮子底下被杀，令他愤怒至极。随着他的怒气升腾，洪水就像烧开了一般翻滚起来。

"你，必，须，死！"共工的面色犹如寒冰，一字一句地说道。

睚眦口吐鲜血，大笑道："有仇必报，来吧。"

第一百五十八章　逐九黎

獠夫带着开山斧来到龙门山，得到大禹的及时接见。可大禹收下开山斧后，命九黎的队伍在一个偏远的地方扎营，此后一连数日都再没召见过獠夫，也没向他安排治水的任务。獠夫上门求见也被大禹借故婉拒。

獠夫是个脾气火暴、闲则生病的粗人，整天坐在营帐里长吁短叹，生了不少闷气。

"獠夫大人，那禹着实无礼，我们都来了这么多天，才见了一面，更可气的是把我们当下人随意安置，不闻不问。"一个不知趣的下属偏偏哪壶不开提哪壶。

"闭嘴！"獠夫斜了他一眼，粗声粗气地说，"老子心中不爽快，不要惹老子。"

那下属吓得低头不语。不过獠夫的火气也被勾了起来。他站起身，在帐内烦躁地踱了几步，恨恨道："我们九黎也是个大部落，当初他落魄之时，只有我九黎愿意收留。这会儿他翅膀硬了，倒摆起架子来。等明日，我们再去，若还是不见，我等就回去，不受这鸟气！"

另一个尖嘴猴腮的下属连忙道："大人，不可。"

獠夫瞪圆了眼睛，怒道："有何不可？"

那人忙劝道："大人，大巫叫咱们来帮忙，为九黎建功，不只是送斧，若是这么回去，必然受罚……"

獠夫抬腿就踹了那人一脚，然后沉默不语，甚是烦躁。他知道那人说得对，也还记得来此之前，大巫曾经单独召见过他，并嘱咐他此行的目的。刚才说要走也是他的气话，但于他的性格来说，大禹这么做是最烦人不过的。

"明日不论如何，也要请求掌管一些治水之事。"獠夫心想。

与此同时，大禹正在营帐中静坐冥想。这些日子，九州各地的河道与洪水堵点都在按照九州山川图中的节点挖掘，再过一段日子就可以开山放水了。不知道为什么，他近日总感觉有些隐隐的不安，好像有什么不好的事情要发生。

他轻轻叹了一口气，起身走出营帐。

夜已深，龙门山周围各部落的营帐外都燃起了篝火，远看就像天上的繁星洒落大地。这些人或是刚听到号令赶来的，或是刚完成任务归来的。

大禹很享受这种号令一出，天下景从的感觉。

他的营帐在一座山顶，下面的情形一览无余。他带着微笑，扫视了一遍各部落，当目光触及远处的九黎部落时，不由得愣住了。

当初形势所迫，必须借助九黎的力量保全自己，所以他对大巫许下重诺：他的有崇部落并入九黎。今日这个承诺已经成为大禹心中的一根毒刺。

雨泽未归，这让大禹心中非常不快。他猜测是大巫把雨泽扣下了，可大巫这么做除了在表达不满，还有何别的用意呢？他暂时猜不透，所以獠夫把开山斧送到以后，他就再也没有召见他们。

这些日子，大禹一直在想对策。他知道，不久的将来，九黎可能会全员出动来龙门山。

现在，龙门山大多都是炎黄部落的，九黎部落来太多人的话，难免会起摩擦。若是炎黄部落的人知道他对九黎的承诺，必然会对他产生极大的怀疑。如此一来，眼下积累的威望可能就会付诸东流。想到这里，大禹心中很烦躁。他眉头紧锁，突然吩咐后面的守卫："去，传令各部，三日之后，焚香开山，分洪。"

"诺。"武士应声答道。

只有尽快开山放洪，把九黎那帮人打发回去才好。不过，还有些部落没有回来，有的地区节点尚未打通，现在并不是最适合的时间。他心中也很踌躇。

"等等……"大禹又叫住守卫。

守卫一下子站住，不明所以。

大禹沉思良久，始终无法说服自己为私利而罔顾治水的成败。

"暂时不要传令，去把九黎的人叫来。"大禹一脸平静地说。

獠夫已经打算休息了，没想到大禹这个时候派人前来召见。他不由得窃喜，一会儿见了，一定要好好跟他谈，争取谈出个好结果。

獠夫跟着前来传话的守卫七转八转，终于来到大禹帐前，只见门口戒备森严，不时有勇士游弋巡视。獠夫看了看，颇为不屑："哼，还真摆起架子来了，忘记当初来到九黎寻求庇护的时候有多么狼狈了吗？"

刚一入门，獠夫就被大禹紧紧抱住。

"哈哈，獠夫大人，这段时间冷落你们了。禹实在太忙，还请谅解啊！"大禹热情洋溢，满脸真诚地致歉。

"禹大人治水繁忙，在下区区一个部落小首领，怎敢不理解呢？"獠夫心直口快。

"哈哈哈！獠夫大人这是哪里的话。你我二人亲如兄弟，快，快请坐！"大禹笑得更爽朗了。

獠夫碰到了软钉子，有气也撒不出来，只得闷声道："禹大人有什么事尽管吩咐，在下受命而来，可不仅仅是护送开山斧。如此闲着，实在难受。"

大禹微笑着，毫不在意獠夫的态度，反而温声道："獠夫大人远道而来，身体疲惫，还是在此多休息一些时日吧……"

獠夫急声道："獠夫来此处就是想为治水出一分力，还请大人安排我等参加治水，否则獠夫无法向大巫和族人交代。獠夫性急，如有失礼之处，禹大人请别见怪。"

"禹曾蒙受九黎部落照顾，把九黎当成自己的亲人，獠夫大人太客气了。"

"在下实在等不了了，急也要急出病来！"

看火候差不多了，大禹微微一笑："獠夫大人既然如此心切，倒是有一件难事，希望獠夫大人能帮忙。禹以前没有可信的人，若獠夫大人愿出手相助，禹不胜感激。"

獠夫来之前，大禹就已经想好了，不能让獠夫待在这里。虽然现在没什么事，但是难保獠夫他们不会在使用开山斧的时候横生枝节。

"蚌池战场的情势万分危急，禹打算派人去支援。主要目的是多争取一些时间，让禹把洪水改道分流，以解救天下万民。这样一来，恶神失去洪水之势，实力也会大打折扣。"

这个安排实在出乎獠夫的意料，一时间让他很难作答。

看獠夫在深思，大禹更加坚信，獠夫一定是带着大巫的密令来的，必须要支走。

大禹恭维道："禹闻獠夫大人乃九黎勇士之首，威猛神武，想必一定想见识一下恶神吧。大人若去，必能拖住恶神，为禹赢得时间，建立奇功。"

獠夫心中也是一直觉得勇士应该征战沙场，这样才能一展风采，在这里挖山填土算什么好汉，窝囊得很。大禹说了一大堆，獠夫只听进去这一句。这话一个劲儿地在他心中翻腾。

不过，獠夫想到大巫的吩咐，脸上露出了难色。

大禹缓缓说道："我会亲自和大巫呈情，想必大巫也一定会支持。这是治水最重要的时刻，能多争取一些时间，全天下都会感谢九黎部落的恩德。大人立下奇功，必会流芳后世。"

獠夫听大禹如此一说，再看他诚恳的样子，当即咬了咬牙，说道："既然此事对治水如此重要，獠夫必当竭尽全力。但是……但是那开山斧，乃我九黎重宝，所以……"

獠夫突然有些吞吞吐吐。其实开山斧也非九黎之祖物，只是自从被大酋长蚩尤使用之后，就成了九黎的象征。

大禹明白獠夫的意思，大笑道："这个请放心，禹只为开山，用完自当奉还。"

獠夫这才稍稍安心："那就好，獠夫明日就带人去蚌池。"

二人又聊了一阵，相得甚欢。大禹把獠夫送出帐外，看着獠夫的背影，不由得露出了轻松的笑容。

第一百五十九章　问神

转眼之间，悟心规定的七七四十九日修行就要满了。

云阳、阿薰、星月和阿言个个红光满面、精神充沛，走起路来身轻如燕。

他们每日一半的时间都在静坐，其余时间分别由黑衣悟心和白衣悟心教授身法、步法和易筋术。他们都觉得自己的身法甚是奇怪，可练完以后却浑身通泰、舒畅无比。

云阳感觉到体内真气充盈、灵力运转自如，那颗灵珠也被滋养得愈加圆润，使用起来更是得心应手，就连一向柔弱的阿薰也打通了任督二脉，苍白的脸色日渐红润。

麻衣悟心又讲了几次大道玄理，众人渐渐听得明白，身心开始体悟到道之妙用。

这日辰时未到，麻衣悟心就将他们召集到神木下安坐。雪微也倚□□眼睛不时看向天空，面带笑意。

悟心微闭双目，面容慈祥，呼吸之间仿佛与天地融为一体。四人深受感染，摄住心神，守得一个澄澄明明的境界。四周安静得只有树叶飘落的声音。

良久，悟心睁开双眼，淡然一笑，开言道："天地悠悠，辽阔广大。逝者匆匆，白驹过隙。寒暑相易，春秋相替，似无穷尽也。然人生短狭，奔波操劳，向道难，悟道更难。而天地不自证，唯人证之。何也？人虽无催山倒海之能，擒龙伏虎之力，却心通万物，心容万物，有形而无限，修慧守拙，自有高妙机缘。尔等九死一生来到昆仑，一借人族气运，二赖天命之选，然近日修为不过筑基而已，能否承天道转天劫，尚需诚勇相济，运数巧合。"

四人在清明之中听得此言，若有所思。

阿言沉声问道："前辈说的大道固然精妙透彻，然而对我们战胜恶神有什么用呢？我们如何才能胜呢？"他最关心的还是回去之后的恶战。

悟心微笑道："道之妙用无穷，以道化神，可以事功，可以修真，虚实相应，无中生有。到时候神变妙有，奇缘可期啊。"

四人不解其意，雪微倒是在一边含笑点头。

云阳想起自幼的坎坷和这一路的磨难，尤其是亲身遭遇过恶神的折磨，也看见了人族被恶神驱使奴役，于是疑惑道："前辈，天道恢宏，人族能证，神明也居于天地之间，岂不是更能证之？若神明证得天道，还是奴役人间，胡作非为，这天道岂不是善恶不分？"

悟心沉吟道："天道本无善恶，人心自有分别。至于神祇，不过是承继了混沌以来的无极之力，恃其能而不自制，滥其权而不自省，虽叱咤三界，却难能修得本心，证得天道，殊为可叹啊。"

众人听得大惊，如同五雷轰顶。人族从来都对神祇无比敬畏，虽然仇视恶神，依然视之为不可企及的存在。悟心一言道出了神祇的弱点，反显出人族的独特灵机。

众人一时心潮澎湃，久久不能言。

悟心缓缓道："人居天地之间，可飞升上界，可永坠幽冥。人虽有所短，如能以心印道，以道印心，精气充盈，神能圆满，加之众志成城，未尝不可回转天劫。但是人心如迷雾，善恶混杂，忽暗忽明，未来九州还是慧路曲折，劫难重重。不过，这是后话了……"

这时，雪微颤巍巍地站了起来，兴奋莫名。他指着天空中闪亮的繁星说："前……机缘已经快来了！"

悟心哈哈大笑："雪微小友，你真是慧眼独具，窥破天机啊。"

云阳起身对悟心深深地施了一礼："前辈世外独立，依然心系人族，指点迷津，请受我等一拜。我等归心似箭，还望前辈示下如何为人族解难。"

阿薰、星月和阿言也躬身拜下。

悟心手抚白须，开颜道："既然机缘已至，大可放胆去行，不过尔等还需要习得一个小小的法术，哈哈哈！"

四人喜笑颜开，心中如释重负。经历了长久的黑暗，现在终于看到了曙光。他们静静地站着，等待悟心教授。

阿言又突然感觉到有双眼睛在窥视他，猎人的本能让他非常警觉。他回身张望，可仍旧没发现什么异常。

悟心笑道："你这个小家伙躲躲藏藏，还不出来见客，害得人家疑惑呢。"

众人十分不解，却见一块碧玉后面走出一只色彩斑斓的小老虎。这小老虎胖头胖脑，比猫大不了多少，表情生动，还一副害羞的样子，煞是可爱。

阿薰和星月惊呼一声，奔了过去。那小老虎憨态可掬，摇头摆尾，任她们抚摸，十分友善。阿言看出那并不是一只老虎，不禁好奇："前辈，这是……"

悟心指着那只小老虎说："此乃开明兽，昆仑山之吉物，只见有缘之客。这可是大吉兆，看来尔等运势将旺啊。"

阿言又想起自己的大黑熊，央求道："前辈，把大黑熊还给我吧。它很听话，也很管用，帮得上忙的。"

悟心摆摆手，哈哈一笑："阿言小友，不要急，不要急。那黑熊也是有缘之物，自有它施展的天地。"

阿言挠了挠头，不好再说什么，走过去摸了摸开明兽的脑袋。那家伙似乎很买阿言的账，抬起两只前爪跟阿言玩耍。

雪微嗔怪道："好了，好了，要干正事啦，不要再玩这只猫啦！"

阿薰和星月瞪了他一眼，又自知理亏，收回目光，恋恋不舍地站了起来。那开明兽似乎听得懂人言，在地上耍赖似的打了一个滚，然后一蹦一跳地走了。临走，这个小家伙还不忘回个头，算是告别。

悟心让四人站立，手结心印，行吐纳之术。

良久，悟心口中念念有词："精依气盈，神能飞形。圣日圣月，照耀金庭！"然后在四人后背各击了一掌，低喝一声："起！"

四人的身形缓缓升了起来，衣带被真气鼓荡得飘扬翻飞。

雪微急道："悟心前辈，他们御空飞行，我可怎么办？"

悟心哈哈大笑："我们一起走啊！"

他一把抓住雪微的胳膊，腾空而起，带着四人飞了起来。

大地一收眼底，流云不时在耳边飞过。飞行的奇妙让几个年轻人如醉如痴。

不知飞了多久，他们眼前突然出现一片火红色的景象。

第一百六十章　开山

九州东线和西线疏浚河道、掘通节点的人陆续回来了，尤其是即将分流的北方，水系都已串联起来。伯益发明的挖井技术发挥了巨大的作用，人们不需要居住在河边就可以取水生活，大大降低了洪水的危害。

大禹特地派人通知曾经在雨夜停留的太行山东麓部落搬迁，分流的第一波洪峰将通过那里北上。

蚌池危急，掘开龙门山刻不容缓。大禹在深夜宣布次日开山。众部落闻讯又惊又喜，他们现在才知道大禹号令天下治水之士汇集龙门山的目的。这真是一个石破天惊的想法，众人虽然有些疑惑，但大禹早已建立了至高无上的威信，人们相信他的想法定能成功，所以群情激奋，连夜做着准备。

秋高气爽，辰时刚过，数十万人已经齐聚龙门山下，等待这激动人心的一刻。

"吉时到，开山！"

大禹一声号令，无数人仰天欢呼，声震天地，把山顶的云雾都惊散了。

他将九州山川图微微展开，向上托于空中，然后合掌默祷天地。只见九州山川图升于半空，散发出万道霞光。少倾，图卷缓缓展开，大山大河浮于其上，一股雄浑古朴的气息随之散发。人族与之血脉相连的感觉油然而生，大禹和众人都不由得跪下，向图而拜。

巨大而黝黑的开山斧在祭台上微微放着寒光，一看就是神威莫测的上古神物。突然，祭坛上的开山斧被九州山川图徐徐带动，逐渐飞升。开山斧的斧柄直立，斧刃冲着龙门山的主峰，逐渐变高变大。

斧子最后变得像山峰一样高大才停住，斧身已变成青色，散发着凌厉的寒光，缓缓后仰。

众人一脸震惊地看着那斧子。他们中的绝大多数人并不知晓这神物。

开山斧停住了，所有人都在屏住呼吸等待着。众人感受到斧子的巨大威压，想象着犹如雷霆落下的开山裂石之威。

就在这时，西边阴云飘过，随着一声暴吼，一股腥臭的味道扑鼻而来。

大禹的心一沉，近日他心神不宁，总担心出什么意外。果然，他的预感应验了。

"你们这群人族好大的胆子，好大的胆子！"相柳目露凶光，从阴云中钻了出来。

共工在蚌池被缠住，暂时无暇分身，所以用神念把正在探查祝融下落的相柳召回，直奔龙门山，阻止大禹开山放水。

"治水九卫何在？"大禹暴喝道。

从人群中出来九个精壮的汉子，齐声道："属下在。"

"布置防线拦住他。"大禹一声令下，那九人的眼中露出决然之色，飞身往西边赶去。

相柳眼中凶光大盛，样子却有些狼狈，九首只剩了七首，断首处鲜血淋漓。之前，他搜寻祝融的下落，去了灵界，刚发现一点线索却被意外震出灵界，又遇见了祝融的坐骑金蛇。他与金蛇一番恶斗，在雪山下打了数月，两败俱伤。虽然相柳灭了金蛇，但也受了重伤。

正在喘息休养的它，猛然听到共工召唤，惊魂不定。他重新出世寻找祝融未果，听闻浮游归来，并向主上禀报有人要在龙门山开山放水，让他非常嫉妒。他和浮游虽然同为共工的臣属，但是心生龃龉，并不和睦。当他知道浮游被睚眦杀死之后，暗自高兴了好久。

祝融没找到，本身就无法交差。这次共工暂时无法分身，令他先来，相柳知道若是再失手，恐怕共工绝饶不了他。所以他匆匆赶来，看到马上要开山，暗自庆幸来得及时。

"该死的人族，今天我要把这里变成河泽之地，寸草不生！"相柳大喊。

人族的防线已经布置完毕，治水九卫率领众多有战力的部落严阵以待。人们看着这个蛇身七首的怪物，有些害怕，但更多的是对怪物的仇恨。洪水毁灭了家园，而这个怪物却是洪水的帮凶。仇恨的力量一下子把他们心中的怯懦驱散了。

"戈矛，抛！"

"秘法，禁锢！"

"秘法，神魂定！"

"幻阵，岁月如梦！"

……

各种秘法与攻击，雨点般砸在相柳身上。秘法散发出玄奥绚丽的色彩。

相柳也不甘示弱，七首纷纷昂起，冰火雷电和毒水一股脑从七首中吐出，喷向人族。

"四海部落退！"

"青木部落跟上！"

……

大禹没有观望战场，而是目不转睛地盯着开山斧，非常焦急。相柳的实力，他是知道的，这里的人族很难阻挡，若是被他越过防线，那么就前功尽弃了。他心中不停地念叨着："快！快！"

似乎是积聚的力量到了，或者是感应到了大禹的催促，只见斧子缓缓地动了。斧刃浮现出青芒，冲着龙门山的主峰缓缓落下。

大禹和所有的人大喜，终于开始了。

远处的相柳大惊失色，不顾人族的攻击，直奔这边而来。

开山斧下落越来越快，青芒一闪而出，直冲着巍峨的龙门山斩下，声势极为浩大。照这股声势，开山之时必然惊天动地。许多人已经捂住了耳朵。

"不！你们这群人族都该死，该死！"相柳发狂地喊叫。因为不顾一切，他身上被攻击得伤痕累累，毒血掉在地上冒着青烟，滋滋作响。

终于，青芒斩到了山上！所有人都停住了动作，纷纷看向那里，就连刚才嘶吼的相柳也张大了嘴巴。

斧子落下，青芒斩过，没发出一点儿声响，龙门山岿然不动。开山斧陡然变小，又回到了祭台上。大禹神魂失措，嘴里喃喃自语："失败了？失败了吗？怎么会这样，怎么会这样？！"他捂着脸蹲在地上，眼泪从指缝中流了出来。

男儿有泪不轻弹，可现在没一个人会鄙视大禹，这是英雄之泪。大家心里都酸酸的，有的人也跟着流泪。

"失败了，失败了……"

每个人都沉浸在悲痛之中，就连正在战斗的人也失魂落魄。

相柳则是狂喜不已，他刚才差点儿疯了，这要是让洪水被放出去，没完成共工的交代，他必然会神魂俱灭。

他嚣张地大笑："哈哈哈！哈哈哈！看我如何灭了你们！"

第一百六十一章　双神陨落

突然，大禹身边的一个人大喊道："禹大人快看！快看！"

大禹咬咬牙，站了起来。他知道自己不能倒下，所有人的希望都寄托在他身上，绝不能软弱，更不能就此放弃。

只见龙门山主峰顶上的松树突然倒了下去，接着，山上的其他树也开始纷纷倒下，扑簌簌地往山下滚。大禹一怔，随即一阵狂喜，大吼道："开山成功了！成功了！"

山上的树倒了，意味着底下的山石粉碎了，人族可以搬土移山了！

数十万人突然爆发出一阵欢呼，声震九霄。

"成功了！成功了！"人们激动地跳了起来，热泪盈眶。

攻击相柳的部落焕发出新的勇气，又开始猛烈地发出各种大招。

相柳又气又急，这回共工一定饶不了他。他心中的绝望与恐惧交织着，就算是死，也要拉上这群人垫背。他身形暴起，仰天嘶吼，随即七首中喷出漆黑腥臭的毒液，令人族伤亡惨重。大家四处奔逃，但很快便稳住阵脚，继续组织新一轮攻击。

这时，又有人来报，龙门山主峰东边延绵十几里的山脉也开始倒塌。大禹兴奋极了，大手一挥："传令各部落，从东边开始搬山运土，不得懈怠！"

没有参加战斗的人很快行动起来，奔向东边。浩浩荡荡的运土队伍排成长线，人们干劲十足。大禹开始把注意力集中在相柳身上。他看出相柳身负重伤，并没有发挥出想象中那么强大的神力，而九州山川图始终散发着一道光芒罩着相柳，相柳似乎受到了不小的压制。

他看了看祭台上的开山斧，心中灵光一现。既然此物可以开山，为何不可以用它试试杀掉相柳？大禹走过去，用双手去拿黝黑的开山斧，没想到此物似乎与他有所感应，居然毫不费力就被他举了起来。他信心大增，将斧举过头顶，一道青芒从斧刃中激荡而出。

他瞄准相柳的脖子，奋力斩去！

相柳猛然看见一道青芒袭来，慌忙躲闪，奈何为时已晚。一来他受了重伤，实力大不如前；二来他正被九州山川图的光芒压制，又打了一道折扣。只听他一声惨叫，六颗脑袋被活生生地切了下来，只剩下一颗还冒着毒血。

相柳的最后一颗脑袋大吼道："卑鄙的人族，居然偷袭！"

"好，好！今日我相柳就算陨落也要让你们不得好死。"相柳心存死志，最后一颗脑袋眼中的凶光隐去，反而平淡地看着人族。

此时此刻，他心如止水，准备燃烧神力，引爆自己。

大禹忙喊道："不好，他要自爆。众勇士，快闪开！"

相柳惨笑道："晚了，你们去死吧！"话音刚落，他的身形开始扭曲、膨胀。

人族大惊，离得近的人都闭目等死了。

这个时候，九州山川图突然焕发出一道刺目的华光，罩在相柳身上，相柳的身子立刻变得僵硬。大禹见状大喜，举起开山斧又劈了过去，青芒闪过，相柳最后一颗脑袋又飞了出去，毒血从他的脖子上喷涌而出。

九州山川图射出的光芒更加耀眼了，相柳的身躯逐渐变得暗淡，最终化于无形。

"胜利了，胜利了！"战斗的人族抱在一起，喜极而泣。远处移山的队伍也爆发出震天的欢呼。大禹的神色倒变得异常平静，先是大悲，后是大喜，纵然心中翻江倒海一般，仍旧变回了那个不动声色的治水人。

相柳陨落，共工同样不好受。此刻，他非常烦躁，睚眦的舍命相搏和人族大法器轩辕剑的威压令他难以速战速决。如若就此脱身前往九龙山，他的威望可就全毁了。

他保持着三分小心，不能轻易受伤，否则就不能用最好的状态对付祝融。所以他以神力召唤相柳先去龙门山阻止人族开山，为他争取一些时间。

在蚌池的人族已折损大半，睚眦也受了重伤，实力大不如前，只有轩辕剑还令共工有所忌惮。在漫长的对峙中，共工逐渐控制了局面，正当他想一举歼灭人族的时候，一支增援的人族九黎勇士在獠夫的率领下赶到。他们骁勇无比、法术强大，又拖住了共工胜利的脚步。

这日，共工正用漫水式消耗着人族的有生力量，偶尔应付一下睚眦的自杀式攻击。突然，他的神识一阵剧痛，猛然看到相柳身首异处、黑血喷涌，不禁大吼一声，嗓中一咸，吐出一口鲜血。他又惊又怒，小小的人族居然斩了相柳！

他不能在这里和人族纠缠下去了，洪水分流后他的神力也会减弱，难以保证与祝融的大决战。这次他动了真气，原本金色的脸庞变得煞白，双目阴冷至极。他催动着体内至阴至寒之力，使出自己的终极杀招——太阴式。此法一出，点水为冰，柔软无形的水瞬间化为坚硬锋利的寒冰，蕴含至阴至寒，灭杀一切阳气。

伯益此时高举着轩辕剑，一剑朝天，那剑散发着金光，抵挡着数十丈高的水墙。

共工的脸色愈来愈苍白，头顶冒出了寒气。突然，他双指一伸，吐出一口白气，一只冰矛以迅雷不及掩耳之势破空而出，泛着白光直奔轩辕剑而去。只见那道白光刺破轩辕剑的金光，冰矛击中轩辕剑的剑身。咣当一声，伯益连忙后撤，轩辕剑险些脱手。

水墙轰然落下，人族四处逃散。睚眦见状，急忙升空，向共工扑去。共工头上的寒气越来越盛，双手一挥，十只冰矛蓦地掷向睚眦。重伤的睚眦试图运用神力化解冰矛的威势，无奈实力大损，只堪堪躲过了一半，其余的冰矛尽数刺穿他的身体。鲜血从睚眦体内喷涌而出，染红了水面。

伯益将心一横，口念法诀，将剑指向共工，那剑金光中透出赤红，陡然变大，疾速飞向共工。共工哂然一笑，单掌推出，一把与轩辕剑同样巨大的冰剑迎了上去。两剑在空中相撞，轰然巨响，冒出火花。轩辕剑被撞得立了起来，共工毫不迟疑，抬手就飞出五把冰剑，击中了轩辕剑。

砰砰几声，随着一片火花绽放，轩辕剑在空中被击得粉碎。伯益和众人目瞪口呆！

睚眦扭动身躯，还想凝聚神力向共工发出最后一击。共工吐出一道巨大的闪电，迅猛地劈在睚眦的龙头上。睚眦神魂俱散，身子一僵，直直地坠落下去。

至此，龙九子全部陨落！

共工一阵狂笑，声震天地。随着他的笑声，大水以不可阻挡之势扑向人族。人族失去法器的保护，丧失了抵抗的能力，绝大部分被波涛吞没。

人族彻底战败了！

此时，东方传来一阵海啸，一个巨大的身影挟着风雷之势疾驰过来。

共工定睛一看，不禁冷笑："哼哼，今天就和你们龙族来个彻底了断！"

第一百六十二章　祝融部落

这片山脉比悟心带着他们修炼的地方更加高峻挺拔，迥异于其他昆仑山脉那种洁白与碧绿交融的色彩，是一片鲜艳夺目的火红世界。整座山体镶嵌着一只火红色的大鸟，这鸟振翅欲飞，昂首欲鸣，无比灵动。大鸟身上遍布密密麻麻的羽毛，每一根羽毛，实际上就是一处住所，不时有人进出。而鸟嘴就是山峰的最高处，直连天际。

一阵阵华光从鸟身上划过，大鸟仿佛有生命一般。云阳等人看了，心中不由得赞叹。

悟心领着他们落在大鸟的翅尖。这是一处平台，一群儿童正在追打嬉戏。

"这就是你们朝思暮想的地方，哈哈哈！"悟心话音未落，孩子们早跑了过来，围着他们一阵欢叫。有的小顽皮还往人身上爬，搞得云阳他们有些不知所措。

这时一对身着火红华服的少男少女步履轻盈地走了过来，把小孩们轰开，对悟心等人深深地施了一礼，说道："前辈与贵客大驾光临，我家族长已等候多时，请随我来。"

悟心微笑颔首，众人跟着两位少年走去。

云阳看着两位少年飘逸的身影，感觉他们身上灵力不浅，暗自称奇。

一路上，他们遇到不少部落里的人，大都身着火红的衣服，头发赤红，精神饱满。可能是很久没见到外人来访，他们淳朴的脸上满是惊奇，却都带着笑意，施礼欢迎，很是亲切。

他们来到一座火红色的大房子外，正里是部落的议事大厅。一位身着火红色华服、双目精光四射的老者迎了出来。老者对悟心长揖一礼："悟心前辈，别来无恙啊！"

悟心回礼，笑道："重黎先生一向可好？观汝气定神清，想必是日夜精进不辍啊。"

重黎道："前辈谬赞，比起前辈，在下不过是窥其门径而已。前阵一直在闭关，忽有所感，方才出关，今晨霞光流彩，果然有贵客临门，荣幸之至！"他转身看向云阳、雪微等人："这几位少年俊彦不知来自何处？"

"他们是中土来的小友，可是专程来拜访你的！不过已在我那里盘桓一阵了。"悟心说着，给云阳等人介绍，"这就是你们要找的祝融部落族长，重黎先生。"

云阳等人连忙拜见重黎，心中不甚欢喜——千辛万苦，终于来到了祝融部落。

重黎将众人引入屋内落座。

等悟心和重黎寒暄一阵后，云阳在席上再拜重黎，郑重地说："重黎前辈，恶神共工已经冲破封印重新临世，洪水滔天，人族陷入危难之中。"

重黎神色微变，这世外清静之地离中土太远，音信隔绝。

云阳将共工出世和自己奉命西行寻找祝融大神的事原原本本说了一遍，最后又深拜重黎，恳切地说："望前辈怜悯人族困难，请出祝融大神，解救人族……"话毕，他那热切的目光紧盯着重黎。

阿薰、星月和阿言也都焦急地等待着重黎的回答，只有雪微气定神闲，不动声色。

重黎沉吟良久，轻叹道："共工出世，诚乃人族之危局，想必那共工也在找寻祝融大神的神迹，只不过……"

云阳四人屏住呼吸，静待下文。

重黎顿了顿，仿佛下定了决心，缓缓说道："这是我们部落严守的秘密。我们西迁之前，到了西昆仑之后从未向人提及。你们是造访我族唯一的人族客人，念你们肩负人族重任，历尽万难而来，吾当据实相告。祝融大神并不在西昆仑，我族已经许久未见大神、聆听神谕了……"

云阳四人闻言，犹如五雷轰顶，失魂落魄。虽然悟心、雪微曾提及祝融失去踪迹的事，但此时亲耳听见祝融部落的族长如此说，还是失望不已。星月留下了不争气的泪水；阿薰冷漠的脸上不禁露出不甘之色，想起为了西行死去的小奇，心如刀割。

"自从上古神战，祝融和共工从盟友变成敌人，共工怒触不周山，直至水火大战，他们之间的恩恩怨怨已经日久难解。当年，共工曾攻打祝融的光明殿，把不灭神火淹没，导致两位大神之间的仇恨白热化。水火大战，祝融大神和人族联手封印共工。祝融虽胜，亦是惨胜，身受重伤，修为直落，而后借人族气运参证大道，从此神踪消失，无人见过。祝融大神闭关参道后，我族只接到过寥寥几道神谕。而最后一道神谕即是护送神火迁徙西昆仑，从此再无消息……"

云阳四人听得重黎说的这番原委，都低头沉默，心中无比沉重。

悟心在一旁一直微笑不语。

雪微突然开口道："重黎前辈，神火在此，我等早已心驰神往，可否一睹？"

重黎淡然一笑："神火本我族圣物，外人不能瞻仰。但神谕中最后一句称：有缘者同光。当此人族生死存亡之际，汝等跨越万里而来，可算有缘之人。老夫愿领你们观瞻神火，一同沐浴神光。"

众人闻言，齐齐施了一礼。

悟心笑道："重黎先生高义无私，快快领我们去，老夫已经等不及了！"

重黎作揖道："请悟心前辈和几位小友安坐片刻，老夫稍作准备，去去就来。"言毕退出，半炷香的工夫，他又重新回来了。

只见重黎头戴一顶凤冠，那凤冠火红夺目、流光溢彩，一看便知不是凡物。

重黎道："此乃我族代代相传的圣器万火冠，必配此器方可参拜神火。"

众人不禁肃然起敬。他们跟着重黎向山上攀登，火红大鸟的鸟嘴便是此山的最高处。只见峰顶是一个空旷的天台，天空仿佛就在头顶上触手可及。天台中间矗立着一个三层的圆形祭坛，古朴自然，虽不高大，却蕴含着无穷的气势和力量。最上层立着一个黑色的方形祭台，祭台上一束一人高的火焰在静静地燃烧着。

众人端详着这火焰，非常好奇。那火焰温暖祥和，却又给人凛然不可侵犯之感，似乎感应到有人来，火焰微微变大，仿佛有灵性一般。

重黎手指祭坛，说道："此坛乃是由我族九州故地之土堆砌而成。当年接到神谕西迁昆仑，我族想到可能再难重返九州，所以带了家乡的泥土，以作怀念……"说到这里，他竟有些哽咽了。

悟心带着众人稽首叩拜神火，表达人族心中无比尊崇的敬意。

礼毕，悟心笑道："今日得见神火，荣幸之至！老夫倒还有个不情之请，不知重黎先生可否融通？"

第一百六十三章　承天妙所

重黎拱手道：“前辈请讲，在下当竭尽全力。”

悟心正色道：“老夫先谢过重黎先生！此处供奉天地先天不灭神火，祥瑞玄奥，又具九州故土，凝结人族气运，更兼连接天地，牵引星辰，实乃三界中不可多得的修正大道之佳地！这几位小友秉性淳厚，根器非凡，人族之翘楚也。若能在此盘桓一二，参悟天地，感应星辰，行惊天之运，成不世之功，或许只在一念之间。人族最后的希望就在他们身上了……”

云阳四人听到悟心此言，心中又燃起了希望。虽然跟悟心相处的时日并不长，但他们对悟心无比信赖，也十分亲近。虽然悟心一直不让他们以师父相称，但四人早把悟心当成真正的导师。

他们把期盼的目光投向了重黎。重黎清了清嗓子，拱手道：“前辈早已逍遥世外，超脱三界，尚心系人族，扶义救难，何况我族本人族一分子，血脉相连，同气相求，此处若能开运助机，挽救人族，实乃我族无上之荣光。纵有前规，但行无妨。请前辈安排便是。”

悟心大喜，唤过云阳在祭坛最下面的一层向东而坐，居震位；阿薰向西而坐，居兑位；星月向南而坐，居离位；阿言向北而坐，居坎位。

四人坐定后，悟心朗声道：“无极生太极，太极生两仪，两仪生四象，四象生八卦。阴阳和合，顺天行气，存无守有，大功可期。”

悟心转向雪微，笑道：“雪微小友，汝既窥天，可愿将天机示下一二？”

云阳等人闻言，心中一动，生怕雪微言多受难，天谴再至。

雪微一脸轻松，笑嘻嘻地说：“前辈安排得妥帖，说解得透彻，天机不敢说，我这倒有四个七字诀分别赠予他们，不知前辈以为妥否？”

悟心大笑：“何妨一试！哈哈哈！”

雪微轻快地走到云阳面前，举手投足之间竟然全无先前的衰老之象。他盯着云阳的眼睛说："东方少阳，角、亢、氐、房、心、尾、箕。"

云阳重复无误后，雪微又走到星月面前说道："南方太阳，井、鬼、柳、星、张、翼、轸。"

星月重复无误后，雪微再走到阿薰面前说道："西方少阴，奎、娄、胃、昴、毕、觜、参。"

最后，雪微走到阿言面前说道："北方太阴，斗、牛、女、虚、危、室、壁。"

他让四人依次复诵了一遍，确认无误后，笑道："诵持万遍，妙理自现。我的任务完成了，好轻松啊！哈哈！"言毕，他走开了，身形又现出佝偻之态。

四人看到雪微前后的变化，心中不由得一酸。

悟心沉声道："忘情深情皆是道，诸位就由情入静吧……"

四人摄住心神，专心吐纳，调息入静，一炷香的工夫就进入了物我两忘的境界。那神火似乎越烧越旺，鲜艳的火焰中幻化着难以言说的妙相。

悟心见状，不禁莞尔一笑。他转身对重黎说道："重黎先生，老夫还有一事相烦。此番老夫将携此四子重返九州，对战恶神共工。那共工乃水神，水火不相容，若无神火相助，此事绝难成功。"

重黎面露难色："前辈，此事难解，神火不离昆仑，如何行之？"

悟心微笑道："无妨，祝融大神本有同根同源之神，那凤凰本是先天神祇，如若归来，既有神火之威，又有归途之速，岂不两全？"

重黎摇头道："凤凰永镇不死火山，岂能脱身？"

雪微在一旁听着，也不懂悟心的想法。这段上古传说他也不过略知一二。

天地初开，化生万物，鳞甲以龙为尊，走兽以麒麟为最，飞禽以凤凰为祖。当年太古大战，众神打碎天地，风火地水齐涌，万灵即将泯灭。龙族永镇四海，麒麟一族看守罡风口，凤凰舍身永镇不死火山，这才化解了浩劫。因此凤凰不能脱身，否则必有灾祸。

悟心笑眯眯地说："重黎先生头上的圣器万火冠，必有祝融大神的神力神识，想来镇守不死火山应是绰绰有余的。"

重黎呆了半晌，恍然悟道："神谕中有一句——冠去鸟归，我们一直不明其意，现在看来，正是应了此事。"

悟心微笑颔首。重黎又沉思了一阵，最后下定决心。他小心地将万火冠取下，托于双手之中，口中念念有词，催动法诀，然后喝道："神化火变，但凭尊意！"

只见那万火冠徐徐升起，飞到神火上方，被烧得通红透亮，愈加流光溢彩。突然，万火冠放出万道夺目的光芒，直直向上飞去，瞬间就变得无影无踪。

悟心拊掌笑道："有此妙物相助，真乃人族之幸也！重黎先生高风亮节，请受老夫一拜！"说完就要行礼。雪微也挣扎着过来行礼。

重黎连忙扶住悟心，又摆手止住雪微："我族虽已迁居世外，与人族同舟共济还是我族本分，想必这也正是祝融大神的心意。两位不必多礼。反倒是悟心前辈和这几位小友，为人族开启洪运殚精竭虑，在下实在是感佩不已啊。"

悟心把住重黎的臂膀说道："好，好！既然重黎先生如此说，你我大可不必落入俗套了。旷日未见，我见重黎先生修为精进，不如你我找个清静的地方说说话，就道学参详一二如何？"

重黎喜道："在下正有此意。在下不过是以勤补拙，比起悟心前辈之独立峻岭、提携阴阳，不可以道里计，心中之惑正要向前辈请教！"

悟心笑道："你我同参，同参。"

重黎看向雪微："这位小友冰雪聪明，可有兴趣与我二人一叙？"

雪微顽皮地笑了笑，说道："两位前辈请便吧。在下还有一些功课要赶赶，恐怕时间来不及呢。"说完还吐了吐舌头。

悟心和重黎同时轻叹一声，把臂离去。

雪微找了一处坐下，从怀中掏出一片雪白的帛巾，手拿一杆木笔，仰首若有所思地看着周天星辰，不时在帛巾上画着什么。而云阳四人坐得岿然不动，似乎连呼吸都感觉不到，仿佛已与祭坛、山峰和天地融为一体。

第一百六十四章　龙门山

洛城宫殿里，舜帝和彭祖等仅剩的几位年迈的长老围坐在一起。皋陶操劳过度，重病不起，已不能视事。

蚌池溃败、轩辕剑被毁的消息已经飞鸽传书到了洛城。震惊之余，人族的最高权力中心束手无策。洛城已经没有对付恶神共工的手段了，而西行的队伍没有任何消息，祝融大神的驰援看来也只是人族一厢情愿的幻想。

长老们一阵长吁短叹，愁眉苦脸地陷入了长久的沉默。

舜帝站起身，来回踱了很久，缓缓道："恶神战胜后，必然要赶往龙门山，阻止禹开山分流。虽然我们已经无法阻挡共工，但也要倾尽全力助禹开山成功。"

对于大禹在龙门山开山分流的决策，舜帝和长老们讨论了很久，最后一致认为是治水的关键举措，非常认可。但是舜帝此言意味着要调动洛城所有的有生力量支援龙门山，那么洛城将变成一座不设防的空城……

长老们的心情无比沉重，一时竟无人应答。

良久，彭祖拱手道："共主还须慎重考量，洛城乃天下之中，共主乃万金之躯，一旦有意外和闪失，人族将大乱矣……"

舜帝淡然一笑："天下将倾，何必在意一城一人之安危。当此生死存亡之际，我人族唯以至诚与勇或可感天动地，博来一线生机。吾命在天，诸位不必再瞻前顾后了。"

众长老伏拜于席，哽咽不能言。

没多久，卫兵们已在城中四处宣读告示：城中所有青壮集结，明晨与洛城守卫队伍一起开赴龙门山。城中的百姓安静地听着告示，没有像往常一样议论纷纷。所有人都明白，人族已到了最危难的境地，唯有全力以赴才能创造奇迹。

人们默默地来了，又默默地离开，赶回家整理行装并与亲人话别。洛城的热闹与喧嚣一瞬间就彻底消失了……

九黎大巫也在第一时间得知了人族在蚌池溃败的消息。他闭门不出，独自苦苦思索着目前的局面和形势。

人族的战力大部分都在蚌池折损，九黎也付出了巨大的牺牲，包括那个没脑子的獠夫居然也从龙门山去了蚌池，想必也阵亡大半。但是，相较于炎黄部落的惨重代价，九黎的实力倒没有损失得那么大。

前阵子，大禹传来一封书信，措辞谦卑，信中陈述了派獠夫支援蚌池的原委和重要性，并恳求大巫遣回雨泽，龙门山巫须用人。

当时，大巫勃然大怒，大禹做手脚倒在其次，关键是恨獠夫空有蛮勇之力，却是个头脑愚钝的大草包，这么轻易就被大禹支走了。本来扣留雨泽只是想给大禹一点儿颜色看看，并无太大意义。他平静下来后，又派了一支队伍送雨泽回龙门山。

显然，龙门山现在成了各方角力的唯一焦点。

大巫并不怕共工会毁灭人族，冥冥之中，他隐约觉得人族能够渡过这次难关。或者说，他根本不考虑那种最坏的情况，他要计较筹划的是人族一旦安然无恙，未来天下权力的分割与走势。

一开始，大禹派雨泽来借九黎宝物开山斧，大巫还有些不以为然。然而各地治理洪水、疏通河道的情报逐渐收集到九黎以后，大巫越来越觉得大禹走了一步好棋，治水能否大获成功，在此一举。

龙门山是决战的舞台，虽无比凶险，却孕育着九黎莫大的机会。人族阵营的力量悄然发生了变化，九黎执天下之牛耳的一天也许就在不远的将来。

大巫盯着窗外乌云密布的天空，低矮阴沉的云层中传来阵阵闷雷，仿佛祖先不甘的呐喊与咆哮。他终于下定了决心。

"来人！"

"传令九黎各部落：集合全部青壮，立即开赴龙门山。昼夜兼程，支持大禹治水，不得延误！"

"吾，将亲自前往！"

"诺！"门外的卫士应声而去。一时之间，号令传遍九黎所有分支……

大巫行动了，而被共工大水击溃的人族大军死伤无数、尸横遍野。勉强逃生的人被大水冲出很远，只剩下松松垮垮的几百人，每个人都犹如惊弓之鸟，惊魂未定、衣衫褴褛、蹒跚而行。

伯益满脸悲伤，人族精锐全部葬送了，大法器轩辕剑被毁，多年以来人族方才恢复的元气全部都没了。他深觉自己是人族的罪人。

去哪里，能去哪里，回洛城吗？

伯益甩开这个想法，回到洛城也于事无补。人族的精锐都被他葬送了，回去之后该如何面对舜帝？

不行，不能回洛城，即使死，也要死在战场上！去龙门山，对，去龙门山！伯益突然想到这个地方。大禹已经在龙门山开山分流，接下来共工一定会去龙门山的。

想到此，伯益的斗志重新燃起，要和恶神斗下去，绝不能苟且偷生。他停下脚步，喊住众人，沉声道："转路，去龙门山！"

众人猛然惊住了。

"龙门山……"

"大人，龙门山正在治水，我们只会打仗，不懂治水……"

另一个人接过话，说道："是啊，大人，恶神正在后面，我们若转路去龙门山，遇到恶神怎么办？"

众人已被共工吓破了胆子，从内心深处觉得根本无力再与共工作战。

"大人，三思啊。我们回到洛城，再聚集人族高手不迟，何必去龙门山呢？"

"是啊，大人。"

大家纷纷劝阻。若不是看在伯益威望甚高，可能早就有人拂袖而去了。

"够了！够了！"伯益听到大家的话，又急又怒，"你们再逃又能逃到哪里去？逃回部落躲藏吗，还是逃到洛城去躲藏？在你们身后的不是恶神，而是你们的妻儿老小。你们若是退了，谁来保护他们？此番战败，老夫愿负全责。老夫已无颜再命令你们，就算只我一人，也要去龙门山！"

伯益说完后，众人面面相觑，沉默不语。大家心里都清楚，去龙门山是送死。之前死里逃生已经不易，若再次遇到恶神，很难侥幸存活。

伯益长叹了一口气，抬头辨了辨方向，迈步向龙门山走去。落日的余晖之下，他的背影显得异常孤独。

突然，一个苍老的声音从他背后传来："老兄弟，等等我，我这双老腿不太听使唤啊。"

原来是鱼显长老蹒跚着追了上去。

没有人说话，一片静默。又有几个人跟了过去。慢慢地，大部分人都迈开双腿，跟随二位老人脚步，兵发龙门山……

第一百六十五章　东海倒灌

一支几十人的队伍在匆匆赶路，一边走一边扯着闲聊。

"再翻过几座山就到龙门山了吧。看来大禹果然有才能，这一路，我们遇到这么多人，都在说他的好话。"一个胖子气喘吁吁地说。

"哼，当初还真小窥了他。若不是当初有我们九黎的庇护，他早就被洛城处置了。没想到他现在翅膀硬了，居然暗中做手脚。獠夫这个家伙也真够蠢的，居然被他花言巧语支使去了蚌池。"带队的首领总是一脸傲慢的神情。

后面的人上来凑趣地说："我听说大巫非常生气，看来有獠夫好受的了。这次派我们来，就是要好好看着开山斧。"

"那当然，要不然怎么可能把他手下那位能人还给他呢？"首领仰了仰下巴，努努嘴。

众人一片哄然，戏谑地看着雨泽。

雨泽恨得直咬牙，他再怎么说也是大禹的亲信，这些人虽然没把他怎么样，但总是冷嘲热讽，拿他开玩笑。

看到雨泽的眼神，一个毛脸大汉呵斥道："看什么看？若不是大巫交代过，我们早就收拾你了。"

"算了，算了，赶路要紧。我们到了之后一定要先取回开山斧。真不知道獠夫不在，是谁启动的开山斧。没有我族秘法，怎么会有人使用开山斧呢？"那首领说道。

闻言，大家都严肃了起来。这可是大事，他们去龙门山最大的任务就是保护好开山斧并弄清楚大禹是如何启用开山斧的。

九黎部落的联盟大军随后就会到，他们一定要打好前站，立下功劳。

"少说闲话，尽早赶到龙门山！"首领大声道。

"诺！"众人齐声应道。

与此同时，大禹正站在龙门山的主峰上，遥看着延绵数十里搬运土石的人族队伍。他们井然有序，进退有度，心中又是欣慰又是焦虑。

经历了一开始的混乱甚至纠纷以后，人族各部落间的协作变得顺畅起来。目前，移山工程的进展较为顺利。从东至西，已有一半山峰的土石被运走了。土石主要堆积在九龙山的南面，形成一道屏障，与北面的高坡形成一道新的峡谷。

将来，洪水会在南面屏障的保护下，向东奔流几十里后穿过太行山的一个缺口，然后北上进入北方河道体系，分流入海。原先在龙门山受阻后南流的洪水将有一多半流向东边。走这条线路，整个九州的水患将大为缓解，进一步疏浚下游河道后，洪水会得到根本治理。

但是，蚌池溃败的消息已经传了过来。虽然又有消息报告镇守东海的应龙出世拦住了恶神共工，大禹还是担心他挡不住多久，而共工也终将会出现在龙门山。

现在，人族的移山工程就是要和时间赛跑。

"禹大人！禹大人！"摩长老气喘吁吁、步履踉跄地跑来。

大禹心下一沉，不知又有什么不好的消息。

"大事不好了！东海要倒灌了！"摩长老好不容易把气喘匀了，随即冒出这么两句。

大禹大惊："东海倒灌？这怎么讲？"

"东部部落发送了飞鸽传书，镇守东海的应龙正与共工大战，完全处于劣势。应龙的神力下降，东海的海水开始涌上陆地。他们眼见应龙不敌共工，海水倒灌得越来越厉害，许多地方已经被淹了！"摩长老把来龙去脉讲了一遍。

自从在会稽山帮助大禹斩了桀骜不驯的防风后，摩长老就成了大禹的心腹，时常跟随在大禹身边。大禹很倚重他，让他帮忙处理一些部落间联络的机要书信。

"这么说，如果应龙战败，东海之水失去镇压，将不可控制？"大禹问道。

"想来应是如此。"摩长老沉吟道。

"火速传令东部部落内迁，择高处安顿！"大禹果断下令。

"遵命！"摩长老应着，匆匆离去。大禹又陷入了深深的思考……

及至深夜，大禹安坐于席，面前展放着九州山川图。

九州山川图散发着淡淡的白光，与往常不同的是，今天的光芒稍显暗淡。

大禹忧心忡忡，没想到开山分流尚未竣工，又出现海水倒灌的大难题。一旦应龙战败，将出现对战恶神和海水倒灌的双重困境。无论哪一道难题，对人族来说都是不可能完成的任务。他苦思冥想，实在找不出什么头绪。

突然，九州山川图上的山脉和河流都消失了。大禹吃惊地睁大眼睛。只见图上碧波万顷，怒涛汹涌，分明是辽阔的大海。那波涛从东向西行进，一浪高过一浪，势不可当。突然，一根又细又长的黑棍出现在波涛上方，黑棍直直地、缓缓地插入汹涌的波涛。不一会儿，风平浪静，海面像一面镜子一样平静、明亮，不起一丝涟漪。

　　大禹十分惊喜："莫非这就是传说中的定海神针？可是要到哪里去找定海神针呢？"

　　九州山川图上的大海渐渐消失，大山、平原和河流又重新出现了。这时，营帐内有一道青芒闪烁。大禹不由得转头看去，只见安放在架子上的开山斧正幽幽地放着光芒。

　　大禹若有所思，仿佛明了了什么。这开山斧神力非凡，他根本就不想还给九黎。

　　传说，天地混沌之初，盘古氏见天地晦暗，遂拿一巨大之斧劈开天与地，自那时起才有了这大千世界。此斧拥有分天开地、穿梭太虚之力，乃天地至宝。盘古开天后，此斧的斧刃化成了盘古幡，斧背化成了太极图，斧柄化成了混沌钟，斧身则化形为开山斧。这开山斧虽无以上开天三宝之神威，但其重量骇人，常人难以驭使。

　　开天三宝早已不知所踪，而开山斧历经诸多主人，最后流落到九黎部落联盟大酋长蚩尤手中。蚩尤战败后，开山斧就一直藏于九黎部落，乃九黎部落镇族之宝。若将此上古神物熔化其形，铸成定海神针，用以镇海，岂不是适得其所？但若如此，大禹必将与九黎彻底决裂，甚至再起人族内战。

　　大禹不由得站起身来，在大帐内久久徘徊……

第一百六十六章　密令

大禹整夜未眠，熔斧镇海这个惊人的想法一直困扰着他，令他踌躇不已。

天刚刚放亮，大禹正坐着打盹，却被外面的喧哗声吵醒，似乎是摩长老在呵斥一群人。大禹把守卫叫进来问了问情况，原来是九黎人护送雨泽到了龙门山，吵着要见大禹并要取回开山斧，但被摩长老挡在了门外。

大禹很高兴，但根本不想见九黎来人。他吩咐守卫去告诉来人，他刚睡下，并让九黎人好生休息，他会尽快接见。同时，他还让守卫传令留下雨泽，让雨泽等待召见。

摩长老半哄半骗，很快就把这群无可奈何的九黎人赶走了。大禹马上单独召见了雨泽。

雨泽跪地，把自己的遭遇一五一十地告诉了大禹。不过，他隐瞒了一件事，那就是他得意之下把开山计划告诉了木成。

大禹神色未变，眼睛直直地盯着雨泽，始终不语，仿佛在听雨泽述说跟他完全不相干的事情。雨泽全部说完后，发现大禹还是一声不吭，头上不禁冒出了冷汗。

"大人，属下办事不力，九黎骄横放纵，根本就无视我们……"

"砰！"大禹一掌拍在案几上，低吼道，"到了此时，你还避重就轻，不讲真话！"

"现在整个九州都传开了，你把开山计划告诉了一个什么槐族部落的族长，那个人是被妖魔浮游附身的。他在蚌池阵前把计划告诉了共工，整个人族都知道这件事！都知道是你嘴上不把关透露出去的！"

雨泽吓得魂飞魄散，趴在地上，惊慌失措地哭喊："属下该死，属下该死……"

大禹走了过去，冷冷地看着这位和自己最亲近的下属，眼中一团怒火。

"你的确该死！我再三嘱咐你保守秘密，你还出去胡说，真是不成器！若不是你跟随我多年，为我出生入死，我早就把你枭首示众，给天下一个交代了！"大禹愤怒地吼道。

雨泽叩首不起，浑身汗如雨下。

营帐内的气氛无比凝重，除了自己的喘息声，雨泽再也听不到其他声音。他有些惶恐，也深感绝望。

过了很久，大禹长吁一口气，疲惫地说："你起来吧。"

雨泽难以置信地看着大禹，发现大禹已经坐了下来，满脸倦容。大禹看着雨泽，目光无比复杂。

"谢大人！谢大人！"雨泽感激涕零，带着哭腔说道。

他知道，大禹让他起来，就是饶了他的意思。

大禹有些伤感地说："你我主仆一场，一同患难。你又是我的心腹，我实在不忍你因此事落得什么难堪的下场。以后务必谨慎。我们现在处于风口浪尖，早已不再是以前，万事都要小心。"

雨泽擦了擦额头上冒出来的冷汗。刚刚走了一次鬼门关，他仍然能感受到大禹的杀气，怕得要死。现在，他的心情非常复杂。他为大禹出生入死，忠心耿耿，没想到因为这么一件事，大禹就对他起了杀心。雨泽有些心寒，但是大禹这番话也算是推心置腹，他又不免有一丝感激之情。

大禹没有注意雨泽的神态，也不太关心他心中所想。最近事务繁多，他每件事情都要亲力亲为，身心俱疲，现在更是因为东海倒灌的事而大伤脑筋。

"东边部落报告，本该镇守东海的应龙接战共工，引发海水动荡，有东海倒灌之危，真是祸不单行。"

雨泽神思恍惚，一时间没回过神来。

大禹说完很久，但却没像往常那样得到雨泽的及时回应，不由得抬头看向雨泽。他发现雨泽一脸茫然，不知道在想什么。大禹咳嗽一声，顿时把雨泽惊醒。他发现大禹在看着自己，心里咯噔一下，急忙弯腰拱手道："请大人吩咐，在下全力去办。"

大禹这才点点头，正色道："应龙若是战败，东海必然倒灌成灾，想来也只是朝夕之间的事。现在唯有寻得一件神物，在最深处放入东海，代替应龙镇住海水的波涛，方可解除人族的危机。"

雨泽连忙说道："大人，大海之广，这能镇住海水之神物，着实难找啊。"

大禹点点头，仔细看了雨泽一眼，说道："镇海之物，我已经想到了。上古有所谓定海神针一说，我打算把开山斧熔成定海神针，镇压东海。"

听到大禹要把开山斧熔掉，雨泽顿时吓得目瞪口呆。

“大人，这开山斧乃九黎至宝，要是被他们知道，岂能善罢甘休……”

　　大禹转身看向雨泽，正色道：“这件事关系到治水成败和人族的生死存亡，我愿承担九黎的雷霆之怒。我打算让你负责此事，一来你是我的心腹，只有交给你我才放心；二来你铸下大错，必须戴罪立功，以挽回你在大家心目中的形象，否则，日后即使太平了，天下人也难容你。”

　　雨泽猛然抬头，神情慌张地说：“谢大人，属下一定会办好此事，必不令大人失望。”

　　大禹欣慰地点点头。他内心的压力太大，需要有人分担事务。

　　大禹沉思了片刻，又说：“龙之九子皆已阵亡，我还打算铸造九鼎代替龙子镇守九州，保四方平安。先前我已号令各部落将铜与铜石运往龙门山，铸造九鼎之事也一并由你负责，不得有丝毫差池。”

　　铸九鼎镇九州也是大禹参详九州山川图得到的启发，如今龙子阵亡，此事也就变得尤为急迫。

　　“遵命！请大人放心，属下一定将这两件事办好！”雨泽心中渐渐明朗，心情也好了很多。大禹还是器重他的，大错也还有机会补救。这时，他又想起九黎扣押他，一路还对他嘲弄挖苦，不由得暗想：这下好了，把九黎的镇族之宝熔成定海神针也是对九黎的狠狠报复。

　　大禹冲雨泽摆摆手，雨泽拱手退下。他现在心气十足，准备大干一场。

第一百六十七章　战应龙

共工使用至阴至寒的太阴式击碎轩辕剑并杀死睚眦后，因真气与神力损耗过大，本打算调息休养一下，却被来自东方的怒吼打断了。

他定睛一看，认出是镇守东海的应龙咆哮而来。

应龙大头长吻、背生双翼、颈长腹大、四肢粗壮、尾巴又尖又长，异常凶悍。他是龙族硕果仅存的前辈之一，曾协助黄帝平定天下，后又镇守东海。此时因悲愤于龙九子被共工灭尽，从东海一跃而出，要与共工拼个你死我活。

此时的蚌池，已经不似人间，浑浊的洪水四处漫溢，洪水之上飘满了人族和龙子的尸体，惨不忍睹。后来的蚌池，人族为了纪念陨落的龙九子将其命名为龙子湖。

共工手持巨蛇站在那里，望着应龙飞驰的身影，眼神阴毒冰冷、杀气腾腾。既然龙族非要强出头护着蝼蚁般的人族，那就索性把事情做绝吧，任何阻挡他向祝融复仇的行为都是不能容忍的。本来他不想闹得这么大，现在看来不得不痛下杀手了，包括对人族。原先他只是想让人族臣服，并不想屠灭，现在已经杀红了眼，心中毫无顾忌。

"恶神！拿命来！"应龙暴吼道。

"应龙，现在已经不是你们三大族的天下了，你若退下，还可自保一命。若不然，今日定要你消散于天地。"共工目露寒光、杀气凛然地说。

"共工，休得猖狂，今日就算我龙族灭亡，也定让你神魂俱灭。"

龙颈有逆鳞，触之必怒。共工已经触碰了龙族的逆鳞，不是你死就是我亡。

随着一声震彻天地的龙吟响起，应龙带着暴怒和视死如归的决绝，在空中腾展着巨大的身形。一场令人炫目的大战开始了。

听到龙吟的各部人族，纷纷抬起头，看向蚌池的方向。

"应龙！应龙出来了！"人们奔走相告。

战斗伊始，出乎意料的是共工竟然被应龙逼得手忙脚乱、疲于应付。

共工是水神，但是应龙也是蓄水、控水的高手，所以很多以水相攻的招数自然无法使用。共工掀起的漫天水势到了应龙身边就坍塌下去，化为乌有。有时候，共工掀起的洪水还在应龙的控制下反扑回去。共工用水对付应龙毫无效果，还很容易被反制。而应龙身怀三大利器，黑白二色龙珠和他那又长又尖的尾巴轮番攻击，威力无比，令共工一时无策，只能防守。

只见应龙鼻息间喷出两道青气，双目含电，头颅向后一仰，再向前一伸，一颗巨大的白色水球呼啸而来。水球饱含那巨龙的无穷灵力，里面包裹着一颗光芒四射的白色龙珠。那龙珠是龙族的本命之宝，非生死攸关的时刻，不会轻现。显然，应龙已经是拼了命了。

共工目光一凛，双手推出一股裹挟着神力的巨大水柱，闪电一般打在那颗水球上。水柱和水球相遇，爆发出刺目之芒。一声巨响过后，一道巨大的银色水幕冲天而起，整个空间为之一震。

那水幕尚未落下，应龙的第二波攻击瞬间到达。一颗黑色的水球破空袭来，共工又急忙以水柱迎击，相撞之后激起一道黑色的水幕。

应龙侧身一转，尖尾巴挟着风雷之势扫了过来，共工后仰急退，稍稍慢了一点儿，金色的脸庞上竟然隐隐出现了一道血印。

共工彻底被激怒了。刚才这番交手，他吃了一个哑巴亏，完全没想到应龙会如此拼命。匆忙之间，没来得及躲闪，硬抗下了这波攻击。

虽然未受什么大伤，但面子上有些挂不住。共工能感觉到四周有神识探过，这些神识大都是共工的旧相识，这让共工更加恼怒。

"既然你这么想死，我就成全你！"共工喝道。

话虽如此，共工还是慢慢冷静下来。应龙的战力高出龙九子太多，绝对不可小觑，尤其是这黑白二龙珠，神力浑然天成，来去自如，竟然没有一丝破绽，只能勉强抗住，无法轻易打破。

共工意识到，必须先想办法破除黑白二龙珠的威力。

他开始提着十分的小心与应龙周旋，谨慎应付着应龙的组合攻击，消耗应龙的实力和耐心。但那应龙也是上古大神，神力充沛，缠斗日久，丝毫没有衰败的迹象。

这一战，打了七天七夜，从天上打到海里，从海里打回地面，胜败仍未见分晓。

共工终于想到一个办法，想用苦肉计探测一下黑白二色龙珠的奥秘。当白色水球再次袭来的时候，他未用水柱迎击，而是侧身闪过，身体稍稍触及了一点儿水球，一股炽热的灼痛瞬间布满全身。

他顿时明白了，这白色龙珠乃是应龙体内的纯阳之力凝成，当以太阴相克。而被黑色水球稍稍击中的时候，他体会到一股刺骨的冰寒，那是应龙体内的至阴之力凝成，当以太阳相克。共工一边躲闪应龙的龙躯前翻袭来的巨尾一边哈哈大笑。他终于知道如何击败这个强悍的应龙了。

这时，白色水球又一次呼啸而来。共工调出体内至寒的神力使出太阴式，意图冻结水球之水。果然，水球瞬间凝结成了一颗晶莹剔透的冰球，缓缓落下。白色龙珠虽然破冰而出，但似乎飞回去没那么自如流畅了。

共工丝毫没有停歇，又调动至阳的神力使出太阳式，吐出一团巨大的白色蒸汽吹向黑色水球，黑色水球果然被吹小了不少，速度也降低了很多。

当黑白双色水球再次裹着龙珠袭来的时候，大小和声势都不如前了。共工大喜，继续如法炮制，而那两个球也变得越来越小。

就在共工和应龙大战正酣之际，东海的海水已经向陆地倒灌了很远！

共工一边狂笑一边攻击着应龙。他在空中一个盘旋，双手一挥，漫天冰矛如雨点般落下，直直扎在应龙身上。

神力剧降的应龙无比悲愤，他拼尽全力吐出黑白龙珠，那龙珠飞到共工面前轰然爆炸。这是应龙最后的自杀式攻击。

共工身形急退，躲避着飞散的龙珠，同时挥出一根巨大的冰矛，飞速刺穿应龙的头颅。

随着砰的一声巨响传来，一道青光从应龙的额头冲出，浓浓的洪荒混沌之气从青光中扩散，应龙巨大的身躯也开始崩溃。

东海之水呼啸而来！共工从天空落下，脚踏洪水，面向东海，神目一闪，狂笑不已。

这一仗，震动天下，诸天世界的生灵都在关注。谁都没有想到共工会如此厉害，也敢如此痛下杀手。

天地众神皆噤声，而龙啸声消失那一刻，人族痛哭不已，哀声遍地，心生绝望。

共工杀死了应龙，也不停留，面含杀气，向龙门山飞去。

第一百六十八章 星辰之力

西昆仑一座峻峭高耸的红色山峰，山顶祭坛上的不灭神火静静地燃烧着。

祭坛的台阶上，四位少男少女盘腿而坐，面向四方。他们身形挺拔、面容祥和，不知坐了多久，仿佛已与天地融为一体。

此刻，天上的星辰格外明亮，尤其是正北方的紫微星，特别耀眼。周天星辰像一双双眼睛静静地凝视着这四位少年。

云阳默念着雪微给的七字诀，运用悟心教授的吐纳术调息制心。在他脑海里，过去十几年的生活记忆像一条小溪寂静地流淌着：童年在父母身边欢乐的嬉戏；洪水吞没村庄的那个夜晚；和阿薰在槐族部落的初见；和伙伴们一路送图的奔波；西行路上被怪物追杀的恐惧；迷魂谷与父母重逢的幸福……

一段一段、一幕一幕、或悲或喜、或远或近，都静静地浮现，又慢慢地逝去。

渐渐地，这些记忆变得越来越模糊，好像是别人的生活闯进了他的脑海，这让云阳觉得坐着的人既是自己又不是自己。最后，这些像阳光下飞舞的微尘一样的思虑与记忆，静静地落下了。此时此刻，他的心中一片空灵、澄明。

不灭神火温暖着他的后背，催生着一股莫名的力量。真气与灵力沿着他体内的大小周天不知循环了多少圈，运行得无比顺畅。他小心翼翼地导引着真气与灵力，因为真气充沛得好像随时要溢出体外，而那颗灵珠也越来越大，早已脱离神识，在他的头顶烁烁发光。

云阳先是周身通泰，每一个毛孔都在畅快地呼吸，后来就慢慢进入了浑然忘我的境界。但是那七字诀，他却始终在心头关照着——角、亢、氐、房、心、尾、箕。他并不明白这是什么意思，基于对悟心和雪微的信任，他知道自己要带着这个念头，不丢不随。

星月、阿薰和阿言三人也经历了与云阳相似的心理过程，渐渐进入太虚之境。而雪微则斜倚在一旁，仔细观察着周天星辰的变化，不时在手中的帛巾上写写画画。

夜幕降临后，周天星辰越来越明亮，迥异于往常。雪微睁大眼睛，欣喜地看着，嘴唇也因为心绪的变化而一直哆嗦。

子时过后是丑时，丑时过后便是寅时。寅时刚到，东方天际的群星突然射出耀眼的光芒，不停地用相同的韵律闪烁着。闪耀的群星中隐隐有一条身形舒展的巨龙现出真形。

那星辰的光华徐徐落下，落在西昆仑的山顶，最后落在云阳的头上，笼罩他的全身。那颗灵珠跳出了云阳的头颅，渐渐地变大，罩住了神火和四人，熠熠发光，妙不可言。

雪微看到这一幕，流出两行泪水，轻咳出一口鲜血，喃喃自语道："终于等到这一刻，天人感应……"

从寅时开始到卯时结束，整整两个时辰，东方天际的星辰一直在闪烁，群星中那条巨龙的身形也越来越明显。华光垂落在云阳身上，显得无比宁静与祥和。

自从星辰的华光照在身上，云阳就感觉到体内的真气和灵力如翻江倒海一般汹涌澎湃，一时不知如何是好。这时，他觉出灵珠正在头顶上升、长大，于是尝试着把真气与灵力输送到灵珠之中。这一试果然奏效，云阳体内顿时畅快无比。

卯时过后是辰时，辰时过后便是巳时。巳时刚到，南方天际上的星辰开始闪烁，一只展翅欲飞的大鸟隐现于群星之中，华光徐徐降落在星月身上。那颗灵珠变得更大更亮了。

从巳时到午时，南方天际的群星又闪烁了两个时辰。

又过了一个时辰，到了申时。西方天际的群星开始闪烁，一只四足腾空的矫健猛虎隐现于群星之中，华光徐徐落在阿薰身上。灵珠变得比先前更大更亮。

从申时到酉时，西方天际的群星闪烁了两个时辰。

再一个时辰之后，到了亥时。北方天际的群星开始闪烁，一条昂首的长蛇盘踞在一只灵龟之上，隐现于群星之中，华光徐徐降落在阿言身上。灵珠更大更亮了。

从亥时到子时，北方天际的群星再次闪烁了两个时辰。

子时过后，神火的火焰缓缓上升，与周天星辰一起将暗夜照得如同白昼。天空中仿佛传来美妙的喃唱，又似乎有漫天的飞华飘过，弥漫着醉人的异香。

此际天地静穆，生灵伏潜，众神缄默。

许久之后，神火又恢复了原状。四人依然安坐如前，已臻化境。

悟心和重黎不知什么时候早已回到山顶。他们伫立了很久，谁都没有说话。

终于，重黎打破了沉默，轻叹一声，说道："前辈道心独运，扭转乾坤，看来人族之厄运并非无解，在下实在是感佩不已……"

悟心手抚白须，慨然道："奇运奇缘啊，若无重黎先生慷慨援手，哪有此刻豁然开朗之象呢？"

重黎摆了摆手，说道："前辈谬赞了。在下身为人族之一员，不过是秉承神意，最多算是顺水推舟罢了。前辈殚精竭虑，开启人族洪运之功才是善莫大焉。在下已不知如何言说心中之感叹了。"

悟心淡然一笑："吾岂能贪天之功，也不过是顺水推舟罢了。此四子皆乃天选之人，不世出之才，坚毅诚勇，人族绵远长久之气运造化应在他们身上。若无此等良材，你我纵然拼尽全力，也无力回天。"

悟心顿了顿，叹道："只是可惜了那个聪慧绝顶的小家伙……"

重黎点点头，不由得看了看雪微。

悟心又道："机缘已到，想来贵部落的老朋友应在不远处了。"

话音未落，一声悠长清越的鸟鸣从天外传来。那声音穿透天地，震人心魄。云阳等人闻声，悠悠然出了定中，灵珠也渐渐变小，收敛光芒，回到云阳的头颅之中。他们缓缓站起身，互相看了看，有种新生的轻快恍惚之感，彼此莞尔一笑。

看到悟心和重黎立在不远处微笑看着他们，四人走过去齐齐施礼。他们又转头寻找雪微，却发现雪微斜倒在一边，双目紧闭，气如游丝……

第一百六十九章　别了，雪微

云阳把雪微扶坐起来，让他靠在自己怀里。他感到雪微的身躯十分羸弱，一阵心酸。

雪微勉力睁开眼睛，绽放出一丝笑容，喃喃道："今日功成，恭喜你们……"

看到四人不解的样子，雪微又轻声道："我看见满天的星辰在为你们闪耀……"

他已经接近油尽灯枯，一直靠意志和信念硬撑着，抵抗天谴之力。

伙伴们看见雪微这个样子十分动容，一时也不知说些什么。

看到云阳等人神光流体，由内而外散发着强大的威势和气息，雪微欣慰地微笑。他扭头问道："云阳，你还记得我们刚见面的情形吗？"

"当然记得，当时你絮絮叨叨的，说我是天选之人，整天死皮赖脸地跟着我。"云阳眼角含泪，笑着说。

雪微露出顽皮的笑容："当时我也很不解，为何你命格如此奇怪，后来相处的时间久了，我才了解什么是天选之人。当命运降临之时，有人屈服，有人逃避，也有一些人逆天抗争，绝不向命运屈服，为了自己的信念坚持到底。这种人就是天选之人。"

雪微看看阿薰、星月和阿言，继续说道："你们三个也都是天选之人。"

"若能重来，我宁愿不当这个天选之人。"阿薰冷冷地说。

雪微虚弱地笑了笑，他知道阿薰还在为小奇的死耿耿于怀。

"阿薰，小奇当初愿意用自己的生命去敲响震天鼓，求仁得仁。他的人生虽然短暂，但却是完整的。"

看到阿薰沉默不语，雪微不再继续说了。小奇虽然年幼，但在死前那一刻是无悔的。他愿意用生命去实现自己的梦想，坚守自己的信念，不忘初心，有始有终，是个大英雄。

云阳内疚地说："我真的不该带小奇来西昆仑……"

"此事不怪云大哥，小奇有自己的选择。"阿薰冰冷的心动了一下，黯然说道。其实她早就已经想明白了，只不过是心中的执念始终无法放下罢了。

大家猛然都看向阿薰，尤其是云阳。看着眼前的阿薰，他更加欣喜和惊讶。这些日子，每当面对阿薰，他心里都非常沉重，百味杂陈。此时听到阿薰这句话，无疑是从心底原谅了云阳，这让云阳一直以来的愧疚稍稍缓解。

"阿薰……"云阳轻呼了一声。

阿薰转过身子，不愿面对云阳。云阳幽幽地叹了一口气。

对于他们两个人的感情，大家都心知肚明。看到两个人还是如此情状，大家鼓励地看着云阳，示意云阳给阿薰多一些时间，不要操之过急。

此时，天上又传来一声悠长的鸟鸣，显然比刚才近了不少。

"其实，你们没有找到祝融也是一件好事。"雪微不知为何，突然冒出这句话。

大家的注意力又重新回到雪微身上。

雪微虚弱地说："人族自诞生以来，虽然寿元短暂，力量弱小，但是秉承天地的灵气，渐渐强大繁盛，可以成为天地之间的宠儿，你们可知这是为何？"

大家摇摇头，静静地听着。

雪微微微一笑："因为每一代人都注重传承，自强不息。虽然生命短暂，但是一生都在努力，都在奋斗，不敢懈怠。人族终究要靠自己，只把希望寄托于神，终是不了之局。神有神的处境与利益，你之事，并非他之事，安会用心如你一样去做？若是遇到危难，一味期盼寻求他人之手，那什么时候人族才会强大起来，掌握自己的命运呢？"

这番话，让大家陷入了深深的思考。

雪微继续说道："自仓颉造字以来，人族有了知识和精神的传承，一代一代薪火相传，必然强大起来。须知众神早有戒备。一直以来，人族只是众神的附庸，被神奴役着，神又怎么会真心帮助人族呢？若是哀求而不得，那么人族该何去何从？此次大难，找不到祝融大神，对人族来说是一个巨大的挑战，也是一个契机。要么被毁灭，要么浴火重生，人终究要靠自己立于天地之间！命自我立，福自我求！"

大家被雪微的话深深震撼了。雪微透彻地剖析了人与神之间的关系。这是他生命的最后阶段与天谴抗争的领悟。

雪微一口气说了这么多，累得闭上了眼睛。伙伴们一阵惊呼，雪微又慢慢张开眼睛。他在用最后一丝力气向朋友们告别。

"能遇见你们，是我最大的幸运。好怀念一起走过的日子，虽然……我看不到战胜恶神的那一天，很遗憾……但是，我，我觉得……我度过了美好的一生。"

伙伴们再也不能自已，泪水奔涌而出。

雪微用颤抖的手，从怀里掏出一条白色的帛巾，上面密密麻麻，布满了文字和图案，最顶上写着四个字"紫微大数"。

他颤颤巍巍地递给星月，用微弱到几乎听不见的声音说："这是我在西昆仑观察星象的记录成果，天地运势，人间大数皆可参照推衍，也算是我这段阳寿的一点心得，留给你做个纪念吧……"他的脸上显出一丝羞涩。

星月满脸泪水，双手紧握着雪微的手，使劲点了点头。

雪微含笑，缓缓闭上了双眼，再也没有睁开。伙伴们谁都没有出声，默默流着泪。此时此刻，他们的内心反倒是平静而坚定的。

"没想到人族的少年俊才能有如此感悟，真不愧是天地之间的宠儿啊。"重黎立在一边，轻叹道。

悟心点了点头："此子一番话，当真如混沌初开第一声惊雷，让老叟也豁然开朗啊。"说完也叹息不已。

这时，云阳感觉到怀中的雪微变得轻如羽毛。慢慢地，雪微的身体开始虚化飘散。伙伴们伸出手想要抓住他，可是徒劳无益。没一会儿，雪微化为无形，消失于虚空之中，只有一个光点飘浮在人们眼前。

悟心惊讶地说："没想到此子的信念如此之重，居然能凝聚出灵体，看来他是真的希望能看到人族胜利的那一刻。原本他受到天谴，应当魂飞天地、万世不存的，没想到天机留一线，他能有如此造化！好！好！既然如此，我带你去，让你亲眼见证人族胜利的那一刻。"说完，悟心招招手，把那迷茫的灵体收入袖中。

一声嘹亮的鸟鸣响起，众人抬头望去，一只巨鸟缓缓落下。这只巨鸟有着五彩羽毛，华丽鲜艳，高傲的眼神睥睨天下。

悟心拊掌大笑："凤凰大神果然来了！人族有望啊！"

开天以来，龙凤相斗一直未曾停歇，也曾引起开天第一浩劫，天地差点儿重归混沌。自从那以后，为了赎罪，龙族镇四海，凤凰压火山。这次人族有难，圣火冠飞抵不死火山后，凤凰大神心领神会，慨然挺身而出。

悟心领着众人向凤凰大神行礼，又带着云阳四人向重黎先生长揖作别，带上重黎送的行装，登上了凤凰宽阔的鸟背。

随着一声清越的凤鸣，凤凰振翅而起，整个昆仑山都在震动，更是引起无数神识的震惊。

第一百七十章　铸九鼎

龙门山北麓一处隐秘的山坳里，上千人昼夜不停地忙碌着。

只见山坳的平地上立着一大四小五座热气腾腾的圆形高炉，高炉边上立着高高的台阶，不断有人往里添加矿石。高炉的半腰处斜插出半圆形的陶制管道，将熔化的铜液导引到大陶锅里。

远处，还立着几十个封闭的土炉，向外冒出浓烟。

工匠们分工明确、各司其职、井然有序，但神色都极为疲惫，脸被熏得漆黑，显然很久都没有休息了。

雨泽也是一脸疲色、两眼赤红，走来走去，四处巡视。他倒背的手中握着一条皮鞭，神情阴郁而凶狠，所有人看见他过来都有些畏惧。

他已经三天三夜没有合眼了。

目前铸九鼎的工作进展得还算顺利，这全亏了荆山部落的能工巧匠。

一开始，雨泽召集的几个部落工匠各行其是，互相不买账，非常混乱。后来雨泽发现荆山部落的工匠才艺出众，就调整了队伍，以荆山部落为主展开工作。这个部落本就擅长冶炼金属，这次奉召来龙门山，派出了全部精通冶炼工艺的骨干。雨泽为他们配备了相应的人手，很快，荆山部落的工匠就把铸鼎的事情有模有样地操持起来。

但是雨泽心里还一块沉重的石头始终没有落地。他知道，最大的难题还在后面。

铸造九鼎的工艺很是复杂。首先要烧制足够多的木炭，普通的木头无法燃烧出能够熔化金属和矿石的温度。那些外围的土炉就是用来烧木炭的，人们砍伐大树，切成小木块，放进土炉里，然后底下生火逼出木块里的水汽，再把土炉上下封死，利用炉里的高温把木块变成木炭，再敲碎木炭作为冶炼的燃料。

再者，要用黏土制作冶炼金属和矿石的高炉，把铜和矿石放在高炉上部，底下放进木炭燃烧。高炉底下有个大通风口，需要有人不断拿着兽皮扇风，让木炭烧得更旺。熔化的铜从陶制的导管里流出，要反复多次提纯，最后才能用于铸造九鼎。

最复杂的是制模和制范。先要用陶土制成鼎模，再用泥料厚厚地涂在鼎模的外面，然后切割拼接烧制成外范，最后还要制作一层内芯，才能进行浇铸。

按照大禹的设计，这九鼎分为五个三足阳鼎和四个四足阴鼎，即豫州鼎、冀州鼎、兖州鼎、青州鼎、徐州鼎、扬州鼎、荆州鼎、梁州鼎、雍州鼎。其中豫州乃天下之中，所以豫州鼎为中央大鼎。

大禹依据九州山川图将各州的山川地貌摹绘了下来，九鼎上将分别铸着本州的山川地貌和名物。目前，九鼎的陶模都已制作完毕，鼎身上的图纹灵动优美，煞是好看。

雨泽并不知道这九鼎的具体用途，大禹只是吩咐他尽快完成铸鼎和熔斧的工程。

现在，荆山部落的工匠们正指挥着人马对各个部落上交的铜和矿石反复提纯，为铸鼎的浇注做着原料的储备。

雨泽一直踱来踱去，内心焦躁不安。

这时，一个壮实憨厚的汉子跑了过来。这是荆山部落的领头大工匠，他乌黑的脸上被汗水冲出了好多道印子，显得很是狼狈。但是此刻，他满脸欣喜，拱手对雨泽说："雨泽大人，我们炼的铜已经够了，可以开始浇铸徐州鼎了！"

雨泽脸上的阴霾一扫而光，总算有了一个阶段性的成果。他抓住大工匠的肩膀，惊喜地问："确实够了？可以铸第一个鼎了吗？"

"雨泽大人，在下十分确定。"大工匠坚定地点点头。

雨泽将手一挥："好！刻不容缓，马上开始吧！"

众人围到一座高炉边，工匠们从炉边的台阶上往炉子里添加着铜块和锡块。这是荆山部落的独门工艺。他们在长期的冶炼劳作中发现三份铜配上一份锡一起冶炼，熔化的温度比熔化纯铜降低很多，但冷却后的青绿色合金却比纯铜坚硬很多。

工匠们把黑木炭敲成碎块填充到炉子底部，四个大汉两人一组扯着兽皮拼命地向炉子里扇风，炉火很快就烧得通红。不一会儿，四个大汉累得气喘吁吁，大汗淋漓，马上被另外四个人替换下去。

高炉的上面火光冲天，众人都屏住呼吸等待着。

约莫三炷香的工夫，一股青绿色的铜水冒着热气，缓缓地从高炉里面顺着陶管流了出来。

众人爆发出一阵欢呼。雨泽摆了摆手，大家马上又安静下来。

青绿色的铜水源源不断地流进陶范里，众人大气都不敢喘地盯着陶范，生怕它开裂倒塌。但是陶范里面除了发出滋滋声响，倒也安然无恙。众人这才长出了一口气。

半个时辰后，铜水浇注完毕，高炉停止了扇风冶炼，陶管也被移开。

又过了一个多时辰，大工匠指挥人手从顶部把陶范切开移走，一只两人高的徐州鼎的鼎身呈现在人们面前。

一阵青烟消散后，雨泽带着众人走到近处仔细端详。只见大鼎泛着幽幽的绿光，透着神秘威严的气息。鼎身上大山凸起，雄浑挺拔，仿佛有云彩飘过；河流凹进，波涛翻滚，仿佛有浪花溅起。徐州地界的名物——跑动的走兽、摇曳的草木……栩栩如生。

众人一边观赏这巧夺天工的大鼎一边啧啧称奇，赞叹不已。早有居住在徐州的部落指着鼎身的某处大喊："快看！这里就是我家啊！"

边上的人调侃道："你媳妇就是在这里等着你吧？"众人跟着哄笑。笑声停下来后，许多人的眼眶竟然湿润了。如此简单的一句话竟然勾起了离人的思乡之情。

雨泽见状，大声道："禹大人率领我们开山分流，治理洪水，成功在望！相信用不了多久，大家就能凯旋归去！大家继续努力，不得懈怠，绝不能辜负家乡父老的期望！绝不能辜负禹大人的期望！"

众人齐声应诺，纷纷返回自己的岗位，继续劳作。

雨泽阴郁的神情缓和了不少，徐州鼎的鼎身浇铸成功意味着铸成九鼎只是时间问题，只要给徐州鼎配上三只鼎足，就完成了第一口鼎的铸造。接下来只需要按部就班，快马加鞭，就能铸成所有的鼎。但是他的心里却越来越沉重，因为他跟大工匠多次暗中核计试验，根本没有找到熔化开山斧的办法……

第一百七十一章　四长老会盟

大禹在清晨就接到了雨泽铸成第一口鼎的报告，非常欣喜。他立即派出治水九卫中的一员带领一队人马，秘密护送徐州鼎前往徐州安置。同时，他又责令雨泽迅速完成其余八口鼎和定海神针的铸造，越快越好。

他的心中还藏着一个大胆的计划。观想九州山川图的时候，他发现九州山川图上的各州的中心都有一个明亮的光点，这代表着九州的气脉所在，也是人族的气脉所在。他立即联想到当年黄帝铸鼎的典故，若以人族的重器大鼎镇守住这些点，必能安定天下，扶正祛邪，大开人族气运。加上镇守九州的龙九子全部陨落，铸鼎更是刻不容缓。

同时，大禹的内心十分焦虑，熔化开山斧打造定海神针困难重重是他预料之中的，但他没想到雨泽虽然昼夜赶工，仍旧没有丝毫进展。前日，他已接到密报，九黎大巫号召举族之力前往龙门山。他必须赶在大巫到来前熔化开山斧，造成木已成舟的事实。

至于那队送雨泽回来的九黎人天天求见，要求归还开山斧，他压根就不见，毫不理睬。

大禹在营帐里踱来踱去，眉头紧锁，苦思熔化开山斧的良策。

这时，摩长老未经通报，跌跌撞撞地冲了进来。他上气不接下气，大禹见他如此失态，显然必是有惊天的大事，忙盯着摩长老。

摩长老一脸惊恐，喘了半天才说："大人！应龙已经战败，东海倒灌了！想来那恶神共工很快就会赶到龙门山！"

大禹的脸色瞬间变得煞白，额头冒出冷汗。虽然他早有思想准备，但这个噩耗还是来得太快。目前，龙门山从东向西的移山运土进展得还算顺利，已完成十分之九的工程，只剩下最后一座主峰搬迁了。恶神若是赶到，开山分流就会功亏一篑。

更糟糕的是分流还没有成功，东海又开始大规模倒灌，而现在还没找到打造定海神针的法子，真是雪上加霜。

一时间，两人沉默无言，垂头丧气。就在这时，卫士匆匆进来报告："禹大人，彭祖大人率队从洛城赶到，伯益大人也从蚌池赶到。"

大禹立刻从消沉的情绪中振作起来，带着摩长老迎了出去。

彭祖带来几千洛城的守卫和青壮年，这是洛城最后的有生力量，意味着舜帝已经倾尽全力了。大禹感动得热泪盈眶，叩谢不已。而伯益一行不过百许人，衣衫褴褛、狼狈不堪。伯益虽然是战败归来，但是他的眼神里依然闪烁着不屈的光芒。

大禹拉着伯益的手连连称谢。

这两拨人的到来对于解决目前的危局实在没有太大的作用，更多的只是代表人族团结的象征意义。

大禹和彭祖、伯益交流了目前的形势，大家都唏嘘不已、忧心忡忡。但是不知出于什么考虑，大禹并没有提及刚刚收到的消息，即应龙已经战败、东海开始倒灌。

他领着彭祖和伯益登上了龙门山的主峰，给他们介绍了开山分流的思路和目前的进展。彭祖和伯益听后频频颔首，非常兴奋。

突然，大禹指指点点的手停了下来，他看见东南方向出现一片黑点，不由得怔住了。

彭祖和伯益也看见了，全都吃惊地望着远方。那一片黑点越来越大，越来越近，隐约可以看见黑点上飘扬着黑色的旗帜。九黎尚黑，看来这是九黎的队伍。

大禹眉头紧锁，粗略估算了一下，这群人大概有十万之众。他的腋下不由得流出冷汗。

彭祖和伯益相顾失色，惊道："九黎居然还能派出这么多人？看来以前并没有倾尽全力啊……"

大禹沉重地点点头："看来确实如此。他们的地盘所受之灾害本来就没有炎黄部落那么严重。"

大禹急召摩长老过来，吩咐道："速去慰问九黎部落，路途劳顿，请他们在十里外扎营。恭请大巫前来会晤。"

摩长老应声而去，彭祖和伯益心中暗暗称许大禹的安排。

三人回到大禹的营帐商议，彭祖和伯益都对九黎此行的意图颇为担忧。毕竟炎黄部落和其他部落的战斗主力基本在蚌池消耗殆尽，聚集在龙门山的大多是战斗能力很弱的劳力，而九黎的实力前段时间显然有所保留，神秘莫测。万一有变，后果不堪设想。

大禹沉思半晌，对彭祖和伯益微笑道："九黎这次倾巢而出，想必也是希望建功立业。不管意图如何，咱们最好还是让他们发挥作用。"

彭祖和伯益心头布满疑云，不过两位都是老成持重的人，暂时没有说话。

大禹笑道："其实大家在龙门山日夜劳作，疲惫不堪，体力消耗已到了极限。我看最近几日的进度明显慢了下来，不如让九黎的人接班干上两天，我们也好有个喘息之机。"

彭祖和伯益相互看了看，觉得大禹的话也不无道理。

大禹停顿了半天，缓缓说道："不过，我对大巫提出这个想法后，两位也不妨反对一下……"说完，他意味深长地看着两位长老。

彭祖和伯益又相互看了看，都不明白大禹葫芦里卖的什么药，但大禹又不愿直说，这两位也不愿多问。现在的选择不多，万全之策是决然没有的，每一步都是险招。如果大禹能够长袖善舞，那也不妨看看。

两位长老对大禹的努力和能力都看在眼里，对他有基本的信任。说到底，现在其实没有什么回旋的余地。

三个人陷入了长久的沉默……

卫士来报："九黎大巫驾到！"

大禹立刻满脸笑容，快步迎了出去，对大巫长揖道："大巫先生，可把您盼来了！您一路辛苦啦！"

大巫淡然一笑，长揖回礼。禹如此热情，倒是出乎他的意料。他只带了几十个随从，但是各个精气十足、眼神雪亮。

大禹携大巫进到营帐中，与彭祖和伯益见礼。大家都是旧相识，地位相等，虽然各自怀着心事，但依然热烈地寒暄着。

大巫见到彭祖，印证了洛城已成空城的消息，不由得暗自得意。半路上他得到这个消息，曾经想分兵一支控制洛城，不过他最终还是放弃了这个想法。在局势没有彻底明朗以前，他还是不想轻举妄动。现在，他手握主动权，最好步步为营。

寒暄过后，大禹详细地给大巫讲解了开山分流的思路和目前的进展，盛赞了九黎重器开山斧的作用，对九黎的支持深表感谢。

大巫这才完全明白大禹开山的目的。他非常赞赏大禹的治水大思路，但是外表依然不露声色，只是微闭着双眼，颔首称许。

他知道这些都是表面的文章和客套，他在等待大禹说出实质性的东西。

第一百七十二章 九黎移山

大禹神采飞扬，把该说的都说完以后，对大巫笑道："大巫先生此番亲率九黎雄师来到龙门山，禹真是感激不尽。没想到九黎还有这么多整齐的人马……"

伯益马上接道："看来九黎在蚌池只是小试牛刀啊。"言语中颇有讽刺之意，气氛顿时变得有些紧张。

大巫把眼睛睁开，打起哈哈："我九黎派遣去蚌池的都是精锐之师，现在这些人只会肩扛手提，低头种地，哪里是什么雄师？"

大禹抓住这句话，立刻说道："大巫先生，龙门山就是需要肩扛手提的人啊。现在还有最高的山峰需要搬移，工程浩大、现有的人手疲惫不堪，不如就请九黎的壮士们接手，完成这最后的壮举吧。"

大巫一时不知怎么回答。他未置可否，笑了笑，索性又把眼睛闭上了。

伯益说道："此议恐怕不妥。现在的人手配合娴熟，再有几天就完工了，换新来的人难免耽误进度。况且他们干了那么久，最后时刻让别人接手，总会心有不甘吧。万一有人因不满而滋事，岂不是自寻烦恼？"

彭祖也出来打圆场："此事再议，再议。大巫先生远途劳顿，不如先行歇息，从长计议。"

大禹无奈地笑了笑，说道："也好，我先陪大巫先生转一转，再帮大巫先生安顿下来吧。"说完领着大巫出门巡视去了。

大禹和大巫登上龙门山的最高峰，遥看人族宏伟的移山工程。只见由西向东数十里的山脉被挖掘一空，山石和泥土被移到南边堆积起来，与北侧的山脉形成一个又深又宽的山谷。山谷里的人们喊着号子，井然有序地忙碌着。

大巫虽然在听大禹开山的讲解时就很振奋，但是站在山顶亲眼看见这壮观的景象，还是心潮澎湃。

向来喜怒不形于色的他也难免动容。他连连发问，问了几个关键的问题，比如洪水东流后的走向、下游河道的对接等。大禹对答如流，大巫频频点头。

大禹看见大巫已经动了心，不失时机地说："人族治水如此重要的时刻，九黎岂能袖手旁观？若要赢得天下各族的尊崇，九黎就得建功立业啊！"

大巫沉吟半晌，双目精光闪现，缓缓说道："禹大人所言极是，只是那两位德高望重，不愿与人方便呢。"

"这个嘛，禹自有办法，请大巫先生放心就是了。"大禹笑道。

大巫点点头："我九黎的开山斧，禹大人可否立即归还？"

大禹指了指脚下的高山，说道："此山雄伟坚固，禹恐怕山基没有彻底松动，开山斧可能还要派上用场。此山一除，禹当立刻奉还。"

大巫紧盯着大禹："好！就依禹大人之言。最后老叟想问的是，禹大人何时兑现自己的诺言呢？"

大禹坦然地注视着大巫的眼睛："治水成功，禹当兑现承诺，有崇部落并入九黎，报答九黎扶危纾困的大恩大德。"

大巫重重地点了点头："好！一言为定！老叟就等着禹大人的号令。号令一到，九黎马上进场移山！"

大禹拱手道："一言为定！"

大巫的心情很是舒畅，该要的东西禹都承诺了。现在，他手握重兵，占尽优势，但也不能立刻用强。毕竟治水是当前第一要务，等把山移开，九黎的声望也拿到了，那时再摊牌也不晚。

大禹把大巫送走后，立刻把摩长老叫来面授机宜。

摩长老带着一队人马进入移山工地，从里面抓出了几十个有些消极怠工的人，各个部落的都有。摩长老指挥手下对这些怠工的人施以鞭刑，把他们的屁股打得皮开肉绽。

他又把此事报告给大禹，大禹佯装震怒，叫来这些部落的首领大加斥责，最后宣布暂时停工整饬。大禹又知会了彭祖和伯益，宣布：最后的移山工程由刚到的九黎壮士接手。

大巫接到号令，非常高兴。他派出九黎一半的人马进入移山工地。这些九黎壮士虽然远道而来，但是精神抖擞、干劲十足。一开始，他们不太熟悉挖石运土的操作，相互配合不好，但在已经干了很长时间的其他部落的人指导下，不消一个时辰就干得有模有样，进展神速。

大禹和大巫站在山顶看着这一派忙碌的景象，指指点点。大禹盛赞九黎人马干活利索，配合默契。大巫听得心花怒放，抚须微笑不已。

他又哪里知道，站在他身边的大禹，心情比他还要好。

此番九黎倾全族之力来到龙门山，蕴藏着极大的凶险。如果大巫指挥九黎壮士出手争夺人族的霸权，炎黄部落和其他部落的人虽然多于九黎，但难有胜算，因为炎黄部落的精锐战力都已在蚌池覆灭。

所以，大禹极力鼓动大巫派九黎人移山，一则给龙门山疲惫至极的炎黄部落一个休整的时间；更为重要的是，他知道恶神共工马上就要赶到龙门山。恶神的第一波攻击必然残酷无比。他听伯益描述的蚌池惨状就立刻意识到这一点。

如果炎黄部落的人在移山工地遭到如此打击，则大局危矣，而炎黄部落与九黎部落的力量对比将更加失衡，不堪一击。如果九黎部落的人遭受第一波打击的话，主动权就重新回到了他的手中，九黎就掀不起什么大浪。

他绝不能让龙门山的局面失控。私下里，他已经安排摩长老去安抚那些被斥责的部落首领，让他们安心休息，后面必有重用。

九黎人马忙碌了半天，第二天清晨又加派了人手接着干，确实很有成果，眼见着龙门山的主峰被削去了一小半。

午时刚到，原本晴朗的天空凭空生起了乌云。只见南方天际阴云翻滚，雷声阵阵，众人不由得停下了动作，驻足观望。

乌云里，一个巨大的身躯若隐若现，越来越近。

大禹眯着眼，盯着南方的天空，心情十分复杂。

该来的终于来了，好在他已做好了安排……

第一百七十三章　共工逞凶

1

那高大的身影下身在水中、上身在空中，高过龙门山。他一头赤发，无风自飞，露出不怒自威的金色面孔。他的双目如电，神威凛凛，举手投足之间，震动天地。在他双臂上缠绕的巨蛇昂首吐着蛇信，阴冷至极。

水神共工来了。

他生于混沌之中，太古得道，神体天成，五行控水。曾经血战诸神而不败，也曾怒触不周山，挥兵攻破光明殿，也曾被封印于砀山。

他静静地看着龙门山，看着密密麻麻的人族在山上如临大敌地看着他，神色没有丝毫变化。他是神，是执掌天地法则的神。能入他法眼的只有祝融，那个生命中的宿敌。

当他转眼看到人族移山挖的大山谷，不禁露出轻蔑之色，淡然道："尔等蝼蚁，胆敢逆天。"人族居然敢改水道，影响他跟祝融即将到来的决战，绝不能轻饶。水火不容，当年一战被祝融封印，是共工最大的心结。

大禹回过神来，急令："各部落布阵！保护九黎移山人！"

山谷里，九黎的壮士也在结阵自保，离两旁山坡近的拼命向上爬，可是为时已晚。共工出手就是最狠毒的太阴势。他双手一挥，漫天冰矛从天而降，带着凄厉的风声疾速下落，全数扎进山谷。只听见一阵此起彼伏的惨叫声不绝于耳，九黎壮士被冰矛贯穿身体钉在地上，鲜血喷涌，瞬间毙命。

人族费尽心血挖开的山谷顿时变成了一条血水之谷，而九黎的人们或站或卧，僵在那里，像一尊尊活生生的雕塑，阴森恐怖、惨不忍睹。

周围的人顿时悲声一片。大巫站在山峰上眼睁睁地看着这一幕，仰天喷出一口鲜血，昏倒在地。

共工实施完这一次打击，又悠然自得地催动水势上升，逼近龙门山南面。众人纷纷往高处奔逃。因为九黎晚到，驻扎地偏低，一半营地被大水淹没了。

共工展颜一笑，神目微闭，隐身于层层乌云之中。这段时间，他的神力消耗较大，需要练气调养，以备与祝融的大决战。

大禹赶紧指挥各部落派出人手下到山谷里，将尸体搬运出来，交给九黎部落。九黎人哭声震天，其他部落的人眼中也噙满泪水。

彭祖和伯益面面相觑，一句话也说不出来。虽然他们也痛惜九黎人的惨死，但心中更多的是后怕。如果山谷里死的是原有的炎黄部落为主的人马，现在的局面就太糟糕了。而大禹谈笑之间就扭转了人族内部的局势。两人望着大禹的背影，不禁陡生敬畏……

2

押送雨泽回龙门山的九黎小首领这一阵子愁坏了。一开始，他去见大禹要开山斧，卫士还说禹大人太忙不能接见，后来一看见他们，二话不说，直接轰走。更可气的是，雨泽那个家伙突然消失了，没有丝毫音信。

这队九黎人整天急得团团转，抓耳挠腮，毫无办法。听说大巫率九黎大队人马来到龙门山，首领根本不敢去见大巫。他生怕自己一问三不知，被大巫当场问罪，小命难保。

可巧当天夜里，队伍里那个尖嘴猴腮的人去别的部落探听消息，听见两个出来撒尿的家伙聊天时提到雨泽的名字。他就趴在草丛里一直偷听，似乎听到他们提及"铸鼎""北面山里"等字眼。他赶紧跑回来报告。首领一听，像抓住了救命稻草。

第二天天刚亮，他带着这几十个人去北边山里查看，终于发现了一个山坳里有一堆人在忙忙碌碌。他们悄悄凑过去，看见几十个大汉抬着开山斧正往一口高炉里放，而雨泽就在现场指挥，顿时又惊又喜。

小首领立刻派了两个人跑回去报告大巫，他本人则带着队伍冲了过去。

"看看这是谁啊，这不是雨泽大人嘛。"小首领来到雨泽面前，阴阳怪气地说。其他九黎人听到这话，哄然大笑，都戏谑地看着雨泽。

雨泽已经十天十夜没有合眼了。他神情暴躁、双眼血红，定了半天神才看清楚眼前这些人正是押送他回来的九黎人，一路上曾经备受他们的羞辱。

他握紧双拳，心中怒火升腾，冷冷地这说道："这里是禁地，你们来干什么？出去！"

"看到了吗？我们的雨泽大人现在胆气很足了，忘记路上我们的招待了。"小首领自恃九黎大军已到，言语十分轻浮。

雨泽的脸涨得通红。

"哎哟，雨泽大人生气了。大家快来看啊。"小首领走上前，盯着雨泽的脸，"那我来问雨泽大人，你躲在这儿把开山斧放进这只炉子里作甚？"

其他九黎人也纷纷质问雨泽，气焰十分嚣张。

雨泽恼羞成怒，再也忍不住了，大吼道："来人！把这些私闯禁地、犯上作乱的家伙给我抓起来！"

雨泽的手下们早都看不下去了，纷纷上前，三四个对付一个，把九黎人摁在地上捆了起来。那小首领挣扎着站了起来，气急败坏地说："雨泽，你这个小人！今天你若敢动开山斧，我让你死无葬身之地！"

雨泽面目狰狞地走过去，拔出卫士的佩剑，指着小首领："你再敢聒噪，我让你先死！"

"你敢？！"小首领一口浓痰涂在雨泽脸上。

雨泽一剑刺在小首领的胸口，一股鲜血喷射出来，溅了雨泽一脸。

九黎人性格刚烈、暴躁，纷纷怒骂雨泽。

雨泽二话不说，一连刺了七八人。他浑身是血，模样非常恐怖。剩下的九黎人吓得闭嘴了，现场死一般的沉寂。

"哈哈哈哈！我倒要看看我如何死无葬身之地！"雨泽狂笑道，"来人，点火！烧了开山斧！"

几个汉子冲了过去，把木炭塞进高炉底部，点着火，一排大汉立刻拿着兽皮拼命地扇风。火势越来越旺，火苗从高炉顶上冲了出来。但是时间过去了很久，高炉外的陶管上仍旧没有丝毫动静。

雨泽狰狞的面容渐渐凝固了，为熔化开山斧重新建了一口大高炉，还是没有奏效。虽然九鼎都已经铸成运走，但是不能熔化开山斧就等于没有完成大禹交代的任务。

身心俱疲的雨泽已经到了崩溃的边缘……

第一百七十四章　殉职

大巫醒转的时候已经在自己的营帐里。他的脑海里不断浮现着刚才那一幕惨状，心中一阵阵绞痛，无比悔恨。

此次九黎倾巢出动，原有的消息报告系统出现了短暂的混乱，没有第一时间得知应龙战败。大巫没有想到上古神龙在共工面前这么不堪一击。他确信大禹一定知道这个消息，也确定他被大禹算计了。

费尽心机隐藏实力才造就的大好局面，就这么轻易断送了。他觉得对不起九黎的列祖列宗和父老乡亲！

说到底，是他自己的贪念太重，一瞬间丧失了警惕心。但这是个哑巴亏，他有苦说不出。这时又有人来报，刚才共工催发大水淹了九黎的部分营地，又有不少躲避不及的九黎人被淹死。大巫胸口又是一阵翻滚，差点儿再次吐血。

现在，九黎的人马损失大半，争夺天下霸权的想法成了梦幻泡影。营帐外丧失亲人的九黎人哭声连连，大巫感到一阵眩晕。

看来，自己是真的老了。

这时，卫士带进来两个人，原来是押送雨泽回龙门山的人。大巫到了两天，他们才冒出来。这两个人跪在地上，哆哆嗦嗦地汇报了这些日子被大禹冷落的遭遇和发现雨泽躲在北山熔化开山斧的消息。

大巫勃然大怒，挣扎着站起身，咬牙切齿地说："禹欺人太甚！来人！跟我找他算账去！"

大巫一行人怒气冲冲地来到大禹的营帐外，未等卫士通报完毕，大巫就闯了进去。营帐内，大禹正和彭祖、伯益、摩长老等人商议再次启动移山事宜。看见大巫满面怒容冲了进来，大禹连忙施礼。大巫看也不看，摆摆手，质问道："禹大人，听说您的亲信雨泽正在架着炉子焚烧我九黎的开山斧，看来禹大人的动作真不少啊！"

彭祖和伯益一脸茫然。他们知道大巫心头恼火，但熔化开山斧的事他们毫不知情，大禹也一句也没有提过。

大禹佯装出一脸错愕，嗫嚅道："这个，开山斧是委托雨泽在保管，他怎会做出这等事体呢？"

大巫冷笑道："禹大人也不用含糊其词、遮遮掩掩。不如带我去看个究竟，问个明白！"他顿了顿又说："禹大人不会不知道他们在北山吧？"

大禹停顿了片刻，无奈地说："也好。我这就陪大巫先生过去，把事情搞清楚。"

他知道大巫正在气头上，九黎伤亡惨重的坎儿过不去，现在还不能发生正面冲突，得先顺着他，之后再想办法。

众长老见势不妙，生怕大巫撕破脸皮，都跟着大禹和大巫往北山而去。报信的两个人引路，很快大家就到了雨泽铸鼎的山坳。只见雨泽浑身血污，拿着鞭子，声嘶力竭地驱使着一帮大汉拼命地往一座高炉里面扇风。那队被捆绑的九黎人看见大巫来了，全都哭喊起来：

"大巫，快救救我们！雨泽杀了首领，还杀了我们好多人！"

"大巫，我们的开山斧就在这口炉子里！"

大巫看到一旁躺着九黎人的尸体，气得浑身发抖，阴森森地对大禹说："禹大人，我们九黎的人死在地上，我们九黎的开山斧在炉子里，你如何解释？"

大禹脸上一阵青一阵白。他没想到雨泽居然在这里杀了九黎的人。现场如此难堪，让他根本下不了台。他冲雨泽吼道："你竟敢杀人？好大的胆子！"

雨泽扑通一声跪下了："大人，人是我杀的，我自当负责。治水乃人族大事，关乎全人族的生死，东海不稳，容易倒灌，雨泽没有办法，只好逼迫这些人熔化开山斧，锻造镇水之物，稳定海水，让洪水能顺利分流入海。"

大禹佯装吃惊地看着雨泽。他没有想到雨泽此刻一把将所有事情揽在了自己身上。

"此事，你为何……"

大禹的话还没说完，雨泽马上把话接了过去，大声道："大人，此事紧急，属下来不及禀报，所以擅自决定，罪该万死。"

原本盛怒的大禹此际顿住了，一时不知该说什么。

此番话也完全出乎众人的预料。所有人都呆住了。大巫的雷霆之怒一时没有发作出来。

雨泽倒变得满脸轻松。看到大禹吃惊的样子，他的心中很是欣慰。这说明大禹还是关心他的。他淡然一笑，说道："这些九黎人先前在路上辱我，我怀恨在心，就把他们杀了。雨泽今日……"

话音未落，一声高亢清越的凤鸣穿空而来，众人不由得抬头惊望。

西方天空中一团火焰飞来，那火焰神光流彩，将天空映得通红。火焰之上是一只火红色的大鸟，引颈长鸣。

彭祖喃喃道："莫非这就是传说中的凤凰大神？是来帮我们的？"

大鸟向着山坳盘旋而下，众人赶紧闪开，让出一大块空地。待那大鸟落稳，收住火焰和翅膀，众人才发现鸟背上还坐着几个人。还没等大家看清楚这几人的模样，大鸟将颈一伸，向着高炉吐出一团烈焰。烈焰从高炉底部进入，又从上面穿出，一瞬间就把高炉烧得通红。

只见一股黝黑的熔浆从高炉边上的陶管流了出来，流向一个细长的陶范。众人大惊，这一切发生得太突然了。只有雨泽在狂喜地大喊："成功啦！成功啦！定海神针要成啦！"

他快步跑上高炉边的平台，大声道："大人！雨泽听闻但凡宝物出世，必以血祭，方可通神入灵。在下擅自熔化开山斧，杀害九黎勇士，罪不容赦。雨泽现在就给九黎一个交代。大人，请多保重！雨泽去了！"

大禹摆着手大喊："雨泽！别！"

雨泽深鞠一躬，纵身跳进了高炉的烈火之中，一眨眼就化作一阵青烟，飞散了！

众人一片惊呼，却见那黝黑的熔岩越流越多，全部流进了长长的陶范。陶范突然炸裂开，一根黑色的细柱凭空跃起，赫然立在众人面前——暗黑无光，貌不惊人。

器灵没了，劈山斩地的锋芒没了，宝物的光彩没了，灵气也没了，只是这么一根黑不溜秋的东西。看起来挺重，但就是一根棍子而已。

所有人都大惊失色，开山斧居然锻造出这么一根玩意儿，这不是毁了吗？

大巫看到此物，久久不语，突然怒极反笑："哈哈哈，哈哈哈！好好，做得好，做得好！"

所有人都感受到大巫强大的愤怒。

九黎人双眼喷火，摩拳擦掌，只等大巫一声令下便大开杀戒。

"确实好！大巫先生说得对！此物可是天下难寻的宝贝，好得很哪！"一个中气充沛的声音传来。

众人转身望去，却见大鸟背上早下来了几个人。为首的一位麻衣老者，道骨仙风、白须飘飘，正微笑着朝大家走过来。

第一百七十五章　定海神针

大巫怒道："汝是何人？一派胡言！我九黎开山斧乃盘古开天辟地的圣物，却被你们锻造成这么一根黑不溜秋的棍子，哪里好了？"

他真是气糊涂了，一会儿说好一会儿说不好。

悟心笑道："吾乃籍籍无名的世外散人。此物曰定海神针，实乃不可多得的至宝。如今应龙殒世、东海倒灌，正得此物方可平复海水。否则人族尽为鱼鳖之食。大巫纵然有凌云壮志，恐怕也无处施展了。"

众人恍然大悟，此物虽貌不惊人，却大有用武之地。

"不信，你看！"悟心右手两指伸出，指向那黑棍，心中默念法诀，口中轻喝，"长！长！长！"

那原本一人多高的黑棍猛然长到十几丈长。众人还未来得及惊呼，黑棍又猛然长到山一般高。稍停片刻，黑棍又暴长到目不可及的高度，直刺天际，而黑棍的直径也扩至几十余人合围的大小，众皆骇然。

悟心拊掌大笑："果然神妙莫测，东海可定矣！"他又手指黑棍，轻喝几声："收！收！收！"

黑棍蓦地缩了回来，变成了原本的大小。

悟心道："此事还须劳烦凤凰大神。大巫先生，恕在下冒昧，如此神物不可由一族居之，还当普惠众生。"

大巫不解其意，尚未出声，那五彩巨鸟伸出长喙，叼住黑棍，振翅而起，直上云霄，向东方飞去。

众人这才明白过来，凤凰大神要将此物置于东海，镇压海水。

大巫满腔怒火找不到由头发作，遂带着九黎人愤然离去。

大禹和伯益早认出云阳、星月等人，带着众长老围了上去。伯益抓着云阳的胳膊，急切地问："小兄弟，你们找到祝融大神了？弃长老呢？"

其他人方才明白过来，这几位神采奕奕、周身似有华光护体的非凡少年原来是西行之人，全都又激动又期待地盯着他们。

云阳拱手施礼："见过诸位长老。弃长老及随行壮士全在西行途中为人族牺牲了。我们四人到了西昆仑，找到了祝融部落，但是祝融部落的重黎先生告知，祝融大神并不在西昆仑，已经很久没有消息了。所幸遇高人点化，请到凤凰大神东归，与恶神一战。"

众人一片悲叹，虽然西行的队伍杳无音信，大家都觉得凶多吉少，但听到云阳亲口道来，还是备受打击。况且西行并没有请到祝融大神，只有凤凰大神参战，众人都觉得很难敌过共工，非常失望。鱼显长老听说儿子鱼木死于西行途中，不禁老泪纵横，伤心欲绝。

大禹望着悟心，问云阳："云阳兄弟，这位长者是……"

云阳道："这位是悟心前辈，西昆仑的得道高人，请出凤凰大神，正是悟心前辈的安排。"

大禹道："前辈道骨仙风，法力无边，出手相助，真是人族的幸事！"

他赶紧带着众长老向悟心行礼。悟心淡然一笑，给众人还礼。

今天若非悟心和凤凰及时出现，熔化开山斧，送走定海神针，化解了这难解之局，大禹实在无法收场。他心头不由得暗自庆幸，又想起大包大揽、慷慨赴死的雨泽，心中隐隐作痛。

星月本来对雨泽和大禹心怀怨恨，但是刚才在凤凰大神的背上鸟瞰龙门山，已然被人族这巨大的工程震撼了。星月心中开始认可大禹是个有干劲、有本领的人族领袖，待到又看见雨泽以身血祭定海神针，心中的怨念不禁烟消云散。她终于释然了。

众人回到大禹的营帐，商讨目前的局势。众长老都还是忧心忡忡，主张暂时观望一下，不要轻举妄动，以免造成太大的牺牲。只有大禹豪气干云，力主继续开山分流。

他说："洪水一天不分流，共工的凶恶气焰就一天不能得到遏制。我人族就算付出天大的代价也要闯过这一关。今日又有凤凰大神、悟心前辈和云阳兄弟等人助力，我等绝不可犹豫，更不能消极，务必放手一搏，力求尽早分流成功！"

悟心抚掌大笑："大禹先生说得好！人必自助，而后天助之。待凤凰大神归来，老夫与他打个头阵，会一会那恶神！"

云阳、阿薰、星月和阿言急得站了起来，围着悟心："前辈，还是让我们打头阵吧！"

悟心神秘地笑了笑，摆了摆手说："哪里轮得上你们去打头阵，少安毋躁，老夫自有安排。"

众长老被他们的情绪感染，都不再坚持自己的意见。大禹立即安排摩长老通知各部落做好准备，次日继续移山。

几个时辰过后，从东方传来一阵巨响，震动天地。

悟心笑道："东海已平矣，可静待凤凰大神归来。"

众人都很振奋，大禹心中的一块大石终于落了地。

这天夜里，云阳和星月等四人跟随悟心在龙门山顶静坐养气。虽然云阳追问了悟心次日战恶神应该做什么，悟心却只是简单地回答他"到时候自然知道了"。云阳等人也只好作罢。他们对悟心无比信赖。

洪水从西边奔来，拍击着龙门山，又低吼着向南流去。各座山峰上的人族营地点着篝火，星罗棋布。

这场大战前的夜晚竟然异常宁静。

浩瀚的星空，群星闪烁，微风拂面，有一种说不出来的清凉。

云阳等四人回到九州，度过了刚开始的兴奋，心绪颇为平静。九州大地的气息就像母亲的怀抱一样温馨、甜蜜，他们感觉好像从来没有离开过这片养育他们的土地。过去一段日子的颠沛流离和生死考验，都似梦幻一般渐渐飘散，而他们的心则更为澄明、空灵。

悟心指导他们依照在昆仑山祝融部落的方式安坐，云阳面向东方，星月、阿薰和阿言依次面向南方、西方和北方。他自己却久久地伫立在山顶，遥望大地和满天星辰。

今夜的星光格外灿烂，格外美丽。

黎明时分，一声清亮的凤鸣从天边传来，将云阳等人从定中唤起。早起的人已经整装待发，准备拼尽全力，搬开这龙门山的主峰。

第一百七十六章　大禹宏愿

1

大禹整夜都没有合眼。这几天突发的情况太多、太快，完全出乎他的预料。

先是九黎大军赶到，再是东海大规模倒灌，又是恶神共工杀到。好在他说服了大巫，让九黎人接手移山，借共工之手大幅削弱了九黎的实力，将潜在的危机消弭于无形。

接着，本来密令雨泽熔化开山斧、铸造定海神针是个拿不到台面上说的决定，却被九黎人堵在了现场，眼看就要撕破脸皮。可他没想到雨泽会挺身而出，以死担责。

最后幸有凤凰大神及时赶来，吐出神火熔化了开山斧，一举成功。而大巫也只能接受这个现实，无从发作，顺利地渡过了难关。

这一切都让大禹兴奋得有点恍惚，隐约有种天命在兹的感觉。

他回想这些年的历程，一直战战兢兢，如履薄冰。先前他只是一个并无权势的治水人，整年奔波在外，风餐露宿。后来，他又机缘巧合，盗走了星月姑娘的九州山川图，亡命九黎，寄人篱下。舜帝果断赐图后，他大会诸侯斩了防风，在九州山川图的指引下，才慢慢摸索出平治天下洪水的方略。

他从少年时代就立下的治水壮志，到了今天才终于看到了曙光。他不由得想起父亲鲧因为治水不力而被舜帝问斩，回忆着父亲每次离家那疲惫而消瘦的背影。大禹禁不住热泪盈眶。

他在心中默念："父亲大人，请您的在天之灵看着吧，儿子一定会消退九州洪水，洗刷您和家族的耻辱！"

大禹展开九州山川图，仔细观摩研读。此图夺于墨族的星月，虽然后来被舜帝正名，可看到星月归来，他的心中依然有些忐忑。

对云阳和星月他们，大禹有种很微妙的情感。一方面，他很欣赏这几个少男少女的一身正气和坚韧不拔；另一方面，他的心中总有些忌惮，尤其是西行归来后，这四个人神采俊逸，超然不凡，颇有脱胎换骨之感。以后是敌是友，他还拿不准。

还有那个悟心，大禹直觉此人来头不小，神龙见首不见尾。不过当下，他们都是完成移山分流这一壮举所不可或缺的助力。

九州山川图依然流光溢彩，神奥无穷。就在大禹潜心钻研，看得如醉如痴之际，突然各个州的中心点开始闪闪发光。大禹心头大喜，看来星夜兼程的治水九卫已将九鼎全部安置完毕。那九个光点向上发射出闪亮的光柱，穿透帐顶，直达天际，与满天星辰交相辉映。

大禹不禁心潮澎湃，豪气凌云。

他想到自人族诞生以来，众神奴役，灾难不断。每当面临生死存亡的时候，有人怯懦地屈服，祈求苟活，把自己的命运交出去，让众神来决定生死。但也总有人会站出来，为人族的生存而抗争。

太古有仓颉造字，人族得以传承自己的知识与精神；伏羲作八卦，以测天时；十日凌天，后羿勇射九日；刑天断其首，猛志常在，舞干戚不止……往昔的先祖，自强不息、殚精竭虑，绝不轻言放弃。

他的心中陡然生发出一股宏愿：我人族再不受众神奴役，要自己决定自己的命运，赴汤蹈火，在所不惜！

九州山川图大放华光，那九道光柱越来越亮、越来越粗，仿佛在呼应着大禹的宏愿。

神界早被九州山川图的华光和大禹的宏愿震动，昆仑山突然颤抖起来，石块不断从山上落下，无数洞天福地的大门敞开，就连闭关的神祇也纷纷醒来。

本来高高在上、掌握众生的他们，此时惊觉巨变，纷纷出府，望着那龙门山方向，阴沉不语。有的已经架着霞光，飞空入云，身上带着冷意，气势汹汹，直奔龙门山而来。

"人族！胆敢忤逆？！"

……

2

凤鸣之时，大禹已在冰冷的晨风中号令天下部族。

人族各部都已听说西行队伍归来，引回凤凰大神助战，心头重新燃起了希望。族长们带着族里最得力的手下挺身肃立在大禹面前。他们握紧的部落大旗，迎风猎猎作响。各处山头站满了各部落的人，遥遥相望。

大禹精神饱满，毫无倦色，朗声道："今我人族开山治水，乃亘古未有之伟业，非今人胜古人，实乃我等承继先祖筚路蓝缕、艰苦创业之风，锲而不舍、自强不息之德，赴汤蹈火、舍生取义之勇，方才开创的局面。"

"先圣大贤奋斗牺牲，为的是什么？为的就是终有一天，人族能够掌握自己的命运，不再被诸神驱使奴役，真正成为天地的主人。今天，就是这么一天。我人族要重整河山，安定九州，掌握自己的命运。人必自助，而后天助之。尔等可愿粉身碎骨，万死不辞？！"

人们被大禹这番话鼓动得群情激奋，多年被洪水折磨的苦难压抑在这一刻爆发了。人们或举起手臂，或用手中的工具敲击着地面，纷纷怒吼："粉身碎骨，万死不辞！粉身碎骨，万死不辞！粉身碎骨，万死不辞……"

人族的呐喊声响遏行云，震动天地，连龙门山西面咆哮不止的洪水似乎也被震慑了，失去了声势，变得无精打采。

大禹将手一挥："好！各部落听令！有崇部落遣三千人北山脚开山，山海部落轮替！"

"诺！"

"岩石部落遣五千人运石，青木部落轮替！"

"诺！"

还没等大禹布置完，大巫领着九黎的各位首领来到现场。他面色苍白，双眼通红，显然也是彻夜未眠，但他依然中气十足地说："禹大人，请勿厚此薄彼，我九黎尚有人在！"

大禹非常感动，他没想到大巫这么快就放下怨恨，捐弃前嫌，前来助战。他对大巫长揖道："大巫先生请放心。削平龙门山山头这一重担必由九黎肩负。"

大巫微微颔首，认可了。他苦思一宿，权衡利弊，还是决定在这人族的关键时刻跟大禹合作。否则九黎不仅做出了巨大的牺牲，还要落下千古的骂名，实在得不偿失。

悟心在龙门山顶目睹了这一切，喟然叹道："禹真乃人族大豪杰，当为一世之主！"说着，又对云阳四人叮嘱道："尔等安坐，等待时机，切勿轻举妄动。机缘一到，自有天命，尔等大有用武之地！切记！"

云阳四人齐声应诺。

此时，凤凰正从空中飞降下来。

第一百七十七章　凤凰战共工

　　凤凰大神俯冲过山顶，悟心身形未变，陡然升上半空，转眼已立在凤凰大神背上，手中还多了一把雪白的拂尘。他衣袂飘飘，道骨仙风。凤凰大神展翅飞起，越飞越高，身下冒出一大团流动的火焰，鲜艳明亮。

　　凤凰大神在人族的惊叹中盘旋一周，伴着一声激昂的凤鸣，向共工安身的乌云直冲过去。

　　大禹见状，将手一挥，怒喝道："开山！"

　　领命的人族部落纷纷冲下山谷，誓要搬开最后这座的大山。

　　共工在乌云中现出真身。自凤凰大神来到龙门山的第一声凤鸣，他就已经知晓。但他毫不在意，依然调心养气。在他的心目中，凤凰大神虽然和祝融同宗同源，能够驾驭天地神火，但只是个二流角色。只有火神祝融才是他唯一的敌手。

　　见凤凰大神来势汹汹，共工抬手一指，一道巨浪凭空涌起，拍向凤凰。凤凰口中轰然吐出一大团神火，抵住巨浪，水火交织在一起形成一道巨大的水火之墙，蔚为壮观。

　　共工淡然道："你这呆鸟，以你的道行也就适合管管不死火山。这里水深，奉劝你还是叫来祝融，免得我费事拔了你的毛！"

　　回答他的是一声激愤的凤鸣。凤凰舞动着翅膀，喷出更烈的火焰，眼看火势要压倒水墙。水火不相容，凤凰天生就对共工有巨大的敌意，之前共工屠龙，凤凰早已感知，虽然三大族当年斗得惨烈，但彼此也是惺惺相惜。

　　站在凤凰背上的悟心将手中白色的拂尘挥出，那神火更加猛烈。

　　共工赶紧催动神力顶住火势，那水火之墙越来越高。

　　此时共工才注意到悟心，定睛一看，怒道："赤松子？你这小小的人族雨伯，居然也敢来战本神？！"

　　悟心抚须道："老叟虽然超脱三界，但生于人族，不敢忘本。共工大神要灭我人族，老夫能力低微，但也是不敢不来，呵呵。"

"好！既然来了，就别走了，本神让你们神魂消散。"共工冷声说着，单手虚点，化浪为冰，水火之墙瞬间凝固，又裂出无数纹路，轰然倒塌。

"洪水滔天。"共工又缓缓说道，刹那间天空布满翻滚的乌云，电闪雷鸣，暴雨如注，白昼瞬间变为黑夜，让人几欲窒息。

四周的洪水怒吼着、翻涌着，不断有巨大的水柱暴起，又有连排山高的巨浪冲向凤凰大神和悟心。

凤凰高飞、引颈长鸣，向乌云喷出紫红色的火焰，生生将乌云烧出一个大洞，雨势随即减弱了许多。他又在空中转身，绚烂的尾翼喷射出熊熊的火焰，巨扇一样的火焰砍在巨浪上，将巨浪拦腰截断。巨浪刚落，凤凰身上突然爆发出无数火焰之光，而他的羽毛也如同火箭一般，疾射向共工。

悟心手中的拂尘不断挥舞着，为神火助势加速。他没有天生神力，只能以法术借势助威，增加神火的杀伤力。

原来，凤凰有三大神火绝技，分别是舌枪火、尾扇火、羽箭火，威力各有不同。舌枪火攻击距离长，穿透力极强；尾扇火覆盖的面积大；而羽箭火则又快又密，防不胜防。

共工有些轻敌，此时正分神查看人族进入山谷移山，不禁大怒。就在这电光石火之间，凤凰的羽箭火已经射到。共工一边忙着施法抵御一边躲闪，但还是被一些羽箭射中神躯，疼痛无比。他右臂上的巨蛇也被击中，脑袋歪了下来。

共工身形急退，胸中怒火翻滚。左手推出无数水矛还击，右手招下漫天冰矛射向山谷。这下他动了真气，下手毒辣，毫不容情。

大禹早祭出了九州山川图，那图缓缓飘浮在半空，溢出华光，将人族开山的山谷笼罩住。

冰矛穿透九州山川图散发出的华光时，竟然发出刺耳的鸣叫，然后冰矛的速度被削弱了，个头也变小了不少。

华光之下，九黎部落和四海部落布下了光盾阵和长矛阵，只听一通乱响，冰矛被弹走了很多。但是，依然有很多冰矛刺中开山运石的人，顿时山谷里一阵惨叫、鲜血四溅。奇怪的是，牺牲的人流出的鲜血并没有流淌到地上，而是向上飞射，化为细小的血珠被九州山川图的华光吸了进去。那华光渐渐变成淡红色，让人血脉贲张。

大禹大吼道："队形不要乱！继续开山！接应部落准备！岐山部落，擂鼓！"

数百面大鼓咚咚地擂响，震得龙门山也在颤抖。山石簌簌地松动着，洪水的咆哮声被压了下去，就连天上的乌云也被声浪鼓荡起来。

山谷里的人被鼓声激励着，咬牙拼命坚持。有人开始喊起了号子，渐渐地，所有人都喊了出来。此起彼伏的号子声在山谷回荡开，不绝于耳。

外围接应的人站在山坡高地上默默地看着，脸上分不清是雨水还是泪水，但都尽情地流淌着，直入心间。

大禹见状，灵机一动，立刻传令所有接应的人齐唱治水歌。那治水歌在大会诸侯的时候，由大禹发布，早已传唱天下，人人耳熟能详。

"思我先祖，艰辛拓土。水漫九州，苍生皆苦。伏祈天地，誓以歌舞。同心勠力，归我禾黍……"

悲壮的歌声响起，每个人都纵情忘我地唱着，一遍又一遍。此刻仿佛祖先的灵魂都被召唤过来，和龙门山的每个人贴在一起。

共工大怒，这些蝼蚁般的人竟如此示威，真是嚣张至极。他向山谷这边冲了过来，想就近施以杀手，屠戮人族。

怎奈凤凰骁勇无比，拦住共工的厮杀。神火与怒水在天空中四处飘舞，交织、纠缠在一起。两位大神杀得天昏地暗，难分难解。共工虽然无法脱身，但还能不时分出神力，不断降下漫天冰矛，灭杀山谷里的人。

牺牲的人越来越多。大禹指挥调度，每两三次冰矛袭击后，就安排其他部落轮换。人族的号子、大鼓和歌声从未停歇。

九州山川图发出的华光吸附的人族鲜血越来越多，颜色越来越深，越来越鲜艳。

被九州山川图的光柱惊动来的天界众神，默默遥望着龙门山的恶战，听着人族制造出的震天声响，也对人族充满了疑虑和不满。但此时双神大战，他们不想过早参与，暂且保持观望的姿态。

云阳四人静坐在龙门山顶，对发生的一切了然于心，洞若观火，但是这一切又似乎非常遥远。他们的内心此际异常安宁，谨遵悟心的嘱咐，静待着天启的一刻。

第一百七十八章 四灵出世

凤凰和悟心与共工从白天杀到了黑夜，周身流火，映红了黑暗的天际。

共工一时奈何不了凤凰，反倒静下心来与之缠斗，慢慢地消耗凤凰的神力，同时不断降下冰矛袭击山谷里移山的人，以此消耗人族的有生力量。

人族付出了巨大的牺牲，山谷里尸骨如山，但人们依然拼尽全力，坚持开山，战鼓也依然在咚咚作响。

龙门山东坡的山腰和山脚已经被挖去了一大半，但是龙门山仍旧屹立不倒。

子时，凤凰的神力开始减弱。他发出的神火不再那么耀眼，翱翔的身形也不再那么矫健。这时，人族受到的攻击压力越来越大，移山工程几近停滞。

人们已经疲惫不堪，士气也开始下降，大禹焦急万分。他没有更好的办法，如果强行派出更多的人，牺牲太大，容易生变。

九州山川图和它发出的华光都已变得血红，在半空放射着摄人心魄的红光。

丑时将尽的时候，凤凰的神火明显暗淡下来，对于共工的攻击已经疲于防守，很难再发起主动的攻击了。共工心头大喜，趁凤凰身形迟滞，双掌合围，然后猛地推出，口中喝道："四浪合冰！"

只见凤凰的四周跃起四股巨浪，合击凤凰。凤凰振翅向上疾飞，想摆脱四浪的攻击，无奈神力衰退，无法飞得更高。砰的一声，凤凰被四浪合围击中！

一瞬间，水浪就变成了巨大的冰柱，直直地矗立在半空，凤凰和悟心被冻结在里面。观望的人发出了一阵绝望的悲叹。

共工狂笑道："呆鸟，赤松子，本神的手段如何？汝等命休矣！"说罢飞奔到山谷边，双手挥舞，无数冰矛落下，穿透九州山川图发出的血红之光，射入山谷。无数人族当即惨死，人们开始四处奔逃、溃散。

大禹不停地怒喝，但是依然不能止住人们逃散。九州山川图的华光已饱含人族的鲜血，鲜红欲滴！

这时，冰柱里突然燃起火光，将冰柱照得晶莹剔透。原来是凤凰的神躯在燃烧，这火是凤凰以神力催动自焚而起的天火，可以焚天，照亮三界，熔化虚空。

共工大惊，停止对人族的攻击。他没想到凤凰会如此刚烈，不惜神魂消散也要冲破他的禁锢。这天火一旦触及必伤修为。围观的众神也纷纷做好躲避的准备，生怕被凤凰这以命相搏的天火波及。

冰柱轰然崩裂、倒塌，天火熊熊燃烧，直冲天际，将满天乌云烧得一干二净，露出了九天星辰。星辰又大又亮，仿佛就在眼前，齐齐地闪烁不已！

云阳、阿薰、星月和阿言本来端坐在龙门山顶，此时四人在星辰之光的照耀下，开始缓缓升空。他们看到悟心的身形也在燃烧，心中无比绞痛，齐声喊道："师父！"

悟心平时并不让他们以师父相称，总是平等地以礼相待，此刻他们却不约而同地喊出这个尊崇的称谓。

悟心在火红的天火中对云阳四人朗声道："心能转物，事在人为。至诚至勇，必转天劫！"

言毕，他身形变得越来越模糊。

这一段话如同巨石投于幽潭，长风鸣于空谷，云阳、阿薰、星月和阿言一下子怔住了。悟心往日关于道心道学的教诲一幕幕飞速闪过他们的脑海，而他们的内心突然觉得触及一种妙不可言的境界。

东方七宿——角、亢、氐、房、心、尾、箕不停闪烁着，形成一道光柱罩在云阳身上；南方七宿——井、鬼、柳、星、张、翼、轸的光柱罩在星月身上；西方七宿——奎、娄、胃、昴、毕、觜、参的光柱罩在阿薰身上；北方七宿——斗、牛、女、虚、危、室、壁的光柱罩在阿言身上。

他们感觉好像又回到了西昆仑祝融部落供奉神火的山顶。

云阳的灵珠悄然飞出识海，长大了许多，将四人笼罩其中，流光溢彩，美不胜收。

人族看着这火与光的奇观都呆住了，激动万分。大禹悄悄地命令自己的有崇部落再次进入山谷，准备移山。

天火熊熊燃烧着，凤凰和悟心的身影越来越模糊。天火中又传来悟心的声音："天火可灭，道火不熄！"

突然，砰的一声，凤凰和悟心的身影消失了。天火完全升于天际，平铺在整个夜空中，将天空烧得透亮，瞬间又消失得无影无踪。一个白色的光点从天火中溢出，飞到龙门山顶。它是雪微深沉的执念，没有跟随悟心羽化，经受住了天火的考验和洗礼。

此刻，正到寅时。云阳、阿薰、星月和阿言没有再喊师父，他们只是静静地坐在光柱之中。光柱里仿佛有无数流星呼啸而下，绚烂无比。

云阳四人体内的真气和灵力在七经八脉中交织、奔涌，合成一种圆融无碍的新力量。这是神之元力，无比强大，正要挣脱他们的身体的束缚。

共工待到天火消散才放下心来，看到龙门山顶的异象，心中疑虑，要赶来看个究竟，出手破坏。

九州山川图突然向云阳的灵珠射出一道血红之光，灵珠瞬间被染成血红色，飞速旋转起来，让外人看不清他们四人的身影。

星辰之力和人族气运都已注入四人体内，此刻他们已经脱胎换骨！

共工正要出手攻击这颗血红的灵珠，突然，光柱、灵珠和云阳都不见了，东方天空蓦然出现一条身形矫健、闪闪发光的青龙，口中的龙珠放射出刺目的寒光，和明亮的龙睛一道逼视着共工。

共工又惊又怒："好！本神就再杀一条龙！"

接着阿薰也消失了，西方天空中跃出一头张牙舞爪、怒目而视的白虎。

再接着星月消失了，南方天空飞出一只羽毛鲜红却放着五彩光芒的大鸟。

最后阿言消失了，北方天空惊现一头巨龟，身上盘踞着一条黑蛇。

漫天星辰闪耀，一时间照得这四个灵物流光溢彩，无比矫健，华美之极。众人看得如醉如痴，赞叹不已！

共工有些不知所措，这四个猛然冒出来的灵物，他不知其名。天界众神也莫名其妙，搞不清这四个灵物的由来。

站在大禹身边的彭祖喃喃道："星辰四象之名曰：青龙、白虎、朱雀、玄武，莫非是四象化身为四灵，降临人间？"

大巫也激动地说："是四象！是四象显灵！"

大禹闻言大喜，大吼道："继续开山！各部落各就各位！"

人族重燃希望，群情激昂，纷纷跳进山谷里。大鼓又咚咚地响了起来，声震天地。这时，在九州大地的暗夜中飘荡的一丝迷茫的游魂被唤醒了，鼓声召唤着它向龙门山飘来。

天人感应，四灵出世。人族经过无数代的努力与牺牲，终于迎来了改变命运、反转天劫的时刻。

四灵气势非凡，威压三界，舞动着身形将共工围在中间。

大战一触即发，众神皆已胆寒！

第一百七十九章　决战

共工无暇顾及人族重新开山。他定下心神，立即祭出法术"旋转乾坤"。在他的四周立即升起一个巨大的旋涡。旋涡飞速旋转，外围射出无数水矛，冲向四灵。

此招攻守兼备，以静制动，共工不愧是曾力战众神的神界翘楚，经验老到。

四灵刚刚出世，体内的元力尚未圆融，身形凝滞，一阵忙乱方才堪堪躲开水矛的攻击。

共工淡然一笑："原来不过如此，假模假样而已。"说着陡然加大神力，旋涡急剧扩大，射出了更多的水矛。

天界围观的众神也暗自松了一口气。他们担心的是这凭空而来的灵物会扰动神界原有的秩序。

玄武中的黑蛇摇曳着身体，吐出一团黑烟，瞬间将大旋涡和水矛冻成寒冰。玄武乃北方七宿化成，五行属水，那黑烟至阴至寒的水气，名为"玄冥幽寒"，能够禁锢万物，止形众神。

共工感到神力一滞，微微一惊，心头轻慢之意减轻了不少。他旋即化解了寒冰，又使出一招"一柱擎天"，四根巨大的水柱冲天而起，袭向四灵。共工并不停歇，双掌推出太阴式，无数冰矛飞出，攻击一波接着一波。

玄武本身就有控水之能，共工身下的水柱起了一半就戛然而止了。玄武黑色的龟背上闪出一道布满龟纹的光影，将射来的冰矛全部弹落，毫发无损。

但是青龙、白虎和朱雀在空中腾挪避开了水柱的冲击，却被不少冰矛刺中。青龙的身上掉了一大片鳞甲，鲜血淋漓；白虎的面颊上也现出一道血痕；朱雀翅膀上的几片羽毛飞落了下来。

三招过后，占尽先机，共工大笑："屠龙擒虎杀鸟，本神今天很忙啊！"挪揄之中却没有提到玄武，他实在没看出有什么对付玄武的好办法。

青龙嘶吼着在空中舞动着身躯，伤痛并没有挫伤他的斗志，反而让他变得兴奋起来。扭动翻转之中，他突然忆及悟心师父所教的身法，立刻照做，体内的元力渐渐通畅、充沛起来。他愈加兴奋，龙头转过来对准共工，催动元力吐出龙珠。那龙珠闪烁着光芒，呼啸着直奔共工而去。

共工布起水幕，削减龙珠的威势，神躯一纵闪开。龙珠一击未中，在空中划了一道优美的弧线又回到青龙口中。

朱雀和白虎也都找到了悟心师父教授的身法，身形越来越舒展，纵跳翱翔之际，华光流彩，无比矫健优雅，美得令人窒息。

人族望着空中美不胜收的景象，又不由得连声赞叹，连鼓手也一时停止了手中的动作。大禹连忙示意，雄壮的大鼓又开始咚咚作响。

朱雀的身姿盘旋着，就像在跳一段优美的舞蹈。突然，她的左翼向前一扇，一排细密的天火像箭一样射向共工，接着右翼一扇，又是一排天火飞去。

朱雀乃南方七宿所化，五行属火。她以元力发动的神火乃九天之火，不但有天火焚灭万物和虚空之威，又兼有一分灵动，快速灵活，势不可当，唤作"彩翼灵火"。

共工不敢怠慢，连起三道冰浪防御，方才止住彩翼灵火的势头，而那三道冰浪都被灵火击得粉碎。

白虎乃西方七宿所化，五行属金，虽然身形越来越灵活，英气逼人，但是她的心性阴柔内敛，竟一时没有找到攻击的神技。

玄武的行动并不迅捷，但是他的大招"玄冥幽寒"和"龟纹光影"的防御效果非常了得，极大地限制了共工的威势。玄冥幽寒可以将共工的身形定住片刻，而龟纹光影可以降低共工的攻击力度，并且能够扭曲空间，快速结界。

青龙、朱雀和玄武连续发招攻击共工，但并未占得上风。共工除了在被玄冥幽寒定住的一刹那稍显被动，其他时候都可以轻松地防住青龙的龙珠和朱雀的彩翼灵火，然后还以颜色。他的手段变化多端，可以将水、浪、冰、雾随心所欲地转换用于攻击与防守，让人看得眼花缭乱、叹为观止。

共工敏锐地意识到白虎目前是敌方的薄弱环节，他要寻求机会予以击破，打乱敌方的阵脚。果然，几个回合过后，共工在抵御住一波攻击之后，迅速还击，同时升起浓雾，遮蔽住四灵的视线。他在浓雾中催动身形向白虎冲了过去，双掌迅即推出，五根巨大的冰矛锁住白虎的身位，向前疾射！

白虎敏捷地向上纵跳，要躲开冰矛的奔袭，没想到冰矛蕴含的神力非凡，竟然自动向上，追着白虎的身形而去。

青龙在浓雾升起的一刹那就感觉不妙，他不假思索，舞动龙身向白虎的方向飞去。情急之下，他的巨尾搅动，竟然产生一股极强的罡风，吹开迷雾。他瞥见冰矛飞驰，拼尽神力向冰矛冲了过去，生生以龙身撞飞了冰矛。

顿时，青龙又一次鳞甲飞落，鲜血淋漓。青龙向下急坠，旋即又顽强地升了起来。

玄武和朱雀的大招杀到，击退了共工。共工哈哈大笑，撒起漫天水花。

四灵此番更加小心，收缩阵形对付共工。青龙虽然再次受伤，但是刚才，他意外地发现他的巨尾可以发动龙卷风，龙珠吐出后再以龙卷风加速，威力无比，打得共工一阵手忙脚乱。

此时，人族锲而不舍的努力终于取得了重要成果。龙门山主峰开始隐隐晃动，每次西边的洪水波涛拍击，山体都会微微震颤，有摇摇欲坠之感。

大禹和众长老非常振奋，急声催促，力求尽快完工。同时大禹仔细观察着山体的状况，他要决定人族在最恰当的时机退出，以免被即将倒塌的山石覆灭。

共工的神识觉察到这个变化，极为恼怒。他绝不能允许这种状况发生。一旦西边的洪水分流，他借以逞威的水势将被削弱，神力无从发挥，局面就会失去控制。他瞅了个冷子，闪出四灵的合围，不顾身后的攻击，拼命向山谷冲来。

共工挥手之间落下漫天冰矛，射向山谷里的人。人族发出一阵惊呼，又一次惨不忍睹的屠杀即将到来。

就在这时，异象突生，震惊了在场的所有人和天界围观的众神。

第一百八十章　执念

1

被人族的鼓声召唤而来的那丝游魂已经在风中飘到了龙门山，此地有它熟悉的气息，令它震颤。尤其是那震天响的鼓声，更是让它激动不已。一瞬间，它残存的执念融入了鼓声，鼓声骤然发生了变化。

咚！咚！咚！

三声巨响，震彻三界！

这鼓声对人族没有太大影响，但是对众神产生了极大的震撼。众神的神识被震得一阵剧痛，同时还唤起了他们远古的记忆。众神惊疑：这三声好似当年的震天鼓？！

白虎心头好像被什么东西击中了。她想起小奇的音容笑貌，想起小奇泪流满面敲响震天鼓的样子，想起小奇被震天鼓震散身形的那个瞬间。她痛苦得将要窒息，一股洪荒之力在她胸中奔涌郁结，必须要释放出来。

只见白虎毛发耸立，通体放光，怒目圆睁，昂首冲着共工的背影发出一声长吼。那吼声蕴含着金石之声，透着号令天地的威严、震慑众神的魔力，将空间震得扭曲。

共工的神躯一阵翻滚才稳了下来，金色的脸庞竟然透出些许苍白，嘴角渗出一丝鲜血，臂上的巨蛇也被震飞了。

白虎乃西方七宿所化，五行属金，此吼声有鸣金之音，唤作"碎空金吼"。

天界众神再次被震撼了，除了祝融大神，没有谁能让共工如此狼狈。这吼声不但威力无穷，而且自辨敌友，凡是心中抱有敌意的神祇都被吼声损伤，剧痛无比。

共工发出的冰矛大部分也被震碎，但是依然有很多冰矛已落入山谷。人们发出连连惨叫，再次遭受屠杀。

九州山川图发出的光芒的颜色愈加浓重，血色骇人。

四灵重新，将共工围住厮杀，这下阵容整齐均衡，再无薄弱环节。共工再也无暇顾及人族，不敢怠慢，万分小心地与四灵缠斗。

此刻已到辰时，天空有些荫翳，东方天际升起了一轮血红的太阳，在薄薄的云层后面默默照射着人间。

大禹盯着那轮红日，心潮澎湃。他知道，今天将是人族历史上最不平凡的一天。

山谷里移山的人力需要补充，早有几个部落首领过来请命。大禹止住了他们，转身对大巫长揖，恳切地说："大巫先生，前次九黎壮士被恶神攻击，为人族牺牲无数。不知九黎可愿再次进谷，为人族完成这最后的壮举？"

大巫明白禹的心思，他要让这龙门山的主峰最后倒于九黎之手，载于史册。这是对九黎的示好和安抚。大巫心中虽然对禹翻云覆雨的手段颇为不满，但此时大局已定，他倒乐意接受大禹的好意。

"既然禹大人有令，九黎岂敢不从命。"大巫还礼，然后冲九黎部下将手一挥，"谨遵禹大人令，九黎进谷移山！"

九黎众人齐声应诺，声震山谷。

2

灵海深处，一座古朴的殿宇肃穆而立，不知与孤寂相伴了多少年。

殿内，中央安放的石棺虽然有些斑驳，依然有凛然不可犯的气势，神秘莫测。多少灵体曾经想窥探其中的秘密，均无功而返。但是此时，石棺上的石板竟然慢慢滑开了。一个面色赤红、表情木然的身躯飘了出来。先是凤凰大神和朱雀的神火召唤了他，然后是白虎粉碎虚空的吼声打破了灵界、灵海与人间的界限。

当年他和人族联手封印了共工，神力却受到了极大的损伤。按照与人族的约定，他带着人族百年的气运潜入灵界修行，但却被一股神秘的力量偷袭，神力再次遭受重创。面对神魂与神躯即将分离的状况，他不得不将神魂寄于神火，令祝融部落护送至西昆仑以待时机回归，而神躯则一直停留在灵海深处的灵界入口。

这就是祝融部落也不知晓的天大秘密。

他的身形越来越大，顶破了殿宇，飘荡在灵界。

白虎的每一次吼声都冲击着灵界与灵海。灵海怒涛汹涌，空间在扭曲破碎……

四灵围着共工厮杀，他们的身姿和招法在空中变幻多姿，光影频闪，巨响不断。但是共工久经神战，灵活多变，在四灵合击之下并无太大的劣势。

一开始，四灵没有找到配合的节奏，虽然尽力攻击，但是显得十分随意，效果不佳。有时候，他们发出的招式甚至还有冲突，影响了彼此的威能，所以没有完全限制共工的发挥。

但是，四灵渐渐找到了最佳的攻击秩序，那就是在共工发出攻击后尚未来得及由攻转守的一瞬间，由玄武率先发出玄冥幽寒，将共工的身形定住片刻，接着由青龙吐出龙珠，再辅以龙卷风加速，击向共工。在共工移身躲避龙珠之时，朱雀再振动双翅，扇出彩翼灵火，快速射向共工。最后，在共工以冰浪化解灵火之时，白虎便接上碎空金吼的大杀招，震碎冰浪，与灵火一起袭击共工的神躯。

共工在这一系列的组合攻击之下，很是被动，险些受伤。但是他很快稳住阵脚，找到了应付的办法。他在白虎发出碎空金吼之后，不再躲闪或以神躯硬抗，而是使出一招"空灵飞雪"，将自己的神躯化身于无数片雪花之中，化整为零，卸力消力，让碎空金吼的威力无从发挥。待吼声过后，共工便又重新聚形，继续战斗。

一时，四灵对于共工也无可奈何，战局难解。

午时已到，血红的太阳高挂在天空正中，异常诡异。

突然，一个高大而火红的身影出现在远处的天空，他双目如电，身形却有些凝滞。

共工瞥见这个身影，顿时血气翻滚，勃然大怒。这正是他朝思暮想、念念不忘的终生之敌——火神祝融！

他昂首嘶吼道："祝融！今天你我来个彻底了断！"说着不顾一切地冲出重围，飞奔过去。

四灵在他身后紧紧追赶。

共工杀到祝融大神的身影前，运出毕生功力，双掌闪电般地推出，击中了那个神躯。祝融的神躯因无神魂驱使，不知躲闪抵抗，被共工拍得粉碎，飘散于空中。

一瞬间，共工忘记了天地间所有的一切，他的心中只剩下一个念头：他战胜了一生之敌火神祝融，终于洗刷了自己被封印的耻辱！

"哈哈哈哈！成功了！成功了！我让他神魂消散啦！"共工癫狂地仰天大笑。

待他意识到四灵已然杀到，刚要转身回应，为时已晚。

玄武吐出玄冥幽寒，定住了共工的身形；青龙的龙珠挟带着罡风击中了共工的神躯，打散了他的神力；朱雀的彩翼灵火射在他的神躯上，燃起了毁灭一切的神火，且越烧越旺；白虎的碎空金吼震碎了他的神躯。那团神火飞扬飘散起来，化作空中的阵阵青烟。

不可一世的大神——水神共工，顷刻之间神魂消散于天地！

第一百八十一章　大结局

天界众神被这急转直下的战局惊得目瞪口呆，转眼之间，两位神界翘楚——水火之神都神魂消散了。众神一时不知所措。

看到这一幕的人也都怔住了，忘记了欢呼庆祝，过了好一阵才意识到为害人间的恶神共工消失了，这才爆发出欢呼声。

大禹此刻却挥手制止了人族的欢呼，急声下令："九黎勇士，迅速撤离山谷！"

他时刻没有忘记关注龙门山主峰的状况，他要赶在最恰当的时机撤出人族，不能再让九黎付出巨大的牺牲。

龙门山主峰从顶到底的东侧已经被挖去了一大半，山体此刻还是岿然不动。西边的洪水似乎因为共工消失，变得风平浪静。大禹有多年治水的经验，直觉告诉他这只是表面的平静，稍有异动，山体将瞬间倾塌。

九黎部落的勇士小心翼翼地撤出山谷。人们屏住呼吸，紧盯着龙门山。

突然，一条大鱼跃出了西边的水面，又扑通一声落下，激起一片浪花。那浪花轻轻地拍击着龙门山，仿佛情人间温柔的细语。

好像有一只无形的巨掌推动着龙门山主峰，山体开始向东倾斜了，山体内的山石开裂，发出咔咔的声响，山上的石土开始扑簌簌地滚落，接着一声巨响，龙门山主峰轰然倒塌！

洪水将龙门山主峰压倒在身下，像万匹野马咆哮着冲进人族牺牲了无数血肉之躯才挖掘开的山谷，挟持着巨石和泥土，像脱困的巨兽向东奔腾，转眼就已看不见最前方的浪头！

西边的洪水的水位顷刻下降，向南流的洪水被分走了一大半，人族前所未有的移山分流之壮举，在此刻，成功了！

立在山谷上见证这一伟大时刻的人再也压抑不住内心的狂喜。他们纵情地嘶吼着，跳跃着，泪流满面，把手里的东西高高地举向天空。

天空的阴云已经散尽，但是高高的太阳依然血色鲜艳。疲惫不堪的四灵还盘旋在空中休整。

大禹此刻却异常平静，他凝神静气，默念法诀，想要收回九州山川图。这是人族的至宝，更是他的至宝，绝不能有所闪失，失去控制。但是九州山川图却毫无动静，静静地飘浮在空中，放射着血红的光芒。大禹非常诧异，惶惑之极。

此时，一盏白光飘到了九州山川图的上方。白光幻化出一个白发披肩的身影。他的容颜俊俏，面带神秘的微笑，浑身洋溢着玄妙的气息。这是雪微残存的执念，坚持到了这一刻。

欢呼的人族看到这个异象，渐渐安静了下来。只见那白色的光影喃喃地说：

"以我信念，结界人间，封印众神……"

言毕，白光中的身影融进了血色的九州山川图。

那丝被鼓声吸引而来的游魂也飘到了九州山川图的上方，现出一个少年模糊的身影，正是小奇。他披头散发，一脸顽皮的笑容，喃喃地说：

"以我魂魄，结界人间，封印众神……"

说完，他的身影也融入了血色的九州山川图。

大禹心中电闪雷鸣，怒涛汹涌，这两句话正是他内心深处的所思所想。人族要做这天地的主人，不再受众神的奴役。一股冲天的豪情陡然升起。他举起双手，仰望着血红的九州山川图，大吼道：

"以我鲜血，结界人间，封印众神！"

大禹身边的众长老也被大禹的豪情所感染，彭祖、伯益、大巫等人纷纷举起双手，大吼道：

"以我鲜血，结界人间，封印众神！"

所有的人族福至心灵，全都举起了双手，仰望着九州山川图，怒吼道：

"以我鲜血，结界人间，封印众神！"

"以我鲜血，结界人间，封印众神！"

……

在人族一遍又一遍的怒吼声中，九州山川图收敛了光华，静静地飘浮着，突然又一放出万道红光，开始疾速扩大，转眼之间就变得无边无际，在天空中形成一道血幕，而血色山河也清晰地展现在空中。

这覆盖九州的血幕缓缓向上升起，血红的太阳透过血幕照着大地，所有的景物和人族的脸庞都被映得血红。

突然，有九道光柱从九州大地升起，支撑着血幕。这是大禹安置在九州各地的大鼎放射出的光芒，蕴含着人族的气运和大地的精华。

人族的血性已经被天地间血色彻底激发出来。人们拼命呐喊着：

"以我鲜血，结界人间，封印众神！"

……

天界的众神愤怒了，虽然众神对于蕴含天地法则的九州山川图早有忌惮，但没有想到蝼蚁般的人族居然敢凭此图结界人间，封印众神。他们纷纷运用神力，要阻止九州山川图继续上升。

四灵已经恢复了元气，在空中舞动着矫健的身姿，守护着九州山川图。

玄武不断放射出巨大的龟纹光影，结界空间，抵御着神力的袭击；朱雀快速扇动着翅膀，将天空变成一片火海，阻止着众神的降临；青龙用龙尾旋起龙卷风助长着火势；白虎的怒吼更是搅乱着众神的心神，让充满敌意的神祇神力迟滞、神识剧痛。

九州山川图不断升起，大地上有许多光影被吸附到图上。原来，九州山川图拔起了所有各成一界的先天神力和洪荒之灵，将之一一逐出人间。

终于，众神开始放弃努力。九州山川图已经在四灵的保护下升到了极高处。众神望着遥远的大地发出了绝望的悲叹，人间从此不再是众神随心所欲的牧场和屠宰场。

这一刻是人间的黎明，众神的黄昏。

四灵也渐渐远离大地。青龙强烈地感觉到九州山川图对体内元力的排斥。

他的心中柔肠百结，舍不得人间的温情，舍不得九州的山川。

青龙吐出了龙珠，将体内的元力释放到龙珠里。龙珠变得越来越大，闪闪发光。白虎、朱雀和玄武在神识中瞬间明了青龙的意图，毫不犹豫地将元力释放到龙珠里。

突然，晴朗的天空中满天星辰闪烁，四灵的身影瞬间消失。那龙珠飘荡在九州山川图上，渐渐地融进了图中。

九州山川图已经升得极高，变得极淡，最终化于无形。紧接着，那九道光柱也消失了。

此际碧空万里，太阳褪去了血红色的外衣，金光灿灿。

人们久久地仰望着清明澄静的天空，看得如醉如痴，一种从未有过的轻松和自由荡漾在他们心中。

大禹仿佛身处梦境，心中喃喃自语："九州山川图不见了，人间不再是神的天下了……"

人们渐渐把目光收了回来，投向伫立在高坡上的大禹。他身材挺拔，目光坚毅，浑身洋溢着气压山河的威严，令人无比敬畏和崇拜。

人群中开始有人高喊："大禹！大禹！大禹……"

呼喊的人越来越多，声音越来越洪亮，最后所有的人都一起高喊起来。

人们举着拳头，跺着脚，手里的工具敲击着地面，整齐地高呼大禹的名字，声震天地，连在山谷里咆哮的洪水声也变得低回呜咽。

渐渐地，呼喊声从"大禹"变成了"万岁"。有的人开始伏在地上，一边呼着"万岁"一边跪拜大禹。人群被感染了，几乎所有的人都开始跪拜大禹。

大禹岿然不动，屹立在那里，眺望着山谷里远去的洪水。他的神色平静如水，仿佛周遭的一切喧闹并不存在。

大巫和几位长老站在边上，面色暗淡。他知道，眼前的这个人已经是当仁不让的人族王者，而他所有的企图都将落空。毫无办法，他必须接受这个现实。

远处的山峰上，四位少年遥望着激动的人族。

良久，星月叹道："师父说过，人间依然慧路曲折，劫难重重……"

云阳微笑道："师父也说过，道火不熄……"

四人相视一笑。阿薰的眉头是那么舒展，她轻声道："小奇来过……"

阿言也突然来了一句："雪微也来过……"

云阳说："也许他们从未离开……"

星月笑道："是的，一直和我们在一起。"

四人再次相视一笑，一起转身，走向了远方……

第一百八十二章　尾声

1

第二天，大禹传令天下，各部立即拔营，重返故地。东行的部落都领受了沿途检查疏通河道、排除积水的任务。

龙门山下，人们在依依惜别，但脸上都挂着幸福的笑容。经过长年的艰苦奋斗，人族付出无数生命的代价，历尽万千磨难，终于平治了洪水，战胜了恶神，甚至永远摆脱了众神的奴役，成了自己的主人。

人们终于可以回去与亲人团聚了！

大禹送别了各部落长老后，也率领一行人踏上了东行的路程。

他首先来到那个雨夜逗留的太行山东麓的部落，就是在那里，他悟出了治理天下洪水的西线核心措施：龙门山开山分流。

但是，这个部落永远失去了他们原来的家园。分流后，他们的家园被淹没了，还有不少人族部落也付出了失去家园的代价。

在太行山东麓的一个半山坡上，大禹见到了太行部落的老族长，部落的族民簇拥着他们。大禹紧握着老族长的手，动情地说："老族长，禹专程来向您和贵部落表示感谢，同时深表歉意！你们失去了家园，为人族做出了巨大的牺牲，禹代表天下万族向你们致以崇高的敬意！"

老族长颤颤巍巍，热泪盈眶地说："天下为公的道理，我们懂。我们人族血脉相连，同声相应，同气相求。我们的家园没了，可以重建，天下人都可以建设自己的家园才是大道所在啊。乡亲们，我们无怨无悔，是不是？"

众人齐声答道："无怨无悔！"

大禹感动得连连点头，向众人拱手致谢。

2

骄阳似火，涂山脚下的一个小山坡上，一位妇人牵着一个半大的男孩，久久伫立，不断眺望着远方。汗珠从他们的脸上流淌下来，但是他们不愿挪动半步。

她在等待自己多年未归的男人，她的男人是真正的盖世英雄。

马蹄声传来，一队人马飞驰在大地上，尘烟扬起。

领头的男人远远地勒住了马缰，马嘶激昂。他跳下骏马，跑了过来。妇人也带着孩子迎了上去。三人紧紧地拥抱在一起，他们满脸的热泪在流淌……

3

背山面水的一处半坡上，立着一座孤零零的坟墓。坟墓上杂草丛生，坟墓前立着一块石碑，上面刻着"先考鲧之墓"五个大字。

男人带着妇人和孩子跪在坟前，焚香祷告，伏地叩拜。

望着香火升起的袅袅青烟，男人含泪微笑……

4

洛城外，人群密密麻麻，翘首以盼。

突然，人群中爆发出巨大的欢呼声，一队人马应声出现在人们的视野之中。

这队人马越来越近。

"大禹！大禹！大禹！"人们开始有节奏地呼喊，热情一浪高过一浪。

队伍走进了人群围成的夹道，无数鲜花抛撒向他们，欢声震天。

大禹骑着高头大马，神采奕奕，微笑着向民众拱手致意，回应他的是更加热烈的呼喊声。

当大禹率队进入洛城城门的瞬间，城里爆发出更大的欢呼声，鼓乐齐鸣，载歌载舞。整个洛城的情绪达到了沸点。

5

深夜，宫内，舜帝和大禹相对而坐。

舜帝的面容苍老而平静，他缓缓说道："吾有十六字嘱托于汝，此乃当年尧帝所传，为我华夏心法，道统之所在，汝当谨记。

"人心唯危，道心唯微。唯精唯一，允执厥中。"

大禹伏拜于席，沉声说道："禹铭记于心，绝不负共主和先圣之嘱托！"

6

洛城的祭祀广场上，人群排列有序，华服整齐，各部落领袖均到此观礼。

在高高的祭台上，完成祭天祭祖大礼之后，舜帝朗声宣告万民安乐，天下大治，禅让帝位于大禹。

大禹鞠躬行礼。

舜帝将头上的玉冕取下，戴在大禹头上，缓缓走下祭台。

人群高呼着"大禹"和"万岁"，叩拜不已。

大禹在祭台上频频挥手致意，目光平静而坚定。

大禹承继大统后不久，令驭天下，正式宣布勘定九州，开九道，通九河。天下各部不得各自为政，统一协调，治水拓土。他鼓励农耕，传播礼教，万民和睦相处，人族大兴。

7

东海之滨，墨族遗地，洪水已经褪去。在广袤无边的空地上，有一处很小的部落，仅仅坐落着十几栋小木屋。

一群孩子在屋外嬉戏。部落中最大的屋子门口坐着一位美丽的女子，她含笑看着快乐的孩子们。屋内有一块巨大的木牌，上面写着"兼爱"二字。

偶尔，那美丽的女子会抬头望望天空，深邃的眼神仿佛在寻找着什么……

8

清晨时分，一个山脚下的部落里突然响起一声惨叫。

"猪妖下山吃人了！猪妖下山吃人了！"人们哭喊着逃到村口，瑟瑟发抖。

这时，一个黑衣男子在晨曦中走了过来。他面容消瘦，表情冷漠。

一头身形庞大，浑身漆黑的猪妖张着血盆大口，追赶着人们从村里冲了出来。那黑衣人将手中的木剑一指，猪妖立刻惊恐地定住了。

一片黄叶飞了出去，落在了猪妖的脑门上。黑衣人轻喝一声，那猪妖的身形顿时缩小，最后化作一缕黑烟，收进了黑衣人斜挎的皮囊之中。

人们跪在地上，大声拜道："谢谢降魔人！谢谢降魔人！"

黑衣人头也不回，大步向前，消失在山道上……

9

巨木林立的半山腰，聚居着一个部落。河水从村边流过，温柔而宁静。

夕阳西下，家家户户升起袅袅炊烟，鸡犬之声相闻，人声相谑，温馨而平凡。

村外的一棵巨大的槐树下站着一个身形挺拔的男子。那男子微微眯着眼睛，眺望着如血的残阳。这时，一个窈窕的身影走了过来，靠在他身边。他微微一笑，将她拥入怀中。两人一起凝视着远方。

良久，她轻声问道："他们都会好吧？"

他微笑着点点头，两人手挽着手，向村里走去。

图书在版编目（CIP）数据

转天劫：全二册 / 陈小普著 . — 武汉：长江文艺出版社，
2017.12

ISBN 978-7-5354-9946-2

I.①转… II.①陈… III.①科学幻想小说－中国－当代 IV.① I247.5

中国版本图书馆 CIP 数据核字 (2017) 第 198057 号

转天劫：全二册

陈小普　著

选题产品策划生产机构 | 北京长江新世纪文化传媒有限公司
总 策 划 | 金丽红　黎　波　安波舜
策划编辑 | 肖东雁　　　　　　特约编辑 | 张　岩
责任编辑 | 冯　蕾　　　　　　封面设计 | 郭　璐　　　　　　媒体运营 | 张　坚
助理编辑 | 梁　伟　　　　　　内文设计 | 张景莹　　　　　　责任印制 | 张志杰　王会利
法律顾问 | 张艳萍　　　　　　版权代理 | 何　红　　　　　　封面插图 | 冰　绡　鹿溟山

总 发 行 | 北京长江新世纪文化传媒有限公司
电　　话 | 010-58678881　　　　　　传　真 | 010-58677346
地　　址 | 北京市朝阳区曙光西里甲 6 号时间国际大厦 A 座 1905 室　　　邮　编 | 100028

出　　版 | 长江出版传媒　长江文艺出版社
地　　址 | 湖北省武汉市雄楚大街 268 号湖北出版文化城 B 座 9-11 楼　　　邮　编 | 430070
印　　刷 | 大厂回族自治县彩虹印刷有限公司
开　　本 | 710 毫米 ×1000 毫米　1/16　　　印　张 | 37.5
版　　次 | 2017 年 12 月第 1 版　　　　　印　次 | 2017 年 12 月第 1 次印刷
字　　数 | 651 千字
定　　价 | 56.00 元（全二册）

盗版必究（举报电话：010-58678881）
（图书如出现印装质量问题，请与选题产品策划生产机构联系调换）